D0868098

TOUTES LES VAGUES DE L'OCÉAN

DU MÊME AUTEUR

La Tristesse du Samouraï (prix du polar européen *Le Point*), Actes
Sud, 2012 ; Babel noir nº 73.
La Maison des chagrins, Actes Sud, 2013 ; Babel noir nº 143.
Toutes les vagues de l'océan (Grand prix de littérature policière/
roman étranger), Actes Sud, 2015.
Les Pigeons de Paris, La Contre Allée, 2016.
La Veille de presque tout, Actes Sud, 2017.

Titre original :
Un millón de gotas
Éditeur original :
Ediciones Destino, S.A., Barcelone
© Víctor del Árbol, 2014

© ACTES SUD, 2015
pour la traduction française
ISBN 978-2-330-07281-0

VÍCTOR DEL ÁRBOL

TOUTES LES VAGUES DE L'OCÉAN

roman traduit de l'espagnol
par Claude Bleton

BABEL NOIR

À mon père et à nos murs de silence.

Les louves aussi sont des mères.

Antonio Reyes Huertas,
Cuentos extremeños, 1945.

*"Toute vérité est simple." N'est-ce point là
un mensonge au carré ?*

Friedrich Nietzsche,
Le Crépuscule des idoles, 1888.

PROLOGUE

Début octobre 2001

Après la pluie, le tracé du paysage était plus accusé et
les couleurs de la forêt plus violentes. Le va-et-vient des
essuie-glaces semblait moins désespéré qu'à la sortie de
Barcelone, une heure auparavant. Au loin, on voyait les
montagnes qui maintenant, à la nuit tombante, n'étaient
plus qu'une forme obscure. Le jeune homme conduisait
avec prudence, attentif à la route qui se rétrécissait virage
après virage, à mesure qu'il prenait de l'altitude ; les
bornes en béton qui délimitaient la chaussée n'étaient
pas une protection très efficace contre l'impressionnant
ravin qui s'ouvrait sur sa droite. De temps en temps, il regardait dans le rétroviseur et demandait à l'enfant s'il n'était
pas malade. Le petit, à demi assoupi, secouait la tête, mais
il était tout pâle et avait en permanence le front collé à
la vitre.

— On est bientôt arrivés, dit le jeune homme pour lui
redonner courage.

— J'espère qu'il ne va pas vomir, la sellerie est toute
neuve.

La voix rauque de Zinoviev ramena l'attention du
conducteur sur la route.

— Il a tout juste six ans.

Zinoviev haussa les épaules. Sa grosse paluche tatouée
d'une araignée, comme celle qui lui couvrait la moitié

11

du visage, prit une cigarette et l'allume-cigare du tableau de bord.

— La sellerie n'a que trois ans et je n'ai pas fini de la payer.

Le regard du jeune homme se posa furtivement sur le téléphone portable qui était sur le tableau de bord. Par précaution il l'avait mis sur silencieux, mais il était trop près de Zinoviev. Si l'écran s'éclairait, Zinoviev le verrait.

La route s'achevait sur un sentier bordé d'arbres qui donnait sur la vallée. On appelait ce coin le Lac, mais en réalité il s'agissait d'un petit barrage qui alimentait une centrale électrique construite dans les années 1940. En été, les touristes venaient passer une journée en pleine nature. Au fil des années, on avait amélioré les accès, construit un petit hôtel avec une toiture en ardoise et une façade en pierre, une aire de jeux avec des balançoires, et une cafétéria. Mais en octobre la guérite du garde forestier était fermée, il n'y avait plus de randonneurs à servir dans le petit préfabriqué surmonté d'une pub de Coca-Cola et les chaises en plastique empilées à côté de la porte grillagée étaient l'image même de la tristesse.

Le jeune homme se gara si près du rivage que les roues avant effleurèrent l'eau. Il coupa le moteur. Côté nord, il y avait une clôture avec de grandes affiches du ministère du Développement, derrière laquelle se trouvaient des véhicules de chantier. On allait assécher le lac pour construire un lotissement de grand standing. Un dessin du projet présentait des maisons accolées avec piscine, longeant un grand terrain de golf. On avait déjà débroussaillé et balisé la forêt sur le rivage, les troncs étaient entassés au milieu des ferrailles et de montagnes de ciment et de sable. On n'entendait rien, hormis les hululements du vent qui secouait les sapins de la rive, et les battements intermittents d'un volet mal fermé de l'hôtel. La pluie tombait sur le lac et se dissolvait en douces ondes. Tout semblait irréel.

Zinoviev ouvrit la portière. Le jeune homme allait en faire autant, mais il l'en empêcha :

— Toi, tu attends ici.

— Il vaudrait mieux que je t'accompagne. Le gamin n'a confiance qu'en moi.

— Je t'ai dit d'attendre ici.

Zinoviev ouvrit la portière arrière et demanda à l'enfant de sortir. Il essayait d'être aimable, mais il n'était pas habitué à ce genre de subtilités. En outre, sa voix et son visage tatoué inspiraient la peur et le petit se mit à pleurer.

— Il ne va rien t'arriver. Suis-le, dit le jeune homme avec un sourire forcé.

Il regarda Zinoviev le prendre par la main et longer la surface grisâtre du lac. L'enfant se retourna vers la voiture et le jeune homme lui fit un signe rassurant. À travers les battements de l'essuie-glace, il entrevit la passerelle en bois et le mirador. Il faisait presque nuit. Désobéissant à Zinoviev, il descendit de voiture. Les feuilles mortes crissaient sous ses pieds, l'humidité transperçait ses semelles et remontait le long du corps. Au mirador, il vit le dos large et musclé de Zinoviev. Il avait les mains dans les poches et une spirale de fumée bleutée flottait sur ses épaules. Il se retourna lentement et regarda le jeune homme d'un air mécontent.

— Je t'avais dit d'attendre dans la voiture.

— On n'est pas obligé de le faire, il y a sûrement une autre solution.

Zinoviev ôta la cigarette de sa bouche et souffla sur la braise.

— C'est déjà fait, dit-il en se dirigeant vers la voiture.

Le jeune homme s'approcha du bord. L'eau tranquille du lac avait la teinte du laiton. "Viens, lui disait cette obscurité, viens, et on oublie tout."

L'enfant flottait, à plat ventre, comme une étoile de mer, et les gouttes de pluie, par millions, effaçaient son corps qui coulait doucement.

Huit mois plus tard, Zinoviev se concentrait sur sa respiration. Il aimait courir le matin, huit ou dix kilomètres à un rythme soutenu, encouragé par la musique (ce jour-là, *Casse-noisettes* de Tchaïkovski) qu'il écoutait dans ses oreillettes. Son esprit était traversé par des pensées impossibles à traduire en phrases précises. Il imaginait tous les hommes qu'il aurait pu être, s'il n'avait pas été ce qu'il était.

C'était la faute des araignées. La peur la plus secrète de Zinoviev avait ses racines dans un sous-sol de son enfance : une cave froide, pleine de toiles d'araignées. Ces petites bestioles colonisaient l'obscurité par milliers. Il pouvait les sentir sur ses jambes, ses bras, son cou, sa bouche. Il était inutile de chercher à s'en débarrasser, leurs pattes palpaient sa peau comme autant de doigts velus qui voulaient le prendre au piège de leur soie visqueuse. Si ce sous-sol n'avait pas existé, il serait sans doute devenu un autre homme. Il avait appris à vaincre ses peurs, à en faire une forteresse. Se tatouer ces araignées était une profession de foi : ce qui ne te tue pas te rend plus fort.

La dernière étape de la course était la plus exigeante. En devinant la maison dans la brume, il serra les dents et accéléra. Derrière la clôture, il entendit l'aboiement rauque et familier de Lionel, son dogue argentin.

"Pas mal, pas mal du tout", se dit-il en reprenant son souffle et en arrêtant son chronomètre au poignet. Les battements affolés de son cœur reprirent peu à peu un rythme normal. Il ouvrit la petite porte de la propriété et lança un coup de pied amical à Lionel. Le dogue était encore mal en point. Un foutu american staffordshire terrier lui avait presque arraché l'arrière-train lors du dernier combat. Zinoviev caressa la tête carrée, les mâchoires puissantes. Il devrait s'en débarrasser, à quoi diable pouvait servir un chien de combat qui ne pouvait plus se battre? Mais il avait de l'affection pour lui.

— Alors, qu'est-ce que tu me racontes, vieux guerrier? On a eu de la visite aujourd'hui?

Il s'assit sur la marche devant l'entrée et prit son paquet de cigarettes dans sa poche revolver. Il adorait en fumer une, même avant que les battements aient repris leur rythme normal. Le tabac envahissait les poumons comme une avalanche. Il épongea la sueur avec la manche du jogging et lança une lourde bouffée de fumée. Il avait eu une bonne idée en louant cette maison isolée, au milieu d'une gravure bucolique et pastorale. Même du haut du mirador de la colline, on ne pouvait soupçonner son existence, au milieu des pinèdes. Et si une âme égarée s'approchait de la clôture, Lionel savait la convaincre de continuer son chemin. Et si cela ne suffisait pas, il appelait à la rescousse le bon vieux Glock qu'il planquait derrière la télévision.

Il enleva ses chaussures de sport boueuses et avança sur le parquet grinçant. La cheminée répandait sa chaleur qui s'infiltrait sous ses chaussettes humides. Il alluma la télé et sourit en voyant la chaîne de dessins animés. Il apprenait l'anglais avec les séries de Walt Disney, mais à vrai dire, il aimait cette souris géante. Chaque fois qu'il la regardait, il était étonné d'avoir eu un jour huit ans. Il y avait très longtemps. Trop. Il alla à la cuisine se préparer un milk-shake à base de protéines et d'hydrates de carbone. On entendait toujours la télévision.

Soudain, il perçut le grognement sourd du chien. Il recula de quelques pas et jeta un coup d'œil. Il avait oublié de refermer la porte. Le chien grondait, le dos hérissé, les pattes bien campées sur le sol, face à la clôture.

— Que se passe-t-il, Lio…?

Le premier coup de feu explosa le poitrail de l'animal, qui sauta en l'air en poussant un gémissement guttural, et retomba lourdement sur le côté. Un coup de feu assourdissant, d'un canon scié, presque à bout portant. Il ne vit pas que Mickey venait d'offrir un bouquet de fleurs à Minnie. Il s'empara de son pistolet et pivota sur place. S'il n'avait pas hésité, il aurait réussi à viser avec quelque chance de réussite. Mais pendant quelques dixièmes de seconde, il resta figé, bouche bée, presque plaintif.

— Toi ?

Il ne reçut en retour qu'un regard froid. Un regard qui annonçait sans l'ombre d'un doute ce qui allait arriver. Quand Zinoviev voulut réagir, il avait déjà reçu la culasse du fusil en plein front.

Combien de dénouements un homme peut-il connaître ? Autant qu'il peut en imaginer. Les pires prémonitions traversèrent l'esprit de Zinoviev quand il rouvrit les yeux, une capuche en laine plaquée contre son visage. La laine lui rentrait dans la bouche et l'étouffait. La capuche puait la sueur. Il sentit une forte odeur sur les épaules et les mains. On l'avait déshabillé, on lui avait passé les menottes dans une posture antinaturelle, et il était attaché à un pilier ou à une poutre. Ses poignets supportaient tout le poids de son corps et ses pieds touchaient à peine le sol humide. Suspendu comme une saucisse, il sentait ses fibres musculaires claquer et le métal des menottes lui scier la chair.

— Tu n'aurais pas dû le tuer. C'était un gamin inoffensif.

Cette voix dans la nuque de Zinoviev le raidit, comme si une barre de fer lui transperçait les vertèbres. Il se mit à transpirer et à trembler. Le pire n'est jamais acquis. Il frissonna en sentant un objet froid et pointu s'enfoncer dans son dos. Un couteau.

— Combien de fois as-tu distillé ton venin jusqu'à présent ? Tu les paralyses d'abord et tu leur en fais voir de toutes les couleurs ?

"Contrôle-toi. Contrôle-toi. Il cherche juste à te flanquer la frousse." Zinoviev s'accrochait à cette idée. Le premier coup de machette le sortit de son erreur. Un coup rapide, entre les côtes. Il serra les dents. "Ne crie pas. Ce n'est que de la douleur."

— Les innocents n'ont pas peur des monstres. Tu le savais ? Les enfants n'ont pas peur de la méchanceté.

Zinoviev sentit le fil de la machette descendre sur sa clavicule, vers son téton.

— J'aimerais que ça dure longtemps. Fais-moi le plaisir de ne pas mourir tout de suite.

Zinoviev comprit que sa mort allait être atroce, comme s'il retournait au sous-sol de son enfance où les araignées l'attendaient. Par millions.

Il résista autant qu'il put. Mais il finit par pousser un hurlement que personne n'entendit.

Laura regardait les bouts de bois ensablés, les bouteilles en plastique et les ordures où les mouettes furetaient avec la frénésie des vautours sur la charogne. La houle de la nuit avait apporté des tas de cochonneries sur le rivage. Ce n'était pas une image très bucolique, mais elle aimait cette nudité du paysage, elle la préférait à l'agitation estivale avec ses parasols et ses avions publicitaires survolant sa terrasse comme de grosses mouches importunes.

Il dormait toujours, emmêlé dans les draps. Elle s'assit au pied du lit et le regarda pendant quelques minutes. Lui avait-il dit son nom ? Sans doute, mais elle l'avait oublié avant même de l'entendre.

Elle n'avait pas encore les idées très claires : elle avait picolé toute la soirée, il avait foncé droit sur elle, comme ces prédateurs qui repèrent d'un simple coup d'œil leur proie au milieu d'un troupeau. Son dernier souvenir, c'était qu'ils avaient baisé devant un distributeur automatique. Il avait cassé la fermeture du soutien-gorge et lui avait mordu un téton. Ils avaient continué dans le taxi, jusqu'ici. Sur la table de nuit, il y avait des restes de cocaïne. Et l'alliance. Elle l'enlevait toujours quand elle s'envoyait en l'air. Elle n'avait pas de raison de le faire, Luis l'avait quittée, mais elle ne s'était pas encore habituée à son absence.

Elle avança le pied et secoua le mollet du beau dormant. Il ne broncha pas, mais émit un gémissement de bébé qui bavait dans les draps. Il puait le sperme sec. À en juger par les éraflures dans le dos, il avait dû être un bon coup. Dommage de ne se souvenir de rien.

— Eh, Adonis, tu as sûrement un endroit où aller ronfler, moi j'ai des trucs à faire.

Il esquissa un sourire sans ouvrir les yeux et tendit la main, essayant de saisir Laura par le poignet, mais elle se dégagea de ses doigts incertains. Une erreur par nuit, c'était suffisant. Elle décida de lui accorder une prolongation, le temps d'une douche. Elle s'enferma dans la salle de bains, ouvrit le robinet, enleva son tee-shirt et sa culotte devant la glace. Elle avait un aspect lamentable, pas seulement parce qu'au-delà d'un certain âge les excès se paient plus cruellement qu'à vingt ans. La façon qu'avaient ses yeux de la regarder était celle d'une défaite beaucoup plus dévastatrice que le sexe avec des inconnus, l'abus d'alcool ou de drogue.

— Je peux entrer ? J'ai une folle envie de pisser…

Laura ouvrit la porte de la salle de bains et s'effaça. Elle remarqua l'érection du mec et n'éprouva aucun désir, juste une légère nausée.

— Assieds-toi pour pisser. Je ne veux pas que tu arroses les waters avec ton tuyau.

C'était bizarre de partager l'hygiène intime, WC, excréments, avec un homme qui n'était pas Luis. Quand ils s'étaient mis ensemble, elle avait été choquée de sa manie de s'enfermer dans les toilettes pour déféquer. Elle se moquait bien de le voir assis, le caleçon sur les chevilles, mais il trouvait cela gênant, comme si cette image de lui n'était pas compatible avec les week-ends au ski, les dîners dans les restaurants de luxe, les soirées au Liceo ou les coïts sur le catamaran amarré dans la baie de Cadaqués. Luis n'avait jamais compris qu'il n'avait pas besoin d'être l'homme parfait pour qu'elle l'aime. De fait, maintenant elle était sûre que c'étaient ses faiblesses, justement, qui l'avaient incitée à rester avec lui pendant tant d'années.

L'inconnu comprit que les yeux gris de Laura ne le regardaient pas. Il était temps de ramasser ses fringues et de se tirer avant que l'amertume qui affleurait sur ces jolies lèvres ne déclenche le pire.

— Je m'habille et je me tire.

— C'est une bonne idée.

Laura entra sous la douche et tira le rideau à fleurs. Elle tenait à peine sur le rectangle carrelé, et pourtant ils s'étaient bien débrouillés la veille au soir pour y tenir tous les deux. Leurs quatre mains étaient imprimées sur les carreaux. L'estomac encore retourné, elle effaça ces empreintes et ouvrit le robinet.

Elle sortit de la salle de bains avec l'espoir de se retrouver seule, mais il était toujours là. La tenue de soirée, chemise noire et brillante, cintrée, pantalon de cuir qui moule le paquet, était incongrue à la lumière du jour. Il fouinait dans le coin du salon qui servait de bureau à Laura.

— Hier soir, tu ne m'as pas dit que tu étais flic.

Au milieu des livres, il y avait une photographie encadrée avec la sous-inspectrice Laura Gil en grand uniforme, et dans un angle était accrochée une décoration du mérite policier.

— Je n'ai sans doute pas dû dire grand-chose, répondit Laura, mécontente de voir ce type fourrer le nez dans ses affaires.

— Tu n'as pas dit non plus que tu es mariée, ajouta-t-il en montrant sa photo de jeune mariée.

Le temps du verbe se colla à la peau de Laura comme une saloperie. Elle faillit sourire en voyant comme ils étaient jeunes, tous les deux. Luis en smoking et nœud papillon en velours, elle en belle robe de tulle bleue sans voile, mais avec une longue et très belle traîne. C'était une autre époque.

— Il serait temps que tu partes. Tout de suite.

L'inconnu hocha la tête, vaguement déçu. Il fit mine de caresser le cou encore humide de Laura, mais elle le retint d'un regard sans équivoque. Il n'y avait rien à faire. Le type serra les dents, blessé dans son orgueil. Il tendit ses biceps sous sa chemise, gonfla la poitrine comme s'il voulait montrer ce qu'elle allait perdre, et se dirigea vers la porte. Mais avant de sortir, il lui lança un coup d'œil chargé d'ironie.

— Tu devrais te faire aider, sous-inspectrice. Tu baises comme les mantes religieuses. Tu n'as pas l'air très centrée, et les gens comme toi sont supposés protéger des gens comme moi. En tant que citoyen, ça m'inquiète.

Laura se retint de plier en deux ce corps musclé d'un bon coup de pied dans les couilles.

— Si je baise comme une mante religieuse, tu devrais me remercier de ne pas t'avoir coupé la tête. Et toi, tu devrais pratiquer un peu plus. Il y a des méthodes pour dominer l'éjaculation précoce, tu es au courant?

Une fois seule, elle ouvrit l'armoire, à la recherche d'un truc propre à se mettre. Les vêtements de Luis avaient disparu, polos, chemises d'été, bermudas qu'il mettait le week-end, mocassins et tongs. Les cintres en plastique étaient une métaphore des espaces que Laura ne savait comment remplir. Elle enfila un tee-shirt à manches longues de Nirvana et par-dessus un pull en coton à col en V, puis elle mit un CD dans le lecteur. Le début de la *Symphonie "Pathétique"* retentit comme un virus qui contamine l'air.

On frappa à la porte.

— Que veut-il encore, cet imbécile ?

Elle ouvrit, prête à montrer à ce type qu'elle pouvait être très désagréable quand on lui cassait les ovaires, mais elle se retrouva nez à nez avec un visage très différent de celui auquel elle s'attendait.

— Je viens de croiser un drôle d'énergumène. Il descendait l'escalier en crachant des insultes que tu n'oserais même pas écouter. Je ne sais pas ce que tu lui as fait ou pas fait, mais il était très remonté.

Alcázar était adossé au mur et souriait avec son air perpétuellement ironique. Laura fronça les sourcils, contrariée.

— Un connard parmi d'autres. Qu'est-ce que tu fous ici ?

Elle aimait bien Alcázar. Sa grosse moustache grise de maréchal qu'il n'avait pas retaillée depuis cinquante ans lui inspirait confiance, malgré sa désagréable habitude de la sucer avec sa lèvre inférieure quand il était pensif. Quand il tordait sa bouche, sa moustache bougeait, de droite à gauche, et ne découvrait jamais complètement les dents.

— Tu ne me laisses pas entrer ? demanda Alcázar en regardant par-dessus l'épaule de son élève la plus brillante. Au fond, il vit des vêtements par terre, des traces de cocaïne sur le verre d'une petite table, des bouteilles vides.

— Tu ne tombes pas au bon moment.

Alcázar hocha la tête, sortit un cure-dent et le mit entre ses lèvres.

— Avec la musique que tu écoutes, ça ne m'étonne pas. Ça s'appelle comment ? Invitation au suicide ?

Laura secoua la tête.

— Tu devrais écouter autre chose que des boléros et des rancheras. Et tu ne pourrais pas t'arrêter de te triturer les gencives avec ça ? C'est dégoûtant.

— Je suis gênant et dégoûtant de la tête aux pieds. Voilà pourquoi on va me mettre à la retraite. Les vieux, c'est comme ça. Des points noirs et de gros nuages sur l'horizon des jeunes et de leurs vaines illusions.

— Ne sois pas cynique. Ce n'est pas ce que je voulais dire.

Alcázar se débarrassa de son cure-dent.

— J'ai repéré une buvette de l'autre côté de la crique. Ils font des prix pour les petits-déjeuners.

— Je n'ai pas faim, protesta Laura.

Mais Alcázar l'interrompit en levant l'index. Un geste qu'il utilisait au commissariat pour s'imposer quand les discussions devenaient interminables et l'énervaient. Il levait l'index et c'était la fin de la démocratie.

— J'ai réservé nappe, chandelles et fleurs. Je t'attends sur la plage dans cinq minutes.

Le vent secouait un store délavé. L'intérieur de la buvette sentait le matériel de pêche mal entretenu. Il n'y avait personne, à l'exception du patron, qui avait l'air de s'ennuyer ferme et qui lisait le journal, accoudé au comptoir. En les voyant entrer, il eut l'air contrarié. Alcázar commanda un café, Laura rien du tout, elle avait mal à la tête et l'estomac retourné. Elle avait eu beau se laver les dents comme si elle voulait les arracher, les relents de cointreau persistaient au fond de la gorge. Alcázar commanda pour elle un sandwich au fromage et un Coca-Cola light.

De leur place, on voyait en partie la plage et les rochers de la falaise. Les mouettes surfaient sur les courants d'air. Elles planaient, affranchies de toute gravité, ou repliaient les ailes et se lançaient en rase-mottes sur la crête des vagues grises.

— Comment as-tu pu dénicher un endroit pareil? Il est déprimant, lança Alcázar.

Lui, c'était un homme des villes, des foules, des odeurs d'essence et de la pollution.

Laura aimait la mer, car elle pouvait disparaître à l'horizon rien qu'en le regardant.

— Cet endroit est aussi bien qu'un autre. Pourquoi es-tu là ? Tu voulais t'assurer que je ne fais pas de bêtises ?

Le patron apporta les consommations et les posa sur la table sans ménagements. Alcázar croisa les doigts, comme s'il allait bénir le sandwich au fromage que Laura n'avait même pas l'intention d'entamer.

— Zinoviev est mort. Plus que mort, dirais-je. On l'a bien travaillé, plus que bien, avant de l'expédier.

Laura pâlit. Elle enleva la croûte du pain sans prendre garde à son geste.

— C'était comment ?

— Désagréable. Très désagréable. On l'a dépecé vivant, par petits bouts. On lui a coupé les couilles et on l'a obligé à les avaler.

— Je ne peux pas dire que je le regrette. En réalité, j'aurais plutôt envie de crier de joie.

Le regard sceptique d'Alcázar mit Laura mal à l'aise, comme lorsqu'elle était nouvelle et que son chef lui offrait un des bonbons du pot en verre posé sur son bureau. Elle détestait ces bonbons, presque toujours rances, qui restaient collés au papier d'emballage, mais si Alcázar hochait la tête, elle était bien obligée de sourire, d'en mettre un dans la bouche et de le garder sous la langue jusqu'à ce qu'elle ressorte du bureau et le recrache en cachette. L'amertume durait des jours. Mais quand elle retournait dans son bureau, elle en acceptait un autre.

— Tu voulais que je dise quoi ? Ce fils de pute a tué mon fils.

— Nous n'en avons pas la preuve. Nous ne l'avons jamais eue.

Alcázar trouvait ses propres paroles pénibles et obscènes.

Laura serra les dents et regarda son chef avec une expression indéchiffrable.

— Mais nous savons tous les deux qu'il l'a fait.

— On s'en moque, de ce qu'on sait, si on ne peut pas le prouver.

— Il y a quelques décennies, les preuves, tu t'en moquais.

Alcázar encaissa le coup froidement. Il but son café posément, en y trempant le bout de sa moustache.

— Les temps ont changé. Nous ne sommes plus dans les années 1970.

Laura tremblait, comme si elle avait une crise de malaria.

— Bien sûr ; toi tu aimais flanquer la frousse aux petits enfants. Ce n'était pas trop difficile de leur arracher des aveux, n'est-ce pas ?

Alcázar soutint son regard.

— Il est entendu que la démocratie a été inventée pour que des types dans mon genre s'abstiennent désormais de faire ce qu'ils faisaient. Tu devrais le savoir mieux que quiconque.

Un silence tendu s'installa entre eux, Alcázar était visiblement gêné.

— Désolée, dit Laura, le regard absent, tourné vers la plage.

Elle vit son fils de six ans courir sur le rivage, poursuivi par Luis. Elle vit un autre temps, huit mois plus tôt, un temps qui avait disparu, comme s'il n'avait jamais existé.

— Tu es venu m'arrêter ?

Alcázar respira un grand coup, comme s'il se décidait à plonger dans un tonneau d'eau glacée. Sans hésiter.

— Je veux que tu me dises si c'est toi. Je peux t'aider, mais j'ai besoin de le savoir.

Laura se débarrassa doucement du regard de son chef.

— C'est normal que tu me soupçonnes. Tout à fait normal, murmura-t-elle.

24

— J'ai l'impression que tu ne comprends pas. Zinoviev était menotté, et attaché à une poutre. Des menottes de policier. Les tiennes. Il avait aussi une photographie de ton fils Roberto plantée dans le cœur avec un pistolet à clous.

Laura frémit et planta les ongles dans la nappe en papier, comme si elle avait pu arracher les yeux noirs de Zinoviev de l'intérieur, les arracher à ses cauchemars. Elle se leva avec difficulté et dut se rattraper à la table.

— Si tu crois que c'est moi, tu sais ce qui te reste à faire.

— Ne fais pas de bêtises, Laura.

— Tu vas m'arrêter ?

— Moi ? Non. Mais à l'heure qu'il est, il y a sans doute déjà une patrouille devant la porte de ton appartement.

Elle le regarda, comme si toute sa vie venait de lui échapper, et que seul l'air soutenait encore son corps vidé.

— Je n'ai pas l'intention d'aller en prison.

Alcázar redressa sa moustache.

— Moi, je crois que tu vas devoir te faire à cette idée. Je ne vais pas t'empêcher de sortir. Je n'ai pas mis les pieds ici, tu as compris ?

Oui. Elle avait très bien compris.

I

LE LOUP MAIGRE

1

— Vous ne comprenez pas. Cette traînée va tout me piquer, et par-dessus le marché elle prétend avoir droit à une pension à vie.

Gonzalo n'avait jamais voulu être avocat, en dépit de ce que proclamait la plaque fixée sur la porte de son cabinet : "Gonzalo Gil. Expert en droit civil, matrimonial et commercial." Il aurait pu finir derrière le comptoir d'une boucherie sans éprouver davantage d'émotion. Il avait laissé le destin décider pour lui, et à quarante ans ce n'était plus la peine de se plaindre.

— La loi est du côté de votre épouse. Je crois que vous devriez vous résoudre à un accord à l'amiable. Vous économiseriez votre argent et votre énergie.

Le client l'observa en haussant le menton, comme si cet avocat, aussi gris que le costume qu'il portait, lui avait enfoncé un doigt dans le cul.

— Dites donc, vous êtes un drôle d'avocat, vous ?

Gonzalo comprit sa perplexité ; cet homme espérait qu'il lui mentirait. Tous attendaient cela en franchissant cette porte, comme s'ils espéraient rencontrer un chiromancien qui résoudrait leurs problèmes comme par magie au lieu d'un homme de loi. Le problème, c'est qu'il ne savait pas mentir. Il envisagea de donner au client une de ces cartes prétentieuses du cabinet de son beau-père.

En sortant du bureau de Gonzalo, il n'aurait qu'à aller jusqu'au fond du couloir. Il n'avait même pas à quitter l'immeuble.

— Vous auriez dû consulter un expert avant de mettre la maison et vos biens au nom de votre épouse. Je ne peux rien pour vous.

Il imagina ce qu'aurait dit son beau-père devant une telle affirmation, il aurait levé les yeux au ciel : "Quand donc apprendras-tu que dans notre métier le mensonge ne présuppose pas forcément l'absence de vérité, mais un simple recours pour la travestir de subterfuges légaux jusqu'à la rendre méconnaissable." Outre qu'il était un des meilleurs avocats de la ville, son beau-père, don Agustín González, était un cynique invétéré. Gonzalo l'avait vu hypnotiser ses clients en les noyant sous les mots au point de les abrutir et de leur faire signer ce qu'on leur mettait sous le nez, ne serait-ce que pour cacher qu'ils ne comprenaient toujours pas un mot de tout ce jargon, et pour éviter le regard de reproche du vieux, qui les laissait toujours repartir avec la plus beau de ses sourires. Ce sourire qui disait si poliment : "Allez vous faire foutre."

Dix minutes plus tard entra Luisa, son assistante. Sans frapper, comme toujours. Au bout de tant d'années, Gonzalo avait renoncé à lui apprendre les bonnes manières. Luisa maniait avec aisance les programmes de bureautique, les téléphones portables, et tous ces engins qui le dépassaient, en tant qu'analphabète fonctionnel. Mais il aimait les géraniums qu'elle avait plantés sur le balcon. "C'est bien triste ici, il faut un peu de couleur et je vais en mettre", avait-elle dit la première fois qu'elle était entrée dans le bureau, persuadée qu'avec un tel argument Gonzalo l'engagerait sans coup férir. Elle avait raison : avant que cette jeune femme arrive dans sa vie, les fleurs se transformaient en boulettes, se délitaient au moindre contact et mouraient inexorablement. Il l'avait engagée, évidemment, et ne l'avait jamais regretté. Il espérait seulement pouvoir la garder quand son cabinet fusionnerait avec celui de son beau-père.

— Je vois que nous avons encore gagné un autre client pour l'éternité.

Luisa n'était pas seulement efficace et colorée dans sa façon de s'habiller, elle avait aussi un penchant pour le sarcasme. Gonzalo haussa les épaules.

— Au moins, je ne lui ai pas soutiré d'argent par de vaines promesses.

— L'honnêteté n'honore que les gens honnêtes, maître. Et nous devons payer des factures, le loyer de ce joli bureau à ton beau-père et… ah oui, un détail, mon salaire.

— Quel âge as-tu?

— Je suis trop jeune pour toi; je pourrais porter plainte pour détournement de mineure.

— Tu me feras peur quand tu auras ton propre cabinet.

Luisa fit une grimace ironique.

— À juste raison. Je ne laisserai pas échapper la clientèle en la pêchant avec un filet plein de trous. Au fait, ta femme vient d'appeler. Elle te demande de ne pas oublier de rentrer ce soir à six heures. Tapantes.

Gonzalo s'appuya au dossier du fauteuil imitation cuir. Bien sûr, la fête-"surprise" de son anniversaire, comme tous les ans. Il avait failli oublier ce rituel.

— Lola est toujours en ligne?

— Je lui ai dit que tu étais très occupé.

— Brave fille; je ne sais ce que je deviendrais sans toi.

L'expression perspicace de Luisa effaça l'ombre de déception et de tristesse.

— J'espère que tu te rappelleras ces paroles quand tu seras en réunion avec le vieux.

Il faillit répondre, mais elle lui épargna ce moment difficile en sortant prestement du bureau. Gonzalo soupira, ôta ses lunettes cerclées d'écaille, aussi démodées que ses costumes et ses cravates, et se frotta les paupières. Son regard tomba sur le portrait de Lola et des enfants.

Une huile accrochée au mur, que son épouse lui avait offerte quand il avait inauguré le cabinet et qu'il avait encore toutes ses illusions. Les choses avaient beaucoup changé, et pas dans le sens qu'il souhaitait.

Il sortit sur le balcon pour prendre l'air. Les géraniums partageaient ce petit espace avec l'appareil à air conditionné et une bicyclette qui n'avait jamais servi. Sur la balustrade était encore accrochée l'enseigne publicitaire du cabinet. Au cours de toutes ces années, il n'avait jamais pensé à l'arranger. Le soleil et les intempéries l'avaient décolorée, mais de la rue on ne l'avait jamais très bien vue, même du temps où elle était neuve. Cette enseigne était symbolique, une sorte de bannière absurde qui revendiquait inutilement l'indépendance de son île face aux bureaux voisins, propriétés d'"Agustín González et Associés depuis 1895". Parfois, Gonzalo avait la conviction que ses uniques clients entraient dans son bureau parce qu'ils s'étaient trompés de porte. Il soupçonnait aussi son beau-père de lui envoyer des égarés, des cas sans intérêt, des miettes. En fin de compte, Gonzalo était le mari de sa fille et le père de ses petits-enfants, et ça comptait, même si don Agustín considérait qu'il était incompétent. Le mot exact était pusillanime.

Après avoir tenu bon pendant des années, il devait se rendre à l'évidence : il allait accepter la proposition de s'associer avec son beau-père. Cela n'avait pas encore été formalisé, mais dans la pratique cela signifiait qu'il travaillerait pour lui. Cette enseigne disparaîtrait, peut-être aussi les géraniums. C'était la faute du nouvel emprunt, du collège anglais de sa dernière fille, de la prochaine année d'études de Javier dans une université privée où étaient formés les patriciens sous les auspices des jésuites. Sans compter qu'il n'avait pas le cran d'affronter son beau-père et qu'il avait laissé sa vie devenir une parodie où il jouait un rôle de figurant.

Il alluma une cigarette et fuma en contemplant la ville. Le beau temps n'allait pas tarder à arriver, la vraie chaleur, mais cet après-midi on pouvait encore se mettre au balcon sans la gifle du compresseur d'air conditionné poussé à fond. Tout le monde considérait qu'il adorait être au cœur de la ville, alors qu'en réalité il n'aimait pas Barcelone. Il avait la nostalgie des ciels de son enfance dans les montagnes, quand le ciel rougissait le lac et que son père l'emmenait pêcher. Il n'avait pas de réels souvenirs de cette époque, si tant est que les souvenirs puissent être réels ; son père avait disparu quand il avait cinq ans, mais sa mère racontait si souvent ces parties de pêche qu'il avait vraiment l'impression qu'elles étaient une réalité. Il était difficile d'avoir la nostalgie d'un événement inventé, c'était aussi bizarre que de déposer tous les 23 juin des fleurs sur une tombe où rien n'était enterré, à part les vers et les fourmis qui en été érigent leurs petits cônes de terre.

Pendant des années il avait essayé de convaincre Lola de restaurer la vieille maison du lac et d'aller y vivre avec les enfants. C'était à moins d'une heure de la ville, et maintenant on pouvait vivre à la campagne avec tout le confort ; Patricia, la petite, pourrait grandir dans un environnement plus sain, et il l'emmènerait pêcher pour qu'elle n'ait pas l'impression, lorsqu'elle serait grande, que son père avait été un fantôme flou ; peut-être qu'un environnement plus paisible lui permettrait d'améliorer ses rapports avec son fils aîné, Javier. Mais Lola avait toujours refusé tout net.

Arracher son épouse à ses avenues et à ses boutiques, aux quartiers du centre et au brouhaha, c'était comme l'amputer des deux jambes. Il avait fini par accepter d'acheter cette maison dans la partie haute de la ville, avec piscine et vue sur le littoral, quatre salles de bains, un jardin de quatre cents mètres carrés, et des voisins riches et discrets. Il avait acheté un 4×4 qui consommait plus de gasoil qu'un char de combat, et décrété, même s'il savait qu'elle était au-dessus de ses moyens, que c'était la vie dont il rêvait.

On fait ce qu'on ne veut pas faire quand on tombe amoureux et qu'on attribue à sa propre initiative ce qui n'est au fond qu'un renoncement.

Plongé dans ces conjectures inutiles, Gonzalo se tourna vers le balcon voisin où une femme fumait distraitement, le nez dans son livre. Elle leva la tête, le regard dans le vague, pensant peut-être à ce qu'elle venait de lire. Elle était grande, environ trente-cinq ans, rousse, et elle avait une coupe de cheveux qui semblait être l'œuvre d'un Edward frénétique aux mains d'argent : des trous sur les côtés, une longue frange qu'elle ne cessait d'écarter de son front et qui frôlait le bout du nez. Elle avait deux grandes ailes de papillon tatouées dans le cou. Ses yeux, gris avec des taches obscures, étaient aimables et insolents à la fois.

— Tu lis mon poète préféré, drôle de hasard !

À en juger par l'expression de la femme, elle devait prendre Gonzalo pour un malade convalescent à qui il ne fallait pas trop demander.

— Un hasard, pourquoi ? Crois-tu que nous soyons les seuls au monde à lire Maïakovski ?

Gonzalo mobilisa l'engrenage de sa mémoire, cherchant les vieux mots oubliés. Son russe était très rouillé.

— Tu plaisantes. Dans cette ville, on pourrait compter sur les doigts d'une main les gens qui peuvent lire Maïakovski en russe.

Elle lui dédia un sourire un peu surpris.

— On dirait que tu en es capable, toi. Où as-tu appris ma langue ?

— Mon père a appris le russe dans les années 1930. Quand j'étais petit, il nous faisait réciter le *Poème à Lénine*, à ma sœur et à moi.

Elle hocha la tête, presque par politesse, et referma son livre.

— Un bon point pour ton père, dit-elle avant de prendre congé avec un demi-sourire et de rentrer dans son propre appartement.

Gonzalo se sentit stupide. Il voulait juste être poli. Juste poli ? Certes, son regard posé sur la naissance de ses seins avait été un peu trop évident. Il manquait de pratique, en matière de galanterie. Il éteignit sa cigarette et passa aux toilettes attenantes à son bureau. Il se savonna minutieusement les mains, flaira ses doigts et ses vêtements pour vérifier qu'il n'y avait plus trace d'odeur de tabac. Puis il ajusta son nœud de cravate et défroissa sa veste.

— Tu es bien là, quelque part, n'est-ce pas, petit coquin ? dit-il entre ses dents, devant la glace.

Tous les dimanches, quand il allait la voir, sa mère lui rappelait qu'il avait été un enfant très mignon. "Tu *étais* le portrait craché de ton père" : les mêmes yeux verts au regard inquisiteur, le front large, les sourcils marqués, comme les pommettes, et ce trait si caractéristique de la famille Gil, les dents de devant un peu espacées, détail qu'il était parvenu à corriger après deux longues années de traitement orthodontique. Une abondante chevelure foncée, un cou épais et cette façon de redresser le menton qui, si on ne le connaissait pas, pouvait donner une impression d'arrogance. Personne ne lui disait qu'il avait les oreilles décollées, le nez épaté, comme chez les boxeurs, et une moue aigrie, ce qui donnait un ensemble peu séduisant. En tout cas, si l'enfant avait récupéré une goutte du père, le temps s'était empressé de l'effacer. Sur les photographies qu'il avait conservées, à quarante ans son père distillait une humanité bouleversante, en dépit de son seul œil sain. Grand et fort, il donnait une impression d'autorité indubitable, un homme solide sur ses jambes. En revanche, Gonzalo était devenu une personne charnue, faible, plus petite, plus tassée, un ventre mou qu'il n'avait jamais le temps ni la volonté de mettre au pas. Le front et les tempes annonçaient une calvitie précoce et bien sûr ses yeux n'avaient rien d'inquisitoriaux, ils n'avaient même pas un éclair d'intelligence. Juste une bonté fragile et velléitaire, une personne timide qui inspirait, dans le meilleur des cas, une condescendance indifférente. Les enfants des héros ne sont jamais à la hauteur. Ce n'était pas une affirmation blessante, mais la constatation d'un fait indéniable.

Avant de s'en aller, il passa voir Luisa.

— Tu sais qui a loué l'appartement de droite ?

Luisa se tapota les lèvres de la pointe de son crayon.

— Non. J'ai vu un déménagement, mais ne t'inquiète pas, lundi je le saurai.

Gonzalo lui dit au revoir avec un sourire un peu forcé. Cette femme sur le balcon l'avait intrigué.

— Au fait, bon anniversaire. Un an de plus, lui dit sa secrétaire au moment où il sortait.

Gonzalo leva la main sans se retourner.

Il gara son 4×4 devant chez lui vingt minutes plus tard. Quelqu'un avait peint sur son mur une cible avec son nom au milieu. Des ouvriers engagés par Lola essayaient d'effacer les tags avec un jet à pression. Autant jouer au chat et à la souris ; à la tombée de la nuit les graffitis reviendraient au même endroit. Gonzalo n'avait pas besoin d'être un expert en calligraphie pour savoir qui en était l'auteur. Il entendit le brouhaha et distingua un éclat de rire ou une voix plus stridente que les autres, de l'autre côté du jardin. Les invités étaient arrivés. Il entendit la musique d'ambiance : Sergio Gatica. Lola et lui n'étaient jamais d'accord sur leurs goûts musicaux. Et quand ils se disputaient, assez souvent, c'était la volonté de son épouse qui s'imposait.

Il tripota les clés du 4×4 et souhaita que tous ces gens soient ailleurs. En réalité, c'était lui qui aurait aimé disparaître. Il s'en abstiendrait, bien sûr. Un comportement inattendu était impensable chez ce personnage qui passait pour être prévisible, ennuyeux et absent. Il respira un grand coup, redressa les épaules et introduisit les clés dans la serrure, s'efforçant de prendre un air vraiment surpris, même si tout le monde s'en moquait. Tout ce qu'on lui demandait, c'était d'être convaincant. Il y parvint.

En traversant le salon, il serra des mains, distribua accolades et salutations. Quelques amis du cabinet de son beau-père s'étaient regroupés. D'autres amis de dernière heure, des voisins du lotissement que Lola avait recrutés pour faire nombre, le félicitèrent avec une effusion exagérée. Autour de la piscine, il vit sa fille Patricia jouer avec les autres enfants dans les parterres. Elle se retourna et lui agita ses doigts pleins de terre. Gonzalo lui renvoya son salut, avec des sentiments aigres-doux. Elle grandissait trop vite. Elle n'avait presque plus besoin de se mettre sur la pointe des pieds pour l'embrasser sur les joues. Elle lui échappait. Comme toutes les bonnes choses qui lui étaient arrivées dans sa vie, l'enfance de ses enfants s'en allait sans qu'il ait le temps d'en profiter.

Au milieu de l'assistance, Lola brillait de toute sa beauté dans sa robe mauve aux épaules découvertes. Elle avait abordé mieux que la plupart des femmes cet âge plein d'inquiétudes, au-delà de la quarantaine. Elle paraissait pleine d'assurance, heureuse, on la recherchait, on la cajolait, l'embrassait, pour le plaisir de partager sa vitalité. Elle était belle, beaucoup plus qu'il n'aurait pu le souhaiter. Mais la beauté ne signifiait plus grand-chose, se dit-il, quand elle s'approcha pour le féliciter et l'embrasser fugacement sur les lèvres.

— Tu t'attendais à ça ?

Gonzalo prit un air de circonstance. Mentir est beaucoup plus facile quand celui qui écoute le mensonge est disposé à le croire.

— Sûrement pas.

— Ils sont tous venus, affirma Lola avec un air de triomphe.

Ce n'était pas du tout vrai. Il y avait des vides difficiles à cacher. La vie semait les cadavres derrière elle. Gonzalo repéra son beau-père.

— Que fait ton père ici ?

Lola posa sa main aux ongles vernis sur son épaule. Elle prenait un air détendu, ce qu'elle n'était pas du tout. Gonzalo le sentit au léger tremblement des doigts sur l'épaulette de sa veste.

— Essaie d'être aimable avec lui, veux-tu? Il veut te parler de la fusion des cabinets.

Gonzalo acquiesça sans enthousiasme. "Fusion" était une façon généreuse de ne pas dire servitude. Il allait devenir un laquais, et son épouse lui demandait d'être poli! C'était épuisant, ce théâtre sans fin dans lequel elle semblait évoluer avec aisance.

Lola fronça le nez et plissa les paupières qui pilotaient de longs cils soulignés par le Rimmel.

— Tu as fumé?

Gonzalo ne broncha pas. Il prit même un air plutôt offensé.

— Je t'ai donné ma parole, non? Je n'ai pas fumé une seule cigarette depuis cinq mois.

Lola lui lança un regard méfiant. Avant que le balancier revienne au point de départ, Gonzalo changea de sujet.

— J'ai vu les ouvriers s'affairer sur le mur.

Lola rejeta ses cheveux en arrière dans un geste exaspéré.

— Tu devrais dénoncer ce fou à la police, Gonzalo. Cette histoire a assez duré. J'en ai parlé à mon père et…

Gonzalo l'interrompit avec irritation.

— Tu lui racontes aussi combien de fois je vais aux toilettes?

— Ne sois pas désagréable. Je te dis simplement qu'il faut en finir.

Gonzalo vit son beau-père s'approcher. Lola l'embrassa tendrement et s'éloigna pour laisser les deux hommes en tête-à-tête près de la piscine.

— Une fête magnifique, dit le beau-père pour le féliciter.

Même quand il voulait être élogieux, sa voix était revêche, comme son expression, toujours aux limites du dédain. Ses yeux avaient perdu leur couleur, mais ils exprimaient une intelligence roublarde et une vitalité enviable, joviale et passionnée. "Tout le contraire de toi", lui crachait ce regard. Gonzalo ne parvenait pas à surmonter l'impression d'écrasement qu'il éprouvait en sa présence. À près de soixante-dix ans, Agustín González n'avait pas encore dépassé ce moment critique où certains hommes commencent à s'apitoyer sur eux-mêmes. Il était détestable sous beaucoup d'aspects, et sa mauvaise réputation était méritée : un dur à cuire, un bagarreur qui avait beaucoup de trophées à son actif, un corsaire sans scrupules, arrogant et même agressif, quand il prenait l'air revêche de ces gens qui sont depuis longtemps au sommet et qui se croient investis du droit divin d'y rester. Mais c'était aussi un homme solide, cultivé, et sans aucun doute prudent. Il soupesait chaque mot, évitant de dire ce qu'il pourrait regretter par la suite. Il était peut-être détesté par beaucoup de gens, mais ses ennemis n'étaient pas assez bêtes pour se moquer de lui, même dans son dos.

— J'aimerais avoir une conversation tranquille avec toi sur notre association. Passe lundi à mon bureau, vers 10 heures.

Gonzalo s'attendait à ce qu'il ajoute quelque chose, mais son beau-père, aussi avare de mots que de gestes, émit un grognement qui se prétendait sans doute amical et alla se joindre à un groupe d'invités.

Un peu plus loin, la compagne de son beau-père le salua en levant un verre de vin dans sa direction. Elle était beaucoup plus jeune qu'Agustín. Gonzalo avait oublié son nom, si elle le lui avait jamais dit, mais il n'était pas près d'oublier la robe ajustée qui contenait ses chairs sans pudeur, et la dentelle de son soutien-gorge qui soulignait des seins pressés de s'évader de ces froufrous pour souffler un peu. Son beau-père aimait ce genre de femmes, débordantes et dociles. Depuis qu'il était veuf, il ne se privait plus de les collectionner. Elle se déhanchait comme si elle déambulait dans un décor en carton-pâte, tous les projecteurs braqués sur elle. Elle passa les doigts au coin de sa bouche et constata avec déplaisir qu'ils étaient tachés de rouge à lèvres.

Gonzalo vit Javier sous la pergola en bois, à l'extrémité du jardin. À l'écart des autres invités, comme toujours, son fils aîné détonnait comme un objet pas à sa place. Il était adossé à une colonne, réfugié dans la musique de son lecteur, promenant un regard indifférent autour de lui. Son bermuda laissait à découvert la longue cicatrice de sa jambe droite. Malgré tout le temps passé, Gonzalo se sentait coupable chaque fois qu'il voyait cette cicatrice.

L'accident, si on pouvait dire, était arrivé quand Javier avait neuf ans. Ils étaient tous les deux en haut d'un rocher et Javier regardait le fond des eaux calmes et cristallines. Il n'y avait pas une très grande hauteur, mais à ses yeux elle devait paraître inaccessible. D'en bas, Lola lui criait de sauter, et il se débattait entre la peur et l'envie de fermer les yeux et de se lancer dans le vide. "On va y aller ensemble, ça va bien se passer, tu vas voir", dit Gonzalo en lui serrant fort la main. Javier sourit. Son père était là, il ne pouvait rien lui arriver de mal. Ce fut son premier instant d'éternité. La sensation de tomber et de sentir en même temps qu'il ne pesait rien, le rugissement de sa propre voix et de celle de son père. Le monde devenu un cercle de bleus intenses et ensuite la mer s'ouvrant pour l'engloutir au milieu des bulles et le renvoyer vers la surface. Son père riait, fier de lui, mais soudain le regard chavira. Autour de Javier, l'eau prit une couleur bordeaux et l'enfant sentit une douleur terrible à la jambe.

C'était la première fois que son père le décevait. La claudication qui lui restait à la jambe droite le lui rappelait jour après jour.

— Je suppose que je dois te féliciter.

Javier avait une voix somnolente, morne et rauque. Pas finie.

— Ce n'est pas obligatoire, mais je serais sensible à cette attention.

Son fils lança un regard à la ronde. Le regard d'un adolescent évaluant les horizons possibles.

— Je parie que la moitié des gens ici présents se moquent de toi éperdument. Mais vous semblez tous vous en accommoder.

Que pouvait savoir un père sur le monde intérieur de son fils de dix-sept ans ? Sur Internet, les jeunes de cet âge parlaient ouvertement de leurs émotions et de leurs sentiments. Ils parlaient et parlaient, mais on ne pouvait tirer de conclusions claires sur ce qu'ils étaient ou croyaient être. Gonzalo observait la mutation douloureuse de son fils et sentait le poids de sa solitude, de quelle façon le reste de sa vie pesait déjà sur lui.

— Tu ne peux résister à la tentation de m'asticoter dès que l'occasion s'en présente, n'est-ce pas ?

Gonzalo ne pouvait jamais dissiper une sorte d'irritation en sa présence. On aurait dit qu'ils parlaient deux langues différentes et qu'aucun des deux ne faisait le moindre effort pour comprendre l'autre.

Javier leva les yeux sur son père avec un mélange de désir et de gêne, comme s'il souhaitait lui dire une chose qu'il était incapable d'exprimer. Ces derniers temps, il semblait plus âgé et plus triste, on aurait dit que sa première année à l'université allait le projeter dans un no man's land où il n'était plus un enfant et n'était pas encore un adulte.

— Que veux-tu que je te dise ? Encore une fête-surprise. Comme tous les ans.

Gonzalo croisa le regard de son fils.

— On peut savoir ce qui t'arrive ?

— Rien du tout. Je veux juste qu'on me fiche la paix une minute.

— On ne va pas se disputer, Javier. Ce n'est pas le moment.

Ils auraient aimé crier, s'insulter, s'envoyer tous les reproches accumulés. Mais cela n'arrivait jamais. C'était comme ça.

— Alors, abstenons-nous.

Gonzalo resta songeur un instant, observant les allées et venues de Lola parmi les invités. Javier était son portrait vivant, les mêmes yeux, la même bouche, pourtant quelque chose le répugnait, dans la largeur du front, dans ses épais cheveux noirs et bouclés. Gonzalo essayait de réprimer ce sentiment de rejet, mais Javier le devinait.

— Parfois, je pense que tu ressembles trop à ta mère. Tu as le don de repousser les gens qui t'aiment.

Javier se frotta la tempe, il avait envie d'être seul.

— Tu ne connais pas maman. Tu vis avec nous, mais tu ne nous connais pas.

Gonzalo sourit avec tristesse. Javier admirait sa mère autant qu'il détestait son père, sans raison précise, uniquement par instinct. En réalité, ce garçon idolâtrait un fantôme. Mais Gonzalo n'en faisait-il pas autant ?

Quelqu'un, à côté de la grille de l'entrée, attira son attention. Un type costaud, assez âgé, le regardait fixement en fumant une cigarette. La fumée s'accrochait à sa grosse moustache. Ce visage lui était vaguement familier, mais il était sûr de ne l'avoir jamais vu. Son apparence totalement anodine, hormis sa moustache fournie, l'induisait peut-être en erreur. Sa chemise avait des auréoles de sueur sous les bras et il portait un pantalon crème tout froissé. Son gros ventre menaçait d'éjecter les boutons, comme s'il lui avait imposé la pression d'une ceinture de maintien. Malgré tout, cette moustache aux tons gris lui rappelait quelqu'un. Une question se frayait un chemin dans son esprit perplexe.

Sans le quitter des yeux, l'inconnu épongea son crâne rasé avec un mouchoir.

Gonzalo s'avança.

— Excusez-moi, nous nous connaissons ?

L'homme lui montra sa carte et acquiesça lourdement.

— Pourquoi êtes-vous ici ?

Alcázar le regarda sans s'émouvoir.

— Il s'agit de votre sœur, Laura.

Ce nom éveilla un vague écho dans l'esprit de Gonzalo, sorte de gêne légère longuement oubliée. Il y avait plus de dix ans que sa sœur avait disparu de la carte sans donner d'explications. Et il ne l'avait jamais revue.

— Qu'est-ce qu'elle a fait, cette folle ?

Alcázar écrasa son mégot sous son talon d'un mouvement giratoire. Ses yeux obliques, enfouis sous d'épais sourcils gris en broussaille, transpercèrent Gonzalo.

— Elle a tué un homme, et ensuite elle s'est suicidée. Par ailleurs, cette folle était ma collègue.

La poussière venue de la plage formait une douce pellicule sur les fauteuils et la table de la terrasse, et les murs blancs renvoyaient une chaleur étouffante. Siaka regardait la mer par la fenêtre avec une indifférence tranquille. La femme somnolait, allongée sur le ventre, la figure dans l'oreiller, la bouche entrouverte qui bavait, les cheveux lie de vin plaqués sur le front en sueur. C'était une femme robuste, la peau rosée, un piercing dans le nez, un brillant minuscule, comme un grain de cristal. Les marques blanches de la culotte et du soutien-gorge étaient visibles sur la peau grillée par le soleil. Les touristes n'apprenaient jamais rien ; à peine avaient-ils atterri sur la plage qu'ils s'étendaient sur leur serviette comme des lézards, comme si le soleil allait se dérober. Siaka se débarrassa doucement du bras posé sur son pubis et se décolla de la femme, dont la peau était aussi poisseuse qu'une confiture. Avant de jouir, elle avait poussé une sorte de hennissement chevalin. Ensuite elle l'avait regardé avec une étincelle de coquinerie obscène dans le regard. Où as-tu appris toutes ces choses ? avait-elle demandé. C'est de naissance, avait-il répondu. Elle avait souri. Siaka était convaincu qu'elle ne l'avait même pas entendu, qu'elle s'était endormie comme un bébé après son biberon.

Il s'habilla sans bruit, gardant les chaussures pour la fin, fouilla dans le sac de la femme et trouva une liasse de dollars dans le porte-monnaie, une montre qui avait l'air de qualité et un téléphone portable. Il prit aussi le passe-port (les passeports américains étaient très cotés), mais après réflexion il le remit dans le sac, avec le téléphone. Papa lui renverrait sûrement des sous, d'une banque du New Jersey ou de n'importe où, mais perdre le passeport était plus compliqué. Des dizaines de Suzanne, Louise, Marie, arrivaient des États-Unis ou de tout autre pays, grillant d'envie de vivre des vacances de rêve, pour se les rappeler au cours des longues et froides soirées de Boston ou de Chicago. Les Russes, les Chinoises et les Japonaises n'étaient pas mal non plus, mais il préférait les Yankees. Elles avaient une pointe de naïveté qui le ravissait, elles se contentaient d'un peu plus que ce que leur fiancé ou mari leur offrait, et elles étaient généreuses. Pas question d'un hôtel de seconde zone ou d'une baise furtive dans une voiture de location. Elles l'emmenaient dans leur hôtel, et Siaka avait une dévotion pour les cinq étoiles. Le shaker à disposition, les draps brodés, le pei-gnoir dans la douche, les salles de bains et la moquette propre. Mais ce qu'il préférait, c'étaient les drapeaux. Les bannières au vent, en haut des mâts des hôtels cinq étoiles, étaient toujours neuves et brillantes.

On ne pouvait pas comprendre ce qu'était le premier monde si on n'avait pas vu ces drapeaux à la terrasse d'un hôtel cinq étoiles, face à la mer. Quand les femmes lui demandaient d'où il était, avec cette voix pleine d'inten-tions amoureuses et exaltées, il leur mentait, et cela n'avait aucune importance. Pour la plupart des gens, l'Afrique était une tache de couleur ocre au milieu de nulle part. Les frontières et les pays se valaient tous. Un continent de malheurs, de famines, de maladies et de guerres. Quelques histoires lacrymogènes, et elles l'écoutaient avec un regard apitoyé, crispaient leurs longs doigts sur la table d'un restaurant de luxe, se croyaient supérieures et pour cette raison se sentaient mal à l'aise, coupables. Siaka les dépaysait, les impressionnait avec sa connaissance de la musique africaine, il leur expliquait comment on jouait de la *mbira*, un lamellophone à touches en métal monté sur une calebasse, typique de son pays, le Zimbabwe. Ou bien il leur parlait de Nicholas Mukomberanwa, un des artistes les plus connus de son pays. Alors, cette commisération devenait admiration, et à mesure que le dîner avançait et se vidaient les bouteilles de vin, les mains ou les pieds des dames glissaient sous la table et l'esprit du maître affleurait comme autrefois, se posait sur son entre-jambe, demandait avec ses yeux étincelants si c'était vrai, ce qu'on disait des Noirs, qu'ils en avaient une énorme, car pour être noir il fallait un bel attribut masculin. Voilà ce qu'elles pensaient et ce que Siaka leur offrait. Il avait un beau membre et dix-neuf ans pour le remplir d'énergie. Il avait aussi des projets pour l'avenir.

Il sortit de la chambre et se chaussa dans le couloir après avoir glissé les dollars dans une chaussure. Ce n'était pas systématique, mais parfois les agents de sécurité de l'hôtel le fouillaient, surtout s'ils avaient repéré son visage.

Il se retrouva dans la rue sans problème et héla un taxi.

— Où je vous emmène, monsieur ?

Siaka esquissa un sourire satisfait. Il aimait qu'on le vouvoie ; même s'il était noir et sans papiers, ses vêtements de luxe et ses lunettes de soleil de marque le rendaient tout de suite plus blanc. Quant aux papiers, les seuls qui intéressaient les gens, il les avait qu'il avait cachés dans sa chaussure.

— Vous acceptez les dollars ? demanda-t-il en tendant un billet de cent.

Avec de l'argent, on est moins dans l'illégalité.

La maison de Gonzalo Gil se trouvait dans un lotissement de grand standing, sur une colline d'où on voyait la mer. La façade était presque cachée derrière un haut mur de pierre. On entendait les rires et le clapotement d'une piscine. Par la fenêtre du taxi, Siaka vit arriver une fourgonnette de *catering*. La grande femme brune et élégante qui sortit l'accueillir devait être l'épouse. Siaka essaya de se rappeler son nom, mais une seule phrase lui vint à l'esprit : "cette traînée prétentieuse". D'après ce qu'il savait, l'avocat avait deux enfants, un fils presque de son âge et une fille beaucoup plus jeune. Il les avait vus deux ou trois fois prendre le bus de ramassage scolaire qui s'arrêtait pas loin.

— Vous savez, le taximètre va m'enrichir.

— Si je vous appelle, disons dans une demi-heure, vous viendrez me chercher ? Je vous donnerai un bon pourboire.

Il suivit le mur en respirant les orchidées. Cette odeur et celle du gazon fraîchement coupé lui rappelaient les romans de Fitzgerald, et de façon plus floue l'école où il allait quand il était petit. Il s'arrêta devant les ouvriers qui effaçaient des tags et sourit. Cette maison devait être une aubaine pour eux. Tous les trois ou quatre jours, ils se pointaient pour effacer les insultes adressées à l'avocat et les menaces à sa belle épouse et à ses enfants aux mines de chérubins. L'un d'eux le regarda. Siaka salua avec naturel et le type persista. À tout hasard, le jeune homme changea de trottoir et longea les propriétés voisines. Bien sûr, certaines personnes savaient vivre, ce qui n'avait pas grand-chose à voir avec la chance.

Siaka s'adossa au mur et alluma une cigarette. Il rajusta ses lunettes de soleil et ferma les yeux, laissant la fumée flotter entre ses dents blanches.

— Bon anniversaire, maître.

2

Gonzalo compara le numéro avec le papier qu'on lui avait donné au tribunal. Parmi les affaires de sa sœur, il y avait la clé de l'appartement où elle avait vécu ces derniers mois. Subsistait une plaque usée, ornée du faisceau de flèches phalangiste, avec cette inscription : "Propriété du ministère du Logement." On devinait la date de construction de l'immeuble sous un enchevêtrement de fils qui auraient effrayé le lampiste le plus expérimenté. Le couloir était étroit et humide. La lumière dans l'escalier ne marchait pas, la plupart des boîtes aux lettres avaient été arrachées et chez celles qui subsistaient la serrure ou l'ouverture avait été forcée. Il chercha sans grand espoir un ascenseur inexistant et lança un coup d'œil résigné à l'escalier en colimaçon plutôt raide.

Il arriva au dernier étage, le dos trempé de sueur. Il s'accorda une minute pour reprendre son souffle, avant de sortir la clé de sa poche et de l'introduire dans la serrure de la seule porte du palier. Celle-ci s'ouvrit en grinçant ; une bouffée de sueur sèche et de tabac brun lui souhaita la bienvenue. Il tâta le mur pour trouver l'interrupteur et une ampoule nue s'alluma au bout du couloir.

La lumière de la rue entrait à peine. Dans ce salon minuscule, sol en granito poisseux et murs nus, il n'y avait presque pas de meubles : une commode, un fauteuil décati et un vieux poste de télévision. Un peignoir suspendu au portemanteau, avec des brûlures de cigarette aux manches. À côté de la fenêtre sans rideaux, une chaise en osier. Gonzalo essaya d'imaginer sa sœur, fumant et buvant sans cesse, persiennes baissées, dans l'obscurité.

Sur la gauche, un petit bureau où s'entassaient des paperasses, des livres et des magazines. Il y avait aussi des boîtes de bière et des mégots. Une photographie de mariage était par terre, le sous-verre cassé. Gonzalo se baissa pour la ramasser et effaça l'empreinte d'un pas pour mieux la voir. Le jour où Laura s'était mariée, à l'église elle tournait les yeux dans tous les sens, le cherchant parmi l'assistance, effrayée, comme si dans ce regard voletait une hirondelle désorientée. C'était ce même regard sur la photographie, fuyant d'une certaine façon la main de Luis qui lui entourait la taille. Son ex-beau-frère avait aussi l'air tout jeune sur la photo. Gonzalo avait toujours trouvé Luis sympathique, quel dommage que les choses aient fini de façon si brutale dix ans plus tôt ; il aurait aimé garder le contact avec lui.

Il alla à la cuisine, qui sentait la nourriture en putré-faction. Un calendrier remontant à plusieurs années était suspendu à un clou, à côté d'une pendule hors d'usage. Les jointures des meubles étaient noires de crasse ; un verre et une assiette sales étaient posés sur la table en formica. On avait l'impression que Laura avait été for-cée de s'absenter, mais qu'elle n'allait pas tarder à reve-nir finir son repas. C'était là que Laura s'était tiré une balle dans l'estomac. La police l'avait trouvée, l'arme à la main. Ce n'était pas son arme réglementaire, on la lui avait retirée après la mort de son fils et on l'avait forcée à prendre un congé, vu son état psychologique, mais per-sonne n'avait imaginé qu'elle en avait une autre.

Le médecin légiste assurait que la mort avait été indo-lore, on avait trouvé des barbituriques et de l'alcool dans son estomac, que Laura avait sans doute ingérés avant de tirer. Gonzalo n'avait pas été autorisé à voir le visage de sa sœur, mais sous le drap il avait distingué les points de suture qui allaient du nombril jusqu'à la trachée. Privée de ses organes, Laura s'était dégonflée comme une baudruche.

Gonzalo n'avait pas l'impression que la mort ait été une partie de plaisir. La trace de sang serpentait de la porte à la table. Elle était venue se réfugier dessous, tel un chien abandonné et moribond. La grande flaque avait laissé une énorme tache sombre sur le vieux lino, à l'endroit où les infirmiers avaient abandonné les vestiges de leur vaine tentative de la ramener à la vie : des gants en latex, des bandes, des bouchons de seringues et du matériel de perfusion. Quand les policiers étaient entrés dans l'appartement, la musique était à fond. Ils ne purent dire de quel morceau il s'agissait, ils étaient même mécontents quand Gonzalo insista, comme si cela n'avait pas d'importance. Mais elle en avait une, bien entendu ; Gonzalo avait vu le CD sur la chaîne. Laura avait choisi la *Symphonie n° 7, Leningrad*, de Chostakovitch, pour cacher aux voisins le bruit de la détonation et les cris d'agonie. Sa mère détestait ce compositeur ; c'était sans doute pour cette raison que Laura l'avait choisi.

Il s'assit sur une chaise et contempla ce lieu, qui lui était aussi étranger que la personne (ou du moins sa dépouille) qu'il avait vue sur le froid brancard métallique de la morgue. Il avait eu beau s'évertuer, la mort de sa sœur n'avait pas dépassé l'émoi qu'on éprouve quand on apprend le décès d'une vague connaissance, d'un parent éloigné dont on ignore tout. Un petit nuage à l'horizon par une journée ensoleillée. Mais plus il restait, plus les couches de poussière se soulevaient, laissant apparaître les souvenirs d'une enfance où Laura était la seule référence fixe de Gonzalo.

En entrant dans la chambre, il éprouva une pudeur déplacée, vu les circonstances. Qui aurait pu être gêné par toutes ces culottes et soutiens-gorges dispersés partout, par le lit défait, par cette forte odeur de sexe et d'alcool ? Sur la commode, il y avait des traces de cocaïne. Les doigts de Laura étaient toujours là, imprimés sur cette poussière de verre. Et ceux d'une autre personne, sans doute un de ses amants. Il s'assit au bord du lit et regarda par la fenêtre qui donnait sur une terrasse tournée vers la plage. C'est ce qu'elle voyait chaque matin au réveil : une portion de ciel, de terre et de mer. Cette vision lui apportait peut-être un certain soulagement quand elle ouvrait les yeux. Les nuits l'aidaient peut-être à regarder les étoiles et à respirer l'air humide et chargé de salpêtre, avec son cher Bach en musique de fond, ou Wagner, encore un pestiféré de leur mère, et donc un des favoris de Laura. Le matin, quand le soleil se levait, peut-être allait-elle nager en pleine mer (il se rappelait qu'elle avait toujours mieux nagé que lui) jusqu'à épuisement, jusqu'à cette bouée qui flottait au large, et retour ; ou peut-être s'asseyait-elle simplement, le menton et les bras appuyés sur la balustrade rouillée, fumant et buvant pendant des heures, en pensant à son fils.

Quel genre de frère avait-il été ? Le genre qui ne sait rien de sa sœur. Il se rappela une conversation qu'il avait eue avec Laura. Gonzalo avait alors quatorze ans et on leur avait imposé une rédaction au collège. Ils devaient faire un collage qui explique le passé d'un membre de la famille. Sans réfléchir, Gonzalo avait choisi son père et demandé à Laura de l'aider à sélectionner des photographies et des objets qui lui avaient appartenu : un bout de tissu de son gilet, un bouton, une des boîtes d'allumettes qu'il utilisait pour allumer ses gros cigares… L'idée était d'entourer l'image de son père, revêtu de l'uniforme d'officier soviétique, d'une sorte d'auréole de saint, constituée de tous ces objets. Gonzalo était alors dans un collège de clarétains et il savait que les pères récuseraient cette bravade et lui donneraient une mauvaise note. Mais il s'en moquait.

— Tu l'aimais ?

Il se rappela cette question de sa sœur, pendant qu'il s'appliquait à son collage. Il recopiait des paragraphes du *Poème à Lénine*, mais certains mots étaient inachevés, comme si l'impatience l'entraînait, comme si une simple allusion lui suffisait, et il mêlait des phrases en castillan à de longues périodes en russe.

— Si j'aimais qui ? demanda-t-il sur un ton distrait.

— Notre père.

Gonzalo regarda sa sœur d'un air étonné. Quel âge avait alors Laura ? Vingt et un ans ? Vingt-deux ? Elle était dégourdie, elle voyageait et avait des amis que sa mère trouvait peu recommandables, mais qu'il trouvait intéressants et drôles. Des types qui lisaient Kerouac ou écoutaient Bob Dylan, et qui l'encourageaient à fumer quand sa mère ne rôdait pas dans les parages.

— Oui, bien sûr que je l'aimais.

— Pourquoi ?

— Pourquoi ? Mais parce que c'était notre père.

— Comment peut-on aimer quelqu'un qu'on ne connaît pas ? Rien que parce que c'est son père ?

Sa sœur le regarda d'une façon qui ne dura que le temps d'un battement de paupières, mais il s'en souviendrait toute sa vie. Elle exprimait la douleur, l'incompréhension, le chagrin.

Cette question et ce regard étaient toujours là, dans cet appartement où Gonzalo n'avait plus rien à faire. Il avait espéré y trouver une sorte de lien avec le passé, mais en vain. La personne qui avait vécu et était morte dans ce lieu n'avait rien à voir avec lui.

Au moment de partir, il remarqua la porte entrouverte de l'armoire de la chambre. À gauche étaient suspendus les chemises, les robes et les pantalons de Laura ; à droite étaient alignés les cintres en plastique vides. Dans l'étagère du bas, il y avait un sac-poubelle de dimension industrielle ; par pure curiosité, il l'entrouvrit et ses yeux se remplirent d'un éclat évocateur, d'enfant par un soir de Noël. Le blouson d'aviateur de sa mère !

Il vida le sac et étala le blouson sur le lit, l'admirant avec incrédulité. Depuis combien de temps ne l'avait-il pas vu ? Plus de trente ans. Le cuir s'était fendillé et noirci, mais il était évident que Laura l'avait entretenu. On voyait encore la pale de l'hélice se détachant sur la faucille et le marteau, l'insigne de l'école d'aviation so-viétique, sur l'écusson cousu du côté droit, au-dessus du drapeau de la République espagnole. La peau de mouton du cou était assez sale mais avait encore le toucher moel-leux du souvenir d'enfant de Gonzalo. Un peu honteux, il l'essaya. À l'époque, les manches étaient trop longues et il piétinait presque le bas, en laine aussi. Maintenant, il ne pouvait plus le boutonner et il craignait de casser la fermeture. Il sentit le cuir, qui avait encore l'empreinte de l'huile que Laura avait passée, et il se transporta en 1968, 1969 et même 1970, quand Laura et lui jouaient aux aviateurs. Gonzalo demandait toujours à sa mère de lui prêter son blouson, et celle-ci acceptait à condition qu'il fasse attention de ne pas le déchirer. Il n'y parve-nait pas toujours et s'il tombait dans un ravin, abattu par le feu ennemi de Laura (elle était toujours un Messerschmitt allemand et Gonzalo un Spitfire de la RAF, et il était entendu qu'elle devait être abattue, ce qu'elle refusait obstinément), le blouson était sali ou égratigné, alors Gonzalo se mettait à pleurer, en partie parce qu'il antici-pait le savon que sa mère allait lui passer, et parce qu'il aimait ce blouson plus que tout au monde. Il le croyait perdu, et il ne se doutait pas que Laura l'avait conservé.

Le regard ému, il sentit quelque chose dans une poche intérieure. Une enveloppe anonyme contenant un objet en vieil argent, on aurait dit une léontine avec un cou-vercle et un fermoir. Gonzalo, qui portait toujours le blouson, s'assit au pied du lit et examina posément cet objet étrange. Sur une face de la léontine, il y avait une inscription grossièrement gravée, peut-être au couteau ou avec un objet pointu. Les lettres étaient très usées et Gonzalo dut rapprocher beaucoup ses lunettes pour les déchiffrer. On aurait dit un prénom féminin : un *I* latin, un *m* ou un *n*, il n'était pas sûr du *a* final. Le reste était complètement effacé.

En manipulant le couvercle, celui-ci céda sous l'effet d'un ressort, laissant apparaître un médaillon-portrait avec une image sépia très floue d'une jeune femme. On distinguait à peine une partie du côté droit du visage, et un regard profond qui contrastait par sa gravité avec la demi-expression de la bouche, qui semblait sourire. Il s'agissait sans doute d'un portrait de studio : on voyait en partie des rideaux derrière le fauteuil où la femme était assise, jambes croisées, dans une attitude réservée. Bien qu'il soit impossible de le savoir, elle tenait peut-être sur ses genoux une toute petite fille. On ne voyait d'elle qu'un petit chausson et le pan d'une robe claire ; séparée par une déchirure, une tresse avec un ruban.

Gonzalo ne se souvenait pas de ce médaillon-portrait, et il ne comprenait pas pourquoi il se trouvait dans la poche de ce blouson. Mais sa mère le saurait peut-être. Sa mère. Il ne voyait pas comment il pourrait lui dire que Laura était morte, et il ne savait pas comment elle réagirait à cette nouvelle. À quatre-vingt-six ans, sa mère n'avait plus la force d'autrefois. De plus en plus souvent, elle débloquait et perdait toute notion de la réalité. Elle expliquait soudain des choses du passé et dans la foulée regardait son fils comme si elle ne le connaissait pas. Son temps s'était distendu, comme un élastique qui allait et venait à sa fantaisie. Les médecins étaient convaincus que ce n'était pas Alzheimer. Esperanza avait toujours une mémoire prodigieuse et une intelligence aiguë. Elle lisait sa collection d'auteurs russes avec assiduité, et dernièrement elle s'était lancée dans une série de dessins au fusain, des paysages de son enfance, des natures mortes ou des portraits d'Elías qui décoraient les murs de la chambre. Le problème, disait le personnel soignant à Gonzalo, était que sa mère choisissait quand et où vivre sans sortir de la résidence, imposant sa volonté à ses souvenirs, les invoquant ou les éloignant à volonté. En dépit de son caractère sauvage, elle ne posait aucun problème aux infirmières, qui l'aimaient bien. Elle se promenait avec un déambulateur dans la pinède voisine, s'asseyait pour lire sur un banc face à la mer. Elle prenait grand soin de son hygiène, détestait avoir à demander de l'aide pour aller sous la douche ou pour s'habiller, et souvent, la nuit, elle se traînait jusqu'à la salle de bains pour changer sa couche si elle avait fait ses besoins sur elle. Plus d'une fois les infirmières l'avaient retrouvée le lendemain matin sur le sol des toilettes, mais en dépit des reproches, Esperanza n'avait pas l'intention de subir l'humiliation de leur montrer qu'elle déféquait sur elle.

— Aujourd'hui, on n'est pas dimanche, dit-elle en manière de bonjour quand elle le vit arriver.

Le dimanche, à huit heures précises du matin, elle attendait, assise, dans une tenue irréprochable, que Gonzalo vienne la prendre. Ils s'arrêtaient toujours chez le même fleuriste, Esperanza choisissait les plus belles roses avec un soin auquel la vendeuse était habituée, et ils montaient à la maison du lac, les déposer sur cette tombe où n'était enterré que le souvenir. Gonzalo laissait sa mère seule un moment, assise sous le figuier qui ombrageait la tombe, et allait inspecter les ruines de la maison, jusqu'à ce que sa mère décide qu'on pouvait rentrer. Ils faisaient toujours le trajet de retour en silence, et parfois Esperanza pleurait. Gonzalo serrait sa main noueuse, mais la vieille femme s'en rendait à peine compte. Elle était loin, très loin.

— Non, on n'est pas dimanche.

À travers les rideaux en cretonne on voyait languir le jour. Cette vision statique des cyprès escortant le chemin couvert de gravier était triste en hiver. Maintenant, il était juste supportable. Les yeux d'Esperanza étaient en guerre avec la fatigue et pourtant elle refusait obstinément d'utiliser les lunettes correctrices que Gonzalo lui avait achetées. Ce jour-là, elle dessinait sur le petit bureau de sa chambre, tenant le crayon par la pointe, son long nez collé aux feuillets jaunâtres.

— Je suis venu plus tôt, parce qu'il est arrivé quelque chose de grave.

— C'est la fin du monde ? demanda-t-elle sans décoller les yeux de la feuille sur laquelle elle dessinait.

— C'est à propos de Laura, mère. Elle est morte.

La vieille femme ne bougea pas. Si fragile qu'on craignait même de la regarder. Le choc lui enleva le peu de chair qui lui restait sur le visage. Elle étira le cou en arrière, montrant le flot de veines qui avançaient avec difficulté sous l'épiderme, une mince pellicule. Elle émit un léger hoquet, ne parvint même pas à gémir. Elle se tordit les mains et reprit son dessin, mais en dominant à peine le tracé.

— Tu m'as entendu ?

La vieille femme secoua lentement la tête.

— Elle était morte depuis longtemps. Il ne reste plus qu'à l'enterrer. Tu n'as qu'à t'en occuper.

Gonzalo rougit.

— Ne parle pas comme ça, c'était ta fille.

Esperanza ferma les yeux. Si elle parlait ainsi de la mort de sa fille, c'était uniquement parce que Gonzalo était trop petit pour se rappeler les événements de l'époque, et elle était trop vieille pour les oublier maintenant. Elle posa son crayon et se tourna vers la lumière de la fenêtre. Elle prit tout son temps pour reprendre la parole, avec une voix qui semblait venir de très loin.

— Sur la table de la cuisine, nous avions un compotier orné de fruits : avocats, bananes, raisins et feuillage. Ces surfaces lisses étaient plus parfaites que les vrais fruits, elles brillaient avec élégance. Et pourtant, ce n'étaient que de la faïence peinte. Je me rappelle qu'une mouche glissait sur le compotier. Ton père faisait la sieste sur une chaise, elle s'est envolée jusqu'à sa joue, où elle est restée un bon moment, près de sa bouche entrouverte. Tu étais tout petit, fasciné par cette image. Finalement, ton père a fermé la bouche et avalé la mouche, sans le vouloir et sans se réveiller. Tu attendais de la voir ressortir, mais elle n'a pas reparu. Tout l'été tu t'es senti coupable. Tu étais sûr que cette mouche pondrait ses œufs dans l'estomac de ton père et qu'un jour il en sortirait des centaines, des milliers par sa bouche, ses oreilles et son nez. Tu avais des cauchemars, tu pensais qu'il mourrait de façon horrible et que ce serait ta faute parce que tu n'aurais pas osé chasser la mouche d'un revers de main, de crainte de le réveiller. Un soir, je t'ai entendu raconter cette histoire à ta sœur. Tu pleurais, inconsolable, persuadé d'avoir commis l'irréparable. J'ai aussi entendu ce qu'elle t'a dit : "Pourvu que tu aies raison et qu'il en meure !" Elle avait treize ans, elle aurait dû te consoler, t'expliquer que ce n'était pas grave, mais elle avait préféré te laisser croire que tu étais un assassin. Voilà comment était ta sœur.

— C'était juste une méchanceté de gamine… Comme lorsque je lui demandais de tomber en vrille sous mes tirs de Spitfire et qu'elle refusait, ou comme lorsqu'elle courait te rapporter que j'avais sali le blouson d'aviateur.

Esperanza regarda son fils du coin de l'œil.

— D'où tu sors ces bêtises ?

— Regarde ce que j'ai trouvé chez Laura.

Gonzalo sortit ce qu'il y avait dans le sac qu'il avait apporté.

Esperanza rougit, s'écarta du bureau et, l'espace de quelques secondes, ce vieux blouson entre les mains, elle rajeunit de soixante-huit ans. Elle plaqua la main sur sa bouche et regarda son fils avec cet air de nostalgie qu'on prend à la fin d'une vie bien remplie.

— Dans le blouson, j'ai trouvé ça.

Gonzalo lui tendit le médaillon-portrait en argent avec le nom gravé.

Esperanza plissa les lèvres, faisant ressortir le duvet qui avait poussé avec les années. Elle était crispée sur son crayon, au-dessus du papier, elle voulait l'avancer, mais elle ne bougeait pas. D'un geste brusque, elle écarta le crayon. L'œil se mit à pleurer à flots. Gonzalo s'accroupit et prit son visage entre ses mains, ouvertes comme un bol. Les grosses larmes tombaient entre ses doigts et sa mère refusait catégoriquement de le regarder.

— Que se passe-t-il, maman ?

— C'était inévitable, murmura-t-elle.

Déconcerté, Gonzalo regarda les piles de feuilles par terre, les livres qui entouraient le lit, le peignoir dans les tons rosés suspendu au portemanteau près de la porte d'entrée. Quelque chose avait soudain changé dans la pièce. La lumière. Elle était plus sombre, même si dehors le ciel était toujours radieux.

— Qu'est-ce qui était inévitable ?

— La mort, chuchota la vieille femme.

Trois jours plus tard, le tribunal autorisa Gonzalo à enterrer Laura. Le médecin légiste avait cherché des traces de sang ou de peau qui auraient appartenu à Zinoviev et qui l'auraient rattachée à l'assassinat. Il ne trouva rien, mais le juge considérait que son implication était largement prouvée : les menottes de Laura que Zinoviev avait encore quand on l'avait retrouvé, la photographie de son fils clouée sur la poitrine du cadavre – les experts avaient pu démontrer qu'elle avait été fixée avec un pistolet hydraulique trouvé dans une boîte à outils de son appartement –, l'acharnement à le tuer, indice d'un comportement chargé d'émotion, et une carte trouvée dans son bureau, qui indiquait la cachette possible du Russe.

Le fait que Laura se soit suicidée quelques heures à peine après avoir avoué à Alcázar qu'elle n'avait pas l'intention d'aller en prison était une preuve de sa culpabilité. Pour la police et pour le juge, l'affaire était classée, sauf si de nouveaux indices étaient découverts.

Légalement, c'était à la mère de Laura de s'occuper du corps, mais elle transmit la paperasse à Gonzalo. Ce dernier ne savait même pas si sa sœur avait une assurance décès, il constata vite que non, et se chargea des préparatifs. Il n'y avait ni testament ni dernières volontés, Gonzalo ignorait si sa sœur aurait préféré être incinérée ou enterrée. Exaspéré, il décida de contacter Luis. Après tout, c'était son ex-beau-frère qui la connaissait le mieux.

Luis fut étonné de cet appel. Gonzalo lui annonça maladroitement la nouvelle, en cherchant ses mots. Pendant une longue minute, on n'entendit à l'autre bout du fil que le bruit d'une photocopieuse.

— Je ne sais pas si tu es au courant, mais nous avons divorcé après la mort de notre fils Roberto.

Sa voix ne trahissait aucune émotion. Il accepta quand même un rendez-vous. Il dit qu'il serait dans une heure à la cafétéria qui était en face du cabinet de Gonzalo.

Tout ce que Gonzalo pouvait dire de son ex-beau-frère, c'était qu'il le trouvait sympathique. Un garçon discret, de bonne famille, plus que bien élevé. Même en se forçant, il n'aurait jamais pu l'imaginer devenir l'époux de sa sœur. Luis lui avait dit qu'il vivait maintenant à Londres, et qu'il avait rencontré quelqu'un. Il avait eu de la chance de le trouver dans le bureau d'architectes qu'il avait avec deux de ses frères dans la partie haute de la ville. Il était de passage à Barcelone pour superviser un chantier et il avait prévu de rentrer le soir même en Angleterre.

Cependant, l'homme qu'il trouva à la cafétéria n'avait rien à voir avec le jeune homme qu'il avait connu. Au début, Luis lui adressa à peine la parole, comme s'il ne le connaissait pas. Le costume de coupe moderne et droite, sa coiffure impeccable, cheveux mi-longs soigneusement rejetés en arrière, lui donnaient un air installé. La montre au poignet, les boutons de manchette et les chaussures italiennes montraient qu'on avait affaire à un être avide de devenir maître du monde. Il avait pris du poids, pas à la manière de Gonzalo, mais d'une façon assortie à sa peau bronzée naturellement : sports de plein air, escalade, voile et autres activités pratiquées par les gens de son monde pour mettre un peu d'adrénaline dans leur existence. Mais en dépit des apparences, Gonzalo pressentait que chez cet homme persistait le voile de la nuit, une patine de tristesse qui apparaissait involontairement dans ses yeux sombres, et dont il ne pourrait jamais se débarrasser.

C'était absurde, mais Gonzalo éprouva de la compassion pour cet homme, que les femmes regardaient avec un plaisir dissimulé et que les hommes dévisageaient avec méfiance. Il était charmant à tous points de vue. Le genre à vous faire croire que vous brillez d'une lumière propre, alors qu'en réalité vous brillez parce que vous êtes sous son influence.

Ils échangèrent quelques mots polis, empêtrés dans la gêne d'une rencontre qu'aucun des deux ne savait comment affronter. C'était Luis le plus nerveux. Cette nervosité se traduisait par un calme exaspérant des gestes, par la façon de reposer sa tasse sur la soucoupe, de poser des questions ou d'y répondre sans altérer le masque qu'il portait.

— Je crois qu'elle aurait préféré l'incinération. Notre fils est dans le columbarium du Bosquet des cendres. C'est là qu'elle aurait aimé être. Évidemment, je prends en charge tous les frais.

Gonzalo n'avait pas eu le temps matériel de pleurer sa sœur, de prendre conscience que son absence était

définitive. Encore moins de penser aux frais des obsèques.
Pour le moment, la mort de Laura était un événement
que les autres mentionnaient d'un air contrit et qu'il envi-
sageait comme une pièce de théâtre dans laquelle il ne
se sentait pas à l'aise. Le matin même, il s'était arrêté
devant une vitrine où était exposé un livre de recettes, et
il s'était rappelé que Laura faisait les salades de fruits
mieux que personne. On croyait que c'était simple, mais
il ne suffisait pas d'éplucher les fruits et de les laisser
mariner dans leur jus avec un peu de sucre (elle ajoutait
de la cannelle). Laura disait que le secret était dans les
mélanges, acide avec sucré, fruits charnus avec d'autres
plus liquides, par exemple, banane mûre et pample-
mousse. Il fallait bien choisir les produits et les laisser
macérer le temps qu'il fallait, ni trop ni pas assez.

Gonzalo ne comprenait pas pourquoi l'ex-mari lui
parlait des frais de l'enterrement.

— Elle ne m'a jamais raconté comment vous vous
êtes connus et je me demande par quel hasard vos des-
tins se sont rejoints.

Pendant quelques secondes, la braise d'une joie
presque oubliée éclaira le visage de Luis.

Il avait rencontré Laura à Kaboul. Le père de Luis
avait des affaires là-bas et son fils en profitait pour sil-
lonner le pays sur une moto Guzzi poussiéreuse et chargée. Il ressemblait à un hors-la-loi, avec ses grosses
lunettes de motocycliste sur le front. Pour se fondre dans
la population autochtone, il portait des vêtements amples
et le chapeau afghan typique en forme de galette. Son
guide était un type de petite taille à la peau tannée, avec
deux cartouchières croisées sur la poitrine et une vieille
Kalachnikov dont il ne se séparait jamais. Luis avait
oublié son nom, mais pas son sourire, comme s'il n'avait
jamais peur de la vie, qui montrait qu'il avait perdu la moitié de ses dents. C'est ce guide qui lui avait parlé d'une
petite auberge du défilé de Khyber, entre le Pakistan et

l'Afghanistan, où s'arrêtaient souvent les Européens de passage. "Et des femmes aussi", lui avait avoué le guide en clignant de l'œil.

La première fois qu'il avait vu Laura, elle était assise à une terrasse d'adobe et de pierre, contemplant le crépuscule sur un désert de pierres ocre. Elle semblait tellement absorbée, tellement loin de cet espace, qu'on aurait pu la prendre pour une précieuse sculpture sculptée mille ans auparavant. "On m'a dit qu'il y avait une Espagnole ici." Elle lui avait lancé un regard hors du temps, mécontente de cette interruption. Puis elle avait repris sa contemplation du désert. Luis eut envie de s'asseoir à côté d'elle, il voulait s'imprégner de cette vérité qui semblait la brancher au paysage. Une envie qu'il aurait peut-être dû regretter.

— Si j'avais réprimé la tentation d'effleurer son avant-bras avec mon coude, ma vie aurait sans doute suivi la voie placide qui m'attendait à mon retour. À l'époque, j'étais fiancé à une amie d'enfance, fille d'un associé de mon père. J'aurais achevé mon master d'architecture aux États-Unis et j'aurais eu de beaux jumeaux qui un jour auraient hérité de l'empire familial. Si je ne m'étais pas interposé entre le regard de Laura et le désert, nous aurions tous les deux continué ce voyage sans interférer dans la bulle de l'autre. – Luis caressa la tasse de café comme il aurait caressé une idée à laquelle il aurait beaucoup réfléchi : Tout se déclenche sur un simple geste. La première goutte qui tombe est celle qui commence à briser la pierre, n'est-ce pas ?

Gonzalo était perplexe. C'était peut-être vrai. Les changements, les hécatombes, les révolutions et les résurrections, tout commence quelque part, dans un moment infime.

Luis se renversa sur sa chaise et se caressa la paume de la main, comme s'il dépoussiérait un vieux manuscrit où étaient écrits ses souvenirs de l'époque.

— Dans les années 1980, il n'était pas recommandé

de se balader dans le pays, surtout si on était une femme. Les Soviétiques avaient occupé l'Afghanistan et les seigneurs de la guerre n'allaient pas les laisser faire. Mais Laura ne s'était jamais vraiment inquiétée de son avenir. Elle brûlait sa jeunesse en voyageant et en écrivant des articles pour une revue d'histoire. En plus de ses articles, elle gagnait quelques sous comme traductrice du russe pour le gouvernement prosoviétique, mais elle n'hésitait pas à traverser le pays pour rencontrer les seigneurs de la guerre qui affrontaient l'envahisseur.

Gonzalo eut une vision fugace de ces jeux de l'enfance, quand sa sœur refusait de se laisser vaincre dans une bagarre, feinte ou réelle, avec d'autres enfants.

— Elle était un peu spéciale, confirma-t-il avec une fierté un peu tardive.

Luis renchérit.

— Laura était ce genre de femme sur laquelle on se retourne, quel que soit son âge. Elle était belle. Je dirais même extraordinaire. Pour moi, ce qui la rendait différente, c'était cette solidité qui contaminait son entourage. Elle inspirait le désir de vivre, elle ne se contentait pas de respirer, elle transformait en miracle chacun de ses actes, c'était une nécessité.

Ils échangèrent un regard d'incrédulité, comme s'ils avaient compris qu'après une telle affirmation, il était déplacé de parler de son enterrement. Luis avait épousé Laura à peine dix mois après l'avoir rencontrée, et il n'avait pas regretté cette hâte, en dépit des conflits que sa décision avait suscités au sein de sa famille. Ses parents et ses amis, trop indulgents avec eux-mêmes et avec leur existence, n'avaient jamais compris qu'avec cette femme effervescente et décidée Luis vivait pleinement la seule chose qui comptait, se donner l'un à l'autre.

Il redressa sa belle tête de sénateur romain, digne d'un Michel-Ange, et ses yeux brillèrent d'une mélancolie presque désespérée.

— Elle a mis au monde ce que j'ai le plus aimé dans cette vie. Notre fils. Il m'a donné la mesure exacte de ce qu'est la plénitude. Tu as des enfants, tu sais de quoi je parle.

Gonzalo détourna le regard. Cette interpellation lui rappelait ses propres limites en tant que père. Il pensa à sa fille Patricia. C'était vrai qu'avant de la tenir dans ses bras, il n'avait jamais compris ce que signifiait être vivant. Sa petite dernière était son centre, le lieu autour duquel gravitaient ses sentiments, ses craintes et ses espoirs. Mais avec Javier, en revanche, ces sentiments étaient plus diffus et complexes, l'amour et la tendresse se mêlaient dans un même écheveau aux reproches et aux ressentiments.

— Laura et moi, on se consacrait entièrement à notre enfant. Tout ce qu'on faisait ou pensait, tous nos projets tournaient autour de lui. J'ai puisé des forces insoupçonnables pour travailler, pour édifier de quoi rendre le monde un peu plus confortable, même sa venue au monde avait eu la vertu de ramener l'unité dans ma famille : mes parents ont accepté Laura avec reconnaissance, fiers et ravis de tenir un petit-fils dans les bras. – Luis se tut quelques instants, cherchant un mot qui définisse exactement ce qu'il voulait dire, il hésita, fit une tentative, hésita encore et regarda Gonzalo, comme s'il implorait son aide pour le trouver. – Laura t'a toujours beaucoup aimé, Gonzalo, elle n'a jamais cessé de penser à toi. Quand Roberto est né, je lui ai suggéré que c'était le moment de faire la paix avec toi et avec ta mère. Je n'ai jamais compris, et elle n'a jamais voulu me l'expliquer, la raison de cette distance.

Gonzalo l'ignorait aussi, en grande partie. Les haines et les rancœurs sont encore plus fortes si elles succèdent à l'amour. Quand cette discorde éclata, elle les emporta tous. La cause en était peut-être la décision de Laura de renoncer à sa brillante carrière d'historienne et de journaliste pour entrer dans la police, un choix incompréhensible pour sa mère, eu égard au drame vécu par son mari au cours de plus de soixante années de lutte ; ou cet article que Laura avait publié en 1992 sur son père, détruisant son mythe. Sa mère ne le lui avait jamais pardonné. Et Gonzalo n'avait jamais accepté que Laura lui reproche d'avoir épousé la fille d'un militant notoire de l'époque franquiste. Laura avait toujours méprisé la famille de Lola, ce que celle-ci lui rendait bien.

Cette explosion de rage était retombée et au bout du compte, ces dernières années, Gonzalo vivait cette distance avec sa sœur sans haine, ne subsistaient que le mépris et un oubli qui s'était amplifié au point de devenir infranchissable.

— Tout cela n'a plus beaucoup d'importance, n'est-ce pas ?

Gonzalo ôta ses grosses lunettes et passa le pouce sur les petits creux que les plaquettes avaient imprimés à la racine du nez. Sans ses lunettes, l'environnement devenait flou, comme s'il rêvait dans un pot d'essence de térébenthine. Un univers d'ombres qui, se dit-il avec ironie, était peut-être plus vrai que ce qu'il voyait quand il les chaussait.

— Si vous étiez heureux, cette sorte d'union béton que tout le monde envie, pourquoi avez-vous divorcé ?

Luis redressa le cou et tendit ses muscles. Sa raideur aux épaules se voyait même sous la veste. Il n'aimait pas aborder ce sujet. Peu à peu, la crispation devint une sorte de langueur, comme si son corps se rendait à l'évidence et se répandait sur la nappe de la table.

— Je ne lui ai jamais pardonné la mort de notre fils, dit-il avec une froideur débarrassée de la rage inlassablement remâchée, avalée et recrachée, pendant les huit mois écoulés depuis que Laura lui avait dit, affolée, qu'on avait enlevé leur fils à la porte de l'école, en plein jour, sous les yeux des professeurs et des parents ébahis et passifs. Peu après notre rencontre, je l'ai trouvée assise dans le noir, dans la salle de bains. Elle pleurait et tremblait comme une feuille. Je ne l'avais jamais vue dans cet état et j'ai pris peur. Elle déversait des flots de paroles au milieu des sanglots, et ses larmes se mêlaient à sa morve. Elle m'a dit qu'on ne pouvait pas aimer une personne qu'on ne connaissait pas, que le véritable amour est le résultat de la vérité, et que le silence ne sert qu'à tromper. Je n'ai pu obtenir qu'elle me donne des éclaircissements, elle a continué de déverser des phrases incohérentes. Je l'ai revue le lendemain, à l'époque nous ne vivions pas encore ensemble, elle m'a embrassé longuement et m'a demandé de ne plus lui poser de questions. Et j'ai respecté sa volonté. J'aurais dû comprendre que cette crise de désespoir renfermait une chose qui la minait depuis Dieu savait quand.

Les enfants en situation de pauvreté ou d'abus l'obsédaient. Chaque fois qu'était publiée une information de ce genre, elle lui prêtait une attention particulière, mais elle en parlait à peine. Pour moi, qui depuis toujours avais vécu dans la chaleur et la tendresse, ces scènes violentes étaient inimaginables, elles me désespéraient, mais franchement je les trouvais très loin de notre réalité. En revanche, pour Laura elles faisaient partie de son monde, je la voyais se décomposer comme si elle souffrait dans sa propre chair. Elle s'est mise à écrire sur le sujet, à enquêter, à adhérer à des associations, plusieurs fois même on a accueilli des enfants à la maison, des enfants qui ne savaient pas jouer, qui pleuraient la nuit et qui en prenant leur bain montraient un corps blessé, constellé de brûlures de cigarettes, des fillettes racontaient des histoires horribles de parents malades. Laura méprisait et haïssait avec virulence ceux qui commettaient ces abus, elle les appelait "voleurs d'enfances" et s'efforçait jour après jour de les combattre, elle se mettait en quatre, jusqu'à épuisement, et bientôt je me suis rendu compte que cela la dévorait. Je lui ai dit qu'elle ne pouvait pas lutter seule contre toute la méchanceté du monde, que ses efforts n'étaient qu'une goutte dans l'océan. Et tu sais ce qu'elle m'a répondu ? "L'océan, ce n'est jamais qu'un million de gouttes ?"

Elle avait besoin de s'impliquer dans les événements, d'être plus que témoin ou narratrice passive. Je ne comprenais pas cet acharnement, nous avions de l'argent et une bonne situation, nous pouvions faire tout ce que nous voulions, aussi ai-je été stupéfait le jour où elle m'a annoncé qu'elle lâchait tout pour entrer dans la police. On s'est sérieusement disputés, pendant des mois, mais sans résultat. Laura avait pris sa décision, rien d'autre ne comptait.

Peu à peu, elle s'est fatiguée de croire que l'existence était un miracle, comme si le mensonge, une fois épuisé, était devenu insupportable. J'ai voulu la convaincre de quitter ce travail qui la détruisait. Mais elle affirmait qu'elle allait bien, qu'elle se sentait utile, qu'elle pouvait continuer. À la fin, elle avait peut-être compris que les oiseaux ne peuvent pas voler indéfiniment, qu'ils ont besoin de prendre du repos, d'avoir un lieu où se réfugier. Cette histoire a duré trois ou quatre ans. Avec la naissance de notre fils, j'ai pensé que tout serait différent, qu'elle s'intéresserait davantage à moi, à notre bébé, à notre vie. Mais je me trompais. Ce travail nous affectait, on se disputait beaucoup, Laura s'est mise à boire, et son caractère a empiré. Je ne sais pas exactement sur quoi elle enquêtait. Elle ne voulait jamais parler de son travail. Je sais seulement qu'il était dangereux et qu'il l'absorbait complètement. Parfois, elle s'absentait pendant des semaines et appelait cinq minutes le soir pour entendre la voix de notre fils. Je l'imaginais dans des motels, des lieux immondes où elle n'avait pas sa place. Je lui disais des choses très dures, qu'elle était égoïste, qu'elle laissait notre fils grandir dans les bras de mes parents, qu'au lieu de sauver tous les enfants du monde elle aurait dû se demander pourquoi son fils pleurait quand elle le prenait dans ses bras en rentrant à la maison, parce qu'il ne la reconnaissait pas.

Luis s'interrompit. Il avait du mal à parler, il s'éclaircit la gorge, s'aperçut que son café était froid et en commanda un autre. Gonzalo dit qu'il ne voulait plus rien, dévisagea cet homme si fort à l'extérieur et si brisé à l'intérieur, et lui proposa de laisser tomber le café pour aller faire un tour. Luis était d'accord, respirer un peu d'air pollué leur ferait du bien. Il dit que le soleil de Barcelone, la mer et la couleur de la Méditerranée lui manquaient. En réalité, et Gonzalo s'en rendit compte, c'était Laura qui lui manquait.

— Ça te dérange si je fume ?

Gonzalo répondit par la négative, et dut faire un gros effort pour refuser une cigarette. Il avait juré à Lola qu'il ne fumait plus depuis cinq mois. Promesse non tenue. Mais soudain il lui semblait impératif de tenir sa parole. "Plus une seule cigarette", se dit-il. Luis lança une longue bouffée de fumée, sans remarquer le regard admiratif d'une belle jeune femme, qui rappela à Gonzalo la femme aux ailes tatouées dans le cou qu'il avait vue au balcon. La lectrice de Maïakovski. Un peu calmé, Luis reprit le récit de ces derniers mois.

— Un matin du mois de septembre dernier, quelqu'un a sonné à notre porte. Roberto alla ouvrir (j'aimais à plaisanter en disant que notre fils avait une vocation de groom : à chaque coup de sonnette ou de téléphone, il courait ouvrir ou décrocher). Je suis allé voir qui c'était, et j'ai trouvé mon fils devant la porte ouverte, les yeux écarquillés, muet. Il y avait un chat mort sur le palier. On lui avait tranché la gorge et une photo de mon fils était clouée sur son ventre. Elle avait été prise dans le parc, au téléobjectif. J'ai demandé à Laura de laisser tomber son boulot, quoi qu'il arrive. Elle m'a promis de demander sa mutation pour un poste administratif, mais elle mentait. Je l'ai compris quand, quelques jours plus tard, un type avec un fort accent russe m'a appelé au bureau pour me dire qu'ils allaient tuer Roberto. Ils savaient quelle école il fréquentait, ils connaissaient nos emplois du temps, tout. Effrayé, j'ai engagé des vigiles privés et emmené notre fils hors de Barcelone, dans la propriété que ma famille possède dans un village de l'Empordà. Et j'ai posé un ultimatum à Laura : ou elle quittait son travail, ou c'est moi qui la quittais, en emmenant Roberto avec moi. Deux semaines plus tard, il semblait que tout était redevenu normal. Roberto est retourné à l'école, Laura a tenu parole (du moins je le pensais), elle avait des horaires de bureau et passait plus de temps avec notre fils, on a même prévu des vacances de Noël pour aller à Orlando. On avait très envie que Roberto découvre la maison de Mickey Mouse.

Luis se tut. Il espérait peut-être que Gonzalo lui dirait un mot d'encouragement, ou le dispenserait de continuer. Gonzalo n'eut pas le courage de prendre en charge tout ce désespoir.

— Un soir, Laura m'a appelé au bureau, hors d'elle. On avait enlevé notre fils devant l'école. Deux jours plus tard, on l'a retrouvé flottant sur le lac, pas très loin de chez vous. C'est un appel anonyme qui a prévenu la police… J'étais comme fou, et ta sœur aussi. Mais alors que je sombrais dans une tristesse sans fond, comme si je ne comprenais pas ce qui nous était arrivé, elle se lançait avec une rage démesurée sur les traces de celui qui avait commis un tel forfait. Elle ne dormait plus, ne mangeait plus, et les rares fois où elle rentrait à la maison, elle était soûle ou droguée, et sentait une odeur d'homme. Franchement, je m'en moquais, je ne pouvais sortir de mon propre naufrage pour la sauver, elle non plus. J'ai compris que je commençais à la détester, et un soir je lui ai craché toutes ces choses terribles, j'ai crié que c'était sa faute, qu'elle avait tué notre fils. Elle m'a griffé, on s'est battus et je lui ai donné un coup de poing de toutes mes forces qui lui a ouvert la lèvre. J'étais horrifié de la voir saigner, mais au lieu de la calmer, je l'ai encore frappée pour vider tout ce que j'avais sur le cœur. J'ai eu beaucoup de mal à m'arrêter, et j'ai compris que c'était fini. Le lendemain, profitant de son absence, j'ai rassemblé mes affaires et je suis parti. Une semaine plus tard, je lui ai envoyé une proposition de divorce par l'intermédiaire d'un avocat et elle a renvoyé les papiers signés, sans commentaires. J'ai déménagé à Londres, j'ai rencontré quelqu'un, j'ai laissé ce quelqu'un m'aimer et j'ai fait semblant de pouvoir aller plus loin. Je fais toujours semblant, mais ça sera peut-être pour de vrai un jour.

Pendant quelques secondes, Gonzalo pensa aux vies gérées par un même axiome : les gens devaient accepter la défaite de la réalité, car en dépit de leurs efforts ils ne parvenaient pas toujours à être ce qu'ils avaient rêvé d'être ; alors, leur seul soutien était de rêver, de désirer et de feindre qu'autre chose pouvait exister.

Il s'aperçut que Luis le regardait fixement.

— Ce Russe avec ses tatouages, Zinoviev, c'est lui qui a tué mon fils, n'est-ce pas ?

— D'après l'inspecteur qui menait l'enquête, Alcázar, on n'a aucune preuve que c'était lui.

— Mais Laura en était persuadée, c'est sûr. Tu crois qu'elle l'a fait ?… Que c'est elle qui a tué cet homme ?

— Là, les preuves sont formelles. Alcázar est convaincu que c'était elle.

Luis secoua lentement la tête et finit sa cigarette. Il avait remis ses lunettes de soleil et les verres foncés empêchaient de voir ses yeux.

— Je ne te demande pas ton avis sur les preuves, ni sur l'opinion de cet inspecteur. C'était ta sœur, c'était ma femme. Tu crois vraiment que Laura aurait pu faire une chose pareille ?

Gonzalo se rappela leurs combats aériens, les bras tendus ils se poursuivaient, tac-tac-tac, et imitaient bruyamment le bruit des moteurs. Un jour enfin Laura accepta de dévisser, les bras tournoyant comme les ailes d'un moulin, et elle s'affala dans la grange. "Pourquoi m'as-tu laissé gagner ?" lui demanda Gonzalo. "Parce qu'aujourd'hui tu t'es battu pour le mériter", lui dit-elle, les cheveux couverts de paille, en le serrant dans ses bras. Gonzalo tourna la tête et vit sa mère qui souriait, par la fenêtre de la grange. Elle avait tout entendu. Mais ne s'en rappelait sans doute plus.

— Non, je ne crois pas, dit-il avec une conviction dont il ignorait l'origine, mais qu'il savait inébranlable.

— Moi non plus, grogna Luis en jetant son mégot.

3

Dans le train, le policier étudia alternativement le visage d'Elías et son passeport, d'un air impénétrable. La joie étudiante qui régnait dans le compartiment quelques minutes plus tôt s'était envolée. En entendant l'ordre "papiers", les quatre jeunes gens s'étaient tus et avaient obéi comme des automates. Au bout de cinq longues minutes, le policier rendit son passeport à Elías et sans se départir de son expression sévère il renouvela l'opération avec les trois autres. Tout étant en règle, le policier partit et ils respirèrent, soulagés. Martin, le rouquin anglais qui les avait rejoints à la gare de Varsovie, se permit deux ou trois plaisanteries que les autres accueillirent mollement. Soudain, ce groupe de jeunes boursiers avait le sentiment que Moscou n'allait pas être seulement une expérience amusante : les bolcheviks prenaient très au sérieux leur révolution prolétarienne, et le glaçon dans le regard du policier était un avertissement. Deux kilomètres avant d'entrer par l'est en gare de Moscou, le train ralentit sensiblement. Elías remonta le col de son manteau et se pencha à la fenêtre sans se soucier de l'air coupant ni de la laideur de cette première vision du paradis dont son père lui avait tant parlé. Malgré ses quatre millions d'âmes, et bien qu'elle ait récupéré son titre de capitale en 1918, la ville de Moscou restait un immense village aux rues étroites, un chaos qui s'étendait comme une tache et se transformait à un rythme vertigineux. Des légions d'ouvriers travaillaient jour et nuit à la construction du métro, partout on détruisait de vieilles bâtisses ; les grands palais de l'époque du tsar étaient transférés pierre par pierre, pour ne pas gêner le tracé des nouvelles avenues. Le classique et le moderne cherchaient une nouvelle dentelle et ce serait bientôt une belle ville, mais en attendant c'était un chaos de travaux, d'échafaudages, d'embouteillages et de destructions, et même les immenses colonnes de fumée noire et bleutée qui s'élevaient au-delà du complexe sidérurgique Staline n'apaisaient pas l'impatience et l'excitation du jeune ingénieur asturien.

— Être un communiste non soviétique est suspect, même dans l'Union des républiques socialistes soviétiques, ironisa Claude, le jeune architecte marseillais qui avait obtenu une bourse Lénine pour continuer sa formation à l'Institut d'architecture de Moscou.

Il montra aux autres un groupe qui les attendait au pied de l'immense fresque de Staline dans sa cape de maréchal, sous la légende du plan quinquennal : "En dix ans, nous rattraperons cent ans de retard sur les nations industrielles." En dépit de leur visage souriant et de leurs vêtements civils, il était plus qu'évident que ces gens étaient des policiers.

— Ils ne vont pas nous quitter des yeux, et pourtant on est venus leur donner un coup de main.

— Nous ne venons pas seulement construire des ponts et des canaux. Nous venons apprendre, pour être les apôtres qui propageront dans tout l'Occident ce qui est en train de naître ici. Mais comme le dit Staline, on ne peut rien créer de nouveau sans une profonde connaissance de l'ancien. Voici une nation pleine de sagesse, affirma Michael, le petit Écossais aux jambes fermes et arquées qui ne quittait pas Martin d'une semelle.

Il savait de quoi il parlait. C'était son deuxième voyage à Moscou. Il était envoyé par la cellule du Parti à Édimbourg, et son père avait été trappeur en Sibérie. Michael allait travailler dans l'immense centrale hydraulique sur le Dniepr et mettre en pratique ses connaissances théoriques sur la production d'énergie bon marché. Sur les quatre, c'était celui qui connaissait le mieux le russe et les progrès industriels et techniques de l'URSS.

Elías sourit en pensant à son père, qui lui avait dit au revoir une semaine plus tôt avec une forte accolade émue devant sa maisonnette, à Mieres. Sa poitrine se gonflait de tendresse en pensant à ses mains de vieux mineur tenant une de ses œuvres préférées : *La Mouette*, de Tchekhov. Elías savait que c'était un privilège de finir ses études d'ingénieur dans la patrie de Gorki et de Dostoïevski. Il espérait rester assez longtemps pour apprendre la langue des dieux que vénérait son père, et réciter Pouchkine comme un vrai Soviétique à son retour. Il savait que rien ne rendrait son paternel plus heureux.

— Vous croyez que Staline va nous accorder une audience de bienvenue au Kremlin ? Il paraît qu'il a une bibliothèque étonnante.

Ses trois amis le regardèrent, perplexes, et éclatèrent de rire tous ensemble. À travers les rires de ses collègues, surtout ceux de Claude, Elías perçut un sens de l'humour plutôt sinistre.

— Prends garde à tes désirs, l'ami, ils pourraient bien se réaliser.

Le guide qui leur avait été assigné se présenta : Nikolaï Ozhegov. Il leur serra vivement la main et tint à prendre leurs valises. Il parlait parfaitement l'anglais, et son espagnol, en s'adressant à Elías, était plus que correct. Elías éprouva une sympathie immédiate pour ce blond dégingandé et jovial, mais il ne comprit pas ce que signifiait cette présence, telle que Claude l'avait suggérée quelques minutes auparavant : Nikolaï était un *rabkor*, théoriquement un correspondant ouvrier, en réalité un délateur de la police. Il y en avait partout, dans les usines et

74

les instituts. Cet homme les suivrait comme une ombre et transmettrait régulièrement des informations sur leur comportement, leurs activités, voire leurs pensées. Mais Elías n'était pas inquiet. Il n'avait rien à cacher, c'était un communiste résolu, et il était prêt à s'imprégner de tout ce qu'il pourrait trouver.

Les quatre amis montèrent dans un véhicule du ministère de l'Intérieur (plus tard, Elías découvrirait que les Moscovites surnommaient ces voitures de la police des "corbeaux") qui emprunta l'avenue Frunze et la rue Tverskaïa, cahoteuse, rebaptisée avenue Gorki dans sa partie la plus large. Leur guide montrait fièrement l'ancien bâtiment du XVIIIe, occupé par l'hôpital ophtalmologique, le musée d'Histoire et la porte Iverski qui donnait accès à la place Rouge et au Kremlin. Elías regarda avec étonnement les travaux de la grande bibliothèque Lénine, un édifice splendide de conception classique, destiné à abriter quarante millions de livres et documents, coincé entre la forteresse du Kremlin et le Manège, les écuries impériales des tsars. Vers le nord, ils prirent l'avenue Leningradski et passèrent devant le siège des Téléphones et la Banque centrale. Elías n'en perdait pas une miette, avec l'étrange sensation que tout ce qu'il voyait contenait une tragique grandeur. Il cilla à peine lorsqu'il aperçut au loin la *huitième* merveille du monde, la cathédrale Saint-Basile.

— Qu'en penses-tu ? lui demanda Nikolaï dans son espagnol râpeux.

Elías hocha la tête, étonné. Il avait entendu tant de critiques contre Staline – le destructeur des mille églises, le Géorgien inculte, le paysan féroce –, que le spectacle le laissait bouche bée. Nikolaï sourit avec une ironie évidente.

— Quand tu rentreras chez toi, tu pourras raconter que les barbares commencent à se civiliser !

La voiture s'arrêta devant la grille d'entrée de la Maison du gouvernement, appelée aussi la Maison sur le quai. C'était un immense bâtiment de plus d'un demi-million de mètres cubes, d'un style plutôt sobre, presque sinistre, au bord de la Moskova. Le chantier avait commencé à peine cinq ans auparavant et il n'était toujours pas terminé, mais ses près de cinq cents appartements hébergeaient une bonne partie de l'élite du régime : artistes en tout genre, hauts fonctionnaires et techniciens ; ses vastes et modernes installations avec chauffage central, bien équipées, étaient la fierté de Moscou. C'est là que seraient logés les nouveaux arrivants.

Martin, le jeune rouquin anglais, émit un sifflement admiratif. Il espérait pouvoir travailler avec Boris Iofane, le concepteur de cette structure, un des architectes responsables du projet de modernisation de la ville.

— Ne sois pas si ému, lui souffla Claude tout bas. C'est un coup de maître : ils rassemblent tous les beaux esprits du pays dans un même bâtiment, ils les gavent de privilèges, et comme ça ils sont plus faciles à contrôler. Je parie que cet endroit est farci de trous dans les murs et de micros de l'OGPU.

Michael, l'Écossais, qui connaissait déjà la Russie, lui pressa amicalement le bras.

— Je t'en prie, Claude. Nous sommes venus en amis, nous ne sommes ni des espions ni des contre-révolutionnaires. Bien au contraire. Ne perturbe pas notre ami espagnol avec tes soupçons et tes ragots.

Claude sourit avec patience.

— Tu savais que le leader le plus apprécié par le grand Staline est Ivan le Terrible ? Je vous conseille simplement de bien surveiller ce que vous faites ou racontez là-dedans.

L'appartement d'Elías était plus vaste que tous les lieux où il avait vécu, beaucoup plus grand que son humble chambre à la résidence d'étudiants de Madrid, ou que la pauvre chambre de sa maison à Mieres. Le mobilier était spartiate, une table avec une lampe, un lit à une place, une petite armoire, une cuisine et une salle de bains indépendante. Un endroit un peu triste, pas vraiment un cachot, plutôt une cellule de chartreux : il invitait à la sobriété et au travail. La fenêtre sans rideaux donnait sur une immense esplanade cimentée, sillonnée par des chemins qui desservaient les différentes unités de l'ensemble. Vus de cet endroit, les gens ressemblaient à des fourmis qui allaient de côté et d'autre en apparent désordre. Il y avait un soleil froid mais limpide. La température était supportable, au moins dans l'appartement. Après lui avoir montré les lieux comme un bon concierge, Nikolaï prit congé avec une nouvelle poignée de main.

— Je passerai te prendre demain à six heures. Tu te mettras tout de suite au travail. En attendant, repose-toi. Bienvenue dans l'Union des républiques socialistes soviétiques.

Elías chercha laborieusement ses mots pour remercier Nikolaï en russe, et Nikolaï lui tapota l'épaule d'un air amusé.

— J'espère que tu construis les ponts mieux que tu ne parles.

Le soir même, Elías écrivit à son père pour lui raconter ses premières impressions. Il lui parla des villes qu'il avait traversées avant d'arriver à Moscou, de la grandeur désolée des paysages et des personnes qu'il avait rencontrées dans le train, y compris ses trois amis étrangers. Il était surpris par la bonne connaissance que des gens simples en apparence, ouvriers ou paysans, avaient de la littérature et de la musique classique et populaire. Il n'était pas rare d'entendre des discussions enflammées sur les mérites respectifs de Verdi et de Bizet, ou d'entendre au piano, dans une cafétéria, des pièces de Bach ou de Prokofiev :

En dehors d'ici, on croit que tout le monde vit agenouillé, un fait que je ne suis pas encore en mesure de confirmer ou d'infirmer. Certes, il y a des policiers partout et quand les gens doivent citer Staline, ils l'appellent Vozhd, *et ils baissent la voix s'ils se méfient des oreilles inconnues. Les Soviétiques ont un sens de l'humour proverbial, assez noir me semble-t-il, et ils ont un mot,* sidit, *qui signifie indifféremment assis ou en prison. Mais tu connais beaucoup de civils capables de jouer une fugue de Bach, chez nous ? Ou de déclamer quelques-uns de nos poètes comme un pêcheur d'ici récite Maïakovski, par exemple ? Il paraît que Staline est un grand mélomane, en tout cas c'est un esprit éclairé qui partage ses goûts : la musique classique est une matière obligatoire dès l'école primaire. Pas de doute, père, ce qui se construit ici ne peut être comparé à rien de ce que l'humanité a construit jusqu'à présent. Je suis réellement ému, impatient de me mettre au travail.*

Prends soin de toi, et dis toute mon affection à mère.

Les jours suivants furent très intenses. À la première heure du matin, avant même le lever du soleil, Nikolaï passait prendre Elías devant l'entrée du complexe et ils prenaient le tram pour la banlieue. Elías se mêlait aux visages des dockers et des cheminots, s'enivrant de l'odeur que dégageaient leurs vêtements, tabac à rouler, café fort et alcool. Il scrutait les visages fatigués, somnolents, la tête contre la vitre du tramway, il prêtait l'oreille aux conversations des femmes et suppliait son *ombre* de lui parler exclusivement en russe, lui posant mille questions sur ce qui retenait son attention. Tout l'intéressait : l'architecture des bâtiments, l'histoire de la ville, la littérature, la musique, et bien sûr la politique. Il voulait tout savoir, qui était qui, ce qui s'était passé depuis la guerre civile, et surtout il était attiré, aimanté par la figure omniprésente de Staline. Son image était partout, des portraits dans les grandes avenues, des affiches reproduisant ses proclamations dans le tramway, sur les édifices publics, sur les murs les plus reculés de la moindre ruelle. On aurait dit un dieu omniscient qui promenait partout son regard profond et sa grosse moustache.

Nikolaï répondait franchement à certaines questions, fier de la culture de son peuple : il était originaire d'une ville de l'Oural au nom imprononçable pour Elías, et il soutenait que sans les plans d'alphabétisation du grand leader, il n'aurait jamais eu la chance de lire Tolstoï ou Dostoïevski, et encore moins de venir à Moscou. Mais il était ambigu devant les questions indiscrètes, quand il ne les éludait pas directement. Au bout de quelques jours, Elías comprit qu'en URSS aussi la sincérité était une denrée rare. Nikolaï mesurait ses propos, donnant la priorité à l'instinct de conservation sur la conscience. Elías ne sut jamais ce qu'il pensait réellement dans certains domaines. Son intuition lui imposa de rester discret dans ses opinions et commentaires ; après tout, il n'était qu'un étudiant espagnol, et il ne pouvait pas comprendre le contexte de ce qui arrivait dans ce pays. Mais son enthousiasme et sa sincérité naïve l'empêchaient de rester bouche cousue.

Le lieu de travail qui lui avait été assigné était à l'époque le plus gros chantier jamais projeté par l'homme : l'immense canal qui devait relier la Moskova à la Volga, pour alimenter la ville en eau et relier par voie fluviale Moscou au Grand Canal blanc. Des milliers de kilomètres à travers les écluses et les canaux latéraux, en détournant le cours naturel des fleuves qui refusaient d'être domptés. Des centaines de milliers d'hommes, de femmes, de vieillards et d'enfants travaillaient à cette entreprise gigantesque, maniant le pic et la pelle, jour et nuit.

— Moscou sera le port des cinq mers, proclama Nikolaï avec une fierté débordante. – Le grand canal devait relier la Volga et le Don et déboucher sur les mers Blanche, Baltique, Caspienne, d'Azov et Noire. – Depuis Alexandre le Grand et Pierre le Grand, les grands leaders ont toujours rêvé de ce genre de choses. Mais c'est nous, les bolcheviks, qui ouvrons de nouveaux cours d'eau dans les steppes pour le rendre possible.

Certes, c'était impressionnant, reconnut Elías en étudiant les plans de ces travaux pharaoniques. Mais la réalité le heurtait de plein fouet en lui montrant les moyens inhumains déployés pour cette entreprise. Dans sa grande majorité, la main-d'œuvre était forcée : des prisonniers sous des inculpations parfois dérisoires. Voler une miche de pain pouvait coûter une condamnation de cinq ans sur ce chantier. Des condamnés à mort voyaient leur peine commuée en travail d'esclave, étroitement surveillés par les détachements armés de l'OGPU ou du Goulag, la police politique et des déportés, dirigée par Yagoda et Berman. La seule mention de ces noms durcissait les traits de Nikolaï.

— Tu n'y comprends donc rien ! reprocha-t-il à Elías un matin, alors que ce dernier revenait encore sur le sujet.

Nikolaï souligna le travail de rééducation des condamnés, mais pendant que son guide parlait d'éducation, Elías vit un prisonnier roué de coups de matraque par deux gardiens sans que personne ne bronche ou n'ose intervenir. Nikolaï lui-même observa la scène avec une indifférence absolue. Où était le travail éducatif ? C'étaient cela, les victimes du scorbut, de la malaria, de la surexploitation ou des châtiments ? lui demanda Elías, horrifié.

— L'éducation du silence et de la mort. Une leçon que les vivants apprennent et n'oublient pas, répondit Nikolaï dans la plus pure tradition satirique des Soviétiques.

— Et le peuple, alors ?

— Le peuple est une masse élémentaire, une force brute, mouvante et maniable. Se fier à son amour est idiot. La seule garantie de fidélité, c'est la crainte.

— Mais ces gens ont besoin d'améliorer leurs conditions d'existence. Sinon, quel sens aurait tout cela ?

Nikolaï haussa les épaules.

— Les paysans veulent vivre dans des palais. Mais il n'y a pas assez de palais pour tout le monde.

La réalité et ses contrastes continuels ne cessaient de surprendre et de déconcerter le jeune Elías. À peine s'était-il habitué à une situation qu'il était transporté dans un cadre opposé sans avoir eu le temps de tout absorber. Il passait sans transition des marais du canal, enfoncé dans la boue jusqu'aux cuisses, entouré pendant des heures d'une population pénale anonyme, à la visite du fameux mausolée de Lénine, à un spectacle de ballet au Bolchoï ou à une réception des autorités locales qui lui infligeaient un charabia qu'il ne comprenait pas. Il avait à peine le temps de se reposer ou d'écrire des lettres à son père pour lui résumer sa journée, qu'il remettait à Nikolaï pour les poster. C'étaient des lettres contradictoires, comme l'étaient ses émotions et ses sentiments sur ce qui se présentait à ses yeux. Son enthousiasme des premiers jours n'avait pas baissé depuis trois semaines qu'il était là, mais apparaissaient des nuances de grisaille qui l'interpellaient sur les méthodes employées à tout prix par Staline pour conduire l'Union soviétique à la modernité. Il se demandait dans ses lettres ce qui se passerait si la jeune république espagnole adoptait ces méthodes : purges dans l'armée, travaux forcés, enthousiasme immense et pragmatique. Sa conclusion était claire : les Espagnols ne pourraient supporter un tel poids : nous n'avons, disait-il, ni le stoïcisme ni l'abnégation des Soviétiques.

Nikolaï ne lui accordait jamais un instant de répit. Comme si la consigne était de ne pas lui laisser un moment de calme pour penser, il passait le soir dans son appartement et le traînait dans les bars de l'avenue Frunze, où on chantait et buvait sans mesure. Les Russes avaient une âme mélancolique et aussi belle que leur folklore. Quand ils étaient ivres, ils récitaient des poèmes avec une force tragique que, même sans tout comprendre,

Elías écoutait la gorge nouée. Les poètes maudits, les écrivains répudiés par l'État, n'étaient déclamés que lorsque cet état d'ébriété était au maximum. Alors, on pouvait entendre les histoires les plus invraisemblables : le suicide de Maïakovski, l'instant mémorable où Mandelstam avait souffleté en public le Comte rouge, Tolstoï. À ces heures tardives où la nuit était noyée dans les brumes de l'alcool, apparaissaient les *yurodivy*, les Fols-en-Christ, prophètes de Dieu autrefois consultés par les tsars et encore très respectés. Ils étaient les seuls à pouvoir dire la vérité, à critiquer ouvertement les membres du Politburo et même Staline en personne, avec des sarcasmes impitoyables qui étaient salués par des rires. Elías les comparait aux bouffons de la cour, si magistralement peints par Vélasquez. Eux seuls osaient dire à la face des rois que ceux-ci étaient des idoles aux pieds d'argile. Lors de ces soirées, Elías revivait la Russie de Gogol, de Gorki et de Dostoïevski : il se demandait lequel de ces visages qu'il croisait aurait pu inspirer le personnage d'Anna Karénine ou des frères Karamazov.

Un soir, les quatre amis s'étaient rejoints, toujours sous la houlette de Nikolaï. C'était la première fois qu'ils se retrouvaient depuis leur arrivée à Moscou, trois semaines auparavant. Ils s'embrassèrent avec enthousiasme, riant et se coupant sans cesse la parole pour conter des anecdotes et leurs découvertes. Ils dînèrent ensemble et burent comme des trous, sous le regard du guide attablé un peu plus loin, un regard qui allait de la compréhension à l'ironie, tel un père qui, pour une fois, laisse ses enfants la bride sur le cou et les voit se débrouiller avec une curiosité amusée. Cependant, dans l'esprit des quatre amis, quelque chose avait changé. Chacun à sa manière comprenait et exprimait qu'évidemment ils vivaient un moment historique, à la fois beau et terrible. Les comparaisons entre leurs pays respectifs et l'Union soviétique étaient inévitables, et ils en tirèrent la même conclusion, ivres de jeunesse et de vodka : l'Europe mourait, vieille et décrépite, tandis qu'une nouvelle force, brutale et écrasante, se frayait un chemin pour occuper une place dans l'Histoire. Et ils en étaient les témoins privilégiés.

Le plus taciturne était Claude, le Marseillais. À la différence des autres, il avait pu s'affranchir plusieurs fois de la présence collante de son ombre pour déambuler dans les rues et bavarder plus librement avec les gens. Ce soir-là, il buvait vodka sur vodka et restait silencieux.

— Allons, Claude, tu n'as pas l'air content, lui lança Martin, le rouquin anglais.

Il était très ivre, et s'il gardait son équilibre, c'était grâce au dossier de la chaise, mais son corps oscillait dangereusement, comme un bateau sur le point de couler. À sa gauche et à sa droite, Michael et Elías l'aidaient à rester vertical quand la dérive devenait risquée.

Claude lança un coup d'œil discret vers le guide, assis à une table voisine. Il discutait avec des collègues et buvait d'un air détaché, mais il ne les perdait pas de vue, du moins Claude en était persuadé.

— Je ne comprends pas votre enthousiasme, répondit-il sur un ton si bas que sa voix était presque inaudible dans le vacarme du bar, qui était plein. Je me rappelle la première fois que j'ai vu Lénine, c'était à Vienne, il n'avait pas encore eu sa première apoplexie. La guerre contre la Garde blanche des tsars était à son apogée, et les puissances comme l'Angleterre et la France étaient sur le point d'intervenir pour apporter leur soutien au tsar. Lénine était une force de la nature, il faisait une tournée en Europe pour convaincre le monde que les bolcheviks n'étaient pas une menace. Mais c'en était une, les grandes et vieilles dynasties d'Europe tremblaient devant ce petit homme qui avait décidé de faire de Marx une réalité. Derrière lui, silencieux, taciturne, il y avait l'Ours. Nous l'appelions ainsi à cause de sa corpulence, de ses épais sourcils et de son regard pénétrant. Staline n'était pas encore le secrétaire du Parti, c'était juste un leader, et pas le plus brillant. Mais je me suis dit que cet homme était capable de tout pour réaliser ses ambitions. Le problème était de savoir ce qu'il ambitionnait.

— Où veux-tu en venir ? lui demanda Michael avec impatience, pressentant que la conversation allait s'aventurer sur des terrains glissants. Je ne sais pas ce que veut Staline, mais j'ai vu ce qu'il fait et c'est impressionnant. Il retourne l'Union soviétique comme une chaussette ! C'est merveilleux.

Claude lâcha un ricanement qui étonna les autres. Comme s'il savait ce que les autres ignoraient. Il pointa son verre sur Elías :

— Toi, tu as travaillé avec des brigades de condamnés sur le Grand Canal. Tu as vu les conditions de ces malheureux.

Elías lança un regard rapide du côté de Nikolaï, qui n'avait pas l'air de se soucier d'eux, troublé par une certitude dont il n'avait pas été conscient jusque-là : il se sentait gagné par la peur de parler librement.

— La plupart de ces gens sont des délinquants. Ils ont contracté une dette envers la société et ils la soldent par leur travail. – Il eut soudain horreur de ce qu'il venait de dire et imagina la profonde déception de son père si celui-ci l'avait entendu. – Il est vrai que les conditions sont déplorables – il essayait de se racheter –, mais qu'y pouvons-nous ?

Claude frappa la table du plat de la main. Par chance, il y avait tellement de bruit que personne ne l'entendit.

— Tu te fous de moi ? Nous avons des yeux pour voir, des oreilles pour entendre et une cervelle pour penser. Tu dis que ceux qui travaillent au Canal sont des condamnés, *ergo* ils méritent ce qui leur arrive parce qu'ils ont commis un délit. Pas d'accord, mais même s'il en était ainsi, que dire de ceux qui n'ont rien fait, de ceux qui selon ton expression "n'ont pas contracté une dette envers la société" ?

Martin regardait fixement son ami, paupières plissées, aussi lourdes que sa langue coincée entre ses dents. Il laissa retomber sa tête en arrière et se cogna un peu brutalement au dossier. Ce qui sembla dissiper légèrement ses vapeurs éthyliques.

— J'ai entendu des trucs, continua Claude. Il paraît que Yagoda et Berman ont proposé un plan de déportations à Staline. Ils nettoient Moscou de tous ses déclassés : mendiants, ivrognes, pickpockets, mais aussi paysans qui fuient la collectivisation des terres. On dirait que ces salopards veulent repeupler les terres les plus septentrionales par une émigration massive. Personne n'a envie d'aller mourir de froid en Sibérie, merde ! Alors, la police invente tous les prétextes pour les y envoyer, sans jugement, sans rien. Il suffit que tu n'aies pas de passeport intérieur.

— C'est du baratin ! s'exclama Michael. De la propagande défaitiste de ces foutus mencheviks planqués dans les kolkhozes.

Les trois amis s'engagèrent dans une chaude discussion. Elías était trop soûl pour y participer, mais pas assez pour ignorer que le ton véhément de ses amis avait attiré l'attention de Nikolaï et de ses compagnons. Nikolaï lui adressait un sourire ironique, comme s'il l'invitait à prendre aussi la parole : "Tu n'as rien à dire ?" semblaient demander les yeux de son guide. Elías avait le ventre noué.

— Je vais vomir, murmura-t-il avant de porter la main à sa bouche.

Curieusement, ce geste coupa court à la discussion de ses amis.

— Pas question que tu répandes ta bouillie ici. Que vont penser nos camarades soviétiques ? Un homme qui ne sait pas boire, on ne peut pas lui faire confiance ! décréta Claude en ricanant.

Elías se leva péniblement. Certes, il avait beaucoup bu, peut-être pas assez au goût de ses amis, mais trop pour le sien. Le bar était en sous-sol et Elías se traîna en haut de l'escalier en s'appuyant contre le mur pour ne pas perdre l'équilibre. Les autres le laissèrent partir en se moquant de lui. Mais Nikolaï ne souriait plus.

Il faisait froid, beaucoup plus froid que tout ce qu'Elías avait déjà connu, et en dépit de sa grosse veste, il tremblait comme s'il avait la malaria. Le ciel était noir, chargé de nuages, et il tombait de la neige fondue, mais la pleine lune l'enrobait d'un halo de lumière qui l'éblouit et lui donna l'impression d'être loin, très loin de chez lui. Le poids de la conversation de ses amis et le regard lourd de Nikolaï se dissipèrent. Il n'y avait rien à craindre. Ils étaient jeunes, impétueux, idéalistes, mais honnêtes et prêts à travailler. En fin de compte, quelques critiques prononcées à la chaleur de la vodka n'avaient guère d'importance ! Il baissa sa fermeture éclair et se mit à fredonner une vieille berceuse en patois, pendant qu'il urinait en traçant un cercle sur la neige.

Il n'avait pas repéré leur présence.

Ils étaient deux. L'un fumait, appuyé sur le marche-pied d'une voiture. L'autre l'observait, jambes écartées, mains dans les poches de son manteau de la milice. Elías ne s'aperçut pas que c'étaient des policiers, et celui qui fumait lui lança son mégot allumé. Elías commença par protester et vit soudain leur ceinturon et leur cartouchière. Il voulut s'excuser maladroitement. Ces maudits mots de russe lui étaient sortis de la tête. L'un d'eux lui demanda ses papiers en aboyant comme un chien sauvage. Elías ne les avait pas sur lui, il voulut expliquer que Nikolaï et ses amis étaient en bas, qu'il était étudiant, que les autres pourraient répondre de lui, mais alors qu'il se tournait vers le bar, l'un d'eux lui fit un croche-pied qui le précipita par terre. Elías sentit le froid glacé de la neige dans sa bouche et une botte lui écrasant la tête pendant qu'ils éclataient de rire. Ils étaient ivres, plus ivres que lui, mais de cette façon inquiétante et hostile qu'ont les miliciens de se soûler quand ils détestent leur travail. Il se rappelait des situations de ce genre, les humiliations des gardes qui, dans son village, frappaient indistinctement les hommes et les femmes. C'était pareil partout, ceux qui détenaient le pouvoir ne pouvaient s'empêcher d'en abuser.

Elías se débattit avec la rage qu'il avait dans les gènes et repoussa violemment la jambe qui l'immobilisait. Il fit tomber le milicien et se releva. L'autre dégaina son revolver, ou essaya. Par instinct de conservation, Elías lui donna un coup de poing en pleine figure et prit la fuite. Courir dans le mauvais sens scelle un destin. C'est aussi bête que cela. S'il avait descendu l'escalier du bar en sous-sol, il aurait peut-être eu quelques problèmes, mais Nikolaï aurait pu intercéder en sa faveur. Or Elías prit sans réfléchir la direction opposée, vers les voies de chemin de fer, loin des deux policiers et de la faible lumière du bar qui était son seul espoir. Les miliciens criaient, le souffle court et les pieds embourbés. Soudain, un craquement, presque un pétard, combla la distance qui les séparait.

Les premières gouttes de sang tachèrent la neige. Il fut surpris de le voir couler de sa main. Elías s'arrêta, contempla les grosses gouttes tomber de ses doigts avec un son étouffé. Il n'avait pas senti l'impact. Il avait si peur qu'il ne s'était pas rendu compte qu'un policier avait utilisé son arme. Cette idée le remplit d'effroi : on avait tiré sur lui ! On avait tenté de le tuer, dans une bagarre idiote, un malentendu.

Sans lui laisser le temps de réagir, les policiers sautèrent sur lui comme des chiens déchaînés et le rouèrent de coups. Elías se recroquevilla pour se protéger le visage et les parties génitales. Il sentit un craquement sur le côté et un élancement douloureux. D'un coup de pied, on lui avait cassé une côte. Il ne cessait de se répéter que c'était une horrible erreur. Il cria le nom de Nikolaï, articula les quelques mots qu'il connaissait en russe, mais les policiers ne l'écoutaient pas. Enragés, ils le frappaient avec acharnement. Jusqu'au moment où Elías sentit un coup violent à la tempe qui le plongea dans le noir. Ce noir glacé, déguisé en blanc, qu'il voulait fuir.

Une gouttière en forme de dragon. Les ailes ouvertes, les griffes prêtes à saisir sa proie. En fonction de la lumière qui entrait par la haute fenêtre grillagée, elle changeait de forme et donnait l'impression d'avancer au plafond, de grandir ou rapetisser. Elías tendait la main et cette tache obscure semblait s'animer et se poser dans sa paume, comme un moineau dressé. Quatre jours et quatre nuits s'étaient écoulés et peu à peu tout ce qui s'était passé hors de cette réclusion devenait diffus et irréel. Son voyage à Moscou, les visages de ses camarades, ses découvertes, tout s'écrasait contre la réalité de ce réduit bétonné aux murs couverts d'inscriptions qu'il ne comprenait pas, des phrases, des noms, des dates, gravés dans le plâtre humide avec l'ongle ou une épingle. Elías, obstinément tassé dans un angle, devant la paillasse, laissait errer son regard entre la porte hermétique qui le séparait des bruits de l'extérieur et le trou abject où il faisait ses besoins. À certaines heures, comme s'il s'agissait d'une routine solidement établie, un rat émergeait de ce trou, parcourait la pièce le long du mur en l'ignorant, grignotait les restes de pain noir et disparaissait. Alors, il regrettait l'absence du rongeur. Son seul contact avec les êtres humains passait par le judas de la porte. Il s'ouvrait deux fois, le matin et le soir, et une main – pas toujours la même – lui tendait un plateau avec un peu de pain et une soupe de légumes très salée. Pas d'eau.

L'impatience et la peur risquaient de le rendre fou. Heureusement, la balle n'avait qu'éraflé la main, et il était convaincu qu'après qu'il se serait remis des blessures infligées par les policiers, Nikolaï allait surgir et réparer cette erreur tragique. Bien entendu, Elías déposerait une plainte en bonne et due forme et demanderait sans doute qu'on arrête ou punisse les responsables. Il voyait déjà son guide se confondre en excuses et ses agresseurs lancer des regards épouvantés. Il n'était pas un paysan ou un ivrogne qu'on pouvait rouer de coups impunément. Il était un invité du Parti, un ingénieur brillant et prometteur qui avait volontairement offert ses talents à la cause du peuple soviétique. Il ne méritait pas d'être traité comme un chien. Mais il faut avouer que les heures et les jours passaient et que Nikolaï n'apparaissait pas, personne ne lui donnait d'explications et quand il les exigea en tapant rageusement sur la porte, le troisième jour, celle-ci s'ouvrit et il reçut un coup de matraque sur la nuque. Maintenant, il se terrait dans son coin, affolé chaque fois qu'il entendait le verrou de la trappe.

Il y en avait sûrement d'autres comme lui. Il entendait des voix et des pas de l'autre côté de la porte, des grincements de grilles. Des cris d'hommes et de femmes. Et des pleurs, qui lui hérissaient les nerfs, surtout pendant les longues heures de la nuit. Ces cris et ces plaintes le maintenaient en état d'alerte permanente, l'empêchaient de trouver le sommeil, et quand, roulé dans la couverture, il parvenait à fermer les yeux, ses cauchemars ne valaient pas mieux que la réalité qui l'entourait. Quelque part, loin de là, au-delà de la haute fenêtre grillagée à peine effleurée par la lumière du jour, on entendait des cloches. Le carillon d'une église ou d'un monastère. Et il n'était sans doute pas loin d'un complexe industriel chimique, à en juger par les colonnes de fumée qu'il entrevoyait et par les odeurs désagréables d'œuf pourri qui envahissaient sa cellule quand le vent soufflait dans sa direction. Cloches sacrées, industries, cellules, et un rat qui émergeait de ses propres excréments. Ce n'était pas l'idée de l'Union soviétique que son père lui avait inculquée depuis son enfance. Il avait toujours cru que la Russie était ce tableau de Pasternak où les cavaliers bolcheviques de l'Armée rouge attaquaient un ennemi invisible en ayant l'air de flotter sur un nuage, ou ces crépuscules sur la Volga, la beauté aride et nue des steppes, l'image du héros simple et dévoué face à l'aristocrate stupide et prétentieux des romans de Dostoïevski.

Enfin, la porte s'ouvrit dans un long gémissement qui alerta Elías. Un officier lui ordonna de se lever. La propreté de sa ceinture en cuir et son menton fraîchement rasé redonnèrent une sorte d'espoir absurde à Elías. Après tout, à l'extérieur de la cellule les gens étaient civilisés, raisonnables. Tout allait s'arranger. Un ascenseur les monta à l'étage supérieur, la grille s'ouvrit sur un couloir plus large, de larges baies donnaient sur une cour intérieure. Il pleuvait et on voyait de grands arbres dont la cime était très agitée. Au loin, on apercevait les méandres de la Moskova et les coupoles d'un monastère orthodoxe. C'étaient sans doute ses cloches qu'on entendait. L'officier s'arrêta devant une porte et frappa. Une voix grave répondit de l'autre côté, il introduisit Elías et lui indiqua une chaise contre le mur. Elías obéit, intimidé et étourdi par ce changement soudain.

Il s'attendait à une sorte de salle d'interrogatoire, sordide et lugubre, mais il se retrouvait dans une pièce immense, sous des plafonds très hauts, rajeunis de fresques qui évoquaient, à la façon biblique, les grands événements de l'histoire soviétique, mais les héros étaient des généraux de l'Armée rouge, des paysans forts comme des buffles qui brandissaient une faucille, des ouvriers le poing en l'air qui avançaient dans un paysage de grues et de cheminées en briques. Sur les côtés il y avait de longues colonnes en granite aux chapiteaux ornés de treilles et revêtus de dorures assorties au mobilier baroque, fauteuils aux pieds ouvragés, grande table en acajou. Au milieu du plafond pendait un lustre énorme et alambiqué, qui brillait sous des formes multiples, et les murs étaient couverts de portraits d'une facture classique. Elías reconnut quelques visages : Pierre le Grand, Ivan le Terrible et même la tsarine Catherine II.

— Surpris ? demanda le fonctionnaire qui l'attendait derrière la table.

Cet homme de taille minuscule avait un visage enfantin. Pour compenser, il portait une mince moustache, aussi blonde que ses cheveux courts, assortie à ses yeux bleus.

— C'est une des résidences de Nicolas II, expliqua-t-il sans nécessité en ordonnant d'un geste sec à l'officier de se retirer, lequel s'exécuta comme un automate. Elle se trouve dans la banlieue de Moscou, et il l'utilisait quand il voulait s'adonner à la méditation dans le monastère voisin que vous avez sans doute vu en venant ici. Nicolas II était un tsar très pieux, vous le saviez ?

Elías avait du mal à comprendre ce que lui disait ce petit officier qui contourna le bureau et se planta devant lui. Le jeune homme secoua la tête. La seule chose qu'il voulait, c'était s'expliquer et trancher dans le vif ce malentendu.

Le fonctionnaire écarta les bras pour embrasser l'espace autour de lui.

— C'est ainsi. Il venait ici après avoir ordonné les exécutions de ses adversaires. Il était torturé par la culpabilité, ce qui l'affaiblissait, affirma le fonctionnaire avec un petit rire cruel.

— Je ne sais pas ce que je fais ici. Je suis un ingénieur espagnol et je suis venu mettre mes connaissances en pratique. Nikolaï peut vous le confirmer. Tout cela n'est qu'un pénible malentendu.

Le fonctionnaire resta de marbre.

— L'Espagne est un grand pays, dit-il sur un ton aussi enjoué qu'inattendu. Nous adorons Cervantès ; vous ne le savez sans doute pas, mais le *Quichotte* est très populaire chez nos enfants. Personnellement, j'admire beaucoup Calderón. Il n'est jamais à court de métaphores et de ressources. Je suis fasciné par son romantisme désincarné, sa puissance au vitriol, désespérée. Mais si mes souvenirs sont bons, c'est Napoléon qui a dit de vous que vous étiez un peuple d'assassins superstitieux, têtus et sanguins, dominé par ses clercs, de misérables traîtres. Qu'en pensez-vous ? Cervantès et Calderón traduisent-ils ce qu'est votre peuple, ou l'idée de Bonaparte est-elle plus juste ?

À l'évidence, le fonctionnaire se jouait de lui. Comme un chat, il baladait la souris qui n'avait aucune chance de lui échapper, mais il ne voulait pas la tuer d'un simple coup de griffe, il aurait trouvé cela trop ennuyeux. Il se versa un peu d'eau d'une cruche posée sur un petit gué-ridon. Il but lentement, observant Elías avec une satisfaction non dissimulée. Il suffisait de voir les lèvres violettes du prisonnier pour se rendre compte du tourment que la soif lui causait. Mais le petit homme ne lui offrit pas à boire. Pas encore. Il reposa le verre et le laissa contempler les gouttes qui dégoulinaient avant de disparaître dans une fente humide de la table. Devant ce spectacle, Elías avait les yeux exorbités.

— S'il vous plaît, je peux boire ?

Le fonctionnaire soupira :

— L'eau potable est plutôt rare à Moscou. Pour nous fournir, nous construisons le Grand Canal, et vous êtes venu pour ça. Pour nous aider. C'était bien votre motivation ?

Elías était obsédé par le liquide, au point que dans sa bouche la poussière épaisse cimentait sa salive. Il avait la gorge râpeuse.

— Êtes-vous un Judas, Elías ?

La question, posée sans animosité, une évidence plu-tôt qu'un doute, secoua la cervelle d'Elías.

— Non ! Bien sûr que non. Ce qui s'est passé avec les policiers est un drame. Ils ont tiré sur moi ! dit-il en mon-trant sa main bandée.

Le regard et le silence du fonctionnaire avaient une densité particulière.

— Dites-moi la vérité et vous boirez, dit-il aimablement au bout de quelques secondes.

La vérité ? Que voulait-il dire ? On ne le croyait pas ? Pourtant, il disait la vérité !

— Reconnaissez que vous êtes un agent trotskiste venu infiltrer les forces ouvrières pour saper notre travail. C'est bien cela, la vérité ?

— Mais vous dites n'importe quoi ! Mon père adore Staline, et moi je suis communiste depuis que j'ai quinze ans. Je suis venu de mon propre chef travailler ici et poursuivre mes études.

Elías perçut un éclair de colère dans les yeux du fonctionnaire, qui hocha la tête lentement. Il pivota sur ses talons et retourna à son bureau, décrocha le téléphone et donna un ordre sec. En raccrochant, il se tourna vers Elías et son visage transpirait de fureur.

Nikolaï se lavait les mains dans l'évier en pierre. Les gouttes de sang se diluaient dans les bulles de savon et glissaient entre ses doigts. Il examina ses mains avant de les essuyer avec une pointe d'étonnement. Il était pacifique, quand il était petit il voulait être boulanger comme son père, pétrir le pain, la pâte. Il n'avait jamais imaginé que ses mains fortes modèleraient un jour une matière aussi peu malléable que l'âme humaine. En s'essuyant avec la serviette, il épiait dans la glace le corps tuméfié de Claude assis sur sa chaise, qui avait perdu connaissance, mais les gardes ne tarderaient pas à le ranimer. "C'est toujours pareil, se dit-il avec une pointe de déception. Les plus forts en apparence et les plus rocailleux sont les premiers à s'effondrer." Il rabattit ses manches de chemise et enfila sa veste. Les jointures de sa main droite étaient à vif : ce matin-là, il aurait une inflammation difficile à justifier chez lui.

— Réveillez-le et qu'il signe sa déposition, ordonna-t-il aux gardiens, regardant avec mépris le visage massacré du jeune Français et les appendices sanglants éparpillés sur le sol, qui avaient été ses doigts. C'était le dernier de la bande. Il ne restait plus que l'Espagnol.

Il monta à l'étage supérieur par l'ascenseur, l'air recueilli. Le garde lui ouvrit sans demander d'explications et Nikolaï franchit le seuil d'un pas martial. Il ne se donna même pas la peine de renvoyer son regard à ce pauvre imbécile d'Elías, tout étonné et plein d'espoir. Il alla droit à la table et remit les dépositions au fonctionnaire. Pendant une minute ou deux, ils échangèrent quelques propos à voix basse, puis le fonctionnaire aborda Elías avec une satisfaction évidente. Il tenait dans une main les dépositions de ses camarades, et dans l'autre toutes les lettres qu'Elías avait écrites ces dernières semaines à son père, et que Nikolaï s'était bien gardé de poster. L'une après l'autre, le fonctionnaire les remit entre les mains tremblantes du jeune homme : elles étaient pleines de traits rouges et de commentaires en marge écrits en russe.

Effondré, en plein désarroi, Elías se tourna vers Nikolaï, cherchant à comprendre dans quelle sorte de piège on l'avait attiré. Son guide soutint son regard, imperturbable, comme s'il ne l'avait jamais vu.

— Apparemment, vous considérez que nos méthodes sont barbares et cruelles. Vous n'hésitez pas à révéler la nature des personnes qui travaillent au canal, vous décrivez les plans, les difficultés, vous osez même dire que ce projet est pharaonique, démentiel et irréalisable. Et vous méprisez l'opinion des cadres qui mènent cette entreprise, ces bureaucrates inutiles qui utilisent les gens comme du bétail.

Elías était groggy. Il n'aurait jamais imaginé que sa correspondance pouvait être violée, que ses phrases et ses mots pouvaient être tirés de leur contexte pour dessiner une image absolument déformée de sa personne. Pourquoi ? Dans quel but ? Il chercha des réponses du côté du guide. Il se rappela alors avec stupeur leurs conversations dans son appartement de la Maison du gouvernement, la façon apparemment naïve avec laquelle Nikolaï lui avait soutiré des phrases qui maintenant s'avéraient vénéneuses, ses opinions divergentes et critiques sur ce qu'il voyait et entendait, et lui revint en mémoire la mise en garde de Claude : "Faites bien attention à ce que vous dites dans ce bâtiment, je parie que c'est farci de micros et de trous dans les murs." Combien de phrases, de mots dits au hasard, cet être mesquin avait-il recueillis contre lui ?

— Ces policiers n'étaient pas ivres, et ils ne vous ont pas rencontré par hasard. Ils devaient vous arrêter et vous avez violemment résisté, l'accusa le fonctionnaire, visiblement satisfait de l'effet dévastateur de l'apparition soudaine de Nikolaï. Et si ces témoignages ne suffisaient pas, il y a plus : vos trois camarades ont signé une déposition où il est affirmé que vous êtes le leader d'une cellule d'espions trotskistes. Ces pauvres types étaient sous vos ordres afin de saboter les travaux du Grand Canal.

Cela n'avait ni queue ni tête, c'était ridicule et absurde. S'il n'y avait pas eu la soif, la douleur des coups et des blessures, le regard froid de Nikolaï, Elías aurait éclaté de rire devant de telles inepties. Mais tout cela était très sérieux.

— Avouez et buvez. L'eau que nous avons est fraîche et bonne pour la santé. Vos amis ont obtempéré. Ils affirment tous que vous êtes le chef.

— Le chef de quoi ?

L'esprit perd ses moyens devant l'absurde, devant la sottise on perd la voix, on est perplexe. Il avait soif, il était fatigué, abruti. Il voulait fermer les yeux, dormir et se réveiller dans un train en partance pour l'Espagne. Oublier ce cauchemar. Il posa le regard sur le verre d'eau transparente, cristalline. Il pensa au rat qui farfouillait dans sa merde, aux poux de la couverture, au dragon du plafond qui le survolait. Il frissonna au souvenir des cris qu'il entendait la nuit derrière la porte : c'étaient eux, ses amis ? Claude, Martin, Michael, torturés, le dénonçant : pourquoi lui ? Pourquoi ?

Le fonctionnaire lui tendit le verre. Ce visage étrange et lisse, enfantin, pouvait changer d'expression et avoir un air sympathique.

— Buvez, l'encouragea-t-il.

Finalement, Elías prit le verre, l'approcha de ses lèvres et cette gorgée scella son destin.

4

Dans son rêve, Gonzalo voyait le dos nu d'un homme,
épaules et corps courbés sur la machine à écrire (une Densmore aux touches nacrées), à la lueur d'une petite lampe,
tapant avec deux doigts et entassant mégot sur mégot
dans la soucoupe. La fille aux ailes tatouées, beaucoup
plus jeune, en réalité une fillette, était debout derrière la
chaise, raide comme un piquet, talons joints, chaussures
vernies aux lacets très serrés, genoux osseux, rosés, qui
dépassaient d'un doigt sous la jupe à carreaux, la chaussette droite retombant sur la cheville, l'élastique mou, et
la gauche bien remontée. Sa voix tremblait en récitant
quelque chose d'inaudible dans le rêve. On aurait dit une
scène à la télévision sans le son. Sa voix était couverte
par le cliquetis de la machine à écrire et du levier du
rouleau. L'homme arrachait les feuilles, de plus en plus
furieux. À un moment donné, la fille aux ailes de papillon tournait son visage à droite et essayait de sourire à
l'enfant qui la contemplait, accroupi dans un recoin de
la pièce. Cet enfant, c'était lui. Elle ne pouvait le voir,
mais elle savait qu'il était là. Il écoutait. Elle voulait le
rassurer, mais son regard était plein de terreur.

"Tu dois te concentrer", lui disait ce regard sans ambiguïté. Il devait chercher les mots, les trouver et les
prononcer à haute voix. Ils étaient là, quelque part dans

son cerveau, mais impossible de mettre la main dessus. L'homme saisit alors la fille par les poignets. Il était transfiguré, comme si les langues de feu qui le consumaient de l'intérieur embrasaient une partie de son visage, alors que l'autre restait froide et glaciale, et que ces deux moitiés s'entrechoquaient et se réduisaient en bouillie. Pris de fureur, il la souleva par les épaules comme si elle ne pesait rien et la jeta par terre. À plat ventre, saignant du nez, répandant son sang sur le sol, elle tendit les doigts vers l'obscurité où se cachait l'enfant, qui n'était autre que Gonzalo, effleura la pointe de ses chaussures et songea qu'elle devrait lui apprendre à les nouer. "Tu dois te rappeler, dis les mots", l'implora-t-elle du regard. Mais les pieds de l'enfant reculèrent et se fondirent dans l'obscurité. Alors, l'enfant se rappela les mots et voulut les prononcer. Mais rien ne sortait de sa bouche, en dépit de ses efforts.

Gonzalo ouvrit les yeux et crut qu'il allait mourir, pas dans longtemps ou dans un futur improbable, mais maintenant, à cet instant précis. Il posa la main sur sa poitrine, essayant de calmer les larmes de ce petit enfant qui toutes les nuits se montrait en rêve à l'adulte qu'il était devenu. Il regarda l'heure à son réveil digital. Trois heures vingt du matin, Lola dormait en position fœtale à l'autre bout du lit, exil volontaire qu'elle choisissait après chacune de leurs disputes. Sa respiration était calme, sa bouche entrouverte, le coude droit sous l'oreiller et le gauche entre les genoux et l'estomac. Gonzalo caressa la courbe de son dos sous sa chemise de nuit. Il pouvait compter les vertèbres. Elle s'agita dans son sommeil. Il retira sa main.

Il descendit dans le noir à la cuisine, tâtonnant entre les meubles. Il ne s'était pas encore habitué à cette nouvelle géographie. Dans le fouillis du salon, beaucoup de cartons du déménagement restaient à ouvrir. Des objets qui n'étaient pas absolument nécessaires au jour le jour et que Gonzalo se promettait d'inventorier dès qu'il en aurait le temps. Lola lui reprochait d'être victime d'une version bénigne du syndrome de Diogène, et il était vrai que beaucoup de ces choses n'avaient plus d'utilité, mais il refusait de s'en débarrasser.

Sur un des cartons, il avait écrit au marqueur "affaires de Laura". Lola voulait qu'il jette ses vêtements et ses effets personnels. Il alluma une petite lampe et s'assit par terre pour regarder ses livres, sa collection de musique baroque et quelques accessoires de bureau que Luis n'avait pas voulu garder. Certaines de ces affaires avaient l'odeur de sa sœur, des relents de parfum.

L'incinération avait été triste, presque pathétique. Il est difficile de comprendre pourquoi certaines personnes deviennent centenaires sans effort alors que pour d'autres chaque minute est une conquête héroïque, avait dit Luis, et Gonzalo avait été d'accord. Brûler un corps n'était pas comme il l'avait imaginé ; rien à voir avec le bûcher mortuaire des rites hindous, ou avec un esquif en flammes emportant le héros endormi en pleine mer. Tout avait été aseptique : un espace qui ne se distinguait en rien des fours d'une boulangerie ou des réserves d'une boucherie. On lui avait expliqué que le cercueil sans crucifix était entièrement combustible, comme s'il était essentiel, au nom de l'écologie, que les morts ne polluent pas. Un bouton amena le cercueil devant l'ouverture d'un four. Un autre bouton le poussa à l'intérieur, où on entendait bouillonner une chaudière, mais les flammes étaient invisibles. L'opérateur referma la trappe et remit une pierre ovale à Gonzalo. C'était une matière indestructible sur laquelle était gravé un numéro d'identification, pour éviter d'éventuelles confusions. Quand on lui remettrait les cendres, ce numéro garantirait qu'elles appartenaient à Laura. Dans dix mille ans, quand il n'y aura plus ni cendres ni restes, les hommes de l'avenir se demanderont où sont passés les ossements de leurs ancêtres. Et dans les fouilles ils trouveront des milliers, des millions de pierres comme celle-ci, pensa Gonzalo.

Des trombes d'eau étaient tombées au cours de la cérémonie, un orage estival qui avait détruit les jolies couronnes de fleurs que Luis avait achetées pour recouvrir le corbillard. Gonzalo avait financé une couronne de tulipes (il savait que sa sœur aimait ces fleurs) ornée d'un ruban doré avec l'inscription suivante : "De ton frère et de ta mère qui t'aiment." Mais sa mère avait obstinément refusé de s'approcher du cercueil ouvert exposé dans la salle de la veillée pour adresser un dernier adieu à Laura. Elle resta immobile et absente pendant toute la cérémonie, dans sa robe de deuil, et elle accorda à peine un regard à Luis. Malgré la protection du parapluie que Gonzalo tenait au-dessus d'elle, sa mère finit par attraper un rhume et de la fièvre, ce qui à son âge pouvait être grave. Quand elle aperçut dans l'assistance, très à l'écart, l'inspecteur-chef Alcázar, elle eut un embryon de réaction.

— Qui c'est, celui-là ? demanda-t-elle en l'observant de ses pauvres yeux myopes.

— Le collègue et le chef de Laura.

Plus tard, quand Alcázar vint présenter ses condoléances, sa mère refusa de le saluer.

— Beaucoup d'années ont passé, Esperanza.

— Pour moi, pas assez, grogna-t-elle en lui tournant le dos.

Gonzalo s'étonna :

— Vous vous connaissez ?

Alcázar le regarda de haut.

— Comme se connaissent les loups et les agneaux.

De retour à la résidence, il avait demandé à sa mère ce qu'avait voulu dire l'inspecteur, mais elle ne lui répondit pas. Pendant tout le trajet, elle n'eut pas un mot pour la mort de Laura ou l'enterrement. En revanche, elle regretta que la pluie ait abîmé sa robe.

Gonzalo ruminait encore cette phrase d'Alcázar, comme si c'était une boulette qui lui restait en travers de la gorge.

— Tu ne viens pas te coucher ?

La lumière du couloir dessinait les formes du corps de Lola sous sa chemise de nuit. Elle ne portait pas de dessous. Cette vision était érotique, mais trop lointaine. Gonzalo eut un pincement de nostalgie, mais le visage impénétrable de Lola traçait une frontière.

— Je me suis levé, parce que je ne pouvais pas dormir, et je ne voulais pas te réveiller.

Lola vit l'air abattu de son époux, et ce qu'il tenait dans la main. Elle devinait depuis quelque temps une irritation sourde entre eux, un vague ressentiment qui sapait les fondements de leur relation. Et elle savait que ce n'était pas seulement à cause de l'accord imminent avec son père pour fusionner les deux cabinets.

— Encore tes cauchemars ?

Gonzalo acquiesça, mais ne dit pas que cette fois le visage de sa sœur avait été supplanté par cette rouquine qui avait un tatouage dans le cou.

Lola lança un coup d'œil sur le carton ouvert. Elle n'avait jamais aimé sa belle-sœur, et sa mort n'y changeait rien. C'était une hypocrisie inutile, et même si elle n'en avait rien dit à Gonzalo pour ne pas le blesser, elle avait du mal à comprendre ce sentiment soudain de son époux pour sa sœur. Jamais ils n'avaient parlé de Laura, et elle ne comprenait pas pourquoi il était si affecté. C'était cruel, et elle le savait, mais elle détestait tout ce qui avait trait à la famille de Gonzalo, les histoires de son père, le mépris hautain de sa belle-mère quand elle se décidait à aller la voir, comme si, parce qu'elle était la fille de son père, Lola ou ceux de sa classe étaient coupables de tous ses malheurs, réels ou imaginaires. Mais ce qui l'irritait et l'effrayait par-dessus tout, c'était que lorsque Gonzalo se rapprochait des siens, il changeait et devenait un personnage inquiétant.

— Elle aimait bien collectionner les mots…, dit Gonzalo en caressant le dos d'un vieux dictionnaire russe-espagnol.

— Pardon ?

— Laura. Elle les attrapait au vol et les notait dans un petit carnet à spirale qu'elle avait toujours dans son sac. Ensuite elle se les répétait, comme si elle les mâchait ou voulait les dompter.

— Quelle sorte de mots ?

— Des mots sauvages. Elle cherchait leur signification dans le dictionnaire et les soulignait au feutre fluo. Si elle s'apercevait qu'elle avait noté un mot en double, elle piquait une colère comme une gamine.

— Je ne le savais pas, dit Lola en lui caressant légèrement la tête, comme si elle avait déjà fait tout ce qu'il fallait pour le consoler.

Gonzalo sursauta, soudain conscient de quelque chose d'insupportable. Il scruta le visage de sa femme.

— En réalité, moi non plus je ne savais pas grand-chose d'elle. Dix ans sans se voir, c'est beaucoup.

— Ce n'était pas ta faute. C'est elle qui avait décidé de s'éloigner.

Gonzalo acquiesça machinalement, sans vraiment admettre que c'était une certitude. Il regarda Lola, comme s'il voulait se convaincre que c'était bien elle. La lumière de la petite lampe donnait de son visage une impression diffuse, comme ces profils qu'on entrevoit derrière une fenêtre, les jours de pluie.

Lola ramena ses cheveux en arrière et passa la main sur ses joues.

— Je crois que j'ai besoin d'un café.

Elle prépara le petit-déjeuner en silence ; il y avait des années qu'elle ne se donnait plus la peine de chauffer le café de Gonzalo ou de lui presser un jus d'orange avec une cuillerée de sucre. Gonzalo la laissait faire, la tête vide, la regardant aller et venir dans la cuisine. Elle vint s'asseoir à côté de lui avec une tasse fumante et revigorante.

— Tu as discuté avec Javier, ces temps-ci ?

— J'ai essayé, reconnut Gonzalo en attendant la suite.

— Je n'en suis pas certaine, mais dernièrement j'ai remarqué qu'il me manquait de l'argent, de petites sommes, mais de façon répétée. Je lui en ai parlé et il s'est mis en colère.

— Tu l'as accusé de te voler, c'est normal.

Lola regarda son époux, l'air de dire qu'il était impossible de discuter avec lui. Gonzalo avait toujours du mal à s'impliquer, surtout si cela concernait son fils aîné.

— Je ne l'ai accusé de rien, je lui ai simplement posé la question, pas à cause de l'argent, mais parce que je suis inquiète. Il est très dispersé, triste et comme absent. J'ai fouillé dans ses affaires.

Gonzalo lui lança un regard désapprobateur.

— Qu'espérais-tu trouver ?

— Je ne sais pas, des drogues, n'importe quoi. Tu sais ce qu'il m'a dit après dîner ? Qu'il quittera cette maison dès qu'il aura dix-huit ans.

— On veut toujours partir quelque part quand on a dix-huit ans. Ça lui passera.

— Tu ne devrais pas parler comme ça de ton propre fils, cela ne fait pas de toi un bon père.

Gonzalo regarda sa femme. Il avait parfois envie de lui dire ce qu'il avait vu ce matin-là, dix-huit ans en arrière. Mais il redescendait mentalement les marches sans faire de bruit, comme ce matin-là, et rien ne s'était passé. Cette porte était toujours restée fermée.

— Et quel est le rôle qui fait de toi une bonne mère ?

Lola porta les tasses vides dans l'évier.

— Celui d'une mère qui tient à maintenir sa famille unie… Tu devrais aller dormir un peu. Demain, tu as la réunion avec mon père, et le vieux en profitera à fond s'il te voit en petite forme.

La peau noire de Siaka réalisait ce miracle de virer au blond chaque fois qu'un rayon de soleil l'effleurait. Des chiens aboyèrent quand il passa devant les murs couverts de lierre. Il y avait très peu de fenêtres éclairées, seuls les jardins et les piscines avaient conservé leurs lumières. La nuit, ce qu'il aimait, ce qu'il avait toujours aimé, c'était cette sensation que la ville lui appartenait, qu'elle avait été construite pour lui. Surtout au petit matin, un peu avant qu'une clarté diffuse enfourche l'échine de l'horizon. De nuit, la maison de l'avocat semblait différente, comme si les constructions avaient aussi besoin de fermer les yeux et de s'abandonner à la paresse. Il s'assit par terre et s'adossa au muret. Une brise agréable apportait des odeurs de jasmin, de pinède. Un jour, peut-être, il pourrait avoir une maison semblable, même s'il préférait les hôtels. Rien ne vaut cette impression qu'on n'a besoin de se lier à rien et qu'on peut tout avoir en pressant sur un bouton. Les riches, en général, ne sont pas très attirants. Voilà pourquoi ils s'achètent de grosses voitures et de grosses maisons. Pour qu'on regarde ce qu'ils possèdent, pas ce qu'ils sont.

Il en avait marre de cette vie et il était résolu à en changer, à reprendre les rênes. C'était le moment. Il pensait retourner au Zimbabwe, il avait économisé et sa tante lui avait écrit pour lui parler d'un vieux complexe dans le parc national de Chizarira : pour un prix modique, on pouvait en faire un hôtel pour touristes. Un hôtel avec des drapeaux immaculés. Laura lui avait promis de l'aider côté papiers, un changement d'identité, un passé inventé dont il n'aurait pas à rougir en revenant au milieu des siens : pourquoi pas un titre universitaire ? Personne ne se soucierait de vérifier. Son père aurait été ravi : le premier licencié de la famille, et dans une université européenne. Mais Laura était morte. Zinoviev et le gamin aussi. Tous morts, mais lui, il était vivant.

La sous-inspectrice avait bien raison, quand elle disait qu'il y a beaucoup de façons de tuer une enfance. Il en connaissait quelques-unes : un père qui te roue de coups sans raison, une sœur aînée qui te livre à son fiancé pour te défoncer le cul, un milicien qui tient pour toi un fusil d'assaut russe pour que tu appuies sur la détente contre des villageois, des soldats bourrés qui t'obligent à violer une moribonde… Mais rien de tout cela n'est pire que de s'asseoir sur les genoux d'un vieil obèse, dans une Mercedes de luxe, et de lui faire une pipe, à moins qu'il t'oblige à baiser une gamine comme toi dans un manoir de luxe, au milieu des invités à la fête, hommes et femmes élégamment vêtus qui te contemplent avec extase en étalant leurs bijoux et leurs regards de malades. Jour après jour, heure après heure, l'enfance fuit ces horreurs, se blottit dans un souvenir, un jeu au lac Kariba, une berceuse ou un dessin animé. Et si tu parviens à protéger ces trésors, tu pourras croire que tu es encore un être humain.

Siaka laissa le vent souffler entre ses jambes écartées et l'espace d'un instant il se demanda ce qu'on ressentait si on réalisait ses rêves. Il ne s'agissait pas de les emprunter pendant quelques heures ou quelques jours, mais de s'en emparer, de s'emparer du monde. "Ce serait mieux, se dit-il. Un monde meilleur."

Les lumières de la cuisine s'éteignirent, chez l'avocat, et Siaka regarda le tag frais sur le mur.

Tout ce que nous faisons a des conséquences, Gil.
Toi, tu vas payer.

— Joli desiderata, murmura-t-il.

Il aimait ce mot que la sous-inspectrice lui avait appris à prononcer.

On sonna et Luisa entra sans attendre la réponse, auréolée de toute son efficacité. C'était lundi, une autre vie. Gonzalo lui fut reconnaissant qu'elle ne le regarde pas comme un invalide. Elle lui avait présenté ses condoléances pour la mort de Laura, apporté un café serré avec un naxoprène, et s'était mise au travail comme toujours.

— Don Agustín t'attend dans la salle de réunion.

— Maintenant, tu l'appelles "don Agustín"? Vendredi dernier, il était encore le "vieux gâteux".

Luisa ne se troubla pas.

— À l'issue de la réunion, tu feras vraisemblablement partie d'Agustín & Associés. J'aimerais continuer de travailler avec toi, et si je dois me mettre à genoux sans être obligée d'ouvrir sa braguette, je le ferai.

Gonzalo sourit de la décontraction sans complexe de Luisa. Il aimait bien les gens sans illusions.

— Il y a de la bagarre dans l'air; mais je parviendrai peut-être à préserver notre indépendance.

Luisa lui lança un regard ironique, mais eut le bon goût de ne pas répliquer.

— Il y a autre chose. Tu m'as demandé de voir qui a loué l'appartement de droite. La jolie fille aux ailes de papillon s'appelle Tania je ne sais quoi, c'est un nom imprononçable.

— Akhmatova, comme la poétesse, lut Gonzalo sur la carte que Luisa lui avait tendue.

— Elle est photographe, et il faut reconnaître qu'en dépit de cet air de mannequin slave et de ses seins qui me rendent jalouse, c'est une femme très agréable. Elle m'a dit que si j'avais besoin de ses services, elle a un petit studio à cette adresse. Je dirais qu'elle n'est pas mariée, en tout cas elle n'a pas d'alliance, et qu'elle est étrangère, mais ça se voit déjà au nom, hein? C'est curieux. Et puis elle m'a posé des questions sur toi sans que j'aie eu à aborder le sujet.

Gonzalo rougit légèrement.

— Et que lui as-tu dit?

Luisa lui lança un regard amusé.

— Que voulais-tu que je dise? La vérité: que tu es un avocat sans avenir, ennuyeux, en petite forme physique, myope, un peu radin sur le salaire de son assistante, et qui travaille trop.

Gonzalo sourit. Au moins, la fraîcheur de Luisa lui permettait de relâcher sa tension aux épaules avant d'affronter son beau-père. Il glissa la carte dans sa poche sans trop savoir ce qu'il allait en faire et rajusta machinalement sa cravate et sa veste.

— Allons-y.

La salle de réunion était conçue pour intimider les visiteurs. C'était un avantage stratégique qu'Agustín González savait utiliser. Quand il avait une affaire importante à traiter, il convoquait l'autre partie dans ce lieu et attendait, assis dans le fauteuil de la présidence, feignant d'être très occupé, penché sur un document quelconque. Cependant, cette fois, en attendant son gendre, sa concentration était réelle. Il avait passé une grande partie du week-end à étudier les documents d'Acasa, un de ses principaux clients. S'il jouait bien son rôle dans ce projet, il empocherait des millions. Le problème, c'était que, par un hasard burlesque du destin, le caillou minuscule autour duquel tournait cet immense projet allait franchir cette porte.

Agustín reposa ses lunettes sur les documents et but une gorgée de whisky en contemplant le portrait de sa fille et de ses petits-enfants. Gonzalo ne lui avait jamais plu. Du jour où Lola l'avait présenté, il avait su que ce garçon timide n'aurait jamais la trempe de donner à sa fille ce qu'elle méritait, ni de faire partie de la famille. Il mena une enquête discrète et apprit qu'il était le fils d'un communiste disparu en 1967, quand il était encore enfant. Sa mère était d'origine biélorusse, à moitié folle, et sa sœur était allée en Afghanistan à l'époque du conflit avec les Soviétiques, et avait écrit des articles d'une orientation douteuse. Que Gonzalo était allé à l'école chez les clarétains jusqu'à l'âge de seize ans : c'était une bonne chose ; ce n'était pas une université jésuite comme celle qui l'avait formé, lui (et où Javier allait être admis, grâce à son mécénat), mais cela aurait été acceptable s'il n'avait pas été expulsé pour indiscipline. Il était en dernière année de droit, suivait les cours par correspondance, et payait ses études avec de petits boulots de serveur ou de magasinier.

Il n'avait pas d'affiliation politique comme son père, mais il sympathisait avec des groupuscules d'extrême gauche et suivait des séminaires de cet acabit. Naturellement, et même s'il n'avait jamais montré ce rapport à Lola, il n'était pas un bon candidat pour entrer dans la famille. Au début, ce n'était pas grave, si sa fille voulait tomber amoureuse et prendre du bon temps avec un déclassé, il ne pouvait pas l'en empêcher. Il connaissait sa fille, elle était comme la tramontane, qui soufflait avec fureur pendant plusieurs jours et finissait par se calmer. Il était persuadé qu'un jour elle reprendrait le droit chemin, achèverait ses études d'économie et laisserait tomber les petits copains paresseux et les voyages de par le monde. Mais il s'était trompé. Ce fils de communiste avait réussi à entrer dans la famille comme un parasite, sans bruit, sans rouspéter, refusant d'accepter son aide (et donc son contrôle). Et Agustín González organisa la noce en grande pompe avant d'avoir pris conscience de son erreur d'appréciation.

Faisant contre mauvaise fortune bon cœur, il se dit qu'il tirerait peut-être quelque chose de ce minable, l'employer comme appariteur, le façonner peu à peu. Nouvelle erreur : à peine marié, Gonzalo créa son propre cabinet et ne se laissa jamais conseiller ni aider, mais depuis quelques années il avait mis un peu d'eau dans son vin, quand il avait accepté de louer à bas prix le bureau qu'Agustín lui proposait dans son immeuble. Vingt ans s'étaient écoulés, il avait deux petits-enfants formidables, et Lola semblait à peu près satisfaite. Il reconnaissait que Gonzalo était un type intelligent, n'acceptant que les litiges où il avait des chances de gagner, acquiesçant quand Agustín lui tendait la perche, feignant de céder, mais ce salopard parvenait toujours à lui échapper et à suivre son bonhomme de chemin.

Soit. Mais il fallait en finir, maintenant, ce matin.

À dix heures tapantes, sa secrétaire lui annonça que Gonzalo attendait.

— Fais-le attendre dix minutes. – Il fallait le mettre en condition. – Ensuite, tu l'amènes.

De son propre aveu, Gonzalo n'avait jamais compris l'art cubiste, et ce tableau avait sûrement une immense valeur, son beau-père n'achetait que des choses de prix. Mais cet ensemble de formes géométriques entrelacées comme des bouts de verre le laissait perplexe. Il se focalisa sur la peinture pour tourner le dos à la secrétaire. Quand le temps prévu fut écoulé, celle-ci l'informa qu'il pouvait franchir la grande porte massive (elle semblait l'autoriser à pénétrer dans le saint des saints), Gonzalo adopta l'expression qu'on attendait sûrement de lui : pleine de componction. Son beau-père était plongé dans sa lecture, tout au bout de l'immense salle. Un plateau avec de l'eau et du whisky était stratégiquement posé à sa droite. Le sol, du grès porcelainé gris, renvoyait la lumière qui pénétrait par les immenses baies. "C'est donc ça, réussir", se dit-il, impressionné par le dépouillement somptueux de la salle.

Agustín releva la tête et lui fit signe d'approcher, sans se lever ni se montrer aimable. Ce comportement aurait été contre-productif. Il avait ôté sa veste, qu'il avait mise sur le dossier du fauteuil, et avait desserré son nœud de cravate. C'était sa façon de dire qu'il ne voulait pas de manières. Gonzalo s'assit à sa droite. Il n'enleva pas sa veste et ne desserra pas son nœud de cravate. Il se contenta de sortir son stylo et un carnet. Agustín s'appuya sur le dossier, dont le cuir grinça.

— En premier lieu, je veux te dire que je suis désolé de ce qui est arrivé à ta sœur.

"Il ment, se dit Gonzalo, et il n'essaie même pas de le cacher."

— De toute façon, si je ne me trompe, tu n'avais plus aucune relation avec elle. C'est aussi bien, cette histoire d'assassinat et de suicide est déjà assez morbide. Nous pourrions conclure en toute objectivité que ta sœur était une personne *compliquée*.

Drôle de façon de dire "dérangeante". Gonzalo regarda son beau-père fixement et eut envie de lui répondre qu'il n'avait aucune idée de ce qu'il disait. Il détestait ce vieil homme autant que celui-ci le méprisait. Ils le savaient tous les deux, mais ils s'en tenaient au scénario établi.

— Ne pouvons-nous pas nous occuper de ce qui nous réunit ici aujourd'hui ?

Une ride contrariée se creusa sur le front du beau-père.

— Tu te doutes que je vais te proposer de t'associer avec moi. Tu peux encore faire une brillante carrière.

Gonzalo ne pouvait nier que n'importe quel collègue dans sa situation serait déjà au septième ciel. Travailler avec son beau-père, c'était le bout d'une route qui menait directement au firmament juridique. Mais aucun de ses collègues n'était le gendre de don Agustín González. La vision de son beau-père assis à côté de lui, jambes écartées, était le fidèle reflet de ce qui l'attendait inéluctablement. Dans ses rêves de jeunesse, quand il était interne dans cette école des pères clarétains pour enfants sans ressources, il voulait être comme son père. Mais il n'avait jamais su comment il était en réalité, aussi avait-il orienté ses efforts sur la vague ambition d'être libre, comme ce loup efflanqué de la fable que le professeur de latin lui avait fait apprendre par cœur à seize ans. Gonzalo savait qu'il ne devait pas intervenir avant que son beau-père ait fini, et qu'alors, sa réponse ne pouvait être qu'un oui franc et massif. Une reddition en bonne et due forme. Il s'était conditionné dans cette perspective. Pendant vingt longues minutes, ils épluchèrent les documents. Gonzalo se contentait de tourner mollement les pages du dossier, sans vraiment y prêter attention. Il releva quelques points de détail sans importance.

— J'aimerais garder Luisa à mon service.

Agustín n'opposa aucune objection. Tout glissait doucement vers le dénouement logique. Jusqu'au moment où Agustín se leva, s'éloigna de quelques pas et rapporta le dossier d'Acasa.

— Qu'en penses-tu? Un lotissement de luxe, un hôtel cinq étoiles, terrains de golf, accès exclusif par route, tout-à-l'égout, réseau électrique et téléphonique. Un tas de contrats et de sous-contrats que nous devons négocier. Ce sera ta première mission avec moi. C'est un coup de plusieurs millions.

Gonzalo rougit violemment. Il n'avait jamais affronté une négociation de ce genre. Se bagarrer avec des propriétaires expropriés, introduire des recours devant les administrations, conseiller les délégataires en toute légalité.

— Pourquoi moi? Je ne suis pas au courant, il faudrait que j'étudie le dossier à fond.

Son beau-père acquiesça avec impatience. Il avait prévu cette réaction.

— Tu sais, quand j'étais jeune j'aimais courir des marathons. Eh oui. Je m'entraînais pendant un mois, je me nourrissais bien, j'étudiais le parcours et mes capacités physiques. Je ne laissais jamais rien au hasard. Et pourtant, lors de l'épreuve la plus importante, je perdis par la faute d'un détail stupide : la veille de l'épreuve, j'avais couru sur le front de mer, une course modérée, pour chauffer les muscles. Je ne m'étais pas rendu compte qu'un minuscule grain de sable, un gravier insignifiant, s'était incrusté dans la semelle. Quand je m'élançai, le jour de la course, je sentis une petite gêne, sans lui accorder d'importance, je crus que ça passerait, que ça finirait par disparaître. Mais pas du tout. Kilomètre après kilomètre, ce petit caillou dans ma semelle devint énorme et me martyrisa comme si c'était un bout de verre effilé. Je fus obligé de m'arrêter, d'enlever ma chaussure et ma chaussette. J'avais perdu le rythme de la course et un temps précieux. Ce fut un échec que je n'ai jamais oublié.

— Je ne suis pas sûr de comprendre ce que tu veux dire.

Agustín González lui montra le plan de la zone à urbaniser et lui désigna un point, au milieu. Gonzalo regarda son beau-père. Maintenant, il comprenait pourquoi il s'était montré si conciliant avec cet accord de fusion.

— Ma famille a des terrains dans cette zone. C'est le petit caillou dans ta chaussure.

— Tout juste. Ce qui peut tout mettre par terre.

— Mais cette propriété ne m'appartient pas. Elle est à ma mère.

— La moitié seulement. L'autre moitié est répartie entre ta sœur et toi, 25 % chacun. Comme elle est morte sans testament, ses 25 % deviennent la propriété de ta mère. 75 % pour elle, 25 % pour toi.

— Je vois que tu as bien étudié la question.

— Il ne faut rien laisser au hasard. Cette propriété paralyse toute l'affaire. Maintenant, nous devons nous occuper de ta mère. Essaie de la convaincre, nous pouvons lui racheter cette maison sans valeur pour une jolie somme. Assez pour que tu puisses lui payer une maison de retraite de luxe à Marbella si c'est ce qu'elle veut.

"Tu peux t'indigner autant que tu veux, mais c'est comme ça", disait clairement le regard du beau-père. Gonzalo se tortilla sur son siège, inquiet, enleva ses lunettes et ses yeux verts devinrent des points minuscules dans un repli de chair, comme des billes dans un trou du sol.

— Mais il reste mes 25 %.

Agustín González fit un geste de la main, comme s'il chassait une mouche importune.

— La fusion de ton cabinet avec le mien, et la mission pour Acasa. L'un va avec l'autre. Si je n'obtiens pas cette propriété à 100 %, pas d'association. On joue gros, toi le premier. Emporte ce dossier, étudie les documents, réfléchis et appelle-moi. J'attends ta réponse ce soir.

— Même si tu obtiens ma part, ma mère ne vendra pas, en aucune façon. Cette propriété, c'est tout pour elle.

Agustín González eut un ricanement mordant.

— Si, elle vendra, je peux te l'assurer.

La peinture au pastel de cette marine occupait tout le mur frontal de la réception. Un trois-mâts superbe fendait les vagues déchaînées, la quille survolant une ligne d'écume. Alcázar sourit. Cecilia aurait eu des vertiges rien qu'en la regardant. Il faut dire que son épouse aurait pu vomir sur une barque du parc de la Ciudadela. Ce souvenir l'attendrit. Il la voyait, pliée en deux, les mains crispées sur l'estomac et disant, pâle comme du papier mâché, que l'eau était pour les grenouilles et les poissons, avec ce zézaiement du Sud qu'elle n'avait jamais perdu.

À travers la grande baie à petits carreaux anglais, il vit passer la silhouette voûtée d'Esperanza. Mais peut-être devait-il l'appeler Katerina Orlovska ? Il était toujours surpris par la vitalité qu'elle dégageait, malgré son âge. Cecilia n'aurait sans doute jamais eu toute cette énergie jusqu'à la fin. Esperanza était d'une autre trempe. Il sortit par une porte latérale et vint à sa rencontre en lui laissant le temps de le reconnaître. La vieille femme redressa la tête comme une taupe, le flairant presque, encore trop éloignée pour le reconnaître. Ce n'était pas facile, sans compter la cécité presque totale d'Esperanza, trente-cinq années s'étaient écoulées et ils avaient beaucoup changé tous les deux.

— Bonjour, Katerina.

Il y avait mille ans qu'Esperanza n'avait pas entendu son vrai prénom et de l'entendre de nouveau la fit sursauter.

— Qui êtes-vous?

— Il y a bien longtemps. Nous étions plus jeunes et j'avais une moumoute. Voilà pourquoi tu ne te rappelles pas. Je suis Alberto Alcázar. On s'est rencontrés en 1967, j'étais chargé de l'enquête sur la disparition d'Elías. On s'est revus à l'enterrement de Laura.

Alcázar laissa ses paroles se cristalliser lentement dans la conscience d'Esperanza. C'était la clé nécessaire pour rouvrir sa mémoire et s'y introduire. Par instinct, la vieille femme plaqua sur ses lèvres humides un mouchoir froissé qu'elle tenait dans la main, sans doute pour sécher le ruissellement continu de son œil droit.

— Tu sais sûrement que ta fille et moi nous avons travaillé ensemble ces dernières années.

Esperanza nia d'un geste qui semblait plus le fruit d'une dystonie que de sa volonté.

— Je n'ai rien à vous dire, partez.

Alcázar se suça la moustache avec sa lèvre inférieure. Une vingtaine d'années les séparaient, Esperanza était au bout de la route, alors qu'il abordait la dernière descente. Voilà pourquoi il avait du mal à s'asseoir auprès de cette vieille et à se rappeler la femme pleine de vivacité, malgré sa cinquantaine, qui en 1967 lui avait craché à la figure devant ses subordonnés et l'avait traité d'assassin. À l'époque, Alcázar n'était pas le même, il avait à peine trente ans et avait besoin de prouver beaucoup de choses, ce qui l'avait obligé à la gifler et à la jeter au cachot. Aucun des deux n'avait oublié cette gifle, ni ce qui s'était passé la nuit de la Saint-Jean, où Elías Gil avait disparu.

— Il serait absurde de te demander de m'excuser maintenant, tu ne crois pas? De nouveaux péchés, et plus graves, enterrent les précédents. Mais je vois que tu es toujours prête à sortir tes griffes, comme à l'époque.

Esperanza se réfugia dans un silence farouche. Elle voulut se servir du déambulateur pour s'éloigner dans le jardin, mais ses mouvements étaient si lents qu'Alcázar avait à peine besoin de se déplacer pour la suivre, les mains dans les poches, sans cesser de la regarder.

— Je ne t'ai pas vue verser une seule larme sur ta fille à son enterrement. N'est-ce pas le propre d'une mère dénaturée ?

La vieille femme se retourna avec fureur, une fureur qui aurait pu briser son cou ridé et fragile. Une mèche jaune paille coupait son visage en deux.

— Une fille qui vitupère la mémoire de son père et qui trahit son sang en travaillant avec le policier qui l'a assassiné ne mérite pas ce nom. Avec l'assassin de son propre père !

La rage décomposait le visage d'Esperanza, et sa haine semblait déborder de ce corps chétif et diminué. Mais Alcázar ne se laissa pas impressionner.

— Nous sommes seuls, personne ne peut nous entendre, tu n'as pas besoin de jouer la mère Courage ou l'épouse réclamant justice. Pas avec moi, Katerina. Laura savait la vérité, voilà pourquoi elle est venue me voir après tout ce temps, voilà pourquoi elle m'a demandé de la prendre dans mon unité. Et je l'ai acceptée pour les raisons qui t'avaient amenée à décréter que ta fille était morte à tes yeux. Tu n'as jamais été ni juste ni courageuse, quoi qu'en disent tous ces gens assoiffés d'héroïnes et de saintes laïques. La vérité, la seule vérité, c'est qu'il a disparu. Et nous savons tous les deux pourquoi.

— Non ! Tu l'as assassiné ! Tu lui as tiré dans le dos et tu l'as jeté dans le lac cette nuit-là !

Alcázar sortit une coupure de journal qui datait de quelques semaines.

— Tu veux la lire, ou tu préfères que je m'en charge ? "Le ministère du Développement a décidé de fermer l'ancienne centrale de Cal Guardia. Construite dans les années 1940, la centrale est alimentée par un barrage qui, d'après les rapports des techniciens, présente de graves défaillances structurelles, c'est pourquoi il sera procédé à l'assèchement préalable à sa démolition. Le barrage, couramment appelé le Lac, menace les cultures environnantes et les écosystèmes de la zone. Des organisations écologistes s'opposent au projet sous prétexte que derrière les décisions techniques se cachent en réalité des plans d'urbanisme d'un important groupement d'entreprises intéressé par la requalification des terrains." Voilà pourquoi tu refuses obstinément de vendre ta propriété à Agustín González, n'est-ce pas ? Rien à voir avec cette vieille maison, ni avec les souvenirs de famille, ni avec cette tombe ridicule que tu montes fleurir tous les dimanches avec ton naïf de fils. Tu ne veux pas qu'on assèche le lac, parce que tu sais qu'il n'y a rien au fond. Et s'il n'y a rien, comment continueras-tu d'alimenter ce mensonge qui t'a aidée à vivre toutes ces années ? Tu préfères le doute plutôt que la certitude. Gonzalo n'est au courant de rien, n'est-ce pas ? Il ne se doute même pas de ce qui s'est passé cette nuit-là. C'était un enfant de cinq ans et il a cru tout ce que tu lui as raconté.

Esperanza vacilla et faillit perdre l'équilibre. Alcázar l'aida à se maintenir, elle tenta de le repousser, mais l'inspecteur ne la lâcha que lorsqu'elle s'assit sur un banc, entre deux cyprès. Derrière eux, la mer ronronnait comme un chat assoupi. La nuit allait bientôt tomber mais on entendait encore les rires des enfants sur la plage, et les mouettes sillonnaient un ciel sans nuages. Alcázar sortit une enveloppe de sa poche avec l'en-tête d'Agustín & Associés et la glissa doucement entre ses mains.

— Signe ce contrat de vente, Esperanza. Signe-le et continue d'être ce que tu as voulu être toutes ces années, la veuve du héros, la gardienne des souvenirs rêvés, dans ce monde que tu as inventé pour ne pas devenir folle. Ou alors, ne le signe pas et redeviens Katerina

Orlovska ; mais alors, ton fils apprendra la vérité, je t'en donne ma parole.

Alcázar s'éloigna sans oser se retourner. Il se sentait mesquin et minable. Cecilia, où qu'elle soit, devait porter sur lui un regard chagriné et mécontent. Il croyait entendre son lointain reproche, à travers la houle figée du tableau de la réception : Comment peux-tu vivre avec ça, Alberto ? Et lui de répondre qu'il ne pouvait être que ce qu'il était. Cette fidélité à soi-même était la seule chose qui lui restait, après qu'elle l'eut laissé seul.

5

Patricia, assise au bord de la piscine, les pieds dans l'eau, dessinait des vaguelettes concentriques. Songeuse, elle regardait le fond en céramique, hypnotisée par les reflets du soleil. Javier la regarda un bon moment par la fenêtre de la cuisine, à son insu. Il adorait sa petite sœur, avec son petit nez couvert de taches de rousseur et ses cheveux qui, selon l'orientation du soleil, passaient du châtain au doré. C'était une sage, chouchoutée par son père, gâtée, parfois capricieuse, mais très naïve. Il était conscient de lui manquer, elle l'admirait et souffrait de ses rejets, et parfois Javier était gêné de ne pas s'occuper mieux d'elle.

Mais il n'avait pas toujours envie de supporter ses questions interminables. Patricia avait une curiosité insatiable et souvent absurde qui pouvait être énervante. Deux jours plus tôt, il l'avait surprise en train de se tartiner la figure avec sa crème à raser, le rasoir à la main. Au lieu de se fâcher, Javier avait éclaté de rire et passé une vingtaine de minutes à lui expliquer les techniques du rasage. Il n'avait pas autant ri depuis des mois. Mais en général il essayait plutôt de l'éviter.

Bien qu'il s'en défende, il était jaloux d'elle, de sa façon d'accéder à la tendresse de son père, de leurs longues conversations empreintes de patience et d'affection. Sans doute, lorsque Patricia grandirait, cette complicité se briserait, sa sœur découvrirait un monde à elle très différent et son père sombrerait dans la perplexité et le désarroi, sans savoir comment affronter ce changement ; mais cela ne le consolait pas. Il n'avait jamais connu cette complicité, il n'avait eu que froideur et distance, il surprenait parfois dans le regard de son père un étonnement, à croire qu'il ne le considérait pas comme son fils, mais comme une bête curieuse qui était entrée dans sa vie par inadvertance. Javier était convaincu que son père ne l'aimait pas, qu'il ne l'avait jamais aimé, et il se demandait pourquoi. On aurait dit que Gonzalo était mal à l'aise en sa présence, et qu'il essayait de le lui faire savoir. Il ne lui adressait aucun reproche, il lui montrait simplement son déplaisir en silence. C'était ce que Javier détestait le plus, le silence permanent de son père.

Il avait toujours essayé de répondre à ses attentes, mais c'était épuisant de vivre en sachant que chacun de ses pas était soigneusement observé, une sorte d'épreuve permanente, genre concours universitaire, avec haussement de sourcil, questions stupides sur les copines et les copains, façon dissimulée de flairer ses vêtements ou son haleine quand il rentrait tard le samedi soir. Javier le soupçonnait d'avoir fouillé dans ses affaires, même si Gonzalo avait toujours pris soin de ne pas laisser de traces. Il avait remarqué de légers changements, un objet déplacé, un livre sur une autre étagère… Javier esquissa un sourire mauvais : peut-être espérait-il découvrir des chemises pleines de pornographie, des femmes avec de gros nichons en silicone, des contorsionnistes pornos, un sac plein de drogues, des seringues ou de billets de provenance douteuse. Il aurait été beaucoup plus simple pour lui de s'asseoir, de discuter, de lui poser directement les questions, mais il n'avait rien dit. Il préférait se taire, éviter d'affronter la vérité.

Javier releva la tête et vit sa sœur dans l'encadrement de la porte. Elle avait les pieds mouillés et laissait un sillage humide derrière elle.

— Que se passe-t-il ?

— Il y a un homme noir qui regarde dans le jardin.

Javier sortit. Derrière la grille, il vit l'*homme noir*. En réalité, c'était un jeune homme d'à peu près son âge. Il descendait la rue, sa veste en lin sur l'épaule, une main dans la poche. Il n'avait rien de suspect.

— C'était juste un curieux, dit-il en rentrant.

Horrifié, il vit ce que Patricia brandissait.

— Donne-moi ça immédiatement.

Pendant quelques secondes, Patricia manipula le revolver, un calibre 38. C'était une vieille arme rouillée qui fonctionnait encore, Javier l'avait essayée à la campagne. Par chance, il avait vidé le chargeur. Il le lui arracha des mains.

— Comment l'as-tu trouvé ?

— Je t'ai vu le cacher dans le garage.

Évidemment, il l'avait mal caché. Si Patricia l'avait déniché, n'importe qui d'autre pourrait aussi le trouver.

— Moi, je m'en fiche, mais papa sera très en colère s'il sait que tu as *ça*, dit sa sœur en le regardant avec une fixité surprenante chez une fillette de dix ans.

Soudain, Javier entrevit chez elle une sagesse qui se montrait dans les interstices de son enfance.

— Il ne le saura pas si tu ne lui dis rien et si tu me promets de ne plus y toucher.

Patricia avait pris place dans le fauteuil pivotant du salon. Elle prenait son élan et tournait en relevant les pieds. Javier la stoppa net et Patricia fut propulsée en avant. Elle avait les joues rosies et l'air nauséeux.

— Promets-le-moi.

— Tu n'as pas besoin de crier.

— Je ne crie pas.

— Si, tu cries, et je sais pourquoi tu es tout le temps en colère.

Javier sentit qu'il rougissait.

— Qu'est-ce que tu sais ?

— Ce que tu fais… Et après, tu finis toujours par pleurer. Moi je m'en fiche. Tu devrais le dire à papa.

Javier soutint le regard de sa sœur, plein de défi.

— Tu sais que dalle.

Patricia ne se troubla pas.

— Je sais ce que je sais.

Javier se mit en colère et la saisit rudement aux épaules.

— Tu me fais mal.

— Tu trouves que ça fait mal ? Tu sais ce qui arrive quand tu grandis ?

Sa sœur secoua la tête, avec une grimace effrayée.

— Tu apprends la douleur pour de vrai.

— Quand papa reviendra, je le lui dirai.

Javier leva la main, mais il se retint de gifler sa sœur.

— Sûrement pas. Promets-le-moi. Sinon, je m'en irai et tu ne me reverras plus jamais.

Patricia vit avec soulagement la main de son frère redescendre.

— Si tu promets de m'emmener, je te promets que je ne dirai rien de ça. Je ne veux pas que tu me laisses toute seule, jamais, jamais, jamais.

Javier déconcerté vit sa sœur se blottir dans ses bras, elle le serrait si fort à la taille qu'elle semblait vouloir se souder à lui. Il ravala sa salive, ému, triste, effrayé. Il caressa les cheveux humides de sa sœur et déposa un baiser sur son crâne.

— Nous resterons toujours ensemble, je te le promets.

Il avait rendez-vous avec sa mère pour déjeuner. L'agence de voyages de Lola était dans une rue du quartier de Gracia qui ne voyait guère le soleil, même en été. Le local n'était pas très grand, mais elle en était propriétaire, ce qui réduisait les coûts, une considération à laquelle son esprit pragmatique accordait la priorité. La rue était peu fréquentée et l'agence était au rez-de-chaussée, un endroit moche, pas de vitrine, juste une plaque métallique sur la façade, qui passait inaperçue des passants. Javier savait que sa mère n'avait pas besoin de cette boutique, qui fonctionnait à moitié. Le grand-père Agustín veillait à ce qu'ils ne manquent de rien, mais c'était un bon moyen de s'occuper et de croire qu'elle était une femme indépendante.

Deux énormes sculptures en ébène d'un homme et d'une femme nus jouaient les gardes impassibles, de part et d'autre de l'entrée. L'homme arborait un phallus qui lui frôlait la cheville et la femme avait une vulve sculptée de façon si explicite et exagérée que certains clients étaient effrayés quand ils la voyaient. Javier passa son majeur sur les lèvres vaginales de la sculpture en imaginant qu'elle frémissait et que le type avec sa grosse bite le maudissait du fond de son éternité de pierre, mort de jalousie.

Il entendit sa mère sur la mezzanine, à travers la cage d'escalier. Elle devait être en compagnie ; elle n'avait ces éclats de rire interminables qu'en présence d'une personne qu'elle connaissait à peine. Il monta l'escalier en colimaçon, contournant les piles de dépliants publicitaires, et la trouva, adossée au mur, les bras croisés. Quelque chose l'amusait. Javier suivit son regard et vit quelqu'un jouer au clown sous un masque de sorcier. Voyant arriver un intrus, le clown arrêta ses simagrées et ôta son masque. Le rire de Lola se figea en se tournant vers l'escalier.

— Javier ! Que fais-tu ici ? On devait se retrouver plus tard.

Lola rajusta sa coiffure et sa voix trembla légèrement, comme si son fils l'avait surprise dans une attitude compromettante. Sa gêne s'accrut quand elle boutonna sans nécessité un bouton de son décolleté qui en montrait sans doute un peu plus que nécessaire. Javier ne quittait pas des yeux le faux sorcier. Il y avait une question dans son regard : que signifie cela ?

— Tu connais Carlos, n'est-ce pas ? Il va s'occuper de notre itinéraire du mois d'août pour aller au Burkina Faso.

Sa mère prit le masque sans savoir où le mettre.

Javier hocha la tête. Oui, bien sûr, il connaissait Carlos. Sa mère avait oublié que c'était lui qui les avait présentés. Carlos était étudiant et répétiteur en dernière année des Beaux-Arts, cinq ou six ans plus âgé que Javier; ils s'étaient rencontrés quelques mois plus tôt dans un bar, et ils s'étaient liés d'amitié. Il cherchait un boulot pour l'été et il avait déjà été guide sur les routes africaines, aussi Javier avait-il pensé le présenter à sa mère; elle l'avait engagé aussitôt. Le curriculum de Carlos était plus long que celui d'un candidat à la Nasa. La moitié de ces informations devaient être fausses, mais sa mère s'en moquait. Carlos était un séducteur-né : longs cheveux blonds, boucles à la viking, barbiche soigneusement taillée avec des reflets roux, collier de faux crocs genre Crocodile Dundee et bracelets en macramé, ce qui lui donnait un air rétro. Sa tenue négligée était calculée, un jean lavé à la pierre qui soulignait ses attributs, un joli cul, une grosse bite qui aurait pu rivaliser avec la statue du rez-de-chaussée, des santiags éraflées à la pointe et un tee-shirt de Greenpeace. Un baiseur professionnel conscient d'un charme qu'il savait exploiter.

— Tu enseignais à ma mère des rites chamaniques ?

— Nous faisions un peu les fous pour nous détendre.

Sa voix était grave, mais amicale; il aurait pu être speaker à la radio ou acteur dans un feuilleton. Et pour comble, sa denture était parfaite. Il avait beau sourire à Javier, ses yeux en amande restaient froids. Il voulait bien se montrer aimable avec un jeune soupçonneux, en présence de Lola, mais pas plus, prévenait-il. Tous deux se mesurèrent du regard pendant quelques secondes qui plombèrent l'ambiance. Finalement, Carlos se détendit, et Javier devina l'ironie dans sa façon de lui serrer la main au moment de partir.

— À plus.

Lola raccompagna Carlos et Javier descendit derrière eux, à temps pour les voir échanger un baiser amical sur la joue.

— Ce n'est qu'une impression, ou bien tu as vraiment été désagréable? lui demanda sa mère une fois seuls.

Elle était exaspérée.

— Ce mec te plaît?

Lola regarda son fils avec une inquiétude manifeste.

— C'est quoi, ce genre de question?

— D'un genre bien précis.

Sa mère se planta devant lui, les mains sur les hanches, donnant à son attitude toute l'autorité qu'elle pouvait avoir en cet instant, sans parvenir à être très convaincante.

— D'où tu sors ces bêtises? Tu m'offenses.

— Crois-moi, maman, ce mec ne te convient pas. Je sais de quoi je parle.

Lola eut un rire sec, très différent de ce que Javier avait entendu quelques minutes plus tôt. On aurait dit le craquement d'un roseau qu'on casse en deux.

— Et voilà, monsieur le spécialiste a parlé. Première-ment, je me demande bien pourquoi nous avons ce genre de conversation ; Carlos va travailler pour nous, un point c'est tout. Deuxièmement, de quoi te mêles-tu? Tu as une imagination débordante. Je n'ai pas besoin qu'il me convienne, il suffit qu'il fasse bien son travail, et je t'as-sure qu'il sait s'y prendre.

Javier haussa les épaules.

— Tout ce que je te dis, c'est de te méfier de lui.

Lola mit son sac en bandoulière et secoua son trous-seau de clés.

— Je déteste le tour que prend cette conversation avec mon fils de dix-sept ans, donc nous allons déjeuner et oublier cela. D'accord?

— J'en ai presque dix-huit.

"Et j'ai un revolver", pensa-t-il.

— Autant dire quarante, Javier, trancha Lola, agacée.

Ils allèrent dans un restaurant de la place del Reloj. Lola s'assit, le dos raide, et fixa une bande de pigeons qui se disputaient les miettes laissées sur une table de la terrasse. Elle n'appréciait pas du tout l'interprétation de son fils sur ce qu'il avait vu. En réalité, elle se demandait comment elle devait elle-même l'interpréter.

Qu'aurait-elle été censée faire avec Carlos, un garçon à peine plus âgé que son fils? Peut-être avait-elle le désir enfantin de prouver qu'elle était l'égale du jeune homme, qu'elle méritait son admiration, outre qu'elle était une femme mûre, séduisante, et pas seulement sa patronne. Un dérapage naïf, sans conséquence. Elle n'avait pas l'intention de coucher avec l'ami de son fils. C'était une histoire trop prévisible, mille fois rebattue, qui finissait toujours de façon pathétique. Femme mûre avec jeune homme. Elle, jamais! En était-elle si sûre?

Lola dévisagea son fils. Ce n'était pas la première fois qu'elle avait ce genre d'aventure. Elle aimait Gonzalo, aucun doute là-dessus. Mais elle l'aimait aussi dix-huit ans en arrière, et peut-être davantage, en tout cas de façon plus véhémente. Pourtant, elle avait alors franchi cette ligne rouge qu'elle-même avait tracée : tu peux délirer sur les vies que tu voudras, mais celle-ci est la tienne, tu l'as choisie et pour elle tu dois te battre. Elle avait brisé cette règle et vécu pendant plusieurs mois une liaison avec un ancien camarade de l'université, de ceux qui réapparaissent dans votre vie pour vous convaincre que vous avez perdu une chose dans le passé, qu'il est encore temps de récupérer. Un garçon qui n'avait pas signifié grand-chose, mais qui l'avait mise enceinte. C'était son secret, elle devait le porter. Elle aurait pu quitter Gonzalo, choisir un autre chemin, mais elle n'avait pas osé, ou pas voulu. Cela revenait au même. Pendant toutes ces années, elle avait essayé de se convaincre qu'elle avait pris la bonne décision. Puis Patricia était arrivée et sa naissance avait été comme cette lourde pierre qui bouche définitivement le chemin de la fuite. Pas de marche arrière possible, mais elle ne pouvait se dépêtrer de cette sensation d'avoir vécu toute une vie comprimée depuis son mariage : à son insu, elle avait cédé des parcelles d'elle-même au profit de sa famille, et maintenant réapparaissaient de nouvelles lézardes, des fissures à peine perceptibles dans sa certitude. Qui était cette femme qui, tout en vivant cachée au fond d'elle-même, se démenait toujours pour la déstabiliser ?

— Pourquoi m'as-tu invité à déjeuner ? lui demanda Javier, ce qui l'arracha à ses pensées.

— Nous devons parler de tes rapports avec ton père. Il va avoir besoin de toi dans les jours qui viennent, Javier. Il ne s'agit pas seulement de ce qui lui est arrivé, tout est compliqué : la mort de sa sœur, les changements au cabinet, ma nouvelle maison… Et il faut bien reconnaître que tu ne lui facilites pas les choses.

Javier affronta le regard de sa mère avec un visage de marbre. Il ne voulait pas qu'elle voie autre chose que de la froideur.

— Et toi, tu lui facilites les choses ?

Lola en resta bouche bée, elle décroisa les jambes sous la table et s'intéressa au bouquet de violettes qui ornait la table. Elles étaient moribondes, comme celles des autres tables, personne ne changeait leur eau où flottaient des pétales bleus et blancs, et elles allaient bientôt finir à la poubelle.

— Ton père et moi, nous avons une vie commune. Sur ce chemin, il est parfois facile d'avancer, et parfois on a l'impression de piétiner. Mais nous résolvons nos différends, parce que nous nous aimons.

— Se taire, faire semblant. C'est tout ce que je vois dans cette maison. C'est cela, aimer ? Se mentir ? C'est ainsi qu'on entretient l'amour ?

Le visage de Lola prit la texture des crèmes raffermissantes qu'elle utilisait le soir. Un masque très lourd. Son fils ne savait pas de quoi il parlait. L'ignorance est toujours insolente, et il croyait à l'arrogance des mots. Il surestimait leur utilisation, sans savoir que les mots sont parfois comme des tessons de bouteille, et qu'on ne peut vous obliger à marcher dessus pieds nus.

— Tu n'as pas le droit de me parler comme ça.

Javier se contenta de retourner sa fourchette dans les spaghettis qu'on lui avait servis, et de boire des gorgées d'eau plate. Sa mère le regardait avec insistance. Elle avait à peine goûté à ses tortellinis mais elle avait déjà bu deux verres de vin blanc.

— Tu n'as rien à dire ? insista-t-elle, espérant des excuses.

Javier avait l'impression d'être comme le sac de frappe suspendu à une chaîne au garage, destiné à encaisser les frustrations sous forme de coups de poing et de pied, sans se plaindre, en oscillant docilement. Il avait vu son père cogner rageusement sur ce sac, au retour de son travail ou à la suite d'une dispute violente avec sa mère. Après, l'enveloppe verte du sac se retendait, plus trace de doigts, comme s'il ne s'était rien passé. Son père allait prendre sa douche, s'habillait avec le soin habituel et s'asseyait à table avec cette gravité de pasteur luthérien. Telle était la vie de sa famille. Il avait grandi au milieu d'inconnus qui s'efforçaient de tout garder sous contrôle, mais qui ne pouvaient retenir ces gestes qui les dénonçaient. C'était insupportable de devenir leur proie, d'être à leur image, avec leurs secrets, leurs mensonges et leurs silences gênés.

Il se rejeta en arrière sur sa chaise et secoua lentement la tête. Il imagina ce qui arriverait à la maison s'il racontait ce qu'il avait fait, ou pire encore : ce qu'il était. Son père serrerait les jambes, claquerait les talons, le regarderait fixement pendant quelques minutes et prononcerait peut-être une phrase terrible, mais d'une façon tellement civilisée qu'on percevrait à peine la cruauté de la sentence sans appel. Quant à sa mère, elle réagirait avec stupeur en regardant partout avec désespoir, elle pleurerait peut-être, mais elle se dominerait, le prendrait dans ses bras, l'embrasserait en l'appelant par les diminutifs qu'elle aimait tant encore utiliser, car elle était effrayée que son cher petit ait déjà du poil au pubis, et pendant quelques jours elle lui porterait le petit-déjeuner au lit. Et, le soir venu, Javier devrait boucher les oreilles de Patricia pour qu'elle n'entende pas les horreurs que ses parents se diraient, les éternels reproches, niant leur propre responsabilité, invoquant celle de l'autre avec haine. Et un tel aveu pourquoi ? Pour obtenir une absolution qui n'était pas possible et qu'il ne souhaitait peut-être même plus ? Qui étaient-ils pour le juger ?

— Tu as raison, maman. Je regrette, je n'aurais pas dû te parler comme ça. J'arrangerai les choses, je me comporterai bien avec papa.

Lola dévisagea son fils avec méfiance.

— Tu le promets ?

Javier regarda les pigeons gris qui se disputaient les miettes sous la table. Ils se becquetaient avec hargne, battant des ailes dans un nuage de plumes cassées. Il regarda sa mère avec un sourire béat. Le plus beau qu'il put trouver. Dans cette famille, tout le monde se promettait des choses qui n'étaient pas tenues. Une de plus, quelle importance ?

— Bien sûr, je te le promets.

Un signal sonore l'avertit qu'il avait un message sur son portable :

On se voit ce soir à l'endroit habituel ? J'ai besoin de ton aide.

Javier réfléchit. Il pianota une réponse brève :

Je ne veux pas te revoir. Je croyais avoir été clair la dernière fois.

Son doigt s'immobilisa au moment de l'envoyer. Il médita et écrivit une autre réponse, où se mêlaient désir et déception :

J'espère que cette fois tu ne vas pas me planter.

Il l'envoya et effaça la copie avant de changer d'avis.

Sa mère l'observait avec curiosité.

— Une petite amie ?

Javier serra les poings sous la nappe. Pourquoi les gens ont-ils des yeux ? Il leur suffirait de deux boutons aveugles qui boucheraient avantageusement leurs orbites.

— Oui, quelque chose comme ça. Tu me prêterais des sous ?

Lola ouvrit son portefeuille et lui tendit trois billets pliés.

— Je ne crois pas qu'il soit nécessaire d'en parler à ton père.

Javier regarda les billets neufs avant de les glisser dans sa poche.

— Tu veux parler de l'argent, de cette conversation ou de ce qui s'est passé dans l'agence ?

Lola subit le regard ironique de son fils. Gonzalo n'était peut-être pas son vrai père, mais Javier avait le même caractère.

De la route on apercevait au loin, dans la zone du barrage, l'énorme tranchée que les machines creusaient dans la montagne, et les camions qui allaient et venaient le long du lac, soulevant une poussière épaisse et calcaire. Gonzalo descendit de voiture et dévala la pente pierreuse, avec le plan qu'Agustín González lui avait confié. Le revirement soudain de sa mère l'avait étonné. Quand il était allé la voir pour lui présenter la proposition de son oncle, il s'attendait à une discussion longue et stérile, mais à sa grande surprise sa mère ne lui avait opposé qu'une faible résistance, elle semblait même vouloir en finir au plus vite. Gonzalo avait l'impression qu'elle s'attendait à ce qu'il allait lui dire, et qu'elle avait déjà pris sa décision.

Le pont en bois qui franchissait le ruisseau était toujours là. Il se demanda si les vieilles planches pourraient encore supporter son poids. Il préféra ne pas vérifier. Il aurait mal supporté d'admettre que les adultes sont plus lourds que les enfants, pour des raisons qui n'ont rien à voir avec les textures de la chair. Son nom et celui de Laura étaient peut-être encore gravés sur la balustrade en bois. "Ce serait bien, se dit-il, que certaines choses perdurent malgré l'abandon." La maison était coincée entre la montagne abrupte et un ravin sans autre accès que deux sentiers escarpés. Il hésita, comme s'il avait prévu de retourner directement à la voiture, mais au dernier moment il sortit la clé de sa poche et ouvrit le cadenas de la grille.

Il n'y avait presque plus de traces de l'ancien chemin empierré qui menait à l'entrée principale, et les plates-bandes que sa mère soignait avec attention s'étaient émancipées de leur forme civilisée, cabrées comme des êtres en folie. Les rosiers grimpants avaient poussé dans tous les sens, débarrassés de leurs tuteurs, irrémédiablement infestés de pucerons. Les rosiers sauvages, massifs, n'évoquaient plus la joie, mais une ambiance de cimetière oublié. La façade, dangereusement craquelée, conservait encore une dignité indifférente à la dégradation qui l'entourait. La vocation de cette maison avait toujours été d'être un monument dédié à l'oubli.

L'intérieur était dévasté. Les meubles cassés étaient éparpillés dans le salon, quelqu'un avait arraché les portes à coups de pied, des éclats de bois restaient accrochés aux gonds. Dans un coin, la commode était miraculeusement intacte, protégée par d'épaisses toiles d'araignées. Un rat des champs, sur un tas de fleurs fossiles, rongeait une tige. Ses petits yeux de verre observaient Gonzalo et se demandaient ce qu'il faisait là. Sur un rebord en ciment, il y avait une vieille radio, la carcasse brisée. Il appuya sur une touche. Qui frappa dans le vide, et ce bruit résonna comme la mélodie des vieilles chansons qu'il fredonnait autrefois avec sa mère en regardant par la fenêtre. "Et j'ai cherché dans tes lettres jaunies un je t'aime, ma chérie…" Des chansons d'une autre époque. Il ouvrit un tiroir et un lézard s'échappa. Au milieu de chiffons effilochés qui avaient été des nappes il trouva un vieux cahier d'écolier à couverture verte, avec la table de multiplication au dos. Il essuya la poussière et le secoua. Cinq fois un cinq, cinq fois deux dix, cinq fois trois quinze… Il se rappela l'air de base, tous ensemble, pendant que le maître les dirigeait, la règle à la main, comme un chef de chœur. Les pupitres doubles avec un trou pour l'encrier, la carte de géographie avec les fleuves de l'Espagne, l'abécédaire au mur écrit en lettres gothiques. Les soirées, les années d'ennui, à regarder pleuvoir derrière les carreaux, ces prêtres parlant de saint Paul, des scolastiques et des théories de Copernic, tandis qu'il rêvait de retourner en été au lac et de se baigner dans ses eaux troubles avec Laura. Et tous les mois de juin, quand il arrivait à la maison avec son vieux baluchon, la conscience qu'ils étaient un peu plus loin l'un de l'autre. Il rougissait encore en se rappelant le choc qu'il avait eu en découvrant que sa sœur avait des seins. Des seins fermes, tout blancs, avec des tétons rosés, et son air pudique quand elle se sentit observée. Après ce premier regard, elle cessa de se baigner toute nue avec lui. C'était cela, devenir adulte, se cacher des autres.

Il sortit et fit le tour de la maison. Le soleil se couchait. Les feuilles pourries s'entassaient au bord du chemin. Dans le creux subsistait une partie de la grange. En regardant à travers le portail disjoint, il sentit que le vent ravivait la présence de son père penché sur la vieille Renault, capot ouvert, manches retroussées, inspectant les bielles, les bougies ou toute autre diablerie, avec un chiffon et une baguette, et Gonzalo derrière lui, bout de chou attentif à ses indications pour lui donner une clé anglaise ou un marteau qu'il pouvait à peine soulever.

Il poussa le portail qui céda sans résistance, comme s'il attendait son retour. La toiture s'était effondrée et l'ensemble avait cette odeur des espaces qui ne respirent pas. Un désordre inextricable l'accueillit. Sa main glissa sur les murs comme si ce contact pouvait ressusciter les souvenirs : il se rappelait les heures de bavardage à voix basse avec son père pour ne pas réveiller sa mère à l'heure de la sieste, l'odeur de ses cigares bon marché, les soirées quand son père s'asseyait sur la chaise et touchait avec émotion les touches de sa vieille machine à écrire Densmore. La mémoire était bizarre : on oublie les événements essentiels et on se rappelle les détails insignifiants. Il se souvenait très bien de cette machine, celle qu'il voyait dans son rêve : un modèle de 1896 en parfait état de marche, noir et doré, avec les touches rondes en ivoire, où les lettres étaient en partie décolorées. Le chariot fonctionnait encore et en bout de course il faisait un bruit de sonnette comme sur les bicyclettes. Les barres qui imprimaient les caractères étaient disposées en éventail et on ne pouvait varier la taille ou la typographie de la lettre. Il fallait avoir des doigts solides et frapper avec force pour les imprimer sur le papier. Lentement, l'une après l'autre, les lettres formaient des mots, et les mots des phrases. Gonzalo se demandait où avaient abouti tous ces mots, quel avait été leur destin, ce qu'ils racontaient.

— Que veux-tu faire quand tu seras grand, Gonzalo ? lui demanda une fois son père.

— Je ne veux pas être grand. Je veux être toujours ton fils, comme s'il était essentiel de ne pas sortir de ses cinq ans.

Il ressortit de la grange et la contourna par l'arrière. Un petit ravin couvert de broussailles avançait vers la vallée. Au milieu des mauvaises herbes, dépassait la tombe sans croix ni pierre tombale, seul signe distinctif : le petit monticule de terre tassée sur lequel poussaient les coquelicots auréolés d'insectes. Gonzalo l'avait creusée à la demande de sa mère, et il avait enterré un costume gris, au lieu du corps qui n'avait jamais reparu. C'était le costume qu'il portait le matin de leur mariage. Pendant longtemps, sa mère avait cru qu'il reviendrait, qu'il enfilerait de nouveau ce costume qu'elle avait jalousement conservé pendant des années, et que tout redeviendrait comme avant. Un avant qui n'appartenait qu'à eux deux, pas au monde, ni aux enfants, ni aux légendes. Rien qu'à leur intimité. En revanche, maintenant, elle était prête à confier cet espoir aux crocs d'un bulldozer. Pourquoi ?

À côté de la tombe, il y avait un figuier. Un jour, il avait suspendu un vieux pneu à une branche. Gonzalo se rappelait qu'il se balançait en regardant la vallée, pendant les vacances, de retour de l'internat, peu avant d'être renvoyé, à l'âge de seize ans. Le prêtre qui enseignait la religion leur parlait de Judas l'Iscariote et de sa fin tragique. Gonzalo ne se souciait guère du drame du traître, la seule chose qui l'intéressait était de savoir si l'Iscariote s'était pendu à un olivier ou à un figuier, quel genre d'arbre avait consumé sa lâcheté. Se suicider, c'est l'acte d'un lâche, avait-il décrété, cet été de son adolescence. Maintenant, il en était moins sûr. L'amour montre la vanité des jugements. Au loin, le ciel était un horizon de nuages en pointillé, comme toujours. Il s'assit, adossé au tronc, et contempla un paysage qui avait appartenu à sa sœur et à lui. C'était étrange d'être assis là, après tout ce temps, comme avant. Gonzalo était le silencieux, et Laura celle qui parlait de n'importe quoi à toute heure. Sa sœur avait même cru qu'il était un peu idiot, ce qui ne l'empêchait pas de l'aimer, mais son silence l'inquiétait, toujours si replié dans son monde. Surtout quand il revenait de l'internat, Laura l'épiait comme si elle redoutait qu'il explose de l'intérieur.

Dans les hivers de l'enfance, il neigeait. Laura sautait par la fenêtre de la chambre et plongeait tête la première dans les montagnes de neige spongieuse, mais lui, il préférait la tasser pour modeler toute sorte d'animaux ou de formes. À la première heure, il découpait la neige durcie pendant la nuit et créait ces silhouettes extraordinaires et éphémères. Ils étaient déjà très différents et l'amour qu'ils avaient l'un pour l'autre ne suffisait pas à gommer ces différences. Gonzalo était le patient, le volontaire, alors que Laura détruisait ces créations de neige pour le plaisir de le voir rouge de colère. Le souvenir de ces petites cruautés le fit sourire. Laura n'avait jamais été douée pour la tranquillité, elle le trouvait trop sérieux, trop soucieux de la vie des autres et pas assez de la sienne propre. Elle avait raison, Gonzalo avait toujours été trop raisonnable pour son âge, depuis l'époque où il était ce gamin taciturne aux grandes oreilles qui reprochait à sa sœur de sortir avec les grands garçons du village.

Elle lui manquait, pas la femme qu'elle était devenue, mais la sœur aînée, qui le prenait par la main et l'emmenait en balade au lac quand il n'avait encore que cinq ans, craintif comme un moineau. Cette distance les avait détruits, et souvent, quand il allait voir sa mère à la résidence, il s'asseyait devant elle et lui demandait pourquoi cette rancœur, pourquoi elles ne faisaient pas la paix ? Mais sa mère se contentait de le fixer et son regard n'exprimait ni repentir ni culpabilité. Gonzalo n'y lisait qu'une haine profonde. Maintenant, il était trop tard, inutile de régler ses comptes avec une personne qui ne peut payer, mais Esperanza s'accrochait à cette haine stérile. Tout cela à cause de ce maudit article que Laura avait écrit sur son père.

Ah, si elle ne l'avait pas écrit ! Les mots sont des brouillons qui ne peuvent transpercer la réalité, et sa sœur ne l'avait jamais compris ; elle les accumulait, les notait, cherchait leur signification, les apprenait par cœur, se laissait emporter par la force des expressions, sans se rendre compte que, bien souvent, les mots meurent sous le poids de leur banalité. Ils étaient trop grandiloquents, elle en attendait trop : aveuglée par leur son, elle ne percevait pas l'écho du silence qu'ils masquaient. Les choses importantes n'ont pas besoin d'être dites pour être vraies, parfois le silence est la seule vérité possible. Ils auraient pu oublier ces mots écrits, ces infamies sur Elías, les effacer de sa mémoire, les brûler, mais comment brûle-t-on ce qui vous dévore de l'intérieur ? Que faire des cendres si, en dépit de nos efforts pour les disperser, le vent ne cesse de les entasser à la porte de votre maison ?

— Tu n'aurais pas dû revenir ici, murmura-t-il.

Son beau-père avait peut-être raison, il valait mieux laisser les machines tout raser. Les souvenirs sont toujours vaincus par la réalité nue. Cela n'avait pas de sens de retourner dans les espaces du passé encore sur pied. Le résultat était décevant. Ce qui est parti ne revient pas. Il aurait aimé croire qu'il suffisait d'ouvrir un portail et de boucher les gouttières pour que tout redevienne comme avant. Remodeler la maison, revenir l'habiter comme il en avait rêvé des années en arrière, avant de se résigner à la vie imposée par Lola et par son beau-père. Mais comment reconstruire l'image de tous, de son père, de sa mère, de sa sœur et de lui-même ? Où mettre tout cela ? Pourtant, Gonzalo était à jamais enchaîné à ce lieu. Comme le chien domestique de cette fable du loup maigre qu'on l'avait obligé à apprendre quand il était gamin. Ésope avait raison : nous pouvons rallonger la chaîne, mais vient un moment où nous sentons qu'elle nous freine.

Il ferma les yeux, comme lorsque Laura l'obligeait à jouer à cache-cache, se dissimulant assez près pour qu'il puisse la retrouver, car il avait peur de la solitude. "Où suis-je ? Loin, Laura, pensa-t-il, tu es très loin. Rien n'est entièrement vrai ni entièrement faux. L'apparence contient l'évidence, et cette dernière contient la suivante." Gonzalo s'interrogeait : quelle était la part de réalité de sa sœur, de lui-même et de cette maison, de son passé. Ensemble, elles formaient un tout. Dispersées en particules errantes, elles n'étaient que des rêves perdus.

Il remonta sur la route sans se presser. Avant de reprendre sa voiture, il lança un dernier regard vers l'esplanade de sa vieille maison. De là, il ne pouvait voir la tombe derrière la grange, ni ce qu'abritaient ses ruines. Le nuage de poussière des travaux du lac s'élevait dans la vallée, telle une éruption volcanique.

6

Moscou, début février 1933

Le bruit du moteur à hélice était assourdissant. Une demi-douzaine d'hommes poussaient sur les ailes pendant que le pilote faisait demi-tour sur l'esplanade gelée. La neige tourbillonnait autour de lui. "Un Spad S.XIII de fabrication française, de 1918, se dit Elías, reconnaissable au grondement de son moteur puissant." Un modèle ancien, dépassé par le Camel anglais ou le Fokker allemand, mais un bel appareil, sans l'ombre d'un doute. Une fois, il avait vu un de ces biplans survoler à basse altitude les ciels gris de Mieres. Le service postal de la compagnie minière en avait acheté quelques-uns après la Grande Guerre, et une fois par mois cet appareil surgissait entre les tours des puits de mines, chargé de sacs et de paquets, pour atterrir sur le petit aérodrome, derrière le complexe minier.

Son père et ses compagnons abandonnaient leurs occupations pendant quelques minutes pour saluer, casquette en l'air, le vol en rase-mottes du pilote qui balançait ses ailes en signe de reconnaissance. Les enfants couraient derrière dès qu'il avait touché terre, comme si un authentique dragon s'était posé sur les toits noirs de suie de leurs maisonnettes. Tous admiraient ce pilote avec lequel jamais Elías ne put échanger un mot, non seulement parce que ce vol apportait leur maigre salaire, mais parce qu'un mineur était avant tout jaloux des gens capables de s'élever au-dessus du sol. Lui aussi, il avait rêvé d'être un de ces explorateurs de nuages, de voir le monde de haut, de traverser les colonnes de fumée charbonneuse, d'entendre au loin les grondements des forets qui abattaient la montagne. Voilà pourquoi il voulait être ingénieur. Pas seulement pour construire des ponts, mais pour emprunter ceux qui sillonnaient les airs.

— Bouge-toi !

Le coup de crosse dans les reins le projeta sur le marchepied du camion. Il monta sur le plateau débâché et s'assit. Il tourna la tête vers l'esplanade. Le Spad s'éleva en titubant comme un oiseau s'élançant du nid pour la première fois, se stabilisa, passa au-dessus des puissants réflecteurs de l'aérodrome et disparut. Les rêves et l'enfance d'Elías lui parurent aussi loin que cet avion perdu dans la nuit de Moscou.

— Où nous emmène-t-on ? demanda une femme angoissée qu'on obligea à s'asseoir à côté de lui.

Elías la regarda du coin de l'œil en lui ménageant un peu de place, bien que le plateau du camion soit déjà bondé, mais les gardes ne cessaient d'y faire monter des hommes, des femmes et quelques enfants. La femme se tordait les doigts au point de faire pâlir ses jointures. On aurait dit une institutrice de l'école primaire, elle devait être sévère avec les élèves agités, et clémente avec les plus appliqués. Mais là, toute son assurance s'était envolée.

Se demander pour quelle raison elle était là, c'était inutile. La plupart des occupants du camion militaire partageaient le même regard d'incertitude, un mélange de stupeur et d'incrédulité. On ne lui avait rien dit. Après qu'elle eut signé sa déposition, on lui avait annoncé qu'elle serait renvoyée à la frontière pour "activités contre-révolutionnaires et antibolcheviques".

Qu'étaient devenus Michael et son inséparable ami Martin ? Et Claude ? Si étrange que cela puisse paraître, il ne leur en voulait pas. Il n'avait gardé qu'une profonde tristesse ; en fin de compte, il avait signé une ribambelle de mensonges en échange d'un verre d'eau, mais il n'aurait pas à supporter le poids de la trahison, il n'avait calomnié personne, excepté lui-même. Eux, on les avait sans doute roués de coups pendant des jours, on les avait obligés à le dénoncer et ils traîneraient ce fardeau jusqu'à la fin de leur vie. Comment pourraient-ils croire désormais à une cause quelconque ? Il aurait aimé les revoir une dernière fois, les regarder dans les yeux, prendre congé par une accolade, peut-être pas très chaleureuse ni très réparatrice, mais suffisante pour qu'ils continuent de vivre.

L'idée qu'on allait le déporter le réjouit presque. Cependant, quelque chose ne collait pas, se dit-il en voyant les visages contrits de ses compagnons d'infortune et la façon qu'avaient les mères d'embrasser leurs enfants pour les protéger du froid coupant qui fouettait le plateau découvert du camion. Le véhicule démarra dans un sursaut qui secoua tous les occupants et s'élança à plein régime sur une route parallèle à la Moskova, en direction de l'obscurité.

— On nous emmène faire une jolie promenade sous la lumière de la lune. Une attention de l'OGPU, annonça un vieil homme d'une voix sarcastique.

Igor Stern n'avait pas peur. Il s'était immunisé à l'âge de neuf ans, quand une unité de cosaques avait arraché la peau de son père par lambeaux à Sébastopol. Il l'entendit crier pendant des heures, tandis que la peau se détachait des muscles et pendait sur ses chevilles comme les pans d'une vieille chemise. Un cosaque l'arrosa d'essence et obligea Igor à y mettre le feu avec une torche. Il le fit sans hésiter et contempla son père pendant plusieurs minutes, fasciné, torche humaine dans la neige qui illuminait la nuit.

Après cela, tout était devenu beaucoup plus simple dans son existence.

Qu'on doive maintenant le fusiller n'avait rien d'extraordinaire. C'était Staline lui-même qui avait dit : "Si quelqu'un vient à nous avec une épée, il mourra par l'épée. Tels sont les fondements de la terre russe." Il avait vécu ses vingt ans comme seuls vivent les loups : libre, sauvage, prenant par la force ce que le destin lui refusait. Tuer, mourir, jouir, souffrir, aimer, haïr, il n'attendait rien d'autre de l'existence. Il n'était pas un lâche, il n'implorerait pas qu'on l'épargne comme d'autres qui l'avaient précédé au peloton d'exécution. Certains avaient même fait sur eux et leur merde laissait une trace dans la neige piétinée. S'il n'avait pas eu les mains liées, Igor lui-même les aurait transpercés à coups de baïonnette. Il détestait les faibles. Condamné à mort. Les vivants ne l'étaient-ils pas tous ?

En attendant son tour (les exécutions se faisaient par deux), Igor fredonnait une chanson que la grande Orlova, la muse du cinéma et de la danse, avait rendue populaire. S'il devait se plaindre de quelque chose, c'était bien de n'avoir pu jouir de ce genre de plaisirs. Il avait beau affirmer sans rougir, comme Lénine, qu'il ne comprenait rien à l'art, il éprouvait une émotion spéciale quand il voyait une pièce de théâtre ou écoutait un orchestre. Comme les fauves, il avait aussi l'intuition d'un pouvoir impossible à maîtriser quand s'exprimait le fond de l'âme humaine. Parfois, il se moquait de son sort, se demandait s'il aurait pu être un leader comme Staline s'il était tombé entre les mains des popes au lieu d'échouer dans une bande de mercenaires. Que serait-il arrivé s'il avait pu développer cette belle voix que tous lui reconnaissaient ? Aurait-il pu chanter au Grand Opéra de Moscou ? Oui, il aurait pu. Mais le plus facile était d'avouer que son chant sonnait mieux dans la solitude de la nuit, tel un loup hurlant sous la belle lune qui éclairait le mur du peloton éclaboussé de cervelle. Quand vint son tour, il avança de sa propre initiative. Il n'eut pas besoin qu'on le force à la pointe des baïonnettes comme son compagnon d'exécution, un foutu Géorgien pleurnichard. Avait-il pleuré quand on violait et tuait femmes et enfants ? Sûrement pas. Alors, il devait se montrer féroce, comme un chien enragé.

— Un peu de tenue, pédé, ou c'est moi qui t'arracherai la jugulaire d'un coup de dents avant que ces sous-merdes t'envoient une balle dans le buffet ! grogna-t-il avec rage.

Combien en avait-il tué, Igor ? Et pour quelles raisons ? Quelle importance, maintenant. Vols, viols, assassinats. Des centaines de bagarres attestées par ses cicatrices sur tout le corps, des années de maisons de correction et de prison qui avaient semé des tatouages sur sa peau, un par année de prison. Il ne pouvait pas espérer une longue vie, mais au moins une vie plaisante. Qu'ils aillent tous se faire foutre, Dieu et les anges, la pitié et la clémence. Dans la vie, il n'y avait que l'instant. Et le sien touchait à sa fin. Qu'est-ce qu'ils attendaient pour tirer ? Il en avait marre d'écouter les lamentations de ce foutu Géorgien. Il faisait froid et il n'allait pas tarder à neiger. Le chef du peloton n'avait pas encore donné l'ordre de les mettre en joue. Six fusils contre deux poitrines, c'était facile d'ajuster le tir, pourvu qu'ils ne tremblent pas et ne ferment pas les yeux au moment de tirer. Igor les regardait avec haine. "Des enfants, se dit-il, des recrues qui pètent de trouille."

— J'ai le cul qui gèle, camarade !

Le chef du peloton, un vétéran, lui lança un regard de mépris et l'ignora aussitôt : un type en ciré noir lui montrait un papier. Igor pressentit un truc bizarre. Il connaissait ceux du Goulag, la police de déportation. Avec ces salauds, il fallait s'attendre à tout. Ils pouvaient écorcher vif un lézard dans son genre et lui arracher des hurlements de douleur. Après quelques minutes de délibération, le sergent du peloton commanda : "Repos !" Le geôlier tchétchène s'approcha et se planta à deux centimètres du visage d'Igor.

— Tu as du pot, juif de merde. Mais j'ai bien peur que les loques avec qui tu vas te retrouver en aient beaucoup moins.

Igor lui montra ses dents pourries.

— Si je pouvais, je t'arracherais la langue, tu le sais, hein ?

Le sergent éclata d'un rire furibond. Et sans complexe lui donna un coup de tête qui lui éclata un sourcil.

— Sortez-moi toute cette racaille d'ici ! Dans les camions, en vitesse !

Au bout de trois heures de route, le camion s'arrêta au milieu du néant, un peu avant l'aube, entouré d'une brume épaisse qui montait du fleuve. De part et d'autre, de grandes forêts de sapins. Elías se dit qu'on allait les fusiller, les autres aussi le crurent, et ils se mirent à s'agiter et à murmurer avec inquiétude. Le portail s'ouvrit et les gardiens les firent descendre, c'est alors que les murmures devinrent des cris et des crises d'hystérie. Et ce fut une agitation affolée. Les gardes obligeaient les gens à descendre, et ceux-ci refusaient de bouger, ils s'accrochaient les uns aux autres au milieu des lamentations. C'était absurde, se dit Elías.

— On veut peut-être simplement nous expulser de la ville, murmura quelqu'un.

Cette explication était sans fondement, mais elle redonnait espoir. Les espoirs les plus fragiles deviennent incroyables quand la seule issue est de s'accrocher à eux. On les obligea à se mettre en file indienne. D'autres camions étaient arrivés avant eux sur l'esplanade, et on voyait arriver d'autres phares à la lisière de la forêt. Elías constata avec étonnement qu'il y avait des centaines de personnes dans sa situation. C'était une opération à grande échelle. La colonne atteignit plusieurs centaines de mètres et à un signal elle se mit en marche, telle une armée disciplinée, encadrée de gardes armés. Peu après apparurent des rails et les feux de position d'un wagon de marchandises. Et un autre, et encore un autre, il y en avait une douzaine. En tête, la locomotive crachait de la vapeur comme un pur-sang impatient. Paradoxalement, on entendit des cris de soulagement : ce train sinistre signifiait que, où qu'il aille, le voyage n'était pas arrivé à son terme. Il ne faisait que commencer.

— Vers l'est, murmura un jeune homme qui marchait à côté d'Elías.

Il avait un bras en écharpe et le visage terriblement déformé par des coups assez récents.

— Que veux-tu dire ?

Le garçon montra le fleuve, la route parallèle et le sens de la marche de la locomotive. Il s'appelait Anatoli et il était géographe. De Leningrad. La résignation se lisait dans ses yeux.

— La Sibérie, peut-être le Kazakhstan. Mais nous allons dans les steppes.

Le jeune homme évalua du regard, sous sa paupière enflée, le lourd manteau d'Elías.

— Tu as intérêt à bien conserver ce manteau. Crois-moi, tu vas en avoir besoin.

L'horizon adoptait une tonalité de gris acier qui contrastait avec le long convoi de wagons en bois. Les gardes, pris d'une hâte soudaine, comme si tout devait être fini avant l'aube, essayaient de canaliser la foule vers les wagons. La nuit était pleine d'accents, de plaintes, d'excuses, de supplications, d'insultes et de menaces. Mais ces cris étaient réduits au silence et introduits de force dans les portes béantes d'ombre.

À l'intérieur du wagon, l'air était étouffant et le sol recouvert de paille moisie. Des dizaines de personnes s'entassaient près des étroites fentes du bois, gardant jalousement ces interstices par lesquels on pouvait respirer l'air froid de l'extérieur. Poussé par ceux qui montaient derrière lui, Elías fut entraîné vers le fond. Il se demanda combien d'autres allaient encore monter, il y avait à peine la place de bouger, impossible d'échapper à l'haleine des gens qui soufflaient à deux centimètres de son visage. Il avança de biais pour avoir une certaine liberté de mouvements. Chose étrange, bien que l'espace soit de plus en plus réduit, les personnes du fond refusaient d'avancer, et laissaient un tiers du wagon libre.

— Avancez, sinon nous allons étouffer, cria-t-il dans son russe précaire.

Personne ne lui obéit. En jouant des coudes, il parvint à s'approcher de cette muraille humaine pour voir ce qui se passait. Autour de lui, les gens se détournaient ou regardaient par terre, effrayés, certains préféraient reculer et être comprimés par la masse.

— Que se passe-t-il ? Pourquoi n'occupez-vous pas tout le wagon ?

Adossés aux parois en bois, une demi-douzaine d'hommes se reposaient tranquillement, certains fumaient, les jambes allongées. L'un d'eux s'était étendu de tout son long avec un sac en guise d'oreiller.

— Ne t'en prends pas à eux. Ce sont des droit commun, des assassins, des violeurs, de méchantes gens, lui dit une vieille femme en voyant l'air furieux d'Elías.

Un de ces hommes avait le visage sillonné de multiples cicatrices et de tatouages. Accroupi, il tripotait un bout de bois pointu qu'il avait arraché à la paroi et il l'aiguisait à l'aide d'un clou rouillé. Elías remarqua une pointe d'hilarité dans ses yeux, comme si la peur des autres l'amusait.

— Vous devriez vous serrer un peu, lui dit Elías avec fermeté. Nous devons partager cet espace.

Igor Stern posa sur Elías son regard pénétrant. Son rictus exprimait une puissance féroce qui ne savait pas douter.

144

— Ici, les droits se conquièrent, ils ne s'offrent pas. Tu veux plus d'espace ? Viens te battre pour en avoir, dit-il en manière de défi, au milieu des rires des autres reclus.

Elías était costaud, sans doute plus que ce type à l'air menaçant. Mais il savait que la force brute ne donnait aucune supériorité dans le monde où on venait de le précipiter. Son orgueil lui soufflait qu'il devait franchir cette ligne invisible sur la paille, et qu'en envahissant ce royaume inventé par cette demi-douzaine de reclus, les autres le suivraient. Ils étaient plus nombreux, que pouvaient faire quelques malfrats contre cette masse désespérée ? Pourtant, il ne bougea pas, pressentant que les autres n'allaient pas le suivre. C'était cela, la force qui importait en ce lieu, celle de la peur. Celui qui parvenait à l'inspirer tenait les rênes. Il en avait toujours été ainsi. Quelques-uns, dotés d'une cruauté particulière, dominaient la masse soumise.

Igor, les paupières mi-closes, évaluait ce jeune homme qui savait à peine le russe. Il avait le don de jauger les gens, ce qui lui avait permis de survivre, sachant qui il affrontait, il se gardait de sous-estimer ses rivaux. D'autres, beaucoup d'autres, avaient commis cette erreur fatale, y compris face à lui-même. Eux, ils étaient morts, et lui était toujours en vie. Il décida de mettre à l'épreuve la détermination du jeune homme.

— J'aime bien ton manteau.

Elías fut paralysé par la peur en voyant les gens autour de lui se tasser les uns contre les autres, comme les brebis quand elles pressentent l'attaque du loup. Ils détournaient la tête en croyant sottement que s'ils ne voyaient pas le danger, le danger ne les verrait pas. Si quelqu'un était projeté hors du groupe compact, il était le bouc émissaire. Et Elías ressentait cette solitude.

— Viens le chercher, dit-il sans avoir conscience des mots qu'il prononçait et sans une détermination en arrière-plan qui puisse les porter.

C'étaient des mots qui venaient du fond du cœur, du temps de son enfance dans les mines, quand le contremaître distribuait les tâches du jour et que des gamins essayaient de détourner les wagonnets pour ne pas avoir à entrer dans les tunnels de ventilation, insalubres et dangereux. Il était courant que les contremaîtres et les mineurs les plus anciens encouragent les bagarres entre gamins pour occuper un endroit en surface, ils faisaient des paris, se mettaient en rond, et ce cercle vociférant le poussait à se battre. Elías tremblait de peur et de rage devant tant de violence. Mais il n'avait jamais cédé sa place.

Igor promena l'éclat de bois pointu sur sa joue décharnée. Il enfonça la tête dans les épaules et eut un petit ricanement qui peu à peu s'empara de tout son corps, et il finit par éclater de rire. Il aimait le mime, la tragédie de la vie, il adorait interpréter tous les rôles. Oui, il n'avait pas seulement une belle voix, il était un bon figurant, il adoptait tel ou tel masque, en fonction des circonstances ou de son état d'âme. Quel bon acteur la sainte mère Russie avait-elle perdu, aimait-il à se dire, quel histrion hors pair ! Il se redressa, tel un colosse surgi des profondeurs, et s'adossa à la paroi, observant Elías dans une attitude faussement conciliatrice. Ce dernier constata qu'il avait mal évalué le prisonnier. Debout, il avait presque la même taille, et à sa façon de brandir son bout de bois, Elías comprit qu'il maniait l'arme blanche mieux que personne.

— Le blanc-bec montre ses crocs. Il se croit prêt pour la bagarre.

Un chœur de rires inquiétants fusa : sa cour de hyènes attendait qu'Igor porte le premier coup. Ces hommes se réjouissaient de leur sort : quelques heures plus tôt, dans leur cellule, ils adressaient des prières à leur mère, s'ils la connaissaient, tout en entendant la monotonie glacée des fusillades dans la cour de la prison. Ceux qui croyaient en Dieu priaient, et ceux qui ne croyaient pas priaient aussi. Avec colère ou chagrin, ils revoyaient les derniers instants de leur vie, certains pensaient qu'elle n'avait pas été si mal que ça, la plupart ne voyaient que la fosse qui leur tendait les bras avant que la terre gèle sur eux. Et le miracle avait opéré. On les avait relâchés, meute impatiente au milieu d'un troupeau. Ils étaient leur propre maître. Le rêve !

Cet adversaire était-il vaillant ou stupide ? se demanda Igor, soupesant les possibilités qu'il avait de le vaincre. Il avait connu toute sorte d'hommes, la plupart ne lui avaient rien appris. Les courageux lui plaisaient quand leur courage n'était ni folie ni stupidité suicidaire, mais une force qui les poussait à être eux-mêmes, au risque d'y laisser des plumes. Son corps n'avait-il pas gardé la trace des corrections et des blessures reçues parce qu'il avait désobéi à un garde ou accepté une bagarre, même s'il était en infériorité ? Il méprisait les tièdes, ces bestioles qui se pliaient toujours au gré du vent et ne cassaient jamais. Lèche-culs, mouchards, dénonciateurs, faibles avec le fort, cruels avec le faible. Des âmes de geôlier. Non, la seule chose qui comptait, qui méritait son respect, c'était la volonté d'être soi : ange ou démon, peu importait ; il s'agissait d'être fidèle à sa propre nature, au mépris des conséquences. Et ce jeune, n'était-il qu'un bravache piégé par un orgueil futile et déplacé ? Elías aurait pu lui donner le manteau sans hésiter, mais cela ne l'aurait pas sauvé. Ensuite, Igor aurait exigé ses bottes, et ainsi de suite, il l'aurait dépouillé complètement, et l'aurait même étripé avec son poinçon en bois pour donner un exemple à cette masse de trouillards.

Il ne pouvait permettre qu'on lui dispute sa place, surtout pas devant ces loups qui l'accompagnaient et caressaient encore l'idée qu'ils pouvaient être les maîtres de la manade. À vrai dire, ce jeune homme lui plaisait. Sa façon de regarder, sans haine, sans masquer sa peur, mais bien campé sur ses jambes, les genoux fléchis, prêt à se battre pour son manteau, métaphore de tout ce qu'il possédait, et qu'il n'allait pas se laisser arracher sans réagir. Igor pouvait renoncer, provisoirement. Il y aurait d'autres occasions, d'autres pièces plus faciles à confisquer. Il pouvait même, se dit-il, l'adopter dans la manade. Mais il comprit à son expression que c'était impossible. Ce jeune était décent, et à cette idée il faillit éclater de rire : décent. Des milliers d'hommes décents ramaient dans les barques de l'enfer en pleurant sur leur décence perdue.

Il n'ordonna même pas à sa main d'agir. Son esprit n'avait pas besoin de penser. Il agissait sans se poser de questions et sans hésitation quand son instinct se substituait à son esprit raisonneur. En une fraction de seconde, Igor Stern, fils d'un charretier juif écorché vif par une bande de cosaques, franchit la distance qui le séparait d'Elías Gil, fils ingénieur d'un mineur syndicaliste, promesse d'un lendemain meilleur pour les siens, et lui transperça l'œil droit avec la pointe effilée de son bout de bois. Il aurait pu enfoncer davantage, être plus violent, atteindre le nerf optique et se frayer un chemin jusqu'à son cerveau abasourdi, mais il s'abstint. Il laissa l'autre reculer, hurlant de douleur, et tomber en arrière, convulsé, sans trouver de place sur le sol.

— Je t'ai dit que j'aimais bien ton manteau, répéta Igor sèchement.

Prends ce qui te plaît tant que personne ne t'en empêche. Telle était sa devise. Il se pencha sur le visage sanglant d'Elías et entreprit de le dépouiller violemment de son manteau, sans que personne l'en empêche. Il tira sur une manche, puis sur l'autre.

— Non ! cria Elías en s'accrochant furieusement à son vêtement.

Igor s'immobilisa, perplexe, et avant que sa surprise tourne en rage, la botte d'Elías lui écrasa le nez et il sentit, au craquement, que ce fou venait de lui casser la cloison nasale. Il se redressa, encore étourdi, se tâta le visage et contempla, stupéfait, ses doigts tachés de sang.

Excitée par le combat, la meute qui l'entourait se précipita sur la proie à terre. Elías gémissait, l'œil transpercé par une douleur insupportable, mais bras et jambes toujours accrochés à son manteau.

C'est alors que la masse hétérogène de visages et de vies anonymes se mobilisa, par un de ces miracles qui ne peuvent se produire que chez les êtres humains, versatiles et changeants, non pour se détourner, mais pour se refermer sur l'infortuné jeune homme et son manteau. Mains et bras le dérobèrent à la fureur des loups et le ramenèrent au centre du troupeau. Étrange paradoxe, les brebis prenaient position et se pressaient pour repousser les loups. Ces derniers, déconcertés, se retranchèrent dans leur cercle sécurisé. En grognant, le dos hérissé, mais à reculons, pas à pas.

Pendant des jours et des nuits, Elías vécut aux frontières de la fièvre et du sommeil, sans être conscient de rien. Parfois, il se réveillait et voyait le visage soucieux d'une femme penchée sur lui, il entendait sa voix comme un murmure d'océan dont les paroles n'arrivaient pas jusqu'à lui. Puis il replongeait dans une obscurité tumultueuse, lourde d'images et de pensées incapables d'enchaînements logiques. Son corps s'abandonnait et son esprit bouillonnait, coulée de lave qui menaçait de se pétrifier. Quand il reprenait connaissance, il sentait les élancements de l'infection de l'œil, sous son bandeau crasseux, la puanteur de la blessure, la chair putréfiée, au milieu des coups et des cris des gardes.

La femme l'obligeait à boire en approchant un bol de soupe qui n'était en réalité que de l'eau bouillie. Ensuite, elle lui donnait des miettes de pain glacé qu'elle avait au préalable ramollies en les mâchant, elle l'alimentait avec patience, comme les enfants quand ils nourrissent un moineau moribond. Pendant ce temps, le voyage continuait, l'infini engloutissait les êtres humains, les réduisait en particules insignifiantes, peu différentes des flocons de neige qui tombaient sur les arbres, impassibles.

Il se réveilla par une nuit constellée d'étoiles, si proches qu'il pouvait tendre ses doigts tremblants et les toucher, comme si elles constituaient le décor fascinant d'une voûte. Il avait la tête lourde et le corps gélatineux, il avait perdu du poids et une barbe râpeuse était née sous ses orbites.

— Bienvenu en ce monde.

C'était la voix de la femme qui s'était occupée de lui. Sa chemise était entrouverte et ses seins tièdes frôlaient de leur arôme le visage d'Elías pendant qu'elle enlevait le bandeau et palpait l'œil vide, comme si elle le redessinait avant de le remettre à sa place.

— L'infection de ta blessure est en partie résorbée, mais tu ne récupéreras pas ton bel œil vert. Désormais, tu verras toutes choses comme dans un clin d'œil.

— Où sommes-nous ?

— Quelque part au milieu de nulle part, entre Moscou et Tomsk.

Elías tâta son bandeau en tremblant. L'image d'Igor lui plantant cette brindille dans l'œil droit, cette bagarre pour son manteau, qu'il avait conservé, lui paraissaient dater d'un autre temps, et pourtant il s'était à peine écoulé dix jours. À côté de cette femme, un homme était debout, drapé dans une couverture ; on ne voyait de lui que les mains quêtant la chaleur d'une flambée. La main gauche était enveloppée dans un chiffon sale ; il avait deux doigts en moins. Elías se redressa avec difficulté et, appuyé sur le coude, il regarda le jeune homme.

— Ne fais pas cette tête. Si tu te voyais !

— Claude ? C'est toi ?

Le jeune homme se découvrit et ils se dévisagèrent en silence pendant quelques secondes.

— Il vaudrait mieux que je vous laisse, dit la femme.

Elle s'éloigna du groupe qui se pressait autour de la flambée. Il y en avait partout sur un immense terrain, des centaines de petits noyaux de chaleur autour desquels des ombres se mouvaient. Le train s'était arrêté au milieu de la plaine.

Claude offrit à Elías une minuscule pomme de terre braisée. Ce geste sous-entendait toutes les excuses qu'il n'allait pas prononcer à haute voix.

— Un vrai luxe, la moitié de ma ration, ne crache pas dessus !

Elías l'accepta. Claude le regarda la croquer lentement.

— C'est la faute de Michael. Il a été le premier à signer contre toi, ensuite Martin… dit-il enfin, en regardant les flammes bleutées et sans chaleur, comme s'il se parlait à lui-même.

— Que t'est-il arrivé à la main ?

Le Français leva le poing amputé, comme un trophée dont il ne se sentait même plus fier.

— J'ai été le dernier à signer, répondit-il, laconique.

Elías se tourna à l'extérieur du cercle de lumière de la flambée. En dépit de tous ces gens entassés, le silence était émouvant, comme s'ils étaient seuls.

— Et Michael et Martin, que sont-ils devenus ?

— Nos amis ont un talent inné de survivant. Ils n'ont pas tardé à rejoindre la bande d'Igor, le prisonnier qui t'a fait ça. Ils sont ses petites putes ; dès que ce salaud les siffle, ils rappliquent comme des chiens de manchon.

Elías secoua la tête. Il avait du mal à croire que ses anciens compagnons aient pu se montrer aussi dociles, en particulier Michael, l'Écossais.

— C'est vraiment la terre de tous les prodiges, dit Claude avec amertume : les paysans peuvent être des tsars. On continue d'amener des prisonniers. Je ne sais foutre pas où ils les trouvent : "la patrie socialiste" ressemble à une serre inépuisable de coupables, grogna-t-il en scrutant l'obscurité.

Elías ne répondit pas. Il n'avait pas encore la force d'affronter les diatribes de Claude. Il chercha la femme au milieu des feux et finit par la repérer. Elle tenait dans ses bras une petite fille d'à peine deux ans.

— Qui est-ce?

— Elle s'appelle Irina. Il paraît qu'elle était chirurgienne dans un hôpital de Kiev.

Elle était en guenilles, comme eux tous, ses haillons et ses vêtements d'homme flottaient autour d'elle, elle était sale et affaiblie, et sa peau distillait la tonalité terreuse de la maladie phtisique; mais elle irradiait une lumière propre et digne, tel un soleil indifférent à tout.

— Et la fillette?

— Anna? C'est sa fille.

— Et le père?

Claude haussa les épaules.

— Elle n'en parle pas.

Le regard d'Irina croisa un instant celui d'Elías. L'expression de cette femme reflétait une détermination aussi féroce que triste.

Avant l'aube, les gardes, secondés par une horde de prisonniers de droit commun, harcelèrent les gens pour les ramener dans les wagons. Couché dans la neige, Elías se réveilla, des flocons collés dans le dos et aux épaulettes du manteau. L'humidité traversait ses bottes et ses chaussettes, et la bise lui tailladait le visage. Il se sentait encore très faible et il eut des vertiges en essayant de se redresser. Les gens levaient le camp et il n'y avait pas trace d'Irina. Claude aussi avait disparu. Les gardes enrôlaient des hommes pour acheminer des paquets d'un hangar au train. L'un d'eux lui donna un coup de pied.

— Au travail.

Le sac qu'on lui assigna était trop lourd, en sorte qu'il était obligé de le traîner entre les traverses de la voie, comme s'il tirait un mort. Il était sans forces, fiévreux, et ce poids était énorme. Il traîna le sac sur deux, trois mètres et tomba entre les rails couverts de neige. Il se releva, empoigna le sac et de nouveau vacilla. Au bout de quinze longues minutes, il s'avoua vaincu. Il était tellement épuisé qu'en dépit des imprécations et de la brutalité des gardiens, il ne bougea plus. Il préférait attendre que la neige devienne son linceul, comme c'était déjà arrivé avec d'autres.

Il rêva de choses qu'il avait déjà oubliées : la vieille chaleur d'une vie qui semblait si loin qu'elle paraissait n'avoir jamais avoir existé, l'image de son père assis dans une bergère, lisant Tchekhov à haute voix, la silhouette fugace de sa mère devant le feu... Quelques semaines plus tôt, il était encore un jeune homme avide de dévorer la vie, il déambulait dans les rues de Madrid, allait au café, aux meetings, au cinéma, il avait des amis qui l'aimaient, des projets d'avenir, tous étaient convaincus qu'il allait vaincre le destin, rompre le cercle de pauvreté qui avait assiégé sa famille pendant des générations. Toutes les économies de ses parents, de ses cousins et de ses oncles avaient été investies dans ses études, et il s'était promis d'être à la hauteur de leurs sacrifices.

Mais la chance lui avait tourné le dos. Il allait mourir de façon absurde et inattendue sur une terre qu'il n'avait même pas eu le temps de découvrir. Et même s'il l'avait connue, il n'aurait jamais pu saisir l'ampleur des distances d'une telle immensité. Ce qu'il appelait immensité n'était que l'antichambre d'un espace infini.

En dépit de cette certitude, il n'était pas mal dans sa peau. Ce qu'il voyait autour de lui était si beau que ce n'était sûrement pas réel : la nature inflexible imposait sa volonté aux hommes, il ne lui restait plus qu'à reconnaître cette évidence. Le jour se levait au milieu de nulle part, les arbres dénudés se devinaient dans la brume et les corbeaux s'accordaient un répit sur le toit du hangar. À sa droite, un fleuve s'écoulait sereinement, parallèle aux voies, et au-delà on devinait des forêts sans fin.

C'est alors qu'il le vit : un énorme élan, magnifique et fier, surgi de la brume, s'arrêta à quelques mètres, regardant Elías du coin de l'œil avec sa grande orbite d'obscurité liquide, maître du temps et de son royaume, comme s'il voulait anticiper les intentions de l'homme terrassé. C'était une apparition ! Elías aurait voulu s'approcher et le toucher.

Soudain, une détonation, puis une autre, et encore une autre. Elías enfonça le visage dans la neige, la tête dans les mains. Quand il se redressa, il vit cet animal majestueux reculer, les yeux exorbités, fléchir sur ses pattes et tomber, raide mort. Les gardes tirèrent encore, au milieu des rires de fête, et continuèrent un bon moment après que l'animal se fut effondré. Quand le silence revint, tout était mort. Les corbeaux s'éloignèrent en croassant, la bise abdiqua, même le fleuve parut s'immobiliser. Le seul mouvement provenait du ruisseau de sang qui coulait du mufle et de la gueule de l'élan, étendu sur la neige molle.

Elías fondit en larmes, comme un enfant.

Le sifflement irritant du train annonça qu'il était prêt à partir. Un garde ordonna à Elías de se lever, mais ce dernier ne réagit pas. Le garde le tâta à la pointe de sa botte, évaluant ce qui restait de vie en lui. Il haussa les épaules et s'apprêta à l'abandonner, comme une vulgaire charogne. Elías se moquait bien de rester sur place, regardant les yeux de l'élan devenus une terre pétrifiée, et le sang que buvait la neige. Cela valait mieux que de suivre tant de souffrance et mourir seul le lendemain, quelques mètres plus loin.

— Ne leur donne pas cette satisfaction. Ils veulent qu'on meure sans avoir à se salir les mains. Drôle de bourreau, celui qui rechigne à faire son travail !

De vieilles chaussures trouées sans lacets s'étaient arrêtées à quelques centimètres de son nez. Au milieu de

154

la brume, Elías vit des jambes se plier devant lui, et une main aux doigts délicats, étonnamment propres, effleura ses cheveux raides et glacés. C'était elle, Irina.

— S'ils veulent ta peau, ils devront se donner un peu plus de mal.

Le regard vacillant d'Elías se posa sur ces grands yeux gris qui le contemplaient de façon pénétrante et significative : "Debout", disaient-ils. Il accepta cette main, sachant que c'était celle d'une naufragée qui ne pouvait lui offrir que la promesse de couler ensemble.

7

Barcelone, 12 juillet 2002

C'était un vieux mâle, mais la captivité n'avait pas éteint cette aura de force propre au chef d'une nombreuse manade qui parcourait des kilomètres et des kilomètres, sur son territoire de chasse. Un paravent transparent d'à peine deux mètres de haut séparait son habitacle des visiteurs, rares à cette heure. En dépit de l'avertissement en plusieurs langues interdisant de lancer des objets ou de la nourriture, le fossé qui entourait l'île artificielle du loup était jonché de déchets, de canettes, de fruits abîmés et de pots de glace. Gonzalo vit même une sandale desséchée. Il y avait un panneau explicatif à droite de l'enceinte : le grand loup gris pouvait peser jusqu'à quatre-vingt-cinq kilos, il peuplait une grande partie de l'Europe, de l'Eurasie et de l'Amérique du Nord, il avait des crocs puissants pour déchiqueter ses proies, et son habitat naturel, c'étaient les zones froides, d'où son pelage gris sur l'échine et le poitrail, et ses pattes très blanches. Le roi des steppes, où pour subsister il fallait être doté d'un véritable instinct de survie.

Cependant, l'époque héroïque de ce loup était révolue. Il était avachi, le museau entre les pattes, à l'entrée de sa grotte construite comme une tanière. Le pelage blanc et gris était sale et tombait par poignées, c'était la période de la mue et malgré la climatisation qui essayait

156

de maintenir une température très basse, un loup sibérien ne pouvait s'adapter à la chaleur humide d'une ville méditerranéenne. Il tourna la tête, ses grandes oreilles rabattues, et bâilla profondément. En d'autres temps, se dit Gonzalo, ce bâillement aurait été accompagné d'un long hurlement qui aurait semé la terreur parmi les hôtes de ces forêts. Mais les années de captivité avaient miné l'orgueil de ces yeux presque blancs qui l'observaient avec indifférence. Plus trace d'instinct, il ne restait que la soumission et la tristesse.

Gonzalo l'observait. Il aurait aimé que l'animal retrouve ce regard féroce ; il aurait voulu voir, au moins une fois, son corps dressé sur la rocaille en carton-pâte, hurlant, réclamant l'héritage de ses ancêtres. Dans une attitude de défi, libre, en dépit de tout. Mais le loup se contentait de rester immobile, couché, de se lécher les pattes. Au bout de quelques minutes, il se leva pesamment, s'ébroua comme n'importe quel chien des rues sous la pluie et se traîna (c'était bien l'expression) dans le recoin le plus sombre de la grotte.

"Ce loup, se dit-il, c'est moi. Un loup domestiqué." Depuis qu'il était revenu de la maison du lac, il ne cessait de retourner cette idée folle, insensée, qui ne lui ressemblait pas. Pourtant, elle ne lui sortait pas de la tête.

— Excusez-moi, monsieur, nous allons fermer.

Gonzalo se tourna vers l'employé du parc zoologique et acquiesça.

Ce soir-là, il n'avait aucune envie de rentrer chez lui et d'affronter la routine. Il avait une sensation bizarre, quelque chose essayait de crever la surface et il n'était pas sûr de pouvoir la contrôler. Personne ne savait qu'il continuait de payer le loyer d'un petit appartement dans le quartier de la Barceloneta, loué un an plus tôt, quand ils avaient failli se séparer. Lola ne soupçonnait même pas à quel point ils avaient frôlé la rupture. Gonzalo s'était finalement ravisé, mais il avait conservé cet espace qui lui appartenait en propre. Il y allait parfois, pas très souvent, quand il avait besoin de solitude.

Le bâtiment avait un concierge, un chauve court sur pattes dont Gonzalo ignorait même le nom. Chaque fois qu'il le voyait, il s'en débarrassait d'un salut rapide. Dans l'ascenseur, il s'appuya contre la cloison en bois qui avait besoin d'une couche de vernis. Un petit miroir lui renvoya son image : les yeux cernés, le nœud de cravate défait, les cheveux ébouriffés, les lèvres tombantes, la peau molle.

L'image désolée d'un espace vide le salua sans complaisance. Pour tout meuble, il y avait une table, deux chaises, une chaîne hi-fi et un appareil vidéo, posés sur le parquet foncé. Un tas de CD, un cendrier, une bouteille d'eau minérale et quelques fruits dans un petit réfrigérateur. À l'extrémité opposée, un sommier et un matelas dans son emballage en plastique. Des livres empilés. Au plafond, trois ampoules pendues aux fils électriques, à l'emplacement prévu pour les halogènes. Il n'y avait pas de rideaux, et par la baie vitrée qui donnait sur la terrasse, on voyait le Palau de Mar. Le bruit de la ville était une rumeur lointaine. Les lumières palpitaient comme un cœur qui battait lentement, au repos. Il posa son sac avec son dîner sur le comptoir en marbre de la cuisine et but de l'eau au robinet. Elle sentait le chlore. Il mit un CD et brancha l'appareil en sourdine. La voix cassée d'Aretha Franklin lui dit que ce n'était pas le bon moment pour être seul. Mais la solitude ne lui faisait aucun mal, elle ne l'avait jamais gêné.

Il se pencha à la fenêtre. Il n'y avait pas de vent, et l'humidité de la mer était poisseuse. La solitude, la musique de fond, cet espace qu'il ne partageait avec personne, lui permettaient de croire qu'il avait toujours vingt ans, que tout restait à faire. C'est pourquoi il achetait les meubles peu à peu, imaginant l'aspect de l'appartement quand il aurait fini. Il n'était pas pressé d'entretenir la fiction d'une indépendance perdue. C'était son espace, le seul réduit où il n'avait pas capitulé. Pendant quelques heures, il pouvait être qui il voulait. Pas besoin de la réalité, il se contentait de croire que c'était possible.

Sa maison, son vrai foyer, n'était pas très loin. Cette distance, dix minutes en voiture, était une métaphore. Tout un monde. Lola avait fini son repas, peut-être somnolait-elle sur le canapé en lisant un de ses romans de voyage avec des héroïnes féminines qui la passionnaient, attendant son appel lui annonçant que la réunion avec son père était terminée, que l'association avec le cabinet de son beau-père était une réalité. Patricia devait dormir dans sa chambre, un œil ouvert, attentive au bruit de clés dans la serrure et aux touches qui désamorçaient l'alarme, afin de sauter du lit et de courir dans le sien. Javier devait être devant son ordinateur, engagé dans une de ces interminables conversations sur ordinateur.

On frappa à la porte, doucement, à deux reprises. Gonzalo n'attendait pas de visites, personne ne venait jamais. C'était bien le problème. Encore de légers coups, mais cette fois plus insistants. La lumière du couloir était allumée. Gonzalo perçut une ombre mouvante par l'interstice sous la porte. Il ouvrit et se retrouva nez à nez avec le concierge qui tenait un carton de petites dimensions.

— Je vous apporte ce paquet. On vient de le déposer à la loge.

Gonzalo regarda le concierge avec méfiance. Personne ne connaissait l'adresse de cet appartement, et de toute façon ce n'était pas l'heure de la distribution du courrier. Le concierge comprit sa surprise.

— C'est un jeune Noir qui l'a apporté, il a insisté pour que je vous le remette tout de suite en mains propres.

Il omit de dire que le Noir, un beau jeune homme bien habillé, lui avait donné un pourboire généreux, en dollars, pour s'assurer qu'il ferait la commission.

Gonzalo regarda le carton.

— Il s'agit sûrement d'une erreur.

Le concierge lui montra le nom écrit au marqueur. Son nom.

Gonzalo le remercia, prit le paquet et referma la porte, ce qui frustra à coup sûr la curiosité du concierge. Il posa le carton sur le marbre de la cuisine et ouvrit le réfrigérateur. Il se servit un grand verre de jus d'ananas et s'assit, observant attentivement le paquet. Il se décida enfin à l'ouvrir. Il contenait un petit ordinateur portable. Des empreintes collantes subsistaient sur les touches les plus utilisées. Son regard glissa vers une photographie, au fond de l'emballage. Elle était partiellement brûlée, mais la personne qui y avait mis le feu s'était ravisée et avait éteint la flamme avant que le dommage soit irréparable.

— Merde… murmura-t-il en reconnaissant l'image.

On voyait de grands sapins noirs, le lac gelé et la maison proche. Sa maison. Laura souriait, emmitouflée jusqu'aux oreilles dans une polaire. Elle tenait son fils dans les bras, et avait le visage enveloppé dans une écharpe, les cheveux en bataille retombant sur son front, les yeux regardant à travers la frange comme un espion derrière les plis d'un rideau. La partie brûlée était méconnaissable, on devinait seulement un bras, et une main qui serrait celle de l'enfant. Une main aux ongles soignés et aux doigts puissants, comme le bras. Un bras et une main noirs.

Il retourna la photo. Il y avait un mot en majuscules. MATRIOCHKA. Gonzalo examina l'ordinateur, l'alluma et quand sur l'écran apparut la demande du mot de passe, il tapa un mot, par intuition. L'écran se débloqua, affichant une série d'icones sur un fond d'écran qui montrait Laura, Luis et leur fils Roberto, avec une plage au fond et un panneau fixé au bord d'une route où on pouvait lire "Argelès-sur-Mer". Des vacances dans le Sud de la France où ils semblaient heureux. Était-ce l'ordinateur de Laura ?

Il cliqua sur la première icone et une feuille Excel s'ouvrit : une avalanche de chiffres et de codes. Gonzalo ne comprenait pas de quoi il s'agissait, mais il avait l'impression que c'était un relevé exhaustif de transferts bancaires, de numéros de compte et de sigles qui pouvaient désigner des personnes ou des entreprises. Plusieurs fois on retrouvait en caractères gras le sigle ZV. Zinoviev? Les autres icones étaient du même genre, on voyait défiler des ports de l'Europe entière, des noms de porte-conteneurs allemands, anglais, français, hollandais, espagnols. Étaient indiqués la date d'arrivée et le port d'origine (beaucoup d'Afrique et d'Amérique centrale, mais quelques-uns aussi du Canada et de Russie). À côté de chaque note, une liste de noms et un nombre. Assam, Miriam, Bodski, Remedios, Matthew, Jérôme, Louise, Siaka, Pedro, Paula, Nicole… En tout une bonne centaine. Les nombres qui les accompagnaient étaient presque tous à un chiffre, plus rarement à deux. Le chiffre le plus élevé était 15, le plus bas, 2.

Une des icones s'intitulait "Confidentiel". Gonzalo essaya de l'ouvrir, mais elle était protégée et requérait un mot de passe. Il essaya au hasard "Laura", la fenêtre indiqua qu'il avait encore droit à deux essais avant que le dossier soit automatiquement bloqué. Gonzalo renonça et ouvrit un dossier de photographies. Sur presque toutes, il y avait Zinoviev. Prises de loin au téléobjectif, parfois seul, parfois accompagné, plusieurs fois avec un garçon de haute taille, un beau Noir bien habillé. Gonzalo reprit l'image à demi brûlée. Était-ce la main qui tenait celle de Roberto? Était-ce lui qui avait remis l'ordinateur au concierge?

Il observa longuement le visage tatoué de Zinoviev. D'après l'inspecteur Alcázar, Laura avait tué cet homme, mais comment avait-elle pu le faire de la façon décrite par le policier? Elle n'avait pas tiré sur lui, elle l'avait maîtrisé, conduit dans un hangar désaffecté, suspendu à une poutre avec ses menottes et torturé avec cruauté, probablement pendant des heures. En voyant l'air sauvage de cet animal, sa corpulence et sa taille – près de deux mètres –, il semblait plus qu'improbable que sa sœur ait pu commettre un tel acte. Il fallait une grande force physique pour dominer cet homme et le manipuler comme un pantin, car il avait sans doute résisté avec férocité. D'après le médecin légiste, on n'avait pas trouvé trace de peau ou de sang suspects sur Laura. Quand Luis avait demandé s'il croyait que sa sœur avait tué et torturé cet homme, il avait répondu non par instinct. Maintenant, il en était presque sûr.

Soudain, la signification de toutes ces données sur l'ordinateur lui sauta aux yeux : l'enquête de Laura, la raison pour laquelle elle avait perdu son fils et son époux, ce qui l'avait obsédée tout ce temps… Mais alors, ces hommes et ces nombres…

Il ouvrit un autre dossier de photographies.

Il eut un haut-le-cœur et faillit vomir le jus d'ananas sur le clavier. Il y avait des centaines de photographies d'enfants, certains tout petits, presque des bébés, avec des marques horribles. Beaucoup de photos étaient d'une pornographie si explicite qu'on avait envie de sauter par la fenêtre.

— Mon Dieu, Laura… Comment as-tu pu supporter cela toute seule ?

Il referma le dossier, pris de nausées, et se mit à la fenêtre. Ses doigts tremblaient quand il alluma une cigarette. Il avait promis à Lola, mais il n'en avait plus rien à foutre. Il avala une longue bouffée et sentit les sanglots monter dans sa gorge. Comment était-ce possible ? Comment une telle perversité pouvait-elle exister ? Il n'était pas naïf, il était avocat, il connaissait les dessous de la misère humaine, ses mesquineries, mais cela… cela dépassait tout ce qu'on pouvait imaginer. Il gonfla ses poumons en regardant la nuit. Pacifique, calme et douce. Un couple s'embrassait sur le capot d'une voiture en riant. Gonzalo faillit leur crier de se sauver, de fuir aussi vite et aussi loin que possible avant que le mal les rattrape. Comment Laura avait-elle pu regarder le monde après être descendue dans cet enfer?

Il attendit plus d'une heure avant de retourner à l'ordinateur. Il s'y plongea sans boussole, ouvrant les dossiers, les fichiers, et une fois de plus il essaya celui qui s'intitulait "Confidentiel". Cette fois il utilisa le mot de passe "Roberto", mais une fenêtre le prévint qu'il ne lui restait plus qu'un essai. Il décida de ne pas s'obstiner.

Que faire de tout cela? Alerter la police, sans doute. Il envisagea d'appeler l'inspecteur Alcázar, il saurait comment réagir. Le cas Laura-Zinoviev était classé, mais il faudrait bien le rouvrir au vu de ces preuves, et ordonner une enquête approfondie. Il décrocha le téléphone, mais quelque chose le retint, une question qu'il ne cessait de retourner dans sa tête. Pourquoi lui avait-on envoyé l'ordinateur de sa sœur? Pourquoi?

La réponse était là, très certainement. Dans ce dossier qu'il ne pouvait ouvrir. Le mot-clé devait être quelque part. La personne qui lui avait envoyé l'ordinateur lui permettrait de prendre connaissance des photos pornographiques des enfants, de toutes ces informations, et l'empêcherait d'accéder à ce dossier? Absurde. Il inspecta le carton que lui avait apporté le concierge. Sous les rabats, il vit l'angle d'une carte de couleur grise à en-tête d'un hôtel cinq étoiles. Son cœur battit plus fort, c'était peut-être le mot de passe de ce dossier qu'il ne pouvait ouvrir.

Mais c'était seulement un avertissement laconique:

"Si tu parles de cela à quiconque, toi et moi nous sommes morts, tu peux me croire!"

L'auteur anonyme lui donnait rendez-vous dans trois jours, à une heure précise, à une adresse précise, le menaçant, s'il ne venait pas ou s'il prévenait la police, de disparaître pour toujours.

En arrivant quelques heures plus tard chez lui, dans cette maison qu'il partageait avec Lola et les enfants, Gonzalo entra dans la chambre de sa fille et s'assit pour la regarder dormir. Elle sentait bon, et son visage semblait confiant, elle était si heureuse, si fragile ! Il pensa aux nuits que Laura avait dû passer au chevet de son fils, à le regarder dormir, tout confiant, paisible, protégé, il imagina le déchirement qu'elle devait éprouver en caressant son visage endormi, après avoir vu tous ces petits. Après sa disparition, elle devait continuer de s'asseoir à côté de son lit vide, caressant l'oreiller, les draps, son pyjama.

Gonzalo pleura. Il pleura en silence comme il n'avait jamais pleuré de sa vie.

Cette nuit-là, il franchit la frontière invisible qui le séparait de Lola et se serra contre elle, s'accoupla à ses jambes repliées, passa le bras autour de sa taille et lui dit qu'il l'aimait. Lola ne l'entendit pas, mais son corps répondit et se colla au contact de Gonzalo, comblé.

Le lendemain matin, il avait l'air de vouloir être un autre. Lola et Patricia perçurent, chacune à sa façon, une différence, et ce changement, ou au moins son désir, leur causa une surprise et un étonnement ravi. Gonzalo s'était levé avant elles et avait préparé le petit-déjeuner qui, par manque d'habitude, était excessif, continental. Des jus de fruits, des toasts, du café, des céréales, il avait même osé la recette de macédoine de Laura, une tentative qui gaspilla une grande partie des fruits. Le rideau de la cuisine était ouvert, comme s'il avait voulu que la lumière du jardin soit témoin de cette nouvelle affirmation. Sur la table, le bouquet occupait trop de place, mais Lola était sensible à cette attention, même si Gonzalo semblait ignorer que le matin elle prenait juste un café double et que Patricia était allergique au jus de pomme.

Quand Gonzalo lui souhaita une bonne journée en l'embrassant sur les lèvres, elle eut un frémissement de bonheur mêlé de culpabilité. Que Patricia se jette dans ses bras comme si elle avait encore quatre ans n'avait rien d'extraordinaire, en revanche, la dévotion décuplée avec laquelle Gonzalo la regarda ce matin-là était nouvelle. Ils s'attablèrent, chacun excité à sa manière : Gonzalo était disert, plein d'esprit, mesuré et maladroit, mais il décrivait sa volonté de sortir de la paralysie de ces derniers temps ; Lola n'osait pas trop se pencher sur cette joie forcée, craignant que ces grandes démonstrations ne durent pas, et elle se demandait à quoi rimaient cette mise en scène et ce besoin de Gonzalo de lui caresser la main sur la table, de la regarder dans les yeux ou de faire des mamours à Patricia. Elle n'en voyait pas la raison.

— Que fêtons-nous ? La fusion de ton cabinet avec celui de mon père ?

L'expression de Gonzalo se contracta un dixième de seconde. Résultat : trop de beurre sur la lame du couteau.

— Pas encore ; je ne veux pas précipiter une décision aussi importante.

Pour saluer cette avalanche d'efforts, Lola était prête à ignorer les faiblesses de Gonzalo ce matin-là, mais sa réponse l'avait déconcertée.

— Il n'y a pas d'autre solution, je croyais que la décision avait été prise.

Gonzalo perçut la distance hautaine de ses propos, mais cette fois, il fit face.

— Lola, je ne peux pas traiter à la légère huit années de lutte pour survivre comme avocat indépendant.

Il utilisait à dessein un ton dissuasif qui engagea Lola à ne pas aller plus loin dans cette voie pour ne pas ruiner ce qui avait si bien commencé.

L'ombre était revenue entre eux, pas encore visible, mais l'ambiance festive subsista grâce au bavardage inépuisable de Patricia qui, excitée par cet instant qui lui semblait spécial, avait compris que sa mission était de le maintenir en vie. Ses parents acceptèrent tacitement de répondre à ses efforts, ils rirent, abordèrent les sujets importants, le train-train quotidien, et essayèrent de rendre ce petit-déjeuner agréable.

— Où est l'anachorète de la famille ? Hier soir je ne l'ai pas vu dans son lit, demanda Gonzalo à la fin des agapes.

Il n'avait pu retenir une ironie qui agaça Lola, toujours attentive au duel furtif entre Gonzalo et son fils aîné. Chaque fois que son époux attaquait Javier, elle avait l'impression qu'il s'en prenait à elle personnellement.

— Je lui ai donné la permission d'aller dormir chez un ami.

— Quel ami ? À dix-sept ans, il est logique qu'il dorme à la maison. Il a sûrement passé toute la nuit à étudier !

Il avait formulé son incrédulité en termes obligeants, mais Lola perçut le mépris paternel. Quand ils débarrassèrent, flottait dans la cuisine une ambiance agressive, tout avait commencé par un espoir hardi de reconquête, mais avait honteusement échoué, laissant un vide décourageant.

— Cette nuit, les graffitis sur le mur sont revenus. Les voisins s'inquiètent ; ça ne plaît à personne qu'un psychopathe rôde dans le quartier, et je commence aussi à m'inquiéter, dit Lola d'un ton sec, comme si Gonzalo en était l'auteur.

Gonzalo comprit immédiatement ce regard de mise en garde. Jusqu'alors, il n'avait pas prêté attention aux menaces, trop occupé par la mort de Laura, de plus il était resté mesuré pour ne pas effrayer la famille, minimisant cette histoire, même si dès l'apparition des premières inscriptions il avait acheté le vieux revolver qu'il cachait dans le garage, hors de portée de ses enfants. Lola ignorait son existence, elle ne l'aurait pas accepté. Gonzalo ne pensait pas l'utiliser, il ne savait même pas viser, c'était une mesure préventive, mais cela ne suffisait pas. Il devait faire autre chose à ce sujet.

Miranda Acebedo avait dû être très belle. Une beauté cuivrée qui faisait les délices des touristes qui allaient à Cuba en quête de femmes dans son genre. Les murs du modeste salon étaient couverts de souvenirs de son époque de cabaretière dans les salons des hôtels de luxe. Elle dansait assez bien, surtout la cumbia, qui n'était pas cubaine, mais les touristes s'en moquaient, pourvu qu'elle remue ses hanches comme ils l'espéraient, sous ses jupes à volants aussi petites que son soutien-gorge à paillettes. Une fois, le pianiste Bebo Valdés l'avait entendue chanter et il avait dit qu'elle avait du talent. Mais le talent n'est rien sans la chance qui doit l'accompagner.

— Il vaut mieux être putain que mendiante, dit-elle la première fois que Gonzalo la reçut à son bureau, un an et demi auparavant. Elle avait un œil au beurre noir et un bras dans le plâtre, sur lequel ses amis avaient écrit des mots de réconfort et dessiné des cœurs et des caricatures ; mais ils l'avaient laissée seule avec l'homme qui avait juré devant Dieu de l'aimer et de la protéger quand elle s'était mariée à La Havane et qui avait commencé de la maltraiter à peine arrivés à Barcelone.

Miranda voulait divorcer et arracher tout ce qu'elle pouvait à son mari, Floren Atxaga. "Qu'il paie, pour chaque jour d'enfer", telle avait été sa sentence. Gonzalo dut la convaincre de porter plainte pour mauvais traitements, la seule façon de se débarrasser de lui et de rester dans l'appartement où, tant bien que mal, elle avait élevé ses deux enfants, les bâtards métis, comme les avait baptisés Atxaga. Gonzalo l'avait accompagnée au commissariat, l'avait conseillée durant tout le procès et après une longue plaidoirie avait obtenu, outre le divorce et la maison, une condamnation à quatre ans de prison pour agression, viol et mauvais traitements psychologiques. Miranda lui en était tellement reconnaissante qu'elle lui prépara un bon dessert à base de bananes caramélisées et de patates douces, puis elle proposa de danser pour lui.

Gonzalo accepta les bananes mais préféra partir avant que la danse ne devienne une cage.

Il ne restait rien de cette Miranda qui lui ouvrit la porte, enveloppée dans un peignoir piqué tout délavé.

— On n'aurait pas dû lui accorder cette permission ; on devait bien se douter qu'il s'enfuirait, affirma-t-elle, comme si l'évidence était un tourment.

Gonzalo ne dit rien. La vie cessait toujours d'être ce qu'on attendait d'elle, si on lui en demandait trop. Miranda n'avait pas eu de chance, elle était tombée sur le salopard de service.

— Il est venu ici ?

Elle secoua la tête, terrifiée par cette perspective.

— La police est passée me voir deux fois et m'a donné un numéro de téléphone… Comme si ça pouvait me protéger de ce porc… dit-elle en montrant la carte du Bureau d'aide aux victimes collée au réfrigérateur avec un aimant.

— Et vous avez une idée de l'endroit où il pourrait être ?

— Il doit chercher une ingénue qui tombe dans ses filets.

— Dans les bars à putes, dans les salles de loto ?

Miranda était prête à aboyer.

— Non, pas du tout. Floren est du genre à aller à la messe le dimanche. Il ne joue même pas aux dames, ne boit pas, et bien sûr ne va pas aux putes. Elles se moqueraient de sa bite ridicule et inutilisable. Il est tout amabilité et sourire, un air de chien abandonné à vous briser le cœur. Il était comme ça jusqu'à ce qu'on se marie et qu'on vienne ici. Alors, il s'est mis à draguer mes amies cubaines, il a critiqué ma manie (il l'appelait ainsi) de lire des livres à toute heure pour jouer les intellos (vous vous rendez compte, moi je ne lis que des romans de gare) et le ridiculiser, lui qui n'avait pas fait d'études (comme si j'étais ingénieur nucléaire), et mon autre manie de fredonner toute la journée (comme si je me moquais de lui). La première fois qu'il m'a frappée, c'est parce qu'il n'arrivait pas à bander. La seconde, parce qu'il ne bandait pas assez. La troisième parce que je suis tombée enceinte. La quatrième n'avait pas de raison. N'empêche, il fallait aller à la messe le dimanche et manger du poulet grillé chez les beaux-parents en faisant bonne figure, mais parfois les bleus étaient si gros que même le maquillage ne pouvait les dissimuler.

— Quelle paroisse fréquentait-il?

— Une église du quartier, tout près. L'église Notre-Dame de Lourdes.

Gonzalo tordit le cou vers le salon. Vautré sur le canapé, un adolescent couleur moutarde regardait la télévision d'un œil morne. Le fils aîné de Miranda avait une quinzaine d'années. Si Floren Atxaga survenait, ce garçon ne semblait pas prêt à prendre sa défense.

— Je ne crois pas qu'il se montre. Il sait que la police le recherche, mais s'il vient dans le quartier, n'hésitez pas à m'appeler, à n'importe quelle heure.

Gonzalo remarqua la déchirure derrière l'oreille. Une vilaine blessure assez récente. Son peignoir s'entrebâilla et il entrevit aussi un bleu à l'épaule.

— Vous sortez avec quelqu'un, maintenant, Miranda?

Elle recouvrit ses épaules prestement.

— Avec un brave garçon. Si ce salopard de Floren montre le bout de son nez, il lui flanquera une correction. Une femme a besoin d'être protégée, n'est-ce pas?

Gonzalo fut pris d'une tristesse résignée. La malchance était la vocation de certaines personnes. Il y a des erreurs qu'il faut porter toute sa vie. C'est ce qu'il lut dans le regard de cette femme, mais il y avait aussi de la peur, du chagrin et de la pitié; pas de fierté, ni d'amour.

— Vous m'appellerez si votre ex-mari tente de vous contacter?

Elle répondit par l'affirmative, mais Gonzalo savait qu'elle n'en ferait rien. Il savait aussi qu'un jour, si personne n'y portait remède, le corps de Miranda tombe-rait du balcon sur le capot étincelant d'une voiture garée dans la rue. Poussée par un quelconque Atxaga, de ceux qui sillonnent le monde en quête d'une proie.

Il repensa à l'ordinateur portable de Laura et envi-sagea encore une fois de le porter à Alcázar. Il y avait trop de loups dans le monde et lui n'était qu'un agneau, en dépit de son insistance à vouloir être le contraire. Il était dépassé, lui, modeste avocat en droit civil, sa seule incursion dans le domaine pénal l'avait forcé à acheter un revolver rouillé quand il s'était senti menacé par cet enfant de chœur qui torturait sa femme. S'il n'était pas capable de contrôler cette situation, comment pourrait-il affronter cette lame de fond qui avait déjà emporté sa sœur ? Il fut tenté d'appeler l'inspecteur, mais l'avertis-sement trouvé dans le carton l'en dissuada. Il pouvait attendre trois jours, se dit-il, la main sur le téléphone, ren-contrer celui qui lui avait apporté l'ordinateur et prendre une décision. En attendant, il porterait à la connaissance de la police les menaces d'Atxaga et appellerait une compagnie de sécurité pour installer des caméras dans le périmètre. Lola serait rassurée et il aurait l'impression de pouvoir affronter cette menace.

Au lieu d'appeler Alcázar, il composa le numéro de Lola. Il voulait lui dire que ce petit-déjeuner n'avait rien d'un mirage : il allait s'occuper des graffitis, les protége-rait et ferait en sorte qu'il ne leur arrive rien.

— Javier est rentré ? demanda-t-il avant de raccrocher.

Lola dit que non, et Gonzalo perçut un fond d'anxiété dans sa voix.

La chambre était décente, c'est tout ce qu'on pou-vait en dire. Il y avait à peine la place pour un lit à deux places, qui grinça quand il s'assit dessus. Le matelas couleur magenta était décoloré et avait des taches d'eau de Javel. Sous l'oreiller dépassait le revers du drap. La fenêtre fermait mal et la télévision empêchait de l'ouvrir entièrement. La vue se limitait à un enchevêtrement de conduites en ciment couvertes de chiures de pigeons. Il alluma dans la salle de bains, le tube fluorescent vrombit comme une grosse mouche capturée. Le robinet en laiton du lavabo fuyait et laissait une trace de rouille près de l'évacuation. Il y avait un morceau de savon dans un coin du bac à douche. L'abattant des WC était relevé et quand on entendait l'eau des étages supérieurs descendre dans la canalisation, le flotteur se balançait.

Il enleva ses tennis sans les dénouer et se laissa tomber sur le lit, les mains derrière la nuque, les yeux au plafond. L'odeur de déodorant lui caressa le nez. Il se demanda combien de personnes avaient utilisé ce lit, quelques heures plus tôt, cachées du monde, furtives, comme des délinquants. Pas de doute, il avait connu de plus beaux lieux.

— Un drôle d'endroit pour nous rencontrer.

— La vue ne te plaît pas ? Elle est spectaculaire.

Carlos avait enlevé sa chemise et l'avait posée sur le dossier de la chaise. Il comptait les billets que Javier lui avait apportés.

— Ce n'est pas beaucoup, j'ai besoin de plus.

— C'est tout ce que j'ai pu récolter. Je ne suis pas ton distributeur automatique.

Carlos fronça les sourcils, déçu. Il allait dire quelque chose, mais il se ravisa. Il s'étendit à côté de Javier et l'embrassa sur la bouche. Javier se dégagea d'un mouvement de répulsion. Carlos le regarda, calme et méprisant. Comme s'il pouvait lire dans ses pensées et qu'il s'en moquait.

— D'où vient cette tête ?

Ses yeux blessaient Javier, comme s'ils faisaient de petites incisions dans sa peau. Soudain, Carlos s'offrait à lui dans toute sa muflerie : un démerdard, et Javier vit combien il était mesquin et poignant. Il avait trouvé que c'était un type intéressant quand il l'avait rencontré, cinq mois plus tôt. L'inconnu était venu s'asseoir à côté de lui ce soir-là, dans une boîte. Au début, il n'avait rien dit, il ne l'avait même pas regardé. Il avait commandé une boisson sans alcool et avait observé la piste de danse. "Je m'appelle Carlos", dit-il finalement en se tournant vers lui, avec quelques cacahuètes dans la main, qu'il tripotait comme s'il jouait aux dés, avec un sourire plein de promesses. Tout un monde, sans occupation, sans restrictions morales, un esprit libre qui prenait ce qu'il voulait quand il le voulait et qui continuait sa route. Telle avait été son impression. Il avait compris trop tard son erreur d'appréciation.

Ce n'était pas un hasard si Carlos était venu s'asseoir à côté de lui au comptoir. Il l'avait repéré au moment d'entrer dans le bar. D'un seul regard, il avait su qu'il serait sa prochaine victime. "C'est ta première fois, n'est-ce pas ?" lui demanda-t-il, en posant sa main chaude près de l'aine. Cette main et son regard vide auraient dû le mettre sur ses gardes, mais il avait la tête en ébullition. Une heure plus tard, il était plié en deux à l'arrière de sa Ford grise, pratiquant sa première fellation sur une musique de Depeche Mode ; il n'avait jamais imaginé que la saveur d'un pénis dur soit aussi douce, même s'il l'avait déjà imaginé mille fois dans sa solitude. Ensuite, l'haleine forte de Carlos effleurant ses poils pubiens et l'énorme explosion de plaisir et de culpabilité quand il avait éjaculé dans sa bouche furent sa condamnation. Depuis, il mangeait dans la main de Carlos comme un moineau sans défense. Quand il l'appelait, Javier rappliquait aussitôt, n'importe où, pourvu qu'il soit quelques minutes en sa compagnie. Parfois, Carlos ne venait même pas, et quand ils se revoyaient ou s'il l'appelait, Carlos ne se donnait même pas la peine de lui donner une explication.

Peu à peu, Javier avait laissé tomber tout ce qui n'était pas son obsession. Il en était malade, il le savait, mais il n'y pouvait rien. Cette présence le bouleversait, il ne parvenait pas à se débarrasser de son emprise, même s'il savait que Carlos l'exploitait. D'ailleurs, ce dernier ne tarda pas à lui demander de l'argent. De plus en plus, parfois il le suppliait, parfois il l'exigeait, sous la menace plus ou moins voilée de le quitter. Voilà pourquoi Javier l'avait aidé à trouver ce travail dans l'agence de sa mère. Il se rendait compte maintenant que cela, le rapprocher de sa famille, était son objectif depuis le début.

— Je ne suis pas idiot, tu sais ? Je suis peut-être jeune et amoureux, et je préfère ne pas voir certaines choses. Mais je ne suis pas stupide.

— Je ne comprends pas.

— Tu comprends très bien. À quoi joues-tu avec ma mère ?

— À rien du tout. Tu ne comprendrais pas.

— Qu'est-ce que je dois comprendre ? Que tu veux la baiser ? Je sais ce que j'ai vu à l'agence ; ton petit jeu avec le masque et le sourire niais de ma mère. Je vous connais, tous les deux.

Le regard de Carlos devint translucide. Il eut une grimace amusée et éclata de rire.

— Tu es jaloux de ta propre mère ? C'est un peu scabreux, non ? Je n'attends rien de ta mère. D'accord, je la drague un peu, c'est ma chef, et elle est attirante. Mais je n'ai pas l'intention de la séduire ni rien de ce genre.

— C'était ce que tu étais censé faire avec moi ? Me séduire ?

Carlos secoua la tête. Il avait parfois du mal à croire qu'il existait encore des gens comme Javier, aussi naïfs, aussi convaincus que le monde tournait autour de leur nombril et de leurs doutes existentiels, de leurs complexes et de toutes les conneries qui leur bouffaient la tête. Quand ils étaient ensemble, il regardait sa peau impeccable et il avait l'impression de faire l'amour avec un gisant en marbre. D'autres fois, il avait l'impression d'enfoncer le poing dans une motte de beurre mou.

— Personne ne t'a obligé à entrer dans ce bar, tu savais ce que tu allais y trouver. Tu es monté dans ma voiture de ton plein gré et personne ne t'a violé, n'est-ce pas ? Ni les fois suivantes. Si je me rappelle bien, je t'ai dit de ne pas te faire d'illusions avec moi. Tu sais, ça m'est égal que tu me croies ou pas, mais je ne veux pas baiser ta mère. J'ai besoin de fric et de ce boulot, c'est tout. Mais tu devrais la voir quand elle est avec moi. Elle rigole, elle rajeunit, à croire qu'elle laisse sortir cette Lola qui existe pour de vrai au fond d'elle.

— Je n'ai pas besoin que tu m'expliques le fonctionnement de ma mère. Il y a trois mois que tu la connais, et moi j'ai passé ma vie avec elle.

— Tu te trompes. Tu n'as aucune idée de ce qu'elle est.

Carlos ravalait la tentation de lui donner une bonne leçon, comme celles qu'il avait reçues quand il était petit, sans les avoir demandées. Mais il n'était pas là pour ça. Il posa un sachet de coke sur une plaque de verre qu'il sortit de la poche de son pantalon. Il prépara deux lignes et en aspira une.

— Dis donc, on ne s'est pas beaucoup vus ces deniers temps, alors on ne va pas perdre notre temps à se disputer comme un couple de vieux râleurs ? Si tu ne veux plus me voir, dis-le. Je me barre et tu n'entendras plus jamais parler de moi, je te le jure.

Le silence de Javier le fit sourire. Il resterait collé à lui jusqu'à épuisement complet. Il connaissait bien ses proies. Il savait les choisir. Il tendit la plaque de verre et Javier sniffa sa ligne, puis il se laissa retomber sur l'oreiller, le regard vitreux, égaré. On sait qu'on s'achemine vers sa propre destruction, mais on n'a pas la volonté de s'y opposer. Carlos déboutonna sa braguette, lui embrassa le nombril et y promena sa barbiche.

— Nous sommes ici et maintenant. Le passé est révolu. L'avenir n'existe pas. Il n'y a que l'instant. Et il est à nous.

Javier renifla et ses yeux devinrent aqueux. Il connaissait Carlos, il devait l'empêcher de s'approcher de sa mère, sinon il détruirait sa famille et ferait du mal à tous. Il avait déjà commencé, il était comme le termite dans le bois, visible uniquement lorsqu'il était devenu un fléau. Javier rêvait de parler à son père, de tout lui raconter. Il avait besoin de lui dire qu'il ne lui en voulait pas de l'avoir laissé se blesser quand ils avaient sauté tous les deux de ce rocher, et de s'être retrouvé boiteux. Ce qui comptait, c'était qu'ils l'avaient fait, ils avaient sauté ensemble. Il voulait lui dire qu'il avait besoin de sauter encore avec lui, où que ce soit. Ensemble, de nouveau.

Mais les mots, comme les pensées, s'étouffèrent dans sa gorge dans un long gémissement quand il sentit l'haleine chaude de Carlos sur son gland.

8

La chaleur était insupportable, elle pesait de tout son poids dans la chambre, comme un corps trop lourd. La fenêtre à guillotine vibrait chaque fois que passait un gros camion sur la route nationale. Autrement dit, toutes les cinq minutes. De l'autre côté du motel, il y avait une station-service et deux prostituées, assises sur des chaises pliantes. L'une n'avait pas de culotte et écartait les jambes chaque fois qu'un véhicule de tourisme s'arrêtait pour faire le plein. L'autre parlait dans son portable et s'éventait avec un magazine. Elle portait une robe tellement moulante qu'on se demandait comment elle pouvait encore respirer. "Les Noirs comme toi n'ont jamais chaud, hein, Flocon de Neige ?" lui avait demandé Zinoviev, un jour. Ainsi l'avait-il baptisé quand il l'avait vu pour la première fois. À l'époque, Siaka ne savait pas qu'il existait des gorilles albinos. Des années plus tard, quand il vit cet animal dans le zoo de Barcelone, derrière une vitre, il se sentit en parfaite empathie avec ce gorille. Lui aussi gagnait sa vie en étant un spectacle de foire.

Siaka ouvrit la bouche, comme pour capter l'air brassé par les pales du ventilateur. Il s'allongea par terre, en tongs et bermuda ; son torse nu luisait de sueur. Sur le côté droit, il avait des traces de vieilles blessures. Couteau et pistolet. Il avala une gorgée d'eau à la bouteille et laissa un filet frais couler sur son menton.

La première fois qu'on l'avait vendu, c'était pour moins de trois mille dollars. Siaka avait six ans et le vendeur, c'était son père. Il l'avait livré dans un hangar crasseux à un des seigneurs de guerre de la région, un Angolais d'une trentaine d'années qui recrutait une milice. Ce type l'enferma une semaine entière dans une baraque en tôle et en carton. Chaque fois que la porte s'ouvrait et qu'il voyait ses bottes maculées de boue séchée, Siaka se tassait sur lui-même comme un petit chien. Des coups, encore des coups, toujours des coups. Sans raison apparente : juste pour ramollir la pulpe. Puis vinrent les drogues, les violences, on l'obligea à se battre dans un corral contre un gamin aussi effrayé que lui, originaire de l'autre rive du lac, tels des coqs, armés d'éperons mortels. Il se battit, ah oui, il se battit, et se déchaîna quand son adversaire voulut s'échapper du corral, avec le bras cassé en trois endroits. Il lui écrasa la tête avec une pierre plus lourde que lui, sans savoir d'où lui venait cette férocité, ce cri animal. Quand tout fut terminé, cet homme le souleva à bout de bras et, montrant ses mains ensanglantées à la meute hilare qui les entourait, il l'appela "mon fils".

Il regarda l'heure. Le train pour Paris partait dans trois heures. De là, il prendrait l'avion pour Francfort, retournerait en Afrique et se perdrait pour toujours. Si le frère de Laura n'arrivait pas à l'heure convenue. Il avait parié avec lui-même, et il était sûr de gagner. L'avocat ne viendrait pas.

La deuxième fois qu'on le vendit, il avait onze ans. Mais il n'était plus un enfant. Celui-ci était mort, c'est du moins ce qu'il avait cru pendant toutes ces années dans la forêt et dans le désert, dans les camps d'entraînement et dans les longues semaines de traversées, esclave transportant des armes, des munitions et de la drogue. Tuer était plus facile que mourir. Mais mourir était plus facile que rester en vie. Il s'aperçut très vite que son cœur ne

177

battait plus, et que sa peur disparaissait quand elle passait dans le regard des autres, ceux qui étaient dans la ligne de mire de son fusil ou sous le tranchant de sa machette. Zinoviev l'avait payé deux caisses de Kalachnikov, trois de munitions et une de grenades de fabrication russe. Il trouvait amusante, avait-il dit, sa sauvagerie, comme celle des chiens de combat qui lui plaisaient tant, mais surtout il aimait son visage, malgré tout enfantin, son corps fibreux d'enfant-homme. Il l'emmènerait dans une autre guerre, avec d'autres armes, lui avait-il raconté. En Europe. Là-bas, on lui enseignerait d'autres talents, des choses qui chez un gamin de onze ans de si belle allure seraient appréciées par une clientèle exigeante dans ses perversions. Siaka haussa les épaules : tous les enfers se ressemblent. Brûler au fond de l'un ou de l'autre, cela revenait au même. Mais il se trompait. Il était toujours possible de descendre d'une marche.

Il regarda à travers la vitre sale. Il ne restait plus que la putain accrochée à son portable, près de la station-service. Elle parlait et s'éventait toujours avec son magazine. Celle qui n'avait pas de culotte avait disparu et l'autre avait posé les pieds sur sa chaise, après avoir enlevé ses chaussures à talons. C'était triste de voir ces pieds nus et les chaussures gisant sur le gravier du parking. C'est alors qu'il vit Gonzalo descendre de son 4×4, à côté d'une pompe, et ne plus bouger, enfant désorienté regardant aux deux extrémités de la route, s'épongeant la sueur avec un mouchoir. La putain lui lança une grossièreté et il traversa d'un pas traînant. Après tout, Laura avait peut-être raison quand elle disait que son frère était, de loin, l'homme le plus courageux qu'elle ait jamais connu.

Cinq minutes plus tard, face à face, dans la chambre, ils se dévisageaient avec méfiance. Gonzalo lança un regard discret sur le sac à moitié plein, posé sur le lit. Lui-même avait un sac à l'épaule avec son ordinateur portable. Siaka tourna lentement la tête. Il épiait Gonzalo depuis des semaines, mais vu de près on aurait dit l'antithèse de sa sœur. Tout en lui inspirait la normalité, il semblait marcher sur la pointe des pieds, dans ce costume inconfortable vu la chaleur, avec sa cravate qui lui serrait le cou et cachait les boutons de la chemise. Les lunettes lui donnaient l'air d'un égaré. Sa routine était ordonnée, de ces gens pour qui les choses devaient être résolues avec méthode, chaque livre sur son étagère, chaque disque dans sa pochette, chaque chemise sur son cintre. Chaque mort et chaque vivant à sa place. Il paria intérieurement que Gonzalo était de ces gens qui classaient les boîtes de conserve dans l'armoire par étiquettes et par couleurs, et qui n'avaient ni secret ni vice. Il n'avait jamais aimé les personnes sans vice, il trouvait cela suspect. Gonzalo ne l'impressionnait pas beaucoup, malgré l'opinion de la sous-inspectrice.

— Tu as regardé le contenu de l'ordinateur?

— En partie. Qui es-tu?

"Difficile de répondre à cette question", se dit Siaka.

— Tu n'as vu ni mon nom ni ma photo dans les fichiers?

— Il y a beaucoup de noms et beaucoup de photos, dans ces fichiers.

"Trop, se dit Siaka. Combien, dans le monde? Des millions, des centaines de milliers?" Il était l'un d'eux. "Tu es vivant, tu es jeune, très jeune malgré ton regard. Tu t'en sortiras." C'est ainsi que Laura l'avait convaincu de glisser un micro sous ses vêtements pour enregistrer ses conversations avec Zinoviev. Quelques rares mots aimables, un Coca-Cola dans une cafétéria face à la mer dans un village de la côte et la promesse que sa vie, malgré son passé, n'en était qu'à ses débuts. Il n'avait besoin que de cela, d'un regard propre qui ne le classe pas parmi les démons. "N'oublie jamais une chose, Siaka. Tu n'es pas ce qu'on t'a obligé à être. Ce sont eux les aberrations, pas toi."

— Je travaillais avec ta sœur dans l'enquête qu'elle menait. J'étais son indic.

Seulement ? Non, un peu plus. Cette femme lui plaisait, et plus encore le petit Roberto, le jour où ils se rencontrèrent dans un parc. Ils avaient dû offrir un sacré spectacle aux vieux qui donnaient à manger aux pigeons : un jeune Noir et un enfant, main dans la main, sous la surveillance à distance de cette belle femme. Au début, Siaka avait du mal à comprendre ce que Roberto lui disait, mais il savait interpréter ses gestes d'enfant : courir après un ballon et shooter avec maladresse, piquer un caprice parce que sa mère ne voulait pas lui acheter une glace, s'endormir dans ses bras de Noir, la chose la plus naturelle du monde. Il en vint à aimer ce petit comme un frère, deux enfants ordinaires, l'un enfermé dans un jeune homme effrayé, l'autre derrière un visage très particulier. Deux anges errant dans un monde incompréhensible, dont les dangers s'écrasaient contre le regard sauvage de Laura. Elle les protégeait, elle leur offrait la fiction d'une normalité.

— Son indic ?

— La Matriochka. J'étais l'un d'eux.

Après avoir passé une soirée agréable avec Laura et son fils, une apparence de famille normale, Siaka rentrait au taudis où Zinoviev organisait ses orgies, et la réalité lui enfonçait son poing dans l'estomac. Il avait de plus en plus de mal à calmer les Nigériennes qui pleurnichaient pendant qu'il les habillait comme des prostituées occidentales pour les livrer à des clients dépravés. Il avait eu leur âge, comme le petit Roberto. Zinoviev ne lui demandait plus de coucher avec personne, à quelques exceptions près. À seize ans, il était trop âgé pour les goûts de sa clientèle. Zinoviev l'avait pris pour mascotte, à l'instar des satrapes de l'Antiquité qui voulaient montrer combien ils étaient sophistiqués et exotiques. Son travail était de transférer les filles, de vérifier qu'elles étaient en parfait état avant d'être présentées dans des salons d'un luxe parfois démesuré, dans des taudis puants ou dans des sous-sols d'usines. Siaka était la vedette de Zinoviev, son corps musculeux et sa haute stature en imposaient autant que ses traits aplatis et ses cheveux frisés. Un eunuque, le gardien du harem.

— Le jour où Zinoviev a tué Roberto, j'étais là. J'ai conduit la voiture jusqu'au lac, je l'ai vu le noyer. J'étais son bras droit, son lieutenant.

Laura fut très patiente avec lui, elle attendit sans exercer la moindre pression, les menaces n'auraient servi qu'à faire fuir Siaka, laissant derrière lui tout ce qu'il savait, et il en savait beaucoup, en réalité il savait tout : les ogres s'affaiblissent quand ils ont dévoré tous leurs ennemis, ils deviennent imprudents, confiants. Une liste de noms oubliée sur une table, un carnet rempli de numéros de compte, des itinéraires de bateaux et de camions dans les draps après une nuit d'orgie, des confidences à une heure tardive, quand les monstres rêvent d'être des personnes tranquilles.

Siaka avait réuni ces informations pendant des années, patiemment, jour après jour. Personne n'en savait plus sur la Matriochka que lui, la Matriochka elle-même n'en savait pas autant, à condition que cette figure énigmatique – à laquelle Zinoviev se référait avec inquiétude – existe réellement. Il l'avait fait sans intention délibérée, par instinct, comme lorsqu'on l'envoyait massacrer un village à onze ans, drogué jusqu'aux yeux, et qu'il s'assurait qu'on le voyait s'acharner sur les cadavres avec une férocité sans égale. "Je le ferai, dit-il à Laura un jour, de but en blanc, pendant que Roberto courait après des pigeons qui feignaient de se laisser attraper et s'échappaient au dernier moment. Je t'aiderai à avoir la peau de ces salauds, de tous, à commencer par Zinoviev." Quelques semaines plus tard, l'enfant était mort. Siaka avait du mal à comprendre pourquoi il avait été si affecté par la mort du petit. Beaucoup d'autres étaient morts sur son chemin, au cours de sa courte vie, et jamais il ne s'était senti concerné par ces pertes. Mais avec cet enfant ce fut différent.

— Cet enfant était pour moi ce qui ressemblait le plus à une famille normale.

Il avait laissé Zinoviev le tuer. Le Russe était mort, ce qui rendait le monde plus respirable. Mais c'était une piètre consolation.

Gonzalo entendait un tourbillon de voix dans sa tête. Celle de sa sœur, dans son enfance, l'appelant quand il se perdait en forêt. Celle de sa mère chantant en russe. La voix inventée de son père qu'il ne pouvait se rappeler, lui disant que l'essentiel était que les enfants puissent se sentir fiers de leurs parents. Il était effrayé et embrouillé.

— Pourquoi me racontes-tu tout cela ? Pourquoi m'as-tu envoyé l'ordinateur ? C'est la police qui devrait s'en charger.

Siaka eut un ricanement amer et douloureux.

— Je suppose que tu as essayé d'ouvrir le dossier confidentiel.

Gonzalo acquiesça. Deux fois, il restait une dernière chance.

— Dans ce dossier, ta sœur avait un organigramme de la Matriochka, le nom de ses dirigeants partout dans le monde, les canaux utilisés pour le blanchiment de l'argent provenant de leurs activités illégales, paradis fiscaux, banques, entreprises, et une longue liste de fonctionnaires qui travaillaient pour eux ; et une ribambelle d'avocats, de procureurs, de juges et de policiers. Zinoviev était un simple exécutant. En théorie, il se consacrait à l'importation et à l'exportation de matériel sportif. En réalité, c'était un employé de l'organisation basée en Russie, qui avait des ramifications dans la moitié de l'Europe, et sur laquelle Laura enquêtait depuis des années. Ils se consacrent à toute sorte d'affaires illégales, mais leurs plus grosses ressources proviennent de la prostitution enfantine. Des filles et des garçons de toute origine, aussi petits que possibles, tu en as vu une partie. La police ne s'intéresse pas aux affaires classées. Et avec la mort de Zinoviev et de Laura, la boucle est bouclée. Tu es avocat. Tu devrais le savoir.

Gonzalo était inquiet. Avocat, certes, mais plutôt médiocre, spécialisé en droit civil ; un estomac trop fragile qui n'avait jamais voulu se pencher sur ce genre de vicissitudes, et qui n'avait jamais compris pourquoi sa sœur avait tout abandonné pour se plonger dans ce poison.

— Qu'attends-tu de moi ?

— Il ne s'agit pas de ce que j'attends, mais de ce qu'aurait attendu ta sœur.

Il lui promit de retrouver le corps de Roberto et de le récupérer. Il lui demanda de lui faire confiance, ils ne pouvaient pas gâcher des années d'attente assidue. Quand Zinoviev avait amené l'enfant et lui avait dit de prendre la voiture, Siaka avait essayé de la prévenir en lui envoyant un seul mot : le lac. Mais elle était arrivée trop tard. Siaka n'oublierait jamais ce qu'elle lui avait dit, hors d'elle, ni la terrible haine qu'il avait vue dans son regard. Quand il avait appris son suicide, il s'était rendu dans son appartement. Il craignait que la police n'établisse un lien entre elle et lui. Il n'avait pas peur de la police mais de la Matriochka. Il trouva l'ordinateur, caché derrière une armoire, et cette photographie d'eux trois, prise un soir où Laura lui avait montré la maison où elle avait grandi, et il emporta le tout.

À coup sûr, c'était la Matriochka qui avait liquidé Zinoviev, devenu trop indocile et trop exubérant, ses combats de chiens, ses violences et ses déviances attiraient l'attention. Et personne ne lui avait donné l'ordre d'enlever Roberto, et encore moins de le tuer. Ils avaient sans doute maquillé l'exécution pour que les preuves dénoncent Laura : les menottes et la photo clouée sur la poitrine avec un pistolet à clous que la police avait trouvé chez elle. Son suicide, personne ne l'avait prévu, mais il leur épargnait du travail. Coup double.

Il connaissait les méthodes de ces gens, et il connaissait Laura. Elle n'aurait jamais pu faire ça à Zinoviev, même si elle le haïssait. C'était l'œuvre de professionnels, il en était convaincu. Cette façon de l'écorcher, de lui couper les testicules… Et s'ils le trouvaient, lui, ils en feraient autant. Siaka pouvait dénoncer les mouchards de la police, publier la liste des clients, montrer les vidéos, des photographies, l'opinion publique vomirait tripes et boyaux si elle voyait ces images, et ne pourrait plus prétendre que cette histoire ne la concernait pas. Il avait promis à Laura d'aller jusqu'au bout, pour Roberto, pour lui-même, si elle ne l'abandonnait pas. Et Laura avait promis qu'elle ne l'abandonnerait pas. Mais elle s'était suicidée, et il se retrouvait tout seul.

Ainsi libéré de son engagement, au lieu de s'enfuir, de commencer une vie nouvelle loin de tout, il avait donné l'ordinateur à cet inconnu et il se demandait maintenant s'il devait prendre le train pour Paris. Pourquoi ? À cause de cette conversation, de cette soirée au lac dont la photographie avait gardé la trace. Il y avait déjà trois ans qu'il connaissait Laura et qu'il travaillait pour elle. Pendant tout ce temps, il avait vu Roberto grandir, elle l'avait même invité et présenté à Luis, son mari. Mais jamais, jusqu'à ce soir-là, elle ne lui avait parlé de sa propre vie, de sa mère, des souvenirs enfermés dans ces murs. De bons souvenirs, même si leur évocation semblait rendre Laura très triste.

C'était la première fois qu'il entendait parler de l'avocat, Laura lui montra leur nom gravé sur la passerelle du ruisseau, les lieux où ils jouaient aux aviateurs, elle lui parla des sculptures de neige et de glace de son frère, en hiver. Elle était fière de lui, mais elle souffrait aussi de son éloignement. "S'il m'arrive quelque chose un jour, va le voir. Gonzalo sait toujours comment remettre les choses à leur place. Il t'aidera."

Siaka se moquait bien de ce qui pouvait lui arriver. Il avait déjà connu le pire, on lui avait tout pris. Mais il avait encore envie de faire une dernière entrée triomphale, et cette fois ce serait dans le cadre d'un tribunal, avec caméras et dactylos. Le dernier grand numéro de Flocon de Neige avant qu'il se noie dans la brume pour toujours. Et cet homme qui n'avait rien d'un courageux, en dépit des éloges de Laura, était son seul espoir de rédemption.

— Je vais te donner tout ce que j'ai conservé, les preuves, les enregistrements, les registres, les noms… Et le mot de passe de ce dossier confidentiel, mais à la seule condition que tu ailles jusqu'au bout, quelles qu'en soient les conséquences. C'est ce que Laura aurait voulu.

Gonzalo avait du mal à bouger, il se tâtait le côté.

— Je ne te cacherai pas que cette affaire me dépasse.

Siaka essuya une goutte de sueur sur sa nuque. Si quelqu'un avait pu lui prédire l'avenir à cet instant, il aurait dit qu'il était aussi noir que sa peau.

— Mon train démarre dans une demi-heure. Et je n'ai pas l'intention de le rater. Il me faut une réponse maintenant. Mais attention, tu seras peut-être tenté de t'engager par devoir vis-à-vis de ta sœur ; en ce cas, tu te trompes. Le coup de l'amour fraternel, c'est très joli, mais tu ne sais pas à qui tu as affaire. Ils ne vont pas seulement s'attaquer à toi ou à moi. Ils vont s'en prendre à ta famille, à tes enfants, comme Zinoviev avec Roberto. Si tu t'engages, ça doit être pour toi-même, tu comprends ?

— Je ne peux pas mener cette affaire tout seul. Je dois alerter la police.

Le jeune homme refusa tout net. S'il était en vie, c'était parce que Laura avait promis de ne jamais dévoiler son identité, et qu'elle avait tenu parole.

— La police, surtout pas. Ta sœur avait confiance en un procureur, je te donnerai son nom, mais rien de plus, tant que je n'aurai pas la certitude que tu prends cette affaire au sérieux.

Gonzalo réfléchit pendant quelques secondes.

— Je connais quelqu'un qui peut nous aider : l'inspecteur-chef Alcázar. Il travaillait avec ma sœur.

Siaka grimaça en entendant ce nom.

— Je ne sais pas quel genre de policier il est devenu, mais je sais ce qu'il était il y a trente-cinq ans.

— Que veux-tu dire ?

Siaka fronça les sourcils avec méfiance.

— Tu ne le sais vraiment pas ?

— Que dois-je savoir ?

— Ta sœur m'a raconté que votre père a disparu en 1967...

— Et alors ? Quel rapport ?

— À l'époque, le type avec qui elle travaillait, son chef, avait été chargé de l'enquête.

Gonzalo ne pouvait pas s'en souvenir, car il était un enfant, mais la première fois qu'il avait vu Alcázar, c'était en 1967. Alberto Alcázar, à l'époque sous-inspecteur, portait une chemise d'été de couleur claire, une goutte de sueur perlait sous la moumoute châtaine qui lui divisait le front en deux. Il était accoudé au comptoir et sirotait un verre en fumant une Rex avec filtre. Le père de Gonzalo descendait tous les premiers lundis du mois au village pour s'approvisionner. Dans ces années-là, le magasin de Rita était le seul endroit qui vendait en gros. On trouvait de tout, des outils de jardinage, de la chaux vive, de l'huile au litre, des fusibles et des bougies pour les longues nuits où l'électricité était coupée, ce qui était fréquent. Elías Gil remplissait la vieille Renault à ras bord et sur le trajet de retour au lac Gonzalo avait les sacs d'oignons sous les jambes et dans le nez. Il avait perdu les images, mais pas l'odeur. Gonzalo détestait l'odeur de l'oignon, sans en savoir la raison.

Ce matin-là, il faisait chaud, le ventilateur du magasin était en panne. Alcázar vit Elías négocier le prix de quelques bougies avec le marchand, et leurs regards se croisèrent. Alcázar frotta sa moustache comme s'il avait respiré une odeur pestilentielle. La fête de la Saint-Jean approchait et Elías voulait que son épouse, Esperanza, et sa fille, Laura, soient belles pour le bal que les habitants organisaient tous les ans au bord du lac. Il choisit au comptoir des rubans en soie de différentes couleurs dans un pot en cristal. Le pot était contre le coude d'Alcázar, qui bougea à peine d'un millimètre. Juste assez pour que son père relève la tête, le fixe pendant quelques secondes et lui demande poliment de s'écarter afin de l'ouvrir. Alcázar le regarda un bon moment, avec une sorte de sourire qui n'était qu'une façon de montrer les dents.

Elías détourna prudemment son œil unique, mais à sa façon de tendre le cou et les épaules, on sentait qu'il avait du mal à s'y résoudre. Il avait cinquante-six ans, les cheveux grisonnants se raréfiaient sur les côtés et au sommet du crâne, et son œil sain était presque enterré sous un repli de paupière charnue et un sourcil épais et blanc. Alcázar ne devait pas avoir plus de trente ans, presque aussi grand qu'Elías, aussi corpulent, mais sa présence était moins imposante, malgré le renflement de la cartouchière. Elías était capable de lui enfoncer la trachée avant que le policier ait eu le temps de porter la main à son pistolet. Il y avait des légendes à ce sujet, des événements survenus dans les années 1940 et 1950, quand Elías passait clandestinement des prisonniers politiques et des gens persécutés par le régime en empruntant les cols des Pyrénées.

— Mon père t'envoie son bon souvenir, Gil.

Elías choisit un ruban rose pourpre pour sa mère et un doré avec un liseré pour Laura. Il les donna à Gonzalo et lui fit signe d'aller l'attendre dans la voiture. Avant de quitter la boutique, Gonzalo entendit la voix de son père, un son rauque qui annonçait l'orage. Mais bien sûr, il n'en avait pas le souvenir :

— Je ne sais pas qui tu es, et je ne sais pas qui est ton père. Mais tu as un ton qui ne me plaît pas.

Alcázar émit un petit rire, comme un bruit de chaînes sur un pont-levis. Un craquement menaçant. Des clients qui furetaient devant les étagères s'éclipsèrent.

— Mon père est l'inspecteur Ramón Alcázar Suñer. Je crois que vous avez connu des hauts et des bas par le passé.

Elías hocha la tête.

— Ton père était un brave homme. Et il l'est toujours, je pense.

Alcázar haussa les épaules.

— Ça, tu n'as qu'à le demander aux rouges dans ton genre qu'il a envoyés au trou et qu'il a liquidés.

— Avec moi, il s'est bien comporté. C'est ce qui compte.

— Peut-être, mais il est à la retraite, et bien que je n'aie jamais compris pourquoi il protégeait un type comme toi, cette époque est révolue. Je ne suis pas mon père, et je ne t'ai pas autorisé à me tutoyer. Pour toi, je suis le sous-inspecteur Alcázar, compris ?

Elías faillit éclater de rire. Alcázar qui voulait passer pour un dur, c'était aussi pathétique qu'était désagréable l'odeur d'eau de Cologne Floïd qu'il utilisait. Il se demanda quelle opinion Ramón Alcázar pouvait avoir sur son rejeton. Pas très bonne, imagina-t-il. Les temps avaient changé et les enfants se ramollissaient au rythme des temps nouveaux.

— Bien sûr, excusez-moi.

— Sous-inspecteur.

Elías Gil laissa Alcázar bien voir dans son œil l'éclat de son ironie.

— Excusez-moi, sous-inspecteur.

Vingt jours après cette première rencontre, alors que retentissaient encore les derniers pétards de la fête de la Saint-Jean, Elías disparut sans laisser de traces.

Comme se connaissent les loups et les agneaux. C'est ce qu'avait dit sa mère à l'enterrement de Laura, quand Gonzalo lui avait demandé si elle connaissait Alcázar. Maintenant, il comprenait ce qu'elle avait voulu dire, et la raison pour laquelle sa mère n'avait plus voulu parler à Laura quand elle était entrée dans la police. Ce n'était pas seulement cet article où sa sœur démontait le mythe de son père, l'accusant de les avoir abandonnés quand ils étaient enfants, et non pas assassiné par la police de Franco, comme l'avait toujours prétendu Esperanza. Sa mère n'avait jamais pardonné à sa fille de se mettre sous les ordres de l'homme qui, d'après elle, avait freiné cette enquête pour couvrir le crime.

Alcázar avait accepté de le recevoir dans son petit bureau, au dernier étage d'un bâtiment qui hébergeait les services régionaux de la police judiciaire. Ce n'était pas exactement un commissariat, mais plutôt un centre de commandement qui coordonnait les différentes brigades avec les services centraux. Gonzalo vit quelques uniformes, pas beaucoup. Mis à part les étuis des pistolets et les menottes à la ceinture, la plupart de ces policiers auraient pu passer pour des travailleurs affairés d'une entreprise quelconque. Beaucoup étaient jeunes, et il régnait une activité intense. Le bureau de l'inspecteur-chef était lumineux. Une grande baie vitrée donnait sur la rue et la lumière se faufilait entre les lames d'un store vénitien. Le mobilier n'était pas très luxueux, éléments métalliques démontables dans les tons gris, mais le fauteuil noir, les photographies et diplômes aux murs apportaient une note plus chaleureuse. Assis en face d'Alcázar, Gonzalo eut le temps d'observer ces sous-verres, tandis que l'inspecteur servait le café dans des verres en plastique. Alcázar avait eu une longue carrière, prospère et reconnue. Une carrière qui allait toucher à sa fin dans quelques semaines, à en croire les deux cartons d'emballage dans un coin.

— C'est trop pour moi. La tragédie de ta sœur a été la goutte de trop, il fallait que je prenne une décision. Je prends ma retraite, je n'ai plus rien à faire ici. – Alcázar poussa vers Gonzalo un verre fumant et alluma une cigarette. – Qui t'a dit que j'ai mené l'enquête sur ton père ? Esperanza ?

Gonzalo hésita. Il était venu voir l'inspecteur pour avoir des réponses, pas pour répondre à ses questions.

— Pourquoi ne pas me l'avoir dit quand vous êtes venu chez moi ?

— Ta sœur et moi, nous avions un accord. Quand elle s'est assise sur la chaise que tu occupes maintenant, je lui ai demandé si elle savait qui j'étais. Évidemment, j'avais lu l'article qu'elle avait écrit. Elle m'a répondu qu'elle savait parfaitement qui j'étais, et que c'était la raison de sa présence. Si elle avait cru aux rumeurs que ta mère avait répandues pendant des années, que j'avais tué Elías Gil et dissimulé les preuves, elle n'aurait jamais demandé à entrer dans mon unité, n'est-ce pas ? J'ai fait beaucoup de choses dont je ne suis pas très fier, mais je n'ai jamais tué personne. Moi, haïr ton père ? Pas particulièrement. Bien sûr, je le tenais à l'œil. Un gros calibre ! Il était le dissident, le syndicaliste, et moi un jeune ambitieux, mais chaque fois que j'ai voulu lui mettre la main dessus, quelqu'un m'en a empêché.

— Vous insinuez que mon père était protégé par la police ? Qu'il était un collabo ?

Alcázar le détrompa.

— Je t'assure que ton père avait de solides convictions ; et je reconnais que c'était admirable. Dans les années 1950 et au début des années 1960, il a été arrêté plusieurs fois, et on ne lui a pas fait de cadeau. Jamais il n'a capitulé, je l'aurais su : la liste des indics était très longue, tu serais surpris d'y trouver certains noms, mais on n'y a jamais trouvé le sien. Non, ce n'était pas un mouchard. À la fin des années 1960, ce n'était plus comme au début, les communistes n'étaient plus notre priorité. Le gouvernement s'était étoffé de technocrates, les relations avec les États-Unis et un démarrage économique avaient modifié les priorités ; disons que le pragmatisme avait pris le pas sur l'idéologie. Bien sûr, on traquait toutes les dissidences, mais on s'intéressait surtout aux universités et aux activités des séparatistes basques, l'ETA commençait à nous donner du souci et nous étions peu nombreux. En outre, ton père était un travailleur modèle dans la scierie de la vallée, les rapports que nous envoyait le directeur étaient rassurants, aucun conflit social, aucune algarade. S'il avait certaines activités, passer des jeunes en France, stocker chez lui les tracts des syndicats étudiants ou de l'UGT, il s'arrangeait pour que nous ne soyons pas au courant. Je n'ai jamais pu le coincer, il était plus malin que moi, c'est vrai. Tout ce que je peux te dire, Gonzalo, c'est ce que ta mère n'a jamais voulu admettre : ton père vous a laissés tomber. Un beau jour, il a décidé qu'il ne supportait plus cette vie banale et il est parti. Nous n'avons jamais su avec certitude où il est allé, ni ce qui a déclenché sa décision. On a perdu sa trace, comme celle de tant d'autres. Dieu sait où il est allé. Voilà la seule vérité.

Non, ce n'était pas la vérité. Mais c'était ce que cet avocat voulait entendre. Après tant d'années, quelques mensonges de plus ne pouvaient causer plus de ravages qu'ils n'en avaient déjà provoqués.

— Laura et moi, nous avons conclu un accord. Si on ne peut pas oublier le passé, on peut au moins le mettre de côté quand il dérange. Et si de temps en temps on se prend les pieds dedans, on se relève et on le contourne pour aller de l'avant.

Pour Gonzalo, ce n'était pas aussi simple. Et il était persuadé que ça ne l'avait pas été non plus pour sa sœur. Pour eux, l'image de leur père était omniprésente. Il était en pleine confusion, et il ne savait que penser. Sa mère soutenait que la police avait tué son père. Laura avait écrit cet article en soutenant la thèse que confirmait maintenant Alcázar, sans doute de façon intéressée. Mais il avait raison : sa sœur n'aurait jamais travaillé avec l'assassin de son père, elle devait en avoir la preuve indiscutable. Alors, pourquoi, lorsque Gonzalo avait lu cet article, s'était-il spontanément rangé aux côtés de sa mère ? Sans doute parce qu'il n'était pas capable de supporter l'autre terme de l'alternative : que son père, cette image que Gonzalo avait peu à peu modelée pour être admirée, l'aurait abandonné par pur égoïsme quand lui n'était qu'un enfant.

Mais ce n'était pas pour cette raison qu'il était venu voir l'inspecteur. Il voulait le sonder.

— Vous pensez toujours que ma sœur a tué Zinoviev ?

La moustache d'Alcázar se souleva et il plissa le nez, signe d'une légère inquiétude. l'inspecteur pressentait une forme détournée de pression dans le regard, soulignée par les lunettes de l'avocat. Alcázar connaissait tous les trucs des gens de robe, quand ils étaient habiles, ils ne posaient jamais la question, ou bien ils avançaient une insinuation s'ils n'avaient pas la réponse ou l'absolue certitude. Le problème était de savoir si cet avocat appartenait à cette catégorie.

— Ce n'est pas moi qui le pense : toutes les preuves le confirment.

Gonzalo forma avec ses doigts une pyramide creuse, les coudes sur le bureau et la tête en avant, comme si le creux de ses mains contenait l'ordre plausible d'une chose qui échappait à l'inspecteur. Gonzalo avait une fois de plus la sensation que sa faiblesse – ne pas savoir mentir – était plus dangereuse que jamais. Sans oublier les avertissements de Siaka, il s'aventura en terrain spéculatif, propriété de son beau-père, où Gonzalo se sentait en net désavantage.

— Et si je vous disais que j'ai des preuves que Laura n'a pas tué cet homme?

Ce n'était pas vrai, pas vrai du tout. Juste une intuition qu'il n'avait pas creusée, sans aucune réalité concrète, pas encore. Mais il sut prendre un accent de vérité, à en juger par l'expression un brin déconcertée de l'inspecteur. "Bien, Gonzalo, tu apprends vite", se dit-il en s'applaudissant intérieurement.

— Je te répondrais : dis-moi quelles sont ces preuves et je rouvre le dossier.

— Mais vous prenez votre retraite dans deux semaines. Vous m'avez dit que vous en aviez marre.

Alcázar adopta une position distante et sévère. Si jusqu'alors il était détendu dans son fauteuil, son dos s'était raidi et le cuir du dossier s'était mis à grincer, comme si en réalité on entendait les rouages de son cerveau travailler à plein régime.

— Pourquoi ne pas me dire ce que tu veux exactement?

Ce qu'il voulait? Il ne le savait pas lui-même, peut-être se décharger du poids que Siaka avait déversé sur ses épaules. Il s'était engagé à l'aveuglette sur un chemin qui longeait un abîme, et la seule chose à laquelle se fier pour ne pas y tomber, c'était son instinct.

— Je peux prouver que tout a été une mise en scène de la Matriochka pour l'accuser de cet assassinat.

L'attention nonchalante de l'inspecteur s'évapora soudain. Son visage s'assombrit.

— Où as-tu entendu ce nom?

— Ma sœur avait un collaborateur, un type de l'organisation qui lui refilait des informations, vous ne le saviez pas?

Alcázar le regarda fixement. Ses yeux avaient cessé de papillonner, ils étaient maintenant rivés aux paupières,

comme s'ils étaient soudain devenus les yeux d'une statue.

— Cette information est confidentielle. Comment l'as-
tu eue ?

Gonzalo détestait les jeux de cartes, ces parties aux-
quelles parfois son beau-père l'invitait pour avoir un
comparse devant ses amis du club social. Il n'existait
aucune logique dans ces duels de bonneteurs, pas besoin
d'avoir du jeu pour gagner, les regards suffisaient. Qui
savait quoi ? Qui bluffait ? Qui avait le meilleur jeu ?

Avant de voir les images de l'ordinateur de Laura, il
n'avait pas compris pourquoi celle-ci avait décidé d'entrer dans la police. Il comprenait les raisons que lui avait
données Luis pour qu'elle décide de s'engager dans ce
monde sordide ; Laura n'avait jamais eu l'intention de se
regarder vivre, elle voulait être la protagoniste, tenir les
rênes. Mais elle aurait pu choisir d'autres façons d'affronter cette plaie, même sans renoncer à sa carrière. Gonzalo
fut aussi étonné que Luis quand elle choisit la police, elle
n'avait pas la trempe pour ce genre de travail, pensait-on,
sans comprendre que l'habit ne fait pas le moine. Mais en
découvrant ce mot au dos de la photographie brûlée qui
accompagnait son ordinateur, il comprenait mieux. La
Matriochka est un jeu d'apparences où n'existe qu'une
vérité, mais contrairement aux apparences, la vérité et
ses reflets sont identiques, ce qui ne signifie pas qu'ils
soient la même chose. Les yeux croient ce qu'ils voient,
la première poupée. Avec un peu de patience, on accède à
la seconde, un peu plus petite, mais identique, et ainsi de
suite, trois, quatre autres poupées apparaissent. Plus elles
sont petites, plus elles sont cachées et vraies. Jusqu'à la
dernière, pas plus grande que l'index. Cette miniature,
soigneusement peinte jusque dans les moindres détails
pour ressembler à la plus grande, c'est l'embryon, la raison unique de ce jeu d'apparences. C'est dans ce noyau
que tout va naître, où l'artisan concentre tous ses efforts

et ses intentions. Et ce n'est que lorsqu'elles sont toutes ouvertes, alignées par taille, qu'on découvre que l'identique est différent, un simple chemin pour arriver à cet ultime secret.

Compliqué. Simple. Gonzalo était prêt à parier que c'était Laura qui avait repris ce jeu d'apparences pour baptiser l'opération visant le réseau de prostitution infantile. Un clin d'œil au passé, à sa vraie raison d'entrer dans ce jeu, qui maintenant le défiait, lui. Où suis-je, Gonzalo ? Loin, avait-il pensé dans la maison du lac en se rappelant leurs jeux de cache-cache. Maintenant, il comprenait qu'il n'en était rien. Laura ne se cachait pas beaucoup, elle restait toujours proche pour qu'il puisse la trouver sans difficultés, car elle savait qu'il avait peur de la solitude. Il n'avait qu'à voir, regarder, désembrouiller une par une les apparences de vérité pour arriver à la véritable Matriochka. Tout était identique, tout était différent. Un jeu, ce n'était que cela, un jeu, avec ses règles.

"Il ne sait pas, se dit-il en voyant l'expression grave de l'inspecteur. Il ne sait pas que Siaka existe. Laura ne le lui a pas dit."

— Je vais demander officiellement la réouverture du dossier.

Alcázar se caressa le crâne. Une ride profonde se creusa sur sa nuque, au-dessus du col de sa chemise. Il essayait de rester calme, et c'était précisément cette retenue dans ses mouvements qui dénonçait sa nervosité. Un instant, Gonzalo eut la même sensation de *déjà-vu* qu'il avait ressentie lors de l'entrevue qu'il avait eue avec son ex-beau-frère le jour où il lui avait annoncé que Laura était morte.

— Surtout pas, Gonzalo. Ne te mêle pas de ça, tu perds ton temps. Donne-moi ces preuves, dis-moi qui est l'informateur et je m'en occuperai. Tu as une famille et une vie devant toi ; tu ne devrais même pas être ici, tu y as été poussé par accident. Mais moi je le dois à Laura, c'était ma collègue.

Gonzalo ôta ses lunettes. Parfois, il aimait ce monde de volumes indéfinis où, contrairement à ce que tout le monde pensait, il pouvait mieux voir, car il était inutile de regarder. Ainsi apparaissait maintenant le visage flou d'Alcázar, une forme grossière, une odeur de café et de cigarette. Et une respiration agitée.

— Moi aussi je le lui dois, inspecteur. Laura était votre collègue, mais elle était ma sœur.

Gonzalo remit ses lunettes. De nouveau tout se liquéfiait et reprenait avec une rapidité furtive son apparence de normalité. Mais trop tard. En se levant pour s'en aller, il se rappela qu'il avait une autre question à poser à l'inspecteur qui cesserait de l'être dans deux semaines.

— Après l'enterrement, vous êtes allé voir ma mère, n'est-ce pas ? C'est vous qui l'avez convaincue de vendre la propriété du lac à mon beau-père.

Alcázar se leva à son tour, il avait retrouvé son aplomb, mais il sentait une nouvelle vibration en lui. Pas une menace, peut-être une certaine résignation, comme celle qu'on éprouve quand on a tout fait pour éviter un malheur et que les dés sont jetés.

— Si j'ai bien compris, elle ne l'a pas seulement vendue à ton beau-père. Maintenant, vous êtes associés, en sorte que toi aussi tu es bénéficiaire.

Ce n'était pas vrai. Gonzalo n'avait pas encore signé cet accord.

— Pourquoi êtes-vous intervenu en faveur d'Agustín González ?

Alcázar souleva lentement ses lourdes paupières. Le montant de la retraite était une plaisanterie, il devait donc trouver des moyens de s'en sortir. De temps en temps, il faisait la tournée des cabinets d'avocats, furetait à droite et à gauche et semait des cartes de visite. Il y avait toujours un petit boulot dont pouvait se charger un type qui connaissait bien les règles du jeu.

— Ton beau-père et moi, on s'est croisés plusieurs fois

par le passé, lui dans son rôle d'avocat et moi dans celui de policier. Nos intérêts n'étaient pas forcément convergents, mais nous avons toujours entretenu de bonnes relations. Il m'a fait des propositions et je lui ai offert mes services.

— Sait-il que vous étiez le supérieur de ma sœur?

Alcázar sourit, se demandant si l'innocence de Gonzalo était véritable ou feinte.

— Y a-t-il quelque chose dans cette ville que ne sache pas Agustín González?

Gonzalo devina dans le regard d'Alcázar un coup de griffe en profondeur, et soudain lui vint l'idée que cet homme pouvait en être beaucoup d'autres. Et pas tous sympathiques.

— Comment avez-vous convaincu ma mère? Que lui avez-vous dit? Ma mère vous hait, elle n'accepterait jamais rien venant de vous, sauf motif exceptionnel.

Alcázar se mordilla la moustache. Le passé était-il un motif exceptionnel pour une vieille femme de quatre-vingt-six ans? Sans doute, comme l'était la peur de perdre l'amour inconditionnel du fils unique qui lui restait, et celle de mourir seule.

— C'est à elle que tu devrais le demander.

En sortant, Gonzalo appela Siaka, qui décrocha à la deuxième sonnerie.

— Je vois que tu as raté ton train pour Paris.

— Il y en aura d'autres, je peux attendre un peu. J'ai pris ma décision. Tu as pris la tienne?

— Je ne vais pas tarder.

— Tu en es vraiment sûr? Il n'y a pas de marche arrière possible, maître.

Gonzalo sentit la sueur perler dans le creux de la main. Non, évidemment qu'il n'en était pas sûr. Il pensa à Javier, au jour où ils étaient sur le rocher, avant de sauter dans le vide. À la peur de son fils, à son insécurité qui disparut dès qu'il lui eut pris la main. Mais qui prenait celle de Gonzalo, maintenant?

— Oui, j'en suis sûr.

— Comme tu voudras… Tu as du papier sous la main? Je vais te donner le mot de passe du dossier confidentiel.

Gonzalo prit du papier et un stylo-bille dans sa mallette. Il s'appuya sur la carrosserie d'une voiture garée le long du trottoir, le téléphone coincé entre l'épaule et l'oreille.

Le stylo-bille s'immobilisa et son téléphone tomba par terre. Il n'avait pas besoin de noter le mot de passe, il le connaissait par cœur : cinq lettres en majuscule : IRINA. Machinalement, il chercha dans sa poche le médaillon-portrait trouvé dans le blouson d'aviateur de sa mère. Il frotta ces lettres griffonnées depuis si longtemps, pas très lisibles, qui avaient tant bouleversé Esperanza quand il lui avait montré le portrait délavé de cette femme et de la petite qu'elle tenait dans ses bras.

On entendait la voix de Siaka dans le téléphone tombé à terre.

— Maître, tu es toujours là?

Gonzalo ramassa son portable.

— Je te rappellerai.

Vingt minutes plus tard, il entra dans le bureau d'Agustín González sans tenir compte des protestations courroucées de la secrétaire. Son beau-père était au téléphone et le regarda avec surprise. Il fit un geste à l'adresse de sa secrétaire et celle-ci ressortit. Pendant une longue minute, Gonzalo resta debout, déclinant l'invitation muette à prendre un siège. Agustín González termina sa conversation et croisa les doigts sur la table :

— Tu as une bonne raison de surgir de cette façon dans mon bureau?

— Je ne vends pas la propriété.

— Que dis-tu ?

— Tu as très bien entendu. Je ne vends pas, et je vais déposer un recours contre la signature de la vente des 75 % de ma mère. J'ai tout lieu de croire qu'elle a signé sous contrainte.

Agustín González n'en revenait pas. Il regarda Gonzalo comme si son gendre était cinglé.

— Et tu vas porter plainte contre toi-même ? D'après ce que je sais, c'est toi qui l'as convaincue.

— Ne joue pas avec moi, Agustín. Je sais que tu as envoyé cet inspecteur qui s'occupe de tes basses besognes pour la convaincre. Je ne sais pas comment il s'y est pris, mais je prouverai qu'il a profité de sa supériorité, je plaiderai l'état mental de ma mère, si nécessaire.

— Mais peut-on savoir ce qui t'arrive ? Nous avions un accord.

— Tu ne comprendrais pas. Je pourrais m'asseoir devant toi et te l'expliquer pendant des heures, que tu ne comprendrais toujours pas.

— Tu sais ce que cela signifie.

— Je le sais très bien. Il n'y aura pas de fusion, et je ne peux pas dire que je le déplore. Je vais en discuter avec Lola, nous allons devoir nous repositionner, mais nous nous en sortirons.

Agustín donna un violent coup de poing sur son bureau.

— Mais à qui crois-tu parler ?! Le projet se réalisera, avec ou sans toi, tu piges ? Tu vendras cette merde de propriété ou je te démolirai.

Gonzalo battit des paupières, comme s'il avait un cil dans l'œil. Son assurance vacillait.

— Que cela te plaise ou non, je suis le mari de ta fille et le père de tes petits-enfants. Si tu veux m'atteindre, c'est aussi eux que tu atteindras.

— Ne sois pas idiot. C'est eux ma famille. Pas toi.

Gonzalo déglutit et se redressa.

— Fais ce que tu veux. La propriété du lac n'est pas à vendre.

Il quitta le bureau de son beau-père, les épaules légères comme il ne les avait pas senties depuis longtemps. Il glissa un œil vers la secrétaire d'Agustín González et vit un fossile cloué sur une table, un insecte sans vie aux chairs molles et à l'expression amère. Il avait frôlé cet état, songea-t-il, de très près. Il franchit le couloir tout guilleret et entra dans son propre bureau. Luisa écrivait un mémorandum sur l'ordinateur.

— L'enseigne du balcon, où est-elle ?

— Dans le débarras. Pourquoi ?

— Remets-la et fais-la repeindre. Je veux de grandes lettres.

— Que s'est-il passé ?

— Il n'y aura pas de fusion.

— Mon Dieu ! Et moi qui avais mentalement annulé les longues files d'attente du chômage.

Gonzalo lança un regard résigné aux dossiers qui s'entassaient sur la table de son assistante.

— C'est peut-être ce qui nous attend tous les deux, mais on ne va pas se laisser faire… Autre chose, les géraniums. Remets-en. J'aime bien les voir.

— Comme la Russe de l'appartement d'à côté ?

Gonzalo rougit.

— Ne sois pas mauvaise langue. Je suis un homme marié.

— Bien sûr, et moi je voulais arriver vierge au mariage.

Son assistante avait une part d'elle-même qui irradiait une étrange satisfaction. En dépit de sa décision, Gonzalo n'était pas aussi optimiste. Les mouvements d'audace étaient souvent des sauts dans le vide aux conséquences imprévisibles. Mais il ne pouvait nier qu'il frôlait ce que certains appelaient le bonheur.

Il appela Lola. Elle savait déjà la nouvelle, son enfoiré de beau-père avait été plus rapide. Gonzalo attendit qu'elle se soit défoulée, il écouta ses lamentations, souvent interrompues par des larmes qui reflétaient plus son indignation que son chagrin. Son père l'avait bien recadrée : pendant dix bonnes minutes de chantage émotionnel, il avait invoqué l'avenir de ses enfants, la maison et tout ce qui lui était passé par la tête. Gonzalo la laissa dire.

— Nous en reparlerons ce soir, Lola.

Il raccrocha avec une sensation aigre-douce au fond de la gorge. Personne n'a jamais prétendu que la vie du loup maigre était simple. Il ferma sa mallette et regarda l'heure. Il avait encore le temps d'arriver à la résidence avant la fin des visites autorisées. Sa mère allait tout lui raconter. En premier lieu, que savait donc Alcázar ou quel argument avait-il utilisé pour la faire changer d'avis sur la vente de la propriété, et en deuxième lieu qui était Irina, la femme du médaillon-portrait. Cette fois, il n'allait pas la laisser se cacher dans ses labyrinthes de silence ni s'enfuir vers ses îlots de souvenirs.

Il quitta son bureau et prit l'ascenseur.

Le parking souterrain avait un tube au néon grillé, ce qui laissait la moitié des emplacements dans l'ombre. Gonzalo activa la commande à distance de son 4×4 pour se repérer au sifflement du déverrouillage automatique et au clignotement lumineux. Sa place était tout au bout, entre deux gros piliers qui l'obligeaient tous les jours à multiplier les manœuvres pour garer son véhicule. S'il avait signé la vente de la propriété, il aurait eu droit à un double emplacement à l'étage supérieur, où étaient garés Agustín González et ses associés, sans risque de laisser la peinture sur un pilier. Pas de chance.

Il ouvrit le hayon pour déposer sa mallette.

— Eh, fils de pute ! Tu te souviens de moi ?

Gonzalo eut à peine le temps de tourner la tête. Un éclair de surprise l'éblouit, il ouvrit la bouche pour crier, mais il n'eut pas le temps d'émettre un son.

Un objet pesant le frappa à la base du crâne. Il fut pris de vertige et les choses perdirent du relief. Le deuxième coup le projeta à plat ventre. Il sentit alors une lame pointue pénétrer jusqu'au poumon, une, deux, trois fois, avec rage.

9

Tomsk.
Contreforts de la Sibérie occidentale,
début mars 1933

Ils étaient épuisés, après une longue traversée dans la neige molle où par endroits on enfonçait jusqu'aux chevilles. Ils marchaient depuis des jours, à travers des forêts fantomatiques, remontant des collines sales, franchissant des marais, harcelés par les gardiens et leurs séides. Elías tenait la petite Anna dans ses bras. La fillette était très pâle, elle grelottait et sa mère avait beau lui donner toute sa chaleur, son vieux châle ne suffisait pas. Enveloppée dans le manteau d'Elías, elle respirait un peu mieux. Irina était trop fatiguée pour la porter, même si elle ne voulait pas le reconnaître. Ce qui ne l'empêchait pas de chanter pour elle, de lui parler tendrement, d'inventer des histoires d'animaux mythologiques, de lui montrer n'importe quoi pour rendre ce voyage vers l'horreur supportable pour la petite.

Elle pâlit pourtant en découvrant l'immense complexe – baraquements précaires et tours de guet – qui s'étendait le long de la rive glacée du Tom, où enfin ils s'arrêtèrent. Ils étaient arrivés à Tomsk, le centre névralgique où étaient rassemblés tous les déportés avant d'être envoyés dans les camps de Sibérie. La ville s'étendait de l'autre côté, au-delà les bassins miniers. Les déportés étaient des milliers, et il ne cessait d'en arriver. Des escadrons de gardes à cheval poussaient les colonnes de prisonniers, les dirigeant comme un fleuve vers l'embouchure du camp, cerné de palissades et de barbelés.

Elías promena son œil unique sur ce spectacle dantesque.

— Quelle est cette folie ?

D'énormes barges arrivaient sur les quais improvisés et des centaines de personnes étaient obligées d'y entrer par les écoutilles ou de s'installer sous les bâches. Claude, le Français, secoua la tête.

— Il est important de rester ensemble. D'après ce que disent les gardes, les autorités ne s'attendaient pas à ça. Nous sommes trop nombreux, il n'y a pas d'intendance, ce qui provoque des troubles graves. Il paraît qu'il y a eu un massacre hier soir. On va remonter le fleuve. Vers d'autres camps, au confluent de l'Ob.

Irina le regarda, consternée. Ils avaient tous un aspect fantasmagorique, mais le froid et la peur étaient réels.

— Ce n'est pas possible. Au-delà de l'Ob, il n'y a rien.

Claude haussa les épaules, la regarda avec ses grands yeux qui, au-dessus de ses joues décharnées, ressemblaient à des bulles noires et saillantes.

— Mais c'est là-bas qu'on va nous jeter, dans le néant.

Pour Elías, c'était inacceptable. Comme beaucoup d'autres, il persistait à penser que sa situation était due à une terrible erreur qui, dans un bureau du Kremlin, allait bientôt trouver sa solution. Comme lui, beaucoup d'autres essayaient de ne pas succomber au désespoir. Certains avaient des enfants, des frères ou des sœurs dans l'Armée rouge, ou même dans la police : les plus arrogants, et les gardes semblaient se retenir avec eux, à tout hasard. D'autres se retranchaient derrière une innocence à toute épreuve, des mères avec des enfants en bas âge, des ménagères ou des ouvriers d'usine qui n'avaient commis que des fautes insignifiantes : s'absenter du travail, inscrire un commentaire ironique dans des toilettes publiques, sortir en oubliant son passeport intérieur. Il y avait aussi une grosse majorité de paysans, entrés à Moscou ou à Leningrad illégalement, fuyant la famine des zones rurales. Ils avaient l'air résignés, espérant seulement que leur sort ne serait pas trop cruel. Ils escomptaient retourner dans leur localité d'origine, où ils attendraient un peu avant d'essayer encore une fois d'entrer dans une grande ville, avec un peu plus de chance cette fois.

En pénétrant dans le camp de Tomsk, ils parvinrent à rester ensemble. La barge qui leur servait de refuge était pleine à craquer, on ne pouvait respirer, mais les gardes ne leur permettaient pas de s'éloigner et encore moins de s'approcher des ponts qui donnaient accès à la ville.

Au cours de ces journées, Elías vit plusieurs fois Igor Stern rôder dans le campement. Il était de plus en plus puissant et sa horde de sbires de plus en plus cruelle. Igor parcourait les barges et les baraquements avec un bâton en bouleau à pointe ronde et dure. Il frappait les retardataires, comme un berger énervé s'efforçant de maintenir son troupeau groupé. Elías éprouvait une rage profonde et plus d'une fois il avait envisagé de ramper une nuit dans la neige, d'entrer dans la tente que les gardes lui avaient accordée et de lui trancher la gorge dans son sommeil.

Il savait qu'il ne pourrait y parvenir, Igor était intouchable, mais cette seule perspective lui donnait quelques instants de calme. Mais le plus douloureux, pour lui, était de voir trottiner ses anciens camarades derrière lui, comme des chiens de manchon. Michael et Martin étaient devenus ses coryphées. Ils contrôlaient l'arrière de la colonne, dévalisant ceux qui s'attardaient, pressés de remettre leur butin à Igor ou à un de ses lieutenants. Elías en avait des nausées. Un matin, il essaya de les approcher, de leur faire entendre raison, mais Claude lui expliqua que c'était inutile.

— J'ai déjà essayé. En particulier avec Michael, l'Écossais, c'est celui qui a le plus mal tourné. Tu sais comment fonctionnent les nouveaux : ils compensent leur culpabilité et leurs remords par des excès de cruauté. Il est convaincu qu'il doit rester aux côtés d'Igor pour survivre, et franchement il n'a pas tort. Il a plus de chance de s'en sortir vivant que n'importe lequel d'entre nous.

— À quel prix ?

Claude regarda Elías comme s'il voyait un être en plein délire ou un enfant incapable de comprendre ce qu'il avait sous son nez.

— Au prix qu'il faudra, Elías. On ne peut regretter ses actes que s'il y a de la place pour les remords dans sa vie. Et pour ça, il faut sortir d'ici.

Elías remarqua une vieille femme, si faible qu'elle tenait à peine debout. Elle s'était levée pour aller aux latrines sommaires que des prisonniers avaient creusées de leurs propres mains dans la neige durcie. Avoir un peu d'intimité était un luxe impensable, mais un groupe de femmes entoura la vieille pour la protéger des regards pendant que celle-ci faisait ses besoins. Non, Claude n'avait pas raison, son cynisme n'était qu'une sorte de bouclier derrière lequel il se retranchait. La dignité était importante, c'était la seule chose qui leur permettrait de dormir le reste de leurs nuits s'ils s'en sortaient vivants. Si on observait attentivement cette masse en mouvement, on notait continuellement de petits gestes au milieu de toute cette exaspération, qui donnaient à penser que la pitié et le sens de l'humain n'étaient pas perdus.

Il y avait aussi des gens qui se regroupaient par affinités, vieilles ou nouvelles amitiés, intérêts communs. Ils partageaient la chaleur de leurs manteaux ou de leurs couvertures en lambeaux, le peu de pétrole qu'ils avaient, le bois et la nourriture. Les personnes étaient encore des personnes, unies par la misère, qui ravalaient leur angoisse en chantant de vieux airs qui, sous les étoiles et devant les feux, avaient pour lui, jeune étranger, un sens mystérieux et magique. L'héroïsme était de survivre sans se laisser entraîner par la réalité, garder espoir, un geste après l'autre, un sursaut de décence auquel se raccrocher.

— Et Martin ? dit-il en montrant le jeune Anglais roux qui suivait Michael, le regard perdu et l'air coupable.

Claude eut une quinte de toux caverneuse et cracha un caillot de sang noir. La fièvre était de plus en plus forte. Un regard soupçonneux et ironique se dessina.

— Martin est amoureux de Michael… Allons, ne prends pas cet air étonné. Vraiment, tu ne t'en étais pas aperçu ? On les a surpris dans la Maison du gouvernement, le pantalon sur les chevilles. La sodomie est un péché capital, même sous la dictature du prolétariat. La liberté est une affaire d'hommes, mon ami, elle ne regarde ni les femmes ni les efféminés. Voilà pourquoi on les a envoyés ici. De plus, notre ami le rouquin est trop faible, il a une âme d'éphèbe grec, tout ce qu'il peut faire, c'est devenir l'ombre de Michael. Il irait au fond de l'enfer si l'autre le lui demandait.

Elías ne s'était jamais permis de juger les hommes selon son attirance.

— D'où te vient ce sourire ? demanda Claude.

Elías lui tapota l'épaule.

— Même dans les pires endroits, on peut trouver le soulagement des belles choses. C'est ce que disait mon père.

— Que peut-il y avoir de beau sur une terre qui te déteste ?

— Apparemment, c'est ici que Martin a trouvé l'amour de sa vie.

La neige s'était remise à tomber, mais personne ne courait. Il n'y avait ni bâches ni auvents sous lesquels se protéger. La plupart des gens restaient à leur place, comme des statues d'argile qui se délitaient lentement.

À Tomsk, la distribution de nourriture était le moment le plus terrible de la journée. Aiguillonnés par la faim et la soif, les êtres humains oubliaient leur condition et devenaient une foule sauvage qui se précipitait sur les morceaux de pain que les gardes lui lançaient. On se mordait, on se donnait des coups de pied, on se frappait, on se piétinait pour obtenir de la nourriture. Les plus faibles n'avaient aucune chance : les vieillards et les petits enfants dépendaient d'un membre de leur famille ou de la charité d'un être qui les prenait en pitié. Elías et Claude formaient une bonne équipe et avaient mis au point une technique : quand ils devinaient que la distribution était imminente, au lieu de se laisser gagner par la nervosité hystérique qui s'emparait des prisonniers comme un courant électrique, ils prenaient calmement position le plus près possible de la distribution, binôme indissociable. Et, le moment venu, ils lançaient une attaque simultanée efficace.

Elías avait retrouvé ses forces assez rapidement, il était grand, et sa réputation à la suite de l'incident avec Igor lui avait valu un certain respect qu'il entretenait en ôtant le bandeau sur son œil crevé. Cette orbite vide regardant du fond de l'obscurité faisait reculer les timorés. En outre, il savait jouer des bras et des jambes pour se frayer un passage. Une fois les rivaux neutralisés, Claude, qui était beaucoup plus rapide, prenait son élan et sautait littéralement par-dessus les corps et, tel un joueur de rugby, il attrapait la nourriture au vol. Avec un peu de chance, certains jours ils avaient assez à manger pour eux deux, pour Irina et pour sa fille. D'autres fois, ils devaient simplement partager leur faim. La distribution n'était pas équitable et personne ne s'attendait à ce qu'elle le soit. Les rares femmes, minorité absolue dans cette foule, n'hésitaient pas à s'offrir aux gardes ou aux prisonniers. Il y avait déjà des viols et des abus, mais personne ne prenait le temps de s'en soucier.

Igor et d'autres individus de son acabit volaient sans scrupules, Stern avait même monté un marché noir avec les objets volés, par où devaient passer les plus faibles s'ils voulaient survivre. Tout était échangeable et avait un prix, le corps, le travail, les objets personnels. Elías avait vu avec horreur un vieillard arracher ses dents en or pour acheter un pain qu'il ne pourrait plus mâcher, mais qui servirait à nourrir ses petits-enfants. D'autres donnaient leur carte d'identité désormais inutile, des livres, des bijoux de famille, des couvertures, des vêtements… N'importe quoi. Parfois pour rien. Il n'y avait personne auprès de qui se plaindre si Igor décidait de garder le paiement sans donner la marchandise convenue.

Au milieu de ce chaos, Michael était un administrateur efficace des comptes de son nouveau maître. Sa petite silhouette aux jambes épaisses devint tristement célèbre dans le camp. Son carnet sous le bras, il notait les entrées, les pots-de-vin à verser aux gardes, les dettes assaisonnées de violences ou de coups de poignard derrière les baraquements, en général au crépuscule, ou le nom des personnes qui, pour une raison ou pour une autre, pouvaient intéresser Igor : mouchards, gens prêts à le servir, ennemis potentiels à éliminer avant de prendre trop d'importance. Martin, son ombre inséparable comme l'avait dit Claude, se contentait de l'accompagner, de plus en plus émacié et taciturne. Tout le contraire de Michael, féroce et colérique, prêt à se montrer violent, surtout quand il se sentait observé par Igor ou par un de ses lieutenants.

Ce matin-là, Elías s'apprêtait à combattre avec Claude pour la nourriture, quand il vit s'approcher Igor. Le prisonnier marchait comme un maréchal observant les lignes ennemies avant de lancer ses troupes à l'attaque. Avec calme, affichant le sourire typique de ceux qui tiennent entre leurs mains les fils du destin. Il était escorté de Michael et du rouquin, Martin.

Igor Stern était heureux. On l'est quand on a le sentiment d'occuper sa place dans le monde, et c'était vraiment la sienne : le chaos, la force brute de l'instinct qui se moque des impératifs de la civilisation. Pour la première fois de sa vie, il se savait libre. Libre d'être ce qu'il était, sans peur ni limites ; mais il n'était pas comme les autres droit commun, pas non plus comme ces mouches accrochées à son dos dès le premier jour, Martin et Michael. Il ne se contentait pas de survivre et d'assouvir ses instincts. Il pensait, prenait son temps, se demandait comment utiliser cette chance unique. Il ne pourrait jamais être un boyard tsariste, c'était clair, ni un officier de la garde rouge, ni l'époux d'une princesse en exil. Son sang était empoisonné, rouge et pourpre, surtout pas bleu, cela devait-il l'empêcher de rêver d'une datcha sur le Balaton ? Pourquoi ne pas s'imaginer dans une de ces voitures à moteur qu'on commençait de voir dans les rues des grandes villes ?

S'il savait s'y prendre, peut-être pourrait-il un jour porter redingote, vieillir devant un feu, entouré de petits-enfants et de chiens pacifiques, dans un palais des tsars d'autrefois, et lire tous ces livres qui s'écrivaient, dicter ses expériences à un greffier, côtoyer de hauts fonctionnaires, peut-être même Staline en personne, aller à l'opéra et être reçu en audience privée par la grande Orlova, tandis que son empire s'agrandirait comme par miracle. À la guerre, la plupart des hommes souffrent et meurent. Mais quelques-uns savent tirer de cette souffrance une chance de s'enrichir, et ce qu'il avait sous les yeux, n'était-ce pas une guerre ? Tout avoir. Voilà ce qui l'attirait. Richesse, pouvoir, et le temps d'en jouir. Laisser derrière, pour toujours, son passé de charretier juif. Vieillir, soudain, devenait possible, prendre de l'âge et prospérer, lui qui avait toujours été persuadé qu'il servirait de nourriture aux vers avant la trentaine et qu'il mourrait dans un fossé froid d'on ne savait quel hameau d'un coup de poignard dans le dos.

Il observa la marée vacillante de corps qui avançaient et reculaient comme les vagues s'écrasant contre les récifs constitués des soldats qui distribuaient la nourriture. On voyait combien ces derniers étaient accablés d'être entourés d'une foule affamée, ils étaient trop jeunes, terrorisés, et ils avaient des armes à feu. Mauvaise combinaison.

Igor repéra dans cette masse grisâtre le manteau kaki de l'Espagnol qu'il avait éborgné dans un wagon. Il sourit avec une sorte de plaisir électrique. Les défis l'excitaient. Il ne l'avait pas revu depuis qu'ils avaient quitté Moscou et il le croyait mort. Au fond de lui, Igor se réjouit de le savoir vivant. Il se retourna et appela Michael.

— N'est-ce pas votre ami, l'ingénieur espagnol ?

Michael vit Elías à côté de Claude, lesquels le regardaient durement. Michael acquiesça.

— Pourquoi est-il ici ?

Michael regarda autour de lui. Pourquoi étaient-ils tous ici ? À cause des mines d'uranium, des exploitations minières, de la folie de quelques bureaucrates qui avaient besoin d'une grosse quantité d'esclaves pour coloniser la Sibérie. Le prétexte qui l'avait enchaîné à cette terre était sans importance.

— Il a écrit des lettres à son père où il critiquait Staline et le système communiste.

Igor secoua la tête avec ironie. Cette patrie était merveilleuse. On pouvait violer, tuer, voler, du moment qu'on avait l'esprit politique. Mais écrire un mot pouvait être pire que tout. Une blague sur la mère de Staline était comparable à un viol. Dix ans de réclusion. Les mots étaient à cette époque étrange un océan de tessons de bouteille sur lesquels quelques hommes marchaient pieds nus. Le plus sûr, c'était le silence. Mais des naïfs et des idiots les utilisaient encore malgré les risques.

— Dis-lui que je veux lui parler, ce soir.

Michael hocha la tête, les yeux baissés, déconfit. Comme un chien fantôme il alla au-devant de ses anciens compagnons. Igor Stern se vautrait dans l'air pesant du matin. Il se savait maître du monde.

Elías vit Michael s'approcher. Claude le retint par le coude.

— Reste calme, Elías, souffla-t-il.

Les trois amis se retrouvèrent face à face. Quelques semaines s'étaient écoulées depuis le temps où ils riaient ensemble dans un compartiment du train qui les emmenait en Union soviétique, chargés de projets, et maintenant ils se regardaient avec méfiance et haine. Il n'y avait plus trace de ce qu'ils avaient été.

— Comment peux-tu faire une chose pareille? lui lança Elías sans préambule.

Michael soutint son regard sans sourciller.

— Très facile, dit-il avec cynisme. Une question de calcul. C'est la plus grande probabilité de succès. Une formule pour dégager l'inconnue, c'est ce que font les mathématiciens. Une fois la décision prise, il n'est plus nécessaire de penser aux autres options possibles.

— Tu es une canaille, grogna Claude.

Michael partit d'un franc éclat de rire. Il haussa un sourcil et regarda le Français avec amusement.

— Dans le style de Shakespeare, hein? Un roturier comme il faut, nécessaire pour que le héros brille à la fin du drame. Qui suis-je? Othello…? – Ses traits se durcirent soudain. – On n'est pas dans une foutue pièce de théâtre. C'est cette putain de vie réelle, tu comprends? Alors vous pouvez garder vos reproches pour vos hagiographes quand ils écriront vos biographies posthumes : *J'ai connu Michael, le traître.* Le temps nous jugera. Pour le moment, c'est aux vivants de le faire. – Et il se tourna vers Elías : Stern veut te voir ce soir dans sa tente.

Elías serra les poings. Il avait enlevé son bandeau et la plaie de son œil lui donnait un air terrifiant.

— Va dire à ton maître que ce chien n'a pas de chaîne.

Michael ne se laissa pas intimider.

— Vous n'avez donc pas compris. Ici, on n'a pas le choix. Si tu n'y vas pas de ton plein gré, il viendra te chercher. Et il ne sera pas aimable, ni avec toi… ni avec elles.

Michael montrait du doigt Irina, qui se frayait un chemin avec Anna dans ses bras vers une palissade où un soldat surveillait un troupeau de chevaux. Irina murmura à l'oreille du garde quelque chose qu'Elías ne put entendre, car il était trop loin. Le garde éclata de rire, souleva une planche de la palissade et la laissa s'approcher des chevaux. Elle colla le visage de la fillette au museau de l'animal pour que son souffle la réchauffe, comme s'il s'agissait d'une source thermale. Puis le soldat cria quelques mots, Irina posa la fillette par terre et l'homme glissa ses mains sales dans la blouse, empoigna un sein et l'entraîna derrière la clôture. Elías détourna le regard, honteux.

— Tout peut empirer, Elías. Ne l'oublie pas : ce soir ! répéta Michael en s'éloignant.

Immobile, Igor contemplait la nuit, devant sa tente. Il était silencieux, les yeux sondant l'obscurité, humant l'air, attentif aux gémissements qu'il percevait et qui soudain devenaient des hurlements d'agonie à faire dresser les cheveux sur la tête. Cependant, il ne bronchait pas. Sans doute l'absence de limites dans l'obscurité lui causait-elle un effet calmant. Il avait parfois un air triste, de cette tristesse qui émane de la solitude absolue, mais le jeu d'ombres et de lumières de la lampe à pétrole créait une pantomime d'expressions qui variaient à chaque instant, de la colère à la sérénité.

Au bout d'une minute, il se tourna vers Elías et posa sur lui un regard inquiétant. Le jeune homme essayait de rester imperturbable, mais il sentait que cet assassin pouvait l'égorger quand il voulait. Ils n'étaient pas seuls sous la tente. Deux prisonniers qui avaient la confiance d'Igor se pressaient sous les couvertures dans un coin.

L'un d'eux rongeait un bout de viande salée sans parvenir à en détacher une bouchée. Michael et Martin avaient accompagné Elías jusqu'à la tente, mais ils n'étaient pas entrés. Ils n'en avaient pas le droit.

— Comment va cet œil ? demanda Igor.

Il avait adopté un ton aimable, comme s'il n'y était pour rien. Elías bouillait intérieurement, mais l'instinct de survie et la peur étaient plus puissants que sa rage.

— Je m'en débrouille.

Igor approuva. Il tourna autour de lui, avec la prudence du prédateur en maraude qui redoute un piège en s'approchant d'une charogne au milieu de la neige.

— Un œil n'est pas une chose indispensable. Il te reste l'autre, au moins pour le moment. – Il posa la main sur l'épaule d'Elías et la laissa glisser le long du manteau. – J'aime toujours ton manteau. C'est une bonne affaire : un œil pour un vêtement que tu pourras voler à n'importe qui.

La tente ressemblait à un petit magasin où s'entassaient toutes sortes de choses, valises, vêtements, nourriture, cigarettes. Igor portait un vieux pull en laine grise et un confortable manteau de femme en peau. Il n'avait absolument pas besoin de celui d'Elías.

— C'est une question de principe, tu comprends ? dit Igor, devinant ce que l'autre pensait.

Il trouva dans un angle ce qu'il cherchait : un livre à la couverture déchirée.

— J'ai pris ce petit livre à un jeune. J'ai été frappé qu'il soit si absorbé par sa lecture malgré la tempête, comme si rien n'était plus important que ces mots, même pas mourir de froid, alors je me suis dit : ça doit être important. Quand je lui ai demandé de me le donner, il a beaucoup résisté, il s'est battu comme tu t'es battu pour ce manteau fripé. Tu ne trouves pas que c'est absurde ? Nous accrocher à des choses qui ne nous appartiennent pas ; même notre vie n'est pas à nous, mais nous devrions au moins essayer de la conserver.

Igor secouait la tête, comme s'il avait vraiment du mal à comprendre ce genre d'attachement. Il tendit le bras et, comme un singe dressé, un de ses hommes lui tendit une gourde. Elle empestait la vodka. Igor en avala une longue gorgée et s'essuya avec sa manche.

— C'est juste un foutu livre, cet idiot s'est laissé tuer pour quelques mots !

Il se moqua du prisonnier qui mordillait le bout de viande séchée. L'autre en rajouta en criant un juron qu'Elías ne comprit pas. Igor feuilleta le livre avec un sourire ironique.

— Qui sait, le bonheur est peut-être le point intermédiaire entre la vérité et le désir. Qu'en penses-tu ? demanda-t-il à Elías, et il s'empressa de sourire, comme s'il ne prenait pas sa propre question au sérieux. Tu comprends pourquoi je veux ton manteau ? Un loup sibérien prend ce qu'il veut et ne donne pas d'explications.

Il y eut un silence si tendu qu'on n'entendait plus que les battements de la toile de tente secouée par le vent de la nuit.

— Je n'ai jamais vu un loup sibérien. Mais d'après ce que je sais, ce sont des prédateurs qui ne cherchent jamais un affrontement direct s'ils ne sont pas sûrs de vaincre. Les chèvres et les mules savent aussi porter des coups et vous briser l'échine.

Les lieutenants d'Igor se levèrent, menaçants, mais ce dernier les retint, à la fois surpris et sincèrement admiratif. Il aurait donné cher pour avoir dans ses rangs ce type obstiné au lieu de ces tapettes étrangères, le bancroche et le rouquin pédé. Il avait toujours méprisé les êtres serviles et lâches, il préférait ceux qui avaient le regard de ce jeune homme, celui d'un homme qui n'avait rien à perdre, même s'il cherchait à dominer la peur qui le tenaillait. Mais Igor savait qu'Elías ne s'inclinerait pas, il était habité par cette flamme que peu d'hommes maintiennent en activité. C'était bien dommage.

— Que se passera-t-il quand on nous transférera en amont, sans gardes, sans nourriture et sans refuge possible ? Là-bas, il n'y a rien, sauf moi. Tu n'auras nulle part où te cacher, pas un clou à quoi te raccrocher, ni espoir, ni projet. Il n'y aura que l'île, le fleuve, la steppe et moi.

Les grosses mains d'Igor saisirent d'un geste brusque le visage d'Elías et arrachèrent le bandeau qui protégeait l'orbite vide. Il approcha tant la bouche qu'on aurait pu croire qu'il allait lui arracher le nez d'un coup de dents.

— Conserve cet œil, mon ami. Je veux que tu voies le monde s'effondrer autour de toi. Je connais les gens dans ton genre. Vous vous croyez les meilleurs, vous pensez que vous ne succomberez pas à l'horreur et vous vous accrochez aux futilités, comme cet imbécile à qui j'ai coupé les mains pour lui prendre son livre. Des gestes inutiles, crois-moi. Il n'y a pas de héros en enfer, et c'est là que nous allons.

Igor relâcha lentement le visage meurtri d'Elías. Il prit le livre qu'il avait ravi à un jeune en même temps que sa vie, l'approcha de la lampe à pétrole et laissa la flamme en lécher les pages.

— Je ne vais pas te prendre ton manteau. J'attendrai, assis sous cette tente, que tu viennes me supplier de l'accepter. À ce moment-là, je m'en servirai comme linceul pour t'enterrer. Et tu m'en remercieras.

Elías vomit devant la cabane qui leur servait de refuge. Une sueur glacée lui parcourait le corps et il serra les poings pour empêcher ses mains de trembler.

Irina était dehors. La pleine lune donnait à son visage un air spectral qui se confondait avec la neige. Elías se redressa, honteux, mais elle feignit de ne pas voir la flaque sombre de vomi, elle ne regarda pas non plus la tache humide, sur sa braguette. Elle lui souriait, et ce sourire était comme un feu auprès duquel on souhaitait se réfugier.

— Ce n'est pas si facile d'avoir ma peau, dit Elías.

Il avait besoin de se remplir les poumons d'air froid, de s'éloigner de toute cette fange. Elle ignora cette poussée d'arrogance juvénile. Elías n'avait rien à prouver, mais parfois les hommes ont besoin de croire qu'ils ne sont plus des enfants effrayés.

— Je sais que tu m'as vue ce matin, derrière la clôture, avec le garde. Et j'ai vu de quelle façon tu me regardais.

Elías la regarda longuement sans réagir.

— Je ne suis pas une putain, se justifia Irina, avec une sévérité qui n'était pas nécessaire.

Elías s'insurgea.

— Tu ne devrais pas parler ainsi, Irina. Même pas ici.

Elle le regarda au fond des yeux.

— N'aie pas peur. Ce sont mes mots, pas les tiens. Tu n'es qu'un écho.

Ce jeune homme lui rappelait son mari, ce qui l'effrayait et l'attirait en même temps. Des idéalistes idiots, capables de tout perdre pour une simple question d'orgueil. Des hommes secs à l'extérieur, des fleuves bouillonnants à l'intérieur, nerveux, résistants, têtus et difficiles à dompter. Il s'appelait Viktor. Sur la fiche de détention, il était dit qu'il était professeur de piano au conservatoire départemental. Un bloc de passion. Cela signifiait qu'il était un homme libre, parce qu'il n'avait pas peur de la vie. Irina n'était pas près d'oublier son sourire perplexe quand on était venu l'arrêter, comme s'il s'agissait d'une plaisanterie. Il était ainsi, un naïf habillé de couleurs vives et gaies, qui posait partout un regard d'enfant étonné. Le héros des grandes utopies qui approchaient mais n'arrivaient jamais. Un Russe juif qui lisait Schopenhauer, qui récitait Maupassant, Rimbaud, Verlaine, qui passait des heures à étudier Barbusse, les symbolistes français et les expressionnistes allemands.

Comme tous les rêveurs, son époux était convaincu que la grande Russie était celle du théâtre, de la musique et de la littérature. Il n'aurait jamais imaginé que les hommes et les femmes puissent être aussi bêtes, vils et cruels qu'ailleurs. Il adorait l'hypersensible verbe andalou de Lorca. Il le préférait à Maïakovski, toujours brutal et prosaïque : "On trouve toujours son propre vin amer", disait-il, mi-sérieux mi-moqueur. D'après lui, Lorca supportait avec une grande dignité le choc d'être en vie, cette longue maladie. Voilà pourquoi on avait fusillé Viktor : il voulait se guérir de cette agonie, refuser d'admettre que les moulins seront toujours plus forts que la main qui essaie de les vaincre. Son mari était mort comme tous les visionnaires, convaincu que le seul salut pour l'Homme était la confraternité entre les peuples et non leur destin épique. Tenir de tels propos, les écrire et les propager, c'était une trahison inadmissible.

Elle avait été condamnée à trois ans, pour complicité. Comment aurait-elle pu ne pas être complice de la vie de son époux ? Sur son ordre de détention, en note, on avait écrit que sa fille était née de "père inconnu". Encore une humiliation, une dénégation qui lui arrachait tout passé de dignité. Anna savait à peine balbutier quelques mots quand on l'avait emmenée. C'était une enfant timide, ses petits bras pleins de doutes tâtonnaient le monde, sa voix rappelait celle d'un poussin grelottant de froid et son père était le seul à pouvoir la calmer. Viktor aimait sa fille avec dévotion, mais quand elle serait grande, quand Irina ne serait plus là, ceux qui avaient tué son père lui raconteraient que ce dernier n'avait été personne, la convaincraient que sa mère avait été une putain, et qu'elle avait été engendrée sur un grabat avec un inconnu sans amour. Comme avec le garde, écartant les jambes en échange d'un peu de chaleur, pour sa fille. Quand le soldat l'avait retournée, Irina avait croisé le regard incrédule de sa fille, entre les pattes des chevaux. Et pendant que le garde la besognait en grognant, Irina souriait et disait à sa petite de ne pas pleurer, que ce n'était qu'un jeu. Elle ne supportait pas le poids de tous ces mensonges.

— En théorie, on aurait dû me l'enlever et la mettre dans un orphelinat. Cette irrégularité a été la seule chose qui a retenu l'attention de l'instructeur chargé de signer mon ordre de déportation. C'est l'ennui, avec les bureaucrates : au lieu de regarder les personnes, leur visage, leurs cheveux, leur peau, ils les cherchent dans leurs paperasses ridicules, sans se rendre compte qu'elles sont devant eux. Ce qui les rend méprisables, ce n'est pas ce qu'ils font, c'est leur façon de faire, leur répugnant échafaudage de mots et de concepts absurdes, qui justifie et nettoie leur conscience. Voilà pourquoi derrière leur bureau et leurs rapports, ils peuvent devenir des tueurs.

Elle dévisagea longuement Elías. Incroyable, sous une épaisse couche de misère et de crasse elle percevait le visage d'une existence antérieure, distinguait sur son épiderme et dans ses cheveux un vague parfum de savon, et un peu de romarin dans le cou. Viktor avait la même voix : ferme comme un chemin sans détour, mais ce n'était pas non plus une voix qui exprimait une exigence, une certitude ou une assurance : elle était comme les oiseaux, qui ne se demandent pas pourquoi ils ont des ailes, ils les déploient et s'envolent. Irina voyait dans son œil unique la folie insensée de son époux. Contre vents et marées, il s'entêtait à croire que cela valait la peine de rester ferme et digne. Il avait une soif d'idéal qui finirait par sacrifier sa vie, pour une chose aussi bête qu'un manteau.

— Tu prends soin de moi et de ma fille, tu t'inquiètes de nous et tu essaies de me redonner espoir. Je t'ai vu me regarder, je sais ce que tu commences à éprouver.

Elías rougit, mais Irina l'obligea à la regarder en prenant son menton entre ses doigts.

— Tu m'obliges à me sentir vivante, mais tu te feras tuer par un garde, ou par un prisonnier comme cet Igor :

pour un manteau, pour un quignon de pain, pour un affront que tu trouveras inadmissible. Tu partiras, ton honneur, ton courage et ton vain orgueil seront saufs, et je resterai toute seule, obligée de vivre pour m'occuper de ma fille. Je devrai supporter qu'un garde me pelote, que des yeux comme les tiens me jugent, je devrai me traîner et me sentir sale.

Elle pleurait. Elías toucha ces larmes : elles étaient en ébullition. Il n'y avait dans ces pleurs ni pathétisme ni autocompassion. La vie ruisselait et s'échappait lentement, s'excusant d'être une gêne.

— Je ne suis pas une putain.

Elías étouffa ses paroles sous ses propres baisers.

— Non, tu n'en es pas une.

— Dis mon nom, le supplia-t-elle. Aide-moi à exister.

Et Elías le murmura dans la nuit.

— Irina.

Ils s'aimèrent debout, avec le désir des désespérés. Hors d'eux, sous cette nuit, la civilisation était barbarie, mais ils obligèrent la mort à reculer, à se fondre dans une ombre irréelle.

II
DES LETTRES JAUNIES

10

Entrer dans le Flight, c'était franchir le seuil du temps et pénétrer dans une bulle où tout était figé depuis longtemps. Les soirs de récital, l'établissement en forme de caverne se remplissait d'un nuage de fumée bleutée. Les poètes occasionnels avaient l'autorisation de monter sur la petite scène moquettée du fond et de réciter leurs vers. À une seule condition, et sur ce point l'oncle Velichko était inflexible : les bardes devaient réciter en russe.

— Comment va ta mère ?

L'oncle Velichko n'était pas l'oncle de Tania par le sang, il l'était par le droit que lui conféraient plus de quarante-cinq ans d'amitié avec sa mère. Depuis qu'elle avait l'usage de la raison, Tania le voyait dans sa vie, toujours vieux, très vieux, en panne dans cette dernière étape de son existence, comme ce bar. Tous les soirs, quand elle s'asseyait au comptoir, tournée vers la scène, il lui servait un verre de vodka et lui posait la même question. Et chaque fois elle lui donnait la même réponse :

— Tu n'as qu'à traverser la rue et le lui demander !

La librairie de sa mère était à moins de cent mètres, mais son oncle ne les franchissait que deux ou trois fois par an. Sa mère faisait encore plus rarement le trajet en sens inverse. Elle détestait les bars et le besoin nostalgique de Velichko de rester dans le passé.

Mais Tania adorait cet endroit. Les murs en brique crue étaient ornés de photographies qui pour la plupart appartenaient aux souvenirs de son oncle. Des images découpées dans des encyclopédies, de vieilles coupures de journaux, des portraits et des pasquinades jalousement gardés depuis des décennies. Tout cela parlait de son pays, pas de cette Russie qu'il disait amèrement ne pas reconnaître, mais de celle des temps héroïques de la guerre contre les nazis. Parfois, Velichko lui prêtait les lieux pour qu'elle fasse ses propres expositions, mais à la même condition qu'aux aspirants poètes qui montaient sur la scène : thématique russe. Tania avait d'âpres discussions pour convaincre cet entêté presque sourd qu'après avoir vécu tant d'années en Espagne, il pourrait s'intéresser un peu au pays qui les avait accueillis. À contrecœur, il avait accepté qu'elle "outrage" ses murs (c'est ce qu'il avait dit en voyant ses photographies) en y accrochant deux douzaines d'instantanés de scènes quotidiennes en noir et blanc.

— Elles ne me plaisent pas, dit-il en y posant un regard qui les avait condamnées d'avance. Mais les gens apprécient, tu en as déjà vendu quelques-unes. Je me demande pourquoi on achète des photographies, c'est aussi simple d'en prendre.

Il était coutumier de ce genre de raisonnements. Après tout, il restait un Sibérien pur et dur.

— Pour la raison qui en pousse d'autres à acheter des livres et des tableaux, oncle Vassili. Le don de contempler est à la portée de tous, mais pas celui de créer.

Le vieillard haussa ses épaules tombantes avec une grimace d'incompréhension, comme s'il n'avait jamais pu déchiffrer ce mystère. Il jeta son torchon sur l'épaule et se concentra sur un verre qu'il venait d'essuyer.

— Tu devrais te trouver un mari. Un brave homme qui s'occupe de toi, décréta-t-il, comme si c'était la seule conclusion raisonnable. Il faudra bien que tu te maries un jour. Aller de lit en lit comme un oiseau migrateur, c'est bien joli, mais à la longue c'est fatigant.

Tania sourit au souvenir de la énième conversation qu'ils avaient eue à propos de son célibat et de sa vie sexuelle, trop dissolue au goût de son oncle. Voilà au moins un point sur lequel sa mère et lui étaient du même avis. À croire qu'ils se mettaient d'accord pour la harceler sur ce sujet.

— J'attends le merle blanc, répliqua-t-elle en riant.

— Et moi j'attends toujours ma médaille du héros soviétique, mais elle ne viendra pas, je peux toujours courir, râla le vieux Velichko.

Tania n'avait jamais envisagé sérieusement de se marier ou de vivre en permanence avec quelqu'un. Sans doute était-ce parce qu'elle avait toujours vécu seule avec sa mère, et qu'elles avaient très bien supporté l'absence d'homme. Elle ne se rappelait pas la dernière fois que sa mère avait introduit quelqu'un dans la maison. Non qu'elle n'ait pas eu d'amants, elle était et avait toujours été une maîtresse femme, sûre d'elle, séduisante, mais elle les maintenait à l'écart de sa sphère intime. Quant à sa propre vie sentimentale, Tania ne savait pas très bien quoi en penser. À vingt ans, elle avait eu ce qui ressemblait à une relation sérieuse, mais pas avec un homme. Elle n'avait jamais parlé à sa mère ni à son oncle de cette professeure des Beaux-Arts, la libéralité d'Anna avait des limites et celle de l'oncle Velichko était tout simplement inexistante.

Elle s'appelait Ruth, la peau cuivrée, un mélange d'Antillaise et d'Européenne dont le résultat était saisissant. Elle avait dix ans de plus et avait séduit Tania, ou celle-ci s'était laissé séduire avec une facilité déconcertante. Elles avaient décidé d'aller ensemble en Hollande, mais le voyage se résuma à un séjour torride et tempétueux dans les canaux. Ruth était aussi passionnée qu'hystérique, et Tania aussi têtue et orgueilleuse que sa mère, en sorte que l'aventure ne dura pas long-temps. De ces vacances, outre le souvenir de rencontres étonnantes et de disputes mémorables, elle avait rapporté le tatouage de son papillon dans le cou. Après cela, il y avait eu d'autres hommes et d'autres femmes, mais rien de sérieux. Elle était particulièrement perméable aux émotions des autres, et n'éprouvait jamais le besoin de s'engager, d'aller plus loin.

Jusqu'au jour où elle avait fait la connaissance de Gonzalo.

Elle sortit de son sac l'image furtive qu'elle avait prise de lui, assis sur un banc, le regard perdu, et elle la regarda un bon moment. Que lui trouvait-elle? Il n'était pas beau, on ne pouvait pas dire non plus qu'il était séduisant, du moins selon les canons qu'elle avait suivis jusqu'à présent. Contrit, replié sur lui-même, le genre d'homme à traverser la vie par hasard, sans laisser de traces. Pourtant, derrière ses petites lunettes et cette contention, quelque chose brillait avec force, une rumeur lointaine au fond des yeux, d'un vert pâle. Gonzalo Gil était un mystère, autant que ses propres images, dont elle ne pouvait savoir ce qu'elles cachaient qu'après les avoir développées et tirées. Elle avait repéré quelque chose en lui, que personne ne pouvait deviner ni apprécier. Il ressemblait à ces hommes enfermés dans une possibilité. Comme si une vie plus réelle palpitait sous son apparence d'homme gris. Elle voulait savoir ce qui se cachait derrière cette fragilité, quel genre d'être était enfermé dans les cachots de sa vie apparente.

La chambre était plongée dans l'obscurité, un voyant rouge luisait sur le mur, au-dessus de la porte. Les persiennes étaient baissées et la faible lumière du couloir se faufilait sous la porte. Il sentit une forte pression sur la poitrine, comme un rocher qui lui écrasait le thorax.

C'était Lola, elle avait posé la tête sur lui ; il entendait les battements réguliers de son cœur. Elle le regardait comme regardent les chats qui veulent des caresses. Il n'avait pas vu ce regard depuis des années. Encore assoupi, il sentit qu'elle caressait ses cheveux ébouriffés, les écartait maladroitement de son visage, ses doigts avaient perdu leur agilité pour les caresses. Elle se redressa au-dessus de lui et embrassa chastement ses lèvres desséchées.

— Dors, mon chéri. Je suis là.

Où étaient ses lunettes ?

Il replongea dans une obscurité liquide, fœtale.

— Il devrait être mort.

— Ce n'est pas le cas.

— C'est un miracle.

Le mot miracle se faufila dans sa conscience comme une tenaille. Réveille-toi.

Une lumière gênante se glissait sous ses paupières. Il battit des cils et ouvrit les yeux. Qu'il referma aussitôt. Le monde et sa laideur étaient de nouveau là, sous la forme d'un bas filé de l'infirmière. La réalité pénétrant en vrac dans sa bouche desséchée. Il voulut tourner le cou, mais sentit la minerve qui l'immobilisait, le forçant à garder les yeux fixés sur l'abat-jour bleu du plafond. Un plafond bas. Il entendit des voix, on parlait tout bas, dans un murmure.

— Personne ne peut l'expliquer. C'est un miracle.

Encore ce mot. Une impression traversa les brumes de son cerveau. Laura était morte. Il était toujours vivant, apparemment. Il se retourna dans les draps raides. Il voulait qu'on s'en aille, qu'on le laisse seul. Trop tard. L'infirmière avait vu qu'il se réveillait et elle prenait son pouls, ou bien tenait simplement sa main inerte, où arrivait une perfusion.

— Comment vous sentez-vous ?

Il y avait une odeur… Une odeur de quoi ? De peignoir amidonné, de savon aseptique, de maladie, et il y avait un peu de vie à l'extérieur de l'hôpital : bière, tapas, cigarettes. "Comme un ressuscité ?" Il se moqua de cette pensée. Il n'était pas un moribond, et pourtant ces deux yeux couronnés de petits cils et de cernes de fatigue le regardaient comme s'il en était un.

— Que s'est-il passé ?

L'infirmière détourna les yeux vers le pied du lit. Un inconnu l'observait, bras croisés sur une chemise à manches courtes qui comprimait son ventre proéminent. Les boutons soumis à une telle pression malmenaient les boutonnières et menaçaient de sauter. Alcázar.

— On ne t'a pas raté. Pendant un temps, tu vas uriner bordeaux, mais tu as eu de la chance, dit-il en agitant sa grosse moustache.

L'infirmière confirma : huit points de suture à la base du crâne, entorse au cou, quatre côtes cassées, hématomes sur tout le corps et trois coups de couteau qui avaient provoqué une hémorragie interne. Il avait fallu l'opérer deux fois et il avait traversé des moments critiques en salle de réanimation. Mais il était hors de danger.

Gonzalo se palpa sous son drap. On lui avait mis une sonde pour uriner.

Il demanda de l'eau. L'infirmière approcha un verre en plastique de ses lèvres tuméfiées. Il but une petite gorgée, observant Alcázar par-dessus le bord plastifié.

— Que faites-vous ici, inspecteur ?

Alcázar posa la main sur son avant-bras.

— Je m'inquiétais pour toi.

Il paraissait sincère.

Gonzalo avait encore besoin de dormir. De se reposer. On était bien, dans cet état d'inconscience.

— Je reviendrai demain.

Il entendit à peine la voix de l'inspecteur qui se diluait. Il acquiesça. C'est du moins ce qu'il crut.

Le sommeil était moins lourd et l'obscurité moins protectrice. La douleur devenait constante et présente, comme les images de ce qui s'était passé, l'agression dans le parking, le visage de Floren Atxaga défiguré par la rage. Il retrouvait ses sensations.

— C'est très bien, l'encouragea le docteur qui passait tous les matins. Vous revenez à la vie.

Mais la vie lui faisait mal, très mal, et les calmants n'y pouvaient rien.

Un matin, alors que l'infirmière l'aidait à se redresser en glissant un oreiller derrière son dos pour son premier petit-déjeuner (un jus de fruits et une bouillie verdâtre qu'il vomit), son esprit s'éclaircit soudain, et il poussa un cri.

— L'ordinateur…

— Que dites-vous ?

Siaka, la Matriochka, la fusion avec son beau-père… L'ordinateur… Il l'avait quand Atxaga l'avait agressé !

— Les affaires que j'avais le jour où on m'a attaqué ? Où sont-elles ?

L'infirmière hésita, déconcertée.

— Je ne sais pas, je pense que c'est le travail de la police.

Le travail d'Alcázar.

Dans l'après-midi, l'inspecteur revint le voir à la même heure. Il était devenu une présence familière et discrète. Il s'installait dans le fauteuil, au pied du lit, et restait un quart d'heure, sans donner l'impression d'être là par obligation, il semblait plutôt se livrer à une étude de terrain, à une analyse détaillée dont l'objet était Gonzalo. La plupart du temps, Gonzalo était trop fatigué, ou bien il dormait, ce qui ne semblait pas gêner l'inspecteur. Au contraire, il se laissait aller dans le fauteuil, croisait les jambes et se contentait de l'observer. Parfois, Gonzalo feignait de dormir pour ne pas avoir à affronter son examen. Il y avait un côté abstrait, déconcertant, chez cet homme, comme un carrefour sans panneaux indicateurs, et il n'avait aucune idée des directions. Mais ce jour-là, voulant savoir ce qu'était devenu son ordinateur, il fut bien obligé de se montrer plus communicatif.

— Je n'ai pas besoin de nurse. Vous n'êtes pas obligé de venir tous les après-midi vous asseoir devant moi comme si vous deviez me veiller. L'infirmière et le docteur disent que je suis hors de danger.

Alcázar se pencha.

— Ce n'est pas mon impression. – Il sortit un tirage photo d'une caméra de sécurité et la lui mit sous le nez. – La caméra du parking a tout enregistré. C'est le type qui t'a mis en bouillie. Tu le reconnais ? C'est bien Floren Atxaga ?

Gonzalo confirma.

— À mon avis, tant que cet individu rôde dans le coin, tu n'es pas hors de danger.

— Miranda Acebedo, son ex-femme…

— Rassure-toi, je l'ai mise sous surveillance.

Gonzalo soupira, inquiet. Il sentait l'air grincer sous ses côtes, comme un soufflet cassé.

— Vous ne deviez pas prendre votre retraite ?

La moustache grise d'Alcázar s'écarta comme un rideau. À sa manière, c'était un sourire.

— Officiellement, je suis un civil. J'ai rendu ma carte il y a quinze jours, comme je te l'ai dit.

— Alors, qu'est-ce que vous faites ici ?

— J'ai quitté la police, mais j'ai encore des factures à payer. Les vieux ont le défaut de ne pas vouloir mourir quand ils prennent leur retraite. Ces derniers mois, j'ai préparé l'atterrissage : maintenant, je suis à mon compte. Ton beau-père m'a engagé pour que je me charge de ta protection et de celle de ta famille.

— Quels égards…

— Ne te fais pas d'illusions : pour le vieux, tu représentes un investissement ; il espère encore te convaincre de vendre cette propriété. Mais sa priorité, c'est ta famille… J'ai parlé avec ton épouse.

— Vous avez parlé avec Lola ?

— Tu étais dans le coma. Il fallait agir vite. J'ai mis deux hommes devant chez toi, ils veillent à la sécurité de ta famille. Des gens fiables.

Gonzalo n'avait pas pris au sérieux les graffitis menaçants sur le mur de sa maison. Atxaga était le merdeux typique sous l'apparence d'un pékinois. Il aboyait beaucoup mais ne mordait que ceux qui s'occupaient de lui.

Ce foutu pékinois devait avoir des crocs de pitbull depuis qu'il était sorti de prison.

Gonzalo avait mis en danger Lola et les enfants. Cette idée lui donnait des haut-le-cœur.

— Je croyais pouvoir le garder sous contrôle.

— À l'évidence tu te trompais.

Alcázar le mit au courant : Atxaga l'attendait derrière une colonne, surveillant depuis un bon moment sa place de parking. Quand il vit Gonzalo s'approcher, il surgit et le frappa à la tête avec une barre de fer. Gonzalo perdit connaissance sur le coup, mais le type était déchaîné.

— Il t'a poignardé trois fois de suite. Pas de doute, il voulait t'assassiner. Heureusement, quelqu'un est accouru et s'est enfui. Une femme. C'est elle qui a prévenu la police.

— Une femme ? Je ne me souviens de personne d'autre dans le parking.

— Tu n'as pas vu Atxaga non plus. La femme est partie avant l'arrivée de la patrouille, mais son témoignage n'est pas nécessaire. Nous avons les enregistrements.

Gonzalo s'accrocha à ce regard qui le sondait comme s'il y avait en lui quelque chose d'incurable.

— Les affaires que j'avais, les documents dans ma mallette – il avait risqué un mensonge plausible – et mon ordinateur portable avec les fichiers de mes clients…

Alcázar le rassura.

— Les agents ont remis tes affaires à Lola. Je pense que rien ne manque, Atxaga n'avait pas l'intention de te dévaliser.

Mentait-il ? Pourtant, Gonzalo ne percevait pas trace de duplicité chez l'inspecteur, mais une supériorité mal dissimulée, semblable à celle d'un docteur devant son patient, de l'infirmière qui l'aidait à manger ou du médecin qui l'encourageait à commencer la rééducation. Pour Alcázar, cette condescendance exprimait sa conviction que Gonzalo était un naïf, voire un faible qui ne savait rien du vrai monde, du mal que peut vous infliger autrui, et qui soudain avait tout appris en accéléré. "Et tu prétends affronter la Matriochka ? Maintenant, tu vois ce qui peut t'arriver, la douleur d'un coup de poignard dans le poumon. Bienvenu dans ma réalité."

— Quand j'étais là-bas, quelques secondes avant de perdre conscience, j'ai cru que j'allais mourir. Mourir vraiment.

Alcázar se gratta le menton. Il aspira une bouffée d'air qu'il laissa échapper lentement, avec le ronronnement presque inaudible de la bronchite chronique due au tabagisme. Dans un certain temps, semblait dire ce matou, il mourrait d'un emphysème s'il gardait le rythme de deux paquets et demi par jour. Mais l'inspecteur n'écoutait pas les chats, même s'ils vivaient dans sa gorge.

— C'est horrible, n'est-ce pas ? La certitude qu'on va mourir, l'instant où cette idée théorique qui rôde en nous depuis notre naissance se transforme en expérience réelle et implacable. On ne pense qu'à cette terreur qui paralyse tout, les sentiments pour la famille, ces prétendus monologues intérieurs. Ta vie dans l'espace d'une seconde ? Quelle merde. Les sphincters se relâchent et c'est tout. Pas de quoi en faire un plat ! Personne ne veut mourir, Gonzalo.

L'idée de la mort rappela à l'inspecteur l'agonie de Cecilia, ses dernières semaines où il voyait, minute après minute, le cancer la dévorer sans pouvoir rien faire pour elle, à part regarder son expression de panique et de souffrance. Il se leva.

— Cette fois tu as échappé au trou. Une expérience inoubliable qui restera, tapie quelque part. Parfois, elle reviendra te mordre, se moquer de toi, te terroriser, mais la vie t'attirera vers elle, et tout ira bien.

Gonzalo ne décela aucune intention de lui faire la leçon ou de lui donner des conseils. Alcázar se bornait à comparer sa propre expérience avec celle de son interlocuteur, sans la moindre émotion.

— Arrangez-vous pour que cette brute ne s'approche plus de moi ni de ma famille.

— Rassure-toi. Il ne reviendra pas. Sinon, je l'attends de pied ferme.

Au moment de sortir, Alcázar se ravisa, l'index sur les lèvres.

— Encore une chose. Tes enfants ont vu un jeune Noir rôder autour de ta maison. Un type bien habillé, aux traits agréables.

Gonzalo était sûr que l'inspecteur avait remarqué son changement d'expression. Ses mensonges ou ses cachotteries étaient maladroits, comme ces gens qui se cachent derrière un rideau et laissent les pieds dépasser.

— Lola m'en avait parlé, mais je ne vois pas le rapport.

Alcázar pencha la tête, comme s'il exposait une hypothèse absurde.

— Non, bien sûr. Mais s'il revenait, préviens-moi.

Lola arriva deux heures plus tard. Sans lui laisser le temps de poser son sac, Gonzalo lui demanda si la police lui avait remis l'ordinateur portable qui était dans le coffre de la voiture. Lola réfléchit, mais elle était presque sûre qu'il n'y avait pas d'ordinateur dans ce que les agents avaient récupéré.

— Je croyais que tu détestais ces appareils, tu te plains toujours que si Luisa n'était pas là, tu serais perdu dans le labyrinthe de l'informatique.

Gonzalo improvisa avec moins de précautions qu'il n'en avait mises pour sonder l'inspecteur.

— Je m'y suis mis depuis peu. Tu es *presque* sûre que la police ne te l'a pas donné, ou absolument sûre ? Je t'en prie, réfléchis bien, c'est important.

Lola trouvait une telle inquiétude déplacée, pour un simple ordinateur portable.

— J'en suis absolument sûre. Ce n'est pas si grave, tu as sûrement des sauvegardes.

Siaka en avait-il fait ? Il espérait que le jeune homme était plus dégourdi que lui dans ce domaine. Cette perspective le rassura, mais il se demandait qui avait récupéré toutes ces informations de Laura. Et dans quel but ?

Lola venait seule à l'hôpital. La première fois, elle avait amené Patricia, mais la petite était tellement impressionnée qu'elle éclatait en sanglots chaque fois qu'elle regardait cette masse de chair qui avait la voix de son père mais qui ne lui ressemblait pas. Depuis, Lola ne l'avait pas ramenée. Quant à Javier, il n'était pas venu une seule fois. Comme d'habitude, Lola essaya de le justifier.

— Tu sais comme il est. Il me demande de tes nouvelles, il t'envoie son bonjour, mais il ne veut pas venir… De plus, je crois que maintenant il a la tête ailleurs.

— Ailleurs ?

— Je jurerais qu'il a rencontré une fille.

Gonzalo devina dans les yeux de son épouse un plaisir qui frôlait l'envie, l'évocation saine d'émotions perdues ou oubliées dans les replis de sa biographie. Eux aussi avaient été de jeunes amoureux, audacieux et téméraires, qui oubliaient le monde pour se voir cinq minutes et se dévorer de baisers, avant de rentrer chez eux, les vêtements en désordre et le rose aux joues. Il avança la main, enveloppée dans un sparadrap sous lesquels disparaissaient des tubes qui lui instillaient du sérum physiologique, et il effleura les ongles vernis de Lola.

— Je suis désolé de tout cela, murmura-t-il.

Sa voix était encore pâteuse, il avait du mal à retrouver sa propre intonation. Lola esquissa un sourire qui se voulait compréhensif, mais qui n'exprimait que la fatigue.

Il était vivant, à la porte Alcázar avait posté un homme patibulaire, au cas où Atxaga serait tenté de revenir finir le travail. Elle allait bien, les enfants aussi. C'était l'essentiel.

— J'aurais dû prendre cette histoire de graffitis plus au sérieux.

— Cela n'a plus d'importance.

Ils se regardèrent en silence, les yeux pleins de reproches, de supliques et d'excuses en ébullition. Pourquoi était-ce si difficile à dire ? Les yeux de Lola brillaient :

— Je t'aime. Tu le sais ?

Gonzalo avait la gorge nouée. L'œil droit était noyé de sang et l'hématome du gauche l'empêchait de le garder ouvert. L'œil sanguinolent se posa sur elle.

Cinq minutes. Il n'était pas resté plus longtemps derrière la porte entrouverte de la chambre, dix-huit ans en arrière : pétrifié. Tout yeux, tout oreilles. Il voyait l'angle du lit, le drap en désordre et un amalgame de pieds qui s'entrelaçaient comme des filaments de méduses, qui se rétractaient et s'étiraient au rythme des gémissements. Il n'avait jamais cherché à savoir son nom, il n'avait vu qu'une partie de son dos, musclé, bronzé, et des fesses blanches, enfantines, contrastant avec la peau ferme, brune et luisante de sueur de ses cuisses ; il était serré contre elle, elle était enterrée sous ses bras. Gémissante. Et ce gémissement était encore là. Il aurait bien aimé l'arracher de son esprit, comme cette agitation des pieds dans les draps, effacer cette image chaque fois qu'il était en présence de son épouse. Mais c'était impossible.

— Nous n'avons pas encore parlé de ce qui va arriver, maintenant que l'accord avec ton père est rompu.

La porte lourde de désir que Lola avait ouverte se referma, déçue. Violemment. Elle se rejeta en arrière, et ses ongles se posèrent sur le genou sensuel qui dépassait de sa jupe.

— Il n'y a rien qui ne puisse s'arranger. J'en ai parlé avec mon père, il comprend la situation, et il est prêt à attendre que tu sois rétabli. Je lui ai promis que tu reconsidérerais ta décision. Que tu penserais à nous, à l'avenir de tes enfants et à notre bien-être.

L'expression dure, les lèvres cousues au visage avec un rouge couleur chair ne laissaient aucune place à la spéculation. Gonzalo agita la main intubée et se toucha la poitrine. Ce geste lent était la seule preuve qu'il respirait encore.

— Je ne peux pas, Lola.

— Bien sûr que si.

Elle ne pouvait comprendre ce qu'il vivait, l'effondrement qui avait commencé par de petites lézardes sur le crépi, et qui maintenant menaçait d'être général et définitif.

— Je dois garder cette maison, et je dois préserver l'indépendance du cabinet. Pour moi, c'est important.

— Les souvenirs ne valent rien, Gonzalo. N'était-ce pas toi qui disais qu'on se les trimballe comme dans un sac à dos ? Tu n'es pas obligé de les rattacher à ce lieu.

— Il ne s'agit pas de souvenirs, ni même de cette maison, qui ne vaut rien, en effet. Mais je rêve encore d'être celui que j'étais, celui que j'ai toujours espéré devenir. Il n'est pas trop tard. Nous n'avons pas besoin de cette maison avec piscine, nous ne sommes pas obligés de payer ces collèges hors de prix pour nos enfants, nous pouvons nous débrouiller autrement. Laisse-moi m'occuper de vous sans ton père. Je peux y arriver… Je veux y arriver.

Lola ne l'écoutait même plus. Elle s'était retranchée derrière ses défenses indestructibles. Elle ne comprenait pas ce qui se passait depuis la mort de la sœur de Gonzalo, quelle sorte de tempête elle avait déclenchée. Mais Lola en pressentait les conséquences, désastreuses.

— Comment vas-tu t'occuper de nous, Gonzalo ? Comme tu t'es occupé de ce type qui t'a presque tué et qui a semé la terreur dans nos vies ? En vivant avec deux hommes armés devant notre porte, payés par mon père ? Avec cet inspecteur qui rôde comme un oiseau de mauvais augure ?

La cruauté était son ultime recours. Elle refusait d'accepter cette situation sans livrer bataille. Elle connaissait son père, elle savait de quoi il était capable si quelque chose se mettait en travers de son chemin, et cet obstacle, c'était Gonzalo. Son père devait comprendre que Gonzalo ne voulait pas renoncer à ce qu'il avait dans le crâne, ces folles et romantiques idées de dignité, de liberté, des sottises qu'Esperanza – cette vieille sorcière – et sa folle de sœur lui avaient mises dans la tête depuis son plus jeune âge. En revanche, par égoïsme, il imposait à sa famille ce qui lui tenait le plus à cœur, mais ce n'était pas si simple. Lola avait déjà renoncé à beaucoup trop de choses en l'épousant contre l'avis de son père et de son milieu social ; c'était un fils de communiste, un athée, un pauvre hère, un bohémien, quand elle l'avait connu. Et ça ne l'avait pas gênée de supporter les humiliations des amis et de son père, d'essuyer les orages quand ils parlaient politique ; elle avait supporté ce feu croisé avec fermeté, parfois très seule, comme lorsque Gonzalo la regardait avec ce mépris désespéré des pauvres qui font de nécessité vertu, comme si elle, sa femme, était méprisable et corrompue uniquement parce qu'elle était riche. Tout cela avait été sans importance parce qu'elle l'aimait, et parce qu'avec une patience infinie, avec courage, elle avait tissé cette couverture qui avait fini par les envelopper, qui avait écarté Gonzalo de l'influence pernicieuse des souvenirs d'un père inventé.

Elle croyait avoir gagné. Mais il n'en était rien, elle le voyait bien, maintenant : on reste ce que l'on est, même si on se déguise. Dix-huit ans de culpabilité, c'était une grosse pénitence, chaque jour et chaque nuit à réprimer la tentation de lui raconter la vérité, une vérité qui, sans la naissance de Javier, n'aurait pas eu beaucoup d'importance. Elle était jeune, et les gens de son milieu lui rappelaient qu'elle l'était toujours. Ce n'était pas si drôle d'être mariée au *fils du rouge*, elle doutait, se demandait si elle ne s'était pas mariée un peu vite, si elle n'avait pas tort. Elle avait succombé : une aventure, que le temps et la conviction qu'elle aimait réellement cet homme auraient rangée au niveau de l'anecdote. Mais Javier était né, et on aurait dit que Gonzalo pressentait que ce n'était pas son fils, et elle se savait la cause de ce duel secret entre son époux et son fils, de cette guerre qui les meurtrissait tous les deux. Oui, tous les soirs elle voulait tout raconter, lui expliquer que les erreurs sont un apprentissage quand elles ne se reproduisent pas, mais elle se taisait, se taisait, et il n'y avait plus moyen de dire les mots. Voilà pourquoi ils étaient toujours ensemble, et voilà pourquoi elle avait renoncé à tant de choses, à elle-même. Mais elle n'allait pas laisser cette révolte stupide et juvénile de Gonzalo entraîner toute sa famille. Ils n'avaient plus vingt ans ; ils avaient maintenant deux enfants et vivaient tous les deux dans le même monde, que cela lui plaise ou non.

— Je ne changerai pas d'avis, Lola. Je ne vendrai pas la propriété du lac et il n'y aura pas de fusion avec ton père.

— Au risque de me perdre ? Et de perdre tes enfants, tout ce que nous avons construit ensemble ?

Gonzalo se rappela l'histoire que lui racontait sa mère, sur la façon dont son père avait perdu un œil : il voulait conserver un manteau minable qu'on avait voulu lui voler quand il était jeune. Parfois, on doit perdre une

chose essentielle pour défendre ce qui semble insignifiant à d'autres.

Il regarda Lola avec tristesse.

"Il y a dix-huit ans que je t'ai perdue", disait le silence
de ce regard.

Les journées à l'hôpital étaient une parenthèse qui
maintenait Gonzalo à l'écart de la réalité. Luisa venait le
voir tous les matins et lui apportait fidèlement des dou-
ceurs (comme Gonzalo n'aimait pas le chocolat, il s'en
servait pour suborner le personnel), elle s'asseyait et lui
expliquait la situation depuis qu'il avait refusé de vendre
la propriété du lac et de fusionner son cabinet avec celui
d'Agustín González.

— Pour le moment, j'ai refoulé les Huns de l'autre
côté de la frontière, mais je ne sais pas combien de temps
je pourrai résister.

— Il paraît que je pourrai sortir dans quelques jours,
mais j'aurai besoin de temps pour retrouver ma forme.
Il faut des mois pour ressouder des côtes cassées.

Luisa eut un rire amusé.

— Et quand as-tu déjà été en forme?

C'était sa façon de dissimuler son inquiétude. En dépit
de la réfection de l'enseigne, les clients arrivaient au
compte-gouttes, et il soupçonnait la secrétaire d'Agustín González de mener une campagne de détournement.
Plus d'une fois, Luisa l'avait trouvée en grande conversation avec certains d'entre eux, lesquels, curieusement,
décidaient de ne pas retourner au cabinet de Gonzalo.
Son assistante n'avait pas non plus voulu l'inquiéter en
lui parlant de la lettre de l'administrateur de l'immeuble,
arrivée ce matin-là : le contrat de location arrivait à
échéance dans trois mois et ne serait pas renouvelé. La
situation promettait d'être presque aussi noire que les
hématomes du visage de Gonzalo.

— J'ai besoin d'un service. Il faut que tu récupères l'enregistrement de la vidéosurveillance du parking.

Luisa le regarda avec étonnement.

— La police en a une copie et l'étudie. Pourquoi ? Tu as envie de voir comment ce mec s'y est pris pour te laisser à moitié mort ?

— Je veux le voir, c'est mon affaire. – Il ne pouvait lui dire qu'il avait besoin de savoir ce qu'il était advenu de l'ordinateur. – Tu peux le récupérer discrètement ? Personne ne doit être au courant.

— Je connais quelqu'un à la sécurité. Je vais voir ce que je peux faire.

Dans le langage de Luisa, cela signifiait que l'affaire était dans le sac.

— Autre chose. Essaie d'avoir des informations sur l'inspecteur Alcázar, tout ce que tu pourras glaner.

Pour une fois, Luisa ne fit aucun commentaire ironique. La mention de l'inspecteur lui avait rendu tout son sérieux.

— Tu as des ennuis ?

Gonzalo sourit. Des ennuis ? C'était une façon très légère de définir sa situation et ses multiples fronts.

— Je n'aime pas cet inspecteur, Gonzalo. Ces derniers temps, il fréquente assidûment le bureau de ton beau-père et, je ne sais pourquoi, il me fait peur.

— Tu aurais un peu moins peur si je te disais qu'officiellement il n'est plus policier ?

Luisa ne semblait pas soulagée. Mais elle allait obéir à son chef.

Quand avait-il perdu toute illusion sur son travail ? Alcázar n'en avait pas le souvenir. Dans son inventaire de justifications et d'excuses, la date de la mort de Cecilia marquait le début et la fin de tout. Mais cela, c'était se leurrer, et qui comptait-il leurrer dans sa situation ? À vrai dire, il n'avait jamais aimé ce qu'il faisait, ce qui ne signifiait pas que pendant quelques années, quand son père était encore en activité, il n'y ait pas pris plaisir, mais toujours de façon déconnectée et irréelle, comme un jeu. Jusqu'au moment où le jeu était devenu trop réel.

— Où en est-on, avec Atxaga?

Agustín González était en tenue de gala. Le costume noir et le nœud papillon lui allaient à merveille. Pour donner un air naturel à la sophistication, il faut être né avec, comme le vieux. En entrant dans son bureau, Alcázar avait entrevu une fille. Dix-neuf, vingt ans? Pas la grosse putain exubérante habituelle : elle était plus raffinée, traits iraniens, taille de guêpe et buste discret. Agustín, *don* Agustín, se ramollissait, il aimait de moins en moins l'excentricité et l'excès. Il vieillissait, lui aussi.

— Disparu de la carte, mais dès qu'il montre le bout de son nez, je le démolis.

Agustín González mettait ses boutons de manchette, assortis à sa montre en platine. Avec une de ces montres, il aurait pu envoyer Cecilia dans une clinique privée des États-Unis pour suivre un traitement, comme tous les riches condamnés. On ne l'aurait pas sauvée, mais elle aurait gagné quelques mois de vie et une agonie moins douloureuse. Ce qui avait dégoûté Alcázar, ce n'était pas la douleur d'autrui, mais la sienne, et cette certitude qu'avec l'argent même la mort n'est pas égale pour tous, en dépit de ces foutus pauvres qui rêvaient d'un peu plus de justice. Ce n'était pas vrai de dire que bien mal acquis ne profite jamais. Devant lui, le vieux avait signé un pacte avec le diable, et il était en pleine majesté. Combien de saloperies avait-il commises? Innombrables, et un bon nombre avec son aide.

— Tu sais, si ce salaud avait eu la peau de mon gendre, je ne le lui en aurais pas voulu.

— Et ta fille, et tes petits-enfants? Ils auraient été contents?

— Ils n'ont pas besoin de lui. Je suis là. Comme toujours, je m'occupe de tout. Et maintenant il faut que je me farcisse cette putain de propriété qui me fait plus mal au crâne que mes foutues migraines.

Alcázar regarda la photographie posée sur le petit secrétaire. On y voyait Agustín González et le père de l'inspecteur. L'image de son père, si jeune, l'étonnait toujours autant. Les années 1950 avaient été pour eux un Eldorado, à l'époque ils nouaient et dénouaient les fils sans autres règles que les leurs propres. L'avocat fils de ministre, et le commissaire sans scrupules. Apparemment, c'était l'avocat qui avait récupéré la plus belle part du gâteau. Mais grâce à cette photographie, Alcázar pouvait tutoyer le vieux. Il se rappelait encore les soirées où il l'emmenait au cynodrome avec son père pour traiter ses affaires. Qu'il le veuille ou non, le chemin était tracé.

— Tu as fait du bon boulot avec la belle-mère de ma fille, cette folle. Qu'est-ce que tu lui as dit, pour la convaincre de vendre sa part ?

Alcázar resta évasif. Il y avait certaines choses, heureusement, qui restaient hors d'atteinte des griffes du vieux.

— Si son fils veut mettre sa mère sous curatelle, ce contrat sera sans objet, et sans les 25 % du fils, tu ne peux lancer les travaux.

Agustín González se regarda le nez, les dents et les joues dans le miroir du vestiaire. Il n'était pas idiot au point de se laisser entraîner par cette image séductrice, mais il était satisfait du résultat. Un monde brillant en apparence, c'est ce qu'on attendait de lui et, en tant qu'histrion avisé, il savait s'en débrouiller mieux que personne. Cependant, ce soir sa tenue ne suffirait sûrement pas, pas plus que la beauté qui l'attendait au salon, pour convaincre ses clients que le projet du lac marchait comme sur des roulettes. Ces gens-là bâillaient à s'en décrocher la mâchoire devant les feux d'artifice. Le bruit et les lumières ne les intéressaient pas. Ils voulaient de l'efficacité, des actes. Et jusqu'à présent, c'est ce qu'il leur avait donné. Mais Alcázar avait raison : il y avait un problème. Et chez les gens puissants, infiniment plus puissants que lui, les problèmes étaient aussi gênants que les plis sur un tapis rouge. Ils attendent qu'on le défroisse avant d'avancer, et c'était son travail.

— Je ne sais pas quel truc tu as utilisé avec Esperanza, mais sors-en un autre de ton chapeau pour convaincre cet idiot de vendre.

— Il n'y a plus de lapins.

Agustín González ajusta son nœud papillon et fronça les sourcils en constatant que son double menton était de plus en plus visible.

— Alors trouves-en un ailleurs. Le temps presse, Alberto. Ton père aurait sûrement eu une solution.

Il avait déjà vu le regard de ce vieux, cet éclat vide qui se moque des scrupules, de la morale, du bien et du mal. Cet homme était d'une autre trempe, il était dans ces limbes où vivent les dieux, observant avec impatience les soucis des mortels. Il ne voulait pas qu'on l'importune avec les détails, si scabreux soient-ils. Il voulait voir ce contrat sur son bureau. C'était le sens de son allusion à son père. Mais Agustín ne comprenait pas que les temps avaient changé, et ses semblables aussi. Les dieux ne levaient plus le bras pour faire le salut fasciste, n'allaient plus à la chasse avec le Caudillo, ne fréquentaient plus les putes de luxe avec le gendre de Sa Majesté. On ne pouvait plus laisser les cadavres dans les fossés, ni les jeter par la fenêtre d'un commissariat. Mais le vieux n'en avait pas conscience. Ou bien il le savait, mais il s'en foutait éperdument.

— Tu te rends compte qu'on est coincés, hein ?

Agustín González regarda sa propre image dans le miroir, maintenant transfiguré.

— Que veux-tu dire ?

Alcázar se caressa la moustache. Les dieux aussi avaient parfois chaud aux fesses. Il montra le jeu de poupées russes peintes à la main que Laura lui avait offert. Elles étaient jolies, inexpressives mais de couleurs vives, en costume de paysannes avec des foulards à fleurs. Le vieux avait beaucoup insisté pour les lui racheter quand il les avait vues sur son bureau. Il voulait les avoir comme un trophée, comme les têtes empaillées des cerfs, des sangliers et des loups qu'il collectionnait dans sa bibliothèque, quand l'Espagne était la réserve de chasse des gens de son milieu.

— S'il est vrai que ton gendre a assez de preuves pour rouvrir le dossier…

Agustín González s'énerva mais ne haussa pas le ton. Il ne perdait jamais le sens de la mise en scène, jamais il ne perdait de vue son rôle.

— Il n'a rien.

— Et s'il avait un truc ?

Agustín sourit, regarda l'heure sur sa montre en platine. La belle aux traits iraniens devait s'impatienter.

— Alors tu le lui arraches des mains, par tous les moyens.

— Par tous les moyens ?

Le regard du vieux prit ses distances, avec un éclat de fourberie.

— Franchement, ton père me manque. Avec lui, pas besoin de répéter les choses deux fois.

11

Tout lui glissait entre les doigts. Rien ne semblait réel, et en même temps rien ne semblait plus clair. En dépit de cette impression d'impossibilité, Elías étreignait Irina tous les soirs. Elle se déshabillait lentement, quand Anna s'était endormie, et il s'étendait à côté d'elle comme une feuille qui glissait sous ses bras. Une feuille qui parfois tremblait, parfois semblait ne pas lui appartenir. Il était difficile de s'aimer en silence, au milieu d'étrangers couchés au fond de la barge, qui feignaient de dormir ou se détournaient pour leur donner un peu d'intimité. Au matin, quand l'aube hésitait encore, elle se rhabillait avec ce même silence, si douloureux pour Elías. Hors de la nuit, Irina repoussait ses caresses, tout geste tendre augmentait sa nervosité, comme si à l'approche de l'île de Nazino elle refusait les illusions impossibles, pressentant ce que tout le monde taisait. Dans l'embarcation qui remontait beaucoup trop lentement le fleuve Tom, il n'y avait rien, hormis ce paysage désolé et stérile, ces îlots sableux. Aucune vie n'y était possible.

Irina cachait un petit recueil de poèmes. Elías la voyait lire de temps en temps. Elle relevait la tête, fixant son regard sur les rives, plongée dans un lointain d'où personne ne pouvait la sortir. Et elle récitait ce poème, toujours le même, avec une voix de contralto. Mais vers la fin elle se taisait et clignait des yeux, comme si les derniers vers s'étaient effacés de sa mémoire. Alors, le visage dans les mains, elle se mettait à pleurer. Elías essayait de la consoler, mais elle lui lançait des regards froids et blessants, refusant de partager sa douleur. Après une ou deux nuits, elle revenait se coucher sur les planches rongées, près de lui. Elle se pelotonnait dans ses bras et embrassait ses poignets, la paume de ses mains, sa poitrine. Elías avait appris que ses questions étaient inutiles, aussi se contentait-il de ces instants, humant son corps, non par le nez, mais par les doigts, la bouche, par tous ses pores. Il la serrait contre lui pour ranimer en elle cette étincelle de vie et de chaleur dont il avait tant besoin.

Pendant plusieurs semaines, ils avancèrent entre les glaces qui se détachaient avec le printemps et aboutirent au confluent du Tom et de l'Ob. Là, le fleuve s'élargissait, parsemant les défilés de gros îlots sur lesquels il n'y avait que des bouquets de sapins noirs et un enchevêtrement de marais puants. La barge ralentissait pour ne pas s'échouer dans les hauts-fonds boueux, puis elle fendait les petites crêtes d'écume et laissait derrière elle un sillage qui se refermait aussitôt. Enfin, par un matin glacé, l'embarcation cessa de vrombir, elle vira sur la rive droite et s'immobilisa devant un vieil embarcadère abandonné. Un esprit doté d'un sens de l'humour macabre avait cloué un panneau en bois sur un poteau avec ces mots : "Bienvenus dans l'île de Nazino. Profitez du paysage. Ce sera celui de votre tombe."

Il n'y avait rien à voir. Nazino était une petite île de trois kilomètres de long sur moins d'un kilomètre de large, au confluent de l'Ob avec son affluent la Nazina, un territoire inhabité, parsemé de conifères et de vastes étendues d'eaux marécageuses qui en été devaient être un paradis pour les insectes. Au-delà de la rive sud, on devinait l'immensité de la steppe, hors de portée.

— On ne peut pas nous laisser là, murmura Elías quand on l'obligea à débarquer.

Il y avait plus de deux mille personnes, surveillées par une cinquantaine de soldats mal équipés et deux jeunes officiers. On avait construit en hâte quelques baraquements pour la garde, en rafistolant quelques cahutes de pêcheurs abandonnées depuis belle lurette. Il n'y avait ni hébergement, ni intendance, ni unité médicale, ni latrines. De vieilles tentes entourées de barbelés qui n'étaient pas encore en place. Les autorités n'avaient pensé qu'à ériger quelques tours de guet près du rivage et de la zone forestière. Aucun être sain d'esprit n'essaierait de s'échapper : il n'y avait tout simplement pas d'issue. Tomsk était à plus de huit cents kilomètres. Quant à Moscou, même à deux pas, il aurait été tout aussi inaccessible.

Des brigades de prisonniers furent constituées pour les travaux forcés. Ils devaient ériger de leurs propres mains la prison qui allait les recevoir, mais il n'y avait ni outils, ni bois, ni clous. Chaque brigade était dirigée par une sorte de policier auxiliaire recruté parmi les droit commun. L'officier chargé de la répartition mit Elías sous les ordres d'Igor, ce qui n'était pas un hasard. Le prisonnier, devant la tente qu'il avait déjà accaparée, salua sa recrue avec ironie. Claude, Irina et sa fille furent assignés à une autre brigade. Elías se réjouit qu'au moins son ami français puisse être auprès d'elles. Il savait que Claude ferait tout son possible pour les protéger, même si cet espoir était fragile, car rien ne pouvait se faire sans le consentement de prisonniers comme Igor Stern et ses hommes, lesquels dès le premier instant affichèrent leurs intentions de transformer la vie en un cauchemar bien pire que tout ce qu'ils avaient connu jusqu'alors.

Elías croisait souvent Michael, suivi de près par son ombre, Martin. Ils s'évitaient, mais lorsque la rencontre était inévitable, Michael lançait des regards furieux, comme s'il accusait Elías d'être la cause du rôle qu'il devait tenir. Martin lui adressait un sourire timide et coupable, et lui procurait parfois des vêtements ou de la nourriture, quand personne ne pouvait le voir. Ses jérémiades et ses excuses étaient pitoyables et agaçaient Elías, quand, après leurs conversations, il voyait son ancien compagnon frapper une victime avec acharnement ou la dépouiller sans vergogne pour plaire à Michael. Igor Stern était encore trop occupé à organiser les rapines et à imposer la terreur dans le groupe pour s'occuper de lui. Mais quand ils se croisaient, le sourire cruel du prisonnier rappelait à Elías qu'ils avaient encore un litige à régler :

— J'aime toujours ton manteau.

Le typhus et la dysenterie ne tardèrent pas à faire des ravages. Il y avait très peu de farine et beaucoup la mélangeaient avec de l'eau insalubre pour la cuire. Les gens mouraient de déshydratation, de fièvre et de faim. Cette dernière était atroce. Lapins et écureuils ne tardèrent pas à disparaître ; même les rats qui hantaient les gabarres valaient un prix fou. Quant aux oiseaux, ils ne daignaient guère survoler l'île, préférant des latitudes moins froides et moins pluvieuses. Les brigades dirigées par les prisonniers de droit commun travaillaient d'arrache-pied, débroussaillaient, plantaient des piliers ou déplaçaient des mètres cubes de terre boueuse, parfois à mains nues. Tous ces efforts ne semblaient pas avoir de sens, hormis celui d'absorber le peu d'énergie que les déportés avaient encore.

Bientôt plana sur l'île un air de folie et de maladie, un silence horrible, comme dans la cour d'un asile, où les fantômes à forme humaine s'entrecroisaient, hallucinés, absents, désespérés.

Si les brigades étaient séparées pendant les heures de travail, le soir elles se retrouvaient dans les gabarres amarrées à l'embarcadère. C'était leur seul abri. Elías y retrouvait Irina et son ami français, ils se réconfortaient, se racontaient des anecdotes, se rappelaient qu'ils étaient des êtres humains, qu'ils avaient un passé et auraient peut-être un avenir. Mais souvenirs et espoirs ne tardèrent pas à devenir une maladie presque aussi nuisible que le typhus. En les évoquant, ils s'affaiblissaient pour affronter le présent. Et ces amarres disparurent aussi. Leur seul sujet de conversation devint l'actualité au jour le jour : où dénicher une pomme de terre, voler une capote, quel garde serait le plus sympa, comment échapper aux coups des lieutenants d'Igor Stern.

Seul Elías croyait encore que ce cauchemar pouvait prendre fin, il refusait d'admettre que cette folie était le résultat d'un plan prémédité des autorités. Il n'y avait aucune logique à exterminer les gens de façon aussi honteuse. Après tout, répétait-il à l'envi, il était communiste et n'avait commis aucun délit. Et son mantra lui soufflait que Staline ignorait forcément cette barbarie ; le Grand Guide ne l'aurait jamais autorisée. Les premiers jours, son ami Claude lui parlait avec son mordant habituel, ils se lançaient dans de grandes discussions idéologiques et politiques, et même s'ils n'en venaient jamais aux mains, ils pouvaient rester fâchés pendant des jours. Elías avait remarqué que son ami s'excitait encore plus quand Irina était dans les parages, et qu'à plusieurs reprises, la nuit, pendant qu'ils faisaient l'amour en silence, Claude les avait épiés sous ses paupières mi-closes.

La dernière semaine d'avril, l'état de Claude empira de façon inquiétante. La fièvre montait et le moignon de ses doigts amputés s'était de nouveau infecté. Comme les chiens malades, il fuyait la présence des autres, il se repliait dans des recoins à l'écart, il tournait le dos au monde. Irina ne pouvait pas grand-chose sans médicaments, sans quinine et sans bandes propres, mais elle ne le quittait pas.

— Il faut que tu manges un peu, insistait Elías quand son ami repoussait le bol de soupe visqueuse qu'on leur distribuait une fois par jour.

— À quoi bon ?

— Parce que j'ai besoin que tu sois là. Sans toi, je ne m'en sortirai jamais.

Claude sourit, le regarda du coin de l'œil, faillit faire une grimace moqueuse, mais se retint. Il but une gorgée, et vomit.

— D'où as-tu sorti que tu t'en sortirais mieux avec moi ? dit-il, les yeux vitreux, essuyant sa bave d'un revers de sa main malade. Regarde cet endroit pourri ? Hier j'ai vu des prisonniers traîner une femme dans le bois. Tu devines qui était parmi eux ?

Elías le devina facilement. Michael était devenu une sinistre célébrité. Elías et Claude avaient discuté de l'effrayante transformation de l'Écossais. Elías ne concevait pas qu'un idéaliste, cultivé et travailleur, *un être civilisé*, puisse subir une telle métamorphose. Claude soutenait que Michael était un psychopathe aussi dangereux qu'Igor, mais jusqu'alors ils n'avaient pas connu les mêmes conditions de vie. Michael avait caché tout son mépris sous une patine civilisée et retenue, mais dans ce contexte d'impunité absolue où régnait la loi du plus fort, il avait donné libre cours à tout son potentiel criminel. D'après le Français, Michael se serait comporté avec une cruauté semblable, subtile mais cruelle, s'il avait été directeur d'usine, commissaire politique ou simple père de famille. Sa conclusion était sombre et sans appel :

— Les hommes comme Michael sont irrécupérables. Il faut les éliminer. Je l'ai vu traîner par les cheveux cette femme jusqu'aux tentes occupées par Igor et ses lieutenants ; les gardes n'ont rien fait pour s'interposer. J'ai cru qu'ils allaient la violer, et je me suis dit que ce n'était pas le pire qui puisse lui arriver. Je l'ai entendue crier pendant des heures. Pendant des heures. J'essayais de me boucher les oreilles, mais ses cris d'agonie me glissaient entre les doigts et explosaient dans ma tête. Ils ne l'ont pas seulement violée, Elías. Ils l'ont découpée en morceaux. Tu entends ? Ils l'ont découpée pour la manger !

Elías le regarda avec un air dégoûté. C'était la fièvre ! se dit-il. La fièvre faisait délirer son ami. Pourtant, quelques jours plus tard, il y eut de nouveaux actes de cannibalisme. Des corps attachés aux conifères, auxquels on avait arraché une partie des cuisses ou de l'abdomen, des histoires rapportées par les déportés, qui essayaient de rester groupés, tel un troupeau effrayé, car chaque matin il manquait quelqu'un, que l'on retrouvait quelques heures plus tard, mis en pièces. Les deux commandants de la garnison avaient déjà pendu plusieurs prisonniers, suspectés d'être les coupables, mais ces jeunes officiers étaient dépassés par la situation.

Une image horrible se mit à tourmenter Elías. Il ne pouvait s'ôter de la tête qu'Irina et Anna étaient à la merci de ces brutes.

— Pour le moment, elles sont à l'abri, dit Claude pour le rassurer. Irina est chirurgienne et les deux officiers médecins la protègent parce qu'elle est utile. Mais je ne sais pour combien de temps… Il faut que tu les sortes de là, Elías. Cette horreur nous pousse vers une barbarie démentielle.

— Si tout pouvait recommencer, si je pouvais même effacer ce qui est déjà effacé… murmura-t-il à part soi.

— Ne sois pas naïf, Elías. Jamais elle n'aurait porté un regard sur toi, ou sur moi. Nous le savons tous les deux. Après tout, nous devrions remercier Staline, tu ne crois pas ? Il nous a au moins permis de la rencontrer. Nous n'aurions jamais pu rivaliser avec son mari… Ce recueil de poèmes qu'Irina lit, ce qui t'inquiète tant, était à son mari ; il connaissait personnellement Maïakovski, ils étaient amis. Quand le poète se tira une balle dans le cœur, poussé par Staline et parce qu'il était tombé en disgrâce, le mari d'Irina envoya un article à la *Pravda* avec ses derniers poèmes inachevés. En faisant cela, il était conscient de signer sa sentence de mort.

Elías était déconcerté. Claude expulsa un crachat verdâtre qui emporta la moitié de ses bronches.

— Qu'est-ce que tu croyais ? se justifia-t-il, haletant et congestionné. Il avait de plus en plus de mal à respirer, et faisait un bruit de soufflet brisé. Moi aussi je suis de chair et d'os.

Elías acquiesça. Il n'avait plus qu'un œil, mais il lui avait suffi pour remarquer depuis quelques semaines que son ami était amoureux d'Irina, lui aussi.

Les gardes avaient improvisé une table avec des planches et deux tonneaux devant le débarcadère, pour la distribution des rations de farine. Irina faisait la queue sous le regard vigilant des soldats, qui avaient le doigt sur la détente de leur fusil. Ils étaient nerveux et fatigués ; il y avait déjà eu des altercations au moment de la distribution et ils n'hésitaient pas à tirer quand ils se sentaient menacés. Ce qui n'empêchait pas une foule de bras de se tendre vers eux en se bousculant. Elías observait la scène avec inquiétude. Les gens avançaient, reculaient, et Irina pressa Anna contre ses jambes pour qu'elle ne soit pas emportée par cette étrange marée. Un soldat trop jeune s'énerva quand, dans un mouvement d'avalanche, un groupe de déportés, projeté contre le stand improvisé, renversa les sacs de farine. Alors, la meute affamée se jeta sur le nuage de miettes.

Le soldat tira sur le premier homme qui fonçait sur lui. Par un effet accordéon, d'autres l'imitèrent, malgré les cris de l'officier chargé de la distribution, qui ordonnait de cesser le feu. Les hommes, pris de panique, étaient incapables de lui obéir. En quelques minutes, ce fut la débandade. Certains couraient vers la forêt toute proche, d'autres sautaient dans le fleuve pour gagner la rive opposée, mission impossible ou suicide, elle était trop loin et l'eau était trop froide. Redoutant une évasion massive, les soldats tiraient à volonté sur les fuyards ou les embrochaient à la baïonnette. Certains déportés, armés de bâtons, de pierres, parfois même à mains nues ou à coups de dents, les attaquèrent pour s'emparer de leurs fusils.

Elías courut vers Irina. Au milieu du chaos, elle tournait sur elle-même, désorientée, pressant Anna contre sa poitrine. La fillette criait, horrifiée. Partout, les corps tombaient, victimes des fusillades. Jouant des poings et des pieds, Elías les rejoignit enfin, les plaqua au sol en faisant un rempart de son corps et leur cria :

— Ne bougez plus !

Quand s'éteignit l'écho des derniers coups de feu, l'îlot était jonché de cadavres. L'air sentait la poudre. Même les soldats, qui s'acharnaient encore quelques minutes plus tôt, contemplaient ce spectacle dantesque en silence, effrayés de leur propre rage. Certains vomissaient, d'autres sanglotaient. Plus de deux cents hommes, femmes et enfants moururent ce jour-là. Une demi-douzaine de soldats tombèrent aussi.

Et soudain, au loin, un écho musical transperça la brume qui enrobait le fleuve. Entouré de cadavres, un vieil homme jouait de l'harmonica, assis sur un tronc d'arbre. La musique répandait sa tristesse. La scène était démentielle, hallucinante, incroyable. Mais le vieillard était bien réel, les notes de son harmonica s'élevaient au-dessus des gémissements des blessés. Son gros ventre, son visage de paysan rude et sauvage, ses cheveux crasseux et ses mains ensanglantées qui tenaient l'harmonica étaient aussi vrais que les sons qui sortaient de ses lèvres.

Le commandant qui avait ordonné aux soldats de cesser le feu s'approcha du vieux, son revolver à la main, marchant comme un automate. Tous pensaient qu'il allait l'exécuter. Au bout d'une longue minute, il ôta son manteau, recouvrit délicatement les épaules du vieil homme, comme si c'était son père ou son grand-père, s'assit à côté de lui, promena un regard dément, releva la visière de sa casquette à la pointe de son revolver, laissa son regard errer au milieu des cadavres figés dans des positions invraisemblables, à genoux, les yeux écarquillés, la bouche béante tournée vers le ciel. Les doigts tremblants, il chercha une cigarette dans sa veste, l'alluma et aspira une longue bouffée. Le vieillard jouait toujours. Alors, l'officier appuya son revolver contre sa tempe et se fit sauter la cervelle.

Son corps bascula sur le vieux koulak, qui cessa de jouer, gêné par le visage ensanglanté. Pendant quelques instants, ses gros doigts hésitèrent sur le crâne éclaté du jeune homme sans oser le toucher. Finalement, il berça cette tête contre son gros ventre mou, comme si c'était un jouet cassé.

Après un instant de désarroi, un essaim de mains happa l'officier et le vieillard, les dépouillant de leurs vêtements, des bottes et de tout ce qui pouvait avoir de la valeur. Au milieu de cet enchevêtrement de corps en furie, Elías vit Michael s'emparer du revolver de l'officier et le cacher dans ses vêtements. La horde s'adonna alors à un rituel aussi ancien que la sottise des hommes : comme une bande de corbeaux désespérés, elle se mit à dépouiller tous les cadavres.

— Il faut que je vous sorte d'ici, murmura Elías en serrant Anna et Irina contre lui.

Claude mourut deux semaines plus tard. Il agonisa toute la matinée, la tête penchée sur l'épaule d'Irina, pelotonné contre ses seins. Il émettait des sifflements irréguliers, pâles reflets d'une respiration, tandis qu'Irina l'entourait de ses bras en lui murmurant une ancienne berceuse à l'oreille, comme tant de fois il l'avait vue faire avec sa fille en embrassant son front brûlant. Claude rouvrit les yeux quelques secondes et regarda le monde comme s'il ruminait un dernier sarcasme. Dans ce bref battement de paupières, il redevint le jeune homme preste et élégant, sûr de lui, avec cette gaieté ironique et vive qui avait toujours un arrière-goût amer.

— C'est moi que tu aurais dû choisir, murmura-t-il. Je suis plus beau que cet Espagnol, et beaucoup moins tragique, bien sûr.

Irina lui renvoya un sourire timide, et avec une tendresse pleine de retenue elle lui caressa la joue et hocha la tête, comme si elle avouait qu'en effet elle s'était trompée d'homme. Il ne la crut pas, tous les trois en étaient conscients, mais peu importait. Les paroles mentent, mais le mensonge est parfois la seule consolation possible.

Elías quitta la barge et alla jusqu'au bout de l'embarcadère. Il s'assit près de la rive, abattu, et regarda longuement les filaments rougeâtres du soleil à la surface du fleuve, les brumes de l'autre côté qui ne s'évaporaient jamais complètement, les barques enlisées sur la plage visqueuse. Les hommes étaient comme les arbres rachitiques qu'on devinait sur l'autre rive, se dit-il ; jamais ils ne pourraient s'enraciner dans cette terre argileuse, ils se battraient jusqu'au bout pour survivre et s'élancer vers les rayons du soleil, mais ils périraient, putréfiés, implacablement. Il eut le cœur serré en se rappelant les rires de Claude, son enthousiasme dans le train qui les avait amenés tous les quatre à Moscou. Il y avait mille ans ?

La vie de son ami était un feu d'artifice, des salves colorées, spectaculaires, mais qui devant la mort s'avéraient être des mirages : tout ce que Claude avait pu rêver, ses projets de construction, ses pensées, les femmes qu'il aurait pu aimer, les livres lus, la musique écoutée, les conversations passionnées qu'ils avaient eues sur la politique, les succès et les échecs, les joies et les déceptions. Tout mourait ici. Maintenant. La mort échappait à sa compréhension, son ami allait franchir le seuil tout seul, comme eux quand viendrait leur tour. Et les pieux mensonges d'Irina, la pression de sa main, toutes ces théories, toute la rhétorique religieuse sur un Dieu, un au-delà, tout cela ne lui servirait à rien. Il était seul.

Il repéra un poisson, une sorte de perche, dans un tourbillon. Il essaya de l'attirer avec une branche. Le poisson avait perdu ses écailles, ses orbites étaient vides et il sentait le pourri, mais il ferait le repas. Elías le cacha entre ses jambes, terrifié qu'on puisse lui arracher ce morceau putride. Il comprit alors que s'il survivait, cette souffrance le priverait à jamais de toute jouissance ou bonheur futur. Rien, sauf la douleur, ne lui semblerait désormais réel.

Irina s'approcha. Elle tenait quelque chose dans la main. Elías comprit que Claude était mort. D'une main hésitante, il écarta une mèche et lui caressa la joue. Elle faillit le repousser, mais elle saisit ses doigts et les embrassa.

— Il a écrit cela, pour toi.

Elías lut les caractères tracés avec une branche charbonneuse.

On ne m'aura pas tout pris. Ma mort est à moi.

Elías observa l'empreinte des ongles que Claude avait enfoncés comme des griffes dans la peau d'Irina. Il s'était férocement accroché à elle jusqu'à la fin.

— Je ne veux pas mourir ici, pas de cette façon, sans lutter, murmura Irina.

De lourdes rafales apportaient l'odeur des branches humides et attisaient les feux. Sous le rideau de brume, on devinait des corps boursouflés à la dérive. D'autres étaient empêtrés dans les branchages du bord. Elías contempla la frondaison grise qui s'étendait vers le nord. La steppe était la porte de cette prison sans murs. Des milliers et des milliers de kilomètres de silence absolu, de néant, entre eux, l'Oural et l'océan Arctique au nord.

Regarder vers l'est était le pire. La Sibérie orientale et la taïga.

Mais c'était décidé. Ils s'évaderaient pour aller mourir un peu plus loin. Au moins, ils mourraient en marchant vers nulle part.

Martin laissa échapper un petit cri étouffé, une sorte de râle d'agonie. Pendant quelques secondes, Michael sentit sous sa main la respiration agitée de son amant. Ils n'auraient pas dû épuiser leur énergie de cette façon, se dit-il en s'écartant, le pénis encore en érection. En outre, c'était dangereux. Si Igor les surprenait, il n'osait imaginer ce qui pourrait leur arriver. Michael l'avait vu sodomiser des hommes, mais le viol et le droit de domination n'avaient rien à voir avec ce que Martin et lui faisaient toutes les nuits. Eux, ils s'aimaient.

— Tu crois qu'il nous emmènera?

Michael caressa les cheveux roux de Martin.

— Il a besoin de nous, dit-il pour le rassurer, mais il n'en était pas lui-même convaincu.

L'idée d'Igor était de se diriger vers le nord-ouest. Il avait trouvé sur une carte un ancien tracé de chemins qui reliait les bassins miniers de l'Oural aux basses terres de Sibérie occidentale et au fleuve Ienisseï, à travers les steppes du Kirghizistan. Le projet avait été abandonné au début du siècle en raison de sa démesure, mais il subsistait des tronçons de route et des wagonnets abandonnés, à quelques centaines de kilomètres de là, quelque part entre Nijnevartovsk et Vampugol. En suivant ce tracé, ils feraient un détour de plusieurs semaines pour franchir l'Ob à gué et descendre jusqu'à Tomsk.

Des milliers de kilomètres sans rien en vue, sans nourriture, au milieu des loups, exposés à mourir dans un marais, de faim, de soif, de froid. L'idée même était absurde. Et pourtant ils allaient la réaliser. Depuis des semaines, Igor étudiait la carte et accumulait du matériel, tout ce qui pouvait servir, vêtements, chaussures, le peu de vivres qu'ils pouvaient trouver et des armes à feu volées aux gardes assassinés. Il escomptait qu'au bout d'une semaine de marche ils atteindraient un village ou trouveraient une ferme sibérienne. À partir de là, tout serait plus simple.

Et Michael avait un as dans sa manche. Il avait le pistolet du commandant, personne ne le savait, sauf Martin. Tous les soirs, il allait le prendre à l'endroit où il l'avait caché, ouvrait le tambour et recomptait les cinq balles. La sixième était dans la cervelle de l'officier. Que pouvait-on faire avec cinq balles ? Beaucoup de choses, si on savait les utiliser. L'une était pour Igor. Il avait l'intention de lui exploser la tête dès qu'ils seraient tirés d'affaire. Il haïssait ce monstre. La seconde et la troisième étaient pour Martin et pour lui s'ils échouaient. Igor avait promis à des jeunes de les emmener. Ces idiots ne se rendaient pas compte de sa véritable intention : Igor pensait les utiliser comme bêtes de somme lors des marches épuisantes et, quand la faim deviendrait insupportable, comme du bétail. Michael ne laisserait pas ces pervers les dévorer pour faciliter leur fuite. Igor les avait obligés, Martin et lui, à découper cette pauvre malheureuse en morceaux et à goûter sa chair. Il avait eu beau vomir et se remplir la bouche de terre, impossible de se débarrasser de cette saveur répugnante.

— Nous devrions compter sur l'aide d'Elías, dit Martin.

Il caressait d'un air absent les trois cordes de sa balalaïka russe, cet instrument populaire qui avait un long manche et une caisse triangulaire. Il l'avait échangée à un jeune contre de chaussures trouées et il rêvait d'apprendre à jouer de cet instrument, même s'il savait que, tôt ou tard, celui-ci servirait à allumer le feu.

Michael lui caressa la nuque encore rouge, tant il l'avait mordillée quelques minutes plus tôt, quand ils copulaient avec ardeur. Le cœur de l'Écossais se serra. Martin était trop faible, il pensait trop et avait trop de scrupules, aussi lourds que si on les avait jetés au fond du fleuve, une pierre attachée aux chevilles. Il repoussa ce mauvais pressentiment en plongeant ses doigts dans les cheveux ébouriffés de son ami, et il l'embrassa délicatement sur l'épaule. Quand l'avait-il vu nu la première fois ? À quand remontait leur premier baiser ? À six mois, un an ? Quelle importance ? Les jours étaient des siècles.

— Elías ne viendrait jamais avec nous, Martin. Nous l'avons trahi, dénoncé à l'OGPU, et il nous hait parce que nous sommes au service d'Igor. Tu as vu sa façon de nous regarder. À la première occasion, il nous égorgerait à pleines dents. De plus, il ne se séparerait jamais de cette femme et de sa fille.

En réalité, il n'avait même pas essayé de mettre Elías de son côté. La mort de Claude avait provoqué chez l'Espagnol un changement d'une portée difficile à saisir. Au lieu de plonger dans la mélancolie ou le désespoir, Elías avait acquis une fermeté froide, calculatrice. Il avait affronté les gardes plusieurs fois et s'était battu férocement avec quelques prisonniers qui voulaient s'en prendre à Irina et à sa fille, Anna. Michael l'avait vu écraser la tête d'un agresseur avec une grosse bûche, et le frapper rageusement alors que le visage du malheureux n'était plus qu'un amas de chair informe. C'est Irina qui, s'approchant prudemment, lui avait retenu le bras : pendant un instant, Elías l'avait regardée comme s'il ne la reconnaissait pas, prêt à l'écraser s'il voyait en elle une menace. Mais il avait jeté la bûche ensanglantée et, tel un chat pacifique, il s'était éloigné vers la plage, son œil plongeant dans la brume.

Igor Stern avait aussi remarqué cette métamorphose. Il n'avait plus aucun plaisir à provoquer Elías par des sous-entendus du genre "j'attends toujours ton manteau" quand la brigade partait au travail. Maintenant, il le menaçait directement, il savait où lui faire mal. Un matin, il s'approcha, protégé par deux de ses hommes. Elías creusait une tranchée qui ne pouvait servir que de fosse commune, enfoncé dans la fange jusqu'aux genoux, les muscles tendus à chaque pelletée, les insectes bourdonnant autour de sa tête en sueur. Igor lui demanda aimablement d'interrompre son travail et de l'écouter. Il avait une proposition à lui faire.

— J'ai remarqué cette femme avec laquelle tu es à longueur de journée. Elle est sibérienne, n'est-ce pas ? Je veux que tu me la vendes.

Elías braqua sur lui son œil chargé d'une haine compacte mais patiente. Il n'avait plus peur de lui. Et sans la peur, Igor ne pouvait rien en tirer.

— Je ne peux vendre ce qui ne m'appartient pas.

— Je veux aussi la fille. Elle est encore petite, mais j'ai entendu dire que la chair des enfants est plus savoureuse. Je commencerai sans doute par la baiser et je laisserai ensuite ces hyènes la dépecer.

Sans réfléchir, Elías brandit sa pelle et décrivit un mouvement circulaire. Il effleura Igor, mais l'avertissement avait suffi. Il n'eut pas le temps de renouveler son attaque, les deux hommes qui escortaient Igor se jetèrent sur lui et le rouèrent de coups. Loin de se protéger, Elías contre-attaquait comme un chien enragé.

— Enfin, un vrai loup de Sibérie ! dirait plus tard Igor avec une fierté absurde, comme s'il était le créateur de ce nouvel Elías.

Il empêcha ses hommes de le tuer. Il se pencha sur lui, gisant dans la boue, le pied sur sa tête, et lui chuchota dans l'oreille des mots sciés entre ses dents.

— Dans deux jours, tu viendras dans ma tente, le soir. Tu amèneras la femme et la fille, propres, bien coiffées. Irina portera ton manteau. Tu me la remettras et me remercieras de te laisser la vie sauve.

Ce soir-là, Elías s'enfonça dans la forêt. Personne ne s'y aventurait, même pas les gardes, sauf à la lumière du jour et en formation organisée. Des hordes de déportés en folie erraient entre les arbres et les hauts buissons et commettaient mille brutalités, telle une bande de fous évadés d'un asile. S'aventurer dans ces futaies était un suicide. Mais Elías n'avait pas d'autre solution ; le radeau qu'il avait construit patiemment après la fusillade était caché dans les contreforts au nord. Et il avait autre chose à récupérer.

Il trouva l'homme qu'il cherchait dans une clairière. La pleine lune éclairait son corps accroupi ; ses râles et les bruits de ses tripes résonnaient dans l'obscurité, comme des grognements de bêtes sauvages. Il déféquait et utilisait pour s'essuyer les pages du livre d'Irina. Il en lisait une, l'arrachait et s'essuyait le derrière. Il s'appelait Evgueni, il avait trente ans, même s'il en paraissait plus, dans une autre vie il avait été membre de l'Académie des écrivains, Asiatique originaire de la Mongolie-intérieure. Son péché : dire que Gorki était un sale chouchou et que Staline s'y connaissait en littérature autant que lui en aéronautique. Sa morgue s'éteignit le jour où les hommes de Yagoda firent irruption dans son minuscule appartement. Fou solitaire, ce spectre hantait la forêt à toute heure, sauvage à demi nu, déclamant des textes du *Kokinshû*, une anthologie impériale shin de poèmes japonais rassemblée au XIIIe siècle par Fujiwara Teika, le seul poète digne d'être traité comme tel, à son avis. Irina avait échangé le recueil de Maïakovski contre des morceaux de viande bleutée dont elle n'avait pas demandé l'origine. Evgueni, ce dément, voulait ce livre parce qu'il regrettait le papier hygiénique au contact de son anus. Et ces feuillets jaunis lui semblaient être un plaisir sublime.

Elías lui donna un violent coup de pied sur la nuque sans lui laisser le temps de crier, ce qui aurait alerté les autres errants, et Evgueni piqua du nez. En se retournant, la dernière chose qu'il vit fut une énorme pierre tombant sur sa tête et un œil furieux qui l'envoyait en enfer rejoindre son regretté Teika.

Il revint à la barge et réveilla Irina.

— Réveille Anna, on s'en va. Maintenant.

Ils partirent avant l'aube. Le radeau était précaire, il permettait juste à Anna d'être hors de l'eau, enveloppée dans le manteau d'Elías. Irina et lui étaient dans l'eau, accrochés aux rondins. Elías avait soigneusement étudié les courants, et même s'il était impossible d'affronter les tourbillons à la nage ou d'atteindre l'autre rive, ils pouvaient se laisser porter par le courant. S'ils tenaient une centaine de mètres, en esquivant avec un peu de chance les arbres tombés et les spirales qui vous aspiraient quand on entrait dans leur rayon d'influence, ils arriveraient à un coude où le fleuve virait brusquement à gauche dans un bruit assourdissant, bondissant sur les rochers et les petits écueils. Là se formait un méandre où le courant s'adoucissait. À partir de cet endroit, ils devraient nager, se maintenir à flot avec les restes du radeau très certainement abîmé, et prier pour que les forces ne les abandonnent pas avant d'atteindre un bouquet d'arbres dont les grosses racines plongeaient dans un ravin boueux, de l'autre côté du fleuve.

Inutile de s'interroger sur ce qu'il adviendrait ensuite. Ils ne survivraient peut-être pas à leur tentative d'atteindre la rive opposée.

Avant de se jeter à l'eau, Elías donna le recueil de poèmes à Irina. Il l'avait enveloppé avec tout le soin possible pour le protéger. Irina regarda les pages, il en manquait quelques-unes, de façon aléatoire, au gré des sphincters d'Evgueni. Elle le regarda avec une douleur qui débordait de ses yeux.

Avant de s'immerger dans le fleuve, Irina fouilla dans ses guenilles. Elle trouva un petit paquet, soigneusement enveloppé, qu'elle donna à Elías en lui demandant de le garder jusqu'à ce qu'ils aient atteint l'autre rive.

— S'il m'arrive quelque chose, donne-le à Anna, et dis-lui que sa mère l'aime beaucoup, qu'elle a fait de son mieux pour qu'elle s'en sorte.

Elías ne tenta pas de discuter. Il était inutile de se mentir, de dire que tout irait bien, qu'Irina pouvait conserver cet objet emballé, et le donner plus tard à Anna. Il prit le paquet, fronça les sourcils et noua solidement une corde autour du corps d'Anna, qui pleurait et trépignait, terrorisée.

— Fais-la taire ou on va nous découvrir, dit-il froidement à Irina.

Celle-ci embrassa la main de sa fille, inlassablement, tandis que son corps s'enfonçait dans le courant froid et vif.

— Je suis là, Annouchka, maman ne va pas te lâcher.

Lentement, le radeau se mit à dériver vers le milieu du fleuve, sur la droite, comme Elías l'avait prévu, ce qui le forçait à tirer avec force vers le bas pour que le radeau ne bascule pas du côté d'Irina. Ils s'étaient à peine éloignés de la rive qu'il distingua une silhouette entre les barges amarrées. C'était Michael. Elías reconnut ses jambes écartées et puissantes, et ses épaules arrondies. Il les observait, les mains dans les poches, tranquillement, d'un air presque amusé. Au bout d'un moment, il leva le bras, comme s'il leur souhaitait bon voyage, ou comme s'il leur lançait un "à bientôt". Puis il fit demi-tour et disparut sans se presser.

Au premier tiers du parcours, Elías sentit qu'ils pourraient réussir. Le courant était moins fort que prévu et même si la température de l'eau mordait ses membres avec violence, il supportait la douleur de cette congélation. Il essayait d'encourager Irina, qu'il ne voyait de l'autre côté du radeau que lorsque le corps d'Anna se déplaçait, au bout de la corde qui la retenait à la taille.

Elías voyait ses doigts violacés, désespérément accrochés à un rondin. Quand le courant devenait plus violent, la tête d'Irina s'enfonçait et Elías attendait avec angoisse de la voir émerger et aspirer une bouffée d'air, les cheveux plaqués au front. Une fois, elle lui sourit. Pour la première fois depuis des semaines.

Oui, ils pouvaient réussir. Mais il était encore trop tôt pour se réjouir. S'ils parvenaient, mètre après mètre, à se maintenir à flot, à empêcher le radeau de basculer et d'écraser la mère en noyant aussi la fille, ils avaient plusieurs solutions ; le méandre du fleuve était en vue, on devinait les racines boueuses des arbres à travers l'écume du fleuve et des rochers, on aurait dit de bons samaritains prêts à leur tendre une corde dès qu'ils passeraient à leur portée. Mais le radeau s'éloignait du méandre, sur la crête d'un courant qui le faisait tournoyer comme un manège, de plus en plus vite.

Elías, affolé, poussa un hurlement. Ils étaient si près ! S'ils ne parvenaient pas à atteindre ces arbres, le fleuve les réduirait à l'état d'épaves gorgées d'eau, comme ce poisson pourri qu'il avait mangé le jour de la mort de Claude. Il devait réagir vite, pas question de se noyer ici ! Il plongea dans le tourbillon et rejoignit Irina sans lâcher le radeau.

— Il faut l'obliger à virer ! cria-t-il.

Ils devaient monter dessus, appuyer de toutes leurs forces. Ils chavireraient peut-être, mais c'était la seule solution. Elías attira Anna vers eux pour peser sur le radeau, qui se cabra dangereusement.

— Non ! Il ne va pas chavirer ! cria Irina en voyant sa fille secouée comme une poupée brisée. La corde s'effilochait et les rondins se disloquaient.

Mais Elías continuait d'appuyer, désespérément. Il fallait sortir de ce courant et virer de bord. Affolée, Irina se mit à le frapper et à le griffer. Il allait faire couler sa fille. Il allait la tuer. Elías ne percevait ni ses coups ni ses cris. Il ne voyait qu'une chose : la surface qui se rapprochait.

C'est alors que le radeau se brisa dans un craquement innocent, comme si le fleuve en avait assez de jouer avec ce bateau en papier. Elías coula, entraîné par Irina, qui se débattait et tentait d'escalader son corps pour rejoindre la surface, où Anna flottait, attachée à un rondin. Ils manquaient d'air et ne parvenaient pas à remonter. Irina était prise de panique et Elías ne pouvait pas la maîtriser, la calmer, et ils risquaient de se noyer. Elle s'agrippait à son cou, le griffait frénétiquement.

Elías sentait que ses poumons allaient exploser, il ne voyait plus rien, il sentait des frôlements, des branches, des algues, des cordes et les mains crispées d'Irina. Il lança un violent coup de coude dans le corps mou d'Irina. Et il batailla de toutes ses forces pour se libérer de sa pression. Au moment où elle allait se séparer de lui, il avança la main au hasard et empoigna ses cheveux, on aurait dit des méduses. Il ferma le poing pour l'attirer à lui, mais Irina lui échappa et s'enfonça dans les profondeurs.

Au désespoir, Elías battit des bras vers la surface.

Il émergea et replongea, deux, trois fois, secoué comme un chiffon par le courant, jusqu'à ce que son corps heurte de côté quelque chose de solide. Une racine cassée et glissante qui s'élevait dans le méandre vers la rive, comme un pont. Il avait atteint les arbres, ou plus exactement le fleuve l'y avait projeté comme une vomissure.

Agrippé à la branche, il chercha partout une trace d'Irina ou d'Anna. À quelques brasses de là, coincée entre deux pierres qui dépassaient comme de petits monticules érodés, Anna était accrochée à l'épave du radeau. Elías nagea jusqu'à elle et tira sur la corde encore attachée à sa taille. Au bout d'une vingtaine de minutes angoissantes, où il faillit encore se noyer plusieurs fois, il parvint à amener la petite jusqu'à la rive.

Pendant une heure, il attendit avec anxiété. Le fleuve rend ce qu'il a pris, disait son père, passionné de pêche, expliquant que pour cette raison il fallait remettre les alevins à l'eau. Ils reviendraient sous la forme de poissons. Mais Irina ne remonta jamais des profondeurs. Elías ne vit d'elle que les feuillets jaunis de son livre de poèmes, flottant paisiblement, comme si les poésies étaient maintenant à sa recherche. Accusatrices.

12

Barcelone, septembre 2002

Il y avait une heure qu'il attendait, fumant cigarette sur cigarette, à l'ombre chiche du seul arbre du trottoir. Ce quartier était tranquille en août, la plupart des commerces avaient baissé leur rideau, il y avait de la place pour se garer et on respirait un air plus calme. Trop, au goût d'Alcázar. Il y avait eu beaucoup de changements depuis sa dernière visite. Les rues étaient goudronnées, et le métro arrivait jusque-là. On pouvait encore trouver des jeunes désœuvrés sur les places bétonnées, tuant leur ennui sous le soleil de midi, mais ce n'étaient plus les junkies voleurs de bagnoles : maintenant, c'étaient des immigrés, un mélange de musulmans, de Sud-Américains et d'Africains qui délimitaient leur aire d'influence sans se déranger. Le Majestic avait fermé depuis longtemps et quand il demanda dans le quartier où étaient passées les putes, certains jeunes le dévisagèrent comme s'il était un extraterrestre.

— Tu parles de la préhistoire, mon vieux. Ici, les seules putes qui subsistent sont de l'Est et elles bossent à domicile, dit un proxénète en ricanant. Il lui tendait sa carte, dorée, sur laquelle était écrit : "Club de massages Paradise." Au moins, se dit Alcázar, les noms étaient toujours aussi grandiloquents et prétentieux.

Cecilia n'avait pas été heureuse avant de le connaître, dans les années 1970. Elle ne le disait pas pour lui faire plaisir. La réalité pure et simple. C'était une brave fille, elle l'avait toujours été, trop brave pour survivre dans un lupanar aussi minable, en dépit de son nom, Majestic, une imposture qui sautait aux yeux quand on allumait et qu'on voyait la moquette brûlée et sale, les voilages miteux, les meubles rafistolés et les portes bancales, derrière lesquelles les putains étaient payées à la tâche. Cecilia était assez naïve pour croire que les hommes ont besoin d'être écoutés, qu'ils sont amoureux si on leur montre de l'amour ; la justice est au-dessus des actes que nous commettons, et que tôt ou tard elle s'impose. Elle n'était ni sotte ni idéaliste, elle voyait ce qui se passait, mais elle décidait d'en changer la couleur. C'est sans doute ce qui attira son attention quand elle le vit pour la première fois : son optimisme et sa confiance dans le genre humain, même si toutes les nuits la moitié de ce genre la baisait sans se poser de problèmes.

— Il faut avoir des yeux pour voir, et moi je vois la tristesse derrière la rage, la peur derrière la violence. Tu serais surpris de savoir ce qu'on obtient avec une caresse et un mot aimable. Tu devrais essayer un jour.

L'entendre dire de telles choses dans un monde où les putains glissaient des préservatifs dans l'élastique de leur culotte, où les maquereaux cachaient des matraques télescopiques dans leur chaussette, où les poivrots vomissaient dans les chattes qu'ils étaient incapables de brouter, c'était incroyable. Ce n'est pas l'amour qui avait guidé ses pas vers ce tripot répugnant, ni la compassion qui l'avait amené devant Cecilia, mais l'envie de baiser, de passer un bon moment après une journée de boulot et de remords, les jointures encore à vif et les cris d'un détenu retentissant à ses oreilles. Il voulait se soûler jusqu'à plus soif, avoir une tête entre les jambes et des mains lui pressant les tétons. Cette tête, ce fut celle de Cecilia, et putain de merde, quel sacré miracle ! Ça lui transperça l'âme, la certitude que ce regard aux yeux tristes mais définitifs l'avait toujours cherché. Ce n'est pas lui qui la récupéra, mais Cecilia qui le sortit de l'enfer. Qui lui promit qu'ils vieilliraient ensemble, avec beaucoup d'enfants qui les prendraient en charge le moment venu, qui les retrouveraient à chaque Noël, et qui année après année feraient d'eux des grands-parents. Mais c'est le cancer qui arriva, cette saloperie qui se fout de la vie, qui joue au bonneteau : où est la bille ? Et la bille, c'est le bonheur, qui n'est jamais tranquille, qui est toujours illusoire, qui disparaît entre les doigts du génie mensonger. Dix ans, voilà ce que lui offrit la vie. Et le reste de son existence pour la regretter.

De plus en plus souvent, les souvenirs n'étaient plus volontaires, ils s'imposaient comme un passé enviable et idéal (il ne se rappelait plus ces disputes terribles, quand Cecilia piquait une colère et cassait tout ce qui passait à sa portée), intouchables et lointains. Ce qui pouvait signifier une chose, se dit-il : il vieillissait et se sentait terriblement seul. Il chercha dans la poche de sa veste le prospectus de l'agence de voyages et le consulta pour la énième fois. La route des Keys de Floride, climat tropical, plages et mangroves, des tempêtes déchaînées et une humidité qui liquéfiait les idées. Palmeraies et vieilles voitures, types en panama et femmes en bikini qui ne cachaient que leur date de naissance. Cecilia avait toujours voulu s'acheter un petit bungalow préfabriqué, un petit hors-bord, partir pêcher au crépuscule quand le ciel était embrasé et boire une bière légère sous une petite véranda (avec une balançoire verte, imposait-elle à son rêve).

Un mystère : pourquoi cette fille originaire de Valdepeñas, dans la province de Jaén, qui n'avait jamais traversé que le fleuve Besós pour échouer sur ces rivages pourris, rêvait-elle de ce lieu ? Peut-être à cause des films américains des années 1950 qu'elle aimait tant voir à la dernière séance du samedi soir, ou à cause de cette série qui l'avait fait tomber amoureuse du fantoche qui interprétait

Don Johnson dans *Deux flics à Miami*. Alcázar lui avait promis qu'il l'emmènerait au moins une fois en vacances, mais il n'avait jamais tenu sa promesse. Et maintenant, c'était lui qui rôdait autour de cette folle idée de tout laisser tomber, d'acheter la maisonnette en bois, une canne à pêche et d'apprendre l'anglais avec l'accent cubain. Oui, il avait besoin des illusions de Cecilia pour affronter ses dernières années avec un minimum d'énergie. Pourquoi pas ? Tout commençait par l'étincelle du possible, le reste viendrait tout seul, il n'avait qu'à se laisser guider. Mais il avait d'abord quelques affaires à régler. Pas question de vivre dans ce paradis en regardant peureusement derrière lui jusqu'à la fin de ses jours.

L'attente porta ses fruits. Il releva la tête et vit la vieille femme quitter la loge. Ce qualificatif était-il justifié ? Oui, dans la mesure où il se considérait comme un vieux retraité depuis peu. Il replia le prospectus et la suivit sur le trottoir opposé. Il reconnut qu'elle était jolie : le genre de femme qui accepte le passage du temps avec sobriété, sans drames ni brûlures, alors le temps reconnaissant lui accorde un déclin lent et seigneurial. Une dame qui brillait dans ce quartier en déformant la réalité. Comme Cecilia. Quand il fut certain qu'il ne se trompait pas, il traversa la rue et se retrouva à sa hauteur. Elle le regarda du coin de l'œil mais n'eut pas cette réaction propre aux grands-mères effrayées qui s'accrochent au porte-monnaie quand un inconnu les aborde. Elle s'immobilisa au milieu du trottoir, plissant les paupières car elle avait le soleil dans les yeux, ou peut-être pour l'observer avec intérêt.

— Salut, Anna, dit l'ex-inspecteur-chef Alcázar. Comme le temps passe !

En réalité, il était déjà passé.

Pour Gonzalo, ce fut affreux de se lever. Mais l'infirmière ne voulait pas l'aider. Il devait se débrouiller tout seul, dit-elle aimablement, comme une mère qui surveille les premiers pas de son rejeton, les bras prêts à intervenir s'il tombait. Gonzalo sentit le poids du bandage qui l'oppressait, soupira et fit un pas en direction de la fenêtre en traînant une pantoufle, puis l'autre, et enfin, après ce qui lui parut être une distance infranchissable, il saisit la poignée de la porte.

Le garde du corps engagé par Alcázar pour le protéger était accoudé au comptoir, en grande conversation avec une infirmière ; il ne semblait pas prendre son travail très au sérieux. Si Atxaga se pointait à l'hôpital, il n'aurait pas trop de mal à se faufiler dans sa chambre et à l'étouffer sous son oreiller sans que personne s'en aperçoive. Le type, fruste d'aspect – il ressemblait plus à un videur de discothèque qu'à un policier à la retraite –, se redressa en le voyant apparaître, aussitôt imité par l'infirmière. Il voulut l'accompagner, mais d'un signe de la main Gonzalo lui conseilla de finir ce qu'il avait commencé.

Au bout du couloir, il y avait une petite salle d'attente avec des distributeurs divers et une grande baie coulissante qui donnait sur un petit jardin intérieur. Un rectangle de dix mètres carrés qui offrait une vue panoramique précise du pavillon de l'hôpital. La toiture, une voûte transparente, filtrait avec douceur la lumière qui tombait sur les feuilles de fougère et sur le palmier géant. La cour était fraîche, et on y respirait une humidité végétale agréable. L'infirmière aida Gonzalo à s'asseoir sur l'unique banc de pierre.

— Vous avez été très bien. Reprenez votre souffle, je reviendrai vous chercher dans dix minutes.

Gonzalo se tâta le flanc et acquiesça. Dix minutes hors de la chambre, c'était un privilège, il avait l'impression d'être un prisonnier au secret enfin autorisé à sortir dans la cour de la prison entourée de hauts murs.

Il pensa à ce qu'avait dit Javier la veille au soir. Il était venu sans prévenir, sans Lola. Gonzalo était aux toilettes, serrant les dents pour faire ses besoins sans crier de douleur. Et en ressortant, en sueur et décomposé, il avait vu son fils qui regardait par la fenêtre d'un air soucieux ; il venait de poser un sac sur le lit contenant un pyjama, celui qu'il portait maintenant, et quelques magazines.

— Je ne savais pas ce qui t'intéressait, alors j'ai apporté un peu de tout.

Gonzalo jeta un coup d'œil : des numéros du *National Geographic*, de la revue *Historia*, et deux livres qui provenaient de sa bibliothèque.

Javier lui demanda comment il allait, uniquement parce que c'était une question obligée. Gonzalo resta dans le domaine des lieux communs et fit même quelques plaisanteries sur les bleus qui déformaient encore son visage, que son fils salua d'un petit rire complaisant. Gonzalo n'avait jamais eu un talent comique. Puis la conversation s'enlisa et ils sombrèrent dans une gêne qui ne disparaissait qu'au moment de se quitter, soulagés et vaguement coupables. Mais cette fois Javier restait, méditant une intervention qui flottait dans l'air. Gonzalo attendit qu'il prenne la parole, pensant que son fils, comme tant d'autres fois, achèverait par des points de suspension ses tentatives de communication, mais Javier se pencha en avant, comme s'il faisait un effort de volonté pour ne pas se défiler. Et soudain il lui posa une question qui tomba comme une grenade, qui était longtemps restée dans sa bouche, prête à éclater.

— Papa, pourquoi tu me détestes ?

Gonzalo eut une bouffée de chaleur, un nœud dans la gorge. Il pensa combien il était injuste de culpabiliser une personne qui n'est nullement responsable, et il se sentit minable et mesquin. Il aurait volontiers serré son fils contre ses côtes cassées sans émettre un seul gémissement de douleur. Mais l'habitude et la honte (quelle stupidité, devant une personne qu'on aime) l'en empêchèrent. Il se contenta de presser avec force l'avant-bras maigre de Javier.

— Je ne te déteste pas, Javier, ne dis pas une chose pareille.

— Mais tu ne m'aimes pas non plus, n'est-ce pas ?

Maintenant, en voyant le clair-obscur sur les fougères et en aspirant les odeurs d'herbe mouillée autour du palmier, il supportait mal ces bouts de phrases, imprécises et fuyantes, que Javier accueillait avec une moue d'incompréhension. Il ne le détestait pas, il ne l'avait jamais détesté. C'était son fils (il l'était, se répéta-t-il en se forçant), peu importait s'il avait été engendré par lui ou par un inconnu dans son lit ; Javier lui appartenait. De la même façon que Patricia. Il l'avait tenu dans ses bras depuis tout petit, il avait appris à être en symbiose avec son sommeil, ses pleurs, ses nuits de fièvre, il l'avait vu grandir dans ses jambes, puis s'éloigner lentement, année après année, vers l'adolescence. Et maintenant, il était sur le point de franchir le dernier seuil, de devenir un homme qui bientôt volerait de ses propres ailes, mais qui avait peur du vide en dépit de son arrogance. Il aurait dû lui dire la vérité. Qu'il l'aimait, que peu lui importait le silence entre eux. Qu'il serait toujours à ses côtés, quoi qu'il fasse, quoi qu'il arrive. Qu'il était son fils, et que cela valait tous les doutes du monde.

— Tu crois que le grand-père Elías serait fier de toi ?

Cette question, au moment de partir, déconcerta Gonzalo, et il comprit qu'il arrivait quelque chose à Javier. Il se déconnectait, cette métamorphose solitaire et nécessaire lui faisait mal et il ne savait comment échapper à cette douleur.

— Je ne sais pas, répondit-il avec sincérité.

Il avait vécu toute sa vie à l'ombre de ce fantôme appelé père, mythe ou légende. Le fils du héros s'efforçait d'imposer sa faible lumière face à un soleil qui embrasait tout. Comme ces fougères qui se battaient péniblement pour atteindre les rayons que les hautes feuilles du palmier leur dérobaient.

Il repensa à la question de son fils. Et à la réponse qu'il lui avait faite, machinalement.

— La fierté d'un père est importante jusqu'à l'arrivée de nos propres enfants. Alors, on se rend compte que l'essentiel n'est pas le passé. Je ne sais pas si mon père serait fier de moi, Javier. Mais je sais que j'aimerais que tu le sois du tien.

Son fils secoua la tête, cherchant ses mots dans cet entrebâillement qu'il avait provoqué. Il le regarda avec une tristesse profonde, comme s'il l'appelait du fond d'un puits en tendant les mains pour qu'il l'aide à remonter.

— Il y a une chose que tu dois savoir… Je veux te la raconter, mais je ne sais pas comment.

— Par le début. Commence par le début.

Mais Javier se révolta contre sa propre imprudence, regrettant cet élan si proche de la sincérité. Le début était un peu confus, il ne savait plus comment ni quand il avait cessé d'être ce qu'il voulait être.

— Peu importe, ce n'est rien…

— Javier…

— Je t'assure, ce n'est rien… J'espère que le pyjama est à ta taille. C'est moi qui l'ai choisi.

En réalité, le pyjama était beaucoup trop grand et le marron foncé avec un liseré blanc était moche. Mais il ne l'aurait enlevé pour rien au monde. Son fils avait été si proche que sa fuite soudaine l'avait exaspéré. Il avait été effrayé, peut-être par la perspective d'instaurer de l'honnêteté et du courage entre eux. Son fils s'était approché, tel un poisson fragile découvrant avec curiosité des doigts d'un plongeur, et au dernier moment quelque chose l'avait renvoyé dans l'obscurité d'où il avait surgi.

Mais il reviendrait. Maintenant que la porte était ouverte, il reviendrait. Dix minutes de détente s'étaient-elles écoulées ? Il regarda sa montre. Cinq minutes à peine. Le temps raccourcissait et rallongeait dans son esprit, indépendamment de la réalité. Il avait envie d'un café. Il pouvait attendre l'infirmière ou essayer d'atteindre la fenêtre et retourner dans la salle d'attente, où se trouvaient les distributeurs. Il aspira une grande bouffée d'air, bloqua sa respiration et obligea son corps endolori à se redresser. C'était sans doute cela, devenir vieux, pensa-t-il en avançant à petits pas vers la sortie : le corps qui devient l'ennemi, geignard, brisé, inutilisable.

Il n'avait pas d'argent. Il s'en rendit compte devant le distributeur. Comme lorsqu'il était petit et regardait le stand de churros du marché, observant avec une sorte d'envie perfide les cornets graisseux que les autres emportaient. Jusqu'à ce que Laura le regarde avec cet air peiné qui exprimait qu'on ne peut pas toujours obtenir ce dont on a envie. Même pas un cornet de churros. Ou un simple café d'un distributeur.

— Je peux t'inviter ? Café noir ?

Sans attendre la réponse, le jeune homme qui l'avait abordé introduisit les pièces prestement et lui tendit le verre en plastique. Il renouvela l'opération et Gonzalo remarqua qu'il appuyait sur le bouton du thé, sans lait.

— Siaka ! Toi ici ! Je pensais que n'ayant pas de nouvelles de moi tu avais pris ce train pour Paris.

Gonzalo perçut une satisfaction secrète dans le sourire du jeune homme.

— Qu'est-ce que tu crois, j'y ai pensé. Mais en apprenant ce qui t'était arrivé, je me suis dit que je pouvais attendre encore un peu. Il était lourd, le camion qui t'est passé dessus ?

Gonzalo regarda la pendule suspendue au-dessus de la machine. L'infirmière avait dit qu'elle reviendrait dans dix minutes. Il y en avait déjà huit de passées.

— J'ai perdu l'ordinateur, avec tout ce qu'il y avait dedans. Quand Atxaga m'a attaqué, j'ai perdu connaissance, et quand je me suis réveillé à l'hôpital, l'ordinateur n'était plus là. J'ignore qui s'en est emparé, et ce qu'on fera des informations qu'il contient.

Siaka le regarda sans broncher.

— Tu as ouvert le dossier confidentiel?

— Je n'en ai pas eu le temps.

Siaka sortit un papier de sa poche et le tendit à Gonzalo.

— C'est le procureur en qui ta sœur avait confiance. Tu dois aller le voir et lui raconter ce qui se passe.

— Tu n'aurais pas fait une sauvegarde, par hasard?

Siaka secoua la tête.

— Alors, qu'allons-nous faire?

Pour Siaka, la réponse était évidente.

— Toi, sortir d'ici et partir à la recherche de cet ordinateur. Et moi me cacher jusqu'à ce que le procureur m'appelle pour témoigner.

— Tu plaisantes!

Non, cela n'avait rien d'une plaisanterie.

— Nous avons pris une décision, Gonzalo. Et moi, je m'y tiens. Toi, arrange-toi pour ne pas te faire tuer par ce type, en tout cas pas avant le procès. – Il esquissa une grimace cynique, comme s'il trouvait la situation amusante. – De mon côté, je vais essayer d'échapper à la Matriochka… Au fait, tu devrais t'offrir un styliste. Ce pyjama est horrible.

Le médecin refusa formellement de signer l'autorisation de sortie. Gonzalo devait rester encore au moins une semaine en observation. Sortir d'un coma, ce n'était pas comme sortir d'un rhume. Mais il fut impossible de le faire changer d'avis. Il signa une décharge et on l'avertit sévèrement que le centre hospitalier déclinait toute responsabilité si des complications apparaissaient. Gonzalo accepta la réprimande avec résignation et rassembla ses affaires sans prévenir Lola. Il était sûr que le cerbère déconcerté qui veillait à la porte préviendrait Alcázar et que celui-ci en informerait aussitôt son beau-père.

Quand il franchit la porte de l'hôpital et leva le bras pour héler un taxi, il sentit que son corps était une éponge molle. Il avait mal jusqu'au fond de l'âme, mais il parvint à monter dans la voiture.

— Tu ne parles pas sérieusement !

Pourtant, l'attitude de Gonzalo ne laissait aucune place au doute. Il devait quitter la maison, tant que l'affaire Atxaga n'était pas résolue. Il ne voulait pas attirer ce maniaque vers sa famille.

— Ça ne va pas durer longtemps. La police le recherche et Alcázar aussi. À eux tous, ils finiront bien par mettre la main dessus.

C'était une mauvaise excuse. La maison était devenue un vrai bunker, entouré de caméras de surveillance et de détecteurs de mouvements. Au cas où cela n'aurait pas suffi, les deux hommes qui bavardaient amicalement avec Patricia au bord de la piscine étaient largement à même de les protéger. L'inspecteur avait raison : son beau-père avait pris très au sérieux la sécurité de sa fille et de ses petits-enfants. À vrai dire, Gonzalo avait besoin d'être seul pour s'occuper de la Matriochka. Atxaga était une bonne leçon, il ne fallait surtout pas que son enquête les mette en péril. Ces gorilles pouvaient sans doute mettre hors d'état de nuire un gringalet comme Floren Atxaga, mais lui, il aurait affaire à des types comme Zinoviev ou pire. Dès qu'on saurait que le procureur avait accepté de demander au juge la réouverture de l'affaire de sa sœur, personne ne pourrait plus arrêter ce boulet.

Était-ce la vraie raison ? Importante, certes ; et fondamentale, naturellement, mais ce n'était pas la seule pour s'éloigner de Lola. La conversation interrompue avec Javier l'avait fait réfléchir : il était en train de perdre sa

famille, rien à voir avec les causes extérieures qui le coin-
çaient, mais plutôt avec ces dix-huit années de silence
accusateur. Il était incapable de pardonner et d'oublier,
mais il n'avait pas le courage de prendre une décision, de
divorcer ou de tourner la page. Vivre entre ces deux eaux
le noyait. Il ne pouvait éternellement différer sa décision.
Il avait besoin de s'éloigner pour réfléchir, éprouver la
distance avec Lola, écouter cette solitude.

Ce soir-là, il boucla une petite valise de voyage contenant
l'indispensable. Inutile d'emporter des affaires jusqu'au
point de non-retour, pas encore. Lola resta assise sur le lit
tout le temps qu'il mit à plier quelques chemises et du linge
de rechange. Elle ne manifesta aucunement l'intention de
le retenir, il n'y eut ni reproches ni larmes. L'image que
Gonzalo emporta d'elle fut celle de ses pieds aux ongles
vernis collés l'un à l'autre, les genoux relevés contre sa poitrine, et son regard pénétrant et accusateur. Quand il voulut
l'embrasser, elle se détourna d'un geste glacial.

— Il y a un mois, tu m'as dit que tu étais un autre, que
tu allais t'occuper de nous. Tu m'as dit que tu allais me
montrer que tu en étais capable. Et maintenant, tu t'en
vas, sans plus. Je ne comprends pas.

— C'est justement ce que je suis en train de faire, Lola.
Je m'occupe de vous.

Il avait dit à Patricia et à Javier qu'il allait partir
quelques jours en voyage. Sa fille lui posa beaucoup de
questions, comme toujours, et il dut inventer un tas de
sornettes ; la petite se tint pour à moitié satisfaite quand
il lui promit de lui rapporter un cadeau. Javier porta sa
valise jusqu'à la voiture. Depuis leur conversation à l'hôpital, il avait un air plus sérieux et plus réfléchi.

— Ce n'est pas vrai, hein, tu ne pars pas en voyage ?

— En un sens, si. Mais ce n'est pas le voyage normal
dont j'ai parlé à ta sœur.

Javier hocha la tête, satisfait que son père ne lui mente
pas, à lui. C'était une reconnaissance tacite, à laquelle il

répondit en ne lui demandant pas d'explications, qu'il ne lui aurait sûrement pas données.

— Comment tout cela va finir, papa ?

Pour répondre à cette question, quelques mots ne suffisaient pas, ni des phrases banales ou une réponse lancée à la légère. L'expression soucieuse de son fils ne méritait pas ça. Il aurait fallu qu'il s'installe avec lui sous le porche, qu'ils prennent une bière tous les deux et fument une cigarette en ayant conscience de transgresser les règles de Lola. Tout expliquer, alors même que Gonzalo ne savait pas clairement quoi expliquer. Tout, c'était quoi ? Quand cela commençait-il ? Au lac ? Dans la mémoire de son père ? Chez Laura ? Dans cette scène d'infidélité dont lui, son fils, était le résultat ?

— Je ne sais pas, Javier. – C'était toute la sincérité qu'il pouvait se permettre. – Mais d'une façon ou d'une autre cela finira.

Javier eut l'impression d'être un étranger dans l'accolade de son père, mal à l'aise, il avait aussi senti l'embarras de Gonzalo. Manque d'habitude ! Son père voulait le saluer comme un homme, comme un égal. Mais Javier préférait encore la chaleur qu'il réservait à Patricia. Il resta devant la porte du garage, regarda les feux de position de la voiture disparaître dans le virage. Pendant quelques secondes, il entendit encore le moteur et le silence retomba, brisé par les aboiements hystériques d'un chien. Son père avait raison. Tout a une fin, d'une façon ou d'une autre.

Le bureau du procureur répandait une solennité obscure, un peu triste, laborieuse comme son locataire, qui écoutait Gonzalo d'un air attentif et avec une politesse exquise, manifestant sa solidarité par ses mimiques. En musique de fond, on entendait un air de son compositeur préféré, Rossini. Quand Gonzalo eut exposé les raisons de sa venue, le procureur baissa le son.

— Ce que vous venez de me raconter a une importance capitale, souffla-t-il, à la manière d'un chartreux
vivant cloîtré et n'ayant de contacts avec l'extérieur que
de loin en loin.

Son attention s'était reportée sur un petit calendrier
dans un angle de son bureau. Chaque mois était illustré
par une planche. Celle que le procureur avait devant lui
montrait un jardin vu derrière une balustrade en pierre
sculptée de façon baroque. Le ciel s'étirait en lambeaux
jaunes et bleus, au-dessus des toits. On avait envie d'admirer le crépuscule, de vider son esprit de ses soucis et
d'être une sorte de matière assoupie flottant dans du formol. C'était sans doute pour cette raison que le procureur
n'avait pas changé le mois du calendrier et qu'il gardait
sous ses yeux la planche de juin.

— Laura détestait profondément ces gens, autant que
moi, ajouta-t-il.

Gonzalo observa son interlocuteur. Son visage ressemblait presque à une lame effilée. Il manquait sans doute de
sommeil et ne prenait pas soin de son alimentation. Gonzalo se demanda s'il prenait des anxiolytiques. Peut-être
se réfugiait-il simplement dans le travail à toute heure,
pour ne pas avoir à penser, contrairement à lui, Gonzalo.

— Et que comptez-vous faire ? demanda-t-il avec
une véhémence excessive qui arracha un haussement de
sourcil au procureur, une expression qui hésitait entre la
compassion et la contrariété.

Un flottement dans ses gestes trahissait un conflit de
nature inconnue pour Gonzalo. Avec Rossini en musique
de fond, le procureur rappelait un de ces saints dont les
tableaux et les tapisseries religieux ornaient les murs de
l'internat où il avait fait ses études. Ces saints au visage
torturé, jamais heureux, qui se débattaient entre la foi,
la croyance et la misérable impossibilité de vivre sainte-
ment, cernés par l'évidence du mal. Ces martyres inuti-
lisables aux chairs desséchées dont le sacrifice mystique

ne servait qu'à inspirer la crainte, une certaine répulsion et l'envie de partir en courant.

— Qu'attendez-vous exactement de moi, maître ? demanda-t-il en posant sur Gonzalo ses yeux sereins, beaux, mais tristes.

— Cela signifie que Laura n'a pas assassiné Zinoviev.

Le procureur écarta les mains, lui signifiant que cette éventualité aurait dû le soulager. Ce qui n'était pas le cas.

— Et ce témoin de votre sœur vous a contacté et serait prêt à témoigner contre la Matriochka… Je me trompe ?

Gonzalo approuva. Pas de façon consciente, mais l'affirmation du procureur lui confirma qu'il venait de prendre une résolution.

— Alors, pourquoi ai-je l'impression obscène qu'on m'utilise d'une façon que je ne comprends pas et dans un but que j'ignore ?

— Je ne vois pas ce que vous voulez dire. Vous êtes fonctionnaire du ministère de la Justice, votre obligation est d'intervenir.

Le procureur se dressa soudain, regardant son visiteur avec une ombre de réprobation. Mais il ne perdit pas contenance. Gonzalo contempla dans toute sa splendeur l'homme cultivé et distingué qu'il était, son naturel sans prétention, ce sourd écho de mélancolie et un orgueil de classe qui lui permettait d'évaluer, du mieux qu'il pouvait, ce que Gonzalo venait de lui raconter.

— Mon devoir, maître, est de trouver le chemin le moins tordu entre la vérité et l'apparence. Déclencher les rouages de la justice pour attraper ces gens ne va pas être simple. Vous devez le pressentir, et comme je l'ai dit à votre sœur, que j'appréciais infiniment, en droit la vérité ne suffit pas. Il faut la prouver, démontrer sa solidité face à ceux qui essaieront par tous les moyens de la vider de son sens. Ils utiliseront toutes les ficelles de la loi, et elles sont nombreuses. Vous pourrez penser que je suis un timoré, que le défi m'effraie, mais en réalité je participe à ce jeu parce que je crois à ses règles. Vous voulez que je morde ce que je ne pourrai peut-être pas digérer, et je suis prêt à le faire… avec des preuves concluantes. Apportez-moi ces dossiers dont vous me parlez, étayez votre accusation sur une base juridique solide et je vous écouterai. Je ne veux pas ruiner ma carrière ni exposer ma famille, si je ne suis pas sûr que cela en vaut la peine. Quand vous m'aurez prouvé que j'ai une base pour affronter la légion d'avocats qui me tombera dessus, sur moi et sur le juge d'instruction, croyez-moi, je m'engagerai. En attendant, je vous souhaite le bonsoir.

Gonzalo quitta le bureau avec l'impression qu'il s'était comporté comme un idiot, ses doutes avaient blessé un homme bon. Tout le monde attendait quelque chose de lui. Mais personne n'avait cherché à savoir s'il était capable de supporter ce poids, on le lui avait jeté sur les épaules, sans plus.

Il fallait qu'il retrouve l'ordinateur, sinon tout le travail de Laura passerait pour de pures spéculations.

Quand, deux heures plus tard, il entra dans son propre bureau d'un pas fatigué, Luisa l'accueillit comme si elle avait vu un fantôme. Elle sauta de son siège pour lui prendre la valise des mains et le serra si fort contre elle qu'il en claqua des dents de douleur.

— Tu fais comme les musiciens du *Titanic*, hein ?

— Je ne comprends pas.

Luisa écarta les bras pour embrasser tout le bureau. Pas un papier sur la table, pas un coup de fil. Un silence total et un rangement méticuleux qui attestait que son assistante avait su profiter de son temps pour mettre de l'ordre dans le chaos de huit années d'activité. C'est fini, disaient ces bras.

— Tu es revenu couler avec le bateau. Quelle va être notre dernière mélodie ?

— Qu'ils aillent se faire foutre ! dit Gonzalo en manière de compensation absurde.

— Celle-là, je ne la connais pas, mais elle m'a l'air chouette !

Gonzalo se laissa tomber sur un siège et promena un regard circonspect sur cet ordre, l'antichambre de la fermeture. Il pensa qu'il avait perdu, avant même d'avoir commencé à se battre. Il avait suffi de quelques mots prononcés de façon instinctive, un défi téméraire lancé à son beau-père, pour que le vieux lance la machine qui allait l'étouffer. Plus personne ne voudrait de ses services, dans cette ville. Chose étrange, il s'en moquait. Au-delà de la confusion et de l'anxiété que lui causait le présent, il était convaincu qu'il s'en sortirait. Il ne savait ni comment ni quand, ni ce qu'il devrait laisser en chemin, mais il réussirait.

— Réussir quoi ? Tu parles comme le prince des marées.

Gonzalo rougit en se rendant compte qu'il avait mis le son pour exprimer son inquiétude.

Luisa posa deux enveloppes sur la table.

— Celle de droite, c'est le dossier sur Alcázar que tu m'as demandé. Tout ce qu'on peut savoir est là. Carrière, promotions, arrestations pour mauvais traitements… Depuis qu'il est entré dans la police franquiste cn 1965, sa carrière a été fulgurante. En partie sous les auspices de son père, Ramón Alcázar Suñer. Ce nom te dit quelque chose ?

— Il devrait ?

— Il est de Mieres. N'est-ce pas le village de ton père ? Ils étaient sans doute conscrits la même année, et compte tenu que Mieres n'est pas Calcutta, ils se connaissaient sûrement.

Gonzalo n'avait jamais entendu ce nom. D'après le dossier détaillé de Luisa, le père d'Alcázar avait été un des chefs de la police politique de Franco jusqu'à sa retraite en 1966, avec le grade de commissaire. Il était connu pour sa brutalité et son absence de scrupules, qui avaient donné des résultats très positifs, et qui lui avaient valu l'estime des autorités de l'époque.

— Accroche-toi, les virages approchent. Ce Ramón était très lié avec un ministre de Franco, qui détenait le portefeuille de la Justice en 1963. Tu devines qui c'était ? Fulgencio Arras…

— Oh merde, le grand-père de Lola.

— C'est cela, le père de ton beau-père. Agustín et Ramón se voyaient souvent. Les liens entre la famille de ton beau-père et celle de l'inspecteur Alcázar viennent de ces années-là. En sous-main, cet inspecteur a fait toute sorte de boulots (dûment rétribués) pour le vieux.

— Un policier corrompu ?

— Ça dépend si tu considères ton beau-père comme un avocat corrompu, dit Luisa en tordant le nez avec ironie. Tout ce qui sort de ce dossier est légal.

Gonzalo avait deviné la deuxième partie de l'affirmation.

— Et ce qui n'en sort pas ?

— Bavardages, rumeurs, légendes. L'inspecteur est admiré par les uns, haï par les autres. Dans sa jeunesse, il avait la réputation d'être aussi dur que son père, bébé voulait sans doute être à la hauteur. Les raclées aux détenus, les tortures, des cas réglés en forçant les aveux et en manipulant les preuves. Certains disent qu'il n'était pas très différent des autres à l'époque, qu'il eut même des démêlés et des problèmes disciplinaires parce qu'il avait voulu empêcher ce genre de pratiques. Quelque chose a changé en 1972, il a rencontré une prostituée, Cecilia je ne sais qui, il l'a épousée et il semble qu'il s'est opéré un changement important dans le caractère de l'inspecteur. Mais elle est morte d'un cancer en 1983. Depuis, le bruit courait qu'Alcázar touchait des pots-de-vin pour fermer les yeux sur certaines choses… Certains prétendent qu'il s'est constitué une jolie cagnotte et que maintenant qu'il a pris sa retraite il va mener la grande vie. Mais d'autres agents m'ont raconté que son travail à l'unité spéciale où travaillait ta sœur était exemplaire. Des dizaines d'arrestations, nombre d'opérations réussies et un respect plus que mérité… Parmi ses enquêtes les plus remarquables, il y a celle qu'il a menée en 1968 après la disparition de ton père. Tu devrais y jeter un coup d'œil : elle est détaillée, pas du tout superficielle et très professionnelle. Je ne sais quelle sorte de policier il était, mais il a pris l'affaire très au sérieux. En définitive, j'ai l'impression qu'il s'agit d'un personnage fait de lumières et d'ombres.

Comme tout le monde, se dit Gonzalo en regardant une photographie de l'inspecteur, genre carte d'identité, il était jeune mais montrait déjà une calvitie galopante et les débuts d'une moustache fournie. Le regard intelligent, avec une pointe de roublardise, comme s'il ne se prenait pas très au sérieux.

— Autre chose ?

— Il vit dans un petit appartement du Barrio Chino, il a un chien aveugle qui s'appelle Lukas, il va au vidéoclub deux fois par semaine (ennuyeux, pas de porno, que des westerns), il aime la pêche sur la jetée et ses voisins râlent parce qu'il met la musique trop fort ; il paraît qu'il aime les boléros. La supérette qui est au rez-de-chaussée de son immeuble dit qu'il n'achète pas beaucoup de boissons alcoolisées, on ne lui connaît pas de vices, ce qui ne veut pas dire, bien sûr, qu'il n'en a pas. Il collectionne peut-être les capsules !

Gonzalo doutait que ce soit le genre de hobby qui attirait quelqu'un comme Alcázar. Il referma le dossier et se tourna vers l'enveloppe de gauche. Il regarda Luisa qui acquiesça.

— La bande de vidéosurveillance que tu m'as demandée, datée du jour où tu as été agressé. Je ne vais pas te raconter ce que j'ai dû faire pour l'obtenir, mais tu me dois une fière chandelle.

— Tu l'as déjà regardée ?

Luisa dit non en se retranchant derrière ses bras croisés.

— Je n'aime pas les spectacles gore.

Gonzalo n'avait pas non plus très envie de revoir ce qu'il avait vécu dans le parking. Mais sur cette bande on devait découvrir ce qu'était devenu l'ordinateur.

Les bandes digitalisées étaient un hiéroglyphe. Il était presque plus simple d'élucider l'écriture démotique de la pierre de Rosette que de comprendre le fonctionnement de ce maudit lecteur. Il fut bien obligé de demander de l'aide à Luisa. Avec la patience des jeunes qui doivent tout apprendre aux anciens, son assistante lui expliqua comment démarrer la lecture, accélérer ou ralentir l'image, l'arrêter, et imprimer des images.

L'agression d'Atxaga avait été très rapide. Son agresseur était arrivé dix minutes plus tôt, il était passé par la rampe d'accès et avait vérifié toutes les plaques d'immatriculation et les modèles de voiture avant de trouver la sienne. À ce moment-là, calcula Gonzalo, il avait fini sa réunion avec Agustín, il était retourné à son bureau et il parlait avec Luisa de la voisine. Puis il avait pris l'ascenseur.

Ensuite, on voyait Gonzalo lui-même. Il se regarda avec un brin de compassion, comme ces gens qui ont déjà vu le film et savent que le protagoniste va passer un sale quart d'heure. Un pauvre type qui a l'air d'un employé fatigué, rêveur, accablé par les tâches quotidiennes. Il traînait des pieds, avait les épaules tombantes. Comme si la sacoche de l'ordinateur qui battait contre sa cuisse pesait le poids d'une enclume.

Atxaga surgit par-derrière et dit quelque chose, Gonzalo se retourna et le mari déchaîné le frappa avec un objet qu'il tenait dans la main droite. Après avoir repassé la bande attentivement, il compta pas moins de douze coups de pied et coups de poing en moins d'une minute, sans compter les coups de poignard successifs. Gonzalo avait l'estomac retourné de revoir la scène. Muette, elle était beaucoup plus terrible et violente. Il était par terre, entre les roues du 4×4, et Atxaga le frappait avec une rage démentielle, comme s'il avait patiemment accumulé toute cette haine en prison et qu'il la libérait maintenant à gros bouillons. Combien de temps faut-il pour tuer un homme corpulent ? Une seconde, des heures. Le temps se fige. Le plus angoissant dans cette séquence, c'était la vulnérabilité, l'acharnement, cette impression de dégoût et d'angoisse qu'il éprouvait dans les documentaires où les hyènes se précipitaient sur la proie blessée pour la déchiqueter sans pitié.

La violence, sous quelque forme que ce soit, plongeait Gonzalo dans un état de panique qui le paralysait. Alcázar lui avait dit à l'hôpital que l'intention d'Atxaga était de l'assassiner, tout simplement. À en juger par sa brutalité, cela semblait évident, et il y serait parvenu si les phares de la voiture qui était garée en face ne s'étaient soudain allumés en émettant des rafales de clignotements hystériques. Malgré l'absence de son, Gonzalo comprit que l'occupant avait aussi utilisé son klaxon pour appeler à l'aide. Par chance, la combinaison des deux avait fait son effet et Atxaga s'était enfui.

Une femme sortit de la voiture et courut lui porter secours.

Luisa et Gonzalo se regardèrent, incrédules.

— N'est-ce pas la rouquine du balcon d'à côté, la photographe ?

C'était elle. Tania. Sur l'image figée, le visage était un mur de pierre et le regard de Gonzalo glissait sur lui comme l'ombre du soleil au couchant. Il ne l'altérait pas, mais la faisait changer de couleur.

L'ampoule rouge du laboratoire photo clignota deux fois. Cela signifiait qu'on sonnait à la porte. Tania se lava les mains dans l'évier et jeta un bref coup d'œil sur la dernière série de photographies qu'elle était en train de révéler. Elle devrait attendre quelques minutes pour les voir avec netteté. Elle sortit de la pièce et tomba sur sa mère.

— Nous devons nous parler.

Anna Akhmatova parlait russe quand elle était sérieusement préoccupée. Tania l'écouta, surprise, et mit quelques dizaines de secondes à retrouver le champ sémantique de son enfance.

— Que se passe-t-il? demanda-t-elle dans la même langue, qui résonna à ses oreilles de façon étrange et rouillée.

Anna Akhmatova lissa calmement les plis de sa jupe, observant le désordre dans la petite pièce de sa fille. Elle se demanda ce qu'elle avait fait de travers pour que Tania ne pense même pas à vider de temps en temps les cendriers qu'il y avait partout.

— Gonzalo Gil.

Tania sentit un pincement à l'estomac, qu'elle parvint à dissimuler.

— Je ne vois pas de quoi tu parles, répondit-elle, imperturbable.

Anna ne la crut pas. Les mots avaient une consistance au moment où on les prononçait, mais plus on s'éloignait de ce moment, plus ils perdaient de leur densité, et plus ils devenaient éthérés. Elle poussa un soupir exaspéré.

— Qu'est-ce que tu cherches, en te rapprochant de lui? Nous étions pourtant d'accord. Tu me l'avais promis.

Tania sentit un doux bourdonnement derrière la nuque. C'étaient les ailes de son papillon tatoué. Il voulait s'envoler.

— Maman, je te répète que je ne sais pas de quoi tu parles.

La vieille femme regarda Tania qui fumait à côté des œuvres choisies de Gorki. Elle avait renoncé depuis longtemps à convaincre sa fille de renoncer à ce vice pernicieux quand elle était auprès de ses chers livres. Elle se demandait souvent ce qu'en aurait pensé Martin, cet Anglais rouquin et effrayé comme un oiseau en cage. Aucun des deux n'aurait imaginé qu'ils donneraient naissance à une personne aussi vivante et aussi belle la seule fois où ils s'étaient retrouvés dans le même lit.

— Je t'ai demandé de ne pas l'approcher. Pourquoi es-tu aussi têtue?

Tania comprit que c'était idiot de persister dans le mensonge.

— Si je n'avais pas été là, cet homme l'aurait battu à mort.

La vieille femme ôta ses lunettes d'écaille et les essuya. Elle regarda encore les verres après le nettoyage, sans se résoudre à en déguiser ses yeux enterrés dans des plis épais.

— Le problème, c'est que cet homme a déjà sa vie, la sienne. Et ni toi ni moi n'avons le droit de nous en mêler.

— On l'a trompé sur sa vie.

— Non. Il y a longtemps qu'il a décidé d'oublier, ce qui est son droit. Laura aurait dû en faire autant.

Tania rejeta la fumée de sa cigarette, chercha du regard un cendrier et n'en trouvant pas elle utilisa le creux de sa main pour récupérer la cendre. Elle pensa fugacement aux photographies qu'elle venait de révéler. Elles devaient être nettes, maintenant, et avaient dévoilé tous leurs secrets.

— Comment sais-tu que je l'ai vu?

La vieille femme ne répondit pas. Elle regarda sa fille d'un air songeur qui plissa et craquela son rouge à lèvres. Elle pensa à Alcázar, qui l'avait abordée dans la rue une heure plus tôt et l'avait saluée avec naturel, comme s'ils étaient des amis intimes, comme si trente-cinq ans ne s'étaient pas écoulés depuis leur dernière rencontre. Il l'invita à faire un tour dans le quartier, lui raconta des anecdotes sur les rues, comme s'ils étaient deux touristes, et soudain il s'arrêta et la regarda avec ces yeux qu'Anna avait presque réussi à oublier après tant d'années. Alors il lui parla de la bande vidéo, et des problèmes que posait l'apparition de sa fille sur cette bande. Le comprenait-elle ? Comprenait-elle la folie qu'avait commise cette irresponsable ?

Oui, Anna comprenait parfaitement, mais pas sa naïve de fille.

— Tu n'as aucune idée de ce que tu viens de réveiller, Tania.

13

Vassili Arsenievich Velichko hocha la tête en silence, comme si on pouvait le voir, raccrocha lentement et laissa sa main sur le combiné, pensif. De la fenêtre de son petit bureau du hangar 22, il pouvait contempler tous les matins le chantier du Grand Canal en construction pour relier la Volga et la Moskova. Ce projet le fascinait en tant qu'ingénieur, mais surtout le stimulait en tant que membre du Parti et en tant que Moscovite. Franchement, ce projet destiné à alimenter la ville en eau et à avoir un débouché sur les cinq mers était une œuvre digne du temps des pharaons. "C'est terrible et étonnant, ce que peuvent réaliser les hommes", pensa-t-il en s'apprêtant à écrire son article quotidien pour le journal de l'Osoaviakhim, *En garde.*

Il avait du mal à se concentrer pour être à la hauteur de ce qu'on attendait de lui. Les soucis des jours derniers l'empêchaient de dormir et il ne s'était pas encore habitué à ce nouveau poste à Touchino. C'est vrai, il devait être reconnaissant : faire partie du corps des instructeurs de l'École, être chargé de la formation intellectuelle et politique des futurs aviateurs, voilà une charge qu'à vingt ans beaucoup n'auraient même pas osé envisager. Mais il regrettait son appartement près de la forteresse du Kremlin. Il avait eu beau décorer son bureau de livres et de tableaux apportés de son affectation précédente, il persistait à penser que cet horizon de hangars de l'aérodrome était déprimant, surtout quand le soleil tardait à se lever et que la brume s'installait sur l'embouchure du fleuve.

Si de plus il pleuvait, comme c'était le cas, les wagonnets de la rive opposée ressemblaient à des ombres fantasmagoriques, le bruit des ateliers et des scies lui perçait la cervelle, et les sifflements des barges dans la brume rappelaient les embarcations qui sillonnaient l'Averne. Dans un tel état d'esprit, il était incapable de commenter les vertus du plan quinquennal ou d'énumérer avec un minimum de crédibilité les mérites des membres du Comité central qui l'avaient conçu.

Velichko eut un sourire fatigué en imaginant ce que dirait sa mère si elle pouvait entendre ses pensées. "Tu dois être le seul imbécile qui croit encore à ce qu'il écrit." Sans doute, se dit-il avec une once de présomption. Il croyait en Staline, il avait confiance en lui. Il l'avait vu une fois, lors du discours de clôture des cérémonies du jour du Travailleur, l'année précédente. Il n'avait rien d'un orateur brillant, c'était plutôt un homme massif, rude. Et pourtant il avait réussi à exalter l'assistance par sa seule détermination. Mais tous n'étaient pas à sa hauteur. Beaucoup d'histoires peu flatteuses circulaient sur des membres du Parti, purges et luttes de pouvoir, une guerre sale, implacable, où la frontière entre amis et ennemis était très floue. Il fallait avancer en ouvrant l'œil pour éviter les faux pas.

Il essaya d'écarter les pensées qui confinaient à l'aberration. Il devait se convaincre des vertus de l'action du Parti : changer radicalement cet immense pays. Mais au-dessus de sa tête gravitait l'appel téléphonique qu'il venait de recevoir. Il était partagé entre ses convictions et la prudence nécessaire, le courage d'un jeune idéaliste et l'autocensure d'un fonctionnaire qui aspirait à une carrière qui s'annonçait brillante s'il ne faisait pas de folies.

Finalement, sachant qu'il n'y aurait pas de marche arrière possible, il écrivit deux mots : *Ostrov Smerti*. Et eut aussitôt envie de froisser la feuille, mieux encore, de la brûler pour que personne ne puisse soupçonner qu'il avait écrit une chose pareille. Mais il se contenta de la glisser dans le tiroir, à côté de son paquet de cigarettes, des tampons de validité pour les recrues et de son revolver d'ordonnance. Puis il enfila soigneusement son blouson et vérifia que l'insigne des parachutistes de Vorochilov et celui de tirailleur de 1re classe s'étalaient avec la fierté adéquate sur sa poitrine. Avant de quitter son bureau, il glissa ses lunettes rondes dans sa poche. Sa mère disait que ses lunettes lui donnaient un air d'enfant. Un instructeur ambitieux de l'Osoaviakhim ne pouvait donner cette impression ; au contraire, il devait inspirer la crainte du prédateur qu'il avait déjà remarquée dans les couloirs du Comité central ; il avait même voulu se laisser pousser la moustache, mais il n'avait ni les cheveux blancs ni le maintien pour la porter avec sobriété. Chaque chose en son temps.

Il avait cessé de pleuvoir, mais ce n'était pas forcément une bonne nouvelle. Le ciel se dégageait rapidement, ce qui signifiait que la température allait baisser. Il neigerait sans doute avant la nuit et les routes seraient impraticables. Ensuite, cette neige deviendrait une couche de glace sale qui paralyserait tout. Velichko détestait le calme du paysage quand il était pétrifié, les stalactites suspendues aux auvents, les arbres grelottants, la buée des respirations et les crissements de la glace sous les chaussures et les roues. Il remonta le col de son manteau et traversa d'un pas résolu la piste de l'aérodrome, laissant sur sa droite les hangars consacrés aux différentes disciplines qu'on enseignait à l'École.

Des recrues en haut d'une tourelle en bois simulaient un saut en plein vol et s'entraînaient à atterrir. Derrière la clôture des essais des aéronefs, deux instructeurs montraient à un groupe nombreux comment démonter un rotor. Il n'était pas rare que parmi les élèves mécaniciens et techniciens il y ait des femmes, et il n'était pas rare non plus d'en voir parmi les aspirants pilotes et parachutistes. "C'est ce que nous voulons, pensa Velichko en allumant la énième cigarette de la matinée : une société plus juste, plus égalitaire. Voilà la raison de notre révolution."

Il crut entendre le ricanement denté de sa mère : "Les gens meurent de faim par la faute du plan quinquennal, mais toi tu fumes des cigarettes anglaises. Drôle de révolutionnaire." Velichko aimait sa mère, une brave femme, mais elle ne comprenait pas son travail, pourquoi il fallait identifier et exterminer les ennemis du peuple. Le cancer était multiforme : saboteurs trotskistes, propriétaires terriens, koulaks, anciens et nouveaux camarades qui sabotaient les plans du Comité en s'éloignant de l'orthodoxie en poursuivant leur intérêt propre. C'était épuisant, et parfois Velichko se demandait si la répression et la terreur qu'on vivait dans le pays étaient nécessaires. Un signe de force, comme l'avait proclamé Staline, ou un symptôme de faiblesse ? La purification de la société tournait à l'orgie. En tout cas, on changeait le cours de l'Histoire et les générations à venir les jugeraient. En fin de compte, il n'était qu'un simple instructeur politique.

Au-dessus de la guérite de l'entrée du complexe industriel où étaient fabriqués les aéronefs, il y avait une grosse plaque en ciment avec l'insigne de l'Osoaviakhim. L'étoile rouge surmontée d'une hélice et d'un fusil, disposés comme les pales d'une hélice. L'ensemble des hangars était immense, réparti en plusieurs services : fabrication, stockage, hauts fourneaux et port de fret. L'activité était fébrile. Il se dirigea vers la section des aéronefs. Il s'engagea dans une ruelle, le long des quais de chargement où des camions livraient de grosses barres d'acier. À droite, un escalier descendait vers les étages inférieurs où se trouvaient autrefois une école de formation et des bureaux, fermés depuis longtemps. La porte céda à sa légère poussée.

On distinguait à peine le mobilier entassé au bout d'un long couloir : des piles de tables, de chaises et de classeurs. Les fenêtres étaient trop hautes et étroites, des lucarnes qui empêchaient de voir les choses nettement. Il y avait des odeurs d'excréments et d'urine fermentés, et les rats apparaissaient et disparaissaient avec une rapidité inquiétante au milieu des ordures et des planches qui jonchaient les carreaux ébréchés du sol. C'était absurde et jamais il ne l'aurait reconnu en public, mais Velichko était terrorisé par ces bestioles depuis que, tout petit, il s'était réveillé avec une douleur intense à l'oreille et avait vu un énorme rat qui la dévorait méthodiquement.

Par-dessus le marché, il entrevit l'éclat d'une torche au fond.

— Par ici, instructeur Velichko.

La voix familière du subalterne Srolov le rassura. Srolov était un brave homme, un *kolkhozien* qui avait dans une poche un petit livre rempli d'images de saints, dans lequel il avait glissé un portrait de Staline défraîchi, ce qui était plutôt contradictoire. Srolov était loyal comme peuvent l'être les chiens errants si on leur manifeste un peu d'affection. Velichko n'était pas dur avec lui, il ne l'insultait pas et l'invitait de temps en temps à partager des confidences, une cigarette et un café. Grâce à ces attentions, cet homme d'un âge avancé l'avait prévenu par priorité, conscient de la gravité de l'affaire.

— Où est-il ?

Le subalterne braqua sa torche sur la petite contre-porte en fer qui menait à un étage inférieur.

— Il m'a semblé plus sûr de le cacher dans les tunnels qui rejoignent le réseau des égouts.

Velichko acquiesça. Bonne idée. Ils descendirent quelques marches en fer et entrèrent dans un tunnel voûté.

On avait du mal à rester debout, il fallait continuellement baisser la tête pour ne pas se cogner aux ramifications des tuyauteries. Au-dessus de la voûte en briques moisies, le sol tremblait. Ils étaient sous les quais de charge. Le tunnel bifurquait tous les dix mètres, à gauche et à droite, formant un labyrinthe de galeries plus petites. Sans la torche, il était facile de se perdre, si on ne connaissait pas bien les lieux. Il y avait des années que personne n'y était descendu.

Finalement, le subalterne s'arrêta, hésita et tourna à droite.

— Mais enfin, où va-t-on? demanda Velichko au dos qui marchait devant lui.

— On est presque arrivés.

Le passage étroit débouchait sur une sorte de grotte, sans doute un couloir abandonné en cours de construction. Les parois et le plafond étaient vaguement étayés avec des troncs qui n'avaient pas l'air très solides, le sol était argileux et suppurait l'humidité. Velichko s'empara de la torche du subalterne, pivota sur lui-même dans cette cavité et s'arrêta enfin sur une forme collée au mur. On aurait dit un tas de guenilles couvertes de crasse. S'il n'y avait pas eu un léger mouvement de respiration et une soudaine quinte de toux, personne n'aurait reconnu un être humain sous ces haillons.

— C'est lui? demanda-t-il avec un mélange d'étonnement et de dégoût.

Srolov confirma et pour le prouver souleva la couverture élimée.

Un homme, si cet amas d'os et de peau pouvait encore mériter cette considération, se replia sur lui-même en tremblant et en murmurant des mots inintelligibles.

— Que dit-il?

Le subalterne haussa les épaules.

— Aucune idée. Il bafouille, je crois qu'il délire. Je l'ai fouillé mais il n'a aucun papier sur lui. Je n'ai trouvé que ça. Il a tenté de me mordre quand je le lui ai pris, et j'ai dû le frapper.

Il tendit à Velichko un minuscule médaillon. De mauvaise qualité, apparemment, sans valeur. Il l'ouvrit et vit la photographie d'une femme jeune avec une petite fille. La femme avait l'air d'une aristocrate de la campagne, cet air que Velichko détestait chez les koulaks, les anciens propriétaires agricoles. Arrogants et frustes, ces gens étaient durs à vaincre. On pouvait dire qu'elle était jolie, les yeux gris, les cheveux raides et foncés, rassemblés en chignon qui dégageait les oreilles, rendaient son visage symétrique, encadré par le col en dentelle de la chemise. La petite était la fille de sa mère, aucun doute là-dessus. Une miniature de la femme, avec la même expression attentive et ferme.

— C'est peut-être sa famille.

Le subalterne ne paraissait pas très convaincu.

— Il l'a sans doute volé.

Velichko retourna le médaillon. Il y avait des lettres grossièrement gravées au couteau. *Irina*. Il regarda avec étonnement l'homme qui gémissait dans l'obscurité et remuait comme les rats qui dégoûtaient tellement l'instructeur. Un énorme rat, puant et gris. Velichko empocha le médaillon.

— Comment l'as-tu trouvé ? demanda-t-il à Srolov.

Le subalterne détourna le regard vers la sortie, plongée dans l'obscurité. Soudain, il hésitait, on aurait dit qu'il regrettait d'avoir amené son chef, ou qu'il n'avait pas prévu cette question, pourtant prévisible.

— Il y a des années, j'ai travaillé dans le secteur des aéronefs. Je savais que ces bureaux n'étaient plus utilisés et qu'à l'étage du dessus il y a beaucoup de bois et de vieux meubles. Personne ne s'en soucie, alors j'ai pensé que je pouvais couper ce bois et m'en servir. Le charbon est hors de prix et il faut mettre du combustible dans les poêles.

— Tu as volé du matériel de l'État, mais cela ne m'intéresse plus. Viens-en au fait.

La froideur de Velichko déconcerta Srolov.

— J'ai vu quelqu'un se cacher, j'ai d'abord cru que c'était un chien, je lui ai jeté une pierre et je l'ai entendu geindre. Alors, j'ai compris que c'était quelqu'un. J'ai d'abord cru qu'il s'agissait d'un de ces mendiants qui n'ont pas de passeport intérieur. J'ai essayé de le capturer, mais il m'a échappé, et je l'ai poursuivi jusqu'ici.

— Comment sais-tu que c'est un déporté en fuite ?

Srolov sentit qu'il pouvait se réhabiliter aux yeux de son chef. Il se pencha sur l'homme, qui protesta faiblement, et déchira les lambeaux de sa chemise. Il demanda à son supérieur d'approcher la torche. Sur la poitrine étaient gravés deux mots : *Ostrov Smerti*.

Velichko contemplait ce rebut humain, les yeux écarquillés.

"Cherchez, et vous trouverez", disait l'Évangile. Il avait trouvé sans avoir besoin de chercher. Mais, loin de le réjouir, cela l'inquiétait. Si ce qu'il supposait était vrai, si cet homme venait de l'île de Nazino, s'il pouvait le maintenir en vie et le faire parler, l'avenir de Velichko changerait de façon irréversible, dans un sens ou dans un autre. Depuis la fin mai de l'année précédente, il rassemblait une infinité de témoignages partiels, de commentaires sans fondement, de rumeurs dans la milice de ce qui était arrivé dans les profondeurs de la Sibérie occidentale, près du confluent de l'Ob avec la Nazina. Un holocauste nauséabond avec plus de quatre mille morts en l'espace de trois mois. Jusqu'alors, il n'avait pas trouvé de preuves de la véracité de ce qu'on disait.

— Qu'allons-nous faire de lui ? demanda Srolov. Le règlement exigerait qu'on le livre à l'OGPU, c'est un fugitif.

D'un geste, Velichko lui fit signe de le laisser réfléchir. Il connaissait le protocole, il n'avait pas besoin qu'on le lui rappelle. Le problème était de savoir s'il était disposé à affronter le puissant chef de la police politique, Genrikh Yagoda, et celui du Goulag, Matveï Berman. Ils étaient les responsables de ce qu'on appelait les "colonies spéciales", un plan ambitieux de déportations qui visait à transférer plus de deux millions de personnes dans les zones inhabitées de Sibérie et du Kazakhstan. Ils avaient tous les deux raconté à Staline que l'idée était de rendre productif plus d'un million d'hectares de terres en friche, en moins de deux ans. Pour un plan si ambitieux, les simples paysans et les ennemis du peuple ne couvraient pas les besoins en main-d'œuvre.

On avait d'abord vidé les prisons de leurs droit commun, mais c'était insuffisant. Le plan quinquennal déclenchait la famine dans les campagnes et les paysans émigraient en masse vers les grandes villes. Pour les en empêcher, Yagoda et Berman avaient créé les passeports intérieurs. Toute personne non parrainée dans une ville ne pouvait l'obtenir, et sans ce document elle avait interdiction de rester, et elle pouvait être immédiatement déportée. Ce qui avait déclenché un véritable cauchemar. Aiguillonnés par leurs supérieurs, les policiers opéraient des rafles sans discrimination, tendaient leurs filets comme des pêcheurs sans cervelle, et emportaient tout sur leur passage.

On parlait d'erreurs monumentales ; Velichko avait pu en relever quelques-unes : une vieille femme appelée Guseva, de Murom, dont le mari était un communiste de la vieille garde, chef de gare depuis vingt-trois ans, était allée à Moscou acheter un peu de pain blanc et la police l'avait arrêtée parce qu'elle n'avait pas ses papiers. Elle avait disparu, et en dépit des réclamations de son mari, il n'avait obtenu que des réponses vagues et des excuses de la part des autorités. Un autre cas, parvenu entre les mains de l'instructeur, était celui du jeune Novozhilov. Cet ouvrier d'une usine de compresseurs, primé en de nombreuses circonstances pour sa productivité, membre du comité du travail, avait été déporté sans explications. D'après le récit de son épouse à Velichko, sa seule faute avait été de fumer une cigarette en bas de l'immeuble en attendant qu'elle descende pour aller au cinéma. Deux gardes l'interpellèrent, et l'empêchèrent même de remonter chercher ses papiers… La liste était interminable, et toutes ces histoires horribles avaient le même dénouement, un lieu qui selon les affirmations des autorités compétentes n'existait pas. L'île de Nazino.

Cet homme dont la chair flottait sur ses os, cet homme aux limites de toute résistance, pouvait lui être utile. S'il n'avait pas complètement perdu la tête.

— Cherche un refuge sûr où le cacher, et qu'un médecin de confiance l'examine. Personne ne doit être au courant de son existence pour le moment, du moins jusqu'à ce qu'il ait retrouvé la force de parler.

Le subalterne secoua sa lourde tête, comme un bœuf.

— Je ne suis pas sûr que ce soit correct. Nous devrions le livrer.

Velichko leva la torche et le foudroya du regard. Ses yeux, vert vif, ne laissaient aucune place au doute.

— Fais ce que je te dis, ou c'est toi qui monteras dans une de ces barges pour la Sibérie. Voler du matériel de l'Osoaviakhim est un délit gravissime.

Le subalterne pâlit, tordit la bouche mais s'inclina.

— On fera comme tu l'as dit.

Velichko s'accroupit devant l'homme qui fuyait la lumière de la torche, replié sur lui-même comme un escargot. Cet homme sentait la mort, son corps était couvert de blessures et de croûtes où se superposaient la saleté et le sang séché, et sa peau était squameuse. Velichko avait l'impression que s'il le touchait, ses doigts s'imprégneraient de gélatine. Il tenta de voir son visage, mais l'homme se cachait derrière ses avant-bras.

— Tu peux me comprendre ? Personne ne va te faire du mal, rassure-toi. Nous voulons seulement t'aider.

En lui parlant d'une voix douce, il écarta l'avant-bras qui dissimulait son visage. Et il dut se retenir pour ne pas crier. Il avait une orbite vide. Ses pommettes étaient deux promontoires qui tendaient la peau et retenaient à peine des mâchoires presque édentées ; il avait été frappé férocement, à en juger par les lacérations et les hématomes. Le nez enflé dénotait qu'il était cassé, sans doute depuis longtemps. L'œil gauche, sombre comme un bouton, regardait fixement l'instructeur. On aurait dit une bête traquée. Il remuait ses lèvres crevassées, mais tenait des propos inintelligibles, sur un ton très bas, comme une litanie.

Au moment où Velichko allait se redresser, l'homme eut une réaction inattendue. Sous son amas de guenilles, une main tordue jaillit et retint le bras de l'instructeur. Velichko sentit ses ongles s'enfoncer dans son blouson et il éprouva une répulsion instinctive. Srolov voulut frapper l'homme, mais l'instructeur le retint. L'autre main de l'homme apparut, la paume ouverte, en attitude de supplique. Velichko comprit ce que cet œil et cette main demandaient.

— Le médaillon ? Tu veux que je te rende le médaillon ? – Il le sortit de sa poche et le remit à l'homme. – D'accord, je te le rends à une condition. Dis-moi ton nom.

L'homme serra les doigts comme des tenailles et se replia. Revenant de l'obscurité, il dit :

— Je m'appelle Elías Gil Villa.

Elle était vivante. Forcément, songea-t-il en caressant la photographie du médaillon. C'était sa seule consolation. Penser le contraire était trop horrible. Assis sur une chaise, les mains sur les genoux, Elías regardait par la fenêtre. Sur la table, une assiette de bouillon de légumes qu'il n'avait pas touchée. En revanche, le pichet de vin était presque vide. Il cligna des yeux et tordit le cou pour détendre ses muscles.

— J'en connais plus long sur les camps d'internement que n'importe lequel d'entre vous. Je sais comment ils sont, les odeurs des gabarres qui transportent les déportés. Je connais le goût de la neige, les morsures des chiens des gardes, le son de la culasse de vos fusils quand ils brisent un tibia ou un coude. Oui, j'en sais long sur vous.

L'instructeur Velichko était surpris du changement opéré chez le prisonnier en quelques semaines. Srolov avait bien travaillé, en dépit de ses réticences et de son envie de se débarrasser de ce problème de façon expéditive. Il avait obligé le prisonnier à prendre un bain. Sans la croûte de sang et de crasse, avec une chemise propre en coton, quoique usagée, il avait retrouvé une apparence humaine. Il était beaucoup plus jeune que ne l'avait imaginé Velichko. Son œil unique tremblotait comme la flamme inversée d'une bougie. La barbe, grossièrement taillée, prenait naissance sous les pommettes, mais elle était propre, profilant ses lèvres encore tuméfiées. Le nez avait une forme étrange, enfoncé à la racine. Il ne retrouverait jamais sa forme normale.

— Tu trouves que nos méthodes ne sont pas agréables ? Dommage, mais n'oublie pas que tu es un déporté. Pas un hôte qui vient voir le Bolchoï. On avait sûrement de bonnes raisons de t'arrêter.

Elías pressa les mains sous les aisselles. Soudain, il avait froid. Un froid qui l'habitait, qui allait et venait par vagues. Un froid paralysant.

— Et que fait un Espagnol, étudiant en ingénierie, avec ce mot gravé sur la poitrine ? Comment es-tu arrivé jusqu'à Nazino ? Et surtout, comment as-tu pu t'évader et revenir jusqu'à Moscou ?

Elías lui lança un regard de biais. Il n'avait plus cette expression d'épouvante du premier jour, mais une méfiance infinie. Son orbite vide était cachée sous un bandeau grossier. Au lieu de répondre, il se tourna vers la fenêtre et se balança sur la chaise, remuant les lèvres sans émettre un son. Velichko appela la jeune fille qui venait l'après-midi changer son linge, ses pansements et s'occuper de lui. Jusqu'alors, elle n'avait pas ouvert la bouche. L'instructeur lui ordonna de répéter la question en espagnol.

— Il dit qu'on ne va pas te faire de mal, que tu dois collaborer avec eux. Sinon, on te livrera à l'OGPU.

Elías regarda la jeune fille avec surprise et esquissa un sourire à peine perceptible. Il devait aimer entendre sa propre langue, même si l'expression de cette fille était confuse. Il se tourna vers l'instructeur et Srolov, lequel se tenait à l'écart. Lentement, comme les engrenages d'une locomotive qui démarre, il se mit à parler.

Les gens qui ne connaissent pas la steppe imaginent de vastes étendues de neige, un paysage blanc et transparent où les températures chutent dès que le soleil a disparu. Mais cela, c'est en hiver. En été, après le dégel, la steppe est un enfer de chaleur et d'humidité, la sueur vous colle au corps de façon étouffante et attire les mouches et les moustiques des marais par milliers. Ils vous martyrisent jour et nuit, vous transpercent le corps, entrent par tous les orifices, comme si vous étiez la charogne d'une vache en putréfaction, sauf qu'ils n'ont pas la patience d'attendre votre mort. Ils vous dévorent vivants. Et sur des centaines et des centaines de kilomètres, il n'y a rien d'autre que des marais, des lacs puants, des montagnes de broussailles et pas la moindre baie à se mettre sous la dent.

De temps en temps surgit un lièvre ou un oiseau qui ne s'effarouchent même pas d'une présence humaine. Ils se contentent de sautiller ou de changer de branche pour esquiver la pierre que l'homme leur a lancée avec maladresse, sans force. C'est une torture de voir la proie se moquer du chasseur affamé. L'horizon rend fou, le ciel sans nuages aussi, un même néant qui se rejoint au loin, pas de bruits, pas de maisons, pas de chemins. C'est à cela que devait ressembler la solitude des premiers hommes sur la Terre. Angoissante. La terre est une tombe qui attend patiemment son tribut.

Elías marchait pendant des heures comme un automate, portant sur ses épaules ou dans ses bras la petite Anna jusqu'à ce qu'il ait le corps engourdi ; alors, il tombait à genoux ou de tout son long, entraînant la petite avec lui. Parfois il restait dans un état de délire pendant des minutes qui semblaient être des heures, regardant le ciel, indifférent à tout, jusqu'à ce que la petite Anna gémisse ou que ses petits doigts sales lui effleurent le visage. Il puisait des forces insoupçonnables et se remettait en marche. En avant, sans savoir dans quelle direction. Pour chasser la faim, il pensait. Et sa seule pensée, c'était Irina, le fleuve où il l'avait laissée se noyer pour qu'il ne soit pas entraîné au fond.

Il revoyait cette scène comme un événement diffus, survenu il y avait longtemps : elle coulait dans les turbulences du fond, et il battait des bras pour remonter, les poumons sur le point d'éclater. Les vers de son recueil de poèmes flottaient à la surface. Une nuit, il grava son nom sur le médaillon, avec une pierre. Il pleura longtemps en contemplant cette photographie et le petit corps tremblant d'Anna. La fillette était très faible, elle bougeait et balbutiait à peine, comme si un instinct primitif la poussait à réduire son activité au minimum pour survivre. Mais ils ne réussiraient pas. Elías en avait conscience. La petite mourrait avant lui, c'était une question d'heures, peut-être de jours. Et alors… Alors, il pourrait manger.

Il était pris de nausées à cette idée. Mais il y pensait. Il le savait. Il savait qu'il le ferait, le moment venu. Et la petite semblait le pressentir et s'écartait de lui, acharnée à la vie.

Les crépuscules flamboyants remplissaient le paysage de couleurs écarlates. Et quand par miracle soufflait une brise qui chassait les nuées de moustiques, Elías reprenait espoir. Un soir, il attrapa une souris. Il lui écrasa la tête avec une pierre et la dépeça avec un silex. Il la démembra avec les dents, la réduisit en charpie, en fit une pâte rosâtre et força Anna à l'avaler. Il but un peu d'eau dans une fosse, poussé par la soif, et il passa les deux jours suivants à faire sur lui. Il n'essayait même pas de se retenir, les excréments liquides tombaient derrière lui comme le sillage sinistre de son agonie.

La pire des nuits arriva après d'autres nuits innombrables, car le temps n'a plus de sens quand la seule solution est de marcher en direction de nulle part. Il avait plu pendant des heures et Elías avait essoré jusqu'à la dernière goutte de ses vêtements pour boire et donner à boire à la petite. Anna s'était mise à grelotter, les yeux fiévreux, claquant des dents à vous faire dresser les cheveux sur la tête, avec une telle violence qu'elles risquaient d'éclater en morceaux. Elías la serra contre lui et essaya de lui insuffler de la chaleur. Le visage de la petite était devenu translucide et les veines sous sa peau avançaient comme une hydre qui s'emparait de ses traits. Les lèvres enflées avaient pris un ton violacé, comme les cernes et les taches sur son cou. Elle allait mourir cette nuit. Elías le pressentait, la paume à plat sur sa poitrine, sentant son cœur battre de plus en plus faiblement.

Il ne voulait pas qu'elle meure, et en même temps il le désirait de toutes ses forces. Pour elle, pour lui. Pour tous les deux. Il l'embrassa sur le front et écarta ses cheveux sales en la caressant. Il mettrait la main sur son nez et sur sa bouche. Il n'appuierait pas beaucoup, et elle cesserait de respirer, après un bref sursaut. Tout serait si vite fini qu'elle ne s'en rendrait même pas compte. Ensuite… Il voulut essayer, mais il ne le put. Trop tôt. Il ne voulait pas le décider lui-même. Il allait attendre, sans quitter le petit abri qu'il avait trouvé, sous une éminence. Il ne bougerait plus. Ils resteraient là ensemble, le temps qu'il faudrait.

Il s'endormit. Des rêves horribles, difformes, dans lesquels la conscience et l'inconscience s'alliaient pour créer une sorte de parodie où se mêlaient des événements réels et inventés, il voyait Anna, il voyait son père, il voyait Claude pointant sur lui ses doigts amputés, il voyait Igor ricanant et brandissant son œil embroché à un bâton, il voyait le centre de détention et ce garde qui lui offrait un grand verre d'eau qui grouillait de vers. Et ce poème qu'Irina lisait, les yeux pleins d'algues. Dans le rêve, Elías tuait, mourait, ressuscitait, dévorait les ossements d'Anna, les vomissait et les ravalait.

Il ouvrit l'œil et cligna sous le firmament saturé d'étoiles qui changeaient de forme toutes les nuits. Pendant quelques secondes, il se demanda s'il rêvait : il entendait un grognement, un murmure rauque, des dents claquant dans l'air. Il tendit la main droite pour toucher le corps d'Anna. Peut-être déjà mort, sans chaleur. Mais il n'effleura que le pied, qui s'éloignait, hors de portée de ses doigts. Il tourna lentement la tête et vit un loup gris, pas très grand, décharné, mal en point, traînant le corps inerte de la petite, les crocs plantés dans son bras, reculant en catimini, comme un renard dans un poulailler.

Elías tâta le sol autour de lui sans quitter des yeux le loup qui, se voyant découvert, s'était hérissé, écartant les pattes, rejetant les oreilles en arrière. Il trouva une pierre de la taille d'une grenade. Il ne pouvait rien en faire, et pourtant il se leva, prêt à se battre pour Anna. Pour sa dépouille ou pour sa vie ? Peu importait. Il n'allait pas laisser le loup l'emporter. Jusque-là, il n'avait jamais vu de loup, et celui-ci n'avait pas l'air en forme, il n'était sans doute pas dans son habitat naturel. Il semblait aussi déconcerté que lui, mais une pierre contre ces dents jaunes ne laissait pas le choix. Il allait perdre, il le savait.

Il leva les mains et cria, comme s'il avait lu quelque part que c'était la meilleure façon de repousser les fauves, mais le loup fit un pas en avant, babines retroussées, grognant de façon menaçante. S'il avait eu affaire à un chien, celui-ci aurait aboyé, mais les loups n'aboient pas. Ne donnent pas l'alerte. Ils attaquent. L'animal bondit et le renversa. La première morsure chercha la jugulaire, mais Elías se déroba et les crocs s'enfoncèrent dans l'avant-bras. Les pattes de la bête et ses propres jambes étaient emmêlées dans une danse chaotique ; de la main gauche il frappa le flanc à coups de pierre, mais le loup ne sentit presque rien.

On entendit alors un coup de feu, la bête sauta en l'air en poussant un gémissement pitoyable, sauta par-dessus Elías et se tourna du côté où était parti le coup de feu. Le loup était blessé, il ne saignait pas beaucoup, mais le filet rouge qui coulait sur la cuisse arrière était de plus en plus abondant. Restant toujours de face, il recula de quelques mètres, fit demi-tour, s'éloigna dans une course boiteuse et se perdit dans l'obscurité.

Pendant qu'Elías se relevait, encore effrayé, l'avant-bras blessé, il vit deux silhouettes à ses pieds. L'une d'elles brandissait le revolver qui avait tiré. L'autre était penchée sur la petite.

— Elle est vivante.

— Donne-lui un peu d'eau.

Elías reconnut les voix avant les visages. C'étaient Michael et Martin.

Michael s'avança vers Elías et le regarda sans rien dire. Le revolver au poing. Il ne se ressemblait pas, aucun d'entre eux ne se ressemblait plus. L'Écossais avait perdu toute expression, on aurait dit un mirage surgi du néant, qui disparaîtrait sur un claquement de doigts. Il remit le revolver dans son pantalon et saisit le bras d'Elías.

— Les crocs de cet animal coupent comme des scies. Il y a une semaine qu'on est sur ses traces et il nous échappe toujours. Mais cette fois, je sais que je l'ai eu. Il ne peut pas aller très loin. Aujourd'hui, on va pouvoir manger. Des chiens domestiques, dans la peau d'esclaves évadés, partis à la chasse au loup. Le monde perd les pédales !

Les yeux de Michael étaient comme un fleuve sur le point de geler. Il sortit une cigarette, miracle inouï qui laissa Elías bouche bée, prit une allumette dans sa poche et l'alluma. Il aspira une longue bouffée et sourit, comme l'aurait fait un magicien qui vient d'épater l'auditoire avec un tour de magie.

— Tu n'as rien à dire ? Nous venons de te sauver la vie.

Elías vit Martin auprès de la petite. Il la berçait et lui donnait à boire. Une gourde pleine d'eau pure et potable qui glissait sur les lèvres évanouies de la fillette. La gorge d'Elías gargouilla comme une tuyauterie bouchée.

— D'où sortez-vous ? demanda-t-il, comme s'il s'adressait à des démons sortis de l'enfer.

— Du même endroit que toi, répondit Michael.

Comme si Elías l'avait oublié. Il chercha du regard Igor Stern et sa bande. Il devait être caché quelque part, observant cette farce en ricanant.

— Il n'est pas là, dit Michael. Mais il n'est pas loin, et sûrement furieux. On a volé la moitié de ses provisions. J'ai le revolver dérobé au commandant, mais il ne me reste que trois cartouches et ils sont au moins cinq. S'ils n'en ont pas déjà bouffé un. Quand nous nous sommes évadés de l'île, nous étions huit. Un jeune de Koursk nous accompagnait, la faute pour laquelle on l'a envoyé dans l'île était d'avoir couché avec la fille d'un chef de chars. C'est le premier qu'Igor et ses loups ont dévoré. La faim de cette meute est insatiable, et quand ils ont commencé à lorgner Martin de façon insistante, nous avons décidé que c'était le moment de nous enfuir. – Il n'y avait pas une ombre d'humour ou de sarcasme dans ses propos. Il relatait les faits sans la moindre émotion. – Nous finirons sans doute tous par mourir, mais pas de cette façon.

Elías se détourna, honteux. Michael s'en étonna, regarda discrètement la fillette que Martin cajolait, et il comprit. Mais il s'abstint de tout commentaire. Il passa sa cigarette à Elías et lui conseilla de fumer. Chacun devait survivre de son mieux.

Deux jours plus tard, ils trouvèrent le loup. Il était à deux cents mètres devant eux, à bout de souffle. De loin, on aurait dit un ivrogne qui tenait à peine debout. Michael poussa un cri de joie, mais aucun des trois hommes ne gaspilla son énergie à courir après la proie. Il suffisait d'attendre. Le quatrième soir, l'animal s'effondra. Michael enfonça son couteau dans sa gorge jusqu'à la garde.

— Il paraît que la chair de chien est un peu salée, mais pas mauvaise si elle est bien grillée. D'ailleurs, au point où nous en sommes, nous avons tous mangé des choses bien pires.

Les trois hommes éclatèrent de rire. Des rires hystériques, d'un humour douteux et saturé d'obscurité qui firent battre des paupières la fillette, effrayée et perplexe ; grâce aux attentions de Martin, elle avait retrouvé un souffle de vie.

On n'était pas si mal, après tout. Du haut de la voûte céleste, on pouvait voir une flambée rachitique au milieu de l'immensité, autour de laquelle se pressaient quelques humains, comme si ce lien lumineux pouvait les maintenir à l'abri. À quelques kilomètres de là, dans l'obscurité, une meute de loups marchait, debout, des loups humains qui humaient l'air, sur les traces de la chair grillée. Vue de loin, la vie semblait fragile, changeante, une succession de chances et de malchances sur lesquelles les protagonistes n'avaient aucun pouvoir. Des êtres chaotiques, pas moins errants que les étoiles filantes, étincelles qui s'allumaient et s'éteignaient dans l'instant, sans ce sillage de lumière qui éclairait l'obscurité.

Mais les hommes n'étaient pas des étoiles. Leur cœur battait et taisait ce qui les opprimait, car les mots étaient des pièges, ils cachaient leurs différences, soudées par le silence tant que leur vie était en jeu. Et si les regards qui se croisaient étaient pleins de reproches ou d'accusations, ils les écartaient pour ne voir que le mouvement hypnotique des flammes. À l'aube, ils repartaient : même si le destin ne leur appartenait pas, ils ne s'avoueraient pas si facilement vaincus. Lutter était la seule chose qui leur restait. Sans y mêler un pourquoi. Contre Dieu, contre la nature, contre eux-mêmes. Jusqu'à tomber d'épuisement ou d'inanition. Et alors, à la fin, tout aurait un sens.

Ils avaient laissé derrière eux la carcasse du loup, dont les tripes devaient maintenant sécher depuis des semaines. Martin marchait en tête, à côté d'Elías. Ils portaient la fillette à tour de rôle. Michael avait juché la fillette sur ses épaules. Il ressemblait à un nain des mines avec ses jambes courtes et puissantes, et fermait la marche, plusieurs mètres derrière eux.

— Michael s'est pris d'affection pour la petite, dit Martin. – Il regardait ailleurs, rien de précis, il essayait seulement d'éviter le regard d'Elías. Depuis leurs retrouvailles, c'était la première fois qu'ils parlaient seul à seul. – Je crois qu'il s'est promis de la sortir de là vivante, car il se sent coupable de toutes les saloperies qu'il a commises depuis qu'on a été déportés, et avant, d'avoir signé ces faux aveux contre toi. La sauver, c'est une sorte de rédemption. Tu y crois, toi, à la rédemption ? Aux bonnes actions qui effacent les mauvaises ?

Elías esquissa un sourire ironique, comme s'il se souvenait d'une situation amusante.

— Moi, Martin, je crois surtout que nos actes sont gravés au feu à jamais. Peu importe ce que nous ferons à l'avenir ; ce que nous avons fait ici nous accompagnera

310

toujours. Mais je ne suis pas curé ; nous pourrons peut-être nous tremper dans une eau baptismale quand nous serons sortis d'ici, et voir la lumière.

Il pensait à Claude, à sa grise agonie dans une barge crasseuse amarrée dans une île de merde. Il pensait à ses amis qui n'avaient rien fait pour l'aider. Et il pensait que toutes ces pensées ne servaient à rien en la circonstance.

Et ce fut l'épiphanie. Non pas un brasier ardent, ni une eau qui s'écartait sous leurs pieds. Le miracle arriva sous la forme d'un simple et modeste poteau planté en terre. Un corbeau les observait du haut de ses cinq mètres. Il s'envola jusqu'au suivant, planté cent mètres plus loin, et ainsi de suite, l'un après l'autre, à perte de vue. Ces poteaux avaient été plantés par des hommes, un jour ils achemineraient la lumière électrique, le télégraphe ou le téléphone, dans un lieu où vivaient d'autres êtres humains.

Il s'était écoulé combien de temps ? Aucun d'eux ne pouvait le savoir. Ils avaient atteint les contreforts du monde, ballottés comme des naufragés ignorant où ils étaient. Pourtant, ils étaient quelque part. Même les nuées noires de moustiques battirent en retraite en vrombissant quand ils eurent franchi cette frontière invisible, comme les premiers explorateurs prenant possession d'une terre inconnue.

Mais Igor la franchit aussi, moins d'une journée plus tard.

Pendant quelques instants, Elías se tut. Ses mains étaient à plat sur la table, comme s'il attendait qu'on vienne le prendre en charge. Mais il n'y avait autour de lui que cette fille, l'instructeur Velichko et son assistant, Srolov. Conscient du froid, du présent, il serrait ses jointures rougies. Il se leva, fit plusieurs fois le tour de la pièce et s'arrêta devant un petit portrait de Staline en tenue de cérémonie, serrant dans ses bras un enfant géorgien. Le père des Républiques socialistes soviétiques. Le grand *sosso*, le maître épris de son peuple.

Il ferma l'œil et pensa au dernier soir où il avait vu Anna. Il écarta mentalement les mèches du front de la fillette et lui caressa le visage. Elías avait voulu lui mettre le médaillon, pour le voir briller sur cette poitrine qui tant de fois avait failli ne plus respirer. La fillette avait penché la tête sur son épaule et pour la première fois il la vit esquisser ce qui ressemblait à un sourire. Le médaillon brillait comme un pur bijou sur sa peau sale. On aurait dit une princesse des romans que lisait son père. Une authentique princesse russe.

— Parce que tu en as vu beaucoup, des princesses russes, par ici? lui avait demandé un jour Irina quand, après avoir fait l'amour, il l'avait comparée à un personnage des romans de Gorki.

— Oui. Je te vois tous les jours.

— Avec cet œil unique?

Elías ôta son bandeau. Non seulement il le lui montra, mais il saisit sa main pour qu'elle le touche.

— Avec cet œil unique.

Elle laissa un instant les doigts sur cet obscur amas de chair. Elle sentait le sang couler vers la cavité, en dépit de la cécité.

— Parfois, je rêve que tout cela aura une fin, dit-elle en retirant sa main.

— Ce n'est pas une mauvaise chose.

— Oh que si!

— Pourquoi dis-tu cela?

— Parce que je finis par me réveiller, et je suis toujours là.

— Mais je te sortirai de ce cauchemar. Un aviateur de la poste française viendra dans son biplan et nous emmènera dans les airs.

— Si un jour ce rêve devient réalité, emmène ma fille. Promets-le-moi.

Il avait promis.

Il se tourna vers Velichko, le médaillon d'Irina dans la main.

— Nous venons de quelque part, nous avons un passé où nous avons été heureux. C'est ce qui compte. Avec ça, nous pouvons nous reconstruire… C'est ce qu'Irina disait. Vous y croyez ?

14

Gonzalo vérifia encore une fois l'adresse inscrite sur la carte que Luisa lui avait donnée : "Tania Akhmatova, photographe. 12, rue Molino Nuevo, rez-de-chaussée." Cependant, ce qu'il avait sous les yeux n'était pas un studio de photographie, mais une modeste librairie. Librairie Karamazov, pouvait-on lire sur la frange de la vieille bâche.

En dépit de l'apparence discrète de la vitrine, l'intérieur était vaste et lumineux, un présentoir central exposait en petites piles les dernières nouveautés. Certains titres, peu nombreux, avaient une petite carte bleue sur la couverture qui disait : "Recommandé par la librairie." À droite, le comptoir et la caisse enregistreuse, et au-delà un petit secteur consacré à la papeterie. Le reste de l'espace, une sorte de couloir qui s'élargissait au fond, avec un escalier en bois qui menait à l'étage, était tapissé d'étagères peintes en blanc, chargées de livres. Le secteur le plus spacieux était consacré à la littérature russe des XIXe et XXe siècles, des volumes joliment ordonnés par taille, éditons, auteurs et sujets. Une immense lithographie de Dostoïevski était accrochée au mur. Des petits fauteuils et des tables basses en osier garnies de fleurs et de magazines littéraires étaient stratégiquement répartis. L'ensemble respirait l'ordre et la propreté. On entendait en sourdine *Une nuit sur le mont Chauve*, de Moussorgski, mélange strident et acide de musique populaire et de virtuosité d'un orchestre de chambre.

Des chaussures rouges à talons bas apparurent dans l'escalier, au fond du couloir. Suivies par des chevilles très blanches sillonnées de veinules bleutées, couronnées de volants d'une jupe orangée. Une main portant de grands bracelets de toutes les couleurs glissa sur la rampe. Des doigts de pianiste, mais les ongles trop longs pour ce genre d'activité.

— Je peux vous aider?

Gonzalo examina avec étonnement la vieille femme qui s'était arrêtée sur la première marche, inclinant légèrement le dos vers lui pour éviter le bord du faux plafond. Elle était mince, pas vraiment petite, c'était plutôt un corps, replié avec patience dans une blouse blanche et vaporeuse, assortie à sa peau rehaussée d'un maquillage discret, et elle avait des yeux d'un bleu liquide, presque gris, cachés derrière des lunettes modernes retenues par un petit cordon en cuir. Les cheveux courts, très blancs, avaient une frange élégante en forme de vague rebelle, et brillaient comme un sourire. Elle pouvait avoir cent ans, mais elle donnait l'impression qu'elle venait d'arriver au monde. Gonzalo perçut une chaude familiarité, la vision d'une soirée devant une cheminée, une tasse de thé dans la main, savourant les yeux fermés les mélodies de Moussorgski ou la lecture de Tchekhov.

— Je cherche le studio de photographie de Tania Akhmatova, mais je me suis sans doute trompé.

La vieille dame s'approcha avec légèreté, les épaules tassées, comme si elle sentait en permanence un courant d'air dans le dos, et elle dévisagea le nouveau venu d'un air inquisitorial, comme si elle le reconnaissait vaguement, comme si elle l'invitait à s'asseoir dans un de ces petits fauteuils et à raconter sa vie. C'était le genre de personne auprès de qui on croit que rien ne peut vous arriver de mal.

L'impression qu'il connaissait cette vieille dame, ou plutôt que l'atmosphère qui l'entourait lui était familière, ne se dissipa pas. Au contraire, elle devint encore plus vive quand il sentit une douce odeur de jasmin et entendit le léger frou-frou de sa robe.

— Vous croyez vous être trompé ? N'est-ce pas ce qui est écrit sur votre carte ?

La remarque de la vieille dame déconcerta Gonzalo autant que son petit rire. Elle semblait se moquer de lui, mais peut-être riait-elle d'une petite plaisanterie qu'il ne pouvait pas comprendre.

— Elle vous attend ?

Gonzalo répondit par la négative. La vieille dame émit de nouveau un petit rire amusé. Les rides de son visage prenaient alors une forme irrésistible. Elle avait dû être d'une beauté bouleversante, qu'elle avait encore.

— Le studio de Tania est en haut. Montez, si la lumière rouge est allumée au-dessus de la porte, frappez d'abord et attendez. Tania n'aime pas les visites inattendues.

La lumière rouge était allumée. Gonzalo frappa et attendit. Deux minutes plus tard, il entendit des pas et la porte s'ouvrit. Tania battit des paupières comme si elle sortait de la pénombre et était éblouie par le soleil.

— Le lecteur de Maïakovski, s'exclama-t-elle.

Gonzalo hocha la tête. Et remarqua une ressemblance extraordinaire avec la vieille dame. Il suffisait d'un bond imaginaire d'une trentaine ou d'une quarantaine d'années pour se rendre compte que Tania deviendrait identique. Était-ce sa fille ? Sa petite-fille ?

— Ma secrétaire m'a donné ta carte, dit-il maladroitement, en guise de bonjour.

Après avoir visionné la vidéo de sécurité de l'immeuble, il s'était demandé comme aborder cette rencontre, ce qu'il allait dire et faire. Il l'avait envisagée au millimètre près, mais il n'avait pas prévu qu'il avalerait de travers, comme un adolescent nerveux et intimidé, ni qu'il resterait planté, tenant cette carte stupide dans ses doigts tremblants.

— Je vois.

Tania regardait la carte d'un air las. Elle venait de fumer, elle sentait le tabac blond. Peut-être avait-elle un peu bu, aussi, sans doute un alcool fort. Elle avait les yeux légèrement rougis. Sommeil, fatigue, ou contrariété qui lui avait fait verser une larme ? Elle caressa le tatouage du papillon de sa nuque et tourna le cou, comme s'il était contracté. Les ondulations de ses doigts fins, ornés de bagues de bazar, renforcèrent l'impression de ressemblance avec la vieille dame.

— Tu veux une séance de photos ?

La question laissait entendre une réponse négative. Je ne pourrais même pas améliorer ton aspect avec ce costume et cette coupe de cheveux, semblait-elle dire.

— En réalité, j'espérais que nous pourrions parler de ce qui s'est passé dans le parking le jour où j'ai été attaqué. Je pense qu'avant tout je devrais te remercier.

Tania fronça un sourcil parfaitement dessiné et pinça les lèvres, comme si elle venait de se planter une épine dans le doigt.

— Et j'aimerais savoir pourquoi tu es partie avant l'arrivée de la police.

Les yeux de Tania fixèrent le sol, songeuse. Elle ne semblait pas surprise, l'air de dire que sa venue était inévitable, et même souhaitable, mais pas si tôt, comme si elle n'y était pas encore préparée. Elle claqua des lèvres et ses yeux remontèrent jusqu'au visage interrogateur de Gonzalo.

— J'ai envie d'une bière, pas toi ?

Le Flight avait très peu de clients. C'était un petit bar en dessous du niveau de la rue, tapissé de briques rouges, creusé dans la muraille romaine du quartier ancien. L'éclairage du plafond créait des îlots d'intimité derrière les arcades que le concepteur du lieu avait été obligé de respecter. Gonzalo remarqua les encadrements aux murs : des coupures de journaux en russe de l'époque de la Seconde Guerre mondiale, partout des photographies de héros et de soldats, certains anonymes, des scènes de champs de bataille, des aérodromes, des pièces d'artillerie où les servants posaient, des aviateurs bras dessus bras dessous avec des filles souriantes, des portraits de colonels et de généraux célèbres de l'Armée rouge. Il y avait aussi un grand portrait de Staline peint à l'huile en uniforme de maréchal. Le contraste avec le mobilier moderne et la petite estrade du fond créait un ensemble assez déconcertant, mais agréable.

Tania n'avait pas besoin de passer commande. Le patron apporta deux bières et une soucoupe de chips. C'était un vieil homme de plus de quatre-vingts ans, mais il avait conservé une sorte de jeunesse rosée dans l'expression et de beaux yeux bleus qui vibraient avec bonté. Il embrassa chaleureusement Tania sur les joues, regarda Gonzalo un bon moment et lui dédia finalement un sourire.

— Un mauvais jour ? s'enquit-il en montrant les marques sur son visage qui commençaient à s'estomper.

Il avait un fort accent et mâchait ses mots dans un espagnol épais.

— Pas pire que d'autres.

Le vieil homme et Tania échangèrent un regard. Elle haussa les épaules et le vieux s'éloigna, son torchon sur l'épaule.

— Il voulait juste être aimable, reprocha Tania à Gonzalo.

Cela n'avait rien à voir avec l'hygiène, mais la peau de cet homme dégageait une sueur rance qui sentait la graisse de porc.

— Désolé… D'où lui vient cette odeur ?

Tania sourit. Avec le temps, elle avait appris à la supporter sans avoir à se détourner.

— De la peur, dit-elle à voix basse.

Gonzalo regarda la jeune femme sans comprendre.

— Il a passé des années dans des camps de prisonniers. Il a combattu contre les troupes d'Hitler qui avaient envahi la Biélorussie, et il a été fait prisonnier lors de la première offensive, puis déporté dans un camp près de Varsovie, et quand l'Armée rouge l'a libéré en 1945, il a été condamné pour trahison et envoyé dans un goulag en Sibérie. D'après les autorités russes, il ne s'était pas battu avec assez de conviction. Qu'il soit encore en vie était la preuve irréfutable de sa lâcheté. Il est resté onze ans en Sibérie. Depuis, il a cette odeur. L'odeur de la terreur. Elle s'est incrustée dans sa peau et il la transpire encore.

— Et toute cette décoration qui exalte l'Armée rouge ? Et ce portrait de Staline ? Ne devrait-il pas haïr tout cela ?

Tania regarda avec affection le vieil homme qui servait deux jeunes au comptoir. La vie lui avait sans doute joué des mauvais tours, mais sa revanche était ce sourire bienveillant jusqu'aux oreilles et sa propreté irréprochable. Il distillait cette bonté naturelle des gens qui préfèrent voir le bon côté des choses.

— Il a besoin de croire que tout ce qui est arrivé avait un sens. Il était commissaire politique, tu comprends ? Même quand il s'est retrouvé en Sibérie, il a refusé de renier son passé. C'eût été comme de renier sa propre existence. Tu ne trouveras pas un communiste plus fervent que Vassili Velichko, je t'assure.

— Comment l'as-tu connu ?

— C'est un ami de ma mère. Il est une sorte d'oncle pour moi.

— La vieille dame de la librairie est ta mère ?

Tania le regarda longuement, avant d'acquiescer. Ce regard transperça Gonzalo, atteignit le cœur et l'obligea à battre plus fort. Puis il relâcha son emprise.

— Je me méfierais avant de la traiter de vieille. Elle est encore capable de te flanquer une bonne paire de claques.

Gonzalo sourit.

— J'aime bien sa librairie.

— Elle sera ravie de le savoir. Et aussi que tu aimes Maïakovski. C'est son poète préféré, elle m'a appris à le lire, dit-elle en lui montrant une photographie accrochée derrière lui.

Gonzalo contourna les reflets lumineux qui masquaient ce portrait en buste. C'était bien Maïakovski, peu avant de se tirer une balle dans la tête, laissant son dernier poème inachevé. Gonzalo éprouva une profonde émotion qui lui saisit le corps comme une crampe. Il vit Laura assise sur le sol de la cuisine, penchée sur le livre ouvert, déclamant ses vers en russe sous la surveillance de sa mère, qui n'hésitait pas à la corriger.

Ce souvenir lui rappela la raison de sa visite.

— Pourquoi es-tu partie sans attendre la police ? demanda-t-il, revenant à la vidéo.

Tania claqua des lèvres encore une fois. Gonzalo la regarda décoller l'étiquette de sa bouteille de bière.

— Tu es donc de ceux qui voient toujours une intention cachée chez les autres.

Elle le regarda autrement, avec un peu d'espoir.

— J'ai visionné la vidéo… En entier. Toute la séquence.

— C'est un heureux hasard, que j'aie voulu prendre la voiture à ce moment-là, reconnut-elle.

Gonzalo se demanda pour quelle raison certaines personnes sont plus attirantes que d'autres. C'est peut-être une question de peau, ce qu'on appelle la chimie, mais Tania ne l'avait pas touché, ils ne s'étaient même pas effleurés, et pourtant son corps était plein d'électricité. Il lui était arrivé de fantasmer sur une cliente, sur une serveuse, une actrice, ou même sur une connaissance du quartier, qu'il croisait chaque matin à la maison de la presse, mais cela lui passait très vite et il n'avait jamais vraiment envisagé d'être infidèle à Lola. Aucune n'avait jamais réveillé jusqu'alors une attirance réelle, un désir de concrétiser. Peut-être espérait-il en trouver une qui ne devienne pas le linceul de ses doutes et de ses remords. Or, cette femme était devant lui, et elle lui mentait sans sourciller.

— Tu étais là depuis longtemps. J'ai repassé la bande plusieurs fois et je t'ai vue arriver.

Tania fit face avec décontraction. Elle aurait dû prévoir qu'il y avait une vidéosurveillance dans le parking. En un sens, se dit-elle, cela la soulageait.

— Je ne sais pas s'il est bon pour toi de continuer cette conversation, dit-elle en se rappelant la mise en garde de sa mère.

— C'est à moi d'en décider.

Tania haussa les épaules.

— Je me suis intéressée à toi le jour où nous nous sommes vus sur le balcon ; ton commentaire sur Maïakovski et ta façon absente de regarder la rue m'ont plu. Quand je suis descendue ce jour-là au parking, j'ai reconnu ta voiture et j'ai eu envie de voir tes affaires de plus près. Les gens laissent dans leur voiture une part d'eux-mêmes qui en dit long : un livre, un CD, des pièces de monnaie dans le cendrier ou un paquet de cigarettes caché sous le siège du conducteur.

Gonzalo se demanda ce que ce genre de choses pouvaient révéler sur sa personne, et comment Tania les interprétait. Ce qu'elle n'avait pas l'intention de lui révéler ; par ailleurs, il ne voulait pas lui demander tout de suite comment elle savait que ce 4×4 était le sien.

— Au moment où Atxaga m'a attaqué, je portais un sac avec un ordinateur portable, ou bien je venais de le déposer dans la voiture quelques instants auparavant, je ne m'en souviens pas. Le fait est que cet ordinateur est très important pour moi et qu'il a disparu. Quand la police est arrivée, il n'y était plus.

Tania vida son verre, se demandant si elle devait en commander un autre ou mettre fin à cette conversation. Les ailes de papillon tatouées dans son cou semblaient se débattre en vue d'un lent décollage. Gonzalo eut l'impression qu'elle le jaugeait comme l'avait fait la vieille dame dans la librairie, et qu'elle trouvait en lui quelque chose de risible.

— On pourrait dire que je t'ai sauvé la vie et que tu as la muflerie de m'accuser d'être une voleuse. Jolie façon de me remercier. Si tu as vu la vidéo, tu as déjà la réponse.

Gonzalo avait scruté chaque photogramme, en effet, obsédé par l'idée de retrouver l'ordinateur. Après qu'Atxaga avait pris la fuite, elle avait essayé de lui porter secours en pressant d'une main sa blessure et en téléphonant de l'autre. Elle était restée près de lui jusqu'à ce qu'elle aperçoive le gyrophare de l'ambulance. À ce moment-là, elle s'était éclipsée. Mais la plupart des images étaient floues, prises dans un angle qui échappait en partie à la caméra, en partie dans l'obscurité ou mal cadrées.

— Je ne t'accuse de rien, bien sûr que non. Je me demande simplement si tu as vu quelqu'un d'autre dans le parking.

Tania baissa les paupières. Un horizon qui tend vers le couchant, se dit Gonzalo. Soudain, elle se leva.

— Il est tard et j'ai du travail.

Gonzalo se leva à son tour.

— Je ne voulais pas t'offenser.

Tania lui lança un regard presque compréhensif. Elle avait une théorie : certaines personnes étaient dans des espaces qui ne les concernaient pas, comme si elles se retrouvaient par erreur dans une vie qui n'était pas la leur. Ce qui semblait être le cas de Gonzalo. Il voulut la raccompagner, mais elle lui dit que ces galanteries étaient superflues.

— Reste et finis ta bière.

Gonzalo la regarda sortir, les cheveux en désordre, le cou tatoué un peu raide, le corps cambré sous sa robe, comme si cette nature n'acceptait aucune pression de quelque ordre que ce soit. Il était certain que Tania lui mentait, ou ne lui disait pas toute la vérité. Il savait aussi que cela n'avait pas d'importance. Il voulait seulement la revoir.

Ce n'est qu'au bout de plusieurs minutes qu'il s'aperçut que le patron du Flight l'observait attentivement.

Les permis étaient en règle, les visas, les services d'un guide, les hôtels et les itinéraires, tout avait été prévu. C'était une organisation complexe, un voyage de vingt-cinq jours à travers trois pays d'Afrique avec un groupe de douze touristes, mais Carlos avait fait du bon travail. Le jeune homme était satisfait et montrait les itinéraires possibles à Lola, sur une carte étalée sur la table de l'agence. Son visage aux traits marqués s'éclairait quand il décrivait les centres d'intérêt touristiques avec un luxe de détails. Avec une pointe de malice, Lola se dit qu'il serait sans aucun doute un de ces centres pour certaines clientes. Elle n'avait pas beaucoup de mal à laisser errer son imagination.

— Tu as fait un travail magnifique, dit-elle en caressant l'épaule du jeune homme et en y laissant sa main une seconde de trop, échauffée par la scène qu'elle venait d'imaginer.

Carlos lui lança un regard lourd de sens. Au point que Lola retira sa main en rougissant.

"À quoi joues-tu?" se demanda-t-elle. Sa vie était un chaos, et voilà que pour fuir ses angoisses elle jouait les évaporées, avec un jeune homme qui lui avait déjà montré par des subterfuges plus qu'évidents (regards, attentions déplacées, allusions, propositions déguisées) qu'il irait volontiers plus loin si elle le lui demandait.

— Comment ça se passe, chez toi? demanda Carlos avec une gravité qu'il était loin de ressentir.

Lola avait eu la bêtise de se confier à lui et maintenant, quand il lui posait des questions, elle était gênée. Elle était tombée dans le piège de l'autocomplaisance et de la victimisation, qu'elle méprisait tant chez ses semblables, un rôle non écrit réservé aux femmes de son âge, qui consistait à mettre en pratique les vieux principes : "le roi est mort, vive le roi", ou "plus il y en a, mieux c'est". Mais elle n'était pas comme ça, se répéta-t-elle, furieuse contre elle-même. Elle n'avait pas besoin de la consolation d'un jeunot, ni de sa compréhension. Elle avait des problèmes, et elle pouvait les résoudre, point final. Pourtant, quelques jours après le départ de Gonzalo, Carlos l'avait invitée à déjeuner pour peaufiner les préparatifs de ce voyage, et au dessert elle pleurait et se plaignait amèrement de sa vie, énumérant les offenses réelles ou fictives qu'elle avait vécues pendant son mariage. Et Carlos lui pressait la main, aimable et attentif.

— Tout va bien, merci d'avoir posé la question.

Le ton, exagérément sec, contrastant avec la caresse de la main sur son épaule, déconcerta le jeune homme, qui ne savait où se situer dans ces hauts et ces bas qui agitaient Lola. Il choisit une retraite prudente. C'était une question de patience.

— Si tu as besoin de quelque chose, tu sais que tu peux compter sur moi.

Lola lui dit à peine merci. Soudain, sa volonté flanchait. Elle devait crever cet abcès à l'instant même. La dernière chose dont elle avait besoin était de se mettre dans les pattes de ce jeune homme.

— Comment ça va, avec Javier ? demanda-t-elle comme si elle lançait un appel désespéré.

Mentionner son fils était une façon de ramener les choses sur un plan logique, et de remettre ce garçon à sa place. Carlos comprit le message, et son expression s'assombrit. Il replia la carte avec soin.

— On ne se voit pas beaucoup, ces derniers temps.

— Tu sais s'il a une petite amie ?

Carlos éclata de rire intérieurement.

— Je n'en ai pas l'impression. Pourquoi cette question ?

— Il est dans la lune, absent, et il me demande beaucoup d'argent. Peut-être pour des dîners, des sorties, des hôtels…

Javier devenait encombrant, se dit Carlos. Sa jalousie et ses esclandres commençaient à le fatiguer. Ce qu'il pouvait tirer de lui ne compensait pas le reste. Maintenant, l'objectif de Carlos était tout autre.

— Nous sommes amis, j'espère que tu ne vas pas me demander de l'espionner. Ce n'est pas normal de raconter à la mère d'un copain ce qu'il fait de sa vie.

Lola ramena ses cheveux derrière l'oreille. Un peu honteuse, elle comprenait que cette conversation blessait l'orgueil de Carlos.

— Non, bien sûr que non. Mais Javier est très renfermé, et je suis sûre qu'il s'adresserait à toi plutôt qu'à moi s'il avait un problème.

— Le cas échéant, je te le dirais, rassure-toi.

Lola hocha la tête. L'atmosphère lourde s'était dissipée, mais même si Lola était en partie soulagée, elle le déplorait quand même.

Ce matin-là, elle devait déjeuner avec Gonzalo. Elle l'avait appelé au bureau et c'est Luisa, son assistante, qui avait répondu. Elle n'aimait pas beaucoup cette jeune femme, toujours un peu trop bavarde et irrévérencieuse.

— Je vais lui transmettre votre message, il est avec un client.

Ce n'était pas vrai. En dépit de la nouvelle enseigne et des géraniums, sur le balcon, la vérité s'imposait jour après jour. Les heures s'écoulaient dans le silence, Gonzalo était très absorbé par ses affaires, et Luisa avait commencé à chercher du travail et à envoyer son curriculum.

Gonzalo ne pouvait pas le lui reprocher. Dans quelques semaines, il aurait épuisé ses économies et il faudrait fermer le cabinet. Les jours derniers, son beau-père avait encore essayé de le faire revenir sur sa décision. Le vieux pouvait desserrer la main qui l'étranglait, il suffisait de reculer d'un pas, de reconsidérer la situation. C'était moins une défaite qu'un signe d'intelligence : rectifier est le propre des sages. Mais la sagesse n'était pas le fort de Gonzalo Gil.

Gonzalo était donc plutôt tendu et contrarié, quand il s'attabla avec Lola. Il y avait à peine quelques jours qu'il était parti de la maison, mais la distance était devenue sidérale. Ils avaient du mal à se regarder, à trouver des sujets de conversation, à part les inévitables questions sur les enfants et les non moins inévitables réponses. Ils avaient trop de choses en tête, qui les concernaient tous les deux même s'ils n'en disaient rien, ce qui empêchait toute tentative de rapprochement.

— Ce week-end, mon père veut emmener Javier et Patricia dans sa propriété de Cáceres. J'en profiterai peut-être pour souffler un peu. Nous pourrions aller ensemble quelque part, prendre une chambre dans cet hôtel de S'Agaró.

Gonzalo ne l'écoutait même pas. Son attention s'était reportée sur un type assis à une table du fond. Il était entré avec Lola et s'était installé à l'écart, mais il ne quittait pas la porte des yeux. C'était un homme d'Alcázar, payé par son beau-père pour protéger sa famille. Cela le rassura, de savoir qu'eux au moins étaient en sécurité. Quant à lui, le vieux lui avait retiré toute protection dès sa sortie de l'hôpital. De temps en temps, Alcázar passait le voir, lui racontait où en étaient ses recherches sur Atxaga (sans résultat) et s'intéressait à lui, mais pas trop. En réalité, l'ex-inspecteur ne venait que pour tâter le terrain sur la Matriochka, et pour lui soutirer des informations.

Depuis leur dernière conversation, quand Gonzalo avait suggéré qu'il avait des preuves pour rouvrir le dossier Laura, l'inspecteur se montrait inquiet. Gonzalo soup-çonnait que les opérations pour retrouver Atxaga seraient beaucoup plus efficaces quand lui, Gonzalo, déciderait d'être plus coopératif.

— Comment avons-nous pu en arriver là ? murmura-t-il en regardant la présence étrange de ce garde du corps.

Une heure plus tard, Gonzalo se posait encore la même question dans son appartement, sans comprendre ce qui s'était passé après avoir prononcé cette phrase, lancée dans le vide comme une sonde en quête de vie. Lola avait pris sa main dans les siennes en répétant les mêmes arguments. Ils pouvaient tout recommencer, ils avaient deux enfants merveilleux, et ils s'aimaient encore. Elle l'aimait, avait-elle déclaré avec un désespoir émouvant. C'est à cet instant, à sa façon de lui presser les doigts, en remarquant son vernis à ongles rouge vif, que Gonzalo se rendit compte qu'il n'en pouvait plus. Il sortit de sa poche un paquet de cigarettes et en alluma une. Pendant quelques secondes, il regarda la flamme de l'allumette se consumer entre ses doigts. Puis il leva les yeux et vit le visage décomposé de Lola, son ahurissement croissant.

— Que fais-tu ? Tu m'avais juré que tu avais arrêté.

Un défi, un geste de révolte enfantin qui interdisait toute marche arrière. C'était le sens de cette première bouffée. Alors il le lui dit. Il détailla avec une froideur blessante ce qu'il avait vu cet après-midi-là, dix-huit ans auparavant, il rapporta un par un les moindres détails qu'il n'avait cessé de revivre depuis ce jour-là.

— Je sais que je n'ai pas engendré Javier. Tu es tom-bée enceinte de ce type, je ne sais pas combien de temps cela a duré, ni si ce ne fut qu'une seule fois, mais peu importe. J'ai attendu longtemps que tu me le dises, le temps qu'il m'a fallu pour trouver le courage de te le dire maintenant. Je sais tout, Lola. Je l'ai su dès l'instant où j'ai vu Javier dans la couveuse.

Lola resta imperturbable, comme morte, regardant avec étonnement les volutes de la fumée de la cigarette. Elle eut alors une réaction insolite : elle prit la cigarette des mains de Gonzalo et en aspira une longue bouffée, profonde et experte, en fermant les yeux.

— Et qu'allons-nous faire de ce que nous savons ? dit-elle.

Cette expression était une blessure de plus, dépouillée pour la première fois de tous ses masques, son regard direct, sans cachotteries. Nue et impitoyable. Elle ne demandait pas pardon, ne s'excusait pas. Elle lui avait simplement pris sa cigarette et admettait comme lui que le temps des mensonges était révolu. Très bien, disait ce regard, ce geste de la main lasse qui tenait la cigarette entre les doigts : c'est toi qui as cassé le jeu, pas moi. Et que se passe-t-il, maintenant ?

Gonzalo s'était levé, comme si la personne qui le regardait était une usurpatrice.

— Je ne sais pas, Lola.

Les mots avaient été prononcés, mais on aurait pu croire qu'il ne s'était rien passé. Dans le salon à demi meublé, on entendait le saxophone de Charlie Parker : *Perdido*. Il avait libéré sa parole et fumé la moitié du paquet. À l'épicerie, il avait acheté une bouteille de gin et du Schweppes. Le Chinois qui gérait la boutique crut qu'il avait mal compris. Gonzalo ne fumait pas, ne buvait pas. C'était l'avocat Gonzalo Gil, qui avait toujours le comportement qu'on attendait de lui, qui prenait toujours un air surpris quand on fêtait son anniversaire. Le Chinois lui donna la bouteille avec le pessimisme de ceux qui assistent en première ligne à l'effondrement de la civilisation.

— Tu as un aspect lamentable et tu pues l'alcool frelaté.

Gonzalo conduisait lentement, retranché derrière des lunettes de soleil. Il ne s'était pas rasé et pour la première fois depuis des années il était arrivé à la résidence sans cravate.

— Tu es en pleine forme, maman.

Comme tous les dimanches, il s'était garé devant le fleuriste et avait attendu que sa mère chipote avec la vendeuse pour choisir les fleurs qu'elle allait déposer sur la tombe du lac. Il avait une sacrée gueule de bois et son dernier souvenir de la veille était qu'il avait vomi dans les toilettes et qu'il avait tout sali. Il avait dû rester longtemps assis par terre à pleurer et à caresser le médaillon-portrait d'Irina, pendant que le saxo de Parker lui donnait l'impression qu'il était une merde. Le réveil l'avait surpris au petit matin, étendu par terre, les cervicales douloureuses et les vêtements qui puaient. Un spectacle pathétique.

— On peut savoir ce qui t'arrive?

Cette fois, sa mère avait choisi des fleurs différentes : des impatiens, avec des feuilles très vivaces, des couleurs exubérantes et un parfum douceâtre. L'origine africaine de ces fleurs lui rappela Siaka et les histoires qu'il racontait, à l'hôtel où il se cachait. Contre toute attente, il ne s'était pas enfui après la disparition de l'ordinateur, et même s'il évitait de se montrer en dehors de l'hôtel, il affichait un optimisme incompréhensible. Gonzalo lui avait raconté son entrevue avec le procureur et la réaction de ce dernier : sans preuves, pas d'affaire, et les preuves étaient dans cet ordinateur.

— Tu vas le retrouver, je t'assure.

Il n'était pas aussi optimiste.

— Gonzalo… ?

Il glissa un œil vers sa mère. Elle avait mis une robe noire et remonté ses cheveux. Elle sentait le savon et l'eau de Cologne. Le seul signe inébranlable de sa vieillesse, c'étaient les rides qui prenaient naissance derrière les lobes, ornés de deux fausses perles.

— J'ai fait la connaissance d'une fille. Elle s'appelle Tania, et elle est russe. J'ai entrevu sa mère et j'ai eu l'impression que je la connaissais. Et là, je trouve que tu lui ressemblais.

— Les vieux deviennent un peu flous, ils perdent leurs nuances et finissent par tous se ressembler. Tu devrais voir les gens avec qui je vis à la résidence. Les mêmes misères, les mêmes regards, les mêmes conversations. On se montre nos cachets et nos ordonnances comme si on échangeait des images.

Esperanza était de bonne humeur, la présence de la mort l'avait soulagée ce matin-là, lui rappelant qu'elle aussi était sur la liste d'attente. Ce qui aurait été terrifiant pour tout autre était pour elle une évidence. Un repos. À la première heure, les infirmiers étaient entrés dans la chambre voisine. Esperanza écrivait quand elle avait entendu des pleurs de l'autre côté du mur. Elle les reconnaissait, mais elle sortit dans le couloir pour confirmer ses soupçons. Le docteur de garde consolait un homme en lui tapotant l'épaule. Quelques instants plus tard, les infirmiers sortirent, portant la dépouille de sa voisine sur un brancard, cachée sous un drap.

Elle ne lui avait jamais beaucoup parlé, elle préférait ne pas nouer des amitiés qui ne pouvaient durer longtemps. Là, tout le monde en était au même point, on le savait et on l'acceptait. Dernier arrêt. On échangeait les noms, on parlait des enfants, du passé, et personne ne se souciait de savoir si ce qu'on disait était vrai ou faux. C'était la libre parole, personne n'exigerait un certificat d'authenticité qui confirme la version de la vie qu'on venait de donner. Ils finissaient leurs dernières lectures, leurs dernières mélodies, leurs dernières promenades, leurs derniers jeux. Cette impression de provisoire était le dénominateur commun des relations entre les habitants de la résidence. Voilà pourquoi les visites de la famille finissaient par déranger. Elles entretenaient un espoir, elles apportaient l'évidence qu'en dehors de ces murs et de ces jardins, la vie continuait.

Elle n'avait pas résisté à la tentation d'entrer dans cette chambre, quelques heures plus tard. Elle s'était assise sur une chaise, devant le sommier privé de son matelas. Chaque fois qu'un pensionnaire mourait, on le remplaçait. Comme si la mort était une maladie contagieuse. Ensuite, elle était retournée dans sa chambre, reprendre les lettres qu'elle écrivait à Elías. Elle les lut longtemps, et s'étonna de voir que la dernière datait de 1938. Trop d'années de silence. Sans réfléchir, elle se remit à lui écrire, sans l'émotion de la jeunesse, mais avec l'apaisement qu'il ne reste plus qu'une chose à dire.

Mon chéri, nous le savons tous les deux : ceci est ma dernière lettre…

Mère et fils observèrent le rituel dominical habituel. Peu à peu la propriété et la maison se retrouvaient au milieu d'une sorte de no man's land, entourées de piquets, de balises et de véhicules de chantier. Fascinée par ce spectacle absurde (détruire quelque chose de beau pour construire une parodie du même paysage), Esperanza observait les allées et venues sur les chemins menant au lac, suivant du regard les nuages de poussière qu'elles soulevaient. Son petit coin résistait encore, mais finirait par être absorbé par ce pastiche de terrain de golf, cet ensemble de maisons adossées avec jardin et installations de luxe.

— Quand nous nous sommes installés ici, dans les années 1950, il n'y avait même pas de route. Ton père devait descendre à la scierie de la vallée et revenir de nuit à travers la montagne.

Gonzalo avait déjà entendu cette histoire ; pourtant, cette fois, il n'y avait pas de nostalgie dans l'évocation de sa mère, mais une résignation tranquille. Elle se réjouissait d'avoir vécu tout ce temps, mais elle acceptait qu'il appartienne à son passé. Ce qui semblait la libérer.

Esperanza s'était approchée à pas lents du monticule sous le figuier, et Gonzalo l'aidait à arracher les mauvaises herbes et à remplacer les fleurs fanées par celles qu'elle avait choisies. Il se dit que c'était le moment de lui dire qu'il refusait de vendre sa part de la propriété et qu'elle devrait en faire autant. Il espérait qu'elle se réjouirait, mais Esperanza secoua lentement la tête, caressant la terre desséchée du tumulus.

— Il n'est pas ici. Il n'y a jamais été, et il ne reviendra jamais. Tout cela – dit-elle en embrassant du regard la maison, la vallée et le lac au loin – n'est qu'un rêve. Je ne reviendrai plus, je cesserai d'espérer. Je suis fatiguée.

Elle l'avait dit dans sa dernière lettre à Elías. Elle disait adieu à tout cela, sans amertume et sans émotion.

Elle regarda son fils et pensa à ce qui aurait pu être différent, mais qui en définitive était le juste retour de leurs actes. Elle était fière de lui, même si sa vie s'était construite sur des mensonges. Elle comprenait ses intentions, cette volonté rebelle et insensée d'affronter tout le monde pour ce lopin de terre qui ne valait rien. En fin de compte, il ressemblait à Laura. Tous deux avaient hérité du caractère combatif de leur père. Elle n'allait pas s'opposer à la vente. S'il avait besoin d'affirmer son identité face à sa détestable belle-famille, elle l'applaudirait. Mais cette bataille était celle de son fils, pas la sienne.

— Si tu n'aimes pas ta femme, quitte-la, il est encore temps. Ça ne vaut pas la peine de consacrer sa vie à quelqu'un qui ne te conviendra jamais.

La peau d'Esperanza avait la consistance du papier de verre quand Gonzalo lui caressa la joue. Sous cette peau et sous ces mots sans gravité, prononcés avec un naturel qui désarmait tout stratagème, se cachait la sagesse d'une mère qui savait voir et écouter. Pendant des années, elle avait vu son fils s'enfoncer dans le malheur, forcer sa nature pour être accepté par des gens qui, quoi qu'il fasse, le traiteraient toujours comme un étranger. Le prix qu'il avait payé était trop élevé, se disséminer, perdre son essence ou la cacher au point de disparaître entièrement, de devenir un être insipide, sans caractère. Même ainsi, il n'avait jamais occupé une place parmi eux. Esperanza avait éprouvé la pire des douleurs avec la trahison de Laura. D'abord cet article démystifiant la figure de son père, puis cet engagement sous les ordres d'Alcázar, l'homme qu'Esperanza haïssait le plus au monde. Cela la sépara irrémédiablement de sa fille ; mais Esperanza avait toujours reconnu que ces décisions brutales étaient dictées par une volonté d'être elle-même, de ne pas se laisser entraîner par les mythes, de ne pas succomber sous le poids de la mémoire d'Elías.

Audacieuse, décidée et inconsciente, elle n'avait pas hésité à rompre tous les liens avec le passé. Laura avait vécu comme elle l'avait toujours voulu, même si parfois elle s'était perdue, parce que sa boussole était aussi capricieuse que son humeur. Et elle en avait payé le prix. Gonzalo ? Non, son cadet, l'enfant qui avait fait ses études dans cet internat de curés, parce que c'était le seul moyen de suivre des études décentes à l'époque et de manger chaud trois fois par jour, avait étouffé toute révolte quand il avait connu son épouse. Depuis lors, son seul refuge avait été le souvenir d'Elías, l'idée que son père était un dieu qu'il pouvait vénérer et invoquer dans le noir, alors que sa vie plongeait dans la médiocrité.

Maintenant, il voulait vivre la vie de son père pour récupérer la sienne propre. Esperanza savait qu'il se trompait, mais elle n'avait ni l'énergie ni le désir de lui raconter toute la vérité. D'ailleurs, quelle était la vérité ? Les événements, les faits bruts, les causes qui les avaient précédés? Quelle partie de cette prétendue vérité, qu'Alcázar avait brandie pour l'obliger à vendre sa part de la propriété, pouvait-elle lui raconter sans détruire ce fragile échafaudage sur lequel il s'appuyait? Était-il juste de tout dire maintenant, au moment où son fils avait décidé de sauter le pas?

Non, ça ne l'était pas. En tout cas, se dit-elle, la vérité n'était que l'autre face du mensonge, aussi nuisible et irréelle que ce dernier. Assez de fleurs, assez de tombes, assez de lettres jaunies. Si le temps avançait et devait tout dévorer, à l'image de ces bulldozers, qu'il en soit ainsi.

— Je sais ce que c'est de vivre avec quelqu'un qui ne t'a jamais aimé. Si je pouvais revenir en arrière, je crois que je ne repartirais pas sur les traces de ton père.

— Pourquoi dis-tu cela?

— Parce que c'est la vérité. Ton père m'a aimée, sans aucun doute. Et je crois qu'à la fin ce n'était pas seulement un sentiment né uniquement de la volonté. Mais entre la tendresse et l'amour, il y a des nuances très fines. On peut confondre la tendresse avec la compassion, la passion avec le défoulement, le besoin avec l'habitude… Je n'ai jamais figuré dans les rêves d'Elías. Ce monde qui n'appartenait qu'à lui, quand il s'enfermait dans la grange et se mettait à écrire sur sa vieille machine. Il n'appartenait qu'à Irina. Le médaillon-portrait que tu as trouvé dans mon blouson, c'était elle, je l'avais complètement oublié. C'était la femme dont ton père était tombé amoureux avant de me rencontrer. Ils étaient restés ensemble très peu de temps, elle est morte dans des circonstances que je préfère ne pas te raconter, mais ce peu de temps l'a marqué pour toujours, et il a tout contaminé de culpabilités, de remords et de mélancolies qui ont fini par marquer nos vies. La présence de cette femme ne l'a jamais abandonné, et j'ai passé toutes ces années à lutter désespérément contre elle, contre un fantôme qui régulièrement revenait et me prenait mon époux, me l'arrachait de mon lit, de mes mains, et je ne pouvais que me taire et attendre son retour.

Esperanza disposa les impatiens en forme d'éventail sur cette tombe vide, cala de petites pierres autour des tiges pour que le vent ne les emporte pas, saisit la main de son fils pour se relever et contempla la surface brillante du lac, tache suspendue entre les montagnes.

— Je ne veux pas que tu te sacrifies comme moi, si cela n'en vaut pas la peine. Un amour aveugle n'est qu'un leurre.

Elías était-il sous ce monticule ? Elle se l'était toujours demandé. Quand on aurait asséché le lac, elle en aurait enfin le cœur net. Mais ce méprisable inspecteur avait peut-être raison, et elle avait tort. Elías l'avait peut-être trahie, et il était parti parce qu'il ne supportait plus cette parodie d'existence. Voilà sans doute pourquoi elle ne voulait pas voir le lac asséché, et pourquoi son fils ne le permettrait pas non plus. Cette décision lui appartenait. Tout ce qu'elle voulait, c'était retourner à la résidence, s'asseoir et attendre qu'un jour les infirmiers sortent son matelas dans le couloir.

Le concierge l'attendait. On avait encore laissé une enveloppe pour lui. Cette fois, il s'agissait d'un recommandé à son nom, mais sans adresse d'expéditeur. Gonzalo l'ouvrit devant le concierge, qui regardait par-dessus son épaule comme s'il était concerné par ce mystère.

— Les lettres recommandées apportent toujours de mauvaises nouvelles, dit-il d'un air inspiré, comme si cette affirmation absurde s'appuyait sur sa propre expérience : procès-verbaux, avis de saisie ou rappels d'impôts.

Rien à voir, c'était une longue liste de numéros d'identification fiscale NIF et de SARL, avec un commentaire en bas de page qui précisait : "Blanchiment de capitaux."

Deux de ces entreprises étaient soulignées au marqueur fluo. Des noms connus de Gonzalo. Il monta à l'appartement et appela Luisa.

— Tu peux accéder à la base de données des sociétés ?

Luisa répondit par l'affirmative. C'était une base de données fiscales d'accès strictement professionnel qui présentait les données de centaines d'entreprises en activité dans le pays : capital financier, activité officielle, siège fiscal, conseil d'administration, personnel embauché, etc.

— Regarde ces deux entreprises : Alfadac et Enpistrenm.

— Tu veux cela maintenant ? Ça peut prendre un petit moment.

— J'attends.

Gonzalo avait la feuille sous les yeux, et il se creusait la cervelle pour se rappeler où il avait déjà vu ces noms.

Cinq minutes plus tard, Luisa le rappela.

— Alfadac et Enpistrenm sont deux sociétés commerciales spécialisées dans les fonds d'investissement. Elles ont toutes les deux leur siège à Londres, mais elles opèrent dans la moitié du monde. Le capital est russe, les dirigeants et les actionnaires aussi. Je dirais qu'elles sont sur le même modèle. Je peux te faxer les noms, ils sont imprononçables.

— Envoie-les-moi.

— D'accord… Il y a autre chose : au cours de ces trois dernières années, ces entreprises se sont particulièrement intéressées aux projets d'urbanisme en Espagne. Ensemble elles représentent 40 % du capital du consortium d'Acasa.

Gonzalo ne disait pas un mot.

— … Tu es toujours là ?

— Oui.

— N'est-ce pas ton beau-père qui représente et conseille ce consortium pour l'aménagement du lac ?

En effet. Et le refus de vendre de Gonzalo freinait ces entreprises. "Le petit caillou dans la chaussure" dont avait parlé Agustín, c'était lui. Il relut le commentaire au bas de la page : "Blanchiment de capitaux." Dans l'enveloppe, il y avait une douzaine de documents qui donnaient le détail de toutes sortes d'opérations, détournements de fonds et formules pour blanchir l'argent. Ce que Gonzalo avait sous les yeux, c'était la structure légale de la Matriochka, son véritable talon d'Achille. Et au moins deux de ces entreprises étaient liées à son beau-père.

"Ce n'est pas le vieux que je freine parce que je ne veux pas vendre. Je me suis glissé dans la chaussure de la Matriochka."

Il appela Siaka.

— Comment as-tu réussi ?

— Réussi à quoi ?

— À ouvrir le dossier confidentiel et à m'envoyer la liste des entreprises de la Matriochka.

— Je ne sais pas de quoi tu me parles, je ne t'ai rien envoyé.

Alors ? Gonzalo reprit l'enveloppe et la vida entièrement sur la table, fouilla les documents qu'elle contenait et trouva enfin une photographie. C'était un vieux tirage de Laura et de son fils Roberto. Tous deux étaient souriants, dans ce qui ressemblait à un parc aquatique. Ils saluaient l'appareil de la main et leurs sourires étaient identiques. Gonzalo retourna l'épreuve et lut au dos : "Maintenant, tu peux convaincre ce procureur de finir le travail commencé par ta sœur."

15

Moscou, fin mars 1934

On ne pouvait dire que ces feuillets jaunis étaient à proprement parler un journal. Esperanza les écrivait plutôt
comme des lettres adressées à une personne hypothétique qui n'avait rien de concret quand elle s'était mise
à raconter ce qui lui arrivait, des années auparavant.
Parfois, elle avait l'impression de se les adresser à elle-
même, à cette autre qu'elle *sentait* souvent palpiter sous
sa propre peau, sorte de sœur jumelle, repliée et au fond
très différente d'elle, qu'elle ne pouvait joindre que par
le truchement de ces lettres. Parfois, c'étaient de simples
notes de la vie quotidienne, ou des réflexions qui semblaient dictées par cette autre, et souvent ces missives
étaient pleines de doutes et d'interrogations sans réponse.
   Mais ces dernières semaines le ton avait changé, ainsi
que le destinataire imaginaire de sa correspondance.
Maintenant, elle savait à qui elle écrivait, et elle était
consciente d'être la maîtresse de ses propos.

   *Je suis ravie de voir que peu à peu tu retrouves l'envie de t'alimenter, de boire et même de rire. Quel dommage que tout progrès semble reculer quand tu caresses
ce médaillon, mais je te comprends. Elle était très belle
et tu l'aimais. Je ne sais à quoi ressemble cette sorte
d'amour, sauf par mes lectures, mais je le devine dans*

338

ton œil sain, je crois même que je pourrais le trouver si je me glissais dans l'orbite vide et descendais jusqu'à ton cœur. Ma tête est en plein délire ! Tu me prendrais pour une folle si tu lisais ces mots. Aurais-tu peur ? Je ne crois pas. Tu me sourirais de cette façon lointaine et tu m'écarterais doucement, comme chaque fois que tu me surprends à t'observer dans ton sommeil, pendant que tu manges ou quand tu rêves en regardant la neige par la fenêtre.

Oui, tu rirais si je te disais que je suis jalouse d'Irina, de cette si belle femme qui a volé ta joie. Savais-tu que je ne dis pas à Velichko tout ce que tu me dis ? Je ne traduis pas tes insultes violentes, ni cette rage que tu accumules contre ceux qui t'ont envoyé au goulag. Je suis prudente à ta place, car tu ne peux pas l'être. Je ne lui parle pas non plus de tes sentiments à l'égard de cette femme et de sa fille, ces si jolies choses qui sortent de toi comme si elles avaient été écrites par un poète. Je m'en abstiens, parce que je m'étrangle de jalousie et de chagrin, et tout est si confus que la nuit je passe des heures à pleurer sans savoir quelle est la racine de mes larmes. Est-ce l'amour ? Je l'ignore, je ne suis jamais tombée amoureuse, pourtant beaucoup de filles à mon âge sont déjà mères. Mais je suis sûre d'une chose, avec une certitude absolue : j'effacerai le souvenir d'Irina. Elle est morte et je suis vivante, et je te ramènerai sur la rive.

Katerina lisait tous les soirs ces lettres qui parfois la faisaient rire et parfois la plongeaient dans une léthargie triste, impuissante. Jour après jour, en allant au centre s'occuper d'Elías, elle sentait croître ce sentiment, il devenait réel dans sa tête et dans son cœur. Elle aimait cet homme, et ce sentiment ne tenait pas dans des mots que seuls les romanciers ou les poètes savaient dire. Mais elle l'identifiait dans son souffle, le sentait proche, dans le frôlement fortuit d'une main, dans ses rêves où il apparaissait. Pas de doute, le temps des rêves était révolu. Et il devait le savoir, de façon nette.

Elías pouvait faire une courte promenade chaque matin jusqu'à un ancien quai de charge. Il n'avait pas le droit de s'éloigner au-delà du mur en ruine, surveillé à distance par Srolov. On ne pouvait pas dire qu'ils étaient devenus amis au cours de ces semaines, mais l'assistant de Velichko n'était pas seulement un gardien efficace, il était aussi patient et discret. Grâce à ses soins et à ceux de la jeune fille qui venait maintenant tous les matins, sa santé s'améliorait rapidement. Il avait du linge propre, des cigarettes, un peu de vodka et des repas chauds. Provisoirement, il n'avait droit ni au papier, ni au crayon, ni aux lectures qui n'étaient pas la presse officielle.

La jeune fille marchait derrière lui, et s'amusait à mettre ses pieds dans les empreintes qu'Elías laissait dans la neige. Ses pieds dansaient dans les traces du jeune homme, ce qui semblait l'amuser. Elle sautait de l'une à l'autre en riant. En réalité, malgré les apparences, presque tout le temps habitée par de graves pensées, elle n'était qu'une fille qui voulait le rester. Elías avait appris qu'elle avait seize ans, qu'elle était orpheline, fille unique d'un pilote d'essai de l'Osoaviakhim qui s'était crashé avec son prototype dans la Volga, et d'une employée de l'usine de tracteurs de Tcheliabinsk qui, peu après la mort de son mari, s'était pendue à une grue. Elle s'appelait Katerina. Elle baragouinait l'espagnol, parce que son père avait été pendant plusieurs mois l'instructeur de pilotes espagnols envoyés par la République pour les familiariser avec les prototypes de chasse russes. Elle aimait bien les Espagnols, disait-elle : gais, un peu chahuteurs et audacieux. Ils ne prenaient pas grand-chose au sérieux, même pas leur vie. Pendant l'instruction, deux d'entre eux étaient morts au cours de manœuvres trop risquées. Avec le changement de gouvernement en Espagne, les élèves avaient dû rentrer d'urgence, mais avant de partir ils avaient laissé en cadeau le blouson en cuir à col de fourrure qu'elle portait ce matin-là, et un prénom nouveau : Esperanza.

— Pourquoi Esperanza?

Elle haussa les épaules en plissant le nez d'un air mutin.

— Ils disaient qu'ils reviendraient un jour, et qu'alors j'aurais l'âge d'épouser l'un d'entre eux. J'étais leur espérance.

— L'un d'eux plus précisément?

— Non, n'importe lequel. J'aimerais bien aller en Espagne.

— D'accord, va pour Esperanza.

Elle sourit, renversa la tête en arrière et regarda un moment le manteau gris de Srolov, qui allait de droite à gauche comme un chien enchaîné, sans les perdre de vue.

— Ils n'ont pas encore décidé de ce qu'ils vont faire de toi, n'est-ce pas?

Elías aspira une longue bouffée de cigarette et regarda par-dessus le mur qui entourait l'esplanade. Pour la première fois depuis trois jours, il ne neigeait plus, mais on ne voyait le soleil nulle part. De l'autre côté du mur, se trouvaient les façades en briques des autres hangars et on entendait de temps en temps la sirène d'une barge.

— Sans doute pas.

Le rapport de Velichko était terminé depuis trois jours. Ils l'avaient revu ensemble une douzaine de fois, ils l'avaient corrigé, incluant le plus grand nombre possible de précisions, les noms des déportés, des officiers et des gardes dont il se souvenait. De plus, l'instructeur s'était renseigné auprès de l'ambassade d'Espagne pour confirmer son appartenance au Parti communiste espagnol et connaître ses antécédents familiaux. Enfin, quand tout fut prêt, y compris son inscription à la Maison du gouvernement et la fausse déclaration de culpabilité qu'il avait signée dans les cachots avant d'être déporté, Velichko partit en prononçant cette phrase laconique :

— Maintenant, nous allons bien voir le poids de la vérité.

Elías avait cessé de s'inquiéter pour l'avenir. Il pensait que cette attente lui briserait les nerfs, et il ne ressentait qu'un calme froid, qui était apparu dans la steppe et même avant, à Nazino, au moment de la triste agonie de Claude. Ce calme n'était pas de la résignation ; il ne fallait pas non plus le confondre avec la froideur cruelle et assassine d'Igor Stern. Il ressemblait plus à un trou intérieur, à un coup de feu qui saignait son âme à blanc et devenait de plus en plus grand, à un silence obscur, profond, solide. Les parties d'Elías qui pouvaient souffrir, craindre ou même aimer étaient sectionnées, pendues à ce silence comme des membres arrachés qui n'avaient plus aucune utilité. Il n'y avait plus de place pour l'amertume ni pour le reproche. Esperanza comprenait que l'ampleur de ce qu'il avait vécu, des milliers d'autres l'avaient déjà vécu, pas ici, en Union soviétique, mais partout dans le monde où il y avait des êtres humains. Et des milliers d'êtres, des millions peut-être, le vivraient aussi. Ils mourraient sans raison, ou pour des raisons absurdes, les gens s'accrocheraient aux drapeaux, aux hymnes, aux tranchées. Ils tueraient, mordraient, détruiraient tout ce qui s'interposerait entre eux et la vie. Et ce n'était ni bien ni mal.

Il regarda Esperanza du coin de l'œil. Son blouson orné de son écusson était trop grand pour elle, comme ce regard qui essayait de tout embrasser. Peut-être qu'elle et ceux qui lui ressemblaient, encore innocents, parviendraient à trouver un point d'équilibre. Ils étaient intelligents, ces aviateurs espagnols qui l'avaient baptisée Esperanza. Il était toujours plus facile de se battre pour un joli minois, pour un cœur chaleureux, que pour toute abstraction éthérée, comme la gloire ou la patrie.

Il se rappela avec indulgence le jour où un ami de Mieres, Ramón, avait tué par erreur un des poulets de son père. Ils jouaient aux cow-boys et aux Indiens, et il était un des comparses. Il devait courir en zigzaguant pendant que son ami lui lançait des flèches que lui-même fabriquait avec des roseaux et des bouts de tôle affûtés à coups de pierre. Une de ces flèches transperça le cou du poulet par erreur. Tous deux, ébahis, virent le filet de sang qui perlait de l'animal. Ils se regardèrent, consternés. Ils n'avaient pas pensé que cette flèche aurait pu les blesser. Ils enterrèrent le poulet sans rien dire et observèrent un silence obstiné et solidaire. Quelques jours plus tard, le père s'aperçut de la disparition de la volaille. Aucun des deux ne céda, en dépit de la raclée que leur administra le père de chacun d'eux. Des années plus tard, Elías retrouva son ami à la résidence d'étudiants de Madrid. Il avait adhéré à la Ceda, la Confédération espagnole des droites autonomes, ce qui signifiait qu'ils pouvaient s'entretuer sur place, séance tenante. Mais l'épisode du poulet revint sur le tapis et ils évoquèrent leur refus héroïque de dénoncer l'autre.

— Tu aurais pu dire que c'était moi. Tu te serais épargné une bonne raclée.

Elías approuva.

— Tu étais mon ami, ce qui signifie que nous avions tué le poulet tous les deux. Nous étions ensemble.

Tous deux rirent et, à la grande consternation de leur groupuscule respectif, ils renouèrent une vieille amitié qui durait encore, à condition d'éviter la politique.

Il se retourna en entendant Srolov l'appeler. Esperanza était perplexe devant ce demi-tour des empreintes dans la neige sale, le jeu des traces évoluait, posait une devinette, et elle ne savait quel chemin prendre. À côté de l'assistant de Velichko, il y avait deux hommes dans de gros manteaux marron, en civil. Inutile de dire qu'il s'agissait de policiers, c'était écrit dans leur regard. Ils venaient le chercher. Elías eut un bref frisson. Il leva la tête et contempla un spectacle extraordinaire : un brin d'herbe, un autre, et encore un autre, tournoyaient en l'air, s'élevant dans les hauteurs en triangle parfait, caracolant dans l'air comme s'ils étaient soutenus par des fils invisibles. Il tendit le bras comme s'il voulait, non pas les attraper, mais se joindre à leur vol au-delà des murs.

— Tu reviendras.

Elías regarda la jeune fille. Elle avait rejeté ses cheveux en arrière d'un geste tranquille. Son regard n'était pas celui d'une jeune fille de son âge.

— Peut-être pas, dit-il.

Esperanza secoua la tête.

— Tu dois m'emmener en Espagne. J'ai décidé que je te préférais à ces pilotes. Je vais me marier avec toi, même si, bien sûr, je garde le blouson.

Elías faillit éclater de rire, mais il se retint. Elle parlait le plus sérieusement du monde.

Un des policiers ouvrit la portière arrière du véhicule, un de ces fameux "corbeaux noirs" de l'OGPU, sans dire un mot. Il lui décocha tout juste un regard qui n'exprimait aucune curiosité, fit un geste du menton et referma violemment quand Elías eut pris place, les pieds à plat sur la paillasse et les mains sur la banquette en tergal.

Il ne demanda pas où ils allaient. Il savait que c'était inutile. Le chauffeur prit une route parallèle aux embarcadères du fleuve. Elías reconnut des sites où il avait travaillé quelques mois plus tôt. Il avait l'impression que dix années s'étaient écoulées : les travaux du canal continuaient à un rythme trépidant, sous un essaim de milliers de mains affairées. Rien ne pouvait les arrêter. Ni personne.

Cette route conduisait à l'avenue principale qui entrait dans Moscou par l'ouest, ensuite on prenait une rocade qui reliait l'avenue Gorki, la place Rouge et le Kremlin. Cependant, la voiture bifurqua vers l'est. Quelques kilomètres plus loin, ils prirent une autre route. Un panneau indicateur apprit à Elías qu'ils se dirigeaient vers le sanatorium de Barvikha, à une vingtaine de kilomètres de Moscou.

— Pourquoi m'emmenez-vous là-bas ?

Un des policiers lui adressa un sourire étrange dans le rétroviseur en voyant son air découragé. Elías se ressaisit et soutint le regard de cette grande asperge, l'obligeant à ravaler ce sourire stupide.

Le sanatorium était composé d'un ensemble de bâtiments qui dépendaient directement de l'hôpital du Kremlin. Chaque bâtiment était différent, certains étaient en briques rouges avec des centaines de fenêtres, d'autres avaient des murs gris, au milieu des arbres touffus. Une grande esplanade couverte de neige s'étalait devant le bloc administratif, où il y avait une grande fontaine ornementale à sec. Dans l'ensemble, l'ambiance était plutôt lugubre. Les corbeaux perchés sur les ouvertures les plus hautes contribuaient sans doute à l'ambiance. Elías ne bougea pas avant que les policiers lui ouvrent la portière. Ils l'encadrèrent discrètement sans le tenir, comme s'ils étaient une escorte plus qu'une garde.

L'intérieur de l'édifice principal était chaleureux. Le revêtement intérieur était en bois et le chauffage par le sol donnait une agréable sensation sous les semelles. Elías admira le luxe de ce hall, qui contrastait avec la sobriété extérieure. Les plafonds hauts, auxquels étaient suspendus de gros lustres qui répandaient une lumière franche, créaient une impression de légèreté très assortie aux sols en marbre poli, d'un blanc immaculé. Un immense escalier menait aux étages supérieurs, mais les policiers l'amenèrent devant un ascenseur, sur la droite. Ils montèrent directement au dixième étage. Pendant cette ascension, Elías se rappela qu'il avait déjà fait un parcours analogue, sauf qu'il était alors parti des cachots pour se rendre dans une salle également impériale, pour signer sa condamnation en échange d'un verre d'eau.

Le dénouement serait peut-être identique, se dit-il. Mais bien sûr son attitude ne serait pas la même. Il n'avait pas soif. Il y eut une légère secousse et les portes furent ouvertes de l'extérieur. Un policier sortit, Elías lui emboîta le pas et l'autre policier redescendit directement par l'ascenseur. Un panneau indiquait qu'ils étaient dans le service de stomatologie. Le policier qui l'accompagnait lui indiqua un groupe de trois personnes qui bavardaient au bout d'un long couloir, sur la droite.

— Va les rejoindre.

Sans comprendre, Elías obéit. Il sentait son cœur battre un peu plus vite et ses mains transpirer, en dépit de son indifférence apparente.

Ses battements de cœur redoublèrent quand il reconnut l'instructeur Velichko. Il était à côté d'une femme corpulente de taille moyenne, d'environ soixante-dix ans, qui portait un tailleur gris plutôt masculin. L'homme qui leur parlait tournait le dos à Elías.

Velichko fut le premier à l'apercevoir et il lui fit signe de les rejoindre.

— Je vous présente Elías Gil.

L'homme à la veste étriquée le salua d'un air un peu contrarié.

— Tu m'as causé quelques soucis, camarade. Tu sais qui je suis ? dit-il dans un castillan irréprochable, avec un léger accent andalou.

Pour une fois, l'œil unique d'Elías s'ouvrit avec un étonnement enfantin, à la fois touchant et comique. Tout communiste espagnol savait forcément qui était José Díaz, le secrétaire général du Parti communiste espagnol depuis 1932. Ils échangèrent une courte et ferme poignée de main.

Velichko se raidit, presque au bord de la crise de nerfs, en se penchant respectueusement vers la femme.

— La camarade Nadejda Kroupskaïa.

Celle-ci lui lança un regard entendu, derrière ses lunettes rondes. Ses cheveux blancs étaient très courts, et sa bouche avait pris à son insu ce rictus désabusé que finissent par avoir tous ceux qui restent trop longtemps au contact du pouvoir. Elle était la veuve du camarade Lénine, et en dépit de ses divergences avec Staline (un secret de Polichinelle), à la fin de sa vie elle était encore une des femmes les plus en vue de l'Union soviétique.

— C'est vrai, tout ce qui est affirmé dans ce rapport ?

Sa voix n'était ni douce ni patiente. On aurait dit l'aboiement d'une personne qui prévient qu'elle ne tolérera pas un faux pas dans un problème aussi sérieux. Le regard de chérubin d'Elías disparut, enseveli sous cette voix.

— Je me porte garant de la véracité de ce que je connais.

Nadejda Kroupskaïa le fixa, et lui fit sentir tout le poids de l'Histoire qu'elle portait sur les épaules. Déportations, exil, guerre, conspirations pour arriver au pouvoir, et pour le conserver, à l'ombre d'un homme qui n'avait pas été digne d'elle. Et pourtant elle resta toujours fidèle, loyale à son rêve, jusqu'au bout.

— Nous ne sommes pas comme ça, articula-t-elle lentement.

Elle ne présentait pas d'excuses. Elle voulait qu'Elías le reconnaisse. Ce n'était pas l'œuvre de l'Union des républiques socialistes soviétiques, ce n'étaient pas les bolcheviks qui l'avaient envoyé au goulag, ce n'était pas le Parti qui lui avait pris un œil. Ce n'était pas la révolution qui avait emporté Irina, mais des hommes bien identifiés. Et l'idée devait prévaloir, rester intacte. Cette femme exigeait qu'il la comprenne.

Elías approuva. Les traits de cette vieille femme se détendirent, ce qui aurait pu passer pour un sourire de l'Histoire, mais qui n'en serait jamais un. Jamais il n'aurait une réaction plus proche de ce qu'on pourrait appeler une marque de sympathie.

— L'oncle d'Arsenievich Velichko a servi mon époux avec loyauté et a collaboré avec moi au plan d'éducation. Il m'a présenté son rapport, je l'ai lu attentivement – elle ne laissa rien paraître de l'effet dévastateur qu'il avait eu sur elle –, et j'en ai tiré une conclusion : il ne doit pas être rendu public, sous aucun prétexte.

Elías la regarda avec un étonnement déçu, mais elle resta de marbre.

— Si on apprenait tout cela, tu serais aussitôt exécuté.

La vieille femme se tourna vers José Díaz et lui serra la main avec une affection plus manifeste.

— Tu sauras le lui expliquer.

L'interpellé plissa les yeux et au moment de rire sa main se crispa sur son estomac.

— Si cet ulcère ne me tue pas, l'Espagne s'en chargera.

La femme lui lança un regard coquin.

— Ou le mari jaloux d'une de ces femmes que tu mets dans ton lit.

José Díaz fit une moue de gamin espiègle et raccompagna la veuve de Lénine jusqu'à l'ascenseur. Trois policiers, restés discrètement à l'écart, prirent en charge sa sécurité.

L'Espagnol fit signe à Elías d'approcher.

— J'ai envie de fumer et la matinée est agréable. Allons faire un tour dans les jardins.

José Díaz était un homme volontaire et passionné, et au fond de ses yeux noirs (aussi noirs que ses cheveux, coiffés à la va-vite) était tapi le petit Sévillan qui avait débuté comme boulanger. Mais l'homme était aussi capable d'une analyse froide de la situation et il avait une capacité d'organisation hors du commun. La combinaison de ces vertus l'avait poussé jusqu'au secrétariat du PCE, le Parti communiste Espagnol, après avoir orchestré avec efficacité les grèves contre la tentative militaire du putschiste Sanjurjo. Il marchait lentement, un peu penché en avant, et Elías crut lire sur ses lèvres une grimace de douleur quand il se palpa l'estomac. Il s'arrêta devant une sculpture en bronze de Staline, dans une clairière entre deux hauts sapins, et lui jeta un coup d'œil pragmatique.

— Il n'est pas si grand que cela, et un peu plus gros.

— Tu connais Staline ?

José Díaz aspira une bouffée de sa cigarette, la saisit sans enlever son gant noir en peau, et l'écrasa avec le talon.

— Personne ne connaît vraiment Staline. Les grands hommes comme lui se réfugient dans la brume.

Il tapota amicalement l'épaule de la sculpture et reprit la promenade.

Quelques mètres plus loin, José Díaz s'immobilisa devant un chemin de terre qui donnait sur une aile du sanatorium, l'unité des maladies respiratoires. Phtisiques, tuberculeux et cancéreux. Des clients fortunés ou pistonnés. Aucun ouvrier ne pouvait se payer un traitement dans ce lieu. Le secrétaire du PCE regarda le bâtiment avec une tristesse indéfinissable, comme si celui-ci symbolisait la prémonition de ce qu'ils essayaient de construire.

— Tu as des nouvelles de ce qui se passe en Espagne ?

Elías secoua la tête.

— J'avais déjà pas mal à faire pour rester en vie.

José Díaz n'était pas un dirigeant quelconque, il était aussi un homme comme les autres. Et il n'en avait pas honte.

— Ce qui t'est arrivé, je ne peux même pas l'imaginer. – Il lança un coup d'œil sur le bandeau qui cachait l'orbite vide. – Je n'aurais pas tenu une semaine, et je sais que la réaction de la veuve de Lénine t'a surpris. Disons que les relations sociales, l'empathie, ce n'est pas son fort… Mais elle a raison. Il ne faut pas rendre public le rapport de Velichko.

Il s'attendait à ce qu'Elías proteste ou manifeste son désaccord, mais le jeune homme se contenta de tourner la tête et d'observer l'accès du bâtiment où entraient et sortaient des gens en blouse blanche et des malades. Ce regard vide, à jamais perdu, attrista profondément Díaz. Et pourtant, il devait convaincre ce garçon que le mieux était d'enterrer l'affaire.

— En Espagne, une guerre se prépare. Personne ne veut le croire, mais l'évidence est là. C'était prévisible dès le jour de la proclamation de la République, Alphonse XIII lui-même l'a dit avant de partir en exil : "Je m'en vais pour éviter de répandre le sang espagnol." D'accord, il est parti parce qu'on l'a chassé, mais il avait quand même raison. La tentative de Sanjurjo, il y a deux ans, était un échauffement, une répétition. Nous y avions répondu, mais maintenant le gouvernement est à eux, la Ceda s'appuie sur l'Église, sur les grands propriétaires, sur les phalangistes et sur les dames patronnesses. C'est la seule raison pour laquelle ils ont accepté de donner le droit de vote aux femmes. Parce que les curés, du haut de leur chaire, entretiennent la peur ancestrale, invoquent leur devoir sacré de mère. Ordre, Dieu et Patrie… La vieille et incombustible Espagne.

— Nous les chasserons du pouvoir, comme nous l'avons déjà fait.

— Pas si simple. Si Gil-Robles a gardé pour lui et les siens le portefeuille du ministère de la Guerre, ce n'est pas pour démocratiser l'armée. C'est pour placer ses pions en première ligne, les Mola, les Sanjurjo, les Franco. Les généraux se préparent.

— Si vous le savez, pourquoi n'intervenez-vous pas avant qu'il soit trop tard ?

Un torrent de pensées troubles et confuses affleura dans le regard de José Díaz. Il montra un banc couvert de neige.

350

— Il neige sur Moscou tous les hivers. Les tuyauteries pètent, les chaudières éclatent et les rues sont fermées. Hiver après hiver, c'est toujours la même situation. Des centaines d'équipes d'ouvriers se crèvent à ouvrir des accès, à jeter du sel sur les trottoirs, à réparer les conduites et à stocker de la nourriture. Mais cela n'empêche pas qu'il continue de neiger. – Il serra son poing ganté sous le nez d'Elías; le cuir du gant crissa. – Le pouvoir est aux mains d'un gouvernement réactionnaire et de philo-fascistes. Ils sont devenus la neige qui tombe sans répit sur nous, ils contrôlent tous les appareils de répression, la presse et le parlement. Ils sont arrivés là en toute légi-timité, mais leur intention est de détruire le système que leur a donné le pouvoir. Pourquoi? Parce que la démo-cratie est une alternance, et eux ne veulent pas partager ce qui leur revient de droit, disent-ils. Tu crois que l'en-thousiasme suffit pour s'opposer à cet ennemi organisé et implacable? Nous avons besoin de nous regrouper, de constituer un bloc populaire, de mesurer nos efforts, ou alors nous échouerons. Nous sommes maintenant ces ouvriers pleins d'abnégation qui essaient de limiter les dégâts, mais au PCE nous n'avons que quinze mille adhé-rents. Pendant ce temps, les socialistes décident de faire cavalier seul, comme les autres forces vraiment républi-caines. Aucun de nous, séparément, ne pourra vaincre cette menace. Mais nous ne sommes pas prêts. Nous regardons encore le ciel en pensant que le miracle va s'opérer et que l'hiver prochain il ne neigera pas.

José Díaz poussa un profond soupir. Comme si la cer-titude de ce paysage qu'il venait de décrire était réel-lement le scénario d'un événement terrible qui allait bientôt arriver.

— Ton père est communiste.

Elías confirma.

— Et toi aussi. C'est pourquoi tu es venu ici avec notre soutien. Pour te former, pour acquérir des connaissances qui un jour te permettront d'ajouter ton grain de sable à la construction d'un pays différent, meilleur.

— C'est ce que je croyais…

José Díaz l'interrogea du regard.

— Ce que tu croyais ? Mais rien n'a changé, Elías. Si tu es venu en Union soviétique, c'est parce que l'exemple de ton père à la mine t'a persuadé que nous avons une responsabilité face aux hommes de notre temps, mais surtout face à ceux qui viendront après nous. Ton père, comme le mien, comme ceux de milliers d'autres, a tout simplement décidé de changer le monde.

— Le monde ne change pas.

— Tu te trompes, mon garçon. Le monde change continuellement, il avance sans que rien ne puisse l'arrêter, et toi et moi, nous sommes les engrenages minuscules et invisibles qui actionnent la roue. Et s'il faut supporter l'insupportable pour y parvenir, nous l'acceptons. Ce n'est pas notre choix. Simplement, nous ne pouvons qu'avancer.

Le regard d'Elías transperça le corps de José Díaz. Il se rappela les bagarres avec les gamins à la mine, l'ombre de son père debout tous les jours avant l'aube ; il pensa au moment où il avait décidé de montrer au responsable qu'on ne pouvait plus l'exploiter, au bonheur de lui écraser le nez d'un bon coup de poing, avec en prime une sévère correction de la police et l'expulsion de la mine. Il pensa à la fumée noire des cheminées, aux visages fatigués et couverts de suie, aux rires et aux chansons qu'on entendait dans les puits. La joie était une arme contre laquelle les puissants ne pouvaient rien. Ces chansons des femmes apportant leur repas aux hommes après une journée de travail retentissaient dans la vallée avec plus de force qu'une fusillade. Voilà ce qu'il croyait dans son enfance, et qu'il croyait encore quand il se retrouvait dans un bar du quartier populaire de Lavapiés avec son ami Ramón, où ils discutaient aigrement jusqu'au petit matin.

"Plutôt Lorca que ce fasciste de José Antonio", proclamait-il alors avec fierté, face au besoin d'ordre invoqué par son ami. La parole plutôt que la force. Cette tournure d'esprit l'avait amené un an plus tôt en Union soviétique, comme ses jeunes amis Michael, Martin et Claude.

Mais il n'était plus aussi convaincu.

— Nous sommes la première goutte, Elías. Nous annonçons la tempête qui emportera le vieux monde.

Quelques mois auparavant, les paroles de José Díaz l'auraient ému jusqu'au fond du cœur. Mais maintenant il ne sentait plus rien, à part le vent froid qui traversait les vêtements qu'on lui avait prêtés. Il imaginait le corps d'Irina encore coincé au fond du fleuve, sous une couche de glace, et qu'on reverrait un jour, épave insolite flottant dans l'océan. Cette tempête que le secrétaire prédisait avec enthousiasme priverait les femmes et les hommes de père, de mari, d'enfants. Tout disparaîtrait, et bientôt il ne resterait plus ni maisons, ni rues, ni ossements. Ils n'auraient jamais existé, il ne resterait même pas un souvenir dans l'atmosphère.

En attendant, il était là, se dit-il, observant le visage en chair et en os d'un homme qui avait des rêves et une passion pour les nourrir.

— Tu as de la famille ?

La question étonna José Díaz.

— Une femme et trois filles. Pourquoi ?

— C'est une bonne raison de croire à tes paroles.

— C'en est une, et il n'y en a pas de meilleure.

— Tu crois vraiment qu'il y aura une guerre ?

— J'en ai bien peur.

— Et que va-t-il se passer ?

José Díaz réfléchit. Les brûlures d'estomac revenaient à la charge.

— Nous nous battrons. Nous mourrons peut-être.

— Nous pouvons gagner ?

José Díaz sourit.

— Un jour, certainement.

Elías comprit.

— Mais pas maintenant. Pourtant, ça ne t'empêche pas de me demander d'accepter tout ce qui m'est arrivé et de continuer comme si de rien n'était.

— Voilà, c'est exactement ce que je te demande.

Esperanza était assise sur un muret, à l'entrée du complexe industriel. Ses dessins prétendaient être des animaux mais la ressemblance était très vague. Naturellement, elle ne risquait pas de gagner sa vie comme artiste, pensa-t-elle en effaçant les dessins dans la neige sale. Elle s'en moquait, à seize ans peu de gens savaient ce qu'ils allaient faire, mais pas elle. Son seul destin possible, elle l'avait déjà décidé.

— Ce blouson tient vraiment chaud ?

La jeune fille releva la tête et regarda Elías, les yeux écarquillés comme ceux d'un cerf. Pendant quelques dixièmes de seconde, Elías Gil se rappela le regard tanné de l'élan, abattu sous ses yeux par les gardes, et il sentit quelque chose se briser en lui. Il était plein de trous, telle une vieille carcasse de bateau, et il lui arrivait de penser qu'il ne pourrait plus flotter, plus jamais.

Esperanza acquiesça et Elías perçut une intonation dans son silence, une promesse lointaine, incertaine, de voir parfois, comme par miracle, les choses se passer agréablement, être à leur place, honorer cette justice voulue non par les lois, mais par la bonté. La bonté, un mot qu'il aurait eu du mal à prononcer tout haut. Et qui pourtant était là, dans les yeux d'Esperanza (quels crétins, ces pilotes contre lesquels il se battait bientôt, si José Díaz avait raison), dans le regard de l'élan, dans la main que lui avait tendue Irina quand il s'était avoué vaincu, affalé sur les rails de la gare, en route pour la Sibérie. La bonté existait chez son père, dans les plaisanteries caustiques de Claude, dans sa façon de mourir, y compris chez le commandant qui s'était fait sauter la cervelle à côté d'un vieux qui jouait de l'harmonica. Tout cela flottait là-bas et se confondait avec la méchanceté, dans un combat sans quartier. Qu'il ne pouvait regarder sans intervenir.

— Moi, je trouve que c'est un peu exagéré pour le climat méditerranéen.

— La Méditerranée, qu'est-ce que c'est ?

Elías ne le savait pas non plus, il ne l'avait jamais vue. Et il ne comprenait toujours pas comment il avait pu se laisser convaincre par José Díaz d'accepter une place dans la cellule du Parti à Barcelone.

En réalité, le secrétaire ne lui avait pas laissé le choix. Après son discours moral et idéologique s'était imposé l'homme pragmatique. Avec un sourire caustique, il avait posé les choses avec une clarté aveuglante : "Ou tu acceptes cette place, ou ton sort est entre les mains de l'OGPU."

Elías avait accepté, à la seule et étrange condition d'emmener avec lui la jeune fille qui s'était occupée de lui pendant toute cette période.

16

Barcelone, septembre 2002

Gonzalo s'appuya sur la béquille et se pencha à la fenêtre qui donnait sur le jardin. Aussi loin qu'il se souvienne, il n'était venu dans cette maison qu'une demi-douzaine de fois en vingt ans. En d'autres circonstances, il aurait considéré que c'était un luxe que son beau-père l'ait invité, mais il savait parfaitement que, cette fois, ce n'était pas une visite de courtoisie. Le salon prétendait être moderne, mais il s'en dégageait une froideur désespérante. Le mobilier n'était pas conçu pour être confortable et accueillant, il visait à susciter l'admiration des visiteurs, mais la seule réaction de Gonzalo était une moue de dégoût. Tout était méthodiquement disposé. On se serait cru dans un magazine de décoration, et il était l'élément perturbateur.

Il regarda les deux verres de whisky posés sur le bureau. Le sien était intact ; celui de son beau-père, vide. Il était à peine onze heures du matin, et Gonzalo supposait qu'il n'en était pas à son premier verre.

— Tu as lu *Histoire romaine*, de Tite-Live, ou *Le Roi Lear*, de Shakespeare ?

Gonzalo s'étonna. Agustín González montra des volumes en haut d'une étagère.

— Tu devrais les lire. On explique que celui qui aspire à garder le pouvoir ne peut montrer de faiblesses, surtout vis-à-vis de ses proches.

— Où veux-tu en venir ?

Son beau-père le regarda avec indolence, comme si en réalité peu de choses l'intéressaient, mais sa façon brutale de remplir son verre et de le porter à ses lèvres le trahissait.

— Tu sais pourquoi je suis avocat depuis plus de quarante ans, et pourquoi personne n'a jamais pu me surprendre en pleine contradiction ? – Il écarta les mains et montra les étagères et l'espace de la bibliothèque. – Pas parce que je connais la loi mieux que d'autres, ou parce que je suis un meilleur orateur, plus intelligent ou plus malin que mes adversaires. Sans doute, je connais les ressorts et je sais les manier, mais ce n'est pas ainsi que j'ai pu me faire un nom. Tu vois, je sais anticiper les coups, je sais quand je vais gagner ou perdre, car j'ai les cartes maîtresses avant les autres. Tu ne me prendras pas en défaut, ni toi ni personne. L'information, les faveurs qui se paient, les faiblesses que je transforme en forteresses. Voilà ce qu'est le pouvoir, et je sais le gérer. Je le répète, tu devrais lire Tite-Live et Shakespeare et laisser tomber tous ces romantiques russes tourmentés.

Était-il ivre ? Sans doute, mais de la façon civilisée et admissible des gens de son milieu.

— Un grand ami du parquet m'a dit qu'il y a quelques jours tu as fait une démarche auprès d'un procureur pour rouvrir le dossier de ta sœur et de l'assassinat de Zinoviev. Tu aurais des preuves dignes de foi de son innocence. J'aimerais bien savoir lesquelles ?

— Cette information est confidentielle, personne ne peut en avoir connaissance tant que le juge ne s'est pas prononcé.

— Arrête tes conneries, Gonzalo. Tu croyais vraiment que je ne le saurais pas ? répliqua Agustín sur un ton sec. Il ne s'agit pas d'une petite affaire de divorce. Là, on est dans la cour des grands. Ces entreprises sur lesquelles tu as demandé une enquête sont les actionnaires majoritaires que je représente. Des investisseurs étrangers et respectables qui tiennent beaucoup à ce que tu retires ta plainte ; dans le cas contraire, les deux investisseurs renonceraient au projet d'Acasa et je perdrais une fortune.

Gonzalo se rappela les documents qu'il avait remis au procureur et l'expression de ce dernier. Cette impressionnante quantité d'informations ne laissait aucun doute sur la nature de la Matriochka.

Pour son beau-père, c'était beaucoup plus grave que la perte d'un investissement de quelques millions. Ce consortium était un réseau d'entreprises légales qui blanchissaient l'argent en provenance de la prostitution enfantine, de la drogue et d'un tas d'affaires louches. Officines bancaires, immobilières, entreprises de construction ayant leur siège à Londres, au Liechtenstein, à Monaco ou à l'île Maurice. Des millions en devises qui, avec l'arrivée de l'euro, avaient besoin de refaire surface très vite pour ne pas perdre de valeur vis-à-vis du dollar.

— Il ne s'agit pas seulement de l'investissement que tu risques de perdre. Tu n'as pas besoin de ces millions. C'est beaucoup plus que cela, n'est-ce pas ?

— Je vois que tu as compris, dit Agustín González en lorgnant son verre de whisky.

Gonzalo secoua la tête sèchement.

— Qu'est-ce que j'ai à comprendre ? Que tu aides en toute légalité des criminels à blanchir leur fric ?

Un filet de regard de son beau-père, entre deux gorgées, lui apprit la vérité : cet homme était terrifié. Le gros requin avait croqué un morceau qu'il ne pouvait digérer. Il ne s'agissait plus seulement de la propriété que Gonzalo refusait de vendre et qui avait paralysé le projet d'aménagement ; c'était bien pire. Le beau-père était pris dans les filets de la Matriochka. Dieu seul savait depuis quand il gérait les affaires de ces gens, peut-être sans le savoir, ou peut-être sans vouloir le savoir, ce qui était pire. N'avait-il pas dit que l'information, c'était la clé du pouvoir ? Il connaissait leurs méthodes, il savait de quoi ils étaient capables. Il le comprit à son regard implorant, caché sous une fausse colère. Il le voyait maintenant dans sa pleine dimension : ce pauvre vieux avait la trouille de ce qu'on pouvait lui faire : anéantir sa réputation, son empire de quarante années, mais aussi (et cela provoqua un frémissement de crainte et de compassion) sa fille et ses petits-enfants.

— Tu dois retirer cette plainte et t'éloigner de ces gens. Ce n'est pas un choix, Gonzalo, je ne négocie pas.

— Je ne vais pas retirer ma plainte, Agustín.

— Tu as déjà mis ma fille et mes petits-enfants en danger. Je ne tolérerai pas que tu recommences, compris ? Je ferai le nécessaire pour qu'il en soit ainsi. Le nécessaire.

Et son regard énumérait toutes les possibilités.

Le vieux Lukas sommeillait dans le rectangle de lumière que le soleil dessinait sur les carreaux. Les chiens étaient comme les gens, ou inversement, ils cherchaient la chaleur qui ne pouvait plus réchauffer leurs os. Alcázar alla chercher dans la réserve une boîte de viande hachée qu'il mélangea avec des croquettes à indice bas, et il versa le tout dans sa gamelle, sous son museau. Lukas était aveugle et ses yeux blancs avaient un éclat laiteux, c'était de naissance et le chenil l'aurait sacrifié si Alcázar ne s'était pris d'affection pour lui. Après douze ans de vie commune, aucun des deux n'avait besoin de la vue pour se reconnaître dans le noir. Tous les couples ne pouvaient pas en dire autant.

Le chien, fruit bâtard d'un husky sibérien et d'une chienne des rues, releva le museau, flaira la main de son maître et mâcha avec ses dents jaunies et fatiguées. Il ne grogna pas quand Alcázar caressa sa lourde tête blanchie. Il aimait bien les chiens, son père aimait la chasse et à la maison erraient toujours des *podencos* et des lévriers.

Alcázar savait leur parler et les trouvait globalement plus supportables que les gens. Une personne pouvait être fidèle, mais un chien était avant tout loyal, et cette différence n'était pas à la portée de n'importe qui.

C'est pourquoi sans doute ils étaient seuls, le vieux Lukas et le vieil Alcázar, dans cet appartement de quarante mètres carrés donnant sur un mur de briques barbouillé de graffitis cochons où tous les ivrognes du quartier allaient pisser et déféquer. Chaque homme forge son avenir, disait son père. Comme Alcázar avait forgé le sien, il ne se plaignait pas. Il constatait simplement que, depuis un certain temps, il trouvait le lit trop grand pour lui, et que le fantôme de Cecilia, qui avait occupé pendant tant d'années le côté droit du matelas, venait le voir un peu trop souvent ces derniers temps.

Il avait besoin de changer. De passer les derniers jours de sa vie tranquillement, pour empêcher la mélancolie de lui ronger le foie, de s'asseoir, comme les retraités qui roulent sur l'or, sur les Keys de Floride, une bière à la main, regardant le soleil teindre l'océan de pourpre.

Il prépara un peu de café et mit du fromage frais sur une tartine de pain, il essayait de manger quelque chose pour son petit-déjeuner avant de fumer. Il s'abusait en disant qu'un jour il pourrait le faire. Personne ne renonce aux vices qui l'ont aidé à vivre ; ce sont les vices qui vous laissent tomber. Le poste de télévision de la cuisine était allumé. Le commissaire divisionnaire donnait une conférence de presse. Alcázar monta le son.

L'affaire Laura faisait toujours les gros titres. Alcázar regarda les poils blancs qui sortaient des narines de son ex-supérieur. La veste était trop chaude pour la saison et le commissaire était en sueur. On le sentait inquiet.

— Quel enfoiré ! dit-il.

Il avait donc tenu parole : Gonzalo avait mis son nez dans le même guêpier que sa sœur et avait remué avec son bâton comme un gamin inconscient. Et maintenant, les guêpes étaient furieuses. Le commissaire venait d'annoncer que la brigade des délits monétaires déclenchait une vaste enquête sur les relations de plusieurs entreprises avec la mafia russe. Au moins, on n'avait pas encore officiellement mentionné Acasa. Cela ne signifiait pas la fin des problèmes, qu'il croyait réglés avec la mort de Laura et de Zinoviev. C'était une question de temps, que le nom d'Agustín González revienne au premier plan, et il y en aurait d'autres ensuite… Jusqu'à ce que son tour vienne. Alcázar était sans illusions, il était le maillon faible de la chaîne. Le rêve de la vieillesse dorée dans les Keys s'éloignait à grands pas.

Il écouta le commissaire répondre à des questions des journalistes, mais par deux fois il se retrancha derrière le sempiternel secret de l'instruction, et Alcázar changea de chaîne. À cet instant, on sonna à la porte. La sonnerie était agaçante et le vieux Lukas poussa un aboiement aphone qui ne pouvait effrayer personne.

Anna Akhmatova était à la porte.

— Tu as vu les nouvelles ? demanda la vieille femme sans préambule.

Alcázar se lécha la moustache.

— Oh, tu n'as pas mis longtemps à pointer le nez… Qu'est-ce qui t'amène ?

La vieille femme tendit l'enveloppe.

— Un livre. Dans mon pays, quand on va voir un ami trop longtemps oublié, on lui fait un cadeau de politesse.

— Nous sommes donc amis maintenant ? Je suis rassuré.

Anna lui renvoya un regard âpre, comme si un fossé infranchissable séparait ses yeux de ce regard, un fossé où dérivait quelque chose. Par exemple, le regard d'un puits.

— Tu ne devrais pas, répliqua-t-elle avec un demi-sourire.

Tout Combray et ses environs,
tout cela qui prend forme et solidité,
est sorti, ville et jardins,
de ma tasse de thé.

Alcázar redevint méfiant.

— Je ne comprends pas que les gens aiment des phrases aussi alambiquées.

— Il est bon de se rappeler de temps en temps que les gens peuvent être civilisés et un peu sophistiqués.

"Et où t'a menée cette croyance ?" se demanda Alcázar. Cette prétendue civilisation pouvait être terriblement décourageante. Les mots, le langage, lui semblaient être une perversion qui trouvait toujours le moyen de s'entortiller davantage. Il regarda du coin de l'œil la vieille dame qui rangeait le livre sur une étagère. Elle avait une apparence extrêmement fragile, insignifiante, et en même temps elle était très forte, à croire que les nombreuses années accumulées dans ses os l'avaient endurcie. Son visage conservait encore une certaine beauté, pas celle de la jeunesse, c'était beaucoup plus subtil et naturel : une expression de calme qui faisait barrage à la hâte qu'a toujours le temps pour trancher une vie. La plupart des gens accumulaient les années sans être plus lucides ni plus sages, juste un peu plus vieux. Mais elle n'était pas comme les autres.

— Si je m'en souviens bien, quand tu étais plus jeune, tu n'étais ni civilisée ni sophistiquée.

— Je n'avais pas encore lu Proust, dit-elle en souriant.

— Je ne comprends toujours pas un seul mot de ce qu'il dit, se contenta de râler Alcázar.

Anna lui lança un regard de reproche, comme s'il était un petit enfant ignorant. Et soudain, dans ce regard, l'inspecteur crut se rappeler une nuance vaguement familière et accusatrice, celle de son propre père, Ramón Alcázar Suñer, don Ramón, comme on l'appelait au tribunal, dans la rue et au commissariat.

— Je dirais que Proust affirme que chaque chose retourne à sa place avec le temps.

— Que veut-il dire par là ?

La vieille dame se pencha, passa le bout de la langue sur sa lèvre supérieure, comme si elle cherchait ses mots, mais finalement renonça :

— Si tu ne comprends pas, je ne peux pas t'expliquer, répondit-elle en se tournant vers l'étagère.

Elle avait remarqué une photographie qu'il avait conservée : Alcázar à côté de son père, tous deux en uniforme, le jour où le fils avait été nommé policier.

Lukas vint flairer sous les volants de la vieille dame. Avec les années, Anna Akhmatova avait appris à dominer l'appréhension que lui produisaient les chiens, en particulier ceux qui ressemblaient tellement aux loups. Malgré son air détendu, elle ne caressa pas l'animal, qui se recoucha sur les carreaux chauffés par le soleil. Alcázar servit le café et ils s'assirent sur le canapé, chacun à une extrémité, séparés par deux coussins brodés. Alcázar regardait Anna remuer son café, pensive. Soudain, elle reposa sa cuiller, redressa la tête, poussa un soupir et de nouveau regarda la photographie d'Alcázar à côté de son père.

— La mémoire, c'est une chose prodigieuse. Elle invente à sa guise le récit d'une vie, utilise ce qui lui convient et rejette ce qui la gêne, comme si rien n'avait jamais existé… Je dirais que Proust parle de cela.

Alcázar ne se laissa pas abuser par les gestes mesurés, les mots choisis, les jugements impartiaux. Il connaissait Anna depuis l'été 1967 et il savait que lorsqu'elle l'avait décidé, elle était impénétrable. Ses yeux regardaient l'inspecteur : deux forets perçant le béton.

— Depuis que Laura est morte, je n'ai cessé de me demander quel a été ton rôle dans sa mort. Comme dans celle de Zinoviev.

Alcázar réagit avec froideur. Il ne broncha pas, secoua la tête, un geste de dénégation sans aucune emphase.

— Nous devrions changer de sujet. C'est dangereux.

— Un peu tard pour ça, inspecteur. Nous avions un accord, et de mon côté je l'ai respecté pendant toutes ces années. Ce n'est pas moi qui suis venue te chercher, c'est toi qui m'as abordée l'autre jour dans la rue, au cas où tu l'aurais oublié. Ce n'est pas moi qui remue la merde au bout d'un bâton.

Alcázar se tripota la moustache.

— Si c'est un interrogatoire, tu aurais dû me prévenir. J'aurais appelé mon avocat.

Anna sourit avec indulgence.

— Agustín González ? Après ce qui vient de sortir à la télévision, il est fini. C'est une question de temps. Et toi, tu es le suivant, tu dois bien l'imaginer.

— On ne m'a jamais menacé avec autant d'amabilité.

— Je ne te menace pas. J'essaie seulement de comprendre comment tu as pu laisser le fils d'Elías fourrer son nez dans cette histoire. Pour Laura, je t'avais prévenu, mais tu n'as pas voulu m'écouter. Et maintenant tu laisses cet avocat s'enfoncer dans cette boue dont il ne saura pas se dépêtrer.

— Je te rappelle que c'est ta fille Tania qui l'a approché. Si je ne l'avais pas reconnue sur la vidéo de surveillance du parking à côté de Gonzalo, je ne t'aurais pas abordée, je t'assure.

— Tania ne recommencera pas. Je m'en suis occupée. Mais tu n'as pas répondu à ma question.

— Quelle question ?

— Sur Laura et la mort de Zinoviev. Quand son frère va se pencher sur la question, que va-t-il trouver ?

— Je n'aime pas le tour que prend cette conversation, Anna. Je n'aurais jamais fait de mal à Laura, jamais. Tu devrais le savoir, après tout ce qui s'est passé au lac en 1967.

La vieille dame mit les tasses vides dans l'évier. Pendant quelques secondes, elle posa les doigts sur le marbre froid. Puis elle se tourna vers Lukas. Le vieux chien somnolait sous les rais de lumière qui entrait par la persienne. Lui, au moins, il s'était réchauffé. Puis elle regarda Alcázar longuement, sans se presser, avec une lueur au fond des pupilles. Elle ne voulait pas lui faire de mal. Mais parfois, faire du mal était inévitable. Voire nécessaire. Et c'était vraiment dommage.

— Ce procureur m'a l'air de savoir où il met les pieds.

— Gonzalo a des preuves. Je ne sais pas où il les a trouvées, mais j'ai mon idée là-dessus. Quand il était à l'hôpital, il était très inquiet de la disparition d'un ordinateur ; je pense qu'il s'agit de l'ordinateur personnel de Laura, et que celui qui le lui a donné est l'indic qu'elle avait dans la Matriochka.

La vieille dame s'essuya les mains. Un nom plutôt ridicule pour cette organisation.

— Tu dois retrouver cet indic par tous les moyens, Alcázar. Ou ce sera pire, bien pire que ce qui est arrivé au fils de Laura.

Alcázar se rendit compte du changement, au fond de l'obscurité de son regard, qu'il avait déjà vu cette nuit-là, devant le corps inconscient d'Elías, quand il l'avait trouvée au bord du lac, la chemise maculée de sang. Un regard qui ressemblait au léger craquement de la glace avant qu'elle se brise sous les pieds.

— Je sais ce que tu penses, Anna. Tu te trompes.

— Et je pense quoi, Alcázar ? Que tu as assassiné Zinoviev et poussé Laura au suicide pour en faire une coupable ?

Alcázar soutint son regard.

— Tu devrais retourner à ta librairie, Anna. Qui sait, quelqu'un voudra peut-être que tu lui expliques pourquoi ce Proust a perdu son temps en partant à la recherche du temps perdu.

La vieille dame hocha la tête. Alcázar la raccompagna à la porte.

— Comment est-elle ? demanda Anna, la main sur la poignée.

Alcázar feignit de ne pas avoir compris la question.

— Katerina, sa femme. Comment est-elle maintenant ?

— Vieille, comme nous. Et elle ne s'appelle plus Katerina. Elle s'appelle Esperanza.

— J'ai toujours pensé que ma mère aurait été une meilleure épouse pour Elías…

Elle déposa sur la joue de l'inspecteur un baiser papillon, rapide et doux. Une démonstration d'affection qui semblait déplacée et qui déconcerta Alcázar.

— Pourquoi ce geste ?

Anna Akhmatova lui lança un dernier regard.

— Un peu de tendresse entre solitaires, ça ne peut pas faire de mal, tu ne crois pas ?

Le vieux Lukas redressa la tête en entendant la porte se refermer. Il huma l'air et sentit l'odeur de sueur âcre de son vieux maître. Rassuré, il se rendormit, le museau entre les pattes.

Les pas de Gonzalo le conduisirent sur le front de mer. Il y allait quand il avait besoin de réfléchir. Depuis son adolescence, il aimait s'asseoir sur un rocher du brise-lame, et contempler la mer et les pêcheurs à la ligne qui arrivaient au crépuscule. Il y avait une fille sur la rive, un foulard sur les épaules. Les soirées devenaient plus fraîches. Le vent soulevait ses cheveux, et elle regardait la mer en rêvant peut-être d'être une sirène. Pendant un bon moment, il regarda la bouée qui se balançait à l'entrée du port. Les cargos parallèles à la ligne d'horizon avançaient si lentement qu'ils semblaient immobiles, la rumeur des vagues était toujours la même, la masse sombre de la montagne de Monjuïc, sur le littoral, avait l'air d'un mirage. Il ne s'était pas aperçu que la nuit tombait et que les réverbères de la promenade s'étaient allumés derrière lui.

Un véhicule de service ratissait le sable de la plage sous de puissants projecteurs, près d'un couple qui batifolait sans s'émouvoir, absorbé l'un par l'autre. Un vendeur ambulant buvait sur le banc voisin la bière chaude qu'il n'avait pu vendre dans la journée et marmonnait des histoires éthyliques de sa terre. Deux jeunes pickpockets rôdaient, à l'affût du touriste égaré, mais l'éclat bleuté, encore très éloigné, d'une voiture de police les fit décamper.

Un indigent s'approcha, l'air agressif, il portait une petite pancarte laconique à son cou : "J'ai faim !" "Comme s'il exigeait son tribut. Je n'y peux rien ! Va te faire foutre !" pensa Gonzalo, mais il fouilla dans sa poche et lui donna quelques pièces.

Tout se passait en même temps autour de lui, mais sans lui, aurait-on dit. Le monde lui semblait insupportablement laid quand il ne lui tournait pas le dos et se concentrait sur la mer qui s'assombrissait. Qu'a donc la mer, si tout le monde vient y chercher des réponses ? L'immensité, penser qu'on peut se fondre dans ce tout et disparaître.

Derrière Gonzalo, appuyé contre un réverbère, les mains dans les poches, l'ex-inspecteur-chef Alcázar observait le même horizon avec une expression farouche et désabusée. Il avait un aspect lamentable, la veste froissée, minable, la cravate dénouée. Une barbe de trois jours encerclait sa grosse moustache dans un grouillement discontinu et blanchâtre.

— Tu causes du souci à tout le monde.

— Comment m'avez-vous trouvé ?

Alcázar s'assit à côté de lui et passa son mouchoir sur son crâne rasé. Une auréole d'humidité dépassait sous ses aisselles. Il rangea son mouchoir et croisa les doigts, les coudes sur les genoux.

— On ne peut pas dire que ton concierge soit un modèle de discrétion. Tu es un type prévisible, Gonzalo ;

j'espère qu'Atxaga ne s'en est pas rendu compte, sinon tu vas lui faciliter la tâche.

— Je n'ai pas besoin de nounou.

— Ça, tu me l'as déjà dit à l'hôpital. Et je crois que c'est clair. Je ne fais que mon boulot.

— Chercher Atxaga et me protéger, moi et ma famille, psalmodia Gonzalo.

— Exactement.

— Et quoi d'autre ?

— Que veux-tu dire ?

— Que fais-tu d'autre pour mon beau-père ? Pourquoi toi et pas un autre ?

Alcázar connaissait Gonzalo depuis longtemps. Trente-cinq ans en arrière, Gonzalo était un gamin de cinq ans, introverti et trop sérieux pour son âge. Assis entre sa mère et sa sœur aînée sur le banc du commissariat, il donnait l'impression de vouloir s'effacer. En le voyant à l'hôpital, il avait compris qu'il était toujours le genre de personne qui préfère être invisible. Le contraire de Laura. C'était incroyable qu'ils soient issus du même père et de la même mère.

— Les hasards ne sont qu'une apparence derrière laquelle se retranchent ceux qui ont besoin d'en savoir plus. Tu pourrais te contenter de cela, toi aussi. Tu vivrais plus tranquille.

— C'est un peu tard pour ça.

Alcázar se tripota la moustache en contemplant le crépuscule violacé qui teignait la mer. Il se demanda ce qu'aurait pensé Cecilia de lui en ce moment ; si son épouse l'attendait au ciel, il allait devoir utiliser tous ses talents de persuasion pour convaincre saint Pierre, son saint préféré, de le laisser entrer.

— Je suppose que tu as raison. Il y a toujours un moment au-delà duquel tout retour en arrière est impossible.

Quand on avait diagnostiqué le cancer, Cecilia n'avait nourri ni espoir ni amertume, elle avait accueilli sa maladie avec un fatalisme tranquille, nourri par sa foi. Elle s'adonna comme jamais à la religion, allant à la messe deux ou trois fois par semaine, s'entourant de versets de la Bible, de prières et de communions. Pendant un temps, Alcázar feignit d'être gagné par sa dévotion, jouant son rôle avec résignation pour la satisfaire. Il l'accompagnait à la messe à l'église del Pi, l'attendait patiemment pendant qu'elle se confessait, ensuite, de retour à la maison, il s'asseyait à côté d'elle pour lui lire les épîtres de Paul aux Corinthiens. Il avait une prédilection pour celle qui parlait du pouvoir de l'amour, et pendant qu'il récitait "l'amour peut tout, l'amour n'a peur de rien…", elle lui pressait la main et il ravalait son angoisse et sa rage contre ce Dieu qui, à mesure que la maladie progressait, occupait une présence de plus en plus inutile dans leur vie, un Dieu auquel Cecilia s'abandonnait, mais qui n'écoutait pas ses prières. Il le haïssait surtout quand elle se tordait de douleur dans son lit, et quand elle fut incapable de se lever, dans les dernières semaines d'agonie, il l'invoquait au milieu des cris et des larmes, mais Lui restait silencieux.

Certains jours, Cecilia s'entêtait à mener une vie proche de la normale, comme si elle n'avait pas conscience que jour après jour la maladie évoluait dans ses entrailles et la pourrissait de l'intérieur ; ils s'aimèrent quelquefois et le sexe acquit une sorte de placidité, de tendre lenteur éloignée du mélodrame et des excès d'une autre époque. Avant de mourir, Cecilia lui dit que la nuit la mort se présentait à elle sans tragédie, sans tensions ni violence. Cette vision l'aidait à attendre avec sérénité. Elle lui demanda de prier pour elle, de ne pas abandonner Dieu, et il le lui promit.

Peu après, Laura apparut, venue d'un temps qu'il avait laissé loin derrière lui. Alcázar avait repris sa routine au travail sans parler de la mort de son épouse, mais il pensait à elle à toute heure, et cette pensée était une torture continuelle. Il remplissait ses obligations avec une froideur distante ; pour lui, les êtres humains et leurs problèmes étaient devenus le reflet de sa propre douleur et de sa perte. Il était maintenant cynique et désabusé, taciturne et cruel. Il se rendait tous les soirs dans la même église et s'asseyait au dernier rang, éclairé par les flammèches des bougies votives, et pendant des heures il invectivait Dieu, scrutant le visage du Christ suspendu au-dessus de l'autel, symbole d'une éternité immobile qui l'angoissait, allusion à son malheur, à sa propre mort et à sa solitude. Il regardait ce crucifix et avait la certitude qu'ils étaient à jamais condamnés à rester l'un en face de l'autre sans rien se dire.

La veille de Noël, une chorale d'enfants de chœur accompagnés à la guitare par un jeune séminariste répétait des chants de Noël devant l'autel de l'église del Pi. Une jeune femme vint s'asseoir à côté de l'inspecteur et le tira de ses réflexions. C'était elle, Laura. Un sourire tendu flottait sur ses lèvres quand elle lui dit qui elle était. Alcázar se raidit, retenant sa respiration au point que Laura prit peur. Ils quittèrent l'église et prirent un café sur la place de los Pintores. Il y avait une débauche de lumière, des gens qui portaient des sapins et des crèches achetés à la foire de Santa Lucía, devant la cathédrale, une festivité hivernale à laquelle ils étaient étrangers. Ils parlèrent beaucoup, de ce qui s'était passé pendant l'été 1967. Et la première chose qui les surprit, et les amusa, en dépit de la gravité du sujet abordé, fut la vision si différente que tous les deux avaient des mêmes événements.

Laura avait conservé le souvenir d'une enfant effrayée qui s'était présentée au commissariat, accompagnée de sa mère et de son petit frère, pour dire que son père n'était pas rentré après la fête. Elle avait été marquée par le souvenir de la moumoute de travers d'Alcázar, la goutte de sueur qui divisait son front en deux et son nez qui alors (elle pouvait maintenant constater son erreur) lui avait paru énorme. Elle se rappelait aussi ce dont ils avaient parlé dans le bureau de l'inspecteur, ses manches retroussées et sa jambe appuyée sur l'angle de la table, balançant son pied avec impatience.

— Tu avais un lacet dénoué et j'avais très envie de te le rattacher, mais j'étais tellement effrayée que je n'osais pas bouger.

Elle se rappelait, continua-t-elle, que l'inspecteur lui avait offert un verre d'eau, et qu'elle aurait préféré une des cigarettes qu'il fumait sans s'arrêter. Elle dit aussi qu'elle se rappelait que l'inspecteur agitait cette énorme moustache (qui était blonde à l'époque et maintenant presque blanche), et qu'il s'était penché si près que les deux nez s'étaient frôlés, à la manière des Esquimaux, et qu'il lui avait dit tout bas : "Je ne te crois pas, tu mens. Mais tu vas me dire la vérité." Et elle avait pris peur au point de se planter les ongles dans la main. Elle ne sut jamais combien de temps ils étaient restés dans ce bureau, combien de fois elle avait répété la même histoire : son père s'était fâché, il avait souvent des accès de rage, il avait cassé les meubles de la grange parce qu'elle ne se rappelait pas un vieux poème, il avait bu et l'avait frappée (elle montra à Alcázar les bleus et les griffures sur le bras, le genou et le cou, pas très profondes, mais visibles) et ensuite, comme chaque fois que cela lui arrivait, il l'avait prise dans ses bras, l'avait embrassée et lui avait demandé pardon.

Alors, elle avait entendu le moteur de la vieille Renault disparaître dans le sentier qui allait au lac, et plusieurs heures après on l'avait retrouvée, portières ouvertes, vide, au bord de l'eau. Sur le tableau de bord, il y avait un mot écrit de sa main, des adieux laconiques : "J'ai besoin de partir d'ici. Pardonnez-moi." Combien de fois avait-elle répété la même histoire ? Une douzaine, peut-être plus. Dans sa mémoire, cela avait duré des heures, elle répétait sa litanie, et l'inspecteur balançait sa chaussure dans le vide, lisant ce billet et secouant la tête chaque fois qu'il disait : "Je ne te crois pas." À la fin, elle lui raconta la vérité et lui parla d'Anna Akhmatova, cette femme russe qui était arrivée au début de l'été pour louer une maison voisine de la sienne et qui avait une fille un peu plus jeune que son frère Gonzalo.

— En réalité, cela n'a pas duré plus d'un quart d'heure, rectifia Alcázar.

Comme en 1967, il fumait encore des Ducados, et cette fois il en proposa à Laura, avec un sourire fatigué.

Ce fut à peu près le temps qu'elle mit à lui raconter ce qui s'était réellement passé. Elle en avait envie, pour s'en débarrasser. C'était un trop gros poids pour une fillette. Il n'eut pas besoin de l'effrayer, ni d'être brutal. Il se contenta de la houspiller et d'attendre. Quand elle ne fut plus secouée de sanglots, il la ramena dans le couloir, où sa mère et son frère l'attendaient, après lui avoir ordonné de ne rien dire. Alcázar se rappela que ses fibres s'activèrent toutes en même temps, emportées dans une danse électrique d'émotion et de doutes. Il était jeune inspecteur et n'avait encore eu la responsabilité d'aucune affaire importante, avançant dans l'ombre de son père, l'inspecteur-chef de la Bripo à Barcelone.

La disparition d'Elías Gil était trop énorme pour lui. Il appela donc son père, c'était la seule solution, tout en devinant que c'était la plus grosse affaire de sa carrière ; il fallait que son père lui dise comment procéder. Et son père prit cette décision qui changerait radicalement leur vie à tous. Une décision qui ne concernait qu'Alcázar, Laura, Anna Akhmatova et Elías Gil lui-même.

Pendant quelques interminables minutes, l'ex-inspecteur-chef Alcázar laissa errer son regard sur la houle qui s'éteignait paisiblement sur le brise-lame. Dans son esprit, le temps devenait une succession d'événements qui, contrairement à ce que connaissait le commun des mortels, loin d'être linéaire ou chronologique, était courbe et simultanée, sorte de cercle qui se rétroalimentait continuellement, transformant le passé en présent et vice-versa. Qui était-il maintenant ? Un vieux qui regardait avec nostalgie le soleil couchant au bord de la mer, à côté d'un jeune homme qui croyait connaître toute la vérité, comme il l'avait cru autrefois.

— Dans ma vie, j'ai fait beaucoup de choses dont je ne suis pas très fier. Mais je n'ai jamais tué personne, je t'assure. Ta sœur Laura le savait.

En repensant à Laura, Alcázar voyait une femme pleine de vigueur et de décision. C'étaient les mois qui avaient précédé l'Exposition universelle de Séville et les Jeux olympiques de Barcelone : l'Espagne était en effervescence, l'argent coulait à flots ; flibustiers, spéculateurs et mercenaires étaient omniprésents, prêts à tirer profit de tout : contrats publics, construction de pavillons d'exposition et de bureaux, services de transport… Le pays se préparait à un saut sans filet sous le regard attentif de la moitié du monde, et c'était justement à ce moment inopportun qu'avaient éclaté des scandales touchant à la prostitution et à l'exploitation d'enfants, une ombre à cette image dynamique, que les politiciens voulaient effacer. On ordonna à Alcázar de créer une brigade spéciale contre le trafic de mineurs et leur exploitation sexuelle, avec hélas la sottise et l'insouciance des gens qui ignorent la réalité, convaincus de pouvoir la façonner en montrant un peu de sévérité, mais sans en donner les moyens, et sans un franc soutien des institutions concernées.

Laura voulait absolument en faire partie, elle était pleine de bonnes intentions mais elle n'était pas naïve, elle avait parcouru le monde et était depuis longtemps en contact avec des associations qui luttaient contre l'exploitation des enfants, ce fléau. Pourtant, il y avait un détail important, qui avait échappé à Alcázar. L'engagement de Laura avait eu des motivations personnelles, lié à ses propres fantômes ; elle devait les exorciser, les chasser hors d'elle. Est-ce l'enthousiasme qui le poussa à accepter ? Il croyait peut-être avoir besoin d'une personne aussi énergique, qui pourrait le convaincre que son action, si insignifiante soit-elle, était mieux que rien, et qu'il ne pouvait renoncer, malgré cette sensation d'inanité. En réalité, la vraie raison, dont ils ne reparlèrent jamais après cette première rencontre, c'est qu'Alcázar s'était senti obligé : il avait une dette envers elle, tous les deux le savaient, et il avait l'intention de la régler.

Dix ans plus tard, tous les deux avaient changé, mais dans un sens diamétralement opposé. Il y avait trop de choses en jeu (au fond, une seule : l'argent) et Alcázar ne tarda pas à constater le bien-fondé de ses doutes. Dès le début, quand il se proposa de soulever le lièvre et de chercher des noises à des gens qui ne voulaient pas être dérangés, il se sentit isolé. Ses chefs voulaient de gros titres bien ronflants, mais pas de scandale. C'est ainsi qu'il fit la connaissance d'Agustín González (il n'en revenait pas de fréquenter le vieux depuis tant d'années), un avocat qui avait su prendre le vent et se jucher sur la vague en prenant la défense de ceux qui avaient assez d'argent pour payer ses honoraires exorbitants. Le vieux roublard comprit qu'Alcázar n'avait jamais espéré l'emporter sur les gens qu'il défendait : la merde pouvait continuer de couler, il suffisait de dissimuler les odeurs. Et Agustín González le persuada facilement qu'il pourrait aussi bénéficier de la conjoncture s'il savait agir avec discernement.

Ainsi fut-il corrompu, sans l'avoir voulu et sans s'y opposer. Acceptant ce qui lui semblait inévitable. Il arrêtait qui il pouvait arrêter, acceptait les décorations et les félicitations quand il fermait un lupanar ou démontait un réseau de trafic de mineurs, et acceptait aussi, avec un peu moins de nausées, les dons d'Agustín en échange d'informations privilégiées qui concernaient les gens qu'il représentait. Il coudoyait sans vergogne les puissants. qui se faisaient un devoir de l'inviter à passer un week-end du côté de Cáceres, pour une partie de chasse, ou à Ibiza sur un voilier ; ils étaient russes, azerbaïdjanais ou géorgiens, et ils étendaient peu à peu leurs tentacules sur la côte espagnole, supplantant les traditionnelles mafias italiennes, françaises et britanniques.

Il fit la connaissance de Zinoviev, un jeune athlétique et arrogant, à demi fou et pédéraste, qui s'occupait de la traite des mineurs. Jusqu'alors, Alcázar n'avait jamais entendu parler de la Matriochka. C'est Laura qui colla ce nom étrange à l'arbre aux ramifications complexes qu'elle avait accroché dans son bureau, au sommet duquel figurait entre autres le sinistre Zinoviev. Ils ne savaient pas si la Matriochka était une légende, une personne physique qui dirigeait ce réseau complexe, ou un consortium, une idée abstraite qui servait de parapluie à Zinoviev et à ses compères. Quand Alcázar posa la question directement à Zinoviev, celui-ci répondit par un éclat de rire cruel.

— Vous feriez mieux de surveiller votre petite pute, pour qu'elle ne nous casse pas les couilles.

Alcázar voulut l'aider, Dieu et Cecilia étaient bien placés pour savoir qu'il avait essayé de toutes ses forces. Quand elle allait trop loin, il essayait de la convaincre de s'occuper de sa famille, de mesurer les risques, et si cela ne suffisait pas, il était chargé de faire échouer ses coups de filet, de conduire ses enquêtes dans une impasse, ou de supplier Zinoviev de convaincre ses chefs de donner quelques miettes qui calment la soif de Laura. Sans qu'elle s'en doute, Alcázar lui avait sauvé la vie plus d'une fois. Mais elle était allée trop loin. Elle était parvenue à infiltrer un indic dans l'organisation.

En dépit des efforts d'Alcázar, elle refusa toujours de lui donner son nom. Sa source assurait qu'il y avait des policiers et diverses autorités à la solde de la Matriochka. Naïvement, elle pensait qu'en ne lui disant rien, elle le protégeait. Elle obtint le soutien d'un jeune procureur et d'un juge de la vieille garde, une personne qui détestait par-dessus tout les corrompus. Laura découvrit des ordres de virement, puis vinrent les arrestations, les coups de filet. Alcázar ne savait comment arrêter cette fuite. Il comprit que l'objectif de Laura était Zinoviev, mais il savait qu'elle ne s'en tiendrait pas là. Un par un, elle allait effacer tous les noms qui figuraient sur l'arbre qu'elle avait affiché au bureau. Et ensuite?… Ensuite, elle remonterait jusqu'à lui.

Elle était frénétique, comme le chasseur qui sent sa proie, qui la sait à sa portée, mal en point. Le soupçonnait-elle déjà, dans les derniers temps? Peut-être. Bien entendu, elle connaissait Agustín González, non parce que c'était le beau-père de son frère (cette fois, on pouvait parler d'un hasard fatal), mais parce que depuis l'arrivée de Laura à la brigade, leurs affrontements au tribunal avaient été épiques. Inlassablement, le cabinet d'Agustín González démontait ses enquêtes, invoquait des vices de forme, trouvait ses preuves inconsistantes, et les individus arrêtés par Laura étaient remis en liberté. Elle le détestait farouchement. Agustín le savait, il savait aussi qu'il ne pourrait pas l'acheter, en sorte que lorsque le projet Acasa démarra, il suggéra à Alcázar de la sonder. Ce fut une terrible erreur. Laura prit ses distances, comme s'il était un pestiféré. Sans l'accuser directement, elle refusa désormais de lui communiquer les informations. Alcázar sut, peu avant que tout se précipite, que Laura avait entamé des recherches sur lui. C'était une question de temps.

C'est alors que survint cette tragédie. Zinoviev fit cavalier seul, il enleva le fils de Laura, Roberto. Alcázar se souvenait de cet enfant vif à la physionomie particulière, petits yeux effilés sur un visage tout rond, un peu rebelle, qui adorait sa mère. Alcázar l'apprit trop tard. C'est Laura qui le lui annonça, en lui montrant cette lettre grossière, une lettre anonyme écrite à la main qui lui ordonnait d'arrêter de casser les couilles. Elle était atterrée, hors d'elle, comme si soudain elle était consciente de l'énormité qu'elle avait en face d'elle, comme si jusqu'alors elle ne se doutait pas de la nature des gens auxquels elle se frottait. L'enfant aurait dû revenir à la maison deux jours plus tard. Zinoviev jura que c'étaient les instructions qu'il avait reçues de la Matriochka, et pour la première fois Alcázar le menaça : s'il touchait à un cheveu du gamin, s'il ne le rendait pas immédiatement, il le paierait cher. Zinoviev le rassura, lui dit qu'il n'y avait pas de quoi s'énerver. Ce n'était qu'un avertissement, et la sous-inspectrice le comprendrait. Pourquoi l'a-t-on tué, alors ? Une erreur, un malentendu ? Une balle tirée à bout portant n'est pas une erreur. Le petit avait peut-être vu son visage, alors Zinoviev s'était senti menacé et il avait décidé de son propre chef de se débarrasser d'un témoin compromettant.

Après cela, Laura mourut à petit feu. On lui accorda un congé et on l'obligea à suivre un traitement psychiatrique, mais elle n'écoutait plus personne, pas même son mari, cet architecte issu d'une famille riche. Même avant la mort de son fils, le ménage ne tournait plus rond. On ne peut pas voir l'horreur tous les jours sans en être éclaboussé. Depuis des années, Laura avait besoin de somnifères pour dormir, en pure perte. Ensuite vinrent les amphétamines, l'alcool. Alcázar l'avait vu chez d'autres, il avait même connu dans sa propre chair le mal qui s'empare du regard et détruit tout comme de l'argile.

Quelques mois plus tard, son mari la quitta, et Laura se laissa tomber sans frein dans un gouffre destructif. Elle prenait trop de cocaïne, trop d'anxiolytiques, trop d'alcool. Elle arrivait chez Alcázar complètement soûle ou droguée, à des heures indues, elle pleurait, s'effondrait sur le canapé, et quand l'inspecteur se réveillait, elle était déjà repartie. Elle se mit à sortir avec des types bizarres, avec tous ceux qui voulaient de sa compagnie.

Elle mangeait à peine, ne dormait plus. Jusqu'au soir où elle provoqua une grave altercation dans un pub : elle était shootée et les vigiles refusaient de la laisser entrer. Laura sortit son arme réglementaire, le coup partit tout seul et par miracle personne ne fut touché.

Elle s'enfuit et on la retrouva le lendemain matin, dans sa voiture, en sang. Elle s'était lacéré la chair, elle balbutiait, en état de *shock*, et il fallut l'admettre à l'unité psychiatrique de l'hôpital Valle de Hebrón. Quand on la laissa sortir, la police des polices l'attendait, on lui retira son arme et on l'informa qu'une plainte avait été déposée contre elle à la suite de l'altercation du bar. Après tout ce qui s'était passé, on allait l'expulser de la police. La mort de Zinoviev fut son épitaphe.

Son suicide était un dénouement mélodramatique, pas vraiment le genre de Laura.

Pas le genre ? Alcázar doutait, sans cesser d'observer Gonzalo. L'avocat se tenait la tête comme si elle allait se décrocher. Il avait des cernes violets autour des yeux et un tremblement nerveux, involontaire, sur les lèvres. Il inspirait la pitié, à l'évidence cette histoire le dépassait et il était sur le point de craquer. En se suicidant, Laura l'avait précipité au cœur de toute cette affaire, l'obligeant à finir ce qu'elle avait laissé en plan. Et à en juger par les soucis que cet avocat lui donnait, il avait de quoi s'inquiéter. Si quelqu'un connaissait Gonzalo Gil, c'était bien sa sœur, aucun doute là-dessus.

Mais cette affaire ne serait jamais bouclée, se dit-il. Elías, Laura, et maintenant Gonzalo. Tant qu'un Gil resterait en vie, le passé continuerait de le chercher et de le harceler toutes les nuits.

— Tu dois laisser tomber, Gonzalo. Maintenant.

— Le vieux vous a envoyé pour me mettre la pression, c'est ça ?

Alcázar se gratta la moustache, pensif, et reprit la parole comme s'il n'avait rien entendu.

— Le vieux a raison. Tu ne peux rien contre eux, tu arriveras tout juste à te détruire, à détruire ta famille, comme ils ont eu ta sœur. Ce n'est pas ta guerre, cela ne l'a jamais été. Tu es un bon père de famille, un avocat modeste et honnête. Contente-toi de cela, c'est d'une grande valeur. Garde l'idée, si tu veux, que ton père était un martyr et que des salauds dans mon genre l'ont tué. Porte des fleurs à ta mère, écris un livre… Mais laisse tomber. Le vieux te paiera un bon prix pour la propriété, vends-la. Fusionne ton cabinet avec le sien, regarde tes enfants grandir et vieillis avec ton épouse, sans avoir à te soucier pour l'argent ou à regarder derrière toi tous les jours. Vis ta vie, ne te sens pas obligé de cultiver le souvenir de ta sœur. Après tout, tu la connaissais à peine. Ce n'était pas ta faute, et ce n'est pas à toi de boucler cette histoire.

— Et si je refuse ? Si je n'avais jamais voulu être un père de famille, un avocat modeste et honnête ? Si je décidais d'être fidèle à ma sœur et d'aller jusqu'au bout ?

— Je te l'ai dit, on détruira ta vie.

— Je m'en fiche, répondit Gonzalo étourdiment.

Alcázar se donna une tape sur le genou et se leva. Il faisait presque nuit. Les pêcheurs du brise-lame avaient allumé leurs lanternes et la mer s'était assombrie. L'ex-inspecteur avait mal aux reins. Il était courbé depuis trop longtemps. Il sortit une photographie de sa poche et la glissa entre les mains de Gonzalo. Il aurait préféré ne pas y être obligé, mais il espérait que cela serait suffisant pour le convaincre.

C'était une photographie de Patricia, sa fille.

— Que signifie cela ?

— Juste le début, Gonzalo. Juste le début.

17

Le 16 janvier 1936, Elías Gil et Katerina *Esperanza*
Orlovska se marièrent civilement dans une annexe de
la mairie de la cité comtale. Il avait vingt-quatre ans et
elle n'en avait pas dix-huit. Ce fut une cérémonie sobre,
assombrie par les absents. Le père d'Elías était mort lors
de la révolte minière d'octobre 1934, assassiné près de
Mieres avec d'autres leaders syndicaux. Elías avait atterri
en Espagne juste à temps pour assister à son enterrement et constater sur le terrain la répression féroce des
troupes auxiliaires africaines autour d'Oviedo. Sa mère
était morte quelques mois plus tard, dans la prison pour
femmes de Saragosse.

La réalité dont lui avait parlé José Díaz le frappa de
plein fouet. Il avait à peine eu le temps de pleurer les
siens. Des mots comme effort de guerre, révolution,
discipline dans les comités, réorganisation du Parti, en
remplaçaient d'autres comme deuil, tristesse, émotion
ou amour. En voyant les dégâts dans les Asturies, Elías
comprit qu'il fallait arrêter à tout prix le gouvernement
de Gil-Robles et envoyer la Ceda dans les catacombes,
et il s'adonna avec frénésie au travail, aux réunions, aux
conspirations, enterrant ses sentiments sous des pelletées
de terre pour combler ce trou déjà immense que toute
personne pouvait voir dans son œil fixe, sans vie. Dans

les derniers mois de 1935 et au début de 1936, il multiplia les rencontres avec les dirigeants du Parti, Dolores Ibárruri ou Carrillo, un garçon brillant. Les actions s'intensifièrent : les meetings, les grèves et les boycotts se mêlaient à une violence croissante dans les rues.

Il revit son ami d'enfance, Ramón, à Madrid, peu avant les élections de 1936. Ils tombèrent dans les bras l'un de l'autre et dînèrent dans une discrète auberge d'Aranjuez, loin des regards indiscrets. Ensemble, ils firent un bilan réaliste assez négatif de la situation. Les choses ne pouvaient qu'empirer. Ramón avait gravi les échelons dans la Ceda, tandis qu'Elías était devenu un militant communiste beaucoup plus rocailleux après les événements des Asturies, et ils eurent des mots très durs. À un moment donné, l'écart entre eux faillit devenir infranchissable, comme c'était souvent le cas : nombre de voisins, d'amis et de frères se mettaient à se haïr férocement. Mais ils parvinrent à rétablir la situation.

— Je suis sincèrement désolé de ce qui est arrivé à tes parents.

Il était sincère, et Elías s'en aperçut.

— Mais tu es de leur côté, Ramón.

Allaient-ils remettre dans la balance leurs responsabilités personnelles dans tout ce qui arrivait ? Elías rappela les mots de la veuve de Lénine ; ce ne sont pas les idées qui nous trahissent, mais les hommes qui les mettent en pratique. N'étaient-ils pas entraînés par un courant auquel il était impossible d'échapper, comme à Nazino ?

En dépit de la discrétion de cette rencontre, deux jours plus tard Elías reçut la visite de Carrillo. Ce garçon aux airs d'intellectuel décidé lui lança un avertissement sans ambiguïté : pas question de composer avec l'ennemi.

— Ce n'est pas l'ennemi, on partageait le même pupitre, c'est mon ami d'enfance.

Carrillo le scruta, avec ce recul bureaucratique vaguement hostile qui devenait célèbre :

— Ici, il n'y a pas d'amis qui vaillent, Elías. Il y a un trait entre deux mondes, et au cas où tu ne t'en serais pas rendu compte, certains sont d'un côté, et nous de l'autre.

Elías et Esperanza (elle avait effacé son prénom d'origine, pour exprimer de façon diaphane ce qu'elle avait décidé d'être) louèrent un petit appartement dans le quartier de Carmelo, une colline pauvre couverte de maisonnettes humbles et de rues en terre battue. Ils le meublèrent modestement, avec un mobilier qu'à l'occasion Elías trouvait dans les poubelles ou recevait en cadeau. Esperanza le voyait arriver, gravissant la colline avec un matelas ou deux chaises, et elle se sentait heureuse. Ils construisaient ensemble quelque chose de nouveau, leur foyer, leur vie, et peu à peu Elías semblait oublier le passé. Parfois elle le surprenait, caressant le médaillon contenant le portrait d'Irina et d'Anna, le regard perdu, mais ils ne reparlèrent plus jamais de ce qui s'était passé à Nazino.

— Tu m'aimes ?

— Cette alliance le dit assez.

— Toi aussi, tu peux le dire. Tu m'aimes ?

— Pourquoi t'aurais-je épousée, autrement ?

Les gens ont besoin d'aimer. Même s'ils y sont obligés. C'est ce que se disait Esperanza quand Elías l'embrassait fugacement et s'arrangeait pour ne pas dire qu'en effet il l'aimait. Mais elle ferait de cette nécessité vertu, peu importait le temps qu'elle mettrait pour y parvenir ; elle pensait consacrer le reste de sa vie à combler ce trou dans l'âme de son époux. Car elle l'aimait vraiment, depuis le premier jour où elle l'avait vu, à l'état de vague dépouille, dans le hangar où le cachait Velichko. Elle ne s'était pas demandé un seul instant depuis son arrivée dans ce pays étranger et convulsé si elle avait agi correctement. Le choix était fait, et l'essentiel était qu'elle avait assez d'amour pour deux.

Ce matin de septembre, il pleuvait à seaux sur une ville qui n'avait pas encore compris qu'elle était en guerre. En juillet, le général Franco avait traversé le détroit de Gibraltar avec des unités rebelles de l'armée cantonnée en Afrique. D'autres unités militaires s'étaient soulevées au nord et en Castille. Mais le mouvement avait échoué à Madrid et à Barcelone. On vivait des mois d'une euphorie étrange, après les massacres des premiers jours. Partout on voyait des miliciens du PSUC, de la CNT, de la FAI et du POUM dans les patrouilles de contrôle, mêlés aux forces de sécurité restées loyales à la République. De grandes affiches enflammaient le cœur des Barcelonais, et la radio diffusait à toute heure des communiqués patriotiques, des chansons qui exaltaient la tradition de lutte du peuple catalan.

Imbus de cette mystique, les citoyens se prenaient tous pour des héros. Peu importait si de temps en temps il y avait des fusillades dans une rue, des règlements de compte inexpliqués, ou si les morgues des hôpitaux débordaient de cadavres. Il fallait vivre avec cela, adapter le quotidien à ces circonstances exceptionnelles. Il fallait se rendre au travail, les enfants allaient à l'école, les cinémas continuaient leurs projections, *Les Révoltés du Bounty*, *Les Temps modernes* ; les théâtres de l'avenue Parallel donnaient leurs représentations nocturnes, les commerces respectaient les périodes de soldes. Personne ne voulait accepter l'inévitable. On disait que tout serait réglé en quelques jours, certains même se réjouissaient et voyaient dans cette situation une chance historique : enfin les militaires réactionnaires avaient fait tomber les masques et plus rien n'empêchait de procéder à une purge implacable des forces politiques de droite, de l'Église et de l'armée. Le moment était venu de les exterminer tous, d'éradiquer le cancer putschiste qui affectait l'Espagne de façon endémique.

Elías Gil observait cette effervescence, attentif et méfiant.

— Que nous le voulions ou non, nous serons tous différents de ce que nous étions avant le 18 juillet, dit-il en observant un camion blindé arborant le sigle FAI, garé sur la place de la Cathédrale. Les anarchistes étaient les mieux organisés : ils avaient déjà envoyé des colonnes de volontaires au front et contrôlaient le plus gros arsenal d'armes, y compris des véhicules blindés comme celui-là.

Elías avait dû franchir plusieurs contrôles et barricades sur les Ramblas, tenus par des civils de différents partis ou syndicats. Chaque fois, il avait montré son laissez-passer de conseiller culturel au consulat russe, dont les bureaux étaient sur l'avenue del Tibidabo. D'après ce document, Elías travaillait pour le consul, Antonov-Ovseïenko, et son travail consistait, avant tout, à coordonner les échanges culturels entre les organismes locaux et l'URSS, mais c'était une simple couverture. En réalité, Elías travaillait, comme presque tout le personnel du consulat, sous les ordres de l'homme qui l'accompagnait ce matin-là : Ernö Gerö, *alias* Pedro, *alias* Gere, *alias* Pierre.

Gerö avait la quarantaine, personne ne savait exactement son âge, il aimait les costumes de luxe, de préférence taillés sur mesure chez un tailleur de la rue Ancha. Il avait des traits slaves, énigmatiques et distants. La seule chaleur sur son visage, c'étaient ses lèvres charnues qui avaient une expression agréable. Il avait toujours un regard de biais, sobre, et un maintien réservé. Il parlait un espagnol correct, un peu haché, et ce n'est qu'en se mettant vraiment en fureur (ce qu'il ne se permettait jamais en public) qu'il se laissait aller à son hongrois natal.

Cet homme, un peu plus petit qu'Elías, l'air d'un inspecteur des finances, était chargé officiellement des relations avec le PSUC – le parti le plus proche des thèses de Staline – et avec son principal dirigeant, Joan Comorera, ainsi que de la supervision du bulletin du Parti, *Treball*. En réalité, il était le bras droit du colonel Orlov, le chef suprême en Espagne du NKVD, la nouvelle police secrète soviétique qui remplaçait l'OGPU. Gerö dirigeait le NKVD en Catalogne. Sa mission était d'anéantir les espions, les défaitistes et les suspects d'activités contre-révolutionnaires. Mais il devait surtout empêcher les courants nouveaux, nés à la suite du soulèvement militaire, d'échapper au contrôle des intérêts de l'Union soviétique.

— Le peuple a toujours raison, n'est-ce pas ? S'il croit que nous vaincrons, alors nous vaincrons. C'est ce qu'il veut entendre. – Gerö montra avec mépris une sentinelle du POUM derrière une barrière de sacs de terre, à la hauteur du siège de la compagnie des Téléphones, entre la Puerta del Ángel et la place Cataluña. – En réalité, il n'a presque jamais raison, car il ne dispose pas de tous les éléments pour juger.

Elías contredisait rarement son chef. Mais Gerö n'était pas allé dans les Asturies après les massacres d'octobre 1934. Pour le Hongrois, c'était une destination comme une autre. Après avoir rempli sa mission, on le renverrait au Parti communiste français, d'où il venait, ou ailleurs. Il ne connaissait pas la réalité des gens, il ne comprenait pas leur haine viscérale.

— Le peuple est impatient d'exercer directement son droit à la justice. Personne n'a oublié ce qui s'est passé il y a deux ans. – Il pensa à son père, fusillé par un peloton de *regulares*, et à sa mère, morte de tuberculose dans une prison surpeuplée. – Les gens réagissent violemment aux abus de pouvoir quand ceux-ci atteignent un niveau insupportable.

Gerö le regarda avec le plus grand sérieux.

— Le peuple est un euphémisme, Gil, il n'existe pas. On dit le peuple quand cela convient à nos intérêts, et on ne le dit plus quand nos intérêts sont ailleurs. La démagogie, cher ami, n'est pas à mépriser. Ils veulent des règlements de compte, jouer à la guerre, un peu de pillage ? Bien, à leur guise. Les soldats réclament leur droit au butin depuis l'Antiquité. J'adore les corrélats historiques, mais nous ne sommes plus sous la Rome impériale. La loi n'appartient pas au peuple, elle appartient à qui le gouverne. Et c'est bien ainsi : la première grande victoire d'une révolution, c'est qu'elle soit systématique, ne l'oublie pas. Nous ne servons pas un moment, nous servons l'Histoire. On ne peut donc tolérer les orgies ou les représailles aléatoires. Il faut d'abord gagner la guerre. Tous ces miliciens, ces syndicalistes, ces petits leaders locaux devraient le comprendre. La liberté est un luxe qu'on ne peut accorder à la masse, en tout cas pas en ce moment. Les guerres se gagnent et se perdent à l'avant-garde, il faut une discipline, un contrôle effectif. Voilà pourquoi nous sommes ici, toi et moi. Ce n'est pas un jeu de gamins, et il n'est pas question qu'il en devienne un, d'accord ?

Ils avaient laissé derrière eux la Puerta del Ángel et la limite des murailles romaines, détruites au xixᵉ pour ouvrir le centre-ville, le rattacher à la ville de Gracia et au nouveau quartier de l'Ensanche. Il ne cessait de pleuvoir, mais Gerö n'était pas pressé. On aurait dit qu'il aimait cette pluie qui trempait son beau costume bleu foncé. Enfin, il indiqua une marquise au carrefour avec la rue de Las Cortes.

— Allons prendre un café.

La cafétéria du Coliseum était presque déserte. Aux murs étaient placardées des affiches appelant au combat, à une campagne de scolarisation pour les enfants, à participer à l'effort productif. À côté de toutes ces futilités surnageaient les grands miroirs aux cadres baroques, le sol en marbre rose, les tables couvertes de fines nappes en lin et les serveurs en gilet, tablier et nœud papillon. À une table du fond, un homme corpulent prenait son petit-déjeuner : œufs durs et café servi dans une cafetière en argent, ce qui ne l'empêchait pas de consulter des documents d'un air soucieux. À la table voisine, trois hommes surveillaient tout le périmètre. On voyait la forme des armes qu'ils portaient sous leur costume.

Cet homme était le colonel Orlov, le chef direct de Gerö, et donc aussi d'Elías.

— Camarade colonel.

Orlov paraissait fatigué, il n'avait sans doute pas cinquante ans, mais ses cheveux étaient déjà argentés et ses joues pendaient sous ses paupières comme une chair éventée. Il respirait par le nez et gardait la bouche résolument fermée. Il salua Gerö d'un hochement de tête et reporta son attention sur Elías. Il le dévisagea pendant quelques secondes sans laisser transparaître aucune émotion. Il regarda plus spécialement le bandeau en cuir qui couvrait son œil.

— J'ai entendu dire que tu avais laissé un peu plus qu'un œil en Sibérie.

Elías ne vit pas trace d'ironie dans les mots du colonel. Il ne sut que répondre. Trois années s'étaient écoulées, et même s'il rêvait de Nazino toutes les nuits, il n'avait plus jamais abordé ce sujet. Ce qui s'était passé là-bas n'appartenait qu'à lui.

— Tu y as aussi laissé ta loyauté envers le Parti ?

— Je suis ici, camarade colonel.

Orlov glissa un coup d'œil à Gerö et celui-ci acquiesça discrètement. Orlov mâchonna une pensée entre ses gros sourcils dont il recracha la coquille sous la forme d'un grognement.

— Assieds-toi, camarade.

Elías obéit avec raideur, sans s'appuyer au dossier de la chaise. Gerö resta debout, à sa droite. Le colonel Orlov montra à Elías une partie des documents qu'il étudiait.

— Yagoda et Berman ont été destitués et exécutés pour haute trahison, je pense que tu es au courant. Il semble que le rapport de Velichko est arrivé jusqu'à son destinataire. Bien entendu, cela ne signifie pas que le témoignage de quelques déportés en Sibérie a été décisif, mais tout compte, le moment venu. J'imagine que cela te satisfait.

— Je me suis contenté de relater mon expérience personnelle, camarade colonel.

— Et tu as réussi à rallier l'instructeur, son oncle, qui est un collaborateur direct de Staline, la veuve de Lénine et le secrétaire général du Parti en Espagne. On aurait pu te fusiller comme traître, comme déserteur, mais te voici, et on me demande d'utiliser tes connaissances du pays. Le problème, c'est que je n'aime pas les gens qui ne font pas ce qu'ils sont supposés faire. Et toi, tu étais supposé mourir dans l'île de Nazino.

Elías ne répondit pas. La vie a un prix qui peut atteindre un montant très élevé, et à en juger par l'expression du colonel Orlov, celui-ci savait combien Elías avait dû payer pour la conserver.

Certains attribuaient au colonel la qualité innée de connaître les hommes d'un simple coup d'œil. Cette fausse illusion sur ses dons naturels provenait de son pouvoir, un pouvoir qui suppurait par tous les pores de sa peau. Mais Orlov n'était jamais qu'un homme comme un autre. Comme Yagoda, comme Berman, il avait aussi la peur chevillée au corps, la terreur des purges, qui s'étaient déchaînées en URSS et pouvaient l'emporter sur un simple claquement de doigts de Staline, au Kremlin. Plus on est haut placé, plus le vertige est oppressant.

C'était l'absence de cette peur qui donnait l'avantage à Elías. Contrairement à tous les autres, il n'ambitionnait aucun pouvoir, n'avait aucun goût pour ses intérêts particuliers et méprisait sa propre vie. On ne pouvait rien lui faire. Absolument rien.

Orlov ne tarda pas à s'en rendre compte, et il se détendit.

— Elle est vivante. La petite est vivante.

En voyant le visage d'Elías se décomposer, Orlov sourit avec une pointe de cruauté. En fin de compte, tous les hommes ont un talon d'Achille.

— Nous savons que tu l'as livrée à un prisonnier de droit commun, Igor Stern.

Elías baissa les paupières très lentement, comme si les flocons de neige qui étaient tombés ce soir de 1933 pesaient encore sur ses cils. Il vit la silhouette d'Igor se déplacer devant les flammes d'une cheminée en pierre, la moitié de son corps lumière et l'autre moitié ténèbre. Igor caressait les cheveux d'Anna comme l'aurait fait n'importe quel père affectueux. Mais ce n'était pas le cas, c'était un monstre qui avait les mains souillées du sang de Michael, qu'il venait d'égorger. Martin agonisait, attaché à la poutre de la cabane, ses excréments dégoulinaient le long de ses jambes maigres, formant une flaque pestilentielle de merde et de sang sous ses pieds nus. Elías n'avait reçu qu'une volée de coups. L'œil sain contemplait la scène, à travers un rideau de sang sur sa rétine. Ils avaient été surpris dans leur sommeil. Ils étaient épuisés et, se croyant à l'abri, ils avaient relâché leur surveillance. Michael fut le premier à les voir entrer dans la cabane, il sortit le revolver volé à l'officier à Nazino et tira; il en tua un, mais les autres se précipitèrent sur lui et le massacrèrent.

— Je crois qu'ils lui ont fait des choses plutôt douloureuses, à ton ami efféminé. Après l'avoir torturé devant toi, ils l'ont donné pour mort, mais il n'est pas mort. C'est lui qui a raconté à la patrouille qui l'a trouvé deux jours plus tard l'accord que tu avais passé avec Igor Stern.

Martin avait donc survécu!

— Ce que ton ami rouquin n'a pas su expliquer, c'est pourquoi on t'a laissé la vie sauve.

Elías frémit en se rappelant l'haleine d'Igor accroupi devant lui, caressant le revers de son manteau. Le bandit grogna entre ses dents qu'il voulait toujours ce vêtement. Si Elías le lui avait donné spontanément à Nazino, il l'aurait tué sur-le-champ. Mais l'entêtement d'Elías – un effet de sa folie, pas de son orgueil – avait déconcerté

Igor. Autrement dit, cet assassin considérait ce comportement avec respect. Elías avait montré qu'il avait plus de couilles que la plupart des hommes qu'il connaissait. Cependant, dit-il, l'heure était venue de prendre une décision.

— Il t'a proposé un échange. Il te laissait partir en échange de la vie de la petite.

— Si je n'avais pas accepté, il nous aurait tués tous les deux sur place.

— Peut-être, c'eût été sans doute la solution la plus honorable. Il t'a dit ce qu'il ferait de la petite si tu acceptais, il ne la tuerait pas tout de suite ; il s'amuserait avec elle, et ses hommes aussi. Il t'a dit qu'il prendrait tout son temps pour la tuer, des jours, des semaines. Et tu as accepté le marché.

Le colonel le regardait fixement.

— Personne ne te juge. Ton propre jugement suffit. Un homme fait ce qui doit être fait, telle est ma devise.

Une devise absurde, fausse, se dit Elías. Personne n'était obligé d'affronter le regard implorant d'Anna quand il s'en alla, la laissant aux mains de ces brutes. Lui si.

Il lui donna le manteau. Il l'enleva et le donna. Igor l'enfila et constata qu'il lui allait très bien. Puis il fit une grimace de dégoût et le jeta au feu. Tous deux le regardèrent devenir un chiffon tout noir qui répandait une odeur douceâtre.

— Nous avons arrêté Igor Stern huit jours plus tard, quand il essayait d'attaquer un train de marchandises. On a tué tous ses hommes, mais pas lui. Il tenait la petite dans ses bras. Elle était… – Gerö chercha ses mots, mais en vain, et il préféra omettre ce qu'il allait dire – … vivante. Et maintenant, elle est sous protection officielle.

— Et Martin, qu'est-il devenu ?

— Par l'intermédiaire de la Croix-Rouge, il est rentré dans son pays. Nous ne voulons pas de problèmes avec Sa Majesté britannique. Auparavant, il a collaboré à l'instruction de l'affaire Nazino. Il a déclaré hors de toute pression que la déposition qui te dénonçait, signée par lui, par Michael et par Claude, était totalement fausse.

— Igor Stern…

— Cela ne te concerne pas, interrompit le colonel Orlov, laissant entendre qu'on avait assez parlé d'un sujet qui, en réalité, l'intéressait fort peu. Ce que tu dois savoir, c'est que le Parti admet qu'une injustice a été commise à ton égard et qu'il ne va pas chercher à savoir si ce que tu as fait pour survivre est digne ou pas. Te voilà, et c'est ce qui compte. On va te nommer lieutenant.

— Je ne suis pas militaire.

— À partir de maintenant, si. Je vais te donner ta carte du Parti et tu auras accès au matériel protégé. Tu auras une pension et nous veillerons à ce que ta jeune épouse ne manque de rien.

"En échange, tu te tairas à jamais, sinon tu retrouveras cette histoire dans les journaux, et tout ton prestige gagné dans les Asturies, cette légende du communiste espagnol revenu vivant de Sibérie sera révélée. Et un beau jour, quelqu'un te tirera une balle dans la tête au fond d'une ruelle." Il n'avait pas besoin qu'Orlov prononce ces mots. Il les lisait dans son regard.

Gerö lui pressa l'épaule amicalement. Un signe de reconnaissance de la tribu.

— Je t'ai étudié à fond, Gil, et je crois que nous pouvons avoir confiance en toi. Tu travailles au bureau du consul Antonov et tu es en contact direct avec lui, n'est-ce pas ?

Elías confirma.

— Très bien ; je soupçonne ce menchevik de trahison. Il est passé du côté de ce trotskiste du POUM, Andreu Nin, ce qui complique considérablement mes accords avec le PSUC et avec son secrétaire Comorera.

— Nous voulons que tu rassembles des preuves qui prouvent cette trahison, intervint le colonel Orlov, agacé.

— Et s'il est innocent?

— Personne n'est innocent tant que je ne l'ai pas décrété.

La réunion prit fin quand un des gardes du corps qui veillaient sur le colonel Orlov lui remit un télégramme. C'étaient des nouvelles du front d'Aragon, pas très réjouissantes, à en juger par ses sourcils froncés.

Gerö fit un signe à Elías et ce dernier se leva. Au moment de partir, Elías s'immobilisa, et demanda au colonel :

— Je pourrai la revoir?

— Qui?

— Anna Akhmatova.

Le colonel lui lança un regard glacé.

— Je ne vois pas de quoi tu me parles. Occupe-toi d'Antonov.

Le consul Antonov-Ovseïenko fut rappelé à Moscou début 1937. Quelques mois plus tard, il fut exécuté pour haute trahison. Une grande partie des preuves utilisées contre lui furent fournies par son secrétaire personnel, le lieutenant du service de renseignement militaire de l'armée républicaine, Elías Gil. Il ne fut jamais démontré que ces preuves étaient concluantes.

18

Barcelone, septembre 2002

Gonzalo fit irruption chez lui, effrayé par un mauvais présage. Il avait oublié qu'Alcázar avait fait installer une alarme et une sonnerie assourdissante ébranla la maisonnée. Quelques secondes plus tard, Lola surgissait, affolée, le regardant comme s'il était une apparition. Elle composa le code qui désactivait l'alarme. Ce bruit assourdissant cessa enfin.

— Que fais-tu là ? Il est trois heures du matin.

— Patricia ! Où est-elle ?

— Dans sa chambre. Qu'est-ce qui te prend ?

Sans donner d'explications, Gonzalo se lança dans l'escalier. Sur le palier, il trouva sa fille et Javier, réveillés par le bruit, ahuris. En voyant son père, la fillette se dégagea du bras protecteur de Javier et sauta dans ses bras. Gonzalo la serra si fort contre lui, qu'il entendit sa fille gémir avec ravissement contre sa poitrine, mais elle ne le lâcha que lorsque Lola, en pyjama, lui demanda âprement ce que signifiait cette irruption. Gonzalo tâta sa fille, comme pour s'assurer que c'était bien elle. Il se rendit compte qu'il les effrayait. Il sourit nerveusement à Javier, qui le regardait d'un air de reproche, et improvisa une justification.

— J'ai eu un mauvais pressentiment. Je voulais m'assurer que vous alliez bien.

Une excuse ridicule, c'était son arrivée inopinée qui avait semé le trouble. Il se sentit soudain étranger dans sa propre maison, dans sa propre famille. Il ne s'était rien passé, rien ne devait se passer, mais la menace d'Alcázar lui montrant la photographie de Patricia prouvait que cette sécurité était fragile. Ni ses enfants ni Lola n'avaient conscience du danger, dans l'atmosphère paisible de la maison.

Javier hocha lentement la tête, non pour approuver, mais pour exprimer une sorte de condescendance accusatrice.

— Tu ne pouvais pas attendre demain ? Tu nous as flanqué une peur bleue, dit-il en attirant sa sœur contre lui.

Gonzalo comprit que son fils aîné avait endossé le rôle d'homme de la maison, et qu'il jugeait sa présence avec hostilité. "Je peux m'occuper d'elle", semblait-il dire en manière de défi.

— Désolé, répondit Gonzalo, et il supplia son fils de se calmer.

Vingt minutes plus tard, Alcázar apparut.

— Tout va bien ?

Il avait l'air vraiment soucieux. Prodigue en attentions, il évitait de regarder Gonzalo et s'occupait de Lola et des enfants. Quand Lola lui dit que c'était une fausse alerte, l'ex-inspecteur lança un regard significatif à Gonzalo. "Ce n'est que le début et tu peux arrêter ça." Intentionnellement, il caressa la joue de Patricia.

— Ton papa s'inquiète beaucoup pour toi.

Gonzalo frémissait de rage. Lola raccompagna l'ex-inspecteur, le remercia d'être venu et s'excusa de l'avoir dérangé. Alcázar prit congé, masqué derrière un sourire dégagé, franc, qui était un reproche à l'impulsion infantile de Gonzalo.

Lola demanda à Javier de remettre Patricia au lit. La petite protesta, s'accrocha à son père et pleura. Gonzalo dut employer tout son pouvoir de persuasion pour la convaincre de suivre son frère.

— Tu n'as pas le droit de débarquer de cette façon ! reprocha-t-elle à Gonzalo quand ils se retrouvèrent seuls.

Gonzalo mesura ses paroles, ce qu'il pouvait dire et ce qu'il devait taire. Il ressentait impérieusement le besoin de révéler à Lola ce qui se tramait, mais il ne savait comment lier les événements et les débarrasser de ce qui les affectait tous les deux. Finalement, il s'imposa la prudence. C'était la meilleure façon de les protéger, de les maintenir à l'écart. Alcázar l'avait prévenu clairement : pas un mot à la police, et pas question de se défiler. Tout devait se dérouler comme prévu. Gonzalo mentit :

— J'ai eu l'intuition qu'Atxaga rôdait autour de la maison.

Lola soupira et rejeta la tête en arrière, comme si son regard brûlant cherchait un point de fuite.

— Mon père s'en occupe, dit-elle avec une cruauté calculée.

Elle regretta d'avoir cédé à cette tentation facile de le blesser. Mais c'était trop tard, et l'écho de ses paroles vibrait encore dans la pièce.

— Ton père… Que sais-tu de ton père et de son ambition ?

Lui aussi, il aurait dû se taire, plutôt que de glisser sur la pente de rosseries idiotes, sachant pertinemment que ses propos n'iraient pas jusqu'au bout, pour le moment, une ribambelle inquiétante de points de suspension auxquels Lola se raccrocha avec méfiance.

— Qu'est-ce qu'il vient faire dans cette histoire ?

Elle attendit la suite, mais en vain, et elle en avait assez des perpétuels silences de son mari. Des silences qui, elle le comprenait maintenant, pouvaient durer des années et exploser soudain, sans prévenir. Étrangement, la révélation de Gonzalo (il savait qu'elle avait eu une aventure et que Javier n'était pas son fils) ne lui avait fait honte que sur le moment. Maintenant, elle n'éprouvait que de la rancune : il l'avait obligée à se sentir coupable, à feindre jusqu'à épuisement pendant dix-huit ans. Or il savait, depuis le début…

— Quelle sorte d'homme es-tu donc ?

Gonzalo ne répondit pas. Il regardait ailleurs. Lola essaya d'insister, inutilement. "Il est brisé", se dit-elle. Sa relation, son couple, c'était la fin. Et cette certitude lui apporta une libération plus forte que le chagrin.

— Tu peux dormir sur le canapé, si tu veux… Et ne t'avise pas de fumer dans ma maison.

Vaines méchancetés, piques mesquines et idiotes qui cachaient tant d'affronts passés, un mélange de senti- ments contradictoires et de reproches qui ne pouvaient s'exprimer autrement. Voilà à quoi ils en étaient réduits, tous les deux.

Gonzalo s'allongea tout habillé sur le canapé. L'obscu- rité avait des nuances et on devinait le contour des meubles. Il écouta le silence, son écho enfermé dans les choses qui l'entouraient, les discussions, les joies, les rires et les pleurs accumulés dans ce lieu qui ne lui appartenait plus. La ques- tion de Lola résonnait dans sa tête. Quelle sorte d'homme était-il donc ? Un homme qui aimait sa famille, en dépit de tout. Et qui ferait le nécessaire pour la protéger.

Il se leva et alla au garage. Sur la mezzanine se trou- vaient les cartons des affaires de sa mère, mais ce n'était pas ce qu'il cherchait. Il prit une échelle, écarta les paquets, fureta avec sa lampe, la main tendue, et trouva enfin une boîte en métal cachée au milieu des plastiques. Il l'ouvrit et pâlit.

Il n'y était plus. Le vieux revolver rouillé n'était plus là.

Il entendit du bruit du côté de l'entrée. Il braqua sa lampe et vit une ombre disparaître.

— Javier ? C'est toi ?

— Mme Márquez a annulé. Ce qui nous fait… – Luisa consulta l'agenda en posant un ongle sur la page – … quatre annulations de clients. Merveilleux, non ? Tu as une journée de liberté et moi je vais me retrouver sans travail !

Gonzalo s'enfonça un peu plus dans son fauteuil, derrière son bureau.

— D'autres appelleront, ne t'inquiète pas. Tu ne vas pas perdre ton poste.

Luisa chercha un commentaire ironique. Mais pour une fois son acidité coutumière lui resta dans la gorge. Elle avait glissé dans son tiroir la note que la secrétaire d'Agustín lui avait remise le matin même. Ils voulaient l'embaucher, elle toucherait beaucoup plus qu'avec Gonzalo et qu'avec ce qu'on lui donnerait au chômage si les choses continuaient sur le même chemin. Elle était entrée dans le bureau de Gonzalo, résolue à donner sa démission, mais en voyant son expression défaite elle n'en avait pas eu le courage.

— Le vieux sait comment s'y prendre pour me coincer. Il me prend mes clients, me vire des locaux et veut me voler la meilleure assistante de tout Barcelone.

Luisa rougit.

— J'ai vu la note sur ton bureau avant que tu la caches. Tu devrais accepter, c'est une proposition intéressante.

— Je devrais ? Peut-être. Mais toi, tu devrais te raser et changer de chemise. Si par hasard un client entrait, on n'aurait pas besoin de ton beau-père pour le faire fuir. Tu sauras très bien t'en occuper tout seul.

Luisa ouvrit la porte du bureau et se retourna, la main sur la poignée.

— Est-ce que ça en vaut la peine ? Tout perdre pour cette maison. Ce n'est pas une question de principe, je te pose simplement la question.

Il ne s'agissait pas de la maison, ou du fait que son beau-père voulait lui imposer sa volonté à coups de chantages et de menaces. C'était plus fort que cela, mais Gonzalo était incapable de l'expliquer.

— Oui, ça en vaut la peine.

Il aurait pu mettre un peu plus de nerf dans cette affirmation, s'il avait vu plus clair. Mais pour Luisa c'était suffisant.

— Très bien, c'est peut-être sympa de servir des cafés dans un centre commercial. Il faut élargir son horizon.

Une fois seul, il sortit du tiroir le médaillon qui contenait le portrait flou d'Irina. Il pensa à la conversation qu'il avait eue avec sa mère. Son père avait aimé cette inconnue, sans doute avait-il répété machinalement des milliers de fois le geste qu'il faisait en ce moment, caresser cette surface usée, ce prénom flou. Alcázar avait peut-être raison. Son père n'avait pas voulu finir ses jours en restant esclave de son personnage.

Sa tête allait éclater. C'était comme si des chevaux l'écartelaient en partant dans des directions opposées, déchirant ses muscles et brisant ses os. Alcázar lui demandait de trahir non seulement Siaka ou sa sœur, mais aussi lui-même, d'accepter que, en dépit des illusions et des idéaux, il n'avait rien d'un héros, et n'était pas près d'en être un. Il était un avocat obscur, sans travail, sans ambition, un père de famille dont le fils le détestait et dont le mariage était brisé par la faute d'un silence obstiné. Un père qui ne savait pas protéger ses enfants, qui les avait mis inutilement en danger. Pourquoi, Gonzalo? Par orgueil? Que veux-tu prouver? À qui? Il ne savait vers qui se tourner. Il rangea le médaillon et sortit dans le couloir.

— Le vieux est dans son bureau?

— Dis donc, ce n'est pas mon boulot d'espionner la concurrence.

Gonzalo n'était pas d'humeur à écouter les petits sarcasmes de Luisa. Elle s'en rendit compte.

— Je crois qu'il est parti en voyage. Une tournée asiatique.

"Heureux hasard", se dit Gonzalo : l'affaire Acasa surgissait, Alcázar menaçait de s'en prendre à Patricia et le vieux s'éclipsait. Son salaud de beau-père n'avait d'yeux que pour ses petits-enfants, mais il n'hésitait pas à les utiliser pour exercer un chantage sur lui. Et en attendant, il tirait sa révérence.

Gonzalo avait besoin d'air.

Mais il n'était pas dupe. Il avait besoin d'autre chose. Ces dernières semaines, il était devenu un habitué de la cafétéria Flight. Il y passait souvent à la dernière heure, dans l'espoir de revoir Tania. Cette rouquine avait fini par occuper les seules pensées agréables de ces derniers jours. Il était sans illusions, mais il ne pouvait s'empêcher de fantasmer sur elle.

Ce soir-là, Vassili l'accueillit avec son sourire discret et lui offrit un café. Au fil des jours, ils s'engageaient dans des conversations que Gonzalo orientait de façon assez maladroite sur Tania, mais le sujet préféré du patron, c'étaient les vieilles photographies de la Grande Guerre patriotique qui décoraient les murs. C'était facile de discuter avec lui, il avait la langue bien pendue. Jusqu'en 1941, il avait été instructeur à l'Osoaviakhim, l'académie de la milice. Ensuite il avait été envoyé à la frontière biélorusse où il avait été surpris par l'offensive allemande, après qu'Hitler avait rompu l'accord et violé les frontières soviétiques. Enrôlé dans une escadrille de pilotes, il avait lutté contre les nazis avant d'être abattu près de la frontière polonaise, peu après la déclaration de guerre. Fait prisonnier, il fut envoyé dans un camp militaire en Pologne. D'autres collègues de l'époque arboraient fièrement la décoration de l'ordre de Lénine qui leur avait été décernée. Et pourtant, à la fin de la guerre, Velichko fut accusé de trahison. On prétendit qu'en réalité il n'avait pas été abattu par un avion de chasse ennemi, mais qu'il avait voulu déserter, et qu'il était tombé en panne de combustible, ce qui expliquait son échec. Il fut condamné à douze ans de réclusion dans un goulag, à la frontière du Kazakhstan. Qu'il purgea intégralement. Quand il fut libéré, en 1957, aucune famille ne l'attendait, il ne trouvait de travail nulle part, personne ne voulait de lui. Tous redoutaient que la police fasse un lien entre eux et lui. Tous sauf Anna Akhmatova, la mère de Tania.

Gonzalo remarqua, sous les manches retroussées de Velichko, un numéro tatoué à l'intérieur de l'avant-bras. La peau avait mué et les années avaient effacé l'encre, mais le numéro était toujours incrusté dans la chair. Il se demanda si c'étaient les Allemands qui l'avaient gravé dans le camp de prisonniers en Pologne, ou ses propres compatriotes en Sibérie.

— Pourquoi les vénérer, s'ils vous ont trahi ?

Velichko le regarda avec tristesse. Il était difficile de parler de la camaraderie au front, de la peur qui unit les gens aussi fortement qu'elle les sépare, et des lâchetés les plus abjectes qu'on pardonne dans un élan d'héroïsme.

Velichko avait encore plus de mal à retenir sa langue pour ne pas parler d'Elías Gil. Mais Anna lui avait fait jurer de ne jamais le mentionner. Si elle apprenait que Gonzalo fréquentait ces lieux, elle serait très en colère. Et Vassili savait déjà de quoi Anna était capable quand elle se déchaînait. Pourtant, il osait lui désobéir, parce que Gonzalo ressemblait beaucoup à son père, même si l'avocat n'en avait pas conscience. Sans l'expérience vécue, les mots sont un mirage qu'on oublie facilement.

— Le peuple a besoin de croire en quelque chose, et cette guerre fut notre cause commune. Ce qui s'est passé avant ou après est tragique et ridicule. Je ne pourrai jamais pardonner aux hommes qui ont prostitué cet idéal. Mais pendant ces années de guerre, nous étions libres. C'est une chose qui ne peut s'expliquer.

Le temps de Vassili, d'Anna et d'Elías était révolu, et peu lui importait que ce passé soit idéalisé, ces photographies couvertes de poussière sans que personne ne lui demande pourquoi elles étaient là, ce qu'elles signifiaient.

Le vieil homme se tourna vers la porte et grogna.

— Ah, je crois que voilà la personne qui t'intéresse. Tu n'as plus besoin de cuisiner le vieux. Voici ton véritable objectif, dit-il en montrant l'entrée de l'établissement.

Tania Akhmatova avait conclu un accord avec le ciel. Elle était radieuse. Elle portait un chemisier ample bleu foncé, assorti à la couleur de ses yeux et au tour de cou qui frôlait la naissance de sa poitrine, une ceinture large sur ses jeans moulants, et des sandales d'été à talons en sparte : ainsi, elle paraissait plus grande que Gonzalo, qui se sentit maladroit et ridicule en se levant pour l'accueillir. Tania s'assit à côté de lui. Il y avait assez de place pour eux deux, mais elle se rapprocha et lui effleura le coude.

— Tu as bonne mine. Bientôt tu n'auras plus aucune trace des coups.

Machinalement, Gonzalo se tâta le côté. La marque des coups disparaîtrait sans doute assez vite, mais ses côtes continuaient de le martyriser.

— Il est joli, ce tatouage sur ta nuque, dit-il avec une légèreté forcée qui amusa Tania.

Elle se pencha de profil pour le lui montrer en entier.

— Les tatouages ont un sens, ils sont une profession de foi. J'aime les papillons, j'en ai aussi sur d'autres parties du corps, dit-elle avec malice.

— Et quelle est ta profession de foi ? Voler, les ailes, la liberté ?

Pas évident. C'était plutôt la transformation.

— Quand j'étais petite, je vivais dans un endroit assez isolé, à la campagne, un édifice qui dans les années 1970 était un lazaret pour militaires invalides ou déficients mentaux. Ce n'était pas un beau bâtiment, même de l'extérieur. La façade était en béton et il n'y avait presque pas de fenêtres. En revanche, l'environnement était superbe, surtout au printemps. Des prés, une pinède. À la fin de la pluie et du froid, les cocons s'ouvraient, comme s'ils se réveillaient tous le même jour, et des milliers de papillons sortaient de la pinède. Le spectacle ne durait que quelques heures, mais il était impressionnant. Si je m'étendais dans l'herbe et restais immobile, en quelques secondes des centaines d'entre eux se posaient sur le corps, la bouche, les sourcils, les doigts, le nez. Ils battaient des ailes tous en même temps et j'avais l'impression que j'allais m'envoler, enveloppée dans ce tourbillon de couleurs et de joie qui m'emporterait loin de cet horrible bâtiment. Mais si je résistais à la tentation de partir avec eux, si je retenais ma respiration, c'était encore mieux : je sentais que peu à peu je me transformais en papillon à mon tour, je muais, comme si mon corps était la surface du cocon et non plus ma véritable nature.

Vassili Velichko s'était approché et il écoutait, les yeux mi-clos. Ce n'était pas la première fois qu'il entendait Tania raconter cette histoire, et pourtant elle y mettait tant de passion qu'il croyait l'entendre pour la première fois. Ce qui ne l'empêcha pas de secouer la tête en signe de dénégation.

— Tout ce que je me rappelle de ce lieu dont tu parles, ce sont les insupportables essaims de moustiques et d'insectes. Il était impossible de leur échapper. J'ai vu des mules devenir folles sous les piqûres et se jeter dans un ravin, et des hommes si exaspérés qu'ils pouvaient tirer sur cette masse noire et fluctuante. Je n'ai aucun souvenir de ces papillons.

Tania caressa le bras de l'homme.

— Je m'en souviens aussi. Ma mère racontait qu'à la campagne il fallait mettre des foulards qui vous couvraient le visage et de gros gants en caoutchouc, nouer des bouquets odorants à la queue des bêtes de somme, mais je n'aurais pas pu me tatouer un taon.

Velichko la regarda avec tendresse. "La mémoire, se dit-il, est un paysage que chacun choisit de rêver ou de détester."

— Tu ne seras jamais une vraie Sibérienne.

Tania changea d'expression. Elle vida sa bière et se leva.

— Il est tard ; nous devrions déjà être partis.

Elle s'approcha du vieil homme et l'embrassa sur la joue, après lui avoir chuchoté quelques mots dans sa langue.

— Que lui as-tu dit ? demanda Gonzalo quand ils furent dehors.

— Un vieux proverbe que ma mère répète souvent : regretter le passé c'est courir après le vent.

Gonzalo, les mains dans les poches, tourna la tête. Tania ne pouvait voir son air sombre.

— Tu le crois ? Regretter le passé, tu crois que c'est courir après le vent ?

— Oui, je le crois.

— J'ai peu de souvenirs de mon père. Je sais qu'il m'emmenait pêcher au lac quand il faisait beau, je le sais parce que ma mère me le racontait en détail, et je me dis que c'est vrai, que je m'en souviens, il regardait le fond du lac, me racontait une anecdote, m'apprenait à tenir la canne et à mouliner doucement. Je le raconte comme si c'était vrai, mais c'est un souvenir d'emprunt. – La vision de Javier quand Gonzalo lui avait demandé s'il avait pris le revolver troubla son regard. – Je me demande si c'est ainsi que les enfants se rappellent leurs parents, si mon fils Javier pensera à moi comme à une invention.

Tania le regarda avec tendresse.

— Le regard des enfants est toujours injuste, Gonzalo. Tant qu'ils ne sont pas devenus parents eux-mêmes.

"Je ne vois pas de quoi tu me parles", lui avait répondu Javier, et Gonzalo avait compris que son fils lui mentait.

— Et que dire du regard des parents qui jugent leurs propres enfants ?

Tania s'accrocha à son bras et se colla contre lui.

— Je ne sais pas, je n'ai pas d'enfants. Mais une chose est sûre : quel que soit l'objet de ton inquiétude, tu trouveras la solution… J'ai l'impression que parfois il suffit d'affronter les choses de face.

"Comme c'est simple, se dit Gonzalo. Comme les mots sont fades. Et comme ils sont vrais, parfois."

D'une certaine façon, ils avaient franchi une frontière invisible sans effort apparent. Ils en étaient conscients et prenaient leur temps pour s'y adapter. Il ne voulait penser à rien. Se laisser porter par cette sensation nouvelle. S'y réfugier avant de revenir à la réalité. Juste quelques minutes.

Ils arrivèrent devant la librairie Karamazov. Tania chercha les clés et les balança entre ses doigts. Elle essayait de prendre un air insouciant. Gonzalo redouta et espéra qu'elle l'inviterait à monter. Tania introduisit la clé dans la serrure, actionna la poignée, alluma dans l'entrée et se retourna pour lui dire au revoir. Gonzalo eut la sensation cuisante que le présent était la seule chose importante, qu'en dehors de cet instant, il n'y avait ni passé ni avenir. Son cœur battait la chamade.

Tania sourit. Comme si elle pouvait voir son intérieur, comme une radiographie.

— Tu veux entrer ?

Gonzalo ne pouvait contrôler son maudit cœur. Boum, boum, boum. Un pied voulait avancer. L'autre voulait partir en courant.

— Je ne crois pas que ce soit le bon moment, dit-il en tentant de s'écarter de ce seuil qui s'ouvrait en forme de bouche.

— Quand est-ce le bon moment, Gonzalo ? Peut-être qu'à force de l'attendre, il n'arrive jamais.

On ne sait quelles lèvres s'avancèrent les premières. L'essentiel était qu'elles désiraient se rencontrer.

Barcelone se dessinait avec le lever du jour. Cela aurait pu être ailleurs, n'importe où, et cela n'aurait eu aucune importance. La géographie, c'était un état d'âme. Gonzalo marcha dans les rues qui n'appartenaient qu'à lui à cette heure. Il alluma une cigarette et s'accouda à la balustrade du pont tournée vers l'avenue déserte. Les feux changeaient de couleur, jeu inutile et risible. Il vit un chat traverser la chaussée, sorte de broussard solitaire, et un couple qui marchait enlacé, fatigué, heureux, échangeant des promesses qu'ils étaient persuadés de pouvoir tenir. La peau de Tania était toujours collée à la sienne, au bout de ses doigts, de ses ongles. Son parfum flottait sur sa chemise, il suffisait de respirer fort pour en sentir la présence. La reverrait-il ? Sans aucun doute. Autant qu'elle le voudrait.

En dépit de ce qu'avait dit la vieille dame.

Il l'avait croisée en redescendant du studio sans faire de bruit. Elle était assise dans un fauteuil, devant le comptoir. Dans l'obscurité, sa silhouette l'avait effrayé. Il avait d'abord cru qu'elle dormait, un livre ouvert et ses lunettes sur les genoux. Il passa à côté d'elle mais, alors qu'il avait atteint la porte, il entendit sa voix aiguë qui l'immobilisa, comme un coup de massue dans le dos.

— Es-tu comme ton père, Gonzalo ?

Il se retourna et distingua dans l'obscurité les yeux de la vieille dame, qui ressemblaient aux yeux aveugles des statues. Ce genre de regard qui déshabille, et auquel on ne peut échapper.

— Excusez-moi, je ne comprends pas.

La vieille dame referma lentement le livre et replia ses lunettes avant de se lever. La faible clarté qui s'annonçait derrière la vitrine brodait son profil sur la vitre.

— Es-tu comme Elías ? Ce genre d'homme qui prend possession des autres, les dépouille de tout et les abandonne à leur sort ? C'est ce que tu comptes faire avec ma fille ?

Tania avait grandi sans connaître l'existence de cet homme borgne, jusqu'au jour où, vers dix ou douze ans, elle tomba sur les coupures de journaux que sa mère gardait au fond d'une commode. Cet homme, d'une constitution impressionnante, en uniforme de commissaire du NKVD, avait un œil de cyclope qui semblait tout voir. Cet œil l'effraya et l'attira en même temps. Quand elle demanda à sa mère qui c'était, celle-ci se mit en colère, lui arracha ces papiers et la gifla (la seule fois où elle porta la main sur elle). Pendant longtemps, elle ne dit pas un mot sur cet homme, ni qui il était, ni pourquoi il comptait tellement pour elle. Car il comptait : Tania épia sa mère, la vit entrer dans la pièce, prendre ces coupures, les regarder longtemps, avec un regard de voyageuse, lointain, comme si son corps s'était envolé vers un autre temps dont elle ne savait rien.

Comme c'est souvent le cas avec les espaces interdits, Tania les côtoya pendant toute son adolescence, inventant ce qu'elle ne savait pas : elle imaginait que c'était le père, le véritable père de sa mère, et pas du tout le professeur exécuté dans les années 1930 sous prétexte qu'il était trotskiste, dont l'image trônait à la tête du lit, à côté du portrait de la grand-mère Irina. Tania s'imaginait que ce géant borgne et costaud avait été l'amant de la grand-mère Irina en Union soviétique, et qu'ensemble ils avaient vécu une infinité d'histoires romantiques, tourmentées, passionnées. Parfois, quand elle avançait une de ces folles hypothèses, Anna la regardait et secouait la tête avec résignation.

— Nous sommes venues en Espagne pour que tu le retrouves ?

— Nous sommes venues en Espagne pour construire un avenir, pour ne plus vivre dans le passé.

Vassili Velichko, l'oncle Vassili, comme Tania l'avait toujours appelé, bien qu'ils n'aient aucune parenté, soutenait la même version. Il prétendait ne rien savoir d'Elías

Gil, et quand celle-ci l'interrogeait sur le passé, il s'en tenait à l'histoire qu'elle connaissait déjà : en 1934, sa grand-mère et son père étaient morts aux mains de l'OGPU, Anna s'était retrouvée seule à l'âge de trois ans, pupille de la nation. Velichko l'avait connue quand elle en avait six, dans un orphelinat qu'en sa qualité de commissaire il avait inspecté, près de Koursk ; il s'attacha à elle et tant qu'il le put il envoya de l'argent pour qu'elle ne manque de rien. Puis la guerre éclata. Vint ensuite le bagne en Sibérie, et pendant ces onze années interminables, la seule personne avec qui il resta en correspondance fut Anna. Elle lui envoya un peu de linge, de nourriture. Quand Velichko sortit du goulag, elle le recueillit. Survinrent des années dures, très dures, et vers 1965 l'occasion se présenta de commencer une nouvelle vie en Espagne. Il y alla tout seul, put faire son chemin et quelques années plus tard fit venir Tania et sa mère. Voilà comment, à grands traits, son oncle et sa mère avaient tant bien que mal vécu une vingtaine d'années.

Tania n'oublia jamais complètement ce mystère, mais avec les années il fut enterré dans l'imbroglio de ces histoires que sa mère ne lui racontait jamais. Elle grandit, devint femme, tandis qu'Anna et l'oncle Velichko vieillissaient à leur insu. Après l'arrivée de la démocratie en Espagne, Vassili ouvrit ce bar, le Flight, où Tania, âgée de seize ans, alors adhérente des jeunesses du PSUC, amenait ses amis pour les éblouir avec les portraits de l'époque de Staline et les histoires d'un vrai commissaire du peuple. Pour renforcer son prestige, elle parlait russe avec Velichko et s'agaçait quand celui-ci s'obstinait à lui répondre en espagnol devant ses camarades. De son côté, sa mère créa la librairie Karamazov à la fin des années 1970, et devint rapidement une référence pour les amateurs de littérature russe. Cependant, elle refusa toujours que sa fille et ses amis utilisent l'établissement comme lieu de réunion. La politique ne l'intéressait pas, et elle mettait sa fille en garde avec ses peurs de vieille femme. Après la tentative de coup d'État de 1981, elle devint encore plus craintive et se demanda même si elle n'allait pas fermer la librairie. Heureusement, Velichko la convainquit de n'en rien faire.

Les années 1980 furent des années dures pour les relations entre Tania et sa mère; elles se disputaient souvent, sans voir que dans le fond elles étaient deux gouttes identiques, même caractère, même entêtement, même orgueil. Tania visita l'Espagne et la France, et c'est près du Boulou qu'à la fin 1989 elle tomba par hasard sur une exposition photographique sur les camps de réfugiés républicains qui étaient passés par Argelès et Saint-Cyprien entre 1939 et 1942. C'était le cinquantenaire de l'ouverture du camp, et les associations de la Mémoire avaient organisé une réception pour les survivants, beaucoup d'entre eux étaient accompagnés de leurs enfants et de leurs petits-enfants. L'exposition avait lieu dans une salle polyvalente municipale. Tania se rappelait les longues rangées d'objets exposés, valises en bois, petits souvenirs personnels, meubles grossièrement fabriqués, répliques des baraquements, et une bonne centaine de photographies en noir et blanc, certaines d'entre elles prêtées par la fondation Robert Capa.

Tania ignorait tout de cette tragédie qui, d'après un conférencier ému, un vieil homme en béret noir des Brigades internationales, avait drainé vers ces plages plus de quatre cent mille personnes. Beaucoup de visiteurs, surtout les plus âgés, acquiesçaient et pleuraient en silence, tandis que leurs enfants, des Français pour la plupart, les consolaient. Tania, qui avait décidé de se consacrer à la photographie de façon professionnelle, se mit à prendre des photos, captant tout ce qui l'entourait.

Elle remarqua une femme d'aspect menu qui montrait à un jeune homme une photographie grand format, fruit de ce génie américano-hongrois. La femme, chétive, cheveux gris ramenés en gros chignon d'où s'échappaient quelques mèches, était très affectée. Le jeune homme la tenait par les épaules et lui embrassait tendrement la tête. Tania pensa que c'était une belle image et elle s'approcha discrètement pour obtenir un meilleur cadrage. Elle vit alors de face la photographie qui avait tant ému la femme et son fils : l'instantané d'un homme qui travaillait à l'extérieur du château de Collioure, torse nu, surveillé de près par un gendarme. Son corps maigre et bronzé, ses *espardenyes* aux pieds et son pantalon déchiré, retenu à la taille par une ficelle, étaient l'expression d'une misère digne. Remarquant la présence du photographe, il avait cessé de casser sa pierre et il posait, l'air arrogant, comme un chasseur dans un safari : une main sur le manche de la masse et la jambe sur la pierre, comme si c'était la tête du gibier. Il ne souriait pas, mais son visage, grillé par le soleil, regardait de face avec jovialité, comme s'il prétendait dire : regardez-moi, je ne suis pas vaincu.

Mais ce qui fascinait Tania dans cet instantané, c'était son œil unique. Le droit était sous un bandeau sale et le gauche regardait de face, sous un épais sourcil.

Tania le reconnut aussitôt. C'était lui, l'homme qu'on voyait sur les coupures de presse que sa mère avait conservées, sur le front de Leningrad, en uniforme de campagne soviétique, avec la même expression.

Le jeune homme et la vieille dame avaient rejoint des groupes de visiteurs et parlaient avec animation. Elle attendit le bon moment pour s'approcher, mais elle se demandait ce qu'elle pourrait leur raconter. "Salut, ma mère collectionne depuis des années tout ce qui concerne cet inconnu." Elle profita d'un moment où le jeune homme (c'était Gonzalo, maintenant elle le savait) était sorti fumer une cigarette, pour aborder cette femme.

— Excusez-moi, je n'ai pu m'empêcher de remarquer votre émotion devant cette photographie.

La vieille dame la regarda longuement, comme s'il y avait quelque chose d'incongru dans cette situation.

— C'est mon mari. Le lieutenant Elías Gil. Nous étions là ensemble, en 1939.

— Il est mort ?

Le regard de cette femme se durcit, comme si elle absorbait la lumière pour éclairer sa propre obscurité ; elle hésita et, pendant quelques dixièmes de seconde, Tania eut l'impression que sous cette apparence de normalité se cachait un esprit torturé.

Le jeune homme revint à ce moment-là. "C'est son fils, se dit Tania, il a les mêmes yeux et il lui ressemble." La femme prit hâtivement congé et s'éloigna avec lui. Tania les vit parler à voix basse et Gonzalo lui lança un regard interrogateur. Tania sourit et s'éloigna.

Le soir même elle écrivit à sa mère, sur une terrasse de Perpignan, pour lui raconter ce qui s'était passé. Anna ne lui répondit jamais. Et quand, quelques mois plus tard, Tania revint à Barcelone, sa mère ne voulut rien entendre de cette histoire, qui tournait à l'obsession pour Tania.

Elle se remit à fréquenter le Flight, assiégeant Velichko sans aborder vraiment le sujet, jusqu'au jour où son oncle accrocha un portrait de Robert Capa derrière le comptoir, avec le slogan *"No pasarán"*. Le prétexte idéal pour parler de cette exposition à Collioure et de la photographie de ce milicien borgne. Velichko comprit la manœuvre et malgré sa propre curiosité il essaya une fois de plus de contourner le sujet, mais Tania ne lui laissa aucune échappatoire et, après toutes ces années, le vieux Velichko approcha une chaise de la table et se mit à raconter.

Tania entendait parler de Nazino pour la première fois, et elle fut horrifiée par le récit de Velichko, qui lui montra le rapport original qu'il avait envoyé à Staline par l'intermédiaire de la veuve de Lénine et du secrétaire général du PCE de l'époque. C'était comme si on lui racontait une histoire qui n'aurait pu exister que dans un roman, dans l'esprit malade et dérangé d'un écrivain. Mais il y avait des noms, des témoignages, des dates, une documentation, qui prouvaient que tout cela avait été vrai. Sa grand-mère Irina et sa mère, Anna, avaient vécu cet enfer. Et Elías Gil. Velichko lui montra son témoignage et Tania le lut très lentement, reprenant sa respiration, car à chaque phrase elle avait l'impression d'étouffer. Elle dut s'arrêter, sortir, fumer, revenir. Là était décrite toute la vérité, sans dissimulation.

— Cet homme a tué ma grand-mère pour survivre et il a abandonné ma mère ?

Velichko ne dit pas le contraire, mais lui montra qu'en un sens il les avait maintenues en vie à Nazino. Et pendant des années, cet homme s'était assuré qu'Anna ne manque de rien. Il l'avait cherchée dans la moitié de l'Union soviétique.

— Si nous avons pu sortir d'Union soviétique, c'est grâce à lui.

Tania insista pour faire sa connaissance, mais Velichko l'en découragea.

— Il est mort. Il est mort dans l'été 1967.

Vassili lui raconta ce qui s'était passé au lac lors de la fête de la Saint-Jean. Il lui expliqua pourquoi ce policier, Alcázar, était un ami de sa mère, et pourquoi depuis ce jour-là ils avaient tous trois décidé qu'on ne reparlerait plus jamais d'Elías Gil. Lui, il avait rompu ce pacte parce qu'il était le plus vieux des trois et ne vivrait guère plus longtemps (une décennie plus tard, Velichko tenait toujours la barre du Flight, tant bien que mal), et parce qu'il le devait à Elías. Mais le même jour, il demanda à Tania de jurer qu'elle ne reparlerait pas de cela avant qu'il meure, ce qui la délierait de sa promesse.

Tania promit et tint parole, mais ne renonça jamais à enquêter sur cet homme et sur son histoire.

Sa vie quotidienne, ses voyages continuels, ses expositions et ses propres problèmes sentimentaux l'éloignaient de ce passé que sa mère préférait passer sous silence. Elle ne lui dit même pas qu'en 1994 elle était allée voir cette île misérable, où ne persistait comme souvenir de ces événements qu'une maigre croix de métal rouillé avec cette inscription énigmatique :

Comme preuve de l'inouï pour les incrédules.

Le village de Nazino avait été transféré sur l'autre rive et Tania était allée en bateau jusqu'à l'îlot. La plage était marécageuse, exclusivement peuplée de nuées d'insectes, il y avait très peu de végétation et quand elle demanda au marinier ce qui s'était passé dans cet endroit, il haussa les épaules.

— Des histoires du passé.

Lors de ce voyage, Tania utilisa deux pellicules qu'elle conservait précieusement. Elle avait du mal à tenir sa promesse, mais elle ne voulait pas trahir Velichko. Elle ne montrerait jamais ces photos du vivant de son oncle.

Mais en octobre 2001, tout changea. Presque dix ans s'étaient écoulés depuis la confession de Velichko. Tania était assise devant la télévision quand aux informations on parla de l'assassinat d'un prétendu mafieux russe. On disait que la femme qui avait commis ce crime était une sous-inspectrice de police, qui aurait tué le Russe pour se venger de l'assassinat de son propre fils. Une histoire incroyable, un peu trop compliquée pour être expédiée en trente secondes, mais elle n'y aurait pas prêté attention si n'était apparu l'inspecteur Alcázar, l'ami de sa mère, qui avait été chargé de l'enquête. Elle monta le son et écouta toute l'histoire de la bouche de cet inspecteur. La sous-inspectrice s'appelait Laura Gil et elle était la fille d'un communiste connu qui avait été célèbre dans les années 1950 chez les exilés français et qui avait disparu dans des circonstances étranges en 1967.

Tania dévala l'escalier et trouva sa mère derrière le comptoir de la librairie. Elle regardait les mêmes informations sur un petit téléviseur portable. Décomposée, elle releva le menton et regarda sa fille.

— Je pense que le moment est venu que nous parlions, murmura-t-elle.

Pourquoi n'avait-elle pas écouté sa mère ? Pour quelle raison avait-elle décidé à ses risques et périls de se rapprocher de Gonzalo, de l'espionner, de suivre ses pas et de chercher à tout savoir sur lui ? Qu'espérait-elle ? Que cherchait-elle ? Au début, elle avait sans doute envie de comprendre les démons qui accompagnaient sa mère depuis son enfance. C'était à cause de cet homme, Elías, que sa mère était tombée entre les mains d'Igor Stern (Anna lui avait confirmé que l'histoire de Velichko n'était qu'en partie vraie ; le vieux avait omis de lui raconter l'enfer qu'avait connu sa mère après qu'Elías l'avait échangée contre sa propre vie). Elle était révoltée par l'image contrite et héroïque de ce jour-là à Collioure, quand elle ne savait pas encore que cette vieille dame et son fils adoraient un monstre. Mais au fil des mois, quelque chose s'était produit en elle comme en lui. Et cela n'avait plus rien à voir avec la mémoire ni avec les outrages du passé.

Étendue sur le lit, seule, Tania caressa les draps froissés où ils avaient fait l'amour. Pendant tout ce temps, il l'avait regardée fixement avec cette braise à demi étouffée au fond du regard, comme s'il voulait la transpercer, comme s'il lui demandait de l'aide pour redevenir celui qui restait dans cette flamme, au fond de lui-même.

Tania se recroquevilla, enlaçant l'oreiller qui avait gardé son odeur, elle pensa aux cicatrices et aux plaies qu'elle avait embrassées avec une patience infinie, elle revécut avec une vive angoisse la scène où Atxaga le frappait sur le parking, la sensation de perte, la colère qui était montée de ses entrailles et le désir de le protéger.

Était-ce possible ? Devenait-elle amoureuse de lui ? Ou cherchait-elle seulement à s'approprier le fantôme de son père ?

19

Barcelone, mars 1938

Elías Gil grimpa sur le tas de ruines fumantes et observa les méfaits de la bombe qui était tombée à midi à l'angle des rues Balmes et de Las Cortes.

La scène était dantesque : le projectile lancé par le Savoia-Marchetti italien avait creusé un cratère noir de plusieurs mètres et crevé une canalisation d'eau qui projetait un véritable geyser en l'air. Quelques mètres plus loin, le camion militaire chargé d'explosifs brûlait, réduit à un amas de ferraille. Les grenades et autres munitions continuaient d'exploser, ce qui rendait impossible d'approcher les corps éventrés. La déflagration avait été impressionnante, les fenêtres de plusieurs pâtés de maisons alentour avaient été réduites en miettes et formaient une mer de bouts de verre coupants ; les réverbères avaient fondu, comme de la vulgaire pâte à modeler, et les arbres avaient été dépecés ou arrachés. Certains brûlaient encore comme des torches. Un car chargé de passagers avait été touché par l'onde de choc, il s'était renversé et avait pris feu. Les victimes étaient innombrables et les blessés criaient, leurs lamentations et leurs hurlements se confondaient avec les sirènes du service de défense antiaérienne impuissant. Partout, il y avait des restes humains qui ne pourraient jamais être identifiés.

Des bombardements de ce genre se succédaient depuis trois jours, et ils ne touchaient plus seulement la zone portuaire ou industrielle. Mussolini avait donné l'ordre à ses escadrilles de bombardiers Savoia-Marchetti SM-79, basés à Majorque, de se concentrer sur la population civile, et Franco ne s'y était pas opposé. On attaquait le centre, les rues Entenza, Córcega, Marina, en plus des quartiers populeux de la Sagrera, de San Gervasio ou de San Andrés. On avait comptabilisé treize attaques successives et indiscriminées. Les scènes d'enfants massacrés sur la place San Felipe Neri, les tramways renversés pleins d'ouvriers tués, les bateaux coulés dans les bassins du port, tout cela n'avait qu'un seul objectif : porter la guerre et l'odeur de la défaite prochaine jusqu'aux maîtresses de maison, aux collèges, aux commerçants, aux enfants qui jouaient dans la rue, à ceux qui faisaient la queue au cinéma ou se promenaient main dans la main dans les jardins de Horta. Personne n'était à l'abri, absolument personne. Et ni le gouvernement de Negrín, réfugié dans la ville, ni les Brigades internationales, prêtes à quitter l'Espagne, ni les colonnes de l'armée républicaine en retraite sur tous les fronts, ne pouvaient s'y opposer.

La guerre était perdue. Il restait à savoir combien de temps allait durer l'agonie.

La propagande officielle ne valait plus rien, pas plus que les communiqués de presse condamnant les attaques avec une grandiloquence stérile et implorant l'aide internationale, qui dans le meilleur des cas n'irait pas au-delà de quelques condamnations émises par des ambassades qui s'apprêtaient déjà à négocier avec le gouvernement factieux installé à Burgos.

— Le service de défense annonce que deux appareils italiens ont été abattus. L'un est tombé sur le Campo de la Bota et l'autre s'est abîmé en mer.

— On a récupéré le corps des pilotes ?

L'assistant d'Elías était un jeune exalté, un membre de la CNT qui, après les événements de 1937, n'avait pas hésité à adhérer au PSUC et à dénoncer ses ex-camarades du syndicat. Boulanger de profession, il avait trouvé sa véritable vocation au service d'intelligence militaire. Sa spécialité : les détenus de la tchéka de la rue Muntaner, le Préventorium D où le SIM avait installé son quartier général. On l'appelait Chaîne, car c'était un spécialiste du collier électrique qu'on utilisait pour les interrogatoires de certains détenus. Et il était fier de ce surnom.

— Non. Mais nous avons pris un collabo vivant. On l'a trouvé dans une chambre de l'hôtel Colón, avec un transmetteur portatif et des cartes de la ville avec des objectifs signalés. Il a été transféré à la Tamarita.

Son sourire de chien enragé porta sur les nerfs d'Elías.

La Tamarita était une enclave essentielle du SIM à Barcelone. Elle se trouvait sur l'avenue del Doctor Andreu, au carrefour avec la rue Císter, loin du regard des curieux. Presque tout le personnel était soviétique, des hommes de confiance qu'Orlov et Gerö avaient désignés avant de rentrer à Moscou. Le bâtiment pouvait passer pour une de ces constructions bourgeoises qui, au début du XIXe siècle, avaient proliféré grâce à la traite des esclaves à Cuba, au café et à la canne à sucre. Les jardins qui entouraient l'entrée principale étaient bien entretenus, les roses, les œillets et les jasmins créaient une apparence de bonhomie qui n'était démentie qu'en s'approchant de la façade principale et en découvrant les retranchements de sacs de terre qui protégeaient portes et fenêtres. Bien qu'Elías soit officiellement lieutenant, il n'avait jamais revêtu l'uniforme. Son travail ne l'exigeait pas, et il n'eut pas à montrer sa carte d'identité au contrôle. Tous, au SIM, avaient entendu parler de cet Asturien taciturne, dur et efficace, qu'on reconnaissait à son bandeau noir sur l'œil droit et à l'expression vide de son œil sain.

Le prisonnier de la cinquième colonne était déjà passé par la cloche. C'était une invention en forme de tiroir en béton, pas plus grand qu'un sarcophage, dans lequel on introduisait les détenus, parfois pendant des heures. Il était impossible de se tenir debout et on les obligeait à écouter de façon ininterrompue une musique stridente, des cris et des sonnettes qui finissaient par les rendre fous. Il y avait d'autres horreurs à la Tamarita, comme la chaise électrique (la préférée du jeune assistant d'Elías), où on appliquait des décharges aux pieds, aux paupières, à l'anus et aux testicules, ou la Glacière, où on soumettait les interrogés à des douches glacées. L'individu qui entrait dans ces sous-sols, qui en d'autres temps hébergeaient les services d'intendance de la maison, avait peu de chances d'en ressortir vivant, et s'il y parvenait, naturellement il y avait laissé sa santé mentale.

Le détenu était jeune, blessé au bras. Il saignait, mais personne ne s'était préoccupé de le soigner. Il fut amené à Elías, nu, tremblant de froid et de peur. Surtout de peur. On l'avait abondamment frappé à coups de verges en caoutchouc, et on lui avait fait sauter quelques dents à coups de pied. Il tenait à peine debout et si les gardes ne l'avaient tenu sous les aisselles, il se serait effondré.

En le voyant, Elías se sentit écœuré, mais il se rappela les scènes du bombardement, les corps mutilés, les cris des innocents, et il s'enhardit. Le feu de sa colère fut aussi ravivé par le souvenir du jour où on l'avait arrêté à Moscou, du fonctionnaire qui l'avait interrogé et qui l'avait obligé à signer sa confession en échange d'un misérable verre d'eau.

— Qu'as-tu à dire ?

L'homme refusait de le regarder en face, ou plus simplement il n'avait plus la force de relever la tête. Elías l'attrapa par les cheveux et tira vers le haut. Soudain, dans cet amas de chair meurtrie et de sang il devina la lueur d'un regard terrorisé, une lumière qui baissait lentement et qui bientôt s'éteindrait. Et dans cette lueur ténue, dans ce reflet involontaire, il reconnut quelqu'un.

Il ordonna qu'on le transfère dans une cellule qui ne soit pas un cachot de punition et donna des instructions claires pour qu'il ne soit plus maltraité.

— Faites venir un médecin et nourrissez-le. Quand il ira mieux, je veux l'interroger moi-même.

Plusieurs minutes après qu'on eut remmené le détenu, Elías Gil contemplait toujours le filet de sang que ses pieds avaient tracé sur le sol.

La voiture du SIM le déposa devant chez lui et il donna l'ordre qu'on passe le prendre à six heures du matin. Il était onze heures du soir. Il travaillerait encore jusqu'à l'aube dans son petit bureau, où s'accumulaient les dossiers du Tribunal populaire contre les actes de trahison. La plupart de ces dossiers ne bénéficiaient d'aucune garantie judiciaire, et Elías le savait. Ce qui ne l'empêchait pas de les renvoyer sans délai au ministère pour que celui-ci ratifie les ordres d'incarcération et, assez souvent, de condamnation à mort. C'était une démarche purement formelle ; souvent, quand arrivait l'accord du ministère, les exécutions avaient déjà eu lieu. Depuis combien de temps durait cette saignée ? Il y avait à peine un an que Gerö et Orlov l'avaient obligé à accuser le consul Antonov, mais il avait le sentiment qu'un millénaire s'était écoulé. C'était maintenant la guerre ouverte contre les anarchistes, à Barcelone, contre le POUM et contre tout opposant à l'effort de guerre contre le fascisme, disait Gerö. Le prétexte obligé pour une purge qui avait décapité toutes les hydres de l'opposition aux thèses staliniennes de Negrín.

Ils avaient vaincu, le PC occupait tous les postes clés de l'armée et du gouvernement, mais il régnait sur un champ de morts et de cendres. À l'approche des troupes de Franco, et devant l'évidence que, tôt ou tard, Barcelone allait tomber, les phalangistes et les collabos de l'arrière proliféraient et s'enhardissaient. La tâche d'Elías était de les découvrir et de les exterminer. Mais il était débordé. Combien de temps encore devrait-il prolonger cette tuerie, cette souffrance, avant de se rendre à l'évidence? Jusqu'à la dernière goutte de sang. Telle était la consigne de Moscou. Jusqu'à la dernière goutte de sang qui n'était pas le leur, mais celui de ceux qui jour après jour voyaient le ciel s'obscurcir sur leur tête.

Il trouva Esperanza au lit. Elle se remettait à peine d'une fausse couche, étendue sur le côté, la tête tournée vers le mur. Le regard d'Elías se posa un instant sur son jeune corps dont il devinait les hanches et les cuisses sous la couverture.

— Tu dors?

Esperanza se retourna et le regarda avec cette sorte de sérénité indifférente qu'elle avait adoptée depuis son hémorragie. L'enfant ne s'était pas fixé, telle fut l'explication du médecin. Et cette expression tomba sur eux deux comme la foudre qui casse un tronc en deux. Il ne s'était pas fixé, il n'avait pas voulu s'accrocher à cette matrice qui lui promettait une existence, il avait préféré se retirer avant d'être un peu plus qu'une promesse. Elías avait vu le fœtus de cinq mois, presque formé, presque un bébé entier. Il avait un cœur, des poumons, une petite bouche violette. "C'est mieux ainsi, pensait-il maintenant. À quoi bon naître dans un tel monde? Pour finir comme les enfants de la place San Felipe Neri?" Tant d'efforts pour qu'une bombe avec un bruit de pétard déchire ses illusions et celles de ses parents.

Il n'avait jamais dit ce qu'il pensait à Esperanza, ni le soulagement triste qu'il avait éprouvé quand la sage-femme avait enveloppé le bébé dans un drap et l'avait emporté on ne savait où. Elle lui aurait arraché le seul œil qui lui restait avec les ongles, elle l'aurait méprisé à jamais. À juste raison. Le médecin l'avait consolée, lui avait dit qu'elle était forte (c'est l'enfant qui n'avait pas eu assez de volonté pour grandir), qu'elle aurait autant de rejetons qu'elle le voudrait ou pourrait en supporter. Question de temps. Mais le temps passait et elle, sa petite Russe, ne se remettait pas. Elle préférait rester prostrée dans son lit, serrant ce ventre qui ne cachait plus qu'une impossibilité.

Elías s'était demandé s'il n'allait pas la renvoyer à Moscou. La situation empirait dans les rues, la débandade n'allait pas tarder et tout deviendrait difficile. Mais il existait une autre raison pour laquelle, parfois, il désirait se débarrasser d'elle. Il avait cru que son amour suffirait pour eux deux, et qu'avec le temps (cette promesse incertaine qui ne se réalisait jamais) Esperanza lui ferait oublier Nazino, Irina, Anna, et ce qu'il avait fait pour rester en vie. Il pensa qu'il y parviendrait quand elle riait et le faisait rire, quand ils faisaient l'amour d'une façon qui voulait remplir le présent et ne pas laisser de place au passé. Il avait savouré ces premiers mois, le passé semblait très loin, même s'il était au coin de la rue.

Quand il apprit qu'elle était enceinte, Elías eut peur, pas celle qu'il avait éprouvée en Sibérie. Celle-ci était nouvelle, elle palpitait sous la paume de sa main chaque fois qu'il touchait le ventre d'Esperanza qui grossissait. Il avait peur de l'avenir, de la possibilité d'être heureux, il se sentait en faute, comme s'il ne méritait surtout pas cette perspective. La fausse couche le délivra de cette peur, lui confirma ce qu'il savait déjà, qu'il ne connaîtrait jamais la rédemption de la paix et du repos.

Il s'adonna alors au travail avec un enthousiasme féroce. Un enthousiasme qui n'avait rien à voir avec ces sales bêtes crasseuses qui lui servaient d'assistants, ni avec la muflerie robotisée des fonctionnaires à son service. Sa ferveur était froide, méthodique, exhaustive et implacable. Et c'est ce qui le rendait redoutable. Elles étaient célèbres dans toutes les tchékas de Barcelone et de Madrid, ces longues nuits d'interrogatoires où le lieutenant Gil, *le Cyclope*, comme on commençait à l'appeler, marchait de long en large en ouvrant et refermant machinalement le médaillon qu'il sortait de sa poche. Personne ne savait qui était, sur cette photo, la jeune femme tenant sa fille dans ses bras qu'Elías contemplait avec distance, avant de concentrer son œil au vitriol sur l'interrogé. On disait que c'était sa mère et une sœur, mortes au moment de la révolte des Asturies en 1934, d'autres imaginaient que c'était une maîtresse et une fille illégitime, mais on ne sut jamais la vérité. Elías ne parlait jamais de son passé ni de sa vie. En réalité, il ne parlait de rien, hormis le travail en cours.

C'est à cette époque qu'apparurent les migraines terribles qui lui vrillaient le cerveau et lui donnaient l'impression que chaque fibre de ses articulations était comme du sable. Les spécialistes de l'armée lui confirmèrent que le nerf optique de son œil perdu n'avait jamais été bien soigné, en dépit des efforts d'Irina et de ses cataplasmes, et qu'il devrait supporter ces douleurs, intermittentes mais dévastatrices, toute sa vie. Quand survenait une de ces crises, la douleur bouillait à l'intérieur et se déversait comme une vague de feu sur son orbite vide, à croire que l'œil perdu voulait se reconstituer et regarder, du fond de sa cavité obscure. Il haïssait alors plus que jamais Igor Stern et tous ceux qui étaient autour de lui, Esperanza comprise.

C'était surtout elle qui était l'objet de sa colère, il lui criait de ne pas faire le moindre bruit, la forçait à rester tranquille pendant des heures, dans le noir, l'insultait en russe, la prenait parfois avec brutalité, comme si les images de Sibérie, de ce loup qui avait voulu emporter Anna, étaient de nouveau réelles. Il délirait, devenait fou, cassait tout ce qu'il trouvait sur son passage (meubles, bouteilles, livres…, femmes et hommes aussi). Seul l'alcool, à doses de plus en plus fortes, et un médicament à base de laudanum parvenaient à le calmer pendant quelques heures, le laissant dans un état de prostration qu'en ces temps de guerre il ne pouvait pas se permettre.

Et quand cette vague était passée, il constatait avec désolation toutes les destructions dont il était la cause. Il demandait pardon à Esperanza, et sa femme, peinée mais fermement accrochée à l'amour qu'elle avait pour lui, lui promettait que jamais, quoi qu'il arrive, elle ne le quitterait ni le craindrait.

— Ce n'est pas toi. Ce sont elles, elles qui te détruisent, disait-elle en montrant avec amertume l'image d'Irina et de sa fille Anna sur le médaillon.

Parfois, il restait des semaines sans rentrer, surtout après une de ces crises. Il avait honte, il se cachait dans son bureau de la rue Muntaner, où le SIM avait installé son siège, il travaillait jusqu'à épuisement pour ne pas penser. Et plus il se sentait sale et vide, plus il évitait Esperanza, et plus il s'enfonçait dans ce puits qui, pensait-il, était le lieu qui lui convenait.

Comme beaucoup de ses hommes, pour qui le travail de boucher était dur, il cachait sa nostalgie dans un des tripots du quartier de la Barceloneta où la prostitution était encore tolérée ; Elías fréquentait le Gat Negre, une gargote de la rue de la Sal, tenue par une bonne femme qui aurait fait les délices de Rubens, beaucoup d'années et beaucoup de chair, une Catalane de Lérida aux traits de femme cordouane, brune, cheveux très longs et langue acérée, qui gouvernait d'une main ferme une demi-douzaine de malheureuses. Depuis les bombardements par mer du début de l'année, une grande partie du quartier avait été évacuée, mais les odalisques languissantes du Gat Negre avaient refusé de partir. Elles déambulaient dans les rues à la tombée de la nuit au milieu des sacs de terre, des bâtiments en ruine et des montagnes de décombres et de gravats, et elles s'offraient comme les reines du néant, dans leur robe pleine de poussière, déchirée et ravaudée, montrant leurs cuisses et leur peau mate dans le décolleté, refusant d'accepter la fin des temps.

Elías n'y allait pas pour le sexe, ni pour la boisson. La tenancière du Gat Negre avait quelque chose de plus intéressant pour lui : des informations. Cette grosse femme était une communiste perspicace et convaincue, qu'il avait recrutée pour le service clandestin d'information.

— Les hommes sont plus enclins à se confesser sur l'autel d'une chatte que sur celui d'un curé, disait-elle avec un accent des bas quartiers nullement affecté.

En effet, après le coït, les hommes les plus rudes pleuraient comme des enfants entre les cuisses en sueur des hétaïres, et pour une promesse de plaisir ils étaient capables de vendre la République. Les hommes sont seuls devant le ventre d'une femme qui sait les aimer : à quoi bon les uniformes, les pistolets ou les drapeaux ! Un homme nu est, devant une femme nue, une patrie sans frontières.

Pour cette même raison, beaucoup d'entre eux étaient allés directement des lits du Gat Negre au bateau-prison *Villa de Madrid* ou *Uruguay*, parfois sans même avoir le temps de se rhabiller et de cacher leurs parties honteuses.

— Ils viennent tous boire ici, dit la femme en montrant son entrejambe. Fascistes italiens, nazis, phalangistes, monarchistes, assidus de la messe du dimanche, curés, sans oublier les anarchistes, les communistes et les socialistes. Tous apaisent leur soif et tous demandent à être écoutés.

Elías tolérait certaines choses, nécessaires en échange des services que cette grande putain lui rendait. Trafic de morphine, de passeports, marché noir et tickets de rationnement. Il savait que la tenancière préparait des fonds qu'elle enverrait en France si les choses empiraient. Il ne l'arrêterait pas, ne l'accuserait pas de désertion. Chacun devait survivre à sa façon.

— Le bruit court déjà qu'Uribarri s'est enfui en France avec un tas de millions et beaucoup de documents compromettants.

Elías ne démentit pas. Jusqu'en février de cette année-là, Manuel Irubarri avait été le chef du SIM. Ancien socialiste, chef de milice, il était resté trois mois à ce poste avant de s'enfuir avec une fortune en bijoux et en argent. Le nouveau chef était un bleu de vingt-deux ans qui avait été plus ou moins mêlé à l'assassinat de Calvo Sotelo en 1936. La mort de ce politicien avait été le détonateur du soulèvement franquiste. Un prétexte, bien sûr. Mais la Brigade motorisée avait ouvert la voie aux putschistes.

— Et toi ? Tu ne vas pas abandonner le navire avec cette jolie femme que tu as ? Je parie qu'à Moscou t'attend un tas de médailles.

— Tu ne sais pas qu'on peut vous fusiller pour défaitisme ?

La grande putain avait des relents d'humanité, peut-être parce qu'elle avait abusé de la morphine ce soir-là. Ses yeux vitreux transpiraient la bonne humeur et, chose inhabituelle chez cette femme, qui ne couchait pas avec n'importe qui, elle avait tâté deux ou trois fois l'entrejambe d'Elías.

— Que ne donnerais-je pour lécher cette obscurité, ajouta-t-elle, obscène et souriante, en effleurant le bandeau de cuir du lieutenant.

Elías écarta brusquement ces ongles qui, à une époque éloignée, avaient dû s'enfoncer dans plus d'un dos, mais qui aujourd'hui n'inspiraient plus qu'une vague répugnance.

— Tu as encore des sauf-conduits de la zone rebelle ?

La tenancière lui lança un regard tempétueux et trouble. D'un côté, elle redoutait un piège. Était-elle allée trop loin avec le lieutenant ? Ce qu'on disait était-il vrai, qu'il n'avait plus de cœur, parce qu'un loup le lui avait arraché en Sibérie ? De l'autre, elle entrevoyait une possibilité, risquée certes, très risquée.

— Avec tampons et sceaux officiels. J'ai aussi des passeports : portugais, français, anglais et américains… Tu le sais : je garde toutes les clés qui peuvent ouvrir une porte. Pourquoi cette question?

Partout, dans les époques troublées, ce genre de personnes surnageaient. Comme les champignons vénéneux après la pluie d'automne. Charognards, hyènes, vautours, survivants, des gens qui dans des circonstances normales ne se remarqueraient jamais (que pouvait bien faire cette matrone avant la guerre?), mais qui, une fois le chaos venu, se débrouillaient mieux que leurs congénères. À Nazino, Elías avait été une de ces personnes, comme Michael et Martin, à leur façon, ou même Igor Stern.

— Ce n'est pas pour moi.

— Je n'ai jamais dit une chose pareille.

— Toi, non. Mais ton regard, si.

— Et tu vas m'arracher les yeux pour ça?

— Ne me tente pas.

Il ne plaisantait pas, et elle en avait conscience. Elle recula et même si ses mouvements conservaient la lenteur calculée de la drogue, sa peau avait légèrement pâli.

— Dis-moi ce dont tu as besoin.

— Des sauf-conduits et des papiers pour deux adultes et un enfant d'un an. Je vais te donner les prénoms, les noms et les photographies nécessaires.

— Tu en as besoin pour quand?

— Pour tout de suite.

La villa de la rue Muntaner était mieux que la Tamarita, ce qui signifiait simplement qu'elle n'était pas pire. Les cellules occupaient le rez-de-chaussée, le sous-sol et le garage. C'étaient des réduits minuscules, peints de couleurs stridentes, et le sol avait 20 ou 30 % d'inclinaison, comme le banc en béton qui tenait lieu de grabat, moyennant quoi il était littéralement impossible de se tenir debout. En outre, le sol était hérissé de briques saillantes et on obligeait les détenus à se déchausser. Le seul coin possible où rester debout, c'était près du judas de la porte où, toutes les cinq minutes, apparaissait le regard scrutateur d'un garde. Il y avait des odeurs d'excréments et de crasse et le simple fait de respirer était déjà un risque de maladie.

Pour on ne sait quelle raison, ce représentant de la cinquième colonne, arrêté à l'hôtel Colón, resta dans ces lieux une demi-heure avant d'être sorti et menotté. Les gardes le traitèrent sèchement mais, conformément aux ordres de l'officier du SIM, personne ne porta plus les mains sur lui. On lui avait donné des vêtements, pas neufs mais relativement propres. "Les vêtements d'un mort", pensa-t-il en bouclant la ceinture un peu trop grande. Un médecin avait désinfecté sa blessure au bras et l'avait recousue efficacement, mais sans délicatesse, sans cesser de dire que c'était une perte de temps. Tout cela pour finir ce soir au fond d'un fossé de la route de la Arrabassada, avec une balle dans la nuque, dit-il comme s'il avait parlé du temps.

Dire qu'il se moquait de mourir était un mensonge qu'il était prêt à croire. Il savait les risques qu'il prenait en adhérant à une cellule de la Phalange à l'arrière, et en passant les infos à l'aviation italienne par l'intermédiaire des infiltrés de l'avant-garde qui l'avaient joint par d'étranges moyens. Oui, la mort était là, c'était une possibilité. Mais jusqu'à présent, ce n'était pas une réalité. Elle arrivait comme une carriole à cheval, une voiture ou un tramway qui renversait un piéton. La mort était possible, mais par miracle elle n'arrivait qu'aux autres. Des collègues étaient tombés aux mains du SIM, mais par incapacité ou maladresse, alors que, lui, il savait se protéger.

Il était prudent à l'extrême, il avait une formation militaire, et sa courte expérience dans la Garde civile (où il était entré en 1935, après les événements des Asturies) lui donnait un avantage. Aussi était-il convaincu que l'inévitable passerait au large. Jusqu'à ce qu'il voie la porte de sa chambre à l'hôtel Colón terrassée d'un coup de pied et un concierge furieux pointer sur lui un doigt accusateur. Il n'eut même pas le temps de cacher son équipement de transmission ni de lancer un message chiffré pour alerter les autres. Car il n'était pas le seul, il y en avait partout, dans les quartiers, les écoles, et même dans la police. Ils devaient juste tenir encore un peu, les encourageait-on à Burgos. Un peu.

Et maintenant, pendant qu'on le poussait dans l'escalier du premier étage, il transpirait en pensant à ce qui l'attendait. Combien de temps allait-il résister à la douleur et à la torture avant de dénoncer les autres ? Il espérait seulement qu'ils auraient le temps de se mettre à l'abri. Parce qu'il parlerait. Aucun doute là-dessus. Il priait seulement pour qu'ils n'aient pas trouvé la ferme où se cachaient sa femme et son fils, près de Sant Celoni. Il les avait emmenés là-bas, à plus de quarante kilomètres de Barcelone, pour les maintenir à l'écart et ne pas avoir à écouter les reproches de son épouse. Elle ne comprenait pas qu'il mette leur vie en danger pour un idéal, comme elle n'avait pas voulu comprendre qu'il accepte ce poste de brigadier dans la Garde civile ; alors qu'il avait fait des études d'ingénieur et qu'il pouvait construire des ponts et des routes.

Arrivé en haut des marches, aveuglé par le faisceau d'un puissant projecteur, il se demanda si tout ce qui allait se passer en valait vraiment la peine. Il n'eut pas le courage de répondre par l'affirmative, même timidement. Il regrettait d'avoir rencontré José Antonio Primo de Rivera dans ce meeting du Palace à Madrid, en 1931, de s'être laissé séduire par ses amis de l'université (des bourgeois catholiques, des gens qui n'avaient rien à voir avec le passé minier de sa famille) grâce à leurs beaux sourires, leurs beaux vêtements et leurs belles idées sur le fascisme qui, après tout, n'aspirait qu'au bonheur de l'homme. Des hommes comme eux. Ordre et patrie n'étaient encore que des mots creux, aussi creux que le son des pas vacillants qui le menaient à la torture. Il sentit ses tripes se nouer et pria Dieu qu'au moins on lui accorde la décence de ne pas faire sous lui et de ne pas être un objet de raillerie de la part de ses bourreaux.

La tête penchée sur un dossier, sur lequel il vit avec horreur son véritable nom, Ramón Alcázar Suñer, l'officier du SIM tenait une cigarette, le pouce sur la tempe et un filet de fumée montant en boucles bleutées vers le plafond écaillé. Quand il le jugea bon, l'officier releva la tête et dévisagea le prisonnier un bon moment. Puis il écrasa son mégot dans le cendrier en verre et ordonna aux gardes de les laisser seuls.

— Je ne savais pas que tu étais marié.

Cette affirmation, prononcée sur un ton presque cordial, surprit Ramón Alcázar.

— Il est écrit ici que tu as un enfant.

L'autre ne répondit pas, essayant de rester bien droit, mais son menton retombait sur sa poitrine et il avait les yeux cloués au sol.

— Ramón, regarde-moi. Tu ne me reconnais pas ? C'est moi, Elías.

Bouche bée, Ramón Alcázar chercha sur le visage de cet homme un lien avec un nom qui lui semblait impossible. Il avança le menton comme un hibou, incapable de croire à ce qu'il avait toujours eu sous les yeux, mais qu'il n'avait pas su voir, aveuglé par la peur. À la surprise initiale succéda un brin d'espérance, l'idée échevelée que cette vieille amitié d'enfance pouvait être sa planche de salut. Mais il sentait la froideur d'Elías, qui le regardait sans curiosité, sereinement, sans la moindre chaleur.

— Assieds-toi.

Ramón obéit et s'assit en face de lui, le dos légèrement voûté, sans cesser de regarder son ancien ami. Cette rencontre pourrait-elle le sauver ? Ramón en doutait. Elías espérait peut-être l'affaiblir en manifestant une feinte affection, lui éviter les tortures en échange d'une confession rapide qui le mènerait immanquablement à l'exécution.

— Tu as changé, osa-t-il dire.

— N'est-ce pas notre lot à tous ?

Ramón hocha la tête. Il n'aurait jamais imaginé cette situation. Et il ne pouvait fermer les yeux et espérer qu'en les rouvrant l'autre aurait disparu.

— Ne prolongeons pas cet entretien, je t'en supplie. Je ne te dirai rien, tu peux donc ordonner qu'on me fusille séance tenante, au nom du bon vieux temps.

— J'ai entendu dire que tu avais été brigadier dans la Garde civile et que ton père a été secrétaire de Fanjul.

— Tu as bien entendu.

Elías fronça les sourcils.

— Tu aurais dû y rester, Ramón.

— On avait besoin de moi ici.

Elías lui tendit un paquet de photographies qui se répandirent sur la table. C'étaient les visages numérotés des victimes du bombardement de la rue Balmes. Des hommes, des femmes et des enfants qui ne ressemblaient plus à ce qu'ils avaient été.

— Pour faire ça ?

Ramón se détourna, dégoûté.

— Je n'avais pas l'intention de causer toutes ces morts. Je lutte contre les militaires.

— Et que croyais-tu qu'il allait arriver en lançant des bombes de cinq cents kilos au centre d'une ville ?

— Ce n'est pas ce qu'on m'avait dit. Je devais indiquer les emplacements des batteries aériennes, et c'est ce que j'ai fait.

— Et tu n'as aucune responsabilité dans toutes ces morts ? C'est ce que tu veux me dire ?

Ramón lança un regard furibond dans le vide.

— Alors, que me dis-tu des exécutions sommaires dans les tchékas, des bonnes sœurs assassinées à Vallvidrera, des victimes qu'on découvre tous les soirs autour de Barcelone ?

— On ne pèse pas nos consciences sur une balance. Toutes les morts ne sont pas comparables, elles n'ont pas toutes les mêmes raisons.

— Ils s'en moquent, les morts, de savoir s'ils avaient raison ou tort !

— Tu as tes torts et moi les miens. Mais pour le moment, tu es sur cette chaise et moi derrière cette table. Ce qui fait de toi un coupable et de moi un innocent. Demain, ou dans un an, on pourrait avoir la situation inverse. Et cela ne changerait rien à ce que nous avons fait, Ramón.

— Je ne me rappelais pas que tu étais aussi cynique.

— J'essaie seulement de comprendre comment nous en sommes arrivés là. Nous étions supposés vivre notre vie, construire des ponts et des routes, avoir une famille et vieillir entourés de petits-enfants.

— Les idéaux sont au-dessus des considérations personnelles. C'est l'époque qui veut ça, et nous avons pris nos décisions. Qu'importe si nous l'avons fait en conscience ou si nous avons été entraînés par les circonstances.

— Les idéaux ? Dis-moi une chose : si tu pouvais sauver ta peau maintenant, si je t'assurais que je peux vous protéger, toi et ta famille, en échange de ces idéaux, tu y renoncerais ? Tu les échangerais ?... Réfléchis bien avant de me répondre, Ramón. Pense à une mort qui ne sera pas rapide, tu as vu les engins au sous-sol, pense à la souffrance. Et si cela ne suffit pas, compte les années perdues, l'avenir qui n'existera pas, ce que tu ne feras plus avec ton épouse, avec ton fils... Les idéaux peuvent-ils te donner la vie ? Et ces idéaux, quels sont-ils ? Ceux d'une poignée de militaires qui se sentent outragés, parasites, égoïstes et frivoles, de politiciens incompétents, démagogues et incapables, qui jouent avec nos vies comme s'ils étaient des géants abrutis qui piétinent les minuscules et insignifiantes personnes que nous sommes. Les idéaux feront de toi un martyr. Mais il y en a déjà trop. Personne ne se souviendra de toi. Personne.

— Sans idéaux, nous ne sommes que des mercenaires, des corps sans âme, des dépouilles bercées par le vent.

— Tu n'as pas répondu à ma question, Ramón.

Ramón Alcázar Suñer pensa à son épouse et à son fils, cachés et terrifiés dans une ferme, dissimulés aux regards des paysans, car ils craignaient d'être dénoncés. Ils devaient l'attendre, le cœur serré, les nerfs à fleur de peau. Sa femme lui crierait des insanités, le traiterait de blanc-bec, de fou, d'imprudent, l'accuserait d'être égoïste pour avoir mis leur vie en danger. Ramón serait furieux, et refuserait de reconnaître que la présence pleurnicharde de son fils d'un an le rendait nerveux, qu'il se tapait la tête contre les murs et qu'il avait le sang en ébullition quand il entendait les rapports du front à la radio, condamné à rester caché. Les idéaux n'étaient qu'un déguisement, ils l'avaient été depuis le début.

Il connaissait suffisamment le monde pour savoir que les hommes ne changent pas, sauf en pire, que l'enfer est pavé de bonnes intentions et que les temps héroïques sont bons pour les lâches qui méprisent une vie vécue pendant de longues années. Dieu, la patrie, la famille, l'ordre, les grands mots, les mots enthousiastes qui ne valaient pas une balle dans la bouche. Farces, encensements, indécences qui entraînent les cœurs vers cette folie. Oui, il savait tout cela et comme le lui rappelait son épouse sur le ton du reproche (et elle n'avait rien d'une matriarche spartiate), la seule loyauté qui vaille était envers soi-même et sa famille. Et pourtant… Les idéaux, c'était tout ce qu'il possédait.

— C'est trop tard pour nous, tu ne crois pas ? Nous sommes allés trop loin, nous avons trop donné pour reconnaître que nous sommes tous les deux dans l'erreur… Si je dois mourir, que ce soit vite. Je n'ai pas l'intention de collaborer avec toi.

Elías observait son vieil ami avec calme. En dépit de sa volonté manifeste, il était comme un petit oisillon vulnérable coincé entre ses doigts. La mise en mots de cette pensée était seulement la tentative de s'armer d'un courage qu'il ne possédait pas. Elías savait que son ami ne résisterait pas un seul jour à la torture, qu'il suffirait de lui mentionner le lieu où se cachaient sa femme et son fils (il les avait localisés, bien sûr) pour le voir s'effondrer comme un château de cartes. La volonté des martyrs n'est pas de mourir sur un bûcher, mais de s'en remettre au miracle d'une épiphanie, d'être sauvés par œuvre divine au dernier instant. Mais tous mouraient brûlés en hurlant de douleur et en faisant sous eux. Seul le temps enterrait leur faiblesse et les transformait en faux exemples. Il avait vu peu d'hommes affronter le sacrifice avec sérénité, et même ceux-ci étaient morts avec un éclair de doute dans leurs pupilles dilatées. Il pensa à Martin et à Michael, à Claude et à cet officier de la garde qui s'était brûlé la cervelle. Chacun d'eux prenait sa décision, et il ne rendait pas le monde meilleur. Le monde ne les prenait pas en compte.

La terre trembla pendant une minute et quelques livres tombèrent des étagères. Les carreaux vibrèrent, mais ne se brisèrent pas. Elías écarta le rideau de la fenêtre. Une énorme colonne de fumée s'élevait au-dessus des pâtés de maisons de la rue Entenza. De petites fulgurances qui laissaient des nuages roses s'élevaient dans le ciel, trop espacées, comme des feux d'artifice rachitiques. C'étaient les batteries antiaériennes, qui ne pouvaient pas atteindre les escadrilles de bombardiers qui volaient à plus de cinq mille mètres et laissaient tomber de façon anarchique leurs grappes de mitraille. Comme une chorégraphie ténébreuse, le son des moteurs à hélice alternait avec les sirènes de pompiers et les explosions.

Là-haut, l'assassinat était une question de précision, une sorte de jeu : atteindre une cour intérieure, pulvériser une tour sur laquelle flottait le drapeau républicain, faire sauter les cages du parc zoologique. Un jour, des années en arrière, Elías avait rêvé d'être un de ces pilotes. Maintenant, tandis que l'éclat des explosions transformait Barcelone en marionnette à la merci du caprice de ces aviateurs, il se réjouissait de ne pas en être un. Il préférait voir la mort de près, la toucher et la flairer, pour ne jamais l'oublier.

À l'est apparurent deux Mosca républicains qui avaient réussi à décoller d'El Prat. Les pilotes avaient peut-être été formés à l'académie de Moscou, et l'un d'eux pouvait être celui qui avait offert son blouson à Katerina en la baptisant Esperanza. Pourvu que ce ne soit pas celui qui pilotait l'appareil qui s'était écrasé contre le brise-lame, laissant derrière lui un sillage de fumée noire. Il se dit que de chez lui, sur sa terrasse, on avait une belle vue sur le front de mer. Esperanza avait dû voir tomber l'avion qui partait en vrille. Il l'imagina, serrant le blouson contre elle et pleurant en silence.

— Tu as raison, dit-il en se tournant vers Ramón. Nous devons choisir une raison de lutter, et penser qu'elle est juste, même si cette prétendue justice ne sert qu'à bâillonner nos actes. Même si nos actes ne servent à rien, nous devons les accomplir.

Le regard d'Elías transperça Ramón, qui frissonna. Il ouvrit la porte et appela les gardes.

— Remmenez-le en bas et enfermez-le dans le cachot. Effacez son inscription sur le livre des entrées.

Ramón savait ce que cela signifiait. Il n'aurait pas de jugement. On allait tout simplement l'exécuter.

La nuit vint, et avec elle toutes les horreurs qui l'accompagnaient. Peu de gens étaient exécutés au grand jour, comme si les assassins et les bourreaux étaient conscients de leur faute et cherchaient à la cacher. La nuit était le territoire des morts, des gens qui tombaient des terrasses, des cris dans les sous-sols, des détonations au fond des ruelles et des coups de poignard sous les porches. Et des promenades en voiture jusqu'à la route de Rovira ou de Las Aguas, les phares d'une voiture éclairant le talus, le front plaqué contre la roche, les mains attachées dans le dos.

La nuit semait la terre de cadavres qu'un camion ramassait tous les matins pour remplir les morgues de corps numérotés et étiquetés, puis exposés pendant quelques jours, une foire macabre où pères, mères, fils et filles cherchaient le gros lot de leur loterie, serrant les dents pour ne pas le trouver. Le monde se gorgeait de cynisme et de chants révolutionnaires d'un côté, de prières à mi-voix de l'autre. Mais la plupart des hommes, comme Ramón, attendaient en silence, la pensée atrophiée, accablée par cette évidence fatale, et pourtant inconcevable, que cela ne pouvait pas leur arriver. Les yeux obliques, au fond des cernes bleutés, atrocement attentifs au son d'un verrou, d'un pas, d'un ordre lancé derrière la porte, aboyé par une ombre.

— Dehors !

Alors, il était impératif de rassembler toute son énergie pour forcer les jambes à avancer, serrer le sphincter et fermer la gorge. C'était au plus près de la dignité, s'abstenir de toute déclaration de dernière heure. Se contenter de calmer le tourbillon de l'esprit juste assez pour concevoir la pensée dédiée à l'épouse, au fils. Murmurer un pardonne-moi, adressé à on ne sait qui, un je t'aime très bref, une ébauche de sourire pour se réconforter dans cette solitude absolue, pendant qu'il traversait la cour pavée où les hommes détournaient le regard. Coupables, tous coupables. Pourquoi la nuit ? Pourquoi de cette façon, avec cette lâcheté, malgré les fanfaronnades du garde qui le poussait violemment dans la voiture qui l'attendait ? "Donne le souvenir de mes couilles à ton Christ Sauveur." Ce garde aussi avait peur de lui, de sa bestialité, on le voyait à sa cigarette qui tremblait entre ses lèvres, à la haine sans raison qu'il avait vue dans ses pupilles. Ce sera bientôt mon tour, je le sais. Voilà ce qu'elles disaient.

La voiture, conduite par un homme plutôt jeune, en tout cas sa nuque l'était, avec une escorte de deux gardes, prit une direction inconnue. On lui masqua la tête et on l'obligea à s'allonger à plat ventre sur la banquette arrière. On allait aussi lui voler cela, un dernier regard sur la nuit, sur les étoiles, la possibilité de s'inventer un lieu magique, quelque chose après la fosse, là-haut dans le ciel. Non, pour lui, il n'y avait que la puanteur de la capuche et du tissu du siège. Quand un garde alluma une cigarette et ouvrit la fenêtre, il y eut aussi l'odeur des pins, des forêts loin de la ville, la résine, la nuit battant la campagne, fermentant jusqu'au printemps. La voiture s'arrêta longtemps après, mais la notion de temps était trompeuse dans ces circonstances. Il se raccrochait à chaque minute, respirait en étant conscient de chaque respiration, de chaque douleur dans son corps, de chaque détail, comme la démangeaison de la flanelle de la capuche sur ses joues. "C'est maintenant", se dit-il quand on le sortit et qu'on le poussa en avant, le visage masqué et les mains attachées dans le dos.

Mais rien ne se passait. Il entendit le bruit des pneus dans le gravier et il sut que la nuit laiteuse avait succédé à la lumière des phares. Il tendit l'oreille. La nuit, le silence et les pleurs d'une femme, désespérés, proches. Son épouse. Il sentit des mains nerveuses le caresser par-dessus le tissu, comme si elle voulait lui rendre ses traits, entre deux hoquets, il sentit même sa bouche embrasser ce tissu grossier. Une main ferme lui enleva ses menottes et il arracha brutalement sa cagoule et aspira une bouffée d'air, comme s'il émergeait de l'océan. Mais il n'y avait que le firmament constellé d'étoiles, et les reliefs du Montseny au fond, avec le saupoudrage de lumières de Sant Celoni près de la route. Il enlaça son épouse en larmes, comme si elle ne croyait pas que c'était lui. Ramón vit son fils, debout, à côté d'une voiture, tous feux éteints, moteur au ralenti. La main qui le retenait le libéra et le gamin courut maladroitement jusqu'aux jambes de son père.

Elías Gil alluma une cigarette et s'appuya sur le capot. Les hommes qui devaient emmener Ramón jusqu'à la ligne de front et les aider à passer de l'autre côté étaient fiables : mercenaires, trafiquants, contrebandiers à la solde de la tenancière. Il remit les papiers à Ramón sans dire un mot, sans le regarder.

— Vous devriez vous dépêcher. Vous avez du chemin à faire… Encore une chose, Ramón. Ne reviens pas avant que tout soit fini. Tu as largement rempli ta part de héros.

Il regarda la femme et le garçon. Ils ne sauraient jamais que Ramón avait failli se sacrifier pour rien. Ils se rappelleraient cette nuit comme un moment héroïque, qu'ils raconteraient à leurs petits-enfants, et ils seraient fiers de Ramón Alcázar Suñer.

— Pourquoi, Elías ?

Elías haussa les épaules, écrasa son mégot sous sa semelle et se dirigea vers sa voiture. Chacun prenait ses propres décisions. Chaque décision comptait. Il le savait très bien.

Le souvenir d'Irina et d'Anna était là pour le lui rappeler tous les jours.

20

Barcelone, octobre 2002

Sortir de l'hôtel, c'était risquer d'être vu, et Siaka le savait. Mais la saison d'été avait pris fin et ce gros paquebot sous drapeau anglais serait le dernier à mouiller à Barcelone avant de nombreux mois. Ce flot de touristes était trop tentant pour rester en marge.

Assis en terrasse devant les anciens chantiers navals, il les regarda défiler, telles des fourmis insouciantes, en direction de la statue de Christophe Colomb et des Ramblas. Ils étaient comiques, presque attendrissants, avec leurs chapeaux ridicules et décalés, leur peau toute blanche et leur appareil photo, suivant docilement un guide qui brandissait un parapluie fermé pour qu'on le repère. "C'était drôle, se dit Siaka, de les considérer comme des étrangers."

"Après tout, ici c'est ta ville", ajouta-t-il en se levant.

Il avait jeté son dévolu sur une jolie blonde d'âge mûr qui traînait en regardant les bâtiments. Au lieu de mitrailler avec son appareil, elle préférait voir les choses plutôt que de les prendre en photo de façon frénétique.

"Bon pour toi", se dit Siaka.

Il aimait observer les gens et découvrir ce qu'ils ne pouvaient voir d'eux-mêmes. Cette inconnue, par exemple : regard intelligent, trop rêveuse, éprise des apparences, de la grandiloquence des lieux de passage, des possibilités et des promesses vagues. Profession libérale, peut-être avocate, récemment divorcée, un voyage pour cicatriser, en quête de nouveaux horizons, sorte de placebo pour une douleur encore à vif. Sexuellement active, sourire feint, insouciance joyeuse, résultat d'un effort trop évident.

Parfaite.

Ils se quittèrent quelques heures plus tard. Un brin d'ironie dans le regard de la femme. Elle s'était sans doute aperçue que Siaka avait tenté de lui subtiliser son portefeuille pendant qu'elle se rhabillait devant la coiffeuse de la chambre. Elle imagina sa tête en découvrant le contenu de son sac, la peur qu'il avait eue. Une plaque de police de Scotland Yard et un petit automatique 22.

— Détends-toi, je suis en vacances, dit-elle en l'embrassant sur les lèvres et en glissant un billet dans sa poche.

Et elle s'en alla. Il perdait la main, se dit le jeune homme en la regardant s'éloigner dans un taxi. Il n'avait même pas pu savourer le sexe, et pourtant la chambre, louée pour quelques heures, avait été à la hauteur de ses goûts. Draps en satin, peignoir fin, liqueurs et verres sur un plateau d'argent, rideaux de cretonne assortis aux meubles baroques. Son esprit et sa bite étaient en conflit, ils n'allaient plus dans le même sens. L'appel de Gonzalo avait des accents de mauvais augure. L'avocat avait insisté pour le voir dans un bar voisin. Siaka lui avait demandé ce qui se passait, mais Gonzalo n'avait rien voulu dire, sauf qu'il avait découvert qu'Alcázar travaillait pour la Matriochka.

Pourquoi n'était-il pas étonné ? L'inspecteur Alcázar, ex-inspecteur pour être plus précis, ne lui avait jamais semblé très net. Il le soupçonnait depuis un certain temps, et même si Laura ne lui avait jamais rien révélé, il pressentait que la sous-inspectrice n'avait plus confiance en lui. Mais cela ne signifiait pas qu'il ne risquait pas d'être arrêté. Il devenait parano, il avait la sensation persistante qu'on le suivait, qu'on le surveillait, et cette crainte le paralysait.

Humilié par son expérience avec la touriste anglaise, il entra dans la cafétéria où il devait retrouver Gonzalo et commanda un café allongé. Il avait encore du temps avant son rendez-vous.

Il avait besoin de reconsidérer ses choix, il ne pouvait rester dans cet état de tension continuelle, sinon il allait devenir fou.

"Je devrais me tirer, tout de suite."

C'est ce que son instinct ne cessait de lui répéter. File, Siaka, file.

Il pensa à la jolie policière. Elle aurait pu le dénoncer à la sécurité de l'hôtel, pire encore elle aurait pu sortir ce petit jouet argenté et lui tirer dessus. Mais au lieu de cela, elle l'avait traité comme un pauvre gamin espiègle qui méritait son indulgence. Vraiment, il était en baisse de forme.

Cinq minutes après l'heure convenue, il commença à penser que Gonzalo ne viendrait pas. S'était-il dégonflé, ou bien était-il dans un embouteillage ? Il regarda la pendule avec impatience, guettant les entrées et les sorties des clients, recommença au bout de deux minutes, de trois, de quatre, mais le temps n'avançait pas. À chaque saut de l'aiguille des minutes sur la pendule, un cri d'alarme s'amplifiait dans sa tête au point de devenir insupportable.

Il observa discrètement l'homme qui lisait son journal, accoudé au comptoir. C'était peut-être une illusion de Siaka, mais il l'avait surpris deux fois à le regarder fixement et à détourner le visage quand il s'était cru découvert. Peut-être un sbire d'Alcázar, un type à la solde de la Matriochka, ou simplement un mec qui lisait un journal sportif et prenait son café d'un air abattu. Siaka n'avait pas envie de vérifier. Gonzalo était déjà en retard d'un quart d'heure, or l'avocat était toujours ponctuel. Siaka essaya de l'appeler. Mais il n'y avait pas de réseau.

File, Siaka, file, lui criait cette voix qui si souvent l'avait tiré d'affaire. Prends ce train pour Paris et oublie tout ça. Où avait-il donc la tête quand il avait décidé de se laisser entraîner dans ce sac de nœuds ? La peur l'empêchait de voir avec netteté l'image de Roberto et de Laura. Ils étaient morts et il était vivant. Il avait intérêt à foutre le camp immédiatement s'il voulait le rester.

Il reprit son souffle pour contrôler ses pulsations, paya avec le billet que la touriste anglaise lui avait glissé dans la poche (comme un vulgaire prostitué) et observa en douce le type au comptoir en attendant sa monnaie. Il se détendit un peu : il avait l'air inoffensif. Mais on ne sait jamais. Zinoviev lui avait raconté un jour qu'il existe une variété d'araignées presque invisible, dont le venin paralysant peut tuer en quelques heures.

Il sortit et se dirigea vers la bouche de métro. Il se retourna deux fois, parce qu'il avait l'impression d'être suivi, mais il ne vit que des passants occupés à leurs propres affaires.

"Détends-toi, vieux, ou ta tête va exploser."

Et justement, elle explosa. Il sentit l'impact à la nuque au moment où il posait le pied sur la première marche. Une chaleur intense qui se fraya un chemin jusqu'à sa cervelle comme un coup de poing. Il trébucha et roula en bas des marches. Il sentit sa jambe craquer et eut la certitude qu'il s'était cassé le tibia. Il essaya de se protéger avec les mains dans sa chute, mais il ne put éviter l'arête de la dernière marche, qui lui fracassa la tête.

Un premier coup d'œil dans le miroir lui renvoya une image qu'elle aurait préféré effacer. Mais ce n'était plus possible ; elle avait beau cacher la moitié de la vision derrière sa main, en l'écartant Carlos était toujours étendu sur le lit, l'avant-bras sous l'oreiller, la regardant comme si elle était une déesse.

Une déesse? Lola ferma les yeux pour ne plus voir les bavures de son rouge à lèvres et les larmes noires de son Rimmel. Elle se détestait pour ce qu'elle avait fait, elle aurait voulu s'arracher la peau, l'odeur. Elle tendit le bras vers la table de chevet et vida ce qui restait de whisky. "Rien ne change", pensa-t-elle en se méprisant. Le même trou vide, la même impossibilité d'être une autre dans les bras d'un autre. Comme dix-huit ans auparavant, quand elle avait su qu'elle était enceinte de Javier et que Gonzalo n'était pas le père.

— Ça n'est pas arrivé, murmura-t-elle, plus pour elle-même que pour ce jeune homme, même si c'était lui qu'elle regardait.

Carlos avança le bras et lui caressa les vertèbres; Lola frissonna, comme si les doigts étaient de la glace.

— Mais une chose est sûre, Lola, c'est que c'est arrivé. Je t'aime, tu dois le comprendre. Ce n'est pas une passade; tu me plais vraiment. Nous pourrions faire n'importe quoi, partir n'importe où, toi et moi. Oublier le passé.

Il était sincère. Prêt à effacer l'enregistrement qu'il avait fait. Elle ne saurait jamais combien elle avait été proche de sa propre perdition. Il suffisait qu'elle se tourne vers lui et dise oui.

Lola se leva, offrant son corps entier au miroir, ses seins encore fermes, ses hanches étroites, le duvet du pubis encore humide, le ventre lisse. La vision d'une femme en pleine maturité, épanouie. Pourtant, elle se sentait vieille et méprisable. Elle ne savait, ne voulait savoir comment elle s'était laissé convaincre de commettre cette folie. Baiser avec l'ami de son fils dans son propre lit, dans sa propre maison.

Elle pouvait trouver des excuses, dire qu'elle se sentait seule et que deux bouteilles de vin avaient eu raison de son bon sens en laissant Carlos l'embrasser dans le parking du restaurant, en cédant aux doigts qui cherchaient son sein sous sa blouse, en acceptant sa main sur sa vulve, comme une adolescente excitée. Oui, elle pouvait dire qu'elle s'était laissé entraîner par la chaleur, par l'envie de vivre qui régulièrement lui faisait bouillir les sangs. Il n'y avait rien de mal à cela, elle était séduisante et ne voulait pas manquer ce que la vie pouvait lui offrir. C'était l'aventure d'un soir avec un type séduisant, un corps musclé, un cul bien ferme et l'énergie d'un poulain qui veut montrer ce qu'il vaut. Une anecdote comme beaucoup d'autres, qu'elle garderait pour les nuits d'hiver, pour s'exciter dans son lit et se masturber quand la solitude dormirait à côté d'elle.

Mais la vérité était très différente. C'est elle qui avait rendu ce jeu possible, elle qui avait cherché la main de Carlos en toute conscience, sans remords ni culpabilité, jusqu'au moment où, pendant qu'il la pénétrait, elle avait vu devant elle le portrait de ses enfants et de son époux, quand ils étaient heureux, quand elle rêvait d'être comblée en leur compagnie. Et cette vision la confronta à son échec, à ses mensonges, à la fatigue de toutes ces simulations. Et elle fut prise de tristesse en comprenant que son impossibilité d'être heureuse n'avait rien à voir avec l'absence de sexe ou d'amour, ou avec le remords de ce qui s'était passé dix-huit ans plus tôt. Cette impossibilité, c'était elle.

Et maintenant, les mots de Carlos, ses désirs authentiques et naïfs lui donnaient l'impression qu'elle était pire. S'enfuir avec un presque adolescent ! Pour quoi faire ? Pour bazarder sa vie par-dessus bord ? Jusqu'à quand ? Jusqu'à ce que le désir devienne routine, jusqu'à ce que l'évidence de leurs mondes si différents s'impose, jusqu'à vieillir seule et malmenée par les décisions erronées sur lesquelles on ne pouvait plus revenir. Tout ce qu'elle voulait, c'était qu'il s'en aille, arracher les draps et les mettre dans la machine à laver, se doucher, se frotter jusqu'au sang, et oublier.

— Il faut que tu partes. Et cela ne se reproduira plus jamais.

L'obscurité de son visage était effrayante, comme si toute expression en avait été effacée, comme s'il était une toile encore vierge de peinture.

Pendant quelques secondes, Carlos eut l'espoir de voir une particule de lumière sur ces traits, une flamme d'espoir, de reconnaissance au moins. Mais il ne vit qu'indifférence, inquiétude et mépris. Soudain, la chambre de Lola devint claire : le lit en désordre, le jour à travers les rideaux, les photos de famille, les souvenirs et les détails d'une vie où il n'avait pas de place et n'en aurait jamais. Les colliers et les bracelets dans le coffret de la commode, le tapis où s'entassaient leurs vêtements, la bouteille de whisky et les verres à fond épais. Rien de tout cela ne lui appartenait et ne lui appartiendrait jamais. Dans ce tableau, il était un accident, un coup de pinceau qui avait échappé à l'artiste et qui serait effacé sans laisser de traces dès qu'il aurait franchi la porte.

Pauvre imbécile, penser qu'avec elle ce serait différent ! Sa place était dans l'ombre, dans les rues obscures, dans les immeubles victimes de l'aluminose, parmi les putains et les maquereaux. Envisager autre chose était un rêve. Des rêves stupides, des oiseaux dans la tête. Maintenant, il comprenait tout, en contemplant ce corps qui n'avait été qu'un récipient. Ce qui le fit trembler de rage. Il pensa à la petite caméra qu'il avait cachée entre sa chemise et son pantalon : pendant quelques minutes il avait oublié pourquoi il était là. Il pensa qu'il avait réellement joui avec Lola, pas avec son fils. Et il se réjouit de ne pas avoir cédé à la tentation de tout lui expliquer quand, dans un élan, elle lui avait soufflé, la respiration hachée, qu'elle l'aimait.

— Tu en es sûre ? Tu veux vraiment que je m'en aille ?

Lola le regarda avec un mépris souverain.

— Je n'ai jamais été plus sûre de moi.

Carlos s'assit sur le lit et regarda la pointe de ses chaussures sales. L'amour était acceptable à condition de ne pas lui donner une forme, et de le maintenir dans les limites contrôlables de la théorie. Lola n'aurait jamais dû être plus qu'un prénom et un nom, sur une liste ennuyeuse qui s'entassait sur la table, comme son fils Javier. Ils n'étaient rien pour lui, à part un outil nécessaire pour son objectif. Ils signifiaient argent. Données, chiffres, efficacité, finances. Voilà l'important. Mais il était tombé dans le piège de croire qu'il pouvait être différent. Par chance, le regard de Lola l'avait renvoyé à une réalité tangible, en lui faisant sentir dans sa propre chair ce qui n'était jusqu'alors qu'un brouillard, une rumeur lointaine de cris dont il pouvait se débarrasser en refermant la fenêtre. Maintenant, il n'était plus possible d'échapper à l'évidence : il n'était rien pour elle ni pour celles de son milieu, et il en serait toujours ainsi.

Il faillit lui montrer l'enregistrement, la faire chanter, lui demander une bonne somme en échange du secret de son infidélité, comme avec Javier. C'était l'idée, mais maintenant, se disait-il en réfléchissant vite, ce n'était plus seulement une question d'argent, il y avait un enjeu plus personnel. Il lui ferait payer son mépris avec intérêt. Il allait donner à cette femme arrogante une leçon qu'elle ne pourrait plus jamais oublier.

Il s'habilla avec une lenteur méthodique, s'arrangeant pour la mettre mal à l'aise. Il prit son temps, cacha sa caméra et réprima son envie de la regarder avant de s'en aller.

Il savait où trouver Javier.

Il y avait quelque chose d'inquiétant, une sensation sur laquelle Javier n'osait pas mettre un nom. C'était sans doute imperceptible à d'autres, mais il sentait dans le regard de Carlos, dans l'audace de ses paroles, une haine maladive qui jusqu'alors ne s'était pas libérée, mais qui maintenant, pour une raison mystérieuse, s'était entièrement démasquée.

— Qu'y a-t-il de si urgent? Pourquoi sommes-nous ici?

Carlos tournait en rond comme un fauve en cage. Il avait donné rendez-vous à Javier dans un hangar industriel abandonné de la banlieue.

— Tu ne m'as jamais demandé où j'habitais, tu ne t'es jamais intéressé à ma famille ou à mes activités quand je ne suis pas avec toi.

Il regardait Javier avec une sorte de supériorité qui défiait le monde. Comme s'il lui montrait qu'il avait été en enfer et qu'il avait survécu, plus rien ne l'effrayait de la part des hommes, il avait émergé de cet enfer en laissant derrière lui sa nature humaine, en devenant autre chose. Il était meilleur que Javier, il le savait et le lui montrait.

— Alors, bienvenue chez moi.

Javier regarda autour de lui. Il n'y avait rien, hormis de la saleté, des gravats, et au fond, dans un coin, un petit matelas et deux vieilles valises.

— Mais pourquoi me montrer tout cela?

"Pauvre imbécile", se dit Carlos. C'était la grande erreur que Javier avait commise, comme sa mère. Le mépriser, se croire meilleur simplement parce qu'il était plus fortuné.

— Surpris? Tu ne devrais pas prendre cet air dégoûté. Tu sais à quoi ressemble le monde en dehors de ton nombril? Je vais te donner un indice : le moindre faux pas peut te condamner, tu as tout et soudain tu regardes tes mains et tu n'as plus rien. J'aurais pu être comme toi, ou comme toute personne dans ton genre. Mais la chance m'a tourné le dos, un mauvais père, les drogues, les maisons de redressement, des histoires sans importance. On peut condamner un être humain au pire, l'exciter comme un chien et le frapper ; peu importe, il tiendra le coup, à condition qu'il ne perde pas l'espoir qu'un jour sa souffrance prenne fin. Sans cet espoir, l'immense majorité démissionne et s'éteint irrémédiablement. Mais face à l'évidence, certains seront libérés, ils n'auront plus rien à perdre, ne seront plus attachés à la laisse de la peur. Même le bourreau le plus cruel sait qu'à un moment donné il doit se montrer clément.

Il releva la tête et son regard fila à l'autre bout du hangar abandonné, vaguement irréel.

— Je suis de ceux-là.

Il replia les doigts, comme s'il avait un secret à lui transmettre et que Javier n'arrivait pas à le comprendre. Soudain, il se montra décontracté, poli, mais pas trop affable.

— Viens, je veux te montrer quelque chose. Tu savais que j'aime beaucoup le cinéma ? J'ai toujours pensé que j'avais un certain talent pour tourner. Surtout les premiers plans, dit-il en cadrant le visage de Javier derrière les pouces et les index joints. Un monde d'apparences. Voilà ce qui me plaît dans le cinéma.

— Je croyais que tu avais un truc important à me dire, s'étonna Javier qui commençait à s'affoler.

— En effet, mais on y arrive lentement, avec prudence. – Carlos eut un sourire étrange. – Il y a deux sortes de réalités : l'évidente et celle qu'on élabore. La première est comme les rêves, pire même, comme les cauchemars ; incohérente, il n'y a aucune façon plausible de la raconter. C'est pourquoi nous l'élaborons, comme un scénario de film, l'adaptation incomplète et presque toujours mensongère de la réalité évidente. Chacun a de quoi inventer son propre discours et ce qu'on attend n'est autre que le récit imperturbable des mêmes choses.

— Je n'y comprends rien, Carlos. Dis-moi donc une fois pour toutes ce que tu veux.

Carlos sortit sa caméra vidéo de sa poche et la posa sur ses genoux. Il mit l'enregistrement en marche et montra à Javier les images qui semblaient prises à cet endroit même, dans ce hangar.

— Que vois-tu, ici ?

— Un rat.

— Un rat ?

Javier acquiesça, lentement.

— Un rat énorme, noir et pouilleux.

— Moi je vois autre chose : je vois un enfant couché dans son lit, terrifié par le bruit de ce rat qui courait à la nuit tombée dans le faux plafond de la chambre. Il devait être là depuis longtemps, à en juger par le bruit qu'il faisait en se déplaçant. Parfois, on entendait ses couinements irrités, affolés. J'imagine que la solitude rend aussi les rats fous. Jusqu'au soir où le père de cet enfant arracha toutes les planches avec un crochet et monta dans le plafond. Il eut du mal à attraper le rat, celui-ci se défendait à coups de griffes et de dents, et faisait des bonds effrayants. Le père réussit à le crocheter et à l'écraser par terre… Voilà le récit d'une réalité. Une scène qu'on peut reproduire plusieurs fois sans risque d'erreur, et qui peut même être vraie. Mais ce que cette réalité ne peut décrire, c'est l'impression qu'elle a produite sur cet enfant terrifié de voir les tripes à l'air du rat, sa queue frôlant la jambe de pantalon de son père, les gouttes de sang noir tombant sur la pointe de sa chaussure. Les mots ne peuvent davantage décrire le regard du père de cet enfant, ce mélange de fierté et de mépris quand, dans un grand éclat de rire d'ivrogne, il a jeté ce rat mort à la figure du gamin, riant à s'en décrocher la mâchoire en entendant ses hurlements de terreur.

Que pouvait dire Javier, devant cela ? À quoi bon expliquer à Carlos qu'enfant il avait peur des yeux des lapins enfermés dans les clapiers que le grand-père Agustín élevait dans sa maison de Cáceres, braqués sur lui avec haine, comme s'ils savaient qu'ils allaient mourir d'un coup de karaté sur la nuque, et qu'il n'avait jamais pu les tuer du premier coup, malgré les explications du grand-père, voilà pourquoi les lapins le regardaient avec la rage qu'éprouvent les victimes quand ils regardent leurs tortionnaires.

Soudain, sans transition, l'enregistrement passait de ce rat dans le hangar abandonné à une chambre lumineuse. Une chambre que Javier connaissait très bien, mais il eut du mal à reconnaître les gémissements. Il n'avait jamais entendu sa mère en plein orgasme.

Pendant que les images se succédaient, il secouait la tête. Impossible que sa mère lui ait fait cela.

— Éteins-le, murmura-t-il en état de catatonie, mais Carlos n'éteignit pas.

Au contraire, il actionna le zoom. Quand Javier voulut détourner les yeux, Carlos l'attrapa violemment par le cou et l'obligea à regarder.

— Maintenant vient le plus beau, quand elle me demande de la prendre par le cul. C'est une obsession dans votre famille? Qu'on vous défonce le cul? Sûr que ta sœur ne va pas tarder à y prendre goût, elle aussi.

Fou de rage, Javier se retourna et tenta de frapper Carlos, mais en vain. Carlos était trop costaud, sans effort il lui envoya un coup de pied dans l'estomac et le précipita par terre. Il le regarda se tortiller avec une certaine déception, comme s'il s'était attendu à autre chose de sa part.

— Ce n'est pas aussi simple que de se lever en hiver et de tracer un cercle sur la buée pour voir le paysage dehors. Les choses ne sont pas pareilles quand on est dedans, n'est-ce pas? dit-il en filmant la scène, en lui envoyant deux bons coups de pied dans les côtes. Quelle famille heureuse: le fils pédé et drogué voit sa putain de mère sodomisée par son chérubin. Que vas-tu faire, Javier? Dis-moi, que vas-tu faire?

Carlos le frappait avec acharnement, déversant sur lui toute la rage accumulée depuis trop longtemps, sans cesser de filmer.

— Je vais te dire ce que je vais faire, moi : je vais envoyer ce joli souvenir à ta mère, avec quelques belles photos de toi me bouffant la bite. Qu'en penses-tu ? Tu crois qu'elle va aimer ? Et que va penser ton père, cet avocat idiot, de sa famille idéale ?

— Pourquoi me fais-tu cela ? balbutia Javier entre deux sanglots de salive et de sang.

La question, à peine audible, eut comme effet d'interrompre la fureur de Carlos. Comme s'il était surpris qu'on lui pose cette question.

Il se rappela un Noël. Son père était arrivé soûl à la maison et avait laissé sa valise d'échantillons au milieu du couloir. Il était représentant d'une multinationale. Rideaux, tapisseries, des trucs de ce genre. D'après son père, on pouvait trouver des clients dans les bars. Et jouer aux machines à sous, voir le foot et boire jusqu'à s'effondrer sous le comptoir, veiller tard, connaître des putes et des magouilleurs, aller dans des tripots clandestins de poker et parier au cynodrome de l'avenue Meridiana. Ce soir de Noël, sa mère s'était habillée pour la messe de minuit et elle était assise devant la télévision, attendant, les mains pressées entre les genoux, sans prêter attention à l'émission de variétés.

Carlos l'avait aidée toute la soirée à préparer de petits gâteaux à la crème et au coco. Il avait picoré un peu de pâte à la dérobée et sa mère avait feint de ne rien voir. Quand son père arriva en vacillant dans le salon, les pâtisseries étaient sur des soucoupes en pâte feuilletée, sur la table, disposées de façon décorative autour de la crèche. Son père balaya les gâteaux d'un revers de main et les envoya à travers la pièce. Carlos voyait ses yeux injectés de rage, la façon qu'il eut de saisir sa mère par les épaules et de la secouer, comme s'il voulait expulser par la force un intrus caché à l'intérieur d'elle. Carlos s'interposa en criant : pourquoi faisait-il une chose pareille ?

Son père se contenta de soutenir son regard avec un sourire cruel, impénétrable. Il alluma une cigarette Rex, lui envoya la fumée dans la figure et éructa plus qu'il ne répondit :

— "Parce que je peux…" Voilà ce qu'il m'a dit.

Le souvenir l'avait éloigné du présent pendant quelques secondes. Quand il y revint, il cligna des yeux, surpris.

— D'où sors-tu ce joujou ?

Javier braquait sur lui le vieux revolver. Ses mains tremblaient en serrant l'arme très fort. Quand Carlos l'avait appelé, il avait décidé de le prendre, sans savoir pourquoi. Et maintenant, il était indécis. Allait-il le menacer pour qu'il renonce au chantage, ou alors, plus dramatique, se suicider ou en évoquer l'éventualité. En tout cas, il était à bout.

— Il faut en finir, il faut en finir, murmurait-il, le regard absent.

Il avait un œil complètement fermé, il saignait du nez et le sang dans la bouche l'étouffait.

Carlos plissa les yeux, pointa la caméra sur le canon.

— Tu n'as pas assez de couilles.

La détonation les surprit tous les deux.

Il faisait froid. À genoux devant le visage défiguré de Carlos, Javier le sentait, non parce qu'il en avait conscience, mais à cause de la condensation de son haleine.

Patricia viendrait le chercher dans son lit comme tous les soirs ; Javier passait le bras autour de ses épaules et lui disait dans un demi-sommeil : "Tu dois grandir, Patricia, je ne serai pas toujours là." Elle s'endormait et le bras pesait comme une pierre qui serait tombée sur sa hanche. Cet hiver, elle allait entrer dans l'équipe de majorettes de l'école. Sa mère avait renforcé les boutons vernis de la veste bleue à coussinets blancs, assortis à la robe et aux bottes vernies. Son heure de gloire ! Pendant des jours et des semaines, elle avait répété des figures devant la glace avec les bâtons, parce qu'il lui avait dit qu'à force d'application elle pourrait être au premier rang. Le jour de l'examen, les bâtons lui glissèrent entre les doigts en essayant de changer de main, mais ce n'était pas le plus grave. Dès le premier instant, Javier avait compris qu'on ne l'accepterait jamais au premier rang, et il n'avait pas eu le courage de le lui dire. Il y a des mensonges et des trahisons qui brûlent encore, des années plus tard.

Il regarda le corps de Carlos, tombé sur le côté. L'innocence peut devenir méprisable, car elle montre qu'on est sale.

Il appuya le revolver contre sa poitrine et pressa la détente.

III
SILENCE

21

Argelès, France, février-septembre 1939

Le ciel avait cette couleur gris cendre, mais il ne pleuvait pas encore. La mer avait ce même ton hivernal, elle était agitée et de grosses vagues envahissaient la plage.

L'officier français avait ordonné qu'on rassemble les prisonniers qui venaient d'arriver. C'était un capitaine de la garde mobile qui avait des airs de petit-maître, imbu de sa mission, qu'il croyait essentielle. Pendant un bon quart d'heure il débita un sermon, plus normal chez un curé tonsuré que chez un militaire. À la tête d'un peloton, le capitaine alterna des conseils de prudence et de modération avec des menaces si on altérait l'ordre ou si on essayait de s'enfuir. Il était, dit-il, une personne de dialogue, mais inflexible sur la discipline du camp : les règles étaient sacrées, et devaient prévaloir en toute circonstance. Car, en fin de compte, ajouta-t-il, ils étaient tous des êtres civilisés et il espérait bien qu'ils se comporteraient comme tels durant leur séjour dans le camp, lequel serait, assura-t-il, transitoire.

Elías écoutait, fatigué du discours de cette caricature de Robespierre. Aucun camp de prisonniers ne pouvait être transitoire. Pour les milliers de réfugiés qui arrivaient tous les jours de la frontière, ce camp serait permanent jusqu'à la fin de leurs jours. Ils ne l'oublieraient jamais. Esperanza et lui étaient arrivés au col de Cerbère avec les premières vagues de réfugiés début février, pendant que les troupes franquistes occupaient la Catalogne et que l'armée républicaine se diluait comme un morceau de sucre. Des milliers de civils, femmes, enfants, vieillards, mêlés aux soldats qui, bien souvent, abandonnaient armes et uniformes, se massèrent à la frontière pendant des semaines en attendant l'autorisation de pénétrer en territoire français, où ils se croyaient à l'abri.

Les soldats algériens avaient séparé les hommes des femmes et des enfants, provoquant des scènes de désespoir et de graves tumultes, que les *spahis* algériens réglaient à coups de crosse. Les hommes ou ceux qui étaient considérés comme tels, vu leur stature ou leur taille (qu'ils aient douze ou quinze ans), allaient être transférés dans un camp provisoire face à la plage. Les femmes et les enfants seraient répartis dans des centres d'accueil du département des Pyrénées-Orientales et dans des camps voisins, séparés par le lit d'un torrent et par des fils de fer sur un front qui s'étalait sur cinq hectares le long de la côte.

Elías et Esperanza eurent à peine le temps de se dire au revoir, s'épargnant des paroles pour concentrer les sentiments dans leur regard interrogateur et angoissé. Il sourit en feignant d'être serein. Ils se reverraient bientôt. Il n'allait pas perdre ce qu'il aimait le plus encore une fois.

Entre la frontière et cette plage de pêcheurs d'Argelès, il n'y avait pas un long chemin. Et pourtant, la marche avait commencé bien avant, en décembre 1938, quand la certitude de la défaite ne pouvait plus être dissimulée ; ces hommes et ces femmes avaient parcouru ces derniers kilomètres en remâchant lentement l'évidence que leur vie telle qu'ils la connaissaient était finie. Les images de cette retraite étaient collées à leurs regards égarés ; maisons désertées avec tous leurs meubles, les draps dans les lits, parfois même le petit-déjeuner intact à la cuisine.

Les champs non labourés, les outils abandonnés précipitamment, les manuels dans les écoles fermées, les dernières phrases écrites à la craie sur les tableaux noirs, "première déclinaison du latin : *Rosa, rosæ*"…

Et derrière la longue colonne de réfugiés chargés de couvertures, de matelas, de chaises, d'affaires qui tôt ou tard seraient abandonnées, car elles retardaient la marche et se révélaient inutiles, on entendait les cloches dans les villages, on voyait les drapeaux du camp nationaliste, on lisait les graffitis sur les murs et les pancartes dans les mairies occupées : "Vive l'Espagne et vive le Faisceau." Ces pochoirs aux trois effigies, Franco, Hitler et Mussolini, les poursuivaient de leurs moqueries, et les vrombissements de l'aviation allemande les harcelaient jour et nuit, les mitraillant ou s'amusant à passer en rase-mottes au-dessus de leurs têtes, provoquant des paniques épouvantées, comme un géant qui piétinerait une fourmilière par plaisir. Puis, les fourmis remontaient sur la route et reprenaient lentement leur terrible procession vers la frontière.

Telle était la défaite. Le silence collectif, conscient, mortuaire. Ils savaient tous que ce silence s'abattait à jamais sur cette terre. Sur les chemins vers la France, les gens se dépouillaient de toute identité, les sentiers se remplissaient de cartes déchirées du parti communiste, socialiste ou catalaniste, de la CNT, mais ils se débarrassaient aussi de leur extrait de naissance, de leur carte d'identité, de leur livret militaire. Il n'y avait plus ni Espagnols, ni Basques, ni Catalans, ni républicains. Ils étaient devenus une masse superstitieuse, fatiguée, détraquée, prisonnière de rumeurs, parfois vraies, parfois délirantes, qui évoquaient des massacres dans la zone occupée et qui annonçaient l'approche de troupes expéditionnaires italiennes ou africaines. Alors, aiguillonnée par cette peur, la masse paisible devenait furieuse, désespérée, et forçait les passages de la frontière, affrontant les gendarmes à mains nues. Beaucoup moururent d'une balle ou d'une baïonnette étrangère alors qu'ils se croyaient sains et saufs.

Elías aurait préféré rester en Espagne, traverser les lignes jusqu'à Madrid, quand cette ville résistait encore, telle une île qui inspirait la compassion épique de l'Europe et l'indifférence bureaucratique des gouvernements. On entendait déjà des tirs dans la banlieue de Barcelone, qui organisait la destruction ou le transfert de milliers de documents concernant le SIM, quand il reçut ce télégramme laconique qui n'attendait aucune réponse, en provenance de Moscou :

Vous avez ordre de traverser la frontière, camouflé au milieu de la population. Vous avez pour tâche d'organiser les camarades dans le camp d'Argelès et de veiller sur leur moral et sur les principes du Parti, jusqu'à nouvel ordre.

Signé, colonel Orlov

Le prétendu camp où fut transféré Elías n'était en réalité qu'un terrain vague de plusieurs kilomètres, entouré de barbelés, face à la mer, balayé pendant des jours par la tramontane qui projetait le sable sur la peau comme un nuage de moustiques aux dents coupantes. Là, il n'y avait rien, hormis les puces, les poux, la faim, la misère et la précarité qu'ils apportaient dans leurs bagages. Le périmètre intérieur de la clôture était gardé par le 24e régiment de tirailleurs sénégalais, mais ces Noirs taciturnes en bonnet rouge, armés de fusils vétustes et de baïonnettes datant de la *Grande Guerre*, n'étaient pas préparés pour affronter une telle avalanche humaine. Comme à Nazino, Elías les contemplait et découvrait derrière leur violence raciste la peur, la terreur et l'exaspération. Que se passerait-il si ces milliers d'êtres se rebellaient ? Qui les empêcherait de se disperser dans le Sud de la France comme un nuage de sauterelles affamées ? Comme s'ils s'en doutaient, les Sénégalais s'appliquaient avec rage, arrogance et dégoût à maintenir l'ordre préétabli.

Dans cette marée humaine, la réalité n'était pas à la hauteur des illusions des prisonniers ; ils s'attendaient à être accueillis chaleureusement, comme des héros proches du gouvernement du Front populaire et des camarades français contre la menace désormais imminente du nazisme, et au lieu de cela ils avaient trouvé une porcherie, des regards torves, la méfiance, les mauvais traitements et la pénurie. Seule la solidarité de quelques habitants du petit village d'Argelès et des zones avoisinantes palliait un peu la situation, mais bien vite ces gens paisibles furent dépassés par cette marée humaine impressionnante.

En dépit du chaos et de l'insuffisance des installations, un semblant de vie s'instaura. Une partie des initiatives provenait d'organismes internationaux, y compris des autorités françaises qui, dépassées par l'ampleur de l'hécatombe, avaient demandé de l'aide à la Croix-Rouge. On essayait de prêter assistance aux enfants les plus petits, certains avaient perdu leurs parents dans le chaos et on essayait de reconstituer les familles. Plusieurs dispensaires furent installés, recrutant du personnel médical parmi les prisonniers. De vieux instituteurs joignirent leurs efforts à ceux de quelques professeurs d'université pour organiser un semblant d'école où on donnait des notions de français à des paysans catalans qui savaient déjà à peine baragouiner le castillan, et pour imposer dans la mesure du possible un calendrier scolaire aux plus jeunes. Les internés ne tardèrent pas à se regrouper par corporations, par filiations, par parenté ou voisinage, organisant des équipes qui devaient construire leur camp, comme à Nazino, mais cette fois il y avait des outils pour creuser les latrines, planter des poteaux et dresser des clôtures, et des bidons entiers de poudre désinfectante dont l'odeur était insupportable à certaines heures.

Bien que les réunions politiques soient interdites, Elías avait passé un accord avec certains groupes, surtout contrôlés par la CNT, pour organiser des meetings, des manifestations de protestation et des grèves sur le tas pour réclamer de meilleures conditions. Ils avaient remporté quelques victoires, certes modestes : les camions de la garde mobile avaient l'habitude de distribuer le pain en le lançant dans la foule comme à des animaux, jouissant du spectacle des gens qui s'arrachaient les yeux pour un quignon de pain moisi. Un jour, quand les camions entrèrent, les prisonniers, quoique affamés, leur tournèrent le dos. Personne ne répondit aux imprécations des gardes, il n'y eut ni tumulte ni rassemblement. Dans un silence tendu, entourés par des milliers de visages muets mais rageurs, les hommes d'Elías, avec l'aide de quelques brigadistes autrichiens et yougoslaves disciplinés, exigèrent que les gendarmes leur confient la distribution. Par miracle, de longues files ordonnées se formèrent et chacun reçut sa part. Dès lors, les camions apportèrent le pain tranché et on procéda à une distribution digne. On organisa en outre un système de courrier, grâce à des amis d'Argelès qui fournissaient timbres et papier et qui sortaient les lettres du camp.

Au bout de quelques semaines, on voyait de la route de la gare les rangées de baraques en bois en forme de triangle que les gens du cru qualifiaient "de style espagnol". Quelqu'un, avec cet humour satirique propre aux Espagnols, avait cloué un panneau au milieu des immondices : "Bienvenus à Argelès, l'hôtel le plus luxueux de la côte française, vue sur la mer."

Par ailleurs, on retrouvait les mêmes fractures qui avaient en partie conduit à la défaite en Catalogne : comme en 1937, les anarchistes se heurtaient aux communistes, les trotskistes du POUM aux staliniens du PSUC, sauf qu'ils ne pouvaient plus se tirer dessus, ils avaient recours à des subterfuges, créant de petites frontières à l'intérieur du camp lui-même, des comités qui excluaient les autres, prenant des initiatives qui affaiblissaient, ou même torpillaient, celles des adversaires. Ces luttes intestines exaspéraient souvent les civils, qui n'avaient qu'une seule idée, retrouver leur famille, soigner leurs blessures, se reposer et ne penser ni au passé ni à l'avenir.

Le gouvernement français venait de reconnaître la légitimité du gouvernement de Burgos et le général Franco comme chef de l'État. La République n'existait plus, même si quelques politiciens s'obstinaient encore à défendre le gouvernement en exil et à suspendre le drapeau tricolore sur les baraques. Ce drapeau effiloché n'était plus qu'une idée perdue à jamais dans la plupart des cœurs. Tant d'illusions s'étaient effondrées, ouvrant les yeux sur la réalité crue, il fallait bien accepter quelques-unes de ces vérités, mais tout le monde n'y était pas disposé.

Cependant, rien de tout cela n'avait découragé Elías. Ses ordres étaient clairs. Il devait vaincre ce pessimisme, regrouper les camarades qu'il pouvait repérer et les organiser en cachette de la direction militaire et policière qui contrôlait l'intendance, les médicaments, l'éducation des enfants et, en définitive, tout ce qui se passait dans ces baraques. Sauver ce qui pouvait l'être, maintenir l'idée qu'à un moment ou à un autre l'Europe allait entrer en guerre et que la France permettrait de reconquérir le sol espagnol avec l'aide de ces soldats, maintenant vaincus, mais qui devaient garder un bon moral, car leur expérience serait vitale, le moment venu. Telle était sa tâche principale et il s'y appliquait avec une énergie redoublée, il participait aux réunions, allait de groupe en groupe, écoutait, apprenait et essayait d'être au courant de tout ce qui relevait de sa compétence. En peu de temps il eut sous son contrôle ce qui pouvait ressembler au SIM, supervisant les activités et la vie d'une grande partie du camp, avec la froide efficacité qu'il avait déjà démontrée à Barcelone.

Un des problèmes urgents à résoudre était celui des mouchards. La rumeur courait qu'il y avait des espions dans le camp, des agents franquistes qui, se faisant passer pour des prisonniers, parcouraient les baraques avec des listes secrètes de noms bien précis. Chaque fois qu'ils en localisaient un, apparaissait alors la garde sénégalaise qui emmenait l'individu hors du camp, sans doute jusqu'à la frontière, où il était livré à la Garde civile. Elías voulait en finir avec ces infiltrés. Quand quelqu'un était suspecté, un petit groupe d'hommes attendait la nuit pour le traîner en silence dans un terrier, petit habitacle creusé dans le sable et recouvert d'une bâche pour échapper à la virulence de la tramontane ; dans ces trous, lointaine copie des anciennes tchékas, l'individu était interrogé. Il n'était pas rare que le lendemain matin on trouve un cadavre dans les détritus apportés par la houle.

Une autre plaie, aussi nuisible que celle des mouchards, occupait Elías : même là, parmi les vaincus, certains hommes cherchaient à vivre et à prospérer sur le dos des autres. Voleurs, racketteurs, profiteurs de toute sorte émergeaient comme les rats, rongeant tout ce qui restait. Dans la zone de passage parallèle à la plage s'était établi un lieu de troc où on pouvait acheter et vendre n'importe quoi, on appelait cet endroit le Barrio Chino, en souvenir des rues du quartier du même nom, à Barcelone, on avait même monté une tente qui servait de lupanar, tolérée par les autorités du camp. Presque tout ce qui était volé se retrouvait là, et si quelqu'un reconnaissait sa montre ou un bijou, et protestait, il s'exposait à une bonne raclée. Elías ne pouvait combattre les trafiquants du marché noir (les gendarmes et les Sénégalais étaient ceux qui tiraient le plus de profit de cet échange injuste, où un paquet de cigarettes françaises pouvait coûter un anneau en or), mais on le respectait. À intervalles réguliers, il faisait une descente dans le Barrio Chino, et si quelqu'un protestait plus que la moyenne ou s'opposait à lui, on le retrouvait avec un poignet cassé ou deux doigts en moins. Dans ces cas-là, tout le monde se doutait de l'identité du responsable et gardait le silence, parfois complice, mais souvent inspiré par la crainte. Si un membre du parti communiste ou du PSUC était détroussé, il n'avait qu'à en parler à Elías.

En quelques mois, il avait mis en place une police intérieure efficace, constituée de jeunes enthousiastes qui avaient entendu parler de lui et qui l'admiraient avec une ferveur béate qui le faisait rougir, mais qui lui était utile. Ils étaient ses yeux, ses oreilles, son bras. Parfois, il ne pouvait s'empêcher d'établir une comparaison avec Igor Stern et sa meute, et il pressentait qu'il était devenu tout ce qu'il haïssait.

— Ce n'est pas pareil, protesta un soir Esperanza. Tes intentions sont très différentes.

Le long des barbelés qui séparaient le camp des hommes de celui des femmes s'établirent des zones contrôlées par de jeunes sympathisants qui les sectionnaient, permettant ainsi aux familles séparées de passer quelques heures ensemble, la nuit. Elías utilisait ces taupinières pour se retrouver avec Esperanza. Paradoxalement, la distance physique la rapprochait d'elle. Exclusivement entouré d'hommes et de crasse, la caresser le soir, faire l'amour en silence ou discuter de ce qu'ils feraient quand ils sortiraient de là, c'était la chose la plus humaine qui pouvait lui arriver.

— Mes intentions ? On m'a ordonné de venir ici pour organiser les nôtres, mais autant vider cette mer obscure avec un seau plein de trous. En définitive, mes intentions se traduisent en actes, et là je ne suis pas très différent de Stern : la violence pour imposer ce que je veux.

— Ce que veut le Parti, nuança Esperanza.

Elías soupira.

— Le Parti, la cause… Une autre forme de pouvoir, de contrôle. On en revient toujours à ça, partout.

— Nous nous battons uniquement pour notre dignité, Elías. Nous ne sommes pas à Nazino, tu n'es pas Stern… Et je ne suis pas Irina.

— Comment peux-tu en être aussi sûre? Tu n'y étais pas. Peu importe la géographie et la langue qu'on parle, ou la cause pour laquelle les gens s'étripent comme des chiens. Peu importe la forme, Esperanza. Le fond est la même haine, le même mépris pour la vie de ses semblables.

Il n'avait oublié ni Irina ni Anna, Esperanza s'en rendit compte. Elle avait trouvé dans une poche de son pantalon le médaillon avec la photographie, abîmée par le sel et l'humidité. Le visage de cette femme était défiguré, et Esperanza crut y voir un bon signe. Elle était épuisée, à force de lutter contre le souvenir d'un fantôme, mais elle pensait avoir l'avantage de son corps, de ses mains, de son cœur collé à celui d'Elías, pour effacer définitivement cette ombre. Elle étreignit son époux qui portait une capote de milicien et scruta son visage dessiné par la lune. Lui avait à peine vingt-huit ans, mais il avait l'air vieux et fatigué. Il avait déjà vu tant d'horreurs qu'il n'avait plus rien à l'intérieur de lui. Où étaient passés les idéaux d'une société meilleure et plus juste, que lui avait inculqués son père depuis son enfance? Des morts, de la souffrance, des fables, des luttes de pouvoir et la moitié de ses années en fuite ou emprisonné, luttant comme un esclave pour chaque gramme d'existence.

C'était tout ce qui lui restait. D'un coup d'œil, elle identifia une nouvelle crise : ces terribles migraines et ces élancements dans l'œil qui le rendaient fou. Dans ses cauchemars, il voyait Anna et Irina, les images atroces de Nazino revenaient, ce qu'il avait fait là-bas pour survivre, les horreurs qu'il avait vécues, qui se confondaient avec celles qu'il connaissait maintenant à Argelès. Rien ne pouvait le calmer, il n'y avait ni laudanum ni alcool en quantités suffisantes, et pour canaliser ses accès de colère il se réfugiait au bord de la mer, cherchait un coin d'intimité en espérant que la douleur ne lui ferait pas éclater la tête. Aussi le prit-elle par la main jusqu'au rivage. Ils s'assirent et elle le berça comme un petit enfant, lui caressant les cheveux, le berçant jusqu'à ce que sa respiration s'apaise et que son cœur retrouve des battements plus normaux.

Elías lui embrassa les doigts. Sans elle, il serait devenu fou depuis longtemps, les gardes qui surveillaient les barbelés l'auraient assassiné.

Un boulanger du village, membre du PCF, appelé Pierre, servait de lien avec les autorités du Parti. Pierre (il ne sut jamais son véritable nom) lui passait les consignes et les ordres. En dépit de son apparence bon enfant, typique des Catalans du Nord, Elías était sûr qu'il était un agent du NKVD.

De temps en temps, le boulanger lui transmettait un papier où étaient écrits un nom et une date. Si le papier était rouge, le nom devait disparaître. Trotskistes du POUM, disciples d'Andreu Nin, suspects d'être des agents franquistes, la guerre continuait, sous forme d'assassinats. Si le papier était bleu, le nom avait de la chance : Elías devait organiser son évasion. Son pourcentage d'évasions réussies était étonnant. Le camp devint moins perméable au fil des mois, les barbelés doublèrent et triplèrent, et la garde intérieure, comme la garde extérieure, confiée aux affreux *Maures*, rendait les évasions de plus en plus difficiles, mais Elías réussissait toujours à *livrer le paquet* à la date convenue. Parfois de façon téméraire, ou plus discrètement, pas à pas, il tissa son réseau, reculant quand il craignait d'être découvert, avançant quand la situation s'y prêtait, pour atteindre son but : avant l'hiver, il avait sorti plus de quarante personnes d'Argelès.

Ce matin-là, le papier que Pierre lui remit était rouge. Quand Elías lut le nom, il n'en crut pas ses yeux. Pierre, le boulanger, haussa les épaules et lui offrit une Gauloise.

— J'en sais autant que toi. Les ordres.

Tristán était un jeune plein de vie. Elías l'avait pris sous sa protection quand on l'avait amené du camp de Saint-Cyprien. Il arborait encore fièrement son blouson de pilote et il expliqua à Elías qu'il avait livré son dernier combat contre la force aérienne franquiste sur l'aérodrome de Vilajuïga, une mission suicide pour protéger le convoi d'œuvres d'art partie de Figueras pour Genève. L'avion du jeune pilote, touché à l'aile à quelques kilomètres de la frontière, s'était écrasé sur le sol français. Dans l'incendie de l'appareil, le garçon avait perdu la main droite.

— Mais je pourrai toujours dire que j'ai sauvé *Les Ménines*, disait-il avec fierté en montrant son moignon gangrené.

Il avait dix-sept ans.

Tristán n'était ni un menteur, ni un baratineur. On racontait des centaines d'histoires comme celle-ci. Beaucoup étaient vraisemblables, et les exemples d'abnégation étaient nombreux ; mais d'autres étaient les affabulations de lâches devenus des héros par le truchement des mots, des imposteurs qui cherchaient un régime de faveur, des illuminés, des menteurs pathologiques. Ce n'était pas le cas de ce garçon solide, fier et courageux, qui trompait habilement la surveillance des *spahis* algériens qui sillonnaient l'espace autour du camp pour capturer les fuyards.

Tristán n'avait pas l'intention de s'enfuir. Il s'éclipsait le soir et revenait au petit matin, avec des odeurs de femme et de vin, il rapportait souvent des cigarettes et des aliments frais que ses amoureuses lui offraient en échange de la promesse de revenir. Elías le mettait en garde contre ces escapades, mais le jeune homme l'ignorait avec la gaieté des gens qui ont failli mourir et qui désormais vivent comme si c'était leur dernier jour.

— Mon seul regret, c'est qu'avec une seule main je ne peux pas montrer tous mes talents d'amant.

Il se moquait de lui-même en montrant son moignon, ce qui parfois assombrissait l'humeur d'Elías. Ce garçon lui rappelait trop Claude, c'est sans doute pourquoi il avait tant d'affection pour lui.

Il s'inquiétait pour lui, mais il avait trop de choses en tête, et il ne vit rien arriver. Ce soir-là, pendant qu'il relisait le papier rouge que Pierre lui avait donné, un de ses hommes arriva dans le terrier. Elías savait ce que cela signifiait, il s'enveloppa dans sa vieille capote militaire et sortit.

L'éclairage du camp était presque inexistant et rares étaient ceux qui s'aventuraient dans l'obscurité la plus septentrionale de la plage. Les pompes d'eau douce tombaient en panne avec régularité et l'eau potable de la nappe phréatique se mêlait à l'eau salée, déclenchant des diarrhées. Les hommes courant à la mer, culottes baissées, pour se soulager de ce côté de la plage, c'était un spectacle habituel. En d'autres circonstances, il aurait été drôle. Mais la dysenterie, la déshydratation et la diarrhée décimaient le camp. Au petit matin, quand la marée montait, ces grumeaux d'excréments étaient ramenés sur le sable, comme si même la mer rejetait ces malheureux. Cette nuit-là, ces odeurs âcres se mêlaient à la brise marine.

En s'approchant, Elías vit un demi-cercle de jambes qui piétinaient quelque chose avec fureur. À en juger par les cris étouffés, qui se confondaient avec la houle, cette forme était un homme.

— Pourquoi l'avez-vous amené ici?

— Parce que c'est un pédé. Il se faisait enculer par un mec qui nous a échappé.

— Et c'est pour cette raison que vous cognez dessus?

Son assistant cracha avec mépris.

— Le type qui le montait était un Nègre de la garde, un de ces salauds de Sénégalais qui surveillent le camp.

Elías fronça involontairement les sourcils.

— Et le Nègre ne le violait pas. Ce type était consentant.

Il aurait pu éprouver une certaine sympathie et même de la compassion si le type qu'on avait roué de coups avait été forcé. Ces cochons de Sénégalais, ce n'était pas la première fois, ils sévissaient aussi dans le camp des femmes. Ils abusaient d'elles autant que des hommes, même si les gens préféraient ne pas en parler. Mais qu'un de ses hommes défonce le cul à un de ces salauds qui les humiliaient et les maltraitaient tous les jours, c'était inadmissible.

Même s'il s'agissait de Tristán. Le garçon était nu, replié sur lui-même, maculé de sable et de sang, à moitié mort. Elías faillit crier et les frapper à son tour, mais il se maîtrisa. Tous, et lui le premier, accumulaient trop de rage, trop de colère, qu'il fallait évacuer, sinon ils deviendraient tous fous.

— Relevez-le !

Tristán tourna la tête, sans forces. Elías l'attrapa par le menton et releva son visage pour mieux le voir. Le jeune homme avait un regard aliéné, hébété, des filets de salive à la commissure des lèvres, mêlée au sable et au sang. Ses yeux semblaient avoir perdu la raison. Il n'y avait plus trace de son beau visage plein de gaieté.

— Pourquoi ? parvint-il à murmurer.

Elías pâlit. Il lui montra le papier rouge.

Il prit le garçon dans ses bras et l'emmena dans sa tente. Le reste de la nuit il ne se détacha pas de lui. Tristán grelottait et son visage déformé, tel un sarment, refusait de regarder Elías, enfoui dans la couverture pouilleuse. Avant l'aube, le garçon se mit à respirer avec difficulté, comme un soufflet crevé, et à vomir de gros caillots de sang. Pendant deux bonnes heures, Elías ne cessa d'éponger son sang et d'appliquer un chiffon humide sur ses lèvres. Le jeune homme mourut dans ses bras, mais Elías ne s'en rendit compte que longtemps après.

Il approcha le papier rouge de la chandelle et le regarda se réduire lentement à rien.

Au matin, les Sénégalais apparurent. Parmi eux, le pédophile, cherchant du regard parmi les prisonniers ceux qui l'avaient attaqué la veille. Il avait une légère estafilade au cou. Quand il découvrit le corps de Tristán, il le regarda comme on regarde une dépouille à peine connue. Il tourna ses grands yeux vers Elías et lui sourit avec mépris.

— Tu seras ma pute.

Elías n'avait pas dormi, il avait l'air hébété et son corps tremblait de faiblesse. Il regarda le corps de Tristán qu'on enveloppait dans la couverture maculée de sang. On lui avait ordonné de tuer ce jeune homme, et il ne savait pas pourquoi. Peut-être parce qu'il était un mouchard des gardes, ou pour une raison qu'il ne découvrirait jamais. Et il avait obéi aux ordres.

Tout devait se terminer ainsi, dans le silence. Mais il ôta le bandeau sale qui cachait son ulcère desséché, et regarda fixement le Sénégalais.

— Je vais te découper en morceaux et je disperserai toutes les parcelles de ton corps aux quatre coins de ce putain de camp, Nègre de merde.

Le Noir ne comprenait pas l'espagnol, ou peut-être préféra-t-il ne pas comprendre, comme ses collègues qui, bien qu'armés, étaient en infériorité. Au moindre geste, aucun d'entre eux ne sortait vivant de ce terrier. Il soutint le regard d'Elías et un reflet dans cet ulcère le fit frémir de douleur. Un bataillon de baïonnettes n'empêcherait pas ce borgne d'accomplir sa menace.

— Ils auraient pu te tuer sur place, lui reprocha Esperanza d'une voix douce.

Elías en larmes lui avait raconté l'épisode. C'était la première fois qu'Esperanza le voyait pleurer ainsi et elle en eut le cœur serré.

— J'ai tué ce garçon.

— C'est cette maudite guerre qui l'a tué.

Pas du tout. C'était lui le responsable, comme il l'était des exécutions à Barcelone, comme il l'avait été du destin d'Irina. Chaque mort se justifiait par d'autres : survivre, la guerre, le besoin d'ordre et de discipline. Mais il n'y avait qu'une vérité : chacune de ces morts avait été sa décision, personnelle.

Il faisait nuit noire, mais le vent chassait les nuages et une lune blafarde donna un peu de consistance à ses ombres noueuses. Quelques femmes s'accroupissaient furtivement sur le rivage pour déféquer, vieillies, privées de leur vie et de leur dignité… Pourquoi tout cela ? Pour les lendemains, se disait-il, pour cette foi inébranlable selon laquelle chacun de nos actes signifiait un avenir meilleur pour eux, pour leurs enfants et leurs petits-enfants. C'était peut-être vrai : il n'était peut-être qu'une goutte sur un million, comme cette mer obscure qui leur barrait la route, et obligeait les êtres humains à s'incliner. Une goutte ajoutée à d'autres millions de gouttes partout dans le monde, au même instant. Mais en attendant, la nuit était un présent sans lendemain.

Deux mois plus tard, un groupe d'hommes trouva une main flottant au milieu des détritus. Le lendemain, on trouva une jambe à plusieurs kilomètres de là, dans le camp des femmes, et les jours suivants apparurent partout, même dans l'église du village, les restes d'un soldat noir. Mais sa tête resta introuvable. Et un matin, quand le ciel se levait, annonçant une superbe journée, bleue et lumineuse, elle apparut, empalée devant la résidence de la garde sénégalaise, avec une pancarte rédigée en français, clouée sur son front : *"Allez, allez, salope !"*

Comme la poussière qui retombe après les pas, la vie et la mort devenaient une routine. Grâce aux organisations établies à Perpignan, on put réguler l'arrivée des produits de première nécessité, nourriture, vêtements, produits d'hygiène et ce qui pour beaucoup était primordial, le courrier en provenance d'Espagne ou d'autres régions de France ; certains recevaient des virements et on ouvrit un service où on pouvait changer la monnaie républicaine contre des francs (à des taux exorbitants). Pour la première fois, les internés se sentirent moins isolés, ils suivaient le débat virulent que leur situation suscitait dans la presse et dans l'opinion publique, ce qui obligea les autorités à certaines améliorations. Des centres d'accueil gérés par la Croix-Rouge suisse furent installés, entre autres une maternité où les femmes pouvaient rester avec leur bébé jusqu'à ce qu'elles aient repris assez de forces pour retourner au régime commun ; on répara en partie le système d'éclairage défaillant, on construisit des baraquements plus solides, des canalisations, des latrines, toujours insuffisantes pour plus de quatre-vingt-dix mille personnes, mais cela rendit la vie plus supportable.

La résilience et la capacité d'adaptation l'emportaient sur le découragement des premiers mois. Une partie de cette force était le silence. La stratégie du silence contre l'évidence de l'inévitable. On voyait déambuler dans le camp des femmes aliénées tenant un bébé mort dans les bras et on détournait le regard ; personne ne voulait monter dans la camionnette qui transportait les plus atteints à la vieille caserne de Perpignan, habilitée comme hôpital, car on savait que c'était en réalité une morgue où les gens allaient mourir. Que devinrent tous ces morts, ces anonymes ? On ne le saurait jamais, certains enterrés près des êtres aimés, d'autres jetés à la mer avec un poids autour du cou, beaucoup dans les bateaux-hôpitaux de Port-Vendres… Et la majorité, dispersés dans l'air, comme ces nuages de poussière qui erraient au-dessus des flambées.

En même temps naissaient de nouveaux bébés, qui grandissaient, des couples se retrouvaient après des mois de séparation, des réconciliations familiales cicatrisaient et ressoudaient leur malheur, de nouvelles amours, des amitiés se scellaient et dureraient des lustres. Les écrivains, les acteurs, les musiciens organisaient des récitals, des pièces de théâtre, des chœurs qui effaçaient pendant quelques heures la monotonie qui rendait fou. Et tout arrivait en même temps, mêlé au sable et à la mer inévitable.

Paradoxalement, à mesure que les infrastructures du camp devenaient plus stables, l'illusion du provisoire s'estompait.

— On commence à transférer les gens dans d'autres camps. Le préfet est un fasciste déclaré et il a ordonné les rapatriements forcés, surtout pour les femmes et les enfants, mais beaucoup acceptent volontiers l'offre de *clémence* de Franco et décident de rentrer.

— Qui pourrait le leur reprocher ?

Pierre haussa les épaules. Ils étaient de part et d'autre des barbelés, surveillés de près par un Algérien à cheval que Pierre avait soudoyé avec quelques francs. Le boulanger passa des cigarettes à Elías, qui ne sut où les mettre. Fin août, la chaleur était insupportable et les hommes étaient torse nu, en short ou en caleçon.

— J'ai entendu dire qu'on a envoyé quelqu'un, un policier venu de Madrid avec l'ordre de ramener en Espagne une demi-douzaine de noms. Tu es sur cette liste.

— Qui est-ce ?

— Je ne sais pas, mais il semble plus efficace que les précédents. Tu devrais te cacher pendant quelques jours.

Elías sourit. Oui, il pourrait se blottir deux ou trois jours au fond de la mer.

— Je suis ravi que tu le prennes avec humour, mais ça n'a rien de drôle. Si on t'embarque, tu sais ce qui t'attend.

Jugement sommaire et peloton d'exécution. Il y a des gens, ici, qui feraient tout leur possible pour que ce fasciste t'attrape. Ils n'ont pas oublié le coup du Sénégalais.

— Je ne vois pas de quoi tu parles.

Le 23 août au réveil, une bombe secoua les fondations de l'Europe. L'Allemagne et l'Union soviétique avaient signé un pacte de non-agression. Quelques jours plus tard, l'armée allemande envahissait la Pologne par l'ouest et l'armée soviétique en faisait autant par l'est. Ce qui ne pouvait signifier qu'une chose : le 3 septembre, la France et la Grande-Bretagne déclaraient la guerre à l'Allemagne.

Dans les camps se déchaîna une chasse à grande échelle des éléments communistes ou extrémistes, et le PCF fut dissous. Les communistes espagnols, fatigués de lutter en Espagne contre les troupes fascistes, étaient déconcertés de voir Staline signer une alliance avec son pire ennemi. Abattus, résignés, ils essayaient de trouver un sens à ce qui pour les autres républicains était un acte de trahison. Elías aussi était perplexe, mais il considérait que le coup de Staline était logique : les puissances européennes n'aideraient sûrement pas l'Union soviétique en cas d'agression nazie, en sorte que le *Vojd* essayait de gagner du temps pour préparer le pays à la guerre et éloigner les Allemands de la frontière, à la grande fureur des Polonais. Mais, vrai ou faux, cet argument ne calmait pas les esprits, pas même celui de ses camarades.

Deux jours après le décret de mobilisation générale en France, un peloton de gendarmes se présenta devant le terrier d'Elías. Avec d'autres communistes, il fut arrêté et envoyé chez le commandant du camp sous bonne escorte.

On le fit attendre dans le couloir ; toutes les cinq minutes, la porte du commandant s'ouvrait et un gendarme criait un nom. Quelques minutes plus tard, l'appelé ressortait, menotté, livide. Personne ne disait mot. La consigne

était de garder le silence et de ne dénoncer ses camarades sous aucun prétexte. Elías, comme la plupart de
ceux qui avaient des responsabilités militaires ou politiques, s'était fabriqué une fausse identité grâce à Pierre.
Quand il entendit le nom d'Aurelio Gallart, né à Getafe,
il leva la tête avec résignation.

Le commandant était un officier aguerri qui n'avait
rien à voir avec ce capitaine emplumé qui avait accueilli
les nouveaux début février. Sur la droite de la table, il y
avait une pile de fiches avec photos et empreintes digi-
tales. Elles étaient en espagnol et avaient été envoyées
par la police de Franco. Un officier les comparait avec
celles que la gendarmerie avait en sa possession, plus
sommaires.

— Votre nom et votre date de naissance.

— Aurelio Gallart, né à Getafe, de Manuela et Ricardo,
le 6 novembre 1911.

Le commandant prit une fiche sur la pile de droite.

— D'après la police espagnole, vous vous appelez Elías
Gil Villa, né à Mieres, de Martín et Rocío, le 12 mai 1912.

Le commandant releva la tête et compara la photographie avec le visage impassible d'Elías. Il avait changé,
beaucoup changé, depuis cette photographie obtenue
on ne sait comment par la police espagnole, mais qui
remontait à l'époque où il était étudiant en ingénierie à
Madrid, autour de 1930.

— Vous étiez lieutenant du SIM, responsable du secteur de Barcelone en 1937.

— Je n'ai aucune idée de ce qu'est le SIM. Je suis ingénieur des Mines, et c'était mon activité jusqu'à ce que
je sois obligé de traverser la frontière.

Le commandant posa la fiche sur la table et croisa
ses doigts potelés.

— Nous allons voir ça.

Il redressa le menton, et un gendarme le poussa dans
un bureau adjacent. Il fut accueilli par une clarté obscure

et une odeur d'archives et de vieux papiers qui pourrissaient lentement.

Derrière la table, un homme en civil écrivait. Mais Elías remarqua d'abord le chapeau, de bonne facture, posé à côté de son coude gauche. La porte entre les deux bureaux était restée ouverte. L'homme leva les yeux, cachés derrière de grosses lunettes, et échangea un regard avec le commandant français. Puis il remonta le long de la physionomie d'Elías. Tous deux se regardèrent pendant une longue minute.

Elías Gil sentit toutes ses forces l'abandonner. Ce policier franquiste, c'était Ramón Alcázar Suñer.

Lui aussi avait beaucoup changé depuis cette nuit mémorable à Sant Celoni. Il n'y avait plus de peur dans son regard, mais un froid calcul et l'attitude de l'homme devenu puissant. Il s'était laissé pousser une fine moustache, très à la mode, et il avait une jolie épingle en or sur sa cravate en soie. Il avait pris du poids, et même s'il semblait plus âgé et plus fatigué, en un sens il allait mieux.

Ramón Alcázar s'étira sur sa chaise et passa la main dans ses cheveux gominés, soigneusement coiffés en arrière, dégageant le front. Elías comprit qu'il l'avait immédiatement reconnu et qu'en cet instant défilaient dans son esprit les images de la tchéka de la rue Muntaner, la terreur qu'il avait éprouvée en pensant que cette nuit de 1938 on allait le fusiller. Ramón Alcázar joignit les index et les pointa sur lui comme s'il braquait un pistolet. Il esquissa un léger sourire, que ni le gendarme qui escortait Elías ni le commandant de l'autre côté de la porte ne perçurent. Un sourire exclusivement dédié à son ami d'enfance. Il se leva et passa devant lui sans le regarder.

Pendant quelques minutes, il parla avec le commandant à voix basse. Elías n'eut pas besoin de se retourner pour entendre la réaction déconcertée du commandant, ses protestations et le coup de poing qu'il donna sur la table. Ramón Alcázar Suñer ne perdit pas son calme.

— Je vous dis, commandant, que cet homme n'est pas Elías Gil. Je parie que son identité est aussi fausse que celle des autres, mais ce n'est pas l'homme que je suis venu chercher. Ce que vous ferez de lui ne relève pas de la compétence du gouvernement de l'Espagne.

Elías sentit ses genoux trembler. Un nœud d'émotions remonta dans sa gorge, l'obligeant à ouvrir la bouche pour respirer. Ramón Alcázar Suñer revint et lança un regard de feint mépris. Il reprit sa place derrière sa table et se pencha sur ce qu'il écrivait.

— Débarrassez-moi de cette ordure, dit-il sans relever la tête.

En dépit de l'attitude du policier espagnol, le commandant ne lâcha pas prise pour autant. Il ordonna le transfert d'Elías au château de Collioure, transformé en camp disciplinaire. En attendant de monter dans l'autocar, il vit Pierre, qui s'était arrangé pour être le seul à servir le pain aux soldats, ce qui lui permettait d'aller et venir sans éveiller les soupçons.

Il passa à côté de lui, feignant de s'adresser à un des gardes qui l'escortait.

De la fenêtre de l'autocar, Elías contempla une dernière fois les triples barbelés d'Argelès et s'inquiéta pour Esperanza. Saurait-elle qu'on l'avait arrêté et qu'on l'emmenait à Collioure ? Son épouse avait accepté d'intégrer les compagnies de volontaires destinées à remplacer la main-d'œuvre que la mobilisation avait prélevée dans les usines et à la campagne. Depuis deux semaines, elle travaillait dans une usine du Boulou, sous une étroite surveillance. Se reverraient-ils ? Quand, comment, où ?

L'autocar démarra et emprunta la route pleine de trous qu'une brigade de réfugiés recouvrait de gravier. En passant auprès d'eux, beaucoup cessaient de travailler et levaient le poing en signe de reconnaissance. Un garde algérien à cheval lui adressa un sourire édenté et cruel, et passa le pouce sous la gorge en manière de tranchant. Le froid était revenu sur Argelès et la tramontane fouettait les vêtements suspendus entre les baraques des réfugiés ; des enfants en haillons s'amusaient à chercher des mégots dans le sable. La mer, qu'il était maintenant interdit d'approcher, semblait aussi calme qu'un suaire.

Elías chercha dans la poche de sa veste le contact familier et rassurant du médaillon contenant la photographie d'Irina et d'Anna. C'est alors qu'il trouva un petit papier plié en deux.

Un papier bleu.

22

Barcelone, 8 octobre 2002

— Pourquoi tu ne dis rien?

Gonzalo voyait Javier de l'autre côté de la vitre. Ses doigts collés à la surface transparente voulaient le toucher, mais ne pouvaient l'atteindre. Il ne pouvait pas davantage entendre sa voix. Il ne se réveillerait peut-être jamais. C'est ce qu'avaient dit les médecins à l'issue de l'opération qui avait duré six heures. Jamais. Ce mot pesait comme une pierre tombale.

— Gonzalo, je t'en prie, dis quelque chose, n'importe quoi, engueule-moi, insulte-moi, mais ne me laisse pas seule.

Il sentit la main de Lola sur son bras et n'éprouva ni colère, ni pitié, ni chagrin, ni amour. Plus jamais. Rien. Tout était trop définitif. Quelques heures plus tôt, il était assis devant Anna Akhmatova, écoutant la voix de cette vieille dame dans la pénombre, une voix étrange sans visage visible, sans pouvoir deviner dans l'obscurité de la librairie quelles émotions l'accompagnaient.

— Je ne veux pas que tu revoies ma fille.

Et à cette phrase succéda un silence épais, et pourtant l'intention de cette vieille dame était limpide.

— Excusez-moi de vous poser la question, mais pour quelle raison devrais-je vous écouter?

La vieille dame fit un geste d'éventail avant de se lever et d'émerger vers la lumière avec un sourire sans méfiance.

— J'ai beaucoup de raisons en tête, mais je suis sûre que tu peux en trouver de plus convaincantes. Nous avons assez souffert, tous, Gonzalo. Inutile de faire déborder le vase, tu ne crois pas ?

Elle dit cela avec un détachement mal assorti au secret que recélaient ses propos, une chose qu'il semblait inutile de nommer pour exister ; une chose que Gonzalo savait, mais qu'il avait délibérément oubliée.

— Je ne vous comprends pas.

— Oh, bien sûr que si. Tu me comprends parfaitement.

Elle avait toujours ce sourire insouciant sur les lèvres, aimable, mais d'une assurance implacable, quand Tania apparut. Elle les avait entendus et était descendue pieds nus, en chemise. Elle s'était approchée tellement silencieusement que Gonzalo ne découvrit sa présence que lorsque la vieille dame, en relevant la tête, se réfugia dans le silence. Tania caressa au passage la nuque de Gonzalo, l'effleura pour qu'il sente sa présence rassurante.

— Le jour se lève, tu devrais partir.

Gonzalo fut le témoin muet du duel de silences entre mère et fille, elles mesuraient leurs forces, se défiaient dans un combat à l'issue imprévisible. Il comprit qu'il était l'objet de cette tension, sans savoir pourquoi. Mais il savait qu'il avait abîmé quelque chose, brisé une intimité qui n'appartenait qu'à ces femmes, aussi s'en alla-t-il en prenant congé avec maladresse, sans trouver le bon geste.

Il descendait la rue et son téléphone sonna devant le rideau baissé du Flight. C'était Lola, son numéro palpitait comme une accusation sur l'écran du portable et Gonzalo se sentit un peu sale, un peu mesquin, un peu misérable. Suffisamment pour ne pas répondre.

Il aurait dû répondre. Peut-être alors aurait-il pu faire quelque chose. C'était une pensée stérile et fausse. L'appel désespéré de Lola enregistré sur le répondeur de son appartement ne laissait aucun doute. Elle était aux urgences de l'hôpital Valle de Hebrón. Javier s'était tiré une balle dans la poitrine.

Il apprit les détails dans les heures qui suivirent, pendant qu'on opérait son fils entre la vie et la mort. Soudain, aucune certitude n'était plus absolue que celle-ci : il était son fils. Il s'en rendit compte pendant que Lola lui racontait la vérité, avant l'arrivée de la police. Gonzalo l'écouta sans émettre un gémissement, sans qu'un muscle de son visage ne bouge, mais à l'intérieur il sentit que ses tendons craquaient et que ses muscles se décollaient de ses os. Il vit les larmes de Lola tacher la table de la cafétéria de l'hôpital, il contempla son vernis à ongles, la main qui portait encore l'alliance, les bracelets d'or fin, les monticules pâles de ses jointures, et sa seule pensée fut que ces mains avaient empoigné l'arme et pressé la détente sur le cœur de son fils. La balle, capricieuse, n'avait pas voulu atteindre le centre de la cible, Javier avait peut-être hésité au dernier instant, et cet infime flottement de sa volonté avait permis à la balle de se loger à droite du cœur, entrouvrant une infime possibilité de vivre qui justifiait complètement le travail des chirurgiens.

Patricia lui avait raconté le reste. Gonzalo lui dit que Javier avait eu un accident mais qu'il s'en sortirait. Il avait mis toute sa volonté à rendre cette affirmation crédible, mais Patricia devina quelque chose, elle avait toujours été trop intelligente pour son âge, au point d'effrayer les autres. Elle écarquilla les yeux, qui rejoignirent presque la bouche, on aurait dit un cri muet. Quand Gonzalo essaya de la prendre dans ses bras, pour trouver un peu de réconfort auprès de sa fille, la petite s'enfuit dans l'escalier. Elle revint cinq minutes plus tard et lui donna des photographies. Tout son corps tremblait, mais elle ne pleurait pas.

— C'est à cause de ça, n'est-ce pas?

Gonzalo vit les photos de son fils nu, embrassant le jeune amant de Lola. Naïf, imprudent, il s'était prêté à une séance explicite et douloureuse. Patricia lui raconta qu'il les avait depuis des mois, elle l'avait vu les regarder et faire "ça", et ensuite pleurer de façon inconsolable. Lola refusa de les voir, elle était comme folle, hors d'elle. Certaines photographies étaient déchirées et recollées, sorte de témoignage de la lutte féroce que Javier avait menée silencieusement contre ses sentiments. Alors, ses propos, quand Gonzalo avait été hospitalisé après l'agression d'Atxaga, prirent tout leur sens. Ces points de suspension à la fin des phrases de son fils, ses regards, sa méfiance, étaient des appels à l'aide. Et il n'avait pas su les entendre.

Ce n'était pas Lola, c'était lui qui avait acheté ce revolver, et lui avait manifesté un mépris immérité, lui qui avait refusé de voir les signes annonciateurs, qui n'avait pas vu croître ce mur de silence devenu infranchissable. Que pouvait-il reprocher à son épouse? Ce que lui-même faisait quelques heures auparavant avec Tania? Les raisons de l'un et de l'autre avaient-elles de l'importance? Les nuances en avaient-elles aussi?

— Je ne le savais pas, mon Dieu, si j'avais su! sanglotait Lola, accroupie sur le sol de la chambre, étouffant ses sanglots dans l'oreiller pour que Patricia ne puisse les entendre. Son regard brisé implorait Gonzalo de la croire, et il la regardait sans la voir, sans l'entendre, comme lorsqu'il enlevait ses lunettes et que le monde des apparences disparaissait pour se réduire à des profils flous et inconsistants.

Il s'assit par terre à côté d'elle et ses bras l'entourèrent de façon machinale. Lentement, ses entrailles explosèrent, une vague de feu et de désespoir lui noua la gorge sans soulager ses larmes. Le genre de nausée qui précède le vide absolu.

Le vieux loup du parc zoologique étudiait Gonzalo avec indolence. Il tournait en rond et au moins une fois il s'approcha suffisamment du fossé pour que ses crocs jaunis et usés soient visibles. Il semblait demander à cet homme pourquoi il continuait de venir, semaine après semaine, s'asseoir derrière le grillage et l'observer avec tant d'attention. Tu ne le vois donc pas ? Voici ce que je suis. Pourquoi tu ne t'en vas pas ? Laisse-moi tranquille !

Mais Gonzalo restait, fumant cigarette sur cigarette, souhaitant échanger des confidences avec lui. Que seul cet animal sans âme pouvait comprendre.

— Si je sautais la clôture, tu n'aurais même pas envie de m'attaquer, n'est-ce pas ? Tu viendrais me flairer et décider que ça ne vaut pas la peine de dépenser ton peu d'énergie sur moi. Je parie que tu n'essaierais même pas de t'échapper si j'ouvrais la porte de ta prison. Rien de ce qui est dehors ne t'intéresse, plus maintenant. Et tu sais ce qui est amusant ? Je voulais te ressembler avant de te voir dans cette situation. Ce n'est pas toi que je voyais, mais moi. Un loup sauvage, libre de toute attache. Quelle bêtise ! Voilà ce que nous devenons, des résignés qui acceptent leur destin. J'aurais dû m'en rendre compte avant que tout arrive. C'est une folie. Je ne suis pas un loup, je ne suis pas Laura, ni mon père. Ni même celui que ma mère croyait voir.

Le loup secoua la tête, fit le tour de son enclos, flaira ses excréments et se cacha de Gonzalo, derrière des arbustes. À travers les branches, Gonzalo devinait ses yeux couleur miel et sa langue rouge.

— Voilà ce qu'on fait, toi et moi, on se cache, on passe inaperçus. On a un pas léger, un minimum d'émotions. Il faut l'accepter, et tu sembles y avoir réussi. Comment apprend-on ce genre de résignation ?

— On appelle ça le pragmatisme, mais certains préfèrent le confondre avec l'intelligence et l'adaptabilité.

On aurait pu croire que c'était le loup qui avait pris la parole, maussade, lassé de cette présence gênante et de ses interpellations dépressives. Mais ce n'était pas le loup. "Pas du genre en cage, en tout cas", pensa Gonzalo en se tournant vers la droite.

— Drôle d'endroit pour nous rencontrer, dit l'ex-inspecteur.

Pourquoi drôle ? N'étaient-ils pas tous les deux des animaux en cage ? Là, ils étaient dans leur milieu, aussi agréable que pouvait l'être une cellule de la prison. Ce qui attendait son fils si, comme l'avaient dit les médecins après une semaine d'observation, il sortait du coma et si les suites de l'opération étaient positives.

Alcázar s'assit à côté de lui et lança un coup d'œil mélancolique.

— Ça a beaucoup changé, depuis le temps où mon père m'amenait ici quand j'étais petit. Je me souviens qu'à peine franchie la grille du parc de la Ciudadela, on sentait les bêtes et cette odeur m'enchantait.

Gonzalo ne cessait d'admirer la délicate hypocrisie de l'ex-inspecteur. Il avait lu le dossier sur Alcázar que Luisa avait rassemblé pour lui.

— Votre père vous amenait ici ?

— Tout juste.

Il évoquait ses souvenirs d'enfance, grignotait des lupins dans un cornet, comme un vieux bonhomme mélancolique et charmant. Le monde des apparences était surprenant. Personne ne pouvait imaginer que ce grand-père placide qui remuait sa moustache comme un ruminant était un mercenaire capable de menacer de s'attaquer à une petite fille si on contrariait ses plans.

— C'était avant ou après avoir jeté les détenus par la fenêtre du commissariat ? Ça se passait comment ? Vous signiez des procès-verbaux qui condamnaient à la peine de mort et ensuite, pour vous détendre, vous redeveniez un père comme les autres ?

Alcázar encaissa le coup sans broncher. Il était habitué à cette connivence perverse entre les demi-vérités et les demi-mensonges, à mi-chemin de ce qu'on sait et de ce que l'on croit savoir. Lui-même avait mis des années à comprendre pourquoi son père avait tenu jusqu'à la fin à protéger Elías alors qu'il était impitoyable avec d'autres. Il n'avait pas non plus compris pourquoi, cette fameuse nuit de 1967, quand Alcázar avait appelé son père pour lui demander ce qu'il devait faire du corps de Gil, ce dernier lui avait dit de ne pas bouger et il était arrivé au lac une heure plus tard, au petit matin, et lui avait dit qu'il s'occupait de tout. Elías respirait encore, malgré sa blessure dans le dos, son père s'était assis à côté de lui, et avait caressé ce visage qui pâlissait. Elías murmura quelque chose et Ramón Alcázar dut coller l'oreille contre sa bouche au point qu'il se tacha de sang. Puis Ramón Alcázar regarda son fils et posa une question : La Russe, où est-elle ? Alcázar lui avait demandé d'attendre dans sa voiture. Amène-la, ordonna le père. Je veux te parler, dit Ramón Alcázar à Anna en l'emmenant à l'écart, après avoir demandé à son fils un mouchoir pour essuyer le sang d'Elías sur son visage.

— Va-t'en, Alberto, lui dit son père, et pas un mot sur tout cela, je m'occupe de tout.

L'inspecteur avait dû attendre l'agonie de son père, quelques années plus tard, pour trouver un sens à cette scène. Ramón Alcázar Suñer avait sauvé la vie d'Elías à Argelès, et l'avait encore sauvée plusieurs fois les années suivantes. parce que c'était son ami, et parce que grâce à Elías, lui, Alberto Alcázar, avait grandi aux côtés de son père. Si ce soir de 1938 Elías n'avait pas pris la décision d'être un homme avant d'être membre d'un parti, les histoires des uns et des autres auraient été diamétralement opposées. Gonzalo ignorait tout de cette histoire. Mais Laura savait. Elle connaissait la vérité. La vérité mourrait quand les derniers qui l'avaient vécue auraient disparu.

Alcázar devait assumer cette responsabilité avec résignation, oublier ses propres réticences, être le gardien de ces demi-teintes qui estompaient tout parce que la vérité n'est jamais simple. De son point de vue, Elías Gil avait été un putain d'enfoiré de merde. Mais l'Histoire et son père avaient décidé de lui donner le rôle du héros.

— Tu ne devrais pas juger à la légère ce que tu ne connais pas, répondit-il à Gonzalo.

— Je sais ce que je sais.

Alcázar écarta les mains avec résignation.

— Alors, tu ne sais rien.

— Je ne veux pas que ma famille souffre davantage.

— Je le comprends, et je sais ce que tu penses. Ça ne m'amuse pas du tout d'avoir dû recourir à ta fille.

Il avait l'air sincère. Gonzalo se demanda jusqu'où Alcázar était capable d'aller.

— Tu serais capable de faire du mal à ma fille ? À une fillette qui n'a même pas dix ans ?

Alcázar le regarda comme s'il voulait éteindre cette braise avant qu'elle se répande et déclenche un incendie incontrôlable. Il était difficile de deviner les sentiments qui le traversaient.

— Toutes ces années, tu as trompé ma sœur ; elle avait confiance en toi, elle s'est mise entre tes mains, et tu l'as trahie.

L'ex-inspecteur scruta l'intérieur de son cornet, recracha un lupin desséché et se débarrassa du papier vide. Le relief de la moustache se souleva quand il passa la langue sur ses gencives. Il ne voulait pas aborder cette conversation avec Gonzalo, qui avait raison et tort à la fois. Mais ce que pouvait penser cet avocat de sa relation avec Laura et de son implication dans ce qui était arrivé à Roberto l'intéressait peu ou pas du tout. Il y avait déjà trop de juges dans cette histoire. Au moins, l'opinion de Gonzalo lui donnait l'entière liberté de se comporter comme on l'attendait de lui.

— Tu m'as appelé, me voici. Bien. Tu vas me dire qui est le mouchard que Laura avait introduit dans l'organisation ?

485

Gonzalo n'avait pas perdu cet air dubitatif depuis le jour où Alcázar l'avait rencontré la première fois, ce regard timide et fuyant, cette façon si particulière de ne pas vouloir affronter les choses de face, pas même maintenant. Alcázar décida de le houspiller un peu.

— Atxaga est toujours dans le coin, Gonzalo. Je peux ordonner à mes hommes de laisser tomber la surveillance de la maison, je peux arrêter de le chercher. Et je ne serai nullement responsable de ce qui arrivera.

Gonzalo lui lança un regard oblique qui montrait que son repli n'était pas de la lâcheté et que le chantage lui répugnait autant que la présence de l'ex-inspecteur. Ce regard incitait Alcázar à ne pas le sous-estimer. Il était peut-être comme ce loup effarouché derrière le grillage, mais il avait encore des dents et pouvait s'en servir.

— J'oublierai la Matriochka, j'oublierai Laura. Je vendrai la propriété, je ferai n'importe quoi, je laisserai le vieux me sodomiser jusqu'au restant de mes jours, si c'est ce qu'il veut. Mais tu dois sortir ma famille de ce bourbier.

— Il y a un mort, Gonzalo. Ce n'est pas si simple.

— Mon fils ne peut pas aller en prison, et Lola ne peut pas être impliquée. Je ne veux pas que Patricia soit montrée du doigt dans la rue. Tu étais inspecteur-chef, on te doit des services, alors profites-en.

— Ton beau-père sera là dans deux jours, il est déjà au courant. Il sait comment on se sort de ce genre de situations.

Gonzalo laissa échapper un ricanement cynique entre ses dents serrées.

— C'est mon beau-père qui m'a mis dans ce merdier. Le moindre de mes désirs est que son avion s'écrase au sol.

— Peut-être, mais c'est un des meilleurs pénalistes du pays. Ton fils a tué un homme, toutes les preuves sont concluantes. Tel que je le vois, le vieux est le seul capable de retourner les évidences pour le sauver. Il obtiendra une peine légère, peut-être trois ans dans un centre pour mineurs.

Gonzalo était prêt à renoncer à tout, mais en échange il voulait une certitude qu'Alcázar pouvait lui donner. Son beau-père était peut-être le tricheur le plus fin du lieu, et ses influences suffisantes pour énoncer un verdict d'innocence pour Javier. Mais ce n'était pas ce que Gonzalo attendait de l'ex-inspecteur. Il ne pouvait pas y avoir d'audience publique, et cela n'était possible que d'une seule façon.

— Tu ne m'as pas compris, inspecteur. – À quel moment avait-il commencé de le tutoyer et de le regarder avec cet air menaçant ? – Change les preuves ou fais-les disparaître. Mon fils n'ira pas en prison, pas un seul jour. Tu m'as compris ?

— Tu es avocat, et tu sais que tu me demandes l'impossible. C'est trop tard.

— Je te donnerai le nom du mouchard de Laura, je refuserai de témoigner contre toi et contre Agustín. Je vous laisserai tranquilles. En échange de la liberté de mon fils. Ou alors, rien ne m'arrêtera, ni tes menaces ni celles de tes amis russes.

— Et l'ordinateur ?

— Je ne sais pas qui le détient. Mais peu importe. Si je ne donne pas d'informations au procureur, ce sera comme s'il n'existait pas. De plus, sans le témoignage de Siaka, il n'a aucune valeur.

Il comprit aussitôt son erreur et se rendit compte de sa portée en voyant l'éclair obscur qui traversa le regard d'Alcázar.

— Ce foutu Nègre ? Le chouchou de Zinoviev est donc la gorge profonde ?

Alcázar secoua la tête d'un air amusé et se frappa le front. Il aurait dû s'en douter depuis le début. C'était logique.

— Que vas-tu faire ? Le tuer ?

L'ex-inspecteur Alcázar n'avait pas éludé cette possibilité, c'était d'ailleurs la plus satisfaisante. Et s'il ne s'en occupait pas lui-même, quelqu'un de l'organisation s'en chargerait. Anna l'avait prévenu. C'était allé trop loin, jusqu'au point sans retour. Mais Alcázar avait ses propres plans.

— Je te l'ai déjà dit, Gonzalo, j'ai fait des choses que tout homme pourrait regretter, mais je ne suis pas un assassin. Où est-il ?

— Il y a plusieurs jours que je n'ai plus de ses nouvelles. On aurait dû se voir dans une cafétéria, mais le serveur m'a dit qu'il était parti dix minutes avant mon arrivée. Il s'est peut-être évanoui dans la nature.

Aucun des deux n'y croyait. Ce jeune homme n'était pas du genre à se dégonfler quand il avançait d'un pas.

L'ex-inspecteur se leva et regarda l'enclos du loup. Plus trace de l'animal, mais il était là, dans les buissons, tapi, aux aguets.

— Je vais voir ce que je peux faire pour Javier. En attendant, j'ai autre chose à te demander. Je ne peux pas t'obliger et en réalité ça devrait m'être égal. Mais tu devrais cesser de voir Tania Akhmatova. Ce n'est pas mes oignons de savoir avec qui tu trompes ta femme, mais c'est un bon conseil, si vraiment tu veux tout laisser tomber.

Gonzalo s'étonna.

— Qu'as-tu à voir avec Tania ?

Alcázar prit une cigarette et enfouit le filtre sous la broussaille de sa lèvre supérieure.

— Demande-le-lui la prochaine fois que tu la verras. Encore mieux, demande-le à sa mère.

La personne qui vivait dans cette maison n'avait aucun goût pour les détails. Ce fut la première pensée de Siaka. Avec les années, il avait développé une esthétique inspirée des goûts baroques des riches dont il avait

488

fréquenté les fêtes sous la houlette de Zinoviev. Il aimait les meubles chargés, les rideaux épais, les moulures en torsades dorées et la vaisselle en porcelaine. Plus l'esthétique était bigarrée et prolixe, plus c'était celle du pouvoir, pensait-il. En dépit de sa situation, cette désapprobation de l'environnement fut sa première réaction négative.

La pièce était haute de plafond, des poutres apparentes en béton étaient le nerf visible de la structure qui reposait sur de grandes baies vitrées sans rideaux donnant sur la mer. Il constata que la fenêtre était dûment verrouillée de l'extérieur. Une terrasse en bois d'iroko de plusieurs mètres de large surplombait la falaise. À droite, une pergola sans sa bâche et des meubles en osier couverts de gros coussins de toutes les couleurs. Siaka recula de quelques pas et essaya d'ouvrir la porte de la pièce. Fermée à clé, elle aussi.

— Géniale, cette cellule.

Les murs lisses n'avaient aucune décoration, le mobilier était minimaliste, une table en verre avec les pieds en acier, où étaient posés un compotier plein de fruits et un plateau de nourriture. Les chaises en méthacrylate, assorties aux transparences de la pièce, d'une blancheur totale, presque évanescente. Une jolie cellule, en effet.

Il avait encore la tête douloureuse. Il toucha sa nuque à vif et devina deux petites incisions, à peine plus grandes qu'une piqûre de moustique. Un pistolet électrique, c'est ainsi qu'on l'avait mis hors jeu. Il avait un gros bandeau autour du crâne, qu'il tâta délicatement, et il se rappela qu'avant de perdre connaissance il était tombé sur l'arête d'une marche, dans le métro. À part ça, il avait l'air entier.

"Ils n'ont pas encore commencé", se dit-il.

Il se doutait de la raison pour laquelle il était enfermé, mais il était déconcerté par la décoration, trop moderne au goût des bourreaux de la Matriochka. Ces salauds venus des guerres sales de l'Est n'avaient pas tant d'égards, pour les interrogatoires ils préféraient les cachots, les sous-sols humides et les hangars abandonnés. Le sordide était leur milieu, une façon d'adapter le décor à leur chorégraphie de la terreur. Et naturellement, ils ne lui auraient pas laissé un plateau avec des œufs durs, des toasts aux céréales et des fruits frais. Ils l'auraient obligé à bouffer sa merde.

— Le type accoudé au comptoir, avec son journal. C'était lui.

Après tout, son instinct l'avait alerté, mais il ne l'avait pas écouté assez rapidement.

Il s'assit sur une chaise et se demanda ce qui allait se passer, tout en cherchant s'il y avait des caméras. Il en repéra une dans un recoin du plafond, dissimulée entre deux poutres. Il salua, la main en l'air :

— Je suis prêt. Nous pouvons commencer quand vous voudrez… Au fait, ces œufs manquent de sel.

Deux minutes plus tard, il entendit un bruit de serrure. C'était lui, le type au journal.

— Mais merde, qui es-tu ? demanda Siaka en se levant, sans perdre de vue la grosse barre de fer que le type tenait dans sa main droite.

— Je t'apporte le sel.

Les yeux de Siaka volèrent d'une main à l'autre, mais il ne put esquiver le premier coup dans les côtes.

— Tu devrais être un peu plus aimable avec tes hôtes, dit-il.

Siaka avait le souffle coupé, plié en deux face aux chaussures de luxe, cirées, de l'inconnu.

— Et moins exigeant avec ton amphitryon.

Le second coup lui éclata la bouche. Ses dents s'éparpillèrent comme un jeu de dés sur le carrelage en marbre. Adieu, joli sourire de charmeur de serpent pour touristes écervelées.

Siaka eut une brève pensée pour la policière anglaise qui avait de si jolis nichons ; il aurait dû garder son calibre 22. Il en aurait fait bon usage en la circonstance.

Dans les jours qui suivirent, Gonzalo ne quitta pour ainsi dire pas l'hôpital. Il passait des heures derrière la vitre, regardant l'enchevêtrement de fils et d'appareils qui maintenaient son fils en vie. Javier avait repris conscience, ce qui signifiait qu'il était maintenant réveillé, sous ses paupières obstinément fermées. Son esprit fonctionnait de nouveau, analysait le milieu, pensait à ce qui s'était passé, aux conséquences. Mais il n'était pas encore prêt à les regarder en face.

— Il vaut mieux ne pas le déranger pour le moment, avaient recommandé les médecins.

Gonzalo respectait son intimité, il comprenait mieux que personne que Javier avait besoin d'être seul. Mais il ne s'éloignait pas, il voulait qu'il sache qu'il était là, à côté de lui. Qu'en ouvrant enfin les yeux, il verrait d'abord sa main pressant la sienne.

Lola arrivait de bonne heure le matin et s'asseyait à côté de Gonzalo sans rien dire. Son attitude était celle d'une attente et d'une méditation. Ces dernières semaines, elle avait perdu les derniers vestiges de sa jeunesse, elle était devenue un corps sans âme et sans lumière propre, mue par des forces hasardeuses qu'elle ne cherchait plus à affronter. Ses cheveux languissaient, ses yeux enfoncés faisaient ressortir ses pommettes et son nez, toujours rougi. Malgré les anxiolytiques prescrits par le médecin, elle ne dormait pas et mangeait à peine. On aurait dit qu'elle avait réduit ses efforts au minimum afin de consacrer toute son énergie à cette attente.

Curieusement, ils avaient trouvé un point commun : ils fumaient ensemble à la porte de la cafétéria de l'hôpital.

— J'ai envoyé Patricia chez mon père, à Cáceres, jusqu'à la fin de cette histoire. Je ne veux pas qu'elle vive un truc pareil.

Gonzalo était d'accord. Une bonne idée. Lola ne lui avait pas demandé son avis. Agustín non plus. À peine son beau-père avait-il atterri qu'il avait pris la situation en mains. Soudain, la seule chose importante était de s'occuper du crime de son petit-fils. La Matriochka, la fusion des cabinets, la vente de la propriété, Acasa : tout cela avait été rayé de ses priorités d'un trait de plume.

— Nous en reparlerons, avait-il dit à Gonzalo en entrant dans l'unité de soins intensifs, après avoir embrassé Lola et l'avoir serrée dans ses bras comme il ne l'avait jamais fait.

Il voulut à peine voir Javier, il était trop affecté. Il prit aussitôt les commandes du jeu qu'il dominait le mieux. Il n'avait jamais entamé une partie aussi difficile, elle requérait toutes les influences, l'obligeait à menacer, supplier, persuader et épuiser le crédit accumulé pendant quarante ans de métier.

Gonzalo et son beau-père se haïssaient profondément, une brèche qu'il n'y aurait jamais moyen de boucher. Mais cette fois, Gonzalo lui fut reconnaissant, car il était entre ses mains.

La présence de son père, qui s'occupait de tout, rassura un peu Lola, qui était lentement dévorée par la culpabilité.

— Je ne savais pas que tu fumais, toi aussi.

Lola tordit la bouche, laissant saillir des plis de chair molle aux commissures.

— J'ai arrêté avant de te rencontrer, un vice dégoûtant que je croyais avoir surmonté.

Aucune des facettes de Lola ne le surprenait plus. Leur vie commune avait été un bal masqué. Au point où ils en étaient, elle aurait pu lui montrer encore un autre visage et il l'aurait accepté avec un haussement d'épaules.

Le silence de Lola, sa façon d'observer le bout filtre taché de rouge à lèvres dans une attitude encore mal adaptée à son personnage avaient des effets dévastateurs.

— Comment as-tu pu garder ça pour toi pendant toutes ces années ? Tu aurais dû me dire que tu m'avais vue ce jour-là ; nous aurions rompu ou nous aurions trouvé une solution, mais nous n'aurions pas vécu sans vivre tout ce temps, nous n'aurions pas gâché nos vies.

— Et toi, Lola ? Comment as-tu pu ?

Il avait peut-être espéré qu'elle avouerait tout, qu'elle aurait des remords, un conflit qu'il aurait su résoudre. Mais elle s'était tue, et il n'attendait plus un mot d'elle. À l'époque, il l'aimait trop pour rompre. Orgueil, jalousie, fidélité, loyauté ? Il tenait plus à elle qu'à tout cela. Il avait victorieusement affronté Agustín, lui avait pris sa propre fille et était entré chez ce phalangiste avec l'oriflamme rouge des Gil, victoire suprême à laquelle il n'avait pu ni voulu renoncer. N'était-ce pas la vraie raison pour laquelle il avait feint de ne pas voir ce qu'il avait vu ? L'arrogance, plus que l'excuse de l'amour. À la naissance de Javier, Gonzalo sut au fond de lui que cet enfant n'était pas son fils, et il l'accueillit comme le parasite larvé d'une vengeance encore indéfinie. Un désir de réparer en silence cet affront dont son fils avait payé les conséquences. Tout cela était méprisable. Il l'était aussi. Mais cela n'avait plus aucun sens de revenir sur cette blessure.

— Cela ne servirait sans doute à rien de dire que ce fut une erreur, et que je la regrette. Tu n'imagines pas à quel point. Notre vie est finie, n'est-ce pas ?

— Les choses étaient finies bien avant l'épilogue. Il y a longtemps que c'est fini, sauf qu'aucun de nous deux ne voulait s'en rendre compte. Ton père sera content ; c'est ce qu'il voulait depuis le début.

— Nous ne sommes pas encore à la fin, Gonzalo.

Il avait trahi Siaka, Laura, et il s'était trahi lui-même. Oui, il avait touché le fond. Javier récupérerait peut-être, l'affaire de la Matriochka aurait peut-être même un heureux dénouement, il serait même possible qu'Atxaga disparaisse à jamais de leur vie. Mais rien n'effacerait ce qui s'était passé. Ce qui était brisé ne pouvait être réparé, jamais. Un pot n'est plus le même, même si on recolle soigneusement chaque morceau et qu'on masque les fêlures. Il est cassé une fois pour toutes.

Gonzalo pensa à Tania. Était-elle son point d'attache ? Il avait su que non, même s'il n'en avait pas eu conscience, à l'instant même où il avait joui avec elle dans son lit.

— Et que vas-tu faire maintenant ?

— Redevenir le fils d'Elías Gil. Que puis-je être d'autre ?

Lola écrasa sa cigarette, et recracha la fumée de côté. Elle comptait renoncer à ce vice avant de tout reprendre. Elle regarda Gonzalo et éprouva une grande tendresse ; non, ce n'était plus de l'amour.

— Tu pourrais être toi-même. Ça serait bien.

Tania n'avait pas paru surprise quand Gonzalo lui avait demandé quels étaient ses rapports avec Alcázar et quel était le sens de la scène à laquelle il avait assisté entre elle et sa mère, quand cette dernière l'avait surpris au moment où il sortait de la librairie.

Ils avaient fait l'amour sur le canapé du studio, mais dès le premier instant elle avait remarqué que Gonzalo était ailleurs, même si son corps tentait de prouver le contraire. C'était cet effort qui le dénonçait.

Elle lui avait raconté la vérité. D'une façon dépassionnée, en essayant d'éloigner les événements, les données et les dates, de ce canapé où ils étaient nus, soulignant nettement la frontière entre passé et présent. Elle lui parla du jour où elle l'avait vu pour la première fois à l'exposition d'Argelès avec sa mère, quand ils étaient beaucoup plus jeunes, elle lui raconta comment le personnage d'Elías Gil s'était emparé des silences de sa mère et comment il avait peu à peu obsédé Tania. Elle avait vu à la télévision l'annonce de la mort de Laura et cette info avait ravivé en elle l'intérêt oublié pendant tant d'années pour cet homme qui n'avait qu'un œil. Alors, elle avait retrouvé Gonzalo et commencé à le suivre, à l'étudier, essayant de le comprendre, se demandant si lui aussi était obsédé par ce passé que tous s'appliquaient à étouffer. Ce n'était pas un hasard si le soir où Atxaga l'avait agressé elle était dans le parking. Ce n'en était pas un non plus, si le jour où il était sorti sur le balcon elle était là, avec le recueil de Maïakovski, la première fois qu'ils s'étaient vus.

— Je connaissais ton histoire, je savais tout de toi, mais j'avais besoin de me rapprocher, de te flairer, de t'écouter. Au début, c'était seulement un jeu, un puzzle que j'avais besoin de compléter, comme ces photographies que je veux parfaites, jusque dans les moindres détails, pour admettre qu'elles sont terminées. Tu étais le point de mire de cette image qui apparaissait. Mais je me suis un peu trop rapprochée, je me suis introduite dans ton monde sans ta permission… Et te voilà maintenant, nu sur mon canapé. Nous parlons de cela après avoir fait l'amour, et je sais que tu vois en moi une mystificatrice. Je ne voulais pas de ça, Gonzalo.

Gonzalo était déconcerté. Il ne parvenait pas à assimiler le torrent de paroles que Tania débitait, jambes croisées comme les Indiens, sa toison pubienne bien en vue et ses seins à trois centimètres de son visage. Tout cela était incongru.

— Pourquoi ne m'en as-tu pas parlé dès le début ? Tu aurais pu me poser des questions, simplement. Tu n'avais pas besoin d'inventer tout cela.

— Il ne s'agit pas d'une invention, répliqua Tania en montrant le canapé et leurs vêtements dispersés sur le sol. Je ne suis pas une invention. Cela n'aurait pas dû arriver. Tu ne le comprends pas, mais ma mère a raison : ce rapprochement n'est bon pour aucun de nous deux. Je voulais juste te voir d'un peu plus près, à ton insu, sans te mettre en danger.

— Quelle sorte de danger ?

Tania laissa retomber la tête sur ses épaules. Les ailes de son tatouage avaient changé de couleur sous la lampe. Elles palpitaient. Elle lui montra la boîte de sa mère, qui contenait les coupures de journaux concernant Elías. Pendant que Gonzalo récupérait ses lunettes, elle remonta le drap sur elle.

— La première fois que ma mère a vu ton père, c'était en 1941, à Moscou, au moment de l'invasion nazie. Elle avait onze ans et ton père presque trente. En réalité, ce n'était pas la première fois, mais c'était la première vision précise que ma mère a eue de lui. Ton père s'était évadé fin 1940 du château militaire du Sud de la France où il avait été emprisonné après la guerre d'Espagne. Il avait traversé toute l'Europe pour être commissaire politique dans une unité de combattants espagnols.

Gonzalo tourna lentement les pages de l'album où Anna avait soigneusement noté les dates et les lieux où ces photographies avaient été prises : Collioure en 1939 (il se rappelait avoir vu cette photographie de Robert Capa dans une exposition près d'Argelès en compagnie de sa mère), Varsovie en 1940, Moscou en 1941, Leningrad, Stalingrad en 1942, 1943, 1945... Et il en trouva une qui semblait antérieure aux autres. C'était un article de journal russe, une sorte de bulletin politique daté de février 1933. Ses notions de russe lui suffirent pour lire la légende sous l'image de son père, très jeune et souriant, le poing levé, entouré de trois autres jeunes qui posaient avec le même enthousiasme sur la place du Kremlin :

Les futurs talents de toute l'Europe se joignent
à la construction du rêve soviétique.

— Le rouquin à droite, entre ton père et ce petit boiteux, c'est mon père. Il s'appelait Martin et il était anglais. Je ne l'ai pas connu. Quand je suis née, il avait déjà presque soixante ans. Ma mère est tombée enceinte la seule fois où ils ont été ensemble. Et il a disparu, purement et simplement. Martin et ton père sont les seuls qui ont survécu à Nazino… Avec ma mère.

Tania dit à Gonzalo de tourner les pages, jusqu'à la fin.

— Voici ma grand-mère, Irina. La fille qu'elle tient dans ses bras, c'est ma mère.

Cette image était la même que celle du médaillon-portait que Gonzalo gardait sur lui. Il pouvait enfin reconstituer la figure amputée de cette mystérieuse femme et le nom gravé sur la surface usée du médaillon. Pas de doute, c'était une belle femme, son port altier n'était pas l'arrogance d'une prétendue ascendance de pur lignage, mais l'expression naturelle d'une force propre qui émanait d'elle. Ses yeux si semblables à ceux de Tania, le même nez droit, légèrement bulbeux, ce qui humanisait sa beauté, les lèvres foncées et charnues entre lesquelles pointaient les dents, un demi-sourire. Et ses mains fermes, décidées, de longs doigts aux ongles carrés qui maintenaient dans les plis foncés de sa robe une fillette dans la même attitude de défi, sûre de sa force. Certes, on ne pouvait pas comparer, mais l'image de cette petite à l'attitude de tsarine lui rappelait Patricia. Un regard inquisiteur, une sagesse décalée. Il imaginait une petite fille curieuse, observatrice, sentencieuse.

— Ils se sont rencontrés dans l'île de Nazino, pendant l'hiver 1933. Je crois que ton père et ma grand-mère sont tombés amoureux. Mais cela, ma mère ne peut pas le savoir. Là-bas, il s'est passé des choses horribles, Gonzalo. Des choses qui n'ont rien à voir avec toi ni avec moi.

— Quelles choses ?

— Je t'ai dit que ce n'est bon ni pour l'un ni pour l'autre de remuer ces histoires. C'est dangereux pour nous deux.

— Le mal est déjà fait.

Tania reprit son album et remonta aux pages des années de guerre contre les nazis.

— Tu vois ce colonel à côté de ton père, dans l'uniforme du NKVD? C'est Beria, il a été le bras droit de Staline et le chef le plus puissant de sa police secrète. Il a été le chef direct de ton père pendant des années. Et maintenant, regarde celui-là, derrière eux, habillé comme un industriel américain des années 1940.

— Qui est-ce?

Tania referma l'album et soupira.

— Il est la raison pour laquelle Laura est morte, la cause de toute ta douleur, celle de ta famille et de la mienne. Pendant des années, j'ai été forcée de l'appeler "grand-père". Curieux, n'est-ce pas? Je n'ai pas connu mon vrai grand-père, et si les choses s'étaient passées autrement à Nazino, ton père aurait pu l'être. Mais c'est cet homme qui a assumé ce rôle. Il s'appelle Igor Stern.

23

Près de la frontière avec la Pologne, janvier 1941

Elías ouvrit la première page et lut : "Tous les bonheurs se ressemblent, mais chaque infortune a sa physionomie particulière." Qu'est-ce que cela signifiait ? Ce n'étaient que des mots. Il referma le livre et caressa la couverture verdâtre, où était gravé en lettres dorées : *Anna Karénine*, de Tolstoï. Il reposa le roman sur l'étagère, entre *L'Idiot* et *La Mère*. La collection faisait sans doute partie de la décoration, comme la grande fresque murale cubiste sur un mur. En prenant un peu de recul, on avait l'impression de voir un guerrier médiéval tenant une lance à califourchon sur un coursier blanc, la fierté polonaise de la brigade de cavalerie Pomorska ; mais quand on s'en rapprochait, on ne voyait plus que des formes géométriques et des taches de peinture.

Pour arrêter les unités de chars allemands, ces valeureux lanciers étaient passés à l'offensive en 1939. Un spectacle sans nul doute saisissant, des milliers de coursiers piaffant, les sabots battant la campagne, les cris lancés par les cavaliers contre le bruit assourdissant des engins. Dramatiquement beau et totalement inutile. Une tuerie insensée, des milliers d'hommes et d'animaux couvrant le champ de bataille de leur sang et de leurs cadavres sans que les machines allemandes n'aient eu une seule égratignure lors de cette attaque. Mais cette peinture ne soulevait pas cet aspect de la question.

Sur une chaise en osier, il y avait des magazines de l'École militaire des officiers, et un numéro de la *Pravda*. Les ministres des Affaires étrangères Ribbentrop et Molotov se serraient la main amicalement, mais les relations entre Allemands et Soviétiques n'étaient plus aussi amicales que l'été précédent. Pour la première fois, la presse soviétique critiquait les mouvements de troupes allemandes sur ses frontières orientales, ainsi que l'invasion de la Yougoslavie et de la Grèce. Prévalait encore le discours du traité d'Amitié avec l'Allemagne : "Si Staline l'a signé, le parti bolchevique aussi, et donc c'est bien." Mais tout cela en catimini. Pendant que l'Europe assistait ébahie à la chute de la France en cinq semaines, l'Union soviétique avait annexé les territoires de son aire d'influence, conformément à ce traité. Mais en traversant la frontière polonaise, Elías sentit que la guerre était imminente.

Le 22 juin de l'année précédente, la France avait signé l'Armistice. Elías l'avait appris dans un train de marchandises, caché sous des montagnes de cartons, quand il traversait les Pays-Bas, occupés sans résistance par les troupes allemandes. Un Hollandais lui avait montré le journal qui donnait la nouvelle. La ligne Maginot, cette incroyable défense fortifiée, s'était révélée inutile, les Allemands s'étaient contentés de la contourner, pénétrant par la serrure de Sedan jusqu'à la Manche, où, humiliation suprême, ils avaient obligé les Anglais et les Français à rembarquer à Dunkerque. La France était perdue. Hitler, si friand de gestes clownesques, avait obligé à signer la capitulation dans le wagon de Compiègne, où en 1918 les Allemands avaient reconnu leur défaite lors de la Grande Guerre. Puis il avait ordonné qu'on fasse sauter le wagon.

La France occupée couvrait une partie du Nord et de l'Ouest. Esperanza était dans le Sud, dans ce qu'on appelait la France libre, dont Vichy était la capitale, mais cela ne rassurait pas Elías. Le maréchal Pétain, chef du nouveau gouvernement, était soumis aux forces d'occupation, et la Gestapo agissait avec la collaboration pleine et entière de la gendarmerie française. Il y avait des rumeurs de déportations, d'exécutions et d'arrestations massives. Et il était toujours sans nouvelles de sa femme. L'ordre était comminatoire. Il devait se présenter à Moscou dans les plus brefs délais, et seul. Il avait à peine eu le temps d'envoyer un mot à Esperanza par l'intermédiaire de Pierre, bravant l'interdit de divulguer sa fuite avant de quitter Collioure. Il espérait qu'elle avait reçu ce mot.

"Dans les plus brefs délais", était une mesure de temps trop vague, un euphémisme, compte tenu des circonstances. Même si après la chute de la France on était entrés dans la *drôle de guerre*, les mouvements de troupes et les combats étaient continuels, entre l'Arctique et l'Afrique, entre l'Ouest et l'Est, les armes et l'aviation nazie se répandaient comme une tache d'huile. Il avait dû recourir à toute sorte de moyens de transport, changer de papiers, d'itinéraires, affronter tous les dangers pour atteindre la frontière avec la Pologne. Et il avait mis six longs mois à se présenter dans cet énorme bâtiment occupé par le siège régional du NKVD. Il s'était immédiatement rendu dans les bureaux, mais on l'avait renvoyé dans des bâtiments occupés par des officiers de l'Armée rouge, où il attendit pendant trois longs mois sans recevoir aucune explication. Enfin, par une froide matinée de janvier 1941, un motard du ministère de l'Intérieur arriva avec l'ordre de le conduire aux bureaux du NKVD.

Il attendait depuis une heure et demie. À côté de la fenêtre, il y avait un grand pot en céramique orné de motifs floraux, sous un portrait à l'huile de Staline. Pourquoi avait-il été convoqué dans un tel endroit? Il s'en doutait un peu.

Enfin apparut l'officier de garde. Il avait rang de commandant d'artillerie, le corps préféré de l'armée soviétique, et il dévisagea Elías avec une méfiance manifeste.

Il lança un coup d'œil à la ronde et parut satisfait. Il ressemblait à un arbre rachitique, haut et maigre, ses doigts, sillonnés de veinules bleues, s'agitaient comme des branches.

Deux minutes plus tard apparut un homme de petite taille, en civil, costume sombre de coupe occidentale. Sa tête ronde était presque chauve, quelques cheveux frisés subsistaient à l'arrière du crâne. Ses yeux bleus étaient aimables, et il regardait par-dessus ses lunettes rondes. Il observa Elías pendant quelques minutes d'un air amical, protecteur, rien à voir avec l'officier d'artillerie. Même sans savoir qui il était, on comprenait qu'il avait beaucoup de pouvoir, la raideur et la rigidité avec lesquelles l'officier le salua avant de quitter la salle d'un pas martial étaient éloquentes.

— Tout est en ordre, camarade commissaire.

Ce petit homme à l'air d'administrateur gris était Lavrenti Pavlovitch Beria, commissaire général du peuple pour les Affaires intérieures, ou, ce qui revenait au même, le chef suprême du NKVD, la police politique de l'Union soviétique. Géorgien, comme son idole, Staline, qu'on appelait le "pacificateur de Tiflis", où sa réputation comme épurateur du Parti s'était établie à coups de purges et d'assassinats d'éléments hostiles aux thèses de Staline. Il avait la haute main sur la milice, les agents des douanes, les administrations pénitentiaires, les camps de travail forcé et la sécurité de l'État. En outre, avec ce climat de préguerre, il disposait d'un corps d'armée formé par des unités de terre, de l'air et d'artillerie. Il contrôlait aussi, et c'était la raison de la présence d'Elías, tous les organismes d'espionnage et la police secrète. Il était donc, avec Staline, celui qui détenait le plus de pouvoir à cette époque en URSS. Et rien de tout cela ne semblait peser sur ses épaules d'homme tranquille.

Il invita Elías à s'asseoir et lui demanda dans un français impeccable comment s'était déroulé son voyage. Il dominait aussi très bien l'allemand et l'anglais. Malheureusement, s'excusa-t-il, son espagnol laissait à désirer. Il s'intéressa à l'épouse d'Elías, il la connaissait par son vrai nom et savait tout sur son passé, des détails que même Elías ne connaissait pas ; il promit de s'occuper de sa sécurité et lui assura que le couple serait bientôt réuni. Elías comprit qu'il lui mentait. Il se passerait du temps, peut-être des années, avant qu'il puisse revoir Esperanza.

— Je suppose que tu comprends la situation.

Elías confirma, sans rien ajouter. C'est ce qu'on attendait de lui. Beria le dévisagea. Il était capable de trouver une faille invisible sur la surface lisse d'une pierre.

— Les choses ont beaucoup changé depuis 1934. Mes prédécesseurs avaient une autre façon de voir les choses.

C'était une façon indirecte de s'excuser pour ce qu'Elías avait enduré à Nazino. Pendant ces mois d'attente, Elías avait eu le temps de se forger une opinion sur les changements auxquels Beria faisait allusion. La première tâche qu'avait entreprise le Géorgien, c'était l'épuration du NKVD, l'ancienne OGPU. Yagoda, Berman et ses sbires du Goulag avaient été victimes de leurs propres méthodes. Beria voulut lui montrer qu'il fallait changer la mentalité des services de sécurité. Il ne s'agissait plus d'exécutions sommaires ni d'arrestations indiscriminées comme celle qu'il avait subie, lui et des milliers de citoyens, en 1933.

— Les temps nouveaux requièrent du pragmatisme, de l'observation et de la compréhension avant d'agir. Naturellement, cela n'empêche pas d'être ferme quand c'est nécessaire.

Naturellement. Ce mot résonna comme un poignard déchirant le voile de l'innocence. Elías avait constaté que la police de Beria était une arme redoutable, partout présente, frappant avec précision à l'endroit le plus douloureux de ses ennemis. L'information et le contre-espionnage étaient les domaines qui exigeaient d'évoluer pour s'adapter à l'air du temps.

— La guerre contre Hitler est une réalité que plus personne ne conteste, affirma cet homme qui aurait pu être bibliothécaire, collectionneur de timbres ou taxidermiste patient. Bien sûr, les Allemands vont perdre : notre meilleur atout a toujours été l'immensité de notre territoire, depuis les invasions suédoises ou napoléoniennes, le temps joue toujours en notre faveur, mais nous devons faire notre part. Je pense que l'Allemagne attaquera au printemps ou au début de l'été. Nous devrons retarder leur avancée de notre mieux, jusqu'à l'arrivée de l'hiver. Puis viendra le dégel, et dans ces conditions leur guerre mécanique, la "guerre éclair", comme l'appellent les nazis, qui a étonné le monde, deviendra inefficace. Nous avons besoin de personnel formé à la guerre moderne et aux services d'intelligence. C'est là qu'interviennent des hommes comme toi, camarade. Peu d'agents ont ton expérience, et tes supérieurs ont vanté tes mérites au SIM et ensuite à Argelès. Tu es discipliné, efficient et froid. Le genre d'homme que je cherche pour ce service nouveau.

Beria se leva, signifiant la fin de l'entrevue. Elías Gil l'imita, attendant que son chef prononce le dernier mot.

— Tous les hommes ont un cœur, c'est ennuyeux, mais c'est inévitable. Nous pouvons mettre notre dévouement au service de nos idées, aux dépens de nos émotions, ce qui devrait être normal, mais il est hors de doute que les sentiments restent, et sapent notre détermination.

C'était une menace dans les règles de l'art. Sans un geste déplacé ni une expression de travers. Mais Beria le mettait en garde :

— Je sais que tu n'oublieras jamais ce qui s'est passé à Nazino, et je peux comprendre ta frustration.

— Sauf votre respect, camarade commissaire : ma loyauté ne peut être mise en doute, je crois l'avoir largement prouvé.

Beria acquiesça.

— J'ai appris qu'un policier espagnol était allé te chercher à Argelès et qu'il ne t'avait pas arrêté. Pourquoi ?

— Il ne m'a pas reconnu.

Beria fronça ses lèvres minces et caressa le dossier du canapé.

— Il ne t'a pas reconnu… Mais toi tu l'as reconnu. Ramón Alcázar Suñer est un ami d'enfance. Et il était sous ta garde à Barcelone. Mystérieusement, il a pu s'enfuir avec sa femme et son fils.

Elías pâlit, ce qui arracha un sourire à Beria. Ce dernier aimait que les gens comprennent d'emblée que personne ne pouvait lui échapper. Il savait tout, et c'était sa force.

— Tu as monté une belle infrastructure au camp d'Argelès, beaucoup de camarades te doivent reconnaissance, parce que tu leur as sauvé la vie. Mais on m'a raconté des histoires de Sénégalais dépecés, de passages à tabac et d'assassinats qui n'avaient pas été ordonnés par le Parti. L'histoire de Tristán était une terrible erreur, Elías. Il travaillait pour nous, tu ne le savais pas ?

Elías ouvrit la bouche de surprise.

— J'ai reçu le papier rouge portant son nom. Il collaborait avec les gardes et…

— … Et il couchait avec l'un d'eux, je sais. Pierre et ses petits papiers rouges… Nous nous occuperons du *boulanger*, le moment venu. Le fait est que tu as pris des décisions tout seul. Ce qui n'est plus admissible dans les circonstances actuelles.

Elías se demanda ce qui allait se passer. On l'avait peut-être fait revenir uniquement pour le fusiller. C'était peut-être l'intention de Beria, qu'il ne pouvait mettre à exécution pour une mystérieuse raison.

— Que signifie la loyauté pour toi, camarade ? demanda le commissaire.

Une question risquée, un de ces jeux limite qu'il aimait tant, une partie d'échecs où le mat signifiait une balle dans la nuque.

— Soumettre les émotions personnelles aux raisons générales, dit Elías sans hésiter.

La réponse plut à Beria, car elle était sincère. Il savait quand les hommes mentaient, c'était son travail. Malgré tout, il restait méfiant. C'est pourquoi il avait imaginé une épreuve pour ce lieutenant du SIM, dont tout le monde disait des merveilles en fermant les yeux sur ses indisciplines et ses contradictions, avant de décider de ce qu'il allait faire de lui.

— Quelles qu'en soient les conséquences ?

— Quelles qu'en soient les conséquences.

Beria décrocha le téléphone posé sur la commode, donna un ordre bref, raccrocha et regarda Elías avec un sourire innocent.

Deux minutes plus tard entra un jeune homme élégamment vêtu, on aurait dit un industriel américain de Californie, bronzé, le sourire jusqu'aux oreilles. Il portait un costume cintré à rayures fines et des bottines. Ses boutons de manchette assortis à sa montre et à son épingle de cravate étaient en or. On aurait dit un mafieux sur la crête de la vague. Et c'était le cas.

— Salut, Elías. Ce bandeau sur l'œil te va très bien.

Igor Stern n'avait pas perdu une once de son arrogance. Au contraire, elle avait décuplé, dans les mêmes proportions que sa fortune, apparemment.

— Il paraît qu'on va jouer dans la même équipe.

Elías chercha Beria du regard pour avoir une explication. Le commissaire se contenta de scruter sa réaction après cette apparition soudaine, et de l'informer :

— Le camarade Stern collabore avec enthousiasme à l'effort de guerre de notre patrie. Ses services sont très utiles à l'Armée rouge, grâce à lui, nous pouvons acquérir le matériel nécessaire qui doit arriver à nos frontières en toute discrétion. Le camarade Molotov le tient en haute estime. Cela doit-il entraîner une faille dans ta loyauté ?

Que de temps passé ! Igor ne s'était pas rendu compte de la rapidité avec laquelle son destin avait changé depuis qu'en 1935 la porte de sa cellule s'était ouverte sur des bottes boueuses et une capote ruisselante qui inondait le sol en ciment. Une lampe s'était braquée sur son visage.

— Debout.

Cette fois, il crut qu'on allait le fusiller. Il s'était écoulé plus d'un an depuis son évasion de Nazino, et huit mois depuis qu'enfin il avait retrouvé Elías et sa bande en fuite. Parfois il s'en voulait de lui avoir laissé la vie sauve. Une faiblesse qu'il regretterait, comme il regretterait de ne pas s'être assuré que ce pédé de Martin était bien mort, de même que son compagnon Michael. Mais sur le moment il se sentait sûr de lui, euphorique. Il avait gagné : le manteau d'Elías fumait dans la cheminée, et la petite, Anna, était en son pouvoir.

Il aurait dû mettre à exécution la menace faite à Elías, laisser ses hommes la violer et la mettre en pièces. Mais de cela aussi il devrait se repentir. Quand cette patrouille l'avait arrêté près de l'Oural, les preuves étaient contre lui. Le rouquin avait déposé contre lui après s'être remis de ses blessures ; il avait raconté tout ce qui s'était passé, les scènes de cannibalisme, la terreur imposée par Igor. À la décharge de ce maudit Anglais, il reconnaissait qu'il n'avait ni exagéré ni minimisé les faits. Un tribunal l'avait condamné à la peine capitale et on lui avait pris Anna.

Aussi s'apprêtait-il, une fois de plus, à rire de la mort et à la regarder en face, ce soir de 1935, quand la porte de sa cellule s'était ouverte sur ce type maigre en tenue militaire. Ils franchirent le couloir voûté et sortirent dans la cour intérieure par une porte latérale restée ouverte. L'homme en capote montra une perspective de couloirs et de hangars, côté ouest. La porte de la prison était ouverte.

— Nous nous reverrons, camarade, lui dit cet homme en haussant la voix pour se faire entendre sous les trombes d'eau qui inondaient la cour et résonnaient comme une armée de tambours sur les toitures métalliques.

Igor regarda le mur d'enceinte et la guérite qui surveillait cette extrémité de la cour. Intentionnellement, ou par hasard, le garde avait tourné la tête de l'autre côté.

— Que signifie ceci? demanda-t-il, méfiant.

— Cela signifie que désormais tu seras un soviet modèle. Tu ferais mieux de te dépêcher. Les portes qui s'ouvrent peuvent aussi se refermer.

Igor connaissait des hommes de tout acabit et aucun ne l'avait jamais effrayé. Mais cet homme qui lui souriait, derrière ses verres de lunettes ruisselants, le fit trembler.

Il traversa la cour à toute vitesse, les chaussures trempées, traversant les flaques le cœur battant, se demandant si le soldat de la guérite tirerait.

Il ne tira pas.

Pendant presque un an, Igor crut qu'il était libre. Il pouvait aller n'importe où, voler, violer, assassiner. Chaque fois qu'il était sur le point d'être pris, quelqu'un relâchait la corde qui se resserrait autour de son cou. Et il savait qui était le responsable, et que tôt ou tard ce dernier viendrait réclamer le paiement de sa dette. Ce qui eut lieu un soir, dans un commissariat non loin de Leningrad. Cette fois il n'avait rien fait pour qu'on l'arrête, les policiers étaient venus le chercher et l'avaient amené devant cet homme, Beria.

— Tu t'es assez amusé, il est temps que tu te mettes au travail.

Igor fit d'abord partie du groupuscule de mouchards et d'informateurs au service de Beria. En général, il avait affaire à son assistant, Dekanozov, un type doté d'un sens de l'humour sinistre, peu enclin aux compromis qui convenaient si bien à Igor. Mais parfois, c'était Beria lui-même qui le convoquait.

Peu à peu il prit des responsabilités, et son heure vint, deux ans plus tard. Le traité qu'ils conclurent était simple :

Igor avait carte blanche pour organiser un réseau de marché noir, contrebande de toute sorte de marchandises illicites, à condition qu'une bonne part en revienne aux réserves du NKVD (en l'occurrence Dekanozov et Beria). Parfois, il devrait transporter des marchandises d'un autre genre au milieu des cargaisons habituelles : des armes lourdes, des prototypes de moteurs d'avions allemands, des minéraux comme le wolfram, des explosifs expérimentaux. Parfois, il offrait une couverture à des agents du NKVD, il les faisait passer pour des mafieux de sa bande et les transférait en Pologne, Finlande, France, Angleterre ou Allemagne. Parfois aussi, on lui demandait d'agir directement comme agent informateur en infiltrant les réseaux autochtones de délinquants, pour en savoir plus sur les vices des politiciens, des militaires ou des membres influents des puissances étrangères. Un matériau qu'ensuite les hommes de Beria utilisaient pour exercer des chantages et obtenir des informations beaucoup plus intéressantes.

Igor s'amusait beaucoup à ce jeu de hasard, toujours démesuré et au bord du précipice. Il était conscient que Beria se débarrasserait de lui quand il ne lui serait plus utile. Et son travail consista pendant toutes ces années à se rendre nécessaire à tout prix. À l'époque de la grande purge qui élimina Yagoda et Berman, Beria fut promu chef du NKVD et les portes de l'avenir s'ouvrirent toutes grandes.

Maintenant, il était un chef d'entreprise riche et reconnu, toléré par le Parti, qui fermait les yeux sur son ambition dévorante. Ses affaires profitaient en partie d'une couverture légale : il fournissait des équipements à l'armée, gagnait des devises en dollars et en marks allemands, qu'il déposait dans des banques suisses. Il avait des contacts à haut niveau, dans le pays et au-dehors, il avait accès à la plupart des chancelleries et hautes personnalités de la culture et de l'espionnage. Il s'était raffiné, son goût pour la musique, le théâtre et la splendeur des salons lui avait presque fait oublier qu'il était le fils d'un charretier juif. La vie lui souriait enfin, il n'avait qu'à continuer d'être indispensable à ce petit homme. Il avait vingt-sept ans et il était au sommet du monde.

Et juché sur ce sommet, il regardait maintenant Elías Gil. Lui aussi avait changé pendant ces six années, et sa présence dans le bureau de Beria indiquait dans quel sens. Elías était devenu un fonctionnaire au service de ceux qui l'avaient enfermé à Nazino. Qu'avait-il obtenu en échange ? Cette question intriguait Igor Stern.

Beria avait posé une question à Elías et il attendait une réponse. Peut-être espéraient-ils tous les deux dans leur for intérieur la même réponse : qu'Elías renonce à travailler avec l'homme qui avait été la cause de ses malheurs. Mais ils se trompaient.

— Ma loyauté envers le Parti et le peuple soviétique n'admet aucune faille, camarade. Je peux travailler avec Stern si notre cause peut en bénéficier.

— Elle en bénéficiera, j'en suis sûr, dit le commissaire du NKVD, pour clore la réunion.

Deux jours plus tard, une voiture s'arrêta devant le modeste immeuble où Elías logeait. Un homme et une fillette de dix ans en descendirent. Les témoins, ahuris devant l'apparition de ces deux personnes luxueusement vêtues dans un quartier miséreux, diraient plus tard que la fille avait l'air d'un ange, dans un épais manteau de fourrure assorti à son joli chapeau, sous lequel s'agitaient de gracieuses boucles dorées. Son regard et son port étaient presque aussi arrogants que ceux de l'homme qui la tenait par la main. Cette enfant, c'était Anna Akhmatova, et l'homme qui lui tenait la main, Igor Stern.

— Je voulais que tu la voies.

Elías était debout au milieu de la salle de séjour, regardant cette petite qui ne ressemblait presque plus à la fillette qu'il avait abandonnée aux mains d'Igor. Stern voulait qu'il admire son œuvre, comment il avait su peu à peu la modeler et la façonner à son image.

— Qui est cet homme, papa ? demanda Anna à Igor en se serrant contre ses jambes. Cette appellation meurtrit Elías et réjouit Stern. Anna avait maintenant le même regard résolu et un instinct qu'elle cultiverait pour se laisser aimer par cet homme qui caressait sa petite tête blonde.

— Regarde-le bien, Anna, et n'oublie pas son visage : c'est l'homme qui a tué ta mère. Il l'a laissée se noyer dans la Nazina pour sauver sa misérable vie. Et il t'aurait tuée aussi, sans le moindre doute.

La fillette ne pouvait comprendre ces mots ni leur portée véritable, mais avec l'acuité des animaux qui savent s'adapter, elle comprit qu'elle devait regarder cet inconnu avec haine et répugnance. Et elle fut des plus convaincantes.

— Retourne m'attendre dans la voiture. J'arrive dans cinq minutes.

Anna lança un dernier regard oblique à Elías et ce dernier perçut à travers une brume de gestes appris un entrebâillement qui lui rappela sa mère. Une petite voix lui souffla qu'un jour cet esprit hérité se rebellerait contre le linceul dans lequel l'enfermait Igor. Une faible illusion pour se réconforter.

— Finalement, je ne l'ai pas bouffée.

Cela voulait être un commentaire caustique. Mais c'était plus profond que cela.

— Beria sait qui elle est ?

Igor ouvrit un porte-cigarettes en argent, prit une américaine et la tapota sur le couvercle. Tout en lui était devenu plus sophistiqué, mais sous cette apparence civilisée persistait le loup affamé qui regrettait peut-être ses nuits errantes.

— Beria sait combien de fois le dernier paysan de ce pays chie tous les jours. Et tant qu'affluent les devises et ses camions, il se moque du reste, ce petit homme à tête de paysan pourrait nous bouffer tous les deux d'une bouchée sans s'émouvoir. Il est le pouvoir incarné.

C'était justement ce que voulait Igor ; il était plus ambitieux qu'il ne l'avait jamais été ; il avait entrevu l'éclat de ce bien intangible et il n'avait pas l'intention de le laisser filer. Elías le lut dans son regard. Certains hommes succombent aux malheurs, d'autres y puisent leur force. Igor était de ceux-ci, il pouvait négocier avec les Russes, les Allemands, les Anglais, et même avec le diable s'il en tirait profit.

— Que veux-tu, Igor ?

Stern alluma sa cigarette et secoua la tête.

— Tout.

"C'est toi que je veux, disait son regard furibond, tout ce qu'on ne peut acheter ni vendre avec de l'argent. Je veux ton respect, et si je ne peux l'obtenir, alors je veux ta soumission et ta peur."

Ils continuaient, six années plus tard, à livrer la même lutte, maintenant dans un autre décor.

— Est-il possible que nous soyons amis ? Je ne demande pas ta dévotion, disons juste une preuve que le passé est derrière nous.

— Tu viens de dire à cette petite que j'ai tué sa mère.

— N'est-ce pas vrai ? C'est horrible à entendre, en effet. Nous avons fait ce qu'il fallait pour survivre. Comme maintenant. Et quand tout cela sera fini, on nous jugera avec beaucoup de dureté, je t'assure. Tes enfants et tes petits-enfants te montreront du doigt, te traiteront de sauvage et d'assassin. Ils diront encore pire de moi, je le sais. Et ils auront raison, mais aucun d'eux ne sera ici, ni à Nazino. Les juges se prononcent toujours du haut de leur tour d'ivoire. Avec un peu de chance, si la pièce tombe côté face, d'autres écriront que tu étais un héros de la Révolution, un idéaliste engagé et courageux. Franchement, je n'en ai rien à foutre de la postérité, mais elle a peut-être un sens pour toi.

Elías se taisait. Igor avait toujours trop parlé, comme s'il voulait se construire à travers ses mots et dissoudre avec eux l'évidence de ses actes. C'était un truand. Rien de plus.

— La seule chance que nous soyons amis, toi et moi, c'est que le ciel et la terre se fondent. Peu importe l'accord que tu as passé avec Beria, ni comment tu as magouillé pour arriver là où tu es ; que les choses soient claires, Igor : l'œil que tu m'as pris te poursuivra et t'atteindra, aussi haut que tu sois monté. Et un jour, maintenant ou dans cent ans, je t'arracherai la tête de mes propres mains.

Le calme apparent d'Igor Stern se décomposa trop vite pour ses habitudes récemment acquises ; l'échec de ce vernis d'homme réservé sautait aux yeux. Il serra les poings et se tourna méchamment vers la porte qu'Anna venait de franchir, après l'avoir appelé "papa".

— J'ai encore faim, et j'ai gardé ma proie, ne l'oublie pas.

Au début du mois suivant, Elías fut envoyé en tant que militaire à l'École supérieure de services d'information de Moscou, qu'on surnommait couramment l'Académie. Les élèves sélectionnés parmi les différentes écoles de police étaient instruits en politique générale par des commissaires politiques, lesquels donnaient aussi des cours sur l'histoire du parti communiste. Mais la base de leur formation, c'était le maniement de l'information, le détournement d'agents potentiels, les tactiques d'espionnage et de contre-espionnage, la rédaction de rapports codifiés et le travail de terrain. Quand ils en sortaient avec leur diplôme, ils étaient capitaines ou lieutenants du NKVD.

Un de ces instructeurs était Vassili Velichko. Il était monté en grade depuis son époque à l'Académie d'aviation de Touchino, et il avait effacé tout vestige du jeune imberbe qui, en 1934, avait présenté son rapport sur les événements de Nazino à la veuve de Lénine et au secrétaire général du PCE, José Díaz. Maintenant, il était colonel dans l'armée de l'air. Ses cheveux prématurément blanchis et une grosse barbiche lui avaient rajouté beaucoup d'années, bien qu'il en ait à peine vingt-quatre. À l'époque, les vieux étaient prématurés, pour eux la vie privée ne comptait pas, n'existait pas.

Velichko était devenu habile. Il avait su échapper aux purges répétées dans les services de sécurité, bien qu'il ait engrangé de sérieuses inimitiés après la rédaction de ce rapport qui avait fini dans les mains de Staline en personne. On disait que son protecteur était un oncle, chef de la 4e section de l'état-major (les services d'intelligence militaire épurés par Yekhov), ce qui le maintenait à l'abri. Ce jeune instructeur de l'Académie de défense civile avait aiguisé son intelligence au point d'être doté d'une perception spéciale, il avait une haute idée de sa mission et un patriotisme sans faille. La somme de toutes ces qualités lui valait d'être très efficace et très apprécié à l'Académie, mais il rêvait d'être un jour affecté à une unité de chasse.

Il était sincèrement heureux de retrouver Elías. S'ils évoquèrent le passé, ils parlèrent surtout de l'avenir. Velichko était au courant de la situation de Stern et de sa position proche du pouvoir.

— Nous allons au-devant de temps difficiles, mon ami, et nous avons besoin de ce genre de charognards. Ils ne connaissent pas ces règles qui nous contraignent, et cela les rend utiles. Tu connais l'histoire du général Koutépov ? – Elías confirma. – Un de ces vieux généraux de la Garde blanche, enlevé et assassiné à Paris par l'OGPU. Figure-toi que sept ans plus tard, la même chose est arrivée à son successeur, le général Miller. Le jour où on l'a éliminé, un navire marchand soviétique, le *Maria-Oulianova*, était amarré dans le port du Havre. Un véhicule de notre ambassade a déposé un énorme coffre qui a été prestement embarqué sur le bateau. Le

Maria-Oulianova a levé l'ancre quelques minutes avant l'arrivée de la police française. Tu sais ce que transportait ce coffre ?

Elías en avait une vague idée. Le vieux général Miller.

— Exactement. Le paquebot et l'équipage, comme les hommes qui transportaient le coffre, tout appartenait à Igor Stern. Si la police française avait fait capoter le dispositif, on n'aurait pas pu accuser directement nos services d'espionnage. Stern aurait endossé toute la responsabilité. Il est cher, mais cela vaut la peine de le payer. Telle est la réalité d'aujourd'hui, Elías. Pendant que tu étais à la guerre en Espagne et en France, Igor Stern n'est pas resté les bras croisés. Il est devenu un type très important.

— J'ai vu Anna, Vassili. Igor me l'a amenée pour que je l'entende l'appeler papa.

Velichko baissa les paupières, remâchant une pensée amère, les dents serrées.

— Elle a passé quatre ans dans un orphelinat de la banlieue de Kiev. Ce n'était pas un endroit agréable, mais je l'ai retrouvée et je me suis arrangé pour qu'elle ne manque de rien. C'est une fille fantastique. – Vassili avait soudain de la lumière plein les yeux : Souriante, intelligente, très éveillée et communicative. Quand j'allais la voir, je me faisais passer pour son grand frère ; parfois, je pouvais louer un appartement et la sortir de cet endroit horrible pendant quelques jours, nous allions nous promener en forêt, nous patinions sur le lac… Même ma cabocharde de mère s'était entichée d'elle. Un jour, j'ai appris qu'Igor avait déposé une demande de reconnaissance en paternité. Il avait de faux papiers, et je ne doute pas que c'était avec la bénédiction de Beria, un petit cadeau en remerciement de l'enlèvement de Miller. Je me suis arrangé pour la voir régulièrement. Elle grandit et se rend compte du genre d'homme qu'est Igor, mais elle a compris qu'elle ne peut que faire semblant de l'aimer. Il y a un an, une patrouille de la milice m'a appelé. Ils l'avaient trouvée toute seule à la gare de Moscou, et elle avait donné mon nom. Elle s'était enfuie de la datcha où Igor la tient recluse. Tu peux le croire ? À peine neuf ans et la voilà en plein centre de Moscou ! Les autorités refusèrent de m'écouter : Igor la réclamait et je fus obligé de la lui remettre. Je sais ce que tu as cru voir, Elías. Mais Anna est la digne fille d'Irina Akhmatova. Je lui rends visite aussi souvent que possible, surtout quand Igor est en déplacement, nous parlons beaucoup et j'essaie de lui redonner espoir. Mais la guerre approche et la place n'est plus au sentimentalisme ni aux causes personnelles. Tout est ajourné *sine die*. Et tu dois le comprendre.

Et la guerre arriva, ponctuelle. Inévitable. Ce dimanche-là, Elías lisait les *Izvestia*, dont la première page annonçait un rapport sur les écoles publiques, quand Vassili Velichko fit irruption dans sa chambre, l'air décomposé et le regard fiévreux.

— Les Allemands ont franchi nos frontières. *Voïna*, Elías, *Voïna* !

Guerre ! Ce cri parcourut tout le pays comme une décharge électrique. C'était le 22 juin 1941.

Deux jours plus tard était décrétée la mobilisation générale. Velichko, avec d'autres officiers aviateurs, fut envoyé comme volontaire sur les aérodromes de Biélorussie. Le jour du départ, il n'était pas euphorique, mais il affichait une gravité déterminée. Il s'était préparé à ce moment pendant deux ans.

Ils s'étreignirent longuement, échangèrent la promesse de se revoir bientôt et avant de se séparer Vassili lui donna un dernier conseil.

— Méfie-toi d'Igor. Il va devenir plus dangereux que les nazis. La saloperie est son milieu naturel.

En quelques semaines, les défenses russes furent écrasées par trois unités de l'armée allemande qui s'étalaient sur un front de trois mille kilomètres, du nord au sud. L'armée du Nord fonça sur Leningrad, celle du centre avait Moscou pour objectif et celle du Sud avançait avec une surprenante rapidité à travers l'Ukraine, vers Kiev et Kharkov. Plus de trois millions d'hommes, six cent cinquante mille véhicules, près de trois mille chars et deux mille avions se lancèrent à tombeau ouvert sur les unités soviétiques. Dans la première semaine de l'invasion, la Luftwaffe détruisit mille deux cents appareils de l'aviation soviétique. Dont ceux de l'escadrille de Vassili, descendu sur la frontière avec la Pologne. Elías le lut dans le rapport du commandement des opérations sur le front occidental, où il était affecté. Le courageux Velichko n'avait même pas eu le temps de mettre à l'épreuve sa sagacité de pilote. Les nouvelles concernant le front de Leningrad qui arrivaient au centre militaire du NKVD étaient désolantes : le premier jour de l'attaque, les troupes allemandes avaient pénétré de plus de quarante kilomètres sur l'axe Minsk-Smolensk-Moscou.

Sur le front de l'Ukraine, plus de six cent cinquante mille Soviétiques avaient été capturés lors du siège de Kiev, et une centaine de milliers étaient tombés à Bulatov, Smolensk et Briansk. Et les nazis ménagèrent un effet de surprise côté propagande : un officier montra à Elías un numéro du magazine *Signal*, l'organe de propagande nazi distribué aux soldats de l'Axe : dans les pages intérieures on montrait un illustre prisonnier qui s'était rendu le 16 juillet aux troupes qui encerclaient leur unité d'artillerie. Le message était clair : si le lieutenant d'artillerie du 7e corps, Iakov Djougachvili, était tombé dans les griffes de l'armée allemande, aucun soldat de l'Armée rouge n'était plus à l'abri. Ce lieutenant était le fils de Staline.

Elías avait vécu la guerre d'Espagne, les luttes intestines à Barcelone en 1937, la retraite et les camps d'internement français. Il croyait qu'après tout cela, qu'après Nazino, rien ne pourrait plus le surprendre. Mais il se trompait. Quand en octobre le NKVD apprit qu'une division de volontaires espagnols allait entrer en action du côté de Leningrad, intégrée dans les armées allemandes du secteur nord, il fut immédiatement envoyé là-bas.

Ce qu'il trouva sur son passage lui glaça le sang. Ce n'était pas une guerre qui cherchait à conquérir un territoire ou à le défendre. C'était un affrontement d'extermination, il ne s'agissait pas de vaincre l'adversaire, mais de l'effacer de la carte. On combattait avec une férocité sans merci, une haine implacable, une cruauté infinie. Le pronostic de Beria se réaliserait peut-être, et les Allemands finiraient par se diluer dans l'infini de la terre soviétique qui l'avait lui-même englouti à Nazino, et il ne resterait sans doute plus un seul homme debout de part et d'autre.

Les Soviétiques pratiquaient la stratégie de la terre brûlée, ils rasaient dans leur retraite des villages entiers, des villes, détruisaient les voies de communication, brûlaient les cultures, tuant les animaux de basse-cour et le bétail qu'ils ne pouvaient emmener. Les soldats morts étaient dépouillés de tout leur équipement et abandonnés au suaire de la glace. En chemin vers le front de Leningrad, Elías vit des scènes dantesques et surréalistes.

Au milieu de ce néant gelé, une forêt de mains nues émergeait de la glace, comme si les morts cherchaient les rayons trompeurs du soleil hivernal. Un chien avait été congelé en tombant dans l'eau et la moitié de son corps dépassait sur la rive, les pattes avant près de la toucher. Au milieu de l'immensité, on voyait de temps en temps un point noir et calciné, une ferme de paysans incendiée, la cheminée en pierre fumant encore comme si persistait la chaleur du foyer. Les corbeaux se posaient sur les têtes glacées des soldats tombés, leur bec picorait les yeux gelés et rebondissait sur la glace.

Les cadavres de la division des volontaires espagnols étaient reconnaissables à leur chemise bleue. Bien qu'ils portent l'uniforme de l'infanterie allemande, ils avaient refusé de se séparer de leur chemise de phalangiste. On se mit à les appeler la division Azul. Tous n'étaient pas volontaires, mais Elías était très étonné que beaucoup des prisonniers le soient. Des étudiants du SEU, des politiciens ordinaires, des professeurs, des médecins, des cadres moyens et supérieurs. D'après les informations du NKVD, ils étaient environ dix-huit mille, divisés en trois régiments, sans compter les sapeurs, les artilleurs et les aviateurs.

— Pourquoi êtes-vous ici, à vous battre dans cette guerre qui n'est pas la vôtre ?

Le prisonnier était sergent dans l'infanterie. Son peloton avait été balayé une heure plus tôt par une mitrailleuse de la compagnie du NKVD à laquelle Elías appartenait. Il avait été ému que, même blessés, beaucoup de ces soldats aient continué d'avancer, laissant derrière eux un sillage de sang et de viscères en direction des défenses de la mitrailleuse. Ils étaient presque tous morts à la première offensive, et ils avaient continué d'attaquer à découvert jusqu'à décimation complète.

— Dans les tranchées, on a froid. Rien de tel qu'une bonne bagarre pour se réchauffer, répondit ce sergent, gravement blessé d'un coup de fusil sur le côté.

Deux autres prisonniers saluèrent sa réponse avec un rire décharné et animal.

Ils ne dirent rien. Ils affrontèrent la torture en traitant Staline de tous les noms, et quand Elías pointa son revolver sur le front du sergent, ce dernier le devança et colla son front au canon.

— Vive l'Espagne, rouge de merde !

Elías pressa la détente.

Pourquoi cette haine ? écrivit-il le soir même à Esperanza. *Aujourd'hui, j'ai exécuté un phalangiste d'une
balle en pleine tête. Voilà ce que je me disais en regardant son corps à mes pieds, une chose amorphe, celui
d'un ennemi. Mais la vérité c'est que j'ai tué un ingénieur chimiste de trente-deux ans, qui s'appelait Roge-
lio Miranda, originaire de Medellín, d'après le livret
militaire qu'il portait sur lui. Un mineur de Mieres tue
un chimiste de Medellín dans un endroit qui ne signifie
rien, devant une église orthodoxe que nous défendons,
à des milliers de kilomètres de nos foyers, de nos vies.
Il avait de la famille, j'ai vu une photographie dans
son portefeuille. Deux enfants, mignons, de six et sept
ans. Sa femme est belle, brune, gaie. Ça réchauffe de la
regarder par ce froid.*

*Qui va leur dire qu'on l'a tué ? Ses enfants sauront-
ils un jour que c'est moi qui l'ai assassiné ? Compren-
dront-ils pourquoi leur père est mort ici ? Et nous, le
comprendrons-nous un jour, Esperanza ? Les nazis sont
étonnés de la férocité avec laquelle ces divisionnaires
rebelles et indisciplinés se lancent contre nos positions,
et les commissaires de l'Armée rouge n'en reviennent
pas de voir la violence de la riposte des volontaires espagnols qui se battent dans nos rangs, nous sommes cités
comme des modèles de courage et considérés comme
des soldats aguerris. Ils ne comprennent rien, ni les Allemands ni les Soviétiques. Ils croient que nous luttons
pour eux, alors que nous nous battons contre nous. Ils
ne comprennent pas qu'il suffit de crier d'un côté le nom
de Belchite, ou de Badajoz, ou de Tolède, pour que les
uns et les autres se lancent dans la bagarre comme des
chiens enragés. Voir le drapeau de la division Azul
enflamme les nôtres plus que la croix gammée ; éclairer
le drapeau républicain de notre côté est un stimulant
plus que suffisant pour qu'ils s'élancent avec rage contre
nous. Que de mal nous a fait cette guerre ? Je me*

demande si un jour on pourra laisser tout cela derrière nous, et la réponse m'atterre.

Sois prudente, comme je le suis déjà. Tout cela finira un jour ou l'autre, et nous serons de nouveau ensemble, je te le promets.

Leningrad, 23 décembre 1941.
Ton époux.

Elías relut cette lettre écrite dans son refuge, à la lueur vacillante d'une chandelle. Dans les ruines de l'église encore fumantes somnolaient les hommes épuisés de tuer et d'éviter d'être tués. Les blessés étaient alignés dans ce qui restait du presbytère. Ils ne criaient pas, ils étaient seulement inquiets et de temps en temps émettaient une légère plainte, sans force ; ils sanglotaient, imploraient leur mère, leur fiancée, leurs enfants de ne pas les abandonner dans cette nuit obscure et froide. Ils ne voulaient pas mourir seuls. Par les fenêtres déchiquetées, on voyait la campagne jonchée de cadavres, surtout des membres de la division Azul.

On aurait dit de petits monticules sombres que la neige recouvrait. De temps en temps, on entendait un coup de fusil et on voyait l'éclair de la détonation. Une patrouille achevait ceux qui agonisaient. On ne pouvait pas faire de prisonniers ; il n'y avait pas de médicaments pour les soigner, ni de nourriture, ni d'eau en quantité suffisante. Au loin, au-delà du lac, l'éclat des bombes tombant sur Leningrad était un beau spectacle de pyrotechnie. Le fracas des détonations était très atténué, comme la rumeur d'une tempête qui s'éloignait. Peut-être ? On ne pouvait pas non plus entendre les cris des mutilés, des blessés, des morts.

Quelqu'un prétendit que, dans les tranchées, les divisions Azul chantaient des chansons de Noël. Elías sourit. Son père, athée, les avait interdites à la maison ; Elías avait toujours envié ses amis, comme Ramón, quand il les voyait défiler sur le chemin de l'église pour la messe de minuit avec leurs *zambombas* et leurs tambourins.

Il aurait aimé se lever, détacher son revolver et son ceinturon, franchir les quatre cents mètres qui le séparaient des lignes ennemies, s'asseoir avec eux, partager peut-être un peu de touron et leur demander qu'on lui apprenne ces *villancicos* qu'il n'avait jamais pu retenir. Mais il avait dû se contenter de la nuit obscure, sans étoiles qui annoncent une bonne nouvelle ou une épiphanie.

"Paix sur la terre aux hommes de bonne volonté", avait écrit quelqu'un dans la neige. Sur une autre terre, peut-être, pas celle-ci en tout cas. Les seuls hommes de bonne volonté gisaient, enfouis sous la neige.

24

La première pierre siffla au-dessus des têtes et s'écrasa contre une vitre de la cabine d'un bulldozer. La cinquantaine de manifestants poussa des cris de joie, entrecoupés de slogans contre les politiciens et la famille Gil. Ces derniers mois, la propriété de Gonzalo représentait le dernier réduit des Gaulois, l'îlot de résistance qui empêchait la poursuite des travaux du lac. Mais d'après certaines banderoles, Gonzalo Gil et sa mère s'étaient aplatis devant les *intérêts capitalistes*. Une honte pour la mémoire du héros communiste Elías Gil. Le nom de Gonzalo n'était plus acclamé, mais vitupéré, depuis que sa signature était apparue sur le contrat de vente. La police se démena pour ouvrir un passage aux machines de chantier en direction du lac. Il y eut des courses, des affrontements, des coups.

Agustín González et Alcázar observaient les événements du haut d'un promontoire, tels un général romain et son centurion observant les évolutions de la bataille d'un point stratégique hors d'atteinte.

— Pourquoi s'entêtent-ils à défendre un truc dont ils se foutent ? La moitié de ces gens ne sont même pas de la région.

L'avocat semblait sincèrement étonné, il ne comprenait pas les vraies raisons de ce tumulte. Pour lui, tout était une question de chiffres, un prix par mètre carré, une affaire qui se réglait dans un cabinet d'avocat, une étude de notaire, avec les services de l'urbanisme et les autorités locales. Ces gens étaient des trublions, un obstacle incompréhensible qui enrayait la mécanique bien huilée du plan prévu.

Alcázar voyait les choses autrement, de façon moins pragmatique. Ce paysage qui rappelait vaguement celui de sa jeunesse allait disparaître. Il n'éprouvait aucune sorte de nostalgie ou de sentiment romantique, mais ces manifestants avaient l'impression qu'on leur arrachait une chose qui leur appartenait, une chose dont un tas de spéculateurs s'étaient emparés. Ils avaient raison.

— Chacun choisit son combat, dit-il laconiquement.

— En ce cas, ils en ont choisi un qu'ils ne vont pas gagner.

Il ne s'agissait pas de cela, pensa Alcázar. La question n'était pas de vaincre, mais de défendre jusqu'au bout ce que l'on croit juste et soulager ainsi sa propre conscience. Dans quelques années, si le lac et son environnement n'existaient plus, certains de ces manifestants visiteraient les installations du terrain de golf, se promèneraient au milieu des résidences de grand standing et expliqueraient à leurs enfants ce que c'était auparavant, ils raconteraient avec une fierté mal placée qu'ils avaient reçu un coup de matraque parce qu'ils avaient voulu préserver l'endroit. Et leurs enfants, peut-être, seraient fiers d'eux, et peut-être au fond de leur cœur naîtrait le désir de ranimer la rébellion de leurs géniteurs.

Ainsi avançait le monde, lentement, par petits gestes héroïques et stériles. De génération en génération.

— Enfin, il semble que tout se passe comme prévu, c'est l'essentiel, trancha Agustín González en secouant la poussière de son manteau.

Novembre avait apporté une chute de température importante. Il ne tarderait pas à neiger en montagne. Avec un peu de chance, se dit l'avocat en soufflant sur ses doigts pour les réchauffer, le complexe pourrait être inauguré dans deux étés.

Alcázar était moins optimiste. Il n'avait pas encore retrouvé Siaka, et même si Gonzalo avait respecté l'accord en retirant sa plainte à titre personnel, le ministère public poursuivait son action contre la Matriochka. L'information tirée de l'ordinateur de Laura continuait d'arriver sur le bureau du procureur. Ce qui ne semblait pas trop inquiéter Agustín González.

— Sans le témoignage oculaire de ce témoin, ils n'ont rien. Les preuves écrites sont circonstancielles, impossible de les recouper si les originaux n'existent pas, je m'en suis déjà occupé. C'est la parole d'une morte, meurtrière, déséquilibrée, dépressive et droguée, contre la nôtre.

Agustín González enfonça la tête dans le col de son manteau, regardant avec mépris ce qui se passait à quelques mètres de lui. La police avait ouvert un passage et les bulldozers avançaient inexorablement.

— Ne t'inquiète pas, c'est du pipeau, je sais naviguer dans ces eaux. Toi, occupe-toi de ce témoin. Tu dois le retrouver et t'assurer qu'il n'ira pas déposer.

— Et que fait-on de Gonzalo ?

L'expression d'Agustín González se modifia. Ce qui était arrivé à son petit-fils était un malheur, qui l'avait forcé à mobiliser tous ses talents et à brûler une grande partie du crédit qui lui restait. Mais en fin de compte, avec l'aide d'Alcázar, les choses pourraient s'arranger. On avait découvert que Carlos était un maître chanteur professionnel, il avait à son palmarès toute sorte d'escroqueries et de délits mineurs. Une personne bien connue des policiers et des juges, qui n'avaient aucune sympathie pour ce genre de sangsue. Il n'avait pas été difficile de trouver un juge compréhensif qui, au vu des preuves de collègues de l'ex-inspecteur, avait accepté la théorie de la légitime défense. Carlos faisait chanter Javier, comme cela avait été prouvé grâce à des photographies que son petit-fils collectionnait (les rares où Javier n'apparaissait pas dans une attitude complaisante), lequel avait refusé de payer et menacé de tout révéler à la police, Carlos avait voulu l'impressionner avec le revolver, il y avait eu bagarre, Carlos était mort et Javier gravement blessé.

Telle était la thèse qu'il fallait défendre, même s'il fallait la fignoler et en retailler les franges. Quand Javier serait en état de déposer, il lui expliquerait comment soutenir cette version des faits. Il devrait accepter l'épreuve d'étaler publiquement sa sexualité, mais (même si cette attitude le répugnait) ce n'était pas un délit. On ne parlerait pas de Lola. Ce que pensait Agustín de tout cela, le sentiment d'avoir été un mauvais père, ne comptait pas pour le moment. C'était sa fille et il ferait le nécessaire pour la protéger.

Mais toute cette histoire, si dramatique qu'elle soit, lui avait bénéficié à double titre. Après tout, Gonzalo n'était pas aussi pusillanime qu'il le croyait. Tous ses scrupules d'avocat intègre étaient partis en fumée à la perspective de voir son fils en prison ou sa famille détruite. Il n'avait pas hésité à mentir, prétendant qu'il se doutait qu'on faisait chanter son fils, et que Carlos lui avait même demandé de l'argent, tout en cachant à la police le rôle de Lola. Docile comme un agneau, il s'était plié sans protester à la volonté d'Agustín et avait montré qu'il était à la hauteur et avait des nerfs d'acier. Finalement, s'il divorçait, vu les circonstances, ce serait une victoire amère pour Agustín González, car son gendre s'était montré beaucoup plus digne que sa fille.

Pendant les semaines d'hospitalisation de Javier, Agustín et Gonzalo s'évitèrent, mais de façon courtoise, prenant leurs distances comme pour mettre en veilleuse leurs propres intérêts tant que le garçon ne se serait pas rétabli. Et un beau jour, Gonzalo se présenta dans son bureau.

— Quand crois-tu que nous pourrons procéder à la fusion ? demanda-t-il, comme s'il reprenait une conversation interrompue la veille.

Il avait à la main le contrat de vente signé.

Il aurait préféré vaincre autrement, se dit Agustín en se dirigeant vers sa voiture pendant que les engins de démolition commençaient leur travail, malgré l'opposition des manifestants. Mais une victoire restait une victoire, c'était l'essentiel.

Alcázar s'était garé à côté de la voiture d'Agustín. Ils se serrèrent la main avant de se séparer. L'ex-inspecteur avait quelque chose à vérifier.

Il se rappelait à peine la maison. Il n'y était allé que deux fois avant la nuit au lac. Et chaque fois, Elías lui avait interdit de franchir la grille de l'entrée. Les souvenirs revenaient. À l'époque, elle était peut-être plus accueillante. Laura était au bout du jardin, près du puits. Elle avait treize ou quatorze ans, et Alcázar ne lui avait pas accordé beaucoup d'attention. Il se rappelait que Gonzalo aussi courait partout, pieds nus et sans tee-shirt, un sac d'os avec de grandes oreilles et des cheveux ras, comme tous les enfants de l'époque pour se débarrasser des poux.

— C'est sans doute là que c'est arrivé la première fois.

Le puits était à sec, bouché par une dalle qu'il eut du mal à déplacer. Au fond avaient poussées des herbes blanchâtres mêlées aux racines qui sortaient des parois de brique moussue. Alcázar lança un caillou et le vit rebondir contre les parois. Le petit corps de Gonzalo devait rebondir aussi délicatement quand sa sœur le cachait au fond, en le faisant descendre avec la poulie. Combien d'heures avait-il passées, enfermé, mort de peur, avec de l'eau jusqu'à la taille. Ce fameux soir de la Saint-Jean de 1967, quand enfin il avait obtenu de Laura qu'elle lui raconte la vérité, elle avait prétendu ne pas être au courant. Elle était terrifiée.

C'était une matinée comme les autres. Laura dormait dans une toute petite chambre, Gonzalo dans ses bras, il avait encore eu un cauchemar et s'était blotti contre elle. Derrière la cloison, elle entendait la respiration rauque de son père. Elle n'entendait pas sa mère, car elle ouvrait les yeux avant même que la première clarté pénètre par la fenêtre. De sa chambre, elle avait dû la voir passer comme un souffle d'air, sans geste inutile et sans ouvrir la bouche, descendre l'escalier et raviver les braises du poêle. Laura s'habilla sans bruit pour ne pas réveiller Gonzalo. Esperanza pencha la tête en la voyant et sourit avec la triste complicité d'un sort qu'elles partageaient toutes les deux. Comme si elle ne savait pas ce que pourtant elle savait. Sa mère avait sans doute feint de ne pas remarquer que Laura avait les yeux gonflés d'avoir passé la nuit à pleurer. Elle n'entendait plus sa fille fredonner des chansons en russe, ni partir en grands éclats de rire.

Esperanza la serra contre elle, l'assit sur ses genoux, lui attacha les cheveux avec des barrettes et lui raconta sa rencontre avec Elías et toutes les aventures qu'ils avaient vécues ensemble avant sa naissance. Elle voulait la convaincre que son père était, malgré tout, un brave homme. Elle évoqua les années de guerre en Europe, pendant lesquelles ils avaient été séparés, car son père s'était battu contre les fascistes à la bataille de Leningrad, d'abord pour la défendre, ensuite pour la reprendre. Elle lui montra avec fierté la boîte qui contenait les médailles et décorations reçues à la suite de cette lutte acharnée, les photographies à Leningrad, à Stalingrad et à Berlin, le jour de la victoire contre Hitler. Et lui raconta qu'enfin, au bout de cinq longues années, il avait poussé la porte de cet atelier de Toulouse : il venait la chercher.

— Et toi, pendant toutes ces années, tu faisais quoi ?

Esperanza sourit avec nostalgie.

— J'attendais. J'aurais pu changer de vie. Un agent artistique réputé m'avait remarquée et il voulait m'emmener à Paris pour que je devienne une star.

Esperanza se rappelait très nettement les grands édifices, les voitures décapotables et la circulation des tramways, les robes des actrices, leurs coiffures, leurs maquillages, leurs longues jambes et leur taille fine, leur distinction quand elles marchaient ou fumaient. En racontant cela, elle devenait une autre, la femme qu'elle aurait pu être. Soudain, elle se tut et regarda autour d'elle, un reproche dans les yeux. Il y avait des odeurs de fumier, de paille humide. Et toutes les odeurs qu'elle détestait, le cuir desséché des attelages, la sueur des animaux, la sienne.

— Ne t'accroche pas à ce qui peut te faire souffrir, comme les souvenirs. J'ai choisi mon destin, et beaucoup ne peuvent même pas s'en vanter. Et mon destin a toujours été ton père.

— Mais pourquoi tolères-tu une chose pareille ?

Esperanza avait poussé la porte pour qu'on ne puisse pas les entendre. Elle soupira.

— Je ne sais pas de quoi tu parles.

— Si, tu le sais.

Les yeux de sa mère s'évadèrent, loin, s'obscurcissant comme si un nuage d'orage les traversait. Elle n'avait jamais frappé aucun de ses enfants. Mais sa main se dressa avec fureur contre les vérités que lui crachait sa fille, et la gifla, espérant sceller cette bouche, ne plus l'entendre.

— Va chercher de l'eau au puits, dit-elle tout bas en regardant ses doigts, ébahie de ce qu'elle avait fait.

Elle recula jusqu'à la porte en se tenant les bras, un froid glacé lui parcourait le corps et elle avait un air plaintif et prostré.

Ce matin-là, veille de la Saint-Jean, Laura longea sûrement le muret de pierre recouvert de lierre sec et de fougères humides, arriva au puits et prit les seaux. Quand elle revint, Elías l'observait fixement de son œil unique. Et ce qu'elle voyait dans cet œil l'affolait.

Alcázar scruta le fond du puits. Il était impossible qu'un liquide normal puisse couler sous la tourbe où abondait l'argile, si figée qu'elle ne laissait plus passer ni l'eau ni l'air. Il releva la tête et regarda la façade, condamnée à s'effondrer sur ces champs stériles, comme après une défaite, espérant peut-être que la mauvaise herbe recouvre ces ruines et les efface de la surface de la terre. Tel était l'avenir qui était réservé au passé. Ce silence.

À onze heures du soir, on ne voyait pas beaucoup de monde dans les rues. Au rez-de-chaussée de l'immeuble, il y avait une vieille *trattoria* qui fermait tard, et les voix des clients traversaient la fenêtre fermée. En revenant de l'hôpital, Gonzalo ôta ses chaussures et se laissa tomber tout habillé sur le lit. Il écouta ces voix qui s'éteignaient progressivement. Un ivrogne qui avait une belle voix se lança dans un fado de Dulce Pontes que Gonzalo connaissait. Il accompagna la balade de l'ivrogne pendant que sa voix se perdait au loin :

> *Mãe adeus. Adeus, Maria*
> *Guarda bem no teu sentido*
> *Que aqui te faço uma jura :*
> *Que ou te levo à sacristia*
> *Ou foi Deus que foi servido*
> *Dar-me no mar sepultura.*

La pièce était à peine éclairée par l'éclat des réverbères de la place. La pluie luisait sous l'effet de cette lumière jaunâtre. Les portes du balcon étaient grandes ouvertes et les gouttes éclataient contre la balustrade ébréchée. Mille échardes minuscules entraient dans la pièce, humectant le dossier d'un fauteuil et les pavés du sol. C'était une jolie musique, quand elle accompagnait la pluie. On avait envie de ne pas se cacher, de marcher sous l'averse sans parapluie, de se perdre au milieu de ces gouttes, d'en être une au milieu des autres.

Le répondeur clignotait à côté du téléphone. Depuis qu'il avait vendu la propriété, il ne cessait de recevoir des appels insultants qui l'accusaient d'être un traître, un vendu, un radin et une canaille. Aucun d'eux n'avait son fils à l'hôpital, la poitrine détruite, aucun d'eux ne vivait avec l'angoisse que des assassins enlèvent sa fille de dix ans.

— Tu as fait ce que tu croyais juste, l'avait rassuré Tania, et personne ne peut te juger pour ça.

Elle le jugeait pourtant. Le jour même, assis à une table du Flight, quand il lui dit qu'il avait besoin d'être seul pour prendre des décisions, ses yeux gris se posèrent sur lui, comme deux pierres qui l'entraînaient vers le fond.

— On efface tout et on recommence, c'est cela ?

Gonzalo hocha la tête, comme s'il s'attendait à cette réaction de sa part. Il faillit se rapprocher d'elle, mais il se retint. Il ne savait pas comment elle réagirait, il la connaissait à peine, et d'après ce qu'il avait pu constater, Tania lui avait menti depuis le début.

— Cette histoire de mon père et de ta mère… Je me sens piégé par tant de mensonges, Tania. Je suis déconcerté, indécis, je ne sais que croire, répéta-t-il avec l'air de renoncer à lutter contre un adversaire, même si celui-ci veut s'incruster, conscient de ne jamais pouvoir le vaincre.

La mâchoire de Tania s'était contractée et ses lèvres serrées dessinaient une fine ligne horizontale. C'est elle qui fit le premier pas. Lentement, en lui laissant la possibilité de reculer, d'écouter la voix étourdie qui criait dans sa tête que ce n'était pas bien. Mais cette voix s'éteignit comme un râle quand il sentit le contact gercé, la légère saveur du rouge à lèvres et du tabac blond.

— Là, tu peux croire que c'est vrai. Car ça l'est.

L'était-ce ? Il n'en était pas certain, mais Tania l'aidait à se sentir bien, elle ne lui demandait pas d'être ce qu'il n'était pas, elle ne le poussait dans aucune direction particulière, se dit Gonzalo en effaçant les messages sur le répondeur après les avoir écoutés. Une flopée d'injures qui ne l'effleuraient pas. Le dernier message était différent :

Alors comme ça, tu t'es déculotté devant ton beau-père et ce flic ! Et tu crois que ça peut finir comme ça ? Tu crois que Laura te le pardonnerait ? Tu ne peux pas sortir du jeu avant la fin de la partie, Gonzalo. Pas tant qu'Aldo Rossi détient l'ordinateur de ta sœur.

C'était la voix de Siaka. Mais qui récitait un texte dicté par un autre. Gonzalo connaissait un peu le jeune homme, et son ton de défi était déformé par une vibration de crainte.

Des cris envahirent la rue. Gonzalo se mit à la fenêtre. Il devina des formes près des conteneurs du coin, trois mendiants qui se battaient pour des ordures, se dit-il.

Il referma la fenêtre et réécouta le message. Il datait du soir même.

Floren Atxaga n'avait pas beaucoup lu avant d'entrer en prison. Il pouvait au moins remercier cette pute cubaine et son avocat de lui en avoir donné l'occasion. Jusqu'alors, les livres avaient toujours été des couvertures renfermant des pages jaunies pleines de poussière. Les seuls livres qu'il avait feuilletés étaient la Bible et le recueil de psaumes de l'église. Maintenant, il les dévorait, même si parfois il avait du mal à comprendre ce qu'il lisait. Il avait commencé par un bouquin qui lui semblait bien adapté : *La Ruche*, de Camilo José Cela, bien qu'il y ait trop de personnages et qu'il ait fini par tout mélanger. Un autre livre, *Mes paradis artificiels*, de Francisco Umbral, lui avait paru complexe, il y avait beaucoup de mots qu'il ne comprenait pas et ça l'énervait, il avait l'impression que l'auteur se moquait de lui. Et maintenant, il était plongé dans *La Peste*, de Camus. Trop triste. La vie n'était pas aussi noire qu'il la dépeignait.

Il devrait peut-être reprendre la Bible. Là, il se sentait à l'aise, se dit-il, déconcerté et nerveux, en tripotant une demi-douzaine de livres qu'on avait jetés dans un conteneur, sans rien trouver d'intéressant.

— Tu cherches quoi, mec, de la bouffe dans les poubelles, comme les rats ?

Atxaga se retourna et vit deux adolescents. L'un d'eux tenait un bâton qui ressemblait à une batte. L'autre le regardait avec insolence, et pourtant il aurait pu être son fils. Il avait les pupilles dilatées et gesticulait avec nervosité. Un million d'abeilles voletaient entre sa langue et son palais. Il portait un tee-shirt avec une phrase en anglais, incompréhensible pour lui.

— Je veux tout ce que tu as.

— Quoi ?

— Tu regardes mon tee-shirt, non ? Alors voilà ce qui est écrit : "Je veux tout ce que tu as."

Atxaga était presque sûr que ce n'était pas la vraie traduction, ce qui n'avait aucune importance. Ils l'attaquaient. Ces petites merdes l'attaquaient.

Il observa les garçons avec un mélange de colère et d'inquiétude. Ces deux fleuves contradictoires qui s'entrechoquaient toujours à la surface de ses sentiments. Il se dit qu'ils pourraient être ses enfants, qu'ils finiraient fatalement comme ça entre les mains de leur pute de mère, dans un quartier crado comme celui-ci, par attaquer des gens bien.

Et c'était inacceptable, absolument.

Il ne se donna pas beaucoup de mal. Il détestait la violence, mais parfois la violence le dominait, comme Jéhovah quand il en avait assez de donner sa chance au peuple élu. Alors il envoyait les fléaux, les plaies, il le massacrait et espérait qu'ainsi il avait compris la leçon. Mais le peuple n'apprenait pas, n'apprenait jamais. Et l'obligeait à être de plus en plus sévère.

Quand il s'arrêta de cogner sur le garçon qui tenait le bâton, ce dernier était en sang. Il se traînait comme un rat, comme disait Atxaga, moribond. Le garçon en tee-shirt avait la tête aplatie contre le garde-boue d'une voiture. Il ne les avait pas tués, il espérait simplement qu'ils avaient appris la leçon.

— Vous m'obligez à être un fléau. Et ce n'est que le premier.

Il ramassa un livre dont les pages étaient froissées et tachées de sang.

— "Deux familles, égales en noblesse, dans la belle Vérone, où nous plaçons notre scène, sont entraînées par d'anciennes rancunes à des rixes nouvelles où le sang des citoyens souille les mains des citoyens", lut-il lentement.

Il regarda le titre : *Roméo et Juliette*. Il sourit. Il aimait les histoires d'amour.

Cette nuit-là, posté dans une entrée, épiant la fenêtre éclairée de l'avocat Gonzalo Gil, il découvrit que Shakespeare et lui partageaient le même point de vue sur les choses.

Le vieux Lukas grogna sur un ton plaintif. Il voulait sa promenade.

— D'accord, râleur.

Alcázar avait besoin de se dégourdir. Il n'était plus si jeune et son esprit ne pouvait plus se concentrer aussi longtemps devant un ordinateur. Il savait au moins une chose : Siaka n'avait pas quitté le pays, en tout cas pas avec un billet à son nom. Qu'est-ce que cela signifiait ? Rien. Il pouvait avoir franchi la frontière autrement ou sous une fausse identité. Mais il avait l'intuition que ce jeune homme était toujours à Barcelone.

Dans l'après-midi, il était retourné au bar où il avait donné rendez-vous à Gonzalo et était parti avant l'arrivée de celui-ci. C'était le dernier endroit, s'il ne se trompait pas, où il avait été vu. Le serveur lui répéta ce qu'il avait déjà dit à Gonzalo. Un Noir, bien mis de sa personne. Il l'avait déjà vu quelquefois, toujours accompagné par une jolie touriste qui avait l'air d'avoir les moyens. De préférence des Américaines ou des Anglaises qui descendaient dans des hôtels de luxe.

— C'était toujours elles qui payaient, mais quand il venait seul, il laissait des pourboires somptueux. C'était un brave garçon, un peu excentrique.

— Excentrique, pourquoi ?

— Il aimait qu'on lui dise vous. C'est inhabituel chez quelqu'un de si jeune. Je crois qu'il se montait le bourrichon à force de fréquenter les hôtels de luxe.

— Il y avait quelqu'un d'autre avec lui ?

Le serveur était sûr que non. Il mentionna un monsieur élégant qui avait pris un café au comptoir.

— Il avait l'air de s'intéresser à lui, vous voyez ce que je veux dire ?

— Non.

— Le garçon présente bien, et ce type au comptoir, je ne sais pas, j'ai l'impression qu'il était gay. Il est sorti derrière lui dès que le jeune est parti.

Le serveur lui donna une description sommaire. Grand, brun, en bonne forme. Bien élevé, bien habillé. Comme cent mille autres cadres qui grouillaient tous les jours dans la ville.

Lukas lança un aboiement déchirant. Alcázar se frotta les yeux et s'étira. Il était presque minuit. Il n'avait rien mangé, et le cendrier était plein de mégots. Il prit la laisse et sortit. Il pleuvait, mais ça ne l'avait jamais gêné de marcher sous la pluie. On respirait mieux. Il crut entendre la voix de Cecilia dans son lit : n'oublie pas le parapluie. L'inspecteur n'aimait pas l'utiliser, mais pour la rassurer il l'emportait sous le bras et faisait le tour du pâté de maisons sans l'ouvrir. Il n'avait pas perdu cette habitude, c'était comme si sa femme l'accompagnait : deux vieux et un fantôme sous la pluie.

Il se remit à penser à Siaka, tandis que Lukas flairait une crotte fraîche. Il ne savait pas grand-chose de lui. Les archives mentionnaient quelques arrestations pour des délits mineurs, prostitution, vols de touristes… Dans des hôtels de luxe. Soudain, la pluie lui dégagea l'esprit.

Il rentra en tirant sans pitié sur la laisse du chien et chercha sur Internet les hôtels de luxe du centre. Il n'y en avait pas beaucoup, une demi-douzaine.

Le lendemain matin, il y alla avec une photo du jeune homme. La plupart d'entre eux le connaissaient, soit parce qu'une touriste avait porté plainte, soit parce qu'il avait occupé une suite, toujours avec terrasse donnant sur la mer. Toutefois, les dates où on se souvenait de lui étaient antérieures à son apparition dans le bar. Mais à l'hôtel Gran Majestic, face à l'aire de débarquement des croisières internationales, le chef de la sécurité se souvenait très bien de lui.

— Il a essayé de dévaliser une touriste anglaise. Le hasard a voulu que ce soit une agente de Scotland Yard.

— Elle a porté plainte ?

— Non. Elle a dit que ça n'en valait pas la peine. En réalité, je crois qu'elle voulait éviter le scandale. Elle avait loué une chambre pour quelques heures, vous voyez ce que je veux dire ? Elle nous a conseillé, avec flegme, de mieux contrôler les personnes que nous accueillons dans notre hôtel.

— C'est elle qui a payé ?

Le chef de la sécurité regarda sur l'ordinateur et lui montra la facture. La date coïncidait avec le jour où Siaka était venu au bar. Quelques heures auparavant, il était logé là. Cela ne signifiait rien. Mais c'était un détail important ; le jeune homme savait que la Matriochka le cherchait et au lieu de se cacher ou de se tirer, il avait continué de mener une vie normale, ce qui pouvait laisser entendre qu'il n'avait pas l'intention de s'en aller : ou bien il était inconscient, ou bien il se sentait en sécurité sous le parapluie de Gonzalo. L'idée qu'on l'avait attrapé commençait à lui trotter dans la tête. Tout le problème était de savoir qui.

En réalité, se dit-il, il se retrouvait au point de départ. Il appela Gonzalo.

— Tu as reçu des nouvelles de notre ami gorge profonde ?

— Non, et je ne crois pas que j'en recevrai. Tout le monde sait que je me suis plié à la volonté d'Agustín González. Vous devriez entendre les gentillesses qu'on laisse sur mon répondeur.

Alcázar trouva que ce matin-là Gonzalo était plus loquace que de coutume. L'amélioration de l'état de son fils y était pour quelque chose, ou alors son enthousiasme était en rapport avec la fille d'Anna. Cet idiot ne l'avait pas écouté et il continuait de la voir. Mais cela regardait Anna Akhmatova et son ami Velichko.

— Il s'est très vraisemblablement évaporé, ajouta Gonzalo.

Alcázar devait envisager cette possibilité, mais son instinct persistait à lui dire le contraire.

Quand Gonzalo raccrocha, il se demanda s'il avait eu raison de cacher à Alcázar le message de Siaka. D'une certaine façon, se dit-il, il pouvait peut-être encore honorer ses engagements.

La rue était coupée. Apparemment, la bagarre de la veille avait été tragique. Il y avait du sang partout et une voiture de police interrogeait le voisinage. Une ambulance embarquait une des victimes, dont le visage n'était plus qu'un énorme hématome. L'autre essayait de donner une description de l'agresseur, assez floue. Gonzalo n'y prêta pas attention, une idée l'obsédait.

À peine arrivé à son bureau, il prit Luisa par le coude et l'entraîna dans un coin.

— L'enregistrement du jour où Atxaga m'a attaqué, tu l'as mis dans le coffre-fort?

— Avec ma collection gore, répondit son assistante avec acidité. Tu veux te remettre dans le bain?

Les images ravivèrent les blessures dont il n'était pas encore guéri. Tous les soirs en respirant il pensait à ces coups de poignard si près du poumon. Il surmonta son appréhension et regarda tout, photogramme par photogramme, traquant le moindre détail qui aurait pu lui échapper. Tania était penchée sur lui, désespérée. Gonzalo pensa aux moments où ils avaient fait l'amour, à ce baiser au Flight et à ce qu'elle lui avait dit : "Là, tu peux croire que c'est vrai." En revoyant cette image, il n'y avait aucun doute. Tania lui avait sauvé la vie.

Il la vit se relever, les mains ensanglantées, sortant nerveusement son portable de son sac et appelant les services de secours. Quand apparurent les éclats des clignotants prioritaires dans la rampe du parking, elle s'éclipsa vers l'ascenseur. L'ambulance arriva d'abord, puis la police. Gonzalo concentrait toute son attention sur le 4×4 et sur le hayon, où il avait laissé l'ordinateur. Il avait vu la séquence des dizaines de fois, cherchant un indice sans savoir lequel, et comme les autres fois il crut qu'il ne le trouverait pas.

Mais cette fois il remarqua un détail presque imperceptible. C'était là depuis le début, tellement évident qu'il ne s'en était pas rendu compte. Il était là, derrière, une ombre dans la zone de la pénombre de la caméra, à peine visible quand l'obscurité du reflet sur le mur variait. Presque un fantôme. Apparemment, il n'y avait pas qu'Atxaga et Tania qui l'attendaient dans le parking. Il y avait quelqu'un d'autre, qui connaissait l'emplacement de cette caméra et celui de la zone d'ombre où il devait se cacher pour ne pas être découvert. Et il y resta très longtemps, jusqu'à ce que les services sanitaires et les policiers s'occupent exclusivement de mettre Gonzalo sur une civière et de l'installer délicatement dans une ambulance. À peine une minute, qui suffit pour que l'ombre derrière le 4×4 entrouvre la portière latérale et prenne la mallette contenant l'ordinateur de Laura. Ensuite il s'était discrètement faufilé entre les véhicules, côté mur, jusqu'à l'ascenseur.

Et à cet instant, pendant un dixième de seconde, son visage avait été visible.

Gonzalo n'eut aucun mal à confirmer les soupçons qui l'avaient assailli après avoir écouté plusieurs fois le message de Siaka. Ce visage, c'était celui de Luis.

— Debout.

Il avait surgi par surprise à côté de lui. Siaka sursauta en sentant l'appel du pied. Il avait de plus en plus de mal à être sur ses gardes. Il se redressa sur le côté et faillit retomber. Ses os devenaient fragiles comme du verre.

— Une nouvelle danse ? demanda-t-il en regardant son geôlier de travers.

Sa paupière était encore enflammée et le sang séché recouvrait son visage. Combien de temps s'était écoulé depuis la dernière raclée ? Une heure ? Une journée ? Il avait perdu la notion du temps et il perdrait bientôt, il le savait, le peu d'arrogance qui lui restait.

Luis mit une chaise au milieu de la pièce.

— Assieds-toi.

Siaka obéit à contrecœur.

— Tu m'as l'air d'un type bien élevé, on ne t'a jamais appris à dire s'il vous plaît ?

Luis recula d'un pas et l'examina posément. Il était plus jeune qu'il ne le paraissait, et plus effrayé que son air bravache ne le laissait supposer. Mais c'était un dur, aucun doute là-dessus.

— Tu sais où nous sommes ?

Luis s'approcha de la baie vitrée qui donnait sur la mer et regarda d'un air absent. C'était une plaine plombée à l'infini. Là, dans cette pièce, il avait prévu la chambre à coucher, avec le lit près de la fenêtre, pour que chaque matin au réveil la première chose qu'ils voient soit ce beau lever de soleil.

— C'est là que j'aurais dû construire le rêve que vous m'avez volé, Zinoviev et toi.

— Je te l'ai déjà dit, répéta Siaka, l'estomac nauséeux, je n'ai rien à voir avec la mort de ton fils. J'avais beaucoup d'affection pour lui.

Luis s'écarta de la fenêtre, regardant avec un intérêt apparent le plafond mansardé. Il avait envisagé de le doubler avec un bois noble. Laura aimait la couleur plus rougeâtre du châtaignier ou du chêne, mais il préférait le hêtre, plus diaphane. Cela n'avait plus beaucoup d'importance. Après en avoir fini avec cette histoire, il mettrait le feu à la maison, l'assurance se chargerait du reste. Il partirait à Londres et ne reviendrait jamais. Plus jamais.

— Tu avais beaucoup d'affection pour lui ? Quelle sorte d'affection ? Assez pour gagner sa confiance et celle de Laura, pour que les professeurs de l'école se familiarisent avec ton visage, que personne ne soit trop surpris que tu passes le prendre cinq minutes avant l'arrivée de sa mère. Cette sorte d'affection qui a poussé mon fils à te faire confiance quand tu lui as demandé de monter dans la voiture avec Zinoviev. C'est l'affection qui t'a mené jusqu'au lac pour aider Zinoviev à le tuer ?

Luis était passé derrière la chaise, hors de portée du regard de Siaka. Le jeune homme avait des menottes aux pieds et aux mains, qui lui coupaient la circulation.

— J'ai averti Laura, je te le jure. Mais je ne pouvais pas me compromettre, il fallait que j'accompagne Zinoviev. Il pensait que j'avais gagné la confiance de l'enfant, parce que je m'étais proposé de le suivre et de le surveiller… J'ai pensé…

— Tu as pensé quoi ?

— … J'ai pensé que si j'étais avec lui, je pourrais intervenir, l'aider d'une façon ou d'une autre.

Il l'avait vraiment pensé, il l'avait cru jusqu'au bout. Il s'était même imaginé sautant sur Zinoviev, lui arrachant Roberto, quand il les voyait s'éloigner le long de la rive du lac. Il avait rassemblé tout son courage pour passer à l'action, pour affronter cet homme qui était son maître depuis l'âge de onze ans et qui exerçait sur lui un pouvoir paralysant. Et quand il avait cru avoir rassemblé assez de courage et couru vers eux, Roberto flottait déjà dans le lac.

Il tourna la tête, essayant de voir Luis. Il entendait quelque chose, un petit moteur. Une perceuse électrique.

"À quoi servent les remords ?" se demanda-t-il. À rien, cet homme ne le croirait pas, quoi qu'il dise, parce qu'il avait déjà pris sa décision. Il allait le massacrer jusqu'à épuisement de ses forces, mais auparavant il voulait l'humilier, qu'il s'effondre, qu'il le supplie de le laisser en vie.

— C'est Zinoviev qui l'a fait ? Il t'a supplié ? Parce que c'est toi qui l'as tué, n'est-ce pas ? Ni la Matriochka, ni Laura. Toi.

Luis saisit le cuir chevelu de Siaka et l'attira vers lui.

— Il t'a supplié, bien sûr qu'il t'a supplié. Mais ça n'a servi à rien. Et il n'a pas répondu à la question que je vais te poser, et que je vais te poser une seule fois : Pourquoi là, pourquoi avez-vous tué mon fils dans le lac où Laura a passé son enfance ?

25

Berlin, avril 1945

— Commandant, une photographie pour la postérité.

Elías Gil et le commandant de la 4e compagnie s'ap-prêtaient à poser en uniforme de campagne des forces de Sécurité intérieure. Elías venait d'être promu comman-dant du NKVD, décoré de l'ordre de l'Étoile rouge, avec la médaille de la prise de Berlin. Le parti communiste l'élevait officiellement au rang de héros. Enrique Líster et Dolores Ibárruri, qui avait perdu son fils Rubén Ruiz à Stalingrad, avaient envoyé des télégrammes de félici-tations, et Beria avait laissé entendre que cette nomina-tion, peu ordinaire pour un citoyen non soviétique, avait été suggérée par Staline en personne, qui était au courant de ses péripéties à Stalingrad, Varsovie, et enfin Berlin. Propagande, mensonges ? Probablement. Quelle impor-tance ? Il était seulement pressé d'en finir avec cette pan-tomime. En sorte qu'il devait faire bonne figure devant les journalistes de l'armée, sourire et tenir fermement le drapeau nazi qu'un propagandiste lui avait tendu, à demi brûlé et maculé de sang.

— C'est une grande victoire de tous les communistes espagnols, camarade.

Celestino Alonso était le commissaire politique de la 4e compagnie, constituée à l'origine de combattants espagnols sous l'autorité militaire du commandant Pérez

Galarza. Depuis le début de la guerre, ils avaient perdu plus des trois quarts de la compagnie. En sorte que cette victoire dont parlait ce commissaire ému ne pouvait être partagée que par les morts. Les derniers de ses camarades étaient tombés à seulement quatre cents mètres du Reichstag, et leur corps flottait encore sur la Spree, abattus par les derniers francs-tireurs SS qui défendaient le centre de Berlin. Pour les honorer, un jeune officier avait agrippé la plaque de la Stephanstrasse et l'avait rebaptisée à l'encre rue José Díaz. Le nom des communistes espagnols tatoué au cœur de la Prusse. Mais en dépit de l'atmosphère exaltée, Elías ne pouvait s'ôter de la tête certaines décisions lâches et incompréhensibles qu'il avait dû digérer au cours de ces quatre années de guerre.

Il avait du mal à admettre que les troupes soviétiques aient interrompu l'offensive imparable sur Varsovie, quand les Polonais, sachant que l'avant-garde de l'Armée rouge était toute proche, se soulevèrent contre les nazis. Staline impassible laissa les Allemands écraser le soulèvement et s'acharner sur les insurgés. Deux cent cinquante mille personnes moururent à Varsovie et la ville fut presque entièrement rasée. De cette façon, les nazis lui épargnaient la purge d'un peuple qui n'oublierait jamais qu'en 1939 l'URSS les avait envahis avec la connivence de leurs alliés nazis de l'époque. La politique et la guerre n'entendaient rien aux idéaux ni aux gestes héroïques. Tout était mort, souffrances infligées selon le bon plaisir de ceux qui organisaient ces tueries selon des calculs qui échappaient complètement aux soldats dans les tranchées et aux civils des villes martyres.

Et pourtant, le brillant commandant posa avec ses hommes pour le magazine de l'Armée rouge, il fit des déclarations patriotiques et déambula sur les ruines fumantes d'un air distingué, suivi de près par une caméra du service de documentation du NKVD. Un théâtre où chacun devait tenir son rôle. Quelqu'un avait écrit sur

un mur une phrase célèbre du poète et journaliste Ilya
Ehrenbourg :

Les villes brûlent. Je me sens heureux.

Elías trembla de colère. Très certainement, ce journaliste clownesque omniprésent, un proche de Staline,
ne voyait pas les soldats allemands qui s'entassaient,
les mains attachées dans le dos et une balle dans la tête,
sous sa phrase ignoble. Ce n'étaient que des gamins qui
n'avaient même pas eu l'occasion d'utiliser une seule
fois leurs vieux fusils obsolètes.

— Filme ça, ordonna-t-il au caméraman qui l'accompagnait.

— Mais, camarade commandant, c'est contre toutes
les directives. Pas d'actes de cruauté.

Elías Gil cracha sur le sol calciné que foulaient ses
bottes de héros.

— Je t'ai dit de filmer. Cet imbécile d'Ehrenbourg va
peut-être avaler de travers, mais il se consolera avec un
de ses poèmes épiques.

Voilà qui le détraqua définitivement. Peu importait si
les nazis avaient agi de même sur les territoires qu'ils
envahissaient. Eux apportaient le drapeau rouge, défilaient avec des hymnes en souvenir de Leningrad, de
Stalingrad, mais qu'ils souillaient en violant des filles
jusqu'à ce que mort s'ensuive, en volant, en pillant, en
donnant libre cours à leurs plus bas instincts. Elías n'avait
pas hésité à ordonner des exécutions de soldats et d'officiers de sa propre armée, comme d'autres chefs militaires.

— Nous ne sommes pas des barbares. Nous sommes
des soviets.

Il ne savait plus ce que c'était. Il voulait seulement
rentrer chez lui. Où était-ce ? Auprès d'Esperanza.

Mais il n'y avait pas seulement l'horreur. À Tegel, Elías
avait vu des soldats partager spontanément leur ordinaire

avec les gamins affamés du lieu, sans caméras ni propagande interposées. Les hôpitaux de campagne et le personnel sanitaire militaire s'occupaient avec autant de sérieux des blessés civils et des soldats allemands que de leurs propres troupes. Il y eut aussi des amours secrètes entre soldats soviétiques et filles allemandes qui au fil des années fonderaient des familles qui susciteraient la réprobation des uns et des autres.

Peu à peu, les unités revinrent à la discipline et, passé les premiers jours, Berlin devint une ville occupée, mais pas une souricière sans issue pour les civils. Le 25 avril, les troupes soviétiques et américaines entrèrent en contact à Torgau, sur l'Elbe. Cinq jours plus tard, Hitler se suicida. L'amiral Dönitz serait chargé de signer l'armistice du IIIe Reich, après avoir vainement essayé de convaincre les Alliés d'unir leurs forces contre l'Union soviétique. Le 2 mai, le maréchal Joukov annonce à Staline que Berlin a été conquis. Le drapeau rouge flotte sur le Reichstag, au-dessus d'une montagne de cent cinquante mille soldats soviétiques morts au combat. Officiellement, la capitulation de l'Allemagne face aux troupes soviétiques est signé le 9 mai 1945.

Il aurait dû fêter cela avec les soldats et les officiers qui occupaient la ville allemande ; mais ce soir-là Elías buvait en solitaire dans un lupanar, au bord de la Spree. Les canons ne tonnaient plus, les bombes ne tombaient plus, les chars retourneraient bientôt dans les casernes et les soldats seraient renvoyés chez eux en d'interminables convois, mais pour lui et pour le NKVD la guerre abordait une phase nouvelle.

L'homme qu'il attendait arriva cinq minutes plus tard. Il lança un coup d'œil prudent à la ronde et, se voyant en sécurité, il s'approcha d'une gourgandine. Ces Allemandes se prostituaient pour pas grand-chose, parfois pour un peu de nourriture, quelques cigarettes ou des vêtements. Si elles étaient tombées du côté américain, elles auraient eu plus de chance, mais elles étaient du côté soviétique et là les types comme celui qui venait d'entrer ne payaient pas les services avec des bas de soie ou des friandises. Elías le vit monter à l'étage, précédé par une rouquine aux traits marqués. Il attendit encore cinq minutes, finit sa cigarette et son verre, et monta à son tour.

La porte n'était pas fermée à clé. La rouquine avait tenu parole. Elías actionna la poignée et entra. Elle se lavait le sexe dans une bassine pendant qu'il se mettait torse nu.

— Que se passe-t-il ? Qui êtes-vous ?

Elías lança un regard significatif à la femme, qui remonta sa culotte et sortit en vitesse, non sans avoir empoché la somme convenue avec Elías.

— Tu n'as pas bonne mémoire, Pierre. Ou alors on t'appelle autrement ? Tu préfères être le boulanger ?

Le boulanger d'Argelès était bouche bée. Il aurait dû le reconnaître. La guerre modifiait les gens, mais le bandeau sur l'œil droit d'Elías et l'intensité verdâtre de son œil gauche étaient uniques.

— Quelle surprise ! Ça alors, il paraît que maintenant tu es passé commandant, et un vrai héros de guerre ! dit-il en tendant une main amicale.

Pourtant, il tremblait.

— Que fais-tu à Berlin ?

Pierre haussa les épaules, cherchant à récupérer sa chemise sous prétexte d'y prendre son paquet de cigarettes. Elías devina la forme d'un pistolet allemand sous les vêtements entassés sur la chaise.

— Tu sais que je ne vais pas répondre à cette question, n'est-ce pas ? Nous sommes de petits poissons et nous ne vivons pas dans les mêmes étangs, même si nous sommes tous dans le même bocal. En revanche, je peux deviner pourquoi tu es entré ainsi dans ma chambre et pourquoi tu as payé cette pute allemande pour ne pas verrouiller la porte. Ça se passe ainsi, je le sais. Changement d'air qui m'a pris au dépourvu.

Elías lança un bref coup d'œil circulaire, évaluant les possibilités. La fenêtre donnait sur une ruelle latérale, parallèle au fleuve. Un bon endroit. Il sortit un petit papier rouge et le posa sur le lit.

— Il porte ton nom.

Pierre calcula ses chances de prendre son pistolet avant qu'Elías réagisse. À peu près aucune.

— Donc tu sais.

Oui, il savait. Pendant tout le temps qu'il avait passé à Argelès, Elías avait surtout travaillé pour le boulanger sans connaître le Parti. Les papiers bleus ou rouges qu'il lui remettait étaient souvent dictés par ses propres intérêts.

— Pourquoi ce garçon, Tristán ? Quel mal t'avait-il fait ?

Ainsi donc, après tout ce temps, c'était une affaire personnelle. Pierre s'assit sur le lit et lut le papier, comme pour s'assurer qu'il n'y avait pas d'erreur.

— Trop gai, trop beau, trop séduisant. Je n'ai jamais aimé les types qui semblent sortir d'un film américain… Ce qui, semble-t-il, n'était pas le cas de ma femme.

Elías ravala sa salive. Ils se croyaient tous appelés à une mission supérieure, à quelque chose qui les dépassait. Mais ils ne cessaient de succomber à leurs propres passions.

— J'aurais pu lui parler. Je l'aurais convaincu de cesser de la voir, si cela te gênait tant.

Pierre eut un ricanement sardonique.

— Tu ne comprends toujours pas, hein ? C'était lui, c'était son existence qui me gênait. Des femmes comme la mienne, j'en ai eu avant et après, mais des hommes comme ce garçon… Je ne pouvais pas le tolérer.

Le lendemain, la police militaire trouva le cadavre de Pierre dans la ruelle. Il avait la gorge tranchée et ne portait aucun papier. Le temps qu'ils trouvent son identité, Elías Gil serait à Paris dans ses nouvelles fonctions, avec les faux papiers qui l'accréditaient comme un inoffensif ingénieur civil. Enfin, il allait retrouver Esperanza.

Il ne se rappelait pas la chaleur de ses tétons obscurs. Ni l'odeur de son sexe, ni le toucher de ses doigts. Tout était à recommencer, la lente reconquête d'une géographie perdue. Se parler sans sentir la gêne de l'autre, sans avoir la sensation désagréable de s'immiscer dans une vie qui n'avait plus besoin de sa présence à ses côtés. Esperanza était autre, même si elle restait la même. Comme le jeu des poupées matriochkas qu'il lui avait rapporté en souvenir. Tassée, de plus en plus petite et authentique à mesure qu'elle rapetissait. Elle le regardait de temps en temps, peut-être avec la sensation d'être une étrangère, il se promenait tout nu dans le petit appartement, fumant, jambes repliées, sur le rebord de la fenêtre, comme une gargouille regardant la pluie tomber sur Paris. Les premiers jours, elle n'osait même pas lui enlever son bandeau, et elle avait l'impression qu'ils faisaient l'amour tout habillés ou dans le noir.

Ils se racontèrent leur vie pendant toutes ces années, en réalité c'est elle qui parla. Elías semblait absent, il eut un sourire crédule quand elle lui dit qu'elle avait fait des castings pour une productrice. Ils ne parlaient pas de ce qui s'était passé à Argelès, comme si une horreur surpassait la précédente, réduisant celle-ci à un jeu d'enfants.

— Tu aimerais retourner en Espagne ? dit-il un matin dans la rue, les chaussures trempées et le journal illisible, tant il était mouillé.

Esperanza le regarda tristement. Il n'avait même pas envisagé l'idée que si elle acceptait de partir avec lui, elle perdait cet avenir d'actrice. Certes, au cours de ces mois, entre 1946 et 1947, elle n'avait joué qu'un second rôle dans deux films, mais ce n'était qu'un début. Elle avait du talent, lui disait-on, et elle devait montrer volonté et patience. Elías se moquait bien de tout cela. Il avait une mission à remplir, qu'Esperanza le suive ou pas.

— C'est dangereux d'y retourner.

— Trop de calme finirait par nous ennuyer, dit-il avec une pointe d'ironie qui les fit sourire.

Et ces sourires refermèrent quelques parenthèses.

Mais ce n'était pas l'ennui en France qui avait poussé Elías à demander qu'on le renvoie en Espagne.

Deux semaines plus tôt, il avait fait une rencontre inattendue devant l'église Saint-Germain-des-Prés. Un clochard à l'abri de la pluie sous le porche avait attiré son attention, parce qu'il tambourinait sur une casserole en laiton. Elías l'ignora et continua son chemin, mais un air familier l'obligea à revenir sur ses pas. La lumière blafarde du porche défigurait les traits du clochard, qui maintenant contemplait rêveusement le jet d'eau sale vomi par une gargouille. Il secouait ostensiblement la tête, de façon spasmodique, comme s'il avait perdu tout contrôle sur soi-même. Il était emmitouflé dans une capote militaire crasseuse d'où dépassaient seulement un nez et des sourcils roux qui ruisselaient au-dessus de son menton pointu.

— Martin ?

Le clochard se retourna à demi, les yeux mi-clos, et sans un mot il s'éloigna d'un pas rapide vers le carrefour, se retournant avec inquiétude en voyant qu'Elías le suivait :

— Martin, attends ! C'est moi, Elías Gil.

Le clochard s'arrêta. Un instant, le soleil qui se couchait derrière les clochers de l'église projeta une lumière rougeâtre et irréelle sur son visage déconcerté. Il y avait si longtemps que plus personne ne l'appelait par son nom que Martin le rouquin laissa tomber le baluchon où il mettait ses affaires en tremblant d'émotion.

Deux heures plus tard, fraîchement douché dans une vieille pension de la rue du Dragon, Martin regarda les vêtements crasseux qu'il avait portés sans interruption ces derniers mois. Voyant le contraste avec sa peau maintenant propre et l'odeur de savon, il se sentit plus faible et plus minable que jamais.

— Tu aurais dû me foutre la paix, faire semblant de ne pas me reconnaître, reprocha-t-il à Elías.

Elías Gil regarda les blessures de l'Anglais, vieilles cicatrices que les tortures d'Igor Stern avaient gravées à jamais ; et des coups et des bleus récents. La vie dans la rue devait être terriblement dure, et Martin semblait avoir payé un lourd tribut pour y survivre. Pendant une heure, l'Anglais raconta son périple depuis 1934, l'année où ils s'étaient perdus de vue. Le récit de ces treize années était désolant et, en réalité, Elías découvrit ce que son vieil ami avait supporté, malgré ses mots parcimonieux et ses silences plus que significatifs. Il lui demanda seulement quelques éclaircissements sur certains points qui lui semblaient obscurs.

— Tu ne t'es pas engagé dans l'armée anglaise au début de la guerre ?

Martin eut un sourire sardonique. Il ne restait pas grand-chose de la naïveté et de la douceur de ce garçon de dix-sept ans qu'il avait rencontré dans un wagon pour Moscou, en 1933.

— Quand les Soviétiques m'ont déporté, l'ambassade m'a traité comme un pestiféré. Je ne sais pas de quoi ils avaient le plus horreur : de mon engagement communiste, de mon évasion du goulag, ou de mes tendances sexuelles. J'incline à penser que c'est ce dernier point qui les a poussés à me réformer.

La peur et le chagrin le pétrifiaient, quand il essayait de décrire ce qu'il avait dû endurer à cause de son homosexualité. Ces scènes remplissaient ses pupilles dilatées de bonhomme à moitié fou, vidant son esprit et lui faisant oublier où il se trouvait.

— On a joué avec moi comme si j'étais un pigeon. Je suis passé de mains en mains, j'ai enduré ce qu'aucun homme ne peut supporter, et je suppose qu'à un moment donné mon cœur a cessé de se sentir victime et est devenu bourreau. J'ai travaillé pour des gens peu recommandables à Londres, j'ai gagné un peu d'argent, cassé quelques os et affronté des ennemis dangereux. J'ai dû prendre la fuite, et le seul endroit où je pouvais me sentir à l'abri, c'était ici.

— Dans la France occupée ?

— Les nazis n'étaient pas aussi pointilleux que les leaders SS voulaient le faire croire au monde. Ils se souciaient peu de la race, de la religion et du sexe quand il s'agissait de recruter des informateurs. J'ai été l'amant d'un lieutenant, et je ne peux pas dire que je le regrette. J'ai collaboré avec la Gestapo, livré quelques Anglais infiltrés dans l'arrière-garde allemande… En définitive, nous pourrions dire que j'ai survécu.

Martin interrompit son récit et épia la réaction d'Elías. Son vieil ami jugeait ses crimes en échafaudant des suppositions, mais la vérité était plus simple : il n'avait pas trouvé d'autre moyen de se maintenir à flot. Personne ne l'avait réclamé à Moscou, personne ne lui avait donné du galon, personne ne lui avait donné la chance d'effacer son passé à Nazino en brandissant une mitraillette d'une main et ses idéaux de l'autre. Pour Martin, l'histoire l'avait rejeté sur le rivage comme un déchet.

— En 1945 est venue l'heure de la vengeance, des règlements de compte et des représailles contre les collaborateurs. Résultat curieux : quand les Allemands se baladaient sur les Champs-Élysées, les héros se cachaient sous l'aile de leur chapeau, mais à la Libération les justiciers sortaient de dessous les pierres. Il fallait vraiment avoir un doigt sans faille pour désigner les coupables, un doigt enragé et intraitable, pour que d'autres doigts ne vous dénoncent pas. En définitive, disons que j'ai eu de la chance : on m'a jeté en prison à Bordeaux, pendant huit mois on m'a humilié, on m'a violé et on m'a traité comme une merde dans une cellule avec huit hommes, qui n'avaient conservé de leur condition originelle que leur méchanceté. Personne ne peut imaginer à quel point l'être humain peut être tordu quand on l'investit du rôle de bourreau, le degré de sadisme et de plaisir qu'il trouve à martyriser ses victimes. L'ivresse du pouvoir et son cri sauvage. J'ai découvert chaque particule de cette maladie qui transforme les hommes en monstres. Mais je n'ai pas été pendu. J'en suis ressorti vivant, si tant est qu'être vivant c'est respirer… Et toi, tu m'as retrouvé pour me juger et m'infliger la compassion hypocrite du vainqueur. C'est bien cela ?

Elías détourna le regard, incapable de soutenir celui du rouquin anglais. Il ignorait en effet ce qu'il avait enduré, il ne pouvait ni ne voulait l'imaginer. Martin n'avait plus rien à voir avec le jeune homme qu'il avait connu. Cet homme qui le regardait, plongé dans ses obsessions étranges pendant qu'il boutonnait une chemise propre qu'Elías lui avait achetée, était un inconnu.

— Je ne suis vainqueur de rien, Martin. Depuis Nazino, il n'y a plus ni défaites ni victoires.

Martin se raidit et regarda Elías avec méfiance, comme si dans sa paranoïa l'idée germait qu'il devait lui soutirer des informations.

— Je l'ai vu. Il est ici, à Paris.

— De qui parles-tu ?

— D'Igor Stern. Je peux te montrer l'hôtel où il est descendu, et le restaurant où il va prendre son petit-déjeuner tous les matins, avec ses deux gardes du corps.

Martin eut un large sourire en voyant qu'il avait capté l'attention d'Elías. Il glissa le pan de la chemise dans son pantalon et constata avec inquiétude que la ceinture n'avait pas assez de trous pour tenir à la taille, tant il s'était affaibli.

— Anna est avec lui.

La terrasse était déserte et la pluie formait des flaques sur les chaises et le sol en terre battue. Par la fenêtre du bistrot, Elías regardait la façade grise de l'hôtel.

— Le voilà.

Martin montra une silhouette courbée qui gravissait d'un air fatigué la côte jusqu'à l'escalier du Sacré-Cœur. Un homme le protégeait de la pluie avec un grand parapluie et un autre marchait derrière, à quelques pas, se retournant continuellement pour s'assurer que personne ne les suivait. Les trois hommes entrèrent dans l'hôtel, mais seul celui qui portait un manteau de luxe franchit le seuil. Les deux autres restèrent sous la marquise.

— J'ai le numéro de sa chambre. On peut s'en occuper maintenant, sans que ses deux gorilles s'aperçoivent de rien.

Elías se demanda comment Martin avait pu trouver le numéro de la chambre d'Igor Stern, mais il préféra ne pas le lui demander. Dans les yeux vitreux du rouquin il ne voyait que fièvre et égarement. Il était vraiment fou, s'il croyait qu'on pouvait entrer dans l'hôtel, monter dans la chambre de Stern et le liquider. Ce n'était pas si simple. Stern était mille fois plus dangereux que lorsqu'ils l'avaient connu à Nazino. Maintenant, il était riche, beaucoup plus sadique et puissant. Il bénéficiait de la protection du Politburo et la moitié de la diplomatie européenne le redoutait ou lui devait des services qu'il savait utiliser. En outre, il était très possible qu'Anna soit dans la même pièce que lui.

— Je pensais que tu le haïssais autant que moi, lui reprocha Martin avec mépris, après avoir écouté ce qu'il prit pour de grossières dérobades.

Il le haïssait. Bien sûr qu'il le haïssait. Mais pas à la manière ni pour les raisons que Martin ou toute autre personne connaissant le passé de Nazino auraient pu imaginer. Une part de lui, qu'il refusait de reconnaître et d'écouter, admirait Igor Stern. C'était le seul homme vraiment libre qu'Elías ait connu de toute sa vie.

Au fil de toutes ces années, il avait été contraint de collaborer avec lui lors de plusieurs opérations organisées par Beria, et il avait eu l'occasion de l'étudier de près. Même s'il n'avait jamais renoncé à son désir de se venger, il avait compris que Stern était différent de tous les hommes qu'il avait pu rencontrer. Différent dans sa façon d'être, de penser, mais surtout de sentir ; l'intelligence, les envies et les sentiments d'Igor n'étaient jamais dictés par une morale.

Tuer, voler, mentir, manipuler, autant de moyens pour une fin qu'il poursuivait froidement, sans s'écarter d'un pouce de son plan minutieusement mis au point. Il ne trouvait ni plaisir ni dégoût à commettre ces crimes, il ne se vantait pas non plus d'être ce qu'il était, et il n'en accusait pas le monde. Il méprisait ses semblables, parce qu'il n'avait pas d'attaches. Ce qui faisait de lui un meilleur combattant qu'Elías, incapable d'ignorer les souvenirs qui suppuraient et l'affaiblissaient jour après jour.

— Tu n'es pas meilleur que moi, lui avait dit un jour Igor.

Ils venaient d'assassiner un mouchard de la Gestapo à Koursk. Igor l'avait tué de ses propres mains et tous deux avaient observé la tragique pirouette que son corps avait décrite quand ils l'avaient précipité d'une terrasse sur les pavés de la rue. Alors qu'ils contemplaient la posture antinaturelle du corps, Stern souriait avec une certaine tristesse :

— Tu es sûrement responsable de plus de morts, de mauvais traitements, de passages à tabac et de tortures que moi. Je sais ce qu'on dit de toi, commandant Gil. La différence, c'est que tu sers une cause, alors que je ne sers que moi-même. Mais nous savons tous les deux que cette différence est fallacieuse. Je n'ai pas besoin de me précipiter dans une tranchée comme toi pour me faire tuer, parce que je n'ai pas honte de ce que je suis. Je n'en suis pas fier non plus, ces deux sentiments sont aussi inutiles l'un que l'autre. Nous sommes ce que nous sommes, et nous devrions l'accepter, sans plus. Nous nous battons pour occuper notre place, nous la conquérons et la défendons bec et ongles, jusqu'à ce que les années et la fatigue nous affaiblissent, et que d'autres, plus forts que nous, remportent la victoire. C'est, c'était et ce sera toujours ainsi. Et on ne devrait pas y accorder tant d'importance. Mais tu te berces d'illusions, tu refuses d'admettre que ta nature et la mienne sont identiques. Que tu pourrais être moi et que tu en serais ravi… Quel terrible paradoxe pour toi, commandant : admirer ton bourreau.

Ces paroles étaient aussi justes qu'horribles. Derrière l'air hautain d'Elías, derrière sa loyauté et son silence, persistait un arrière-goût, dans sa façon d'accepter les ordres et de les faire exécuter, on sentait qu'un jour ou l'autre il exploserait. Il n'était ni capricieux ni anarchique comme Stern, il savait que la crainte qu'il inspirait était précisément basée sur tout le contraire – la conviction que les châtiments n'étaient jamais arbitraires –, mais dans son for intérieur il souhaitait sournoisement qu'on lui fournisse des raisons valables de se montrer aussi cruel qu'Igor. Quand cela arrivait, il se révélait implacable. C'était son point faible. Igor n'avait rien à prouver, rien à se faire pardonner. Il n'avait ni repentir, ni souvenirs, ni fautes. Tout ce qu'on exigeait de lui, c'était d'obéir et de commander, il y était habitué, comme un chien dressé. En revanche, sous cette même cruauté, Elías cachait la douleur et le remords.

Il accusait Irina de sa propre faiblesse. Et ce sentiment ambivalent le rendait fou. Le souvenir de cette femme était devenu une obsession exaspérante, la représentation de tout le côté odieux et méprisable d'Elías, un monstre qu'il devait juguler coûte que coûte. Chaque fois qu'on lui donnait une médaille, une accolade, ou qu'on le félicitait, chaque fois que ses compagnons d'armes faisaient son éloge dans la bataille, l'image d'Irina se noyant dans la Nazina venait embuer ce moment, lui rappeler ce qu'il était, un lâche qui n'aurait pas hésité à dévorer sa fille, comme il n'avait pas hésité à tuer sa mère pour survivre, ou à livrer la petite Anna à Igor pour sauver sa peau.

Une fois, il avait vu une fille dans les environs de Varsovie. Pas très grande, mais elle ressemblait à Irina, un regard direct et fier, visage allongé, bouche prometteuse. Une chevelure très longue couvrait la moitié de son dos. Elías la paya pour coucher avec elle et pendant des heures il cacha son visage sous ses cheveux, ne laissant apparaître qu'un œil, un regard mystérieux. Il comprit qu'il cherchait Irina chez toutes les femmes, de façon presque maladive. Son fantôme, il le dotait de chair, il se livrait à une danse mutuelle de possession obsessionnelle, au point d'intimider ses maîtresses, qui finissaient toujours par fuir le rôle qu'il leur attribuait. S'ensuivait une période de naufrage, il avait honte de ce jeu qui pouvait paraître ridicule et il essayait de se passer d'elle, de la répudier, de la haïr, car elle soulignait sa faiblesse ; alors, il se plongeait dans le travail pour prouver au monde – à lui-même – qu'il était affranchi des liens qui le rattachaient à ce souvenir. C'est alors qu'il devenait imprévisible, violent, taciturne.

Igor Stern avait découvert cette faiblesse et il n'hésitait pas à l'utiliser contre lui. Il se présentait en compagnie d'Anna, qui devenait une jeune fille aussi séduisante que l'avait été sa mère. Elle ressemblait tellement à Irina qu'Elías devait détourner le regard quand Igor la prenait par la taille et l'embrassait dans le cou de façon obscène, même s'il la forçait à l'appeler papa.

— Je sais ce que tu ressens, Gil. Cela te terrifie tellement que tu n'oses même pas le nommer, mais je le vois dans tes yeux, quand tu la regardes en croyant que personne ne peut te voir. Elle te rappelle tellement Irina que tù ne peux t'empêcher de la désirer, ne serait-ce que pour la détruire, pour l'effacer de ton esprit, n'est-ce pas ? Je pourrais te l'offrir : tu coucherais avec elle ? Avec sa fille ? Sans aucun doute, et tu sauterais hypocritement dans le fleuve du haut d'un pont, ou tu enfoncerais le canon de ton pistolet dans la bouche. Car tu es faible, et faux. Tu n'es qu'un héros d'argile, commandant.

— Nous pouvons le prendre par surprise, si nous montons maintenant. Nous pouvons le tuer, Elías.

Elías Gil écarta le rideau et observa la façade de l'hôtel. La pluie redoublait et des seaux d'eau se déversaient dans les gouttières. Les gardes du corps d'Igor fumaient, engoncés dans leur costume, de mauvaise humeur.

Elle devait être dans la chambre. Peut-être nue, à genoux devant lui, petite fille au regard décidé, consciente de son sort mais pas vaincue, pas soumise. Anna était comme sa mère, née pour être libre, elle préserverait cette liberté à tout prix, même s'il fallait pour cela supporter tous les mauvais traitements qu'Igor pouvait imaginer. Il ne la ferait pas plier. Elías en était sûr.

— Nous ne pouvons même pas toucher à un cheveu de sa tête, Martin.

Ce furent les derniers mots qu'ils échangèrent. Martin quitta la salle vitrée et dehors il se retourna pour le regarder, la main fermement accrochée à quelque chose qui dépassait de sa ceinture. Elías vit qu'il s'agissait d'un gros poignard. Ils se regardèrent un instant à travers le carreau embué, et le rouquin anglais sembla enfin admettre qu'il serait mis hors d'état de nuire par les gardes du corps avant d'avoir pu approcher. Martin secoua la tête de façon spasmodique, fondit en larmes, les deux mains contre la vitre, et s'éloigna pour toujours. Elías le regarda disparaître sous la pluie parisienne, décomposé et fané, courbé sous sa façade de clochard, tête basse, ruminant un chagrin que personne ne comprendrait jamais.

"C'est mieux ainsi", se dit Elías tristement. Il ne voulait pas de témoin pour ce qu'il avait décidé de faire, quand il avait vu apparaître Igor Stern.

— J'ai besoin d'y réfléchir.

Ramón Alcázar Suñer était devenu un fonctionnaire hautain et sévère de l'ambassade d'Espagne à Paris. Officiellement, sa mission consistait à veiller sur les intérêts économiques des entreprises espagnoles, en réalité il devait surveiller de près les communistes résidant en France et traquer ceux qui avaient été condamnés par des tribunaux militaires en Espagne. Elías en était conscient, et depuis son retour en France, tous deux avaient veillé à s'éviter pour ne pas être coincés par une vieille amitié à laquelle l'un et l'autre devaient beaucoup, nullement teintée de rancœur ou de méfiance, en dépit de la violence destructrice qu'ils avaient subie aux mains des adversaires que chacun incarnait. De loin, ils s'appréciaient sincèrement, et ils étaient parvenus à préserver leurs plus beaux souvenirs d'enfance et d'adolescence. Mais l'amitié était une faiblesse en ces temps manichéens : si quelqu'un apprenait qu'ils s'étaient rencontrés, ils seraient tous deux dans de beaux draps.

— De réfléchir à quoi ? protesta Elías avec véhémence. Je te livre un des agents les plus importants du NKVD sur un plateau.

Ramón Alcázar regarda par la fenêtre de la voiture d'un air songeur et leva la main en signe d'impuissance, comme si son ami lui demandait une chose qui le dépassait complètement.

— Ce que tu m'apportes sur un plateau, c'est une vengeance que tu ne peux accomplir.

Aucun doute sur ce point. Elías regarda son ami en espérant qu'il comprendrait à quel point il haïssait Igor Stern et jusqu'où cette haine pouvait l'entraîner.

— Mais quelle importance pour toi ? Tu n'imagines pas combien cet individu est capable de martyriser un homme, de jouer avec lui sans le détruire jusqu'à ce qu'il en soit lassé.

Ramón Alcázar rejeta la fumée de sa cigarette violemment :

— Je ne suis pas un homme de main, Elías ! N'espère pas une seule minute pouvoir me manipuler ou m'utiliser à ta guise. Les agents soviétiques ne sont pas de mon ressort. Tuer Igor peut nous valoir de sérieuses représailles. – Le regard sec de Ramón Alcázar s'adoucit un peu avant de poursuivre. – C'est à cause de la fille ? Tu es rongé par l'histoire de Nazino, c'est ça ? Tu as fait tout ce qui était en ton pouvoir pour l'aider, Elías. Personne ne peut te reprocher le contraire. Oublie cette fille, le passé, Stern. Rentre chez toi auprès de ta belle épouse, aie des enfants, fonds-toi dans une vie confortable et anonyme.

C'était une idée tentante, bien sûr. Mais tous deux savaient qu'il ne la prendrait même pas en considération.

— Chaque fois que je vois une fille qui me rappelle Anna, je suis secoué. Je la suis dans la rue, je l'épie pendant des jours, ses habitudes, ses amitiés, sa famille. Je l'aborde, je lui parle et dans sa naïveté elle n'a pas idée de ce qui me passe par la tête.

Ramón se tortilla avec impatience contre le dossier de son siège.

— Je n'ai pas besoin que tu ailles plus loin dans cette voie.

— Moi, si. Tu dois le comprendre, Ramón. En voyant ces filles, je me sens horrible, comme si leur innocence me renvoyait toute la culpabilité de ce que j'ai infligé à Irina, et de ce que j'aurais infligé à Anna s'il avait fallu. Et je les hais, je hais leur visage pur, leurs cheveux blonds et leur regard angélique, je les hais parce qu'elles m'accusent ; je voudrais les anéantir, les rouer de coups, défigurer ces visages qui me montrent celui d'Irina coulant au fond du fleuve. C'est à devenir fou… Et la cause de tout cela, c'est Igor Stern. Il sait ce que je ressens, il comprend ma faiblesse et s'en sert pour me torturer ; pour cette raison, et uniquement pour cette raison, il garde Anna auprès de lui. Elle est l'image commémorative du jour où je lui ai donné mon manteau, et en le lui donnant j'ai renoncé à ce qui me restait de ma condition d'homme, à ma dignité.

Elías ferma les yeux, fatigué. Il respirait avec difficulté, ouvrant la bouche comme s'il manquait d'air dans cette voiture.

— Je le veux mort, Ramón. Et je paierai le prix qu'il faut.

— Il sera élevé.

— Peu importe.

— Tu ne comprends pas, Elías. Si tu t'engages dans cette voie, tu ne pourras pas revenir en arrière. On t'en demandera de plus en plus. Tu auras échappé à un feu pour retomber dans des flammes encore plus voraces.

Après sa rencontre avec Martin, Elías avait beaucoup réfléchi. Le souvenir d'Irina s'était déformé au point de croire parfois qu'elle s'était réincarnée en Esperanza. Il observait son épouse comme une abeille s'affairant dans sa ruche – le petit appartement qu'ils avaient loué –, et il s'était mille fois demandé pourquoi il n'avait pas voulu qu'elle tombe enceinte, pourquoi il inventait des excuses pour ne pas laisser de descendance. En réalité, il avait peur, une peur atroce, en imaginant ce que deviendraient ses enfants en grandissant, s'ils ressembleraient à lui ou à elle, s'ils hériteraient du même caractère, des mêmes silences et de cette violence qui jour après jour grandissait sourdement en lui. Parfois il se regardait dans la glace sans son bandeau. Son orbite vide sondait l'obscurité, cherchant une lumière dans cette nuit. Alors, il se demandait si cette effrayante difformité, le mal irréparable qu'Igor lui avait fait, symbolisé par cet œil vide, serait héréditaire.

— Je le comprends très bien, protesta-t-il.

Quand le mal affleurait, il fallait l'assumer, admettre que toute cette souffrance avait à jamais détruit une partie de son âme. Il n'était plus celui dont avait rêvé son père, mais l'homme que d'autres hommes avaient façonné. D'accord : ils paieraient le prix fort.

Il tira un document plié en deux et le remit à Ramón Alcázar Suñer. C'était la liste détaillée des noms et adresses où la gendarmerie française pourrait arrêter des membres du PCE, coupables de crimes de sang, réclamés par l'Espagne. Six noms condamnés à être effacés pour une vengeance où ils n'avaient d'autre responsabilité que celle d'avoir croisé Elías Gil et Igor Stern.

— Quand on saura qu'il y a eu des fuites, je m'arrangerai pour que le Parti me confie l'enquête. Je trouverai un responsable, dit-il froidement.

Et il ajouta qu'il lui faudrait une compensation.

— De quel genre ?

Elías Gil donna une autre feuille à Ramón Alcázar.

— Cet homme est un bourreau professionnel. Il a tué plusieurs de nos compagnons et je sais qu'il vit ici, sous la protection de l'ambassade. J'ai besoin de marquer quelques points pour éviter ou détourner les soupçons. Ensuite, je m'arrangerai pour être envoyé en Espagne. Quand je serai là-bas, tu te chargeras de liquider Igor Stern.

Ramón Alcázar acquiesça en silence et resta immobile un long moment, regardant son ami comme s'il ne le connaissait pas, à mi-chemin entre l'étonnement, la répugnance et la tristesse.

— Je voudrais presque que tu renonces, que tu ne deviennes pas cela.

L'œil d'Elías étincela de colère. Comment pouvait-on exiger de lui qu'il reste digne après qu'on l'eut précipité au fond de toute la dépravation possible ? Qu'attendait-il de lui ? Qu'il soit un ennemi honnête ? L'avait-il déçu ? Tant pis ! Il y avait déjà longtemps que l'humanité l'avait déçu, lui.

Ils n'étaient pas des héros, mais des hommes mesquins, flous, effrayés.

— Je veux ce bourreau, il n'est rien pour toi : vous en avez d'autres en réserve, et ce sera un très bon alibi pour moi.

Ramón Alcázar jeta un coup d'œil sur la feuille. Il connaissait à peine cet homme, il avait dû le voir une ou deux fois et il ne l'avait pas trouvé sympathique ; apparemment, c'était une raison suffisante pour basculer le pouce vers le bas. Sans le savoir, cet homme était déjà mort, peut-être se promenait-il encore dans Paris, admirant l'architecture de Notre-Dame ou contemplant les bords de Seine avec mélancolie. Mais il était mort, et Ramón rougit de la facilité avec laquelle il venait de disposer d'une vie.

— Je te dirai où il vit et comment tu peux le piéger.

Cinq minutes plus tard, Elías sortit de la voiture et s'emmitoufla dans son manteau. L'arrivée du froid donnait l'impression que Paris était calme, presque mort.

— Encore une chose, demanda-t-il à Ramón. Quand Stern mourra, arrange-toi pour qu'il sache que c'est moi qui l'envoie en enfer.

Ramón Alcázar acquiesça de nouveau, regardant la liste de noms qu'Elías était prêt à sacrifier pour assouvir sa vengeance.

— Tu te moques de ce que ressentiront tes camarades, leurs familles ? Il est encore temps, Elías. Je peux encore brûler cette liste et oublier que nous nous sommes vus.

Elías serra les dents et regarda son ami fixement.

— Et moi, Ramón ? Est-ce que je peux brûler mes souvenirs et feindre que je ne les ai jamais vécus ?

— Tu te haïras toujours pour ça, tu le sais, n'est-ce pas ?

Elías Gil remonta le col de son manteau et prit congé de son ami. Oui, il se haïrait toujours pour ça, mais ce n'était pas nouveau. Le mépris qu'il avait pour lui-même l'accompagnait depuis le jour où il avait frappé Irina pour ne pas se noyer dans la Nazina.

26

Barcelone, novembre 2002

Le bâtiment récemment inauguré était d'une blancheur nucléaire qui contrastait avec les couleurs terreuses des façades, entre lesquelles il avait l'air coincé. L'architecture ouverte permettait une vue magnifique sur les salles intérieures baignées de soleil. Le mobilier minimaliste et plutôt neutre invitait au bien-être. Gonzalo admit que son ex-beau-frère était un architecte qui avait du style. Il dessinait des espaces diaphanes et légers qui cadraient bien avec sa personnalité élégante et discrète.

Les invités à l'inauguration s'étaient rassemblés sur une terrasse, créée grâce à la suppression du portique qui donnait sur la place. De ce vaste espace ludique, on pouvait admirer une grande partie du quartier ancien de la ville, les hautes tours de la cathédrale et les terrasses des vieux édifices du Raval. Une petite armée de serveurs impeccables se confondait avec la blancheur des murs, attendant un signe de l'amphitryon pour commencer le défilé des plateaux, canapés et coupes de *cava*, le champagne catalan. On entendait une musique d'ambiance agréable ; Gonzalo tendit l'oreille et reconnut une pièce sacrée de Bach. Typique de Luis.

Son ex-beau-frère avait choisi ce matin-là un costume dans les tons neutres, sans cravate, reflet d'une attitude qui ne tombait pas dans la démesure en dépit des éloges enflammés, à la mesure de l'impact causé par la construction et son créateur. Qu'on ait baptisé l'ensemble du nom d'Aldo Rossi, le génial architecte italien, était un excès d'orgueil qu'on ne pouvait attribuer à Luis.

— Gonzalo, quelle surprise !

Gonzalo ne vit rien d'anormal dans ce regard sincère, ni dans la façon amicale et spontanée de Luis de lui serrer la main.

— J'ai lu dans le journal que tu inaugurais ce bâtiment et j'ai pensé que c'était l'occasion de venir te saluer.

Son ex-beau-frère hocha la tête lentement mais une légère nuance de doute voila son regard, qui presque imperceptiblement devint inquisiteur et méfiant.

— Nous venons d'atterrir. Je passe la matinée ici, mais nous retournons à Londres en fin de journée.

Le pluriel incluait une blonde de presque deux mètres à taille de guêpe engoncée dans une robe perle élégante assortie à ses chaussures. Luis l'attira délicatement par le bras et la présenta à Gonzalo. Elle s'appelait Erika, c'était sa fiancée anglaise :

— Nous allons nous marier dans un mois, dit-il, et cette déclaration sonnait comme un alibi.

Gonzalo échangea en anglais quelques mots polis avec la jeune femme, ils trinquèrent et elle s'éclipsa discrètement.

— J'espérais que nous pourrions avoir une conversation tranquille, aventura Gonzalo en s'approchant d'un angle de la grande terrasse.

Luis sourit poliment et lui tendit une coupe de *cava* prise au vol sur un plateau. Son amabilité devait être partagée avec qui passait tout près.

— Ce n'est ni le lieu ni le moment, comme tu peux le constater. Mon agenda est un peu encombré.

Gonzalo vida la coupe et chercha une cigarette. Il vivait les jours les plus exaspérants et les plus malheureux de sa vie, même s'il essayait de rester calme. Parfois, il avait l'impression de vivre un cauchemar interminable et angoissant, et cette irréalité l'aidait à le supporter.

— Nous savons tous les deux que tu devrais trouver un trou dans ton agenda. Sinon, c'est la police qui disposera de ton temps, Luis.

Son ex-beau-frère eut le bon goût de ne pas feindre l'incrédulité et de ne pas balbutier une phrase stupide. Il se contenta de crisper le poing droit, pas de façon menaçante, mais comme une réaction obligée. Un avertissement élégant, amical. C'était bien dans ses manières.

— Je suppose que je devrais te dire ce que je sens ou pense maintenant.

Gonzalo finit sa cigarette.

— Franchement, je me moque de ce que tu peux sentir ou penser maintenant. Je t'attends dans dix minutes sur la place, derrière ce pâté de maisons. Si tu ne viens pas, j'appelle la police.

Peu après, ils étaient assis face à face dans un bar puant, avec le bruit des machines à sous en toile de fond. Ils faisaient tache, au milieu des petits délinquants du quartier qui se retrouvaient devant ce comptoir crasseux.

— Je ne te comprends pas, dit finalement Luis sans cesser de regarder Gonzalo.

Son expression aimable était maintenant obscure, profonde, mystérieuse.

— Je pourrais en dire autant. J'ai visionné la bande. Tu étais présent le jour où Atxaga m'a agressé, et tu m'as volé l'ordinateur de Laura. Tout était là, depuis le début. Ça me crevait les yeux. Mais je ne l'ai compris qu'après avoir écouté plusieurs fois le message de Siaka.

Luis sourit :

— Très habile, cette façon d'introduire le nom d'Aldo Rossi. C'est un garçon éveillé et très intelligent, mais jamais il n'aurait pensé à te donner cette piste si je ne la lui avais pas soufflée. J'avais le léger espoir qu'en l'obligeant à passer cet appel et en mentionnant le maître italien, tu pourrais faire le rapport.

— Tu voulais que je te retrouve ?

Luis haussa les épaules, comme s'il n'était pas concerné. Il se demandait depuis un bout de temps comment et quand il réaliserait ce désir désespéré d'échapper à tout, quand les hommes qui avaient assassiné son fils et détruit son couple découvriraient que c'était lui, et pas Laura, qui avait torturé et tué Zinoviev.

— Je ne suis pas un assassin, après tout. Je n'en ai pas la trempe. La souffrance que j'inflige et celle que je subis ne compensent pas. Je cherche sans doute un moyen d'en finir avec tout ça.

Gonzalo essaya d'imaginer par quoi cet homme était passé après la mort de son fils, toujours vêtu de noir, quand il décida de partir pour Londres, où il se réfugia dans les bras de cette jolie fiancée pour oublier la femme qu'il avait aimée. Il voyait maintenant l'évidence, derrière la façade de l'homme triomphant : il se consumait de chagrin, peut-être de honte, seul, incapable de réparer le mal causé.

— Quand Alcázar est allé chez Laura pour l'accuser de l'assassinat de Zinoviev, elle savait déjà que c'était toi l'auteur. Mais elle t'a protégé.

— C'est ce que j'ai pensé. Je voulais qu'elle voie l'effet de son entêtement et de son égoïsme sur moi. Je voulais l'accuser de m'avoir transformé en monstre. Je l'ai attendue pendant des heures, assis sur le vieux canapé, les mains ensanglantées et le pistolet à clous sur la table. Quand elle a franchi la porte, je n'ai rien eu à lui expliquer.

Sous une lumière diffuse, ils revécurent dans la mémoire de Luis ces scènes d'horreur et ce qu'il avait dit à Laura.

— Je lui ai dit que j'allais me livrer, mais elle m'en a dissuadé. Sa tête s'est mise à réfléchir à plein régime, et elle a décidé que je devais quitter le pays, retourner à Londres, comme si je n'avais rien à voir avec cette histoire. L'affaire pourrait passer pour un règlement de compte entre mafieux, c'était courant… Laura savait comment fonctionnaient les esprits des enquêteurs et des juges. Après, je me suis rendu compte qu'elle, mieux que moi, avait compris que tôt ou tard on me mettrait le grappin dessus. Si ce n'était pas la police, ce serait la Matriochka. Laura savait que je ne supporterais pas la prison et que je serais incapable d'affronter ces gens… Aussi m'a-t-elle fourni l'alibi parfait… Quand j'ai appris son suicide, j'ai compris que personne ne viendrait me demander des comptes. Elle a tout emporté avec elle… Jusqu'au moment où tu es apparu avec tes soupçons, tu as trouvé son ordinateur et tu as demandé qu'on rouvre le dossier.

Gonzalo cligna des yeux pour observer Luis avec un regard qui voulait l'hypnotiser, mais qui se heurtait à un visage résolument détendu, à des manières irréprochables, à son attitude mesurée et à son franc sourire. Son expression était devenue une ligne subtile, cousue au mur jauni du bar, un désarroi dont il n'était même pas conscient. Ce qui n'empêchait pas ce même homme aimable, bien élevé, sensible, de lui parler d'un air absent d'assassinats, de tortures, de morts. Luis ne comprenait sûrement pas les raisons pour lesquelles il avait agi de cette façon, tout avait été si rapide, et quand était retombée la folle impulsion qui l'avait mis hors de lui, Zinoviev n'était plus qu'un amas de chair entre ses mains fébriles. Son esprit s'était réfugié dans un voile obscur et inaccessible à toute forme de pitié ou d'explication. Ses seules pensées : torturer l'assassin de son fils, lui arracher chaque souffle de vie de la façon la plus douloureuse possible. Il n'avait pas pu, pas su ou pas voulu freiner cette orgie qui avait duré des heures. Chaque fois que la voix rauque et profonde de Zinoviev criait en implorant sa clémence, une voix lui ordonnait d'être plus cruel avec lui.

— Pourquoi m'as-tu volé l'ordinateur de Laura ? Tu redoutais qu'on puisse t'incriminer ?

Luis se lissa tranquillement les cheveux, comme si la discipline et le self-control étaient la seule chose importante en cet instant crucial.

— Quand j'ai su que tu allais demander qu'on rouvre l'affaire Zinoviev et Laura, je me suis dit que tu avais sûrement récupéré son ordinateur. Il suffisait de te suivre, d'attendre. Je n'avais pas l'intention de gêner l'enquête, mais il était possible que tu finisses par découvrir que Laura n'avait pas tué cet homme. Je voulais savoir qui était le complice de Zinoviev, celui qui l'avait accompagné au lac, le jour où mon fils est mort. Il fallait que je referme ce cercle. Et cette information était dans l'ordinateur. J'ai pensé que si je continuais de t'envoyer des dossiers, tu tiendrais ta parole de mener cette enquête jusqu'au bout, mais j'ai soudain compris qu'Alcázar et ton beau-père t'avaient convaincu de renoncer. Alors j'ai décidé de passer à l'action.

— Que vas-tu faire de Siaka ?

— Je n'ai encore rien décidé. J'ai besoin de ton aide, voilà pourquoi je l'ai obligé à te laisser un message sur le répondeur… Que devrais-je faire, à ton avis ?

Gonzalo fut implacable.

— Tu as tué un homme et tu en as enlevé un autre. Si tu tues Siaka, ils auront gagné, Luis. Sans son témoignage direct, toutes les preuves apportées par Laura seront purement circonstancielles. Ce sera notre parole contre la sienne, et jamais la justice ne triomphera. Tu dois lui rendre sa liberté, me rendre l'ordinateur et te livrer à la police.

Luis se frotta soigneusement le dos des mains, suivant le profil de ses jointures et de ses veines. Il savait qu'il avait atteint le point de non-retour. Il ne risquait plus de rentrer à Londres avec la belle Erika, de l'épouser et de bâtir une nouvelle vie, rangée et heureuse. Ce serait forcément un échec, comme il avait échoué avec

Laura. Ces années avec Roberto avaient été une belle fiction. Belle et sans pareille.

Il ne pourrait plus jamais rien éprouver. Il s'en était aperçu pendant qu'il torturait Siaka. Il n'était pas comme avec Zinoviev, brutal, fruste et impulsif. Il était devenu plus raffiné, il avait pris goût au jeu, il mêlait l'esquive, l'espoir et le désespoir, il insufflait la terreur et l'instant d'après accordait une sorte de pitié. Et malgré tout, il avait découvert sa véritable nature : pas besoin de prétextes. Il s'était enfin libéré ; il n'agissait pas pour se venger de la mort de Roberto et de Laura, en tout cas pas au-delà de cette première impulsion, sorte de coquille fragile. Il agissait pour lui-même, et s'il ne prenait aucun plaisir à torturer ce garçon, il n'éprouvait pas non plus le moindre remords. Il avait simplement besoin de cette sorte de justice et d'ordre universel, où les choses ont un contrepoint.

Il secoua la tête.

— Si je me plie à ta demande, un des assassins de mon fils restera en liberté. Il arrivera à un accord avec le juge, on lui donnera une autre identité, on le laissera partir… Et je devrai aller en prison, car on saura que c'est moi qui ai tué Zinoviev.

— C'est possible.

— Et pour arriver à quoi ? Tu crois vraiment que ça en vaut la peine ? Tu crois que cela répondra au désir de ta sœur de voir la Matriochka dissoute ? Alcázar et ton beau-père paieront-ils pour leurs magouilles de ces dernières années ? Ou resteront-ils impunis ?

— Avec les preuves dans l'ordinateur de Laura et le témoignage de Siaka, aucun d'eux ne restera impuni, je te le garantis.

— Et même s'ils paient tous leur dette, ne verra-t-on pas fleurir mille autres Matriochkas ? Laura ne luttait-elle pas contre la méchanceté ? Avec l'envie absurde de la vaincre ? Ce que Laura n'a jamais compris, c'est qu'on ne peut vaincre ce qui vit en chacun de nous. Or la méchanceté est au plus profond de notre nature, tu ne crois pas? Elle est morte pour rien, comme mon fils, et tu me demandes de me jeter au pied de l'autel des sacrifices pour rien. Les choses ne changeront jamais, jamais.

Que disait son père? Cette phrase muette que Gonzalo devait se rappeler en rêve pour sauver Laura, et qui affleurait toujours trop tard sur ses lèvres?

— La première goutte qui tombe est celle qui commence à briser la pierre.

Luis le regarda de biais.

— Une idée un peu primaire. Sans doute adaptée aux gens patients, mais ni toi ni moi n'avons l'éternité pour voir s'effondrer l'édifice.

— C'était une phrase que disait mon père. Chacun choisit les batailles où se battre et vaincre, Luis.

Luis se racla la gorge, se leva et demanda la note.

— Et quelle est la bataille que tu as choisi de livrer?

Gonzalo réfléchit. Il pensa à ce rêve si réel, obstinément répété au cours de sa vie…

— La même que ma sœur…

— Et alors?

— Je peux t'aider, Luis. Tu as besoin d'un bon avocat. Nous pourrions trouver beaucoup de circonstances atténuantes, mais tu dois tout arrêter. Je suis venu pour t'accompagner à la police. Si tu n'y vas pas volontairement, je te dénoncerai et on viendra te chercher.

Luis dit au serveur de garder la monnaie, un pourboire généreux. Il souriait placidement, comme toujours, sûr de lui, sans menacer personne.

— C'est désolant d'entendre de tels propos, Gonzalo. Écoute, j'ai une autre façon de voir les choses, je t'ai écouté, et même si je comprends tes raisons, ce ne sont pas les miennes. Par ailleurs, je crois que tu as commis une grave erreur de calcul : tu ne me connais pour ainsi dire pas, et tu t'es présenté ici en me menaçant ; et ça, je ne l'accepte pas. En réalité, j'ai laissé ce Nègre t'envoyer ce message pour une autre raison.

La plupart du temps, Siaka était dans un état somnambulesque, tel un fœtus flottant dans le formol, hors de la réalité représentée par cette pièce immense, tantôt salle de tortures, tantôt salon où on pouvait voir la mer et se laisser porter par la mélancolie. Au réveil, le jeune homme s'aperçut que Luis lui avait arraché ses vêtements et l'avait ensuite arrosé d'eau. Il grelottait et le froid le transperçait jusqu'aux os. Il se laissa glisser par terre, le dos contre le mur, la tête en arrière.

Il devait avoir le nez cassé et dans cette posture il avait moins de mal à respirer. Il tâtait ses pommettes enflées comme des balles de tennis et se mordait les lèvres pour ne pas crier de douleur. S'apitoyer sur soi-même était une perte d'énergie. Et il en avait besoin pour survivre. Depuis qu'il avait reçu le premier coup, il n'avait plus aucune possibilité de revenir en arrière, et seulement deux issues possibles : ou Siaka liquidait Luis, ou ce dément avait sa peau. Et cette idée, le surprendre quand il baissait la garde, l'obsédait comme un marteau sur son burin : il concevait de vagues plans, les démontait et les remontait. Il n'aurait qu'une seule chance.

En attendant, il devait résister, et pour ça la soumission n'était pas le bon choix. Il connaissait déjà la façon d'agir et de penser de Luis, et il savait qu'en le suppliant de le laisser en vie, il signerait son arrêt de mort. C'est ce qui s'était passé avec Zinoviev, le torturer, le massacrer jusqu'à ce que ce dernier le supplie d'arrêter. C'est alors qu'il l'avait laissé mourir et qu'il s'était senti magnanime. Lui pardonner et l'exécuter. Mais Siaka n'avait pas l'intention de mourir, aussi ne pensait-il pas le supplier. Il fallait garder l'esprit vide, s'anesthésier sous la douleur, ne pas céder aux faiblesses que Luis mettait à sa portée :

ces histoires de vacances avec Laura, de souvenirs avec Roberto pour le ramollir, pour forcer ses larmes et laisser émerger ces mots : Pardonne-moi.

Non, il devait se draper dans la douleur, comme il avait appris tout petit, quand on l'avait enlevé et entraîné dans la milice, ou comme il avait supporté les viols de Zinoviev et ses numéros macabres pour les clients riches et dégénérés. Il s'en était sorti de cette façon, en cessant de penser. Et ce n'est qu'ainsi qu'il s'en sortirait, encore une fois.

Il entendit la serrure et son corps se prépara à une nouvelle séance de danse.

Luis apparut sur le seuil et lança un bref coup d'œil. Il sourit amicalement à Siaka.

— Quelqu'un veut te saluer.

Il se retourna et poussa Gonzalo à l'intérieur de la pièce.

En voyant la masse enflée qu'était devenue Siaka, Gonzalo en eut le cœur serré. Il se tourna vers Luis et le regarda avec mépris.

— Comment as-tu pu commettre pareil forfait ?

Luis regarda attentivement Siaka, comme s'il le voyait pour la première fois, et il approuva.

— Je n'ai pas beaucoup de temps, Gonzalo. Et j'ai besoin d'être sûr de ta loyauté.

Il s'avança vers Siaka, sortit un pistolet et le braqua sur sa tête.

— Ce salaud a trahi ta sœur, elle avait confiance en lui, et il n'a pas hésité à abuser de cette confiance pour enlever mon fils et le livrer à son assassin. Et tu t'inquiètes pour lui ? Quelle sorte de frère es-tu donc ?

Gonzalo s'affola.

— Que vas-tu faire ?

Siaka se leva lentement, regardant fixement le canon du pistolet. Puis il haussa le regard jusqu'au visage de Luis et le défia.

— L'avocat a raison. Si tu me tues, la Matriochka gagne. Mais je crois que ça, malgré ton baratin sur tout l'amour que tu portais à Laura et à ton fils, tu t'en fiches. Alors si tu dois me tuer, vas-y, mais n'attends pas de moi que je me mette à genoux.

Le doigt de Luis se crispa sur la détente. Lentement, le chien recula.

— Non, Luis, pas ça…

— Je ne vais pas le faire, à moins que tu me le demandes.

— Tu es fou ? Je ne vais jamais te demander de tuer un homme.

Le chien percuta le vide, comme un claquement déçu. Il n'y eut ni détonation ni projectile. Luis frappa Siaka au visage d'un coup de crosse et se retourna avec rage vers Gonzalo en pointant son arme sur lui.

— La prochaine fois, il y aura une balle. Je te reposerai la question. Et si tu refuses de l'entendre, je la poserai à lui et braquerai l'arme sur toi. Et je recommencerai jusqu'à ce que l'un me dise de tuer l'autre.

Gonzalo regarda cet homme, soudain devenu un inconnu, avec une expression horrifiée et stupéfaite.

— Une chose pareille, pourquoi ?

Luis sourit avec malice et haussa les épaules.

— Une fois, ta sœur m'a parlé d'une femme et de sa fille, que votre père avait connues quand il était jeune. Tu sais sûrement de qui je parle. Quelqu'un a poussé ton père à une dichotomie insoluble : le héros et ses vertus contre l'homme et ses besoins. Le monstre a vaincu, ton père a choisi de vivre… Moi aussi, j'ai choisi la bataille que je veux livrer, à ma manière. J'ai vu comment tu me regardais au bar : tu es l'avocat vertueux, le bon fils d'Elías Gil, et moi je suis un malade cruel et sadique. Ta cause est la bonne, la mienne est la mauvaise… Ta vision du monde me dégoûte, maître ! Et j'ai l'intention de te prouver que tu n'es pas meilleur que moi. Ni meilleur que le fut ton père. Avant quarante-huit heures, tu me demanderas de tirer sur Siaka, ou bien il me demandera de tirer sur toi.

Miranda adorait danser au son de Compay Segundo et ses Muchachos. Il y avait quelque chose dans cette musique qui lui transperçait la peau et l'éloignait de ses soucis. Au moins, tant qu'on n'avait pas rallumé la salle, elle pouvait danser, fermer les yeux et rêver qu'elle était toujours une fille accrochée aux jupes de sa mère, au milieu des étendoirs de sa vieille maison de La Havane, tournant sur elle-même entre les draps usés en coton, avec les odeurs de yucca et de savon ordinaire qui imprégnaient tout.

Elle nageait dans ce bonheur fragile quand elle quitta la salle de bal, en sueur, fatiguée, une grande légèreté fourmillant encore dans ses talons. Elle s'appuya sur le capot d'une voiture garée pour soulager ses pieds. Elle n'avait plus vingt ans et les chaussures étroites à talons la martyrisaient. Puis elle chercha son paquet de cigarettes dans son sac à paillettes bon marché.

— Tu veux du feu ?

En entendant cette voix qui lui caressait le duvet de la nuque, elle faillit fondre en larmes. Ses yeux cherchèrent de l'aide. Elle était seule sur le parking, et les lumières de la salle des fêtes étaient une sorte de phare hors d'atteinte pour un naufragé. Elle savait qu'elle aurait beau crier, personne ne lui viendrait en aide.

Floren Atxaga le savait aussi, mais il préféra ne pas prendre de risques. Il ne fallait pas qu'un indiscret vienne bouleverser ses plans. De la main droite, il empoigna le cuir chevelu de Miranda et tira en arrière. De la main gauche, il vida la bouteille d'acide sur son visage.

Le type était grand et beau, on aurait dit le produit d'une agence de publicité. Alcázar se souvenait très bien de lui.

— Luis ! Quel hasard !

Ils venaient de se croiser dans le couloir, devant le bureau de Gonzalo. Sur le coup, l'ex-mari de Laura ne le reconnut pas. Mais la mémoire revint vite et il lui serra la main chaleureusement, avec en prime un grand sourire rafraîchissant.

— Bonjour, inspecteur.

Alcázar éprouva une pointe de jalousie devant ce corps musclé et bronzé. Luis était d'une espèce qui ne semblait pas humaine. Pas un gramme de graisse, pas une impureté sur la peau, pas un cheveu qui ne soit à sa place. C'était déprimant.

— Qu'est-ce qui t'amène ?

Luis répondit avec une rapidité suspecte qu'il était de passage à Barcelone et qu'il était venu saluer Gonzalo. Hélas, son assistante lui avait dit qu'il n'était pas là.

Alcázar dit au revoir à Luis et passa voir Luisa à son bureau. Il n'avait pas besoin de se présenter, l'assistante de Gil et lui se connaissaient et ne s'entendaient pas trop bien.

— Que voulait-il ?

Luisa regarda le couloir où Luis s'éloignait.

— Ce beau mec ? Que je couche avec lui, mais je l'ai envoyé sur les roses.

— Très drôle… Qu'est-ce qu'il voulait ?

Luisa lui lança un regard futé. Elle comparait peut-être son aspect grassouillet, sa peau fripée, sa lourde respiration de buffle, avec l'équilibre parfait de cette nature féline qui avait laissé dans l'air un sillage d'eau de Cologne.

— Ça relève du secret entre l'avocat et son client.

Alcázar laissa tomber les mains sur le bureau de Luisa, comme s'il venait d'y lâcher un poisson crevé.

— Je n'ai pas le temps de déconner, beauté. Où est ton patron ?

— Il n'est pas là.

Alcázar crispa les lèvres et sa moustache se souleva, découvrant une canine jaunie.

— Il n'a pas mis les pieds ici depuis combien de temps ?

— Deux jours.

— Il t'a appelée ? Tu as de ses nouvelles ?

Le regard grave d'Alcázar inquiéta Luisa, qui laissa tomber l'ironie.

— Non, et ce n'est pas son genre de disparaître sans prévenir. Il m'appelle toujours pour dire qu'il ne viendra pas ou qu'il sera en retard… Il se passe quelque chose ?

Avec plus de brusquerie que nécessaire, Alcázar passa devant le bureau de Luisa et entra dans le bureau de Gonzalo sans écouter les protestations de l'assistante.

— Je vous dis qu'il n'est pas là !

Le bureau était vide, effectivement. Mais il flottait quelque chose dans l'air que les filaments de la moustache d'Alcázar captèrent.

— Il est venu ici, dit-il en insistant sur le pronom.

— Vous voulez parler du joli cœur.

Alcázar hocha la tête. L'odeur d'eau de Cologne de Luis avait tout envahi.

— Je me suis absentée un moment, dit Luisa effrayée. Je suis allée aux toilettes et à mon retour je l'ai trouvé ici. Il était assis dans le fauteuil de Gonzalo, il s'est excusé aimablement, il a dit que la porte était ouverte, qu'il espérait pouvoir lui parler… J'ai eu une drôle d'impression…

— Laquelle ?

Luisa fit un geste, comme pour chasser une idée absurde.

— Rien de grave, mais j'ai eu l'impression qu'il avait fouillé dans ses affaires. Gonzalo a une façon très personnelle de ranger ses papiers, et en entrant j'ai vu qu'ils étaient légèrement déplacés.

Alcázar nota intérieurement qu'il devrait avoir une conversation avec l'ex de Laura. Mais ce n'était pas la raison de sa présence ici.

— Gonzalo n'est pas chez lui, et il n'est pas passé voir son fils à l'hôpital. Lola dit qu'elle ne l'a pas vu depuis deux jours.

Luisa tordit le nez, pensive.

— Ce n'est pas mon affaire, mais il a une amie, Tania.

Alcázar pinça les lèvres. Il avait déjà vérifié, on ne l'avait vu ni au Flight, ni à la librairie d'Anna, ni au studio de Tania.

— Je crois que c'est important que tu le saches. Floren Atxaga a agressé son ex-femme cette nuit. Il lui a démoli le visage à l'acide, à la sortie d'une discothèque. – Luisa prit un air consterné, mais Alcázar ne lui laissa pas le temps de réagir. – Elle s'en remettra, mais pas son visage. Avant de s'en aller, Atxaga lui a laissé un message pour Gonzalo. Il a dit qu'il n'allait pas le défigurer, mais finir ce qu'il avait commencé dans le parking. C'est peu probable, mais il pourrait venir ici ; à tout hasard, j'ai mis un homme armé dans le hall, et tu devras être vigilante… Arrête de trembler… Tu m'écoutes ?

— Vous croyez que ce fils de pute a enlevé Gonzalo ?

Alcázar écarta cette idée, provisoirement.

— Sa menace date de cette nuit, et il semble que Gonzalo ait disparu depuis deux jours. Tu crois pouvoir reconnaître Atxaga s'il se pointe ? Je peux t'envoyer sa photo par fax.

Luisa refusa tout net.

— Je le reconnaîtrais tout de suite. Je l'ai vu une quantité de fois sur la vidéo.

Sa langue avait devancé sa pensée, mal à l'aise, elle regretta ce qu'elle venait de dire.

Alcázar lui lança un regard perçant.

— Pour quelle raison as-tu tellement vu cette vidéo ?

Luisa voulut esquiver ce regard, mais Alcázar ne lui

en laissa pas le loisir. Il insista jusqu'à ce qu'elle lui dise la vérité.

— Gonzalo m'a demandé de lui obtenir discrètement une copie. Il était obsédé par l'ordinateur de sa sœur et il pensait que la clé était sur cette vidéo.

— Il n'y a rien, je l'ai moi-même visionnée soigneusement.

— Possible, mais je crois que Gonzalo a découvert quelque chose… La dernière fois qu'il a regardé cette vidéo, c'était justement il y a deux jours, ici, dans son bureau.

— Où la range-t-il?

— Dans le coffre.

— Tu connais la combinaison?

Luisa la connaissait. Gonzalo n'avait pas la mémoire des chiffres : il se rappelait tout juste son numéro de téléphone ou celui de sa carte d'identité, aussi avait-il recouru à une date facile à mémoriser.

— 23-6-1967.

Alcázar secoua la tête avec résignation. La date de la disparition d'Elías Gil, au lac.

Il composa la série sur le clavier, ouvrit et trouva des documents, des contrats, mais aucun enregistrement.

— Il était là, je l'ai vu quand il l'a rangé.

— Et qui est entré dans cette pièce depuis?

Luisa réfléchit. Le parfum de Luis commençait à se dissiper, mêlé à l'odeur de tabac des vêtements de l'ex-inspecteur.

Le concierge protesta pour la forme et demanda poliment de revoir la carte de police qu'Alcázar lui avait montrée trop vite.

— Tu vas me donner la clé, si tu ne veux pas que je t'en colle une! répliqua l'ex-inspecteur avec une brutalité destinée à vaincre toute réticence.

Le concierge prit peur et lui remit un double.

Tout était silencieux. À croire que cela devait toujours être ainsi. Ce qui était dit dans ces pièces, entre ces murs, devait s'estomper à la vue et à l'ouïe des étrangers.

Gonzalo était méthodique, presque aseptique. Chaque chose à sa place, pas de superflu. En réalité, dans ce lieu on respirait l'ordre précaire d'un espace inachevé. Peu de souvenirs personnels, quelques livres, de rares photographies. Les meubles semblaient isolés, attendant un rôle plus reluisant. L'endroit aurait pu être la planque d'un fugitif, un appartement clandestin, ou un bureau peu fréquenté. Tous ces lieux avaient la même vocation de passage. Un cadre ébauché, les esquisses d'une nouvelle vie ? Pensait-il s'y installer définitivement ? Seul ou avec Tania ? Plus de six mois s'étaient écoulés depuis la mort de Laura, une période pendant laquelle Alcázar avait pu constater combien Gonzalo ressemblait à sa sœur, malgré les apparences.

En d'autres circonstances, se dit-il, il aurait pu s'entendre avec Gonzalo beaucoup mieux qu'avec le caractère colérique et combatif de Laura. Pourtant, ils étaient tous les deux les enfants d'Elías Gil, aucun doute là-dessus. Gonzalo avait peut-être l'air plus détendu et plus accommodant, comme sa mère, mais sous cette patine on devinait un Gil. Le vieux Cyclope pouvait être fier de son rejeton. Aussi têtu. Si l'avocat avait une chose en horreur, c'était qu'on essaie de le manipuler ou de le coincer, et Alcázar comme Agustín González avaient commis l'erreur de le sous-estimer.

Et à en juger par ce que l'ex-inspecteur venait de découvrir en revoyant la vidéo du jour où Gonzalo avait été agressé, cette erreur pouvait leur coûter très cher. Il était évident que c'était Luis qui avait volé l'ordinateur. Dans quelle intention ? La réponse était là, clignotant sur le répondeur de Gonzalo. Il voulait retrouver Siaka. Gonzalo avait dû découvrir la présence de son ex-beau-frère sur la bande après avoir écouté ce message. Et si Luis avait volé la vidéo de son bureau ce matin-là, à son nez et à sa barbe (ce qui mettait Alcázar hors de lui), c'était parce qu'il avait la combinaison du coffre. Comment l'avait-il obtenue ? Logique : Gonzalo la lui avait donnée, et si son intuition était bonne, il ne l'avait pas donnée de son plein gré. Ils avaient un accord et Alcázar était convaincu que Gonzalo n'allait pas le rompre sauf s'il y était forcé. La protection et l'immunité de Javier contre Siaka, l'ordinateur, et la garantie d'oublier la Matriochka.

Cependant, l'apparition de Luis était une variable qui modifiait toute l'équation. Son attitude était déconcertante. D'un côté, il volait l'ordinateur et enlevait Siaka, ce qui invalidait toute enquête sur la Matriochka. Mais de l'autre, il n'hésitait pas à envoyer des informations au procureur et à informer Gonzalo qu'il avait le témoin de Laura en son pouvoir.

Gonzalo avait raison. Laura n'avait pas pu tuer Zinoviev, et maintenant l'avocat en avait la preuve. Il était tellement têtu qu'il avait sans doute essayé de convaincre Luis de se rendre. Il imaginait la scène et avait presque envie d'en rire. Cet homme n'avait jamais su dans quel monde il vivait, c'était un foutu idéaliste : il avait sans doute fait appel au sens de la loyauté de Luis, à la mémoire de Laura, à mille ficelles sentimentales.

Mais Luis avait encaissé la mort de son fils, et contre ça aucun mensonge, aucun baratin n'y pouvait rien. Ce beau mec allait faire sauter la banque, et on ne savait ni où ni comment.

Il pouvait s'asseoir et attendre. Les événements jouaient en sa faveur, et c'est à coup sûr ce que lui aurait conseillé Agustín González. Les laisser se détruire, et ramasser les morceaux ensuite. Quelle importance si Luis assassinait Siaka et Gonzalo ? C'était tout bénéfice et la Matriochka y trouverait son intérêt. Il n'aurait qu'à attendre, et lancer quelqu'un sur les traces de Luis dans quelques mois, une fois le calme revenu. Un accident fatal que personne ne pourrait associer à la mort de Siaka et de Gonzalo.

Alors, pourquoi avait-il composé le numéro d'Anna Akhmatova et dit qu'il avait à lui parler.

— Dans une demi-heure, à la librairie, fut la réponse sèche.

Pendant quelques secondes, Alcázar hocha la tête, le téléphone à la main. Il pensa à Cecilia, qu'il devait laver, emmener aux toilettes, car elle ne pouvait plus rien faire par elle-même. "Parfois je suis surprise de la tendresse que tu renfermes", lui avait-elle dit une fois. Alcázar se rappelait ses propres mains souillées de déjections, la forte odeur des tripes de son épouse, qui se décomposaient lentement, la répulsion qu'il devait réprimer chaque fois qu'il l'emmenait aux toilettes, et l'amour qu'il avait pour elle quand il la voyait souffrir pour évacuer trois fois rien. Tous les hommes sont contenus dans le même homme, c'était vrai. Comme ce jeu de poupées que Laura aimait tant. Tout le problème était de savoir si on avait assez de patience et de courage pour accepter les conséquences ultimes. Il pensa au Key de Miami décrit sur le dépliant qu'il portait toujours sur lui, et il sourit : après tout, l'humidité de la mer avait toujours été mauvaise pour ses os. Et il n'avait jamais beaucoup apprécié les Yankees.

Anna Akhmatova écouta les explications d'Alcázar sans réagir. On entendait une musique de requiem, tout bas. Anna avait mis une pancarte sur la porte, "fermé", avant d'emmener Alcázar dans l'arrière-boutique.

L'ex-inspecteur n'y était jamais allé. L'espace était partagé en deux : réserve de cartons de livres, et habitation. Anna s'était assise dans une berceuse qui avait un coussin tricoté et une mantille à dentelles sur le dossier. Le cadre de la vieille dame paisible aurait été entièrement crédible si elle n'avait pas allumé un Davidoff, comme une vraie camionneuse. Ces cigares avaient une odeur douceâtre.

— Pourquoi es-tu venu me raconter tout ça ?

Anna Akhmatova éprouvait une légère affection pour Alcázar. Trente-quatre ans plus tôt, quand il était encore possible de penser qu'elle avait définitivement échappé à Igor, l'inspecteur l'avait aidée. Mais au fil des années, Alcázar avait largement profité de ce régime de faveur. Il était le genre d'homme à rater sa vie à cause d'une ambition démesurée, à se dégrader en raison de la haute considération qu'il vouait à propres faiblesses, exhibées comme des blessures de guerre. Mais sous son cynisme apparent et sa convoitise affichée, derrière son absence de scrupules dont il se vantait, veillait un sentiment sincère, du moins l'affirmation encore lointaine de l'homme qu'il aurait pu devenir. Ce jour-là, celui qui était devant elle livrait son dernier combat, et pour une raison connue de lui seul, il l'avait choisie comme champ de bataille.

— Je crois savoir où est Siaka et qui détient l'ordinateur de Laura.

Anna Akhmatova releva le menton et le regarda avec hauteur.

— Alors, tu sais ce qui te reste à faire.

Alcázar acquiesça, sans vraiment l'écouter, absorbé par le cheminement de sa propre pensée.

— Ce n'est pas si simple. Je soupçonne le fils d'Elías de l'avoir déjà retrouvé. Cet imbécile a voulu agir seul et j'ai l'impression qu'il est avec ce type.

— Alors, charge-toi de lui aussi, dit Anna sans manifester le moindre doute.

— Et ta fille ? Ce qu'elle éprouve pour cet homme, tu t'en moques ?

Anna Akhmatova lissa une manche de sa chemise cramoisie. Un fil presque invisible s'était détaché d'un bouton du poignet. Elle l'enroula autour du petit doigt et l'arracha d'un coup sec.

— Les sentiments de ma fille ne te regardent pas. Tu devrais t'inquiéter de ton sort : si ce jeune Noir témoigne lors d'un procès, c'est Agustín González et toi qui aurez le plus à perdre. C'est vous qui avez intérêt à le voir disparaître.

Alcázar caressa distraitement le dos d'un livre sur une étagère.

— Quel âge a-t-il ? Quatre-vingts ? Quatre-vingt-dix ?

— Je ne vois pas de quoi tu parles.

— C'est lui, hein ? Igor continue de dominer ton destin. Tu le crains, tu le hais, mais en même temps tu es devenue sa vivante image. Il décide qui doit vivre et qui doit mourir. C'est lui qui a décidé de l'enlèvement de Roberto, qui a ordonné qu'on l'exécute et qu'on jette son corps dans le lac où tout est arrivé ; il a tramé sa vengeance contre Laura, et maintenant c'est au tour de Gonzalo. Ensuite je suppose que viendra le tour de ses enfants et de son épouse. Au fond, ce projet d'Acasa, c'est juste une façon de se venger, d'arracher à Elías Gil la dernière chose qui lui reste, cette maison aussi absurde qu'un tombeau vide, la couler et la démolir, l'enterrer sous des tonnes de terre, sur lesquelles lui, Igor Stern, fera une ultime promenade triomphale et crachera sur le fantôme de Gil qu'en définitive il aura vaincu. Il est toujours vivant, n'est-ce pas ? La Matriochka, c'est lui.

— Prends garde à ce que tu dis, Alcázar.

Mais l'ex-inspecteur n'en pouvait plus. Il y avait trop longtemps qu'il ruminait la même idée.

— Cette nuit-là, tu m'as utilisé, sauf que j'étais trop jeune et arrogant pour m'en rendre compte. Quand je t'ai trouvée au lac, la chemise tachée du sang d'Elías, je ne comprenais pas encore que tous les deux vous étiez prisonniers du même dilemme : un amour et une haine mutuels. Elías partageait le même credo que toi : qu'importent les règles, vérité ou mensonge, qu'importe la morale, le bien ou le mal, ce sont des dogmes qu'il faut dépasser pour atteindre une certaine paix. Tu savais depuis le début qu'il était un agent double, qu'il collaborait avec mon père. Et qu'Igor Stern était toujours en vie, car mon père n'avait pas respecté sa part de l'accord avec Gil. En sorte que la trahison de ses camarades n'avait servi à rien. Tu es allée au lac pour le lui dire, Igor Stern t'a utilisée pour affronter Elías par le biais de cette terrible vérité. Tu allais le dénoncer devant les siens, abattre le mythe du héros. Stern voulait le voir s'effondrer. Mais tu n'avais pas prévu l'effet qu'aurait ta révélation.

J'ai toujours pensé qu'entre mon père et Gil existait un lien dont j'étais exclu, une amitié que je n'ai jamais comprise et qu'en dépit des risques d'avoir un communiste pour ami, mon père a toujours entretenue. Je n'ai jamais su pourquoi il le protégeait. Peut-être parce que l'amitié vaut plus qu'un drapeau. Mais là, on est dans la poésie, et mon père n'a jamais eu des pensées de poète.

Tu ne pouvais imaginer que l'écho de tes paroles finirait par résonner, trente-quatre ans plus tard, aux oreilles de ta fille. Et que l'onde de choc nous emporterait aussi. Les malins n'imposent jamais leur volonté. Ils s'arrangent pour que les autres croient agir *motu proprio*. L'esclave le plus fidèle est celui qui se sent libre. J'y ai beaucoup réfléchi et je suis étonné de ne pas m'en être rendu compte plus tôt : Igor est derrière nous tous, il nous manipule comme des marionnettes en nous persuadant que nous sommes maîtres de nos décisions. Des années se sont écoulées, tellement d'années qu'il semble incroyable qu'il soit encore en guerre contre Elías, et nous sommes tous des pions et des pièces secondaires de cette guerre.

— Tu es complètement fou !

— Il ne respecte personne… sauf toi. Tu es la preuve vivante de sa victoire. Mais maintenant, tu as peur de lui. Pas pour toi, mais pour ta fille Tania. Il ne l'a jamais aimée, il la voit comme une étrangère. C'est à travers elle qu'il garde son contrôle sur toi, n'est-ce pas ? L'épée de

Damoclès suspendue sur la tête de Tania fait de toi son pantin. Tu le sais, tu sais qu'il n'hésitera pas à te l'enlever, si c'est encore un moyen de nuire aux Gil.

— Je ne sais pas de quoi tu parles, dit Anna Akhmatova.

— Oh que si, Anna ! Et elle est vraiment absurde, cette histoire de vieilles rancœurs, portées par tous ces vieux : toi, Esperanza, moi, Velichko… Igor Stern. Notre temps n'est plus, mais nous refusons de lâcher la bouée de la haine, de peur de nous noyer, même si pour rester à flot nous devons couler ceux qui n'ont hérité que de notre venin.

Il s'assit tout près d'Anna et lui caressa la joue.

— Il est temps de lever l'ancre, Anna. Tu dois lui parler. Tout cela doit prendre fin.

Anna Akhmatova regarda Alcázar, l'air hilare. Après un long silence, elle secoua la tête avec résignation.

— Tu n'as pas idée de ce que tu demandes. Sérieusement, tu n'en as pas la moindre idée.

27

Barcelone, juin 1967

L'orage d'été avançait, tel un navire étendant son drapeau noir sur la vallée, prêt à laisser éclater sa colère. Les premières gouttes commençaient à tomber comme des plombs de chevrotine sur l'embarcadère du lac, l'enfant regardait le ciel de plus en plus noir avec inquiétude, mais son père ne bronchait pas, ne détournait pas le regard de son fil de pêche.

— Concentre-toi sur ce que tu peux maîtriser et oublie le reste, dit-il à son fils en lui donnant un coup de coude pour qu'il ne quitte pas sa ligne des yeux.

L'enfant décida de mettre cette phrase de côté pour la déchiffrer plus tard, mais comme le reste, il finirait aussi par oublier ces mots, et il aurait l'impression ambiguë que parfois son père avait essayé de lui dire des choses essentielles quand ils allaient pêcher.

Quand Elías Gil décréta qu'il était inutile d'attendre davantage qu'un poisson morde à l'hameçon, père et fils étaient trempés jusqu'aux os et l'orage balayait rageusement toute la vallée, on ne voyait rien au-delà de quelques mètres. Sans s'affoler, il rassembla le matériel et ils se dirigèrent vers la maison, sous la pluie. De temps en temps, Gonzalo levait la tête et regardait le profil dégoulinant de son père, les sourcils froncés et les gouttes suspendues à son nez déformé avant de tomber sur la poitrine ouverte de sa chemise. "Ça, c'est un homme", avait-il entendu dire une femme du village qui le voyait passer un jour, et l'enfant en avait déduit qu'il n'y en avait pas d'autre. Même si aux yeux de Gonzalo il n'était pas non plus un homme, mais un géant nanti d'un seul œil, comme le Cyclope que devait affronter Ulysse dans les livres illustrés que la maîtresse leur montrait à l'école en leur parlant d'un lieu appelé Ithaque.

Malgré l'orage et la pêche qui avait été un échec, l'enfant respirait avec soulagement. Il sentait, à la façon de lui tenir la main serrée, qu'aujourd'hui son père était de bonne humeur. Il transmettait une force qui ressemblait à une présence protectrice et non à une menace. Il croisa les doigts pour que ça dure.

— Pourquoi me regardes-tu comme ça ? lui demanda Elías sans s'arrêter ni baisser la tête vers son fils.

L'enfant détourna le regard, honteux. Il ne savait pas comment il regardait son père, ni si c'était bien. Il savait qu'il avait parfois le cœur enflammé de chaleur, et parfois pétri de froid. Ce matin-là, pendant que l'orage fouettait les sapins et que le sentier se transformait en torrent boueux, il sentait la chaleur. C'était une sensation rare, mais extraordinaire.

— Tu as peur de ce qui est arrivé hier soir ?

Gonzalo secoua la tête, les oreilles en feuille de chou et les cheveux plaqués sur le front. Il ne savait pas s'il avait encore peur, mais il espérait que Laura n'allait pas de nouveau le cacher dans le puits pendant que retentiraient les cris et le bruit des choses cassées dans la grange. Il espérait aussi ne pas refaire pipi au lit. Soudain, Elías s'arrêta et soupira. La pluie glissait sur la surface noire de son bandeau et Gonzalo imagina que l'humidité traversait le bout de tissu, remplissait l'orbite vide et débordait. Il aurait alors l'impression de voir son père pleurer.

— Ce que tu as vu, tu ne l'as pas vu. Ce que tu as

entendu, tu ne l'as pas entendu. Tu dois oublier très vite pour te souvenir d'autres choses, tu comprends ?

Il répondit oui, bien sûr, mais il n'avait rien compris. Il devrait ajouter cette phrase à la précédente et y penser avant qu'elle s'efface.

Elías regarda son fils avec méfiance et éclata d'un rire aussi soudain qu'un éclair.

— Je ne peux pas encore mettre ces idées dans ta caboche. Que je suis bête !

La seule chose que Gonzalo retenait de la veille au soir, c'était que les larmes avaient jailli dans l'obscurité du puits et qu'ensuite il avait eu un terrible sentiment de solitude et une sacrée terreur que sa sœur l'oublie, qu'il ne revoie plus sa tête sur la margelle et ne sente plus ses bras le tirer vers le haut comme les fois précédentes.

Mais Laura finissait toujours par revenir. Il aimait sa sœur plus que tout au monde, plus que ses jouets préférés, plus que son père et beaucoup plus que sa mère. Plus que se baigner le matin, nu dans le lac, et plus que faire des bonshommes de neige en hiver. Son amour pour Laura n'était sans doute comparable qu'à la joie qu'il éprouvait quand certains matins il ouvrait les yeux avec appréhension, tâtait les draps et découvrait que cette nuit-là il n'avait pas fait pipi au lit.

Elle le protégeait, et Gonzalo ne comprenait pas vraiment pourquoi. Mais quand démarraient les cris et les gestes nerveux et désordonnés de son père, ou quand le crépitement de sa machine à écrire dans la grange prenait la vitesse d'un train, elle surgissait, le prenait dans ses bras, l'emmenait au puits, l'embrassait sur les lèvres et lui chuchotait des paroles d'apaisement, lui promettant qu'elle reviendrait le chercher.

Ce matin-là, Laura resta invisible, enfermée dans sa chambre jusqu'à l'heure du repas, et quand sa mère dit à Gonzalo de monter la chercher, l'enfant la trouva assise par terre, dans le creux entre le lit et la fenêtre, recroquevillée.

La lumière de midi éclairait la moitié de son visage, l'autre, masquée par ses cheveux, restait dans l'ombre.

— Ne me regarde pas comme ça, ordonna-t-elle à Gonzalo, et le gamin déconcerté se demanda pourquoi tout le monde lui reprochait sa façon de regarder, qu'y avait-il de mal à regarder pour voir.

— Tu as la joue enflée. Et des griffures dans le cou.

Laura se couvrit instinctivement. Elle avait treize ans mais paraissait beaucoup plus grande, du moins aux yeux de Gonzalo, grande comme sa mère. Surtout quand elle se tripotait les cheveux de cette façon nerveuse en détournant le regard.

— Je suis tombée en ramassant des mûres.

Dans des journées comme celles-là, Gonzalo ne reconnaissait pas sa sœur, et chacun se comportait de façon différente. Sa mère était plus gentille avec elle, comme lorsqu'elle recevait un ami de son père et lui offrait des biscuits ou un café, mais Laura se comportait avec elle de façon presque offensante, ce qui dans des circonstances normales lui aurait valu une bonne réprimande de la part de son père. Mais celui-ci ne la regardait pas ; au contraire, il semblait l'éviter.

Et le gamin pressentait qu'il ne devait pas retenir ces images dans sa mémoire.

Le bon côté des orages, c'est le calme qui leur succède. Voilà ce que se dit Vassili Velichko en descendant de voiture et en voyant au loin les montagnes vertes et le lac où se reflétait un ciel sans nuages. C'est aussi le suintement paisible de la terre, comme le lent dégel qui survient toujours en Sibérie, quand un beau matin les stalactites du baraquement se détachent des toits, trempant les couchettes en bois ; et la conscience démesurée d'avoir survécu à un hiver de plus au goulag.

— Tu es sûre de vouloir le faire ?

Il s'était tourné vers la voiture. Anna avait passé la tête à la fenêtre, le menton sur l'avant-bras, fumant tranquillement. Ses yeux embrassèrent le paysage avec avidité.

— Ce sera une jolie surprise, dit-elle en se retournant et en caressant le visage endormi de Tania sur ses genoux. Sa fille avait la nausée à cause de tous ces virages, et elle était toute pâle.

Velichko se glissa de nouveau derrière le volant.

— Il y a plus de vingt ans que nous ne l'avons pas vu. Je ne suis pas sûr que cela en vaille la peine, Anna, dit-il en réglant le rétroviseur intérieur. Il ne se souvient sûrement pas de nous.

Anna fronça ses jolies lèvres et appuya la tête contre le dossier, contemplant les cheveux roux de sa fille. C'était l'image vivante de Martin. L'Anglais aurait donné n'importe quoi pour assister à cet instant, elle en était sûre.

— L'essentiel, Vassili, c'est que nous nous souvenons de lui.

La nouvelle qu'une belle écrivaine russe avait loué une maison sur la rive nord du lac pour y passer l'été s'était répandue comme une traînée de poudre dans la vallée. Le sous-inspecteur Alcázar fut le premier à l'apprendre et il ne tarda pas à lui rendre visite.

— La visite d'une citoyenne de l'URSS n'est pas chose courante.

Il dut faire un gros effort pour détourner les yeux de son buste généreux et de ses yeux gris perle dont on ne savait s'ils se moquaient, méprisaient ou observaient avec une pointe d'ironie. Alcázar n'était pas habitué à fréquenter des femmes de ce style. Anna Akhmatova avait trente-cinq ans, elle venait de la Sibérie occidentale, écrivaine de profession et conseillère culturelle au consulat soviétique ; mariée civilement à Martin Balery, anglais ; divorcée un an plus tard ; une fille, Tania Balery Akhmatova, trois ans.

— La photographie ne vous rend pas justice, dit Alcázar en lui rendant son passeport. Vous êtes beaucoup plus belle dans la réalité.

Elle l'était, sans aucun doute. Tout homme ayant un jugement sain nourrirait dans son cœur l'espoir qu'elle s'éprendrait de lui, ou qu'il la séduirait. Ce qui ne tarderait pas à éveiller la vertueuse colère de certains habitants. Les choses n'étaient plus comme au début des années 1940, mais l'Espagne avait encore un certain penchant pour les chasses aux sorcières. Belle au-delà du supportable, soviétique, écrivaine et divorcée, avec une fille. C'était comme si on avait envoyé à Alcázar une bombe dans un emballage cadeau.

— Et vous êtes… ? demanda-t-il en se tournant vers l'homme qui jusqu'alors était resté en retrait. Il pouvait être le père d'Anna, ou son amant.

Vassili Velichko détestait les chiens au service du pouvoir, ayant oublié par hygiène mentale que lui-même en avait été un, une grande partie de sa vie. Même pendant les années de réclusion au goulag, après être sorti du camp de prisonniers de guerre en Pologne, il s'était efforcé de maintenir la discipline et l'orthodoxie du Parti parmi les détenus. Mais c'était un homme de convictions, il croyait fermement à sa cause, qui n'était pas celle des hommes, mais celle des idées, ce qui le différenciait avec fierté d'hommes comme ce policier qui l'interpellait derrière sa moustache et sa moumoute ridicule. Vassili en avait connu beaucoup de ce genre, des mercenaires au service d'eux-mêmes. Il tendit son passeport et attendit avec raideur qu'on le lui rende.

— C'est mon frère, et il ne parle pas très bien l'espagnol, expliqua Anna.

— Le nom n'est pas le même.

— Mais le cœur, si, et c'est ce qui compte, intervint sèchement Velichko.

Alcázar sentit qu'il aurait des problèmes avec ce type.

Par chance, ce dernier dit qu'il ne comptait pas rester longtemps dans cette maison. Il avait un commerce à gérer à Barcelone et il était seulement venu pour s'assurer que sa "sœur" et sa "nièce" seraient bien installées.

— Profitez bien de votre été, mademoiselle. Et j'espère que vous serez bienveillante si vous écrivez sur nous, conclut le sous-inspecteur, se promettant de revenir voir cette femme dans des circonstances moins officielles.

Avant de partir, Vassili Velichko revint à la charge, mais sans illusions après tant d'échecs, pour convaincre Anna que son projet était une folie.

— Nous sommes venus ici pour repartir à zéro, Anna. Et toi tu veux creuser sous tes pieds. Reviens avec moi à Barcelone, on élèvera Tania et on laissera le passé derrière nous, je t'en prie.

Anna regarda son cher Vassili avec cette langueur qu'on a quand on regarde un bouquet de fleurs fanées, naguère vigoureuses. L'homme qui s'était inquiété d'elle pendant toute son enfance était toujours enfermé dans son goulag, en tout cas son esprit l'était, il ne comprenait pas qu'elle n'était plus une fillette qui n'avait plus besoin de sa protection, au contraire elle devait maintenant prendre soin de lui. Elle avait obtenu quelque chose d'insolite : trois passeports, une nouvelle vie et sortir Velichko d'Union soviétique, où il aurait fini par être de nouveau arrêté et exécuté pour son entêtement contre Khrouchtchev et les nouveaux dirigeants de l'URSS poststalinienne. Et pour obtenir tout cela, elle devait payer le prix fort.

— Je ne peux pas partir. Je dois respecter ma part de l'accord, Vassili.

Vassili regarda Anna avec résignation.

— Ce n'est pas seulement ta promesse à Igor Stern en échange des passeports qui t'a amenée ici. C'est une raison personnelle, une chose à faire, quoi que tu dises, n'est-ce pas ?

Anna Akhmatova se pencha à la fenêtre de cette maison qui ne reconnaissait pas encore sa maîtresse. Le paysage était un nuage où elle devait poser les pieds.

— Je le dois à ma mère. Et à moi-même.

— Pense à Tania, Anna. Ta mère, c'est le passé, comme Nazino et Elías Gil. Ta fille est l'avenir, l'espoir d'une vie différente.

Anna sourit. Quels rêveurs, les hommes comme Vassili ! La vie a beau les avoir meurtris mille fois, ils penseront toujours qu'elle peut être différente, et donc meilleure.

Laura émit un gémissement en se tâtant le côté. Gonzalo s'en rendit compte et cessa de la poursuivre dans la cour en écartant les bras pour imiter les ailes d'un avion.

— Tu as mal ?

Laura fit la grimace.

— Là, à l'intérieur.

Elle avait cru que cela n'arriverait plus jamais. La dernière fois, Elías s'était mis à genoux et lui avait embrassé les jambes en les baignant de ses larmes. Il lui avait tant de fois demandé pardon que Laura en avait perdu le compte, et contre sa volonté elle avait fini par caresser les cheveux grisonnants de son père et par pleurer avec lui. Elle l'aimait malgré tout, et à mesure qu'elle prenait de l'âge et que cela se répétait, elle se rendait compte qu'elle ne pouvait empêcher ce sentiment de grandir. Voilà pourquoi elle voulait le croire. Pendant quelques années, au moins deux, il tint parole et Laura pensa que tout cela était révolu, caché quelque part dans son esprit où personne ne pourrait plus jamais avoir accès. Mais cela s'était reproduit, et cette fois avec une violence qui l'avait laissée sans réaction.

Cette fois-là, Elías n'était pas venu lui demander pardon, ne lui avait pas raconté d'histoires terribles du passé, comme s'il avait compris qu'il était allé trop loin, et que

Laura ne l'oublierait jamais. Maintenant, il s'enfermait toutes les nuits dans la grange, et quand sa mère le suppliait d'en sortir, ils se disputaient âprement. Ils se frappaient, s'insultaient, se détruisaient. La seule obsession de Laura était de maintenir Gonzalo à l'écart de cette histoire. Les derniers temps, elle avait perçu un changement d'attitude d'Elías envers son petit frère. Gonzalo était tellement pur, innocent, il admirait tant son père, que du coup celui-ci se sentait sale et méprisable et était tenté de le détromper, comme s'il détestait l'admiration de son fils, son respect et son innocence.

— Sors-le de ma vue, avait-il dit à Laura plus d'une fois, quand l'alcool lui empâtait la langue et troublait le regard verdâtre de son œil.

Laura ne voulait surtout pas que son frère subisse quoi que ce soit. Elle pouvait supporter beaucoup de choses, parfois horribles, car elle était comme son père, elle avait aussi ce don monstrueux de l'indifférence face à sa propre souffrance, du mépris pour toute possibilité de bonheur. À treize ans, elle avait déjà compris le monde où elle devait vivre, et ses règles. Mais Gonzalo ressemblait à Esperanza, dévoué, silencieux, obéissant, incapable d'admettre qu'on a beau lui tourner le dos, la vie ne vous oublie pas et se rappelle à votre bon souvenir, souvent de façon injuste. Il n'était pas préparé à ce genre de combat, et ne le serait jamais. Il idolâtrait son père, et les choses devaient continuer ainsi. L'ignorance était sa meilleure défense.

C'est elle qui vit la première cette femme à la grille du jardin, avant même que Gonzalo se colle à ses jupes et que les chiens se mettent à aboyer. Cette femme la regardait de façon insistante, grave. Puis elle regarda la maison : quelque chose la fit sourire et elle repartit sur le sentier en direction de la route. Une minute plus tard, Laura entendit un moteur de voiture s'éloigner. Elle revint vers la maison et vit sa mère, Esperanza, penchée à une fenêtre de l'étage, cramponnée à la grille du balcon, fixant le sentier que cette femme venait de quitter. Laura n'avait jamais vu une telle ombre de colère chez sa mère.

Deux minutes plus tard, la vieille Renault de son père sortit de la grange en cahotant. Comme un chien de manchon, Gonzalo se précipita derrière lui avant que Laura puisse le retenir, courut derrière la voiture et s'arrêta finalement, à bout de souffle, tandis que le pot d'échappement laissait derrière lui une fumée épaisse en s'éloignant.

La jeunesse n'humilie que la vieillesse de ceux qui n'ont pas vécu assez de vies. Et pourtant, toutes les douleurs de l'âge redoublèrent chez Elías quand il fut devant Anna. Il n'y avait plus trace de la fillette qu'il tenait dans ses bras pendant les longues journées de marche à travers la steppe, ce qui signifiait qu'il n'y avait plus trace non plus du jeune homme qui l'avait en charge à l'époque. Elías perdait du terrain jour après jour.

— Ainsi donc, tu es écrivaine, dit-il en observant la petite bibliothèque qu'Anna organisait dans la partie basse de la maison, à côté du salon. Et quel genre d'écrivaine es-tu ?

Anna réfléchit un instant avant de répondre, et lui lança un regard sombre :

— Du genre de celles qui écrivent.

— Et tu veux me faire croire que tu es venue ici uniquement pour écrire un livre.

— Tu peux bien croire ce que tu veux.

Elías était à la porte du jardin. Derrière lui, l'herbe brillait et Anna vit passer Tania qui poursuivait les papillons.

— Qu'est-ce que tu cherches ? Pourquoi es-tu venue ? demanda Elías sur un ton hostile, après un silence interminable.

Anna eut une bouffée de colère qui affleura au fond de ses pupilles.

— On dirait que tu n'as pas l'air content de me voir ?

— Ce que je vois ne correspond pas à mes souvenirs. Je ne suis pas idiot, et je vois le mépris que tu as pour moi. Toutes ces années en compagnie de Stern ont fini par t'inoculer son venin. Tout ce que je pourrais dire pour ma défense ne te ferait pas changer d'avis, alors autant économiser ma salive.

— J'aimerais écouter ta version de ce qui s'est passé là-bas. Autre chose que ce que je connais : un lâche qui a tué ma mère et qui m'a livrée à une meute de brigands pour sauver sa peau.

La maison était sans doute restée fermée longtemps, avant qu'elle la loue. Il restait quelques vieux meubles en pin couverts de poussière et on voyait encore les grosses toiles d'araignées dans les angles du plafond et sous les poutres. En s'avançant, Elías accrocha un peu de ce tissu visqueux dans ses cheveux. Dans la poche de son pantalon, il sentit le contact familier du médaillon d'Irina. Il se demanda s'il devait le montrer à Anna. En fin de compte, il lui appartenait.

— Tu as sûrement lu le rapport que Vassili a rédigé en 1934.

— Je l'ai lu. Mais je ne l'ai pas entendu de ta bouche.

Les souvenirs ne sont pas des peintures classiques entourées d'un cadre baroque, pas davantage des instantanés qui décorent les étagères d'une maison. Les souvenirs sont de grands espaces vides que l'on parcourt souvent en silence. À quoi bon les évoquer ? Son discours du passé sonnerait aussi faux que ceux que Stern avait pu lui débiter. On préfère croire ce qui s'accommode le mieux à son caractère. Et celui d'Anna était froid et distant.

— Je n'ai rien à te dire.

Elle alluma une de ses cigarettes douceâtres et lança le briquet brutalement sur la commode, lâcha une bouffée de fumée exaspérée et regarda Elías avec irritation.

— J'avais entendu dire que tu n'étais pas très loquace, mais je pensais qu'un si long voyage méritait un peu plus d'égards de ta part. Comme tu voudras… En revanche, moi j'ai quelque chose à te dire.

Elle ouvrit un tiroir et lui lança une enveloppe.

— Qu'est-ce que c'est ?

— Des amis qui t'envoient un souvenir. Ouvre.

Anna sortit dans le jardin et le laissa seul. C'étaient des photographies d'une bonne douzaine d'hommes et de femmes, il y avait une date écrite derrière chacune, celle de leur mort et l'endroit où ils avaient été capturés : A. S., Paris 1947 ; S. M., Lyon 1947 ; W. B., Toulouse 1948 ; G. T., Arles 1948… Madrid, Londres, Marseille, Berlin… 1949, 1950, 1952, 1958, 1962, 1963, 1965… Ils avaient tous été dénoncés par Elías et remis en personne à Ramón Alcázar Suñer. Pas un mot sur tous ceux qui avaient eu la vie sauve grâce aux informations que son ami lui avait fournies pour prévenir des coups de filet ou des embuscades visant les dirigeants du Parti, les syndicats, les associations d'étudiants. Ni sur ceux qui, grâce à son influence, avaient pu quitter l'Espagne sous une fausse identité dans les dix dernières années. Rien ne pouvait équilibrer la balance, et il le savait parfaitement. Un clou n'en chasse pas un autre, c'est de la connerie. Tous ces camarades morts, agents du NKVD, activistes en Espagne ou en France se battant contre la dictature de Franco, anarchistes ou vieux militants de la CNT, c'était sa responsabilité. Comme ces policiers espagnols, ces agents infiltrés qui, grâce aux informations de Ramón, avaient été neutralisés par le NKVD, persuadé que l'information provenait d'Elías. Des pions noirs et blancs sans grande importance sur l'une ou l'autre avant-garde, car ils couvraient les mouvements de pièces maîtresses.

Il sortit dans le jardin quelques minutes plus tard, la poignée de morts dans la main. Ils le mordaient, gémissaient, l'insultaient, lui brûlaient les doigts. Anna Akhmatova courait innocemment derrière sa fille, dans l'herbe. Enfin brillait un soleil adapté à la saison, l'air était saturé de couleurs. Une jolie scène bucolique en ce jour pastoral de juin.

En voyant Elías, Anna dit à sa fille d'aller jouer toute seule de l'autre côté de la maison. La fillette pleurnicha mais obéit.

— Et alors? demanda Elías en brandissant les photographies.

Anna choisit ses mots :

— Je crois que tu sais ce que cela signifie. Depuis 1947, tu collabores avec la police espagnole de Franco, mais tu as conservé tes contacts avec le Parti et, officieusement, tu continues de travailler pour lui… Mais rassure-toi, ils ne le savent pas, pas encore.

Elle avait formulé cette menace pour l'enfoncer lentement dans la cervelle d'Elías. Ce dernier s'assit sur une souche et resta silencieux un bon moment, tête baissée. Il n'avait pas l'air de se sentir vaincu, mais d'étudier la situation et de calculer les prochaines étapes. Si Anna avait espéré le faire craquer, elle se rendait compte de son erreur. Toutefois, elle avait encore un coup en réserve qui devait le plier en deux et l'envoyer au tapis.

— Ton ami espagnol t'a menti pendant toutes ces années : toutes ces trahisons pour rien ! Igor Stern est toujours vivant et il t'envoie son bonjour.

Elías regarda la fille d'Irina avec une fixité implacable, essayant de discerner si son visage exprimait le mépris, l'indifférence, la haine ou simplement la fatigue. Pas trace d'estime, pas une once d'affection ni de doute. Elle l'avait jugé et il était coupable. Elías encaissa le choc de cette nouvelle, et sentit une tornade dans l'estomac et une envie de vomir qu'il eut du mal à maîtriser. Il lui fallut une minute pour ne plus transpirer et rassembler son corps qui, soudain, s'était démembré, comme si son squelette avait disparu.

— De quoi s'agit-il? D'un chantage ?

Anna Akhmatova secoua la tête :

— Je crains que ce ne soit pas aussi simple. Il veut te voir, demain.

— Igor. Il est ici, à Barcelone?

— Il n'a jamais été très loin de toi. – Anna réfléchit à ce qu'elle allait dire, comme si c'était illogique, même à ses yeux. – Tu l'obsèdes. Il dit que tu es le seul homme qu'il n'a jamais pu vaincre.

Elías se leva brutalement et partit d'un éclat de rire cassé, presque un hurlement.

— Il a eu mon manteau, et il t'a eue, toi. Qu'est-ce qu'il veut de plus, ce salaud de fils de pute?

Anna Akhmatova ne se laissa pas impressionner par cet accès de colère.

— Il te veut, toi.

Elías se calma en voyant revenir la petite rouquine aux grands yeux. Cette enfant lui rappelait vaguement quelqu'un.

— Et il te lance contre moi, car il sait que rien ne peut me faire plus de mal. Et toi, Anna, tu te prêtes à ce jeu.

Anna Akhmatova regarda sa fille avec tendresse et se rappela la nuit, trois ans plus tôt, où elle avait été conçue avec Martin. Elle n'aurait jamais assez de reconnaissance pour ce rouquin faiblard, presque fou, d'avoir risqué sa vie pour l'arracher aux griffes d'Igor dans cet hôtel parisien, quand elle était adolescente. Ce pauvre mendiant un peu timbré l'avait emmenée à la gare du Nord et l'avait mise dans un train en partance pour Le Havre. Mais Igor n'avait pas tardé à la retrouver. Des années plus tard, elle avait recroisé Martin à Francfort. Il avait une liaison secrète avec un diplomate canadien. Il semblait content, et de nouveau il l'aida en obtenant de son amant un visa pour qu'elle aille au Canada. Cette escapade dura deux ans, et Anna se dit que grâce à Martin elle pourrait envisager une existence normale.

Elle travailla dans une boutique de vêtements d'Ontario, connut un garçon francophone, ils eurent une aventure, qui prit fin brusquement, un soir : à la place du jeune homme qui devait l'emmener au cinéma, c'est Igor Stern qui frappa à la porte de son appartement. Au cours de ces deux années au Canada, Martin lui avait raconté d'autres histoires sur Elías et sa mère, Irina. Il parlait aussi avec nostalgie de Claude et de Michael, surtout de ce dernier, qui avait été le grand amour de sa vie. Martin haïssait Igor, et Anna était consciente que c'était pour cette raison qu'il l'avait aidée. Il voulait absolument le vaincre, lui reprendre ce que l'autre considérait comme sa propriété.

C'est sans doute pourquoi, trois ans auparavant, quand il l'avait retrouvée à Moscou, il avait fait l'amour, pour la première et unique fois, avec une femme de près de vingt ans de moins que lui. Ce soir-là, Martin l'avait conviée dans le grand hôtel Lenin, il était en déplacement, il accompagnait son ami diplomate en tournée dans une demi-douzaine de pays. Anna le trouva vieilli et fatigué et Martin lui avoua sans drame qu'il était en train de mourir. Ils burent beaucoup, trop, et quand le rouquin la raccompagna rue du Bolchoï, Anna l'embrassa sur les lèvres. Il ne fut pas surpris et ne résista pas. Il se laissa entraîner, sans curiosité ni passion, mais se répandit en elle avec une tendresse contenue. Martin mourut deux mois plus tard, du côté du Turkménistan, dans un wagon de première classe du Transsibérien, franchissant de façon très différente ce paysage enneigé qui trente ans auparavant avait emporté tous ses espoirs de jeunesse. Il ne sut jamais qu'il laissait une fille, et qu'ainsi il était le seul à avoir vaincu Igor Stern.

Nul doute qu'Anna devait le plus beau cadeau de la vie à Martin, comme elle devait amour et loyauté à Vassili. Mais tout ce qu'elle éprouvait pour Elías, elle l'éprouvait aussi pour Igor Stern. Un dégoût profond et aride, car chacun était un chien enragé qui rêvait d'abattre l'autre, et pour cela n'hésitait pas à utiliser son entourage. Il n'y avait en eux que mort et destruction.

— Comme j'aimerais pouvoir vous tuer tous les deux avec la même balle ! dit-elle.

Igor avait une apparence prospère qui devenait chimérique. À cinquante-trois ans, il tenait absolument à conserver un look juvénile, pantalons amples, chemises cintrées à large col et longues pattes. Sa peau avait pris un ton miel, et ses manières s'étaient radoucies, au point que cette élégance qu'il affectait en maniant sa fourchette ou en s'essuyant les lèvres avec un coin de sa serviette semblait plus héritée qu'apprise. Comme s'il était conscient de l'effet qu'il produisait sur Elías, il joignit les mains et se pencha en avant. Il paraissait si sûr de lui, si sûr du personnage derrière lequel il se cachait, qu'il était prêt à se montrer paternel avec son vieil ennemi.

— Je vois que les années ne t'ont pas traité comme tu le mérites, Elías, dit-il avec un sourire bienveillant.

— Ça ne m'a pas trop mal réussi, jusqu'à présent.

Ils n'étaient pas seuls dans le salon de l'hôtel. Un peu plus loin, trois hommes d'Igor ne le quittaient pas des yeux. Stern était devenu respectable : c'était la victoire secrète des proscrits, le véritable triomphe n'était pas la richesse, ni l'influence qu'ils pouvaient maintenant exercer sur les politiciens, les militaires ou les policiers, mais la respectabilité, une loge au Liceo, une chambre dans un hôtel de luxe de chaque capitale, réservée à l'année, la fréquentation des grands bourgeois et des acteurs de la culture officielle. Il collectionnait les photographies d'acteurs, de musiciens, d'écrivains, de scientifiques, d'aristocrates et de prélats, comme s'il collectionnait les têtes empaillées des gibiers rapportés d'un safari. Plutôt rarement maintenant, il descendait dans la salle des machines de son empire, le monde du marché noir, des drogues, de la prostitution et du jeu, poussé par une certaine nostalgie de ses débuts.

— Tu croyais peut-être que je ne saurais pas que tu t'es vendu à Ramón Alcázar pour un prix aussi misérable que ma tête ?

Elías voyait la colère d'Igor, même si ce dernier gardait cette expression de bodhisattva au-dessus des choses de ce monde.

Igor était un survivant-né, ce qu'Elías n'avait jamais su apprécier, dit-il. Il négociait avec qui il fallait, prenait et rompait des engagements, et sa loyauté n'allait jamais au-delà de son intérêt. Il ne cédait jamais, mais savait être persuasif et rendre les autres contents. Igor s'était mis aussi à travailler pour certains dirigeants de la dictature franquiste, des chefs d'entreprise importants qui, grâce à lui, gagnaient beaucoup d'argent, bien avant qu'Elías propose son marché à son ami Ramón Alcázar.

— Ne lui en veux pas. Il l'ignorait et je t'assure qu'il a essayé de respecter sa part de l'accord. Si ses supérieurs à Paris ne m'avaient pas prévenu, ton ami m'aurait fait sauter la cervelle. – Son attitude changea subitement, il devint impératif. – Si tu avais tellement envie de me voir mort, tu n'avais qu'à t'y coller toi-même.

— Les photos. Que veux-tu en échange ?

Elías sentit le poids de ce regard qui fonçait sur son visage.

— Je me rappelle qu'autrefois tu étais plus difficile à convaincre.

Igor adorait ce jeu, il avait l'impression d'ouvrir une armoire pleine de déguisements et de les essayer les uns après les autres. Le pouvoir et l'argent lui avaient appris à toujours être l'homme de la circonstance, et il se demandait quel rôle il devait endosser maintenant. L'instinct lui soufflait de tomber le masque pour une fois, et d'écraser Elías sans pitié. Il suffisait d'un appel à Moscou, et sous vingt-quatre heures Gil se retrouvait dans un coffre en route pour le Kremlin. Mais il ne devait pas négliger sa propre position et ses cartes. Lui aussi pratiquait le double jeu depuis des années, et, il en était convaincu, les deux camps étaient au courant. On le tolérait parce qu'il était très utile comme bélier ou comme cheval de Troie, selon leurs intérêts. Par ailleurs, ils commençaient à le redouter, ce qui ne l'arrangeait pas.

Au cours de toutes ces années, Igor Stern avait soigné les formes, persuadant les uns et les autres qu'il était un nouveau riche, un imbécile sans cervelle qui rêvait de dépenser son argent avec des maîtresses et des poules de luxe, comme un vulgaire comédien français sur la Côte d'Azur. Il avait si bien joué son rôle que lorsqu'ils voulurent voir de près sa comédie, il était trop loin de leurs tentacules, trop influent, trop riche, et il détenait trop de secrets. Échec et mat ? Pas dans cette partie qui n'aurait jamais de fin.

Et il n'avait pas attendu tant d'années pour finalement livrer Elías pieds et poings liés en leur donnant prétexte de les débarrasser aussi de sa personne. Il avait trouvé mieux, une solution à la hauteur du combat qu'ils avaient engagé tous les deux depuis si longtemps.

— Pas besoin de t'expliquer ce que signifierait la publication de ce que je sais, pour toi et pour ta famille, n'est-ce pas ?

— Depuis quand aimes-tu les questions rhétoriques ?

Igor émit un petit rire et resserra inutilement la chaîne de sa montre.

— Depuis que je suis un Byzantin sophistiqué. J'ai lu quelques livres et rencontré quelques personnes au cours de ces années ; ainsi ai-je appris qu'il existe un plaisir sublime dans l'élégance de la violence avec laquelle nous exprimons ce que nous ressentons. Une aria n'est guère différente du cri de guerre d'une bataille quelconque, elle exprime la même puissance désespérée, et parle souvent des mêmes choses : la peur, le courage, l'héroïsme. Mais ce qui est *bel canto* dans un contexte devient sauvagerie dans un champ débordant de boue, d'explosions, de morts. C'est cela, être civilisé, et je reconnais beaucoup d'avantages à cet état. Par exemple, j'ai appris que la vraie douleur s'inflige avec une aiguille, pas avec une hache.

— Je ne vois pas où tu veux en venir.

— Au point où nous en sommes exactement. Comme le premier jour où je t'ai vu dans ce train pourri et où tu m'as obligé à t'arracher un œil pour un manteau de rien du tout. Je voulais être ton ami, Elías. Je t'ai autant respecté que méprisé, et je constate que tu éprouves les mêmes sentiments. Attirance et répulsion, la vertu et l'ignominie. Tu veux ce que je suis, et tu es un peu de ce que je veux. Nous aurions pu être frères, et rien de tout cela n'aurait été nécessaire, mais la nature sépare les paires pour les affronter, comme les portées de louveteaux. Il est inévitable qu'ils se mettent en pièces. Et une fois de plus, nous voici en présence.

Igor Stern se leva. Ses gardes du corps dressèrent l'oreille, en bons dobermans, mais il leur adressa un petit signe pour les rassurer, il ne se sentait pas menacé.

— Puisque nous ne pouvons pas être ennemis, ni amis, tu vas travailler pour moi. Tu seras mon subordonné, mon esclave, à vrai dire. Tu me donneras ta vertu, la reconnaissance que t'apportent ta famille et les autres, tes médailles… Tu me donneras tout, tu te vautreras dans la porcherie, pas par idéal, mais parce que j'en ai besoin : pour me rendre plus riche, plus puissant. Et tu le feras pour que je ne te prive pas de la seule chose qui compte pour toi : le respect de l'Histoire, cette connerie d'immortalité à laquelle les idiots dans ton genre aspirent. J'ai entendu dire que tu as une fille très jolie. Quel âge a-t-elle ? Treize ans ? Je sais aussi que tu as un garçon de cinq ans. Que pensera-t-il du grand héros quand il grandira et saura la vérité ?

Elías s'était peu à peu rapproché de la porte du couloir. Il calcula qu'il avait deux gardes du corps à portée de tir, et il dégaina son Colt 45 automatique et tira deux fois sur chacun d'eux.

Tout alla si vite que lorsqu'il se retourna, son pistolet braqué sur Igor, celui-ci avait encore la bouche ouverte.

— Martin avait raison. J'aurais dû te tuer de mes mains quand j'en avais la possibilité, à Paris.

Il enfonça le canon de son arme dans la bouche d'Igor Stern et pensa à Irina, à ces nuits où ils s'aimaient en silence, entourés d'étrangers. Il pensa aux marches suffocantes avec Anna sur le dos, à l'agonie de Claude, aux cris de Martin sous la torture, à Michael perdant son sang à ses pieds. Mais par-dessus tout, il revécut la douleur de ce bout de bois qui faisait éclater son globe oculaire, cette douleur à jamais tatouée dans son esprit, qui le torturait comme une vague qui allait et venait, plus ou moins intense, mais qui ne disparaissait jamais. Cette douleur qui parfois le rendait inhumain, une bête folle capable de torturer les êtres qu'il aimait, un dégénéré qui ne trouvait ses limites qu'en soi-même.

Il pressa la détente et la cervelle d'Igor Stern se dispersa sur plusieurs mètres à la ronde.

Et enfin, Elías poussa un hurlement de victoire.

28

Barcelone, novembre 2002

D'après le relevé de la compagnie aérienne, Luis aurait dû être dans le vol de Londres pour épouser ce bijou qui l'avait vainement attendu à l'aéroport jusqu'au dernier appel. Mais Luis avait ignoré ce cadeau du ciel : au lieu d'allonger les jambes dans son siège de première classe et de se féliciter de son sort, il conduisait une Mercedes de location sur la route de la côte. Alcázar le suivait à distance, secouant la tête en signe de désapprobation tout en écoutant les nouvelles à la radio. Les altercations entre la police et des groupes d'écologistes dans la zone du lac avaient repris de plus belle. Deux agents étaient blessés et un cocktail Molotov avait mis le feu à une pelleteuse. Pour le moment, les travaux suivaient leur cours. Ces informations seraient mal accueillies par Agustín González. Les entreprises d'Acasa n'avaient pas besoin de toute cette publicité ; les riches étaient partisans de la politique du fait accompli, ils aimaient jouer sur du velours, alors que les problèmes s'accumulaient autour du projet du lac. Et il était chargé de régler l'un d'eux, et non des moindres.

Agustín González était du même avis qu'Anna. Il fallait colmater la fuite d'eau représentée par Siaka et l'ordinateur de Laura. Alcázar l'avait prévenu que son gendre serait sans doute là, mais la réponse de l'avocat avait été formelle.

— Morte la bête, mort le venin.

Cela lui rappelait la scène vécue la veille avec Anna, après qu'elle eut refusé de parler avec Igor Stern. Devant l'insistance d'Alcázar, elle lui avait cloué le bec en l'embrassant doucement sur les lèvres. Ils étaient dans une ruelle obscure et le visage d'Anna flottait comme une vague apparition entre les halos de lumière des réverbères.

— Après tout, tu es toujours un pauvre garçon qui n'a jamais été à la hauteur de son père. Tu aurais pu être un homme magnifique, Alberto – elle ne l'appelait jamais par son prénom –, l'homme que voulait Cecilia, ton épouse. Mais il est trop tard pour ce genre de nostalgies.

Des paroles prononcées sans acrimonie, avec une vraie tendresse, qui éveillèrent en lui en sentiment terrible de solitude et de faiblesse. À cet instant précis, pendant que cette vénérable dame s'appuyait sur son bras et allumait un Davidoff, il comprit ce que ce baiser voulait lui dire.

Il n'y avait plus d'Igor Stern.

En dehors des heures d'ouverture au public, le Flight était une sorte de mausolée, et le seul point de lumière était l'arrière-boutique où Vassili Velichko préparait son plat favori pour Tania : porc grillé accompagné de boulettes bouillies et de choucroute, arrosé d'un bon vin rouge. C'était un plat trop riche pour son estomac malade, mais il le dévorait des yeux et le dégustait par les papilles interposées de Tania.

— Tu en veux encore ?

Tania n'en pouvait plus, et au grand déplaisir de Vassili elle se renversa en arrière sur la chaise de la cuisine et se tapota les jambes avec satisfaction.

— Je prendrais bien un café serré.

Vassili le lui servit, accompagné d'une bouteille de vodka et de deux petits verres en cristal. Tania s'étonna.

— Pas d'alcool fort. Ordre du médecin, au cas où tu l'aurais oublié.

Velichko plissa son gros nez et émit un grognement en mordant dans le vide.

— Ce matin, j'ai encore saigné en allant aux toilettes. Je sais voir. Un peu de vodka ne va pas me ressusciter. Ça ne va pas non plus accélérer l'inévitable.

Tania tendit la main par-dessus la nappe fleurie et serra les doigts fripés de Velichko. Soudain, elle se rendait compte que c'était un vieillard qui avait vécu plus longtemps qu'elle ne vivrait probablement jamais.

— Quel âge as-tu, oncle Vassili?

Velichko se frotta un sourcil épais et blanc.

— Je ne sais pas. Je suis né plusieurs fois.

Son rire finit par une quinte de toux et une gorgée de vodka. Tania gomma d'un coup de pouce la goutte restée entre les lèvres. Elle se sentait en sécurité dans ce cercle lumineux tracé par les chandelles qui les entouraient et laissaient le bar dans l'obscurité. La pénombre lui permettait d'échapper au regard inquisiteur de son oncle. Mais pas suffisamment.

— Tu as mangé ma nourriture, tu as bu mon café et bu ma vodka, alors je crois que je mérite que tu me dises ce qui t'arrive.

— Nous savons tous les deux ce qui m'arrive, Vassili.

Le vieillard se leva lentement et commença à débarrasser. Tania le retint par le bras.

— Il faut que tu m'aides. Elle t'écoutera.

Velichko se dégagea et se traîna jusqu'à l'évier.

— Anna Akhmatova n'écoute que les écrivains classiques de sa librairie, surtout s'ils sont morts. Les vivants la dérangent, parce qu'ils rouspètent. La patience n'a jamais été son fort. Tu devrais le savoir.

— Mais tu es un frère pour elle.

Velichko posa les mains sur le marbre et hocha la tête, contrarié.

— Elle vit à cent mètres d'ici et n'a pas daigné me rendre visite depuis un an.

— Je ne comprends toujours pas cette absurde colère entre vous. Vous ne voulez jamais me dire ce qui s'est passé.

— Je viens de te le dire. Ta mère n'aime pas qu'on la contrarie ou qu'on lui dise ses quatre vérités.

— Quelles vérités, pour l'offenser à ce point ?

Vassili s'était mis à ranger les verres à l'envers. Comme s'il n'aimait pas cette façon de les aligner, il les déplaça.

— Quand ce pauvre enfant est mort, Roberto, je lui ai dit ce que j'avais à lui dire. Elle ne me l'a pas pardonné, et ne me le pardonnera jamais. Ta mère est comme il était, tu sais ? Comme Stern. Si elle n'était pas assurée de ma loyauté, d'autant que je ne vais pas tarder à mourir, elle essaierait déjà de me faire taire.

— Ne dis pas des choses pareilles.

Velichko donna un coup de poing sur le marbre.

— Mais si, bien sûr que je le dis ! Et si tu n'es pas prête à l'accepter, tu n'as qu'à prendre la porte. Personne, tu m'entends, personne ne connaît ta mère mieux que moi. Je connais ses qualités et ses défauts, j'en ai connu les effets pendant plus de soixante ans. Je l'ai vue quand elle était une petite fille crasseuse de l'orphelinat, et je l'ai vue monter sur le trône d'Igor Stern et devenir la Matriochka. Ta mère ne m'écoutera jamais, Tania. Et je ne suis pas sûr de vouloir t'aider.

— Elle m'a juré qu'en ce qui concerne cet enfant, c'était un accident, qu'elle n'avait jamais ordonné à Zinoviev de l'enlever et encore moins de le tuer.

Vassili Velichko redressa la tête en espérant qu'elle exploserait. Il revint à table, remplit son verre de vodka et envoya au diable le médecin et ses brûlures d'estomac. Le verre tremblait entre ses doigts et il renversa une partie du liquide.

— Et tu l'as crue parce que cela t'arrangeait de la croire. Tu es une âme simple et pure, n'est-ce pas ?

Tania ne voulait pas en entendre davantage. Elle n'avait jamais rien voulu savoir des affaires de sa mère, voilà pourquoi elle avait quitté la maison si jeune, et pourquoi il y avait toujours ce duel secret entre elles, ce choc de forces contraires. Elle n'avait rien à voir avec la mort de Laura ni de son fils, elle ne savait rien de la Matriochka ni d'Igor.

— Tu as trop bu, Vassili.

Le vieil homme saisit la bouteille et l'écrasa contre le mur avec une énergie inhabituelle.

— Je pourrais boire tout ce qu'il y a dans ce putain de bar et ça ne changerait rien à ce que je sais ni à ce que tu sais. D'où crois-tu qu'est sorti l'argent pour cette gargote, pour la librairie de ta mère, pour ton université et pour tes escapades de rebelle ? On est entretenus par la Matriochka, par ses affaires pourries qu'on travestit en honnêteté, en souvenirs et en nostalgie. On le sait et on l'accepte. On a pris une décision le soir de la Saint-Jean de 1967. Et on n'est jamais revenus dessus. Mais tu as rompu la règle.

— Cette règle ne m'a jamais concernée.

— Tu as menti à Gonzalo depuis le début, Tania. Pourquoi ne lui as-tu pas dit qui tu étais, qui était ta mère et ce qu'elle faisait ?

Tania secoua la tête avec obstination.

— Je ne suis pas ma mère. Je n'ai rien à voir avec sa haine obsessionnelle d'Elías Gil. Enfin, bon Dieu, elle n'était qu'une fillette quand tout cela est arrivé ! Elle ne peut même pas se rappeler le visage de la grand-mère Irina. En plus, tu l'as écrit dans ce rapport : Elías essaya de les sauver toutes les deux autant qu'il fut possible.

Vassili Velichko s'était calmé. Il regardait le verre cassé éparpillé sur le sol et les petites flaques de vodka. Une fourmi agonisait dans cette mer distillée.

— Tu ne comprends pas, tu n'as jamais compris. La rancœur qui a fait de ta mère ce qu'elle est devenue ne vient pas de Nazino. Peut-être est-elle née là-bas, mais elle a grandi à l'ombre d'Igor. Elle a sûrement résisté pendant de nombreuses années à cette méchanceté qui ne lui appartenait pas. À travers moi, et ensuite à travers Martin, elle s'est échappée, rebellée. Je suis sûr que ta mère aurait vaincu Stern, qu'elle ne serait pas devenue une créature modelée à son caprice. Ta naissance lui a donné la force de fuir, une fois de plus. Mais ce soir de 1967, la véritable Anna Akhmatova est morte, et la Matriochka a pris sa place. Par la faute d'Elías Gil. Un paradoxe intéressant, n'est-ce pas ? Elías et Igor se sont haïs toute leur vie ; ils continuaient leur guerre où qu'ils soient. Curieusement, après l'avoir tué, Elías a offert sa dernière victoire à Igor quelques heures plus tard, au bord de ce lac.

Avec cette Anna, je pourrais intercéder pour toi et pour Gonzalo, comme j'aurais pu le faire pour Laura et pour son fils, mais avec la femme qu'est devenue ta mère, dure comme le silex, crois-moi, les mots sont une fumée qui se dissipe au premier souffle de vent. Je t'ai prévenue que tôt ou tard cela arriverait. Ta mère ne le permettra jamais, jamais elle n'acceptera que tu sois avec le fils d'Elías. Tu croyais que tu pourrais échanger avec lui quelques plaisanteries innocentes, épier sa vie sans conséquences sérieuses. Tu as fait la belle avec lui avec une témérité qui n'appartient qu'à toi, te sachant à l'abri, choyée en dépit de tout. Et tu as continué, indifférente au danger qu'il courait. Et tu l'as mis dans ton lit… Tu croyais vraiment qu'Anna resterait les bras croisés ?

— Parle-lui, je t'en supplie, répondit Tania. Elle sait où il est, elle peut me le rendre. Il ne représente aucun danger, aucune menace. Nous partirons d'ici, loin, pour toujours.

Vassili se pencha pour ramasser les tessons de bouteille.

— C'est un peu tard pour ça. Ta mère a tout organisé.

La Mercedes bleu foncé de Luis quitta la route nationale et emprunta une petite route tortueuse qui suivait le profil abrupt du littoral et traversait de petits villages estivaux qui, en novembre, ressemblaient à des hérissons endormis, repliés sur eux-mêmes. Quand il s'arrêta devant une maison en construction, perchée en haut d'un rocher entouré de pinèdes, la nuit était tombée. Le dernier tronçon, Alcázar dut rouler tous phares éteints, assez loin pour ne pas être repéré. Mais le chemin ne conduisait qu'à cette maison, dont les fondations s'appuyaient sur la roche vive et gagnaient de l'espace sur la montagne. L'armature extérieure était finie et promettait d'être une cathédrale de fer, de verre et de pierre, trois niveaux encastrés à des surfaces différentes, tel un gigantesque escalier, d'immenses baies et une vue vertigineuse sur la mer. Un rêve de luxe inachevé, en raison de la fatigue du rêveur, peut-être. Luis était un architecte à l'imagination débordante, par ailleurs pourri de fric. Alcázar émit un sifflement admiratif. Il s'était toujours demandé comment Laura avait pu mener sa vie de policière dans une telle somptuosité.

Le véhicule était garé sous un auvent. Il ne repéra ni lumière ni mouvement à l'intérieur de la maison. Inutile de compliquer les choses. Il ouvrit la boîte à gants et prit un Glock dont le numéro n'était pas enregistré. Il n'avait jamais tué personne de sa vie, encore moins de sang-froid. Mais cela ne signifiait pas qu'il ne pourrait pas le faire en cas de besoin. Il referma le poing sur la crosse et constata qu'il ne tremblait pas. Son cœur battait normalement, il n'était pas affolé. Pour une fois, il pensait avec une froideur clarificatrice. Il connaissait cette sensation, les muscles en alerte, la respiration retenue, la vue et l'ouïe aiguisées. Le rituel du chasseur avant de laisser se déchaîner sa force dévastatrice.

Il devait le reconnaître. Il était fait pour ça.

Il descendit de voiture, l'arme dans la poche de sa veste,

le doigt écarté de la détente, mais une balle engagée dans le chargeur, la sécurité levée.

"Fais ça vite et bien", se dit-il en cherchant, au milieu des décombres et des matériaux de construction, un passage pour se faufiler dans la maison.

La lune projetait un cercle intermédiaire entre les fenêtres du rez-de-chaussée. Au bout d'un long moment, Alcázar repéra un battant entrouvert par lequel il put entrer dans ce qui semblait être des toilettes d'appoint. La faïence était posée mais il y avait de la poussière et un oiseau mort au fond de la baignoire. "Une salle de bains pitoyable", se dit-il, admirant brièvement les matériaux nobles à l'abandon.

Le rez-de-chaussée était diaphane, Alcázar l'évalua à environ cent cinquante mètres carrés. Par endroits, il y avait du parquet, plus loin, on voyait encore le sol en béton. Les murs n'étaient pas entièrement peints, les fils des appliques et des prises pendaient. Derrière une colonne, il vit une lueur vacillante. Il s'approcha lentement, essayant de ne pas marcher dans les gravats. Il y avait une cheminée en fer encastrée dans un bloc de basalte gris. La cheminée était allumée et les bûches sèches crépitaient. À droite, un gros fauteuil et une bouteille d'alcool par terre. Luis était appuyé sur le dossier du fauteuil et regardait le feu.

— Quelle sorte de policier étiez-vous, inspecteur ? Sûrement pas un discret, dit-il sans se retourner.

Il avait le regard abattu, les cheveux en désordre sur son visage tourmenté, dans cette maison en ruine où ils auraient dû partager leur vie, Laura, Roberto et lui. Et la mer, en toile de fond, rugissait comme si l'orage devait être la bande sonore de cette rencontre.

— Tu m'attendais ?

Luis sourit, même si la pénombre ne permettait pas de le voir.

— Depuis le jour où j'ai tué Zinoviev. Vous n'êtes pas seulement peu discret, mais vous êtes très lent, inspecteur.

La silhouette de Luis s'écarta de la lumière et fit face à l'ex-inspecteur, en manière de défi. Il ouvrit les mains pour montrer qu'il ne représentait aucune menace. Pourtant, il y en avait une : le danger venait de son regard étrange, fuyant.

Alcázar ne se laissa pas emprisonner par ces yeux en forme de lierre. Il tourna lentement autour de lui, le dévisageant avec attention.

— Bon, puisque je suis là, tu vas me dire où sont Siaka et Gonzalo ? Ou faut-il se disputer pour le savoir ?

Luis hésita avant de répondre. Instinctivement, son regard glissa vers l'escalier, ce qui n'échappa pas à Alcázar.

— En ce moment, ils méditent sur un jeu que je leur ai proposé. Ils ne vont pas tarder à prendre une décision.

Il était évident qu'il n'allait nier aucune accusation. Au contraire, il avait l'air désireux de parler.

— Elle ne vous croit pas capable de le faire…

— Faire quoi ? Et c'est qui, elle ?

— Tuer Siaka et Gonzalo. Voilà pourquoi elle m'a appelé, pour me prévenir que vous alliez me suivre jusqu'ici.

Alcázar comprit qu'il parlait d'Anna. Ce baiser fugace, cette ironie dans son au revoir. Quel idiot il était, de soupçonner qu'Igor était la Matriochka. Anna Akhmatova avait dû beaucoup rire toutes ces années, en le persuadant qu'il existait un homme au sommet de l'organisation qui l'employait. Pourquoi un homme ? Parce qu'Alcázar était de la vieille école et qu'il pensait sottement que certaines choses relevaient uniquement de la compétence des hommes.

Luis regarda sa montre. Combien de temps leur fallait-il là-haut pour se décider ?

— Comment croyez-vous que j'ai pu mettre la main sur Zinoviev ? Impossible, si elle ne m'avait facilité la tâche. Et je n'aurais jamais su que vous trahissiez Laura en acceptant les pots-de-vin de ceux qu'elle essayait de mettre hors d'état de nuire.

Alcázar dévisagea cet homme, se demandant ce qui se passait dans cette tête étrangement déformée par la nervosité.

— Et Laura a fini par le savoir?

— Que vous étiez un policier corrompu? Elle l'a découvert peu avant de se suicider.

— Elle aurait pu me dénoncer.

Luis secoua la tête.

— Vous? Sous la protection du plus grand avocat du pays? Que serait devenue cette accusation? D'autre part, Laura avait découvert grâce à Siaka que vous l'aviez protégée plusieurs fois de la colère de la Matriochka. En réalité, inspecteur, vous la protégiez d'Anna, même si vous ne le saviez pas. Non, elle voulait vous laisser en marge, malgré tout.

Alcázar se rappela ce matin de décembre, dans la guinguette de la plage, quand il était venu lui dire que Zinoviev était mort et qu'elle serait accusée de cet assassinat. Il se rappela son regard. À ce moment-là, Laura savait tout. Elle savait que Luis avait tué Zinoviev, et elle connaissait les liens entre Alcázar et la Matriochka. Savait-elle aussi qui était réellement Anna Akhmatova? La soupçonnait-elle d'être à la tête de l'organisation? Possible.

Luis devina la question que se formulait intérieurement l'ex-inspecteur.

— Elle avait une dette envers vous depuis cette nuit de 1967 au lac. Elle n'a jamais voulu me le raconter, mais c'était un lien assez fort pour ne pas trahir votre confiance, même après la mort de notre fils. Je me suis toujours demandé ce qui pouvait bien lier Laura à un type dans votre genre.

Alcázar s'approcha d'une de ces grandes baies ouvertes sur l'abîme de la mer. Au loin, les lumières de Barcelone décrivaient un grand arc de cercle et à l'horizon palpitaient comme de petits cœurs les feux de position des cargos qui arrivaient au port. Une fois, Laura lui avait raconté que son père adorait pêcher au lac, et qu'il emmenait souvent Gonzalo, qui acceptait volontiers de se coller à son père. En revanche, elle ne supportait pas cette immobilité et n'aimait pas partir en balade avec lui.

— Comment Anna a-t-elle pu t'appeler pour te dire que je te suivais ? En fin de compte, elle est responsable de la mort de ton fils.

Luis repoussa cette hypothèse avec énergie.

— Anna n'a pas donné l'ordre à Zinoviev de tuer mon fils, ni de l'enlever. Il a agi de son propre chef. Je te l'ai déjà dit ; c'est elle qui m'a aidé à mettre la main dessus et elle n'a pas cherché à m'en empêcher.

Alcázar regarda Luis avec mépris.

— Elle t'a tout simplement utilisé, toi, comme nous tous. Elle a ordonné cet enlèvement, et j'en comprends la raison, maintenant. Elle t'a convaincu de tuer Zinoviev en te persuadant qu'il était le seul responsable de la mort de ton fils. Ainsi, elle a fait coup double : elle éliminait Zinoviev, devenu gênant et dangereux, et elle se débarrassait de Laura, qui s'approchait d'un peu trop près des affaires de la Matriochka. Elle se serait contentée qu'on l'accuse de l'assassinat de Zinoviev et qu'on la jette en prison, mais tu es apparu et pour Anna c'était une chance que Laura se suicide. Et elle nous a tous attirés ici, dans cette souricière, pour refermer le piège.

— C'est très mélodramatique, on dirait un grand opéra russe.

— Tu ne me crois pas ? Elle s'arrange pour qu'on s'entretue tous et elle n'aura plus qu'à éponger le sang. Et pour cette tâche, elle a Agustín González.

— Peu importe ce que je crois, inspecteur. Ce qui importe, c'est ce qui va arriver maintenant.

— Et qu'est-ce qui va arriver ?

— Elle m'a dit qu'elle vous a envoyé ici avec la mission de me tuer.

Il était fou, complètement en dehors de la réalité. Alcázar

en prit conscience en voyant une moue ironique sur ses lèvres, en même temps qu'il faisait mine de se précipiter sur lui. L'ex-inspecteur sortit son Glock et le braqua sur sa poitrine.

— Allons, déconne pas. Tu as commis assez d'horreurs.

Luis sauta sur Alcázar et son poing s'écrasa sur le visage de l'ex-inspecteur, mais pas assez violemment pour le renverser. Alcázar vacilla, surpris.

— Ça suffit, arrête, cria-t-il à Luis en relevant son arme.

Mais ce dernier ne s'arrêtait pas. Il souriait d'un air halluciné, on aurait dit qu'il voulait que le policier tire… Alcázar visa le genou et tira avant que l'autre revienne à la charge. Luis s'effondra en poussant un cri de douleur, agrippé à sa jambe ensanglantée. Alcázar l'attacha par les menottes à un gros bloc de béton.

— Et maintenant, tu vas me dire où se trouvent le Nègre et l'avocat?

— Va te faire foutre! grogna Luis entre ses dents, réprimant son envie de sangloter comme un enfant. Appelle une ambulance, me voilà boiteux.

— Tu t'en sortiras. En prison tu n'auras pas besoin de cavaler, la cour est minuscule.

Au même instant, on entendit une détonation sèche à l'étage supérieur.

— Merde, c'est quoi, encore?

Siaka et Gonzalo se regardèrent, encore étonnés de leur chance. Aucun n'avait une égratignure et l'arme que Luis avait laissée sur la table était maintenant par terre. Le jeu pervers imaginé par cet ahuri déguisé en vengeur tirait à sa fin.

— Presque à la limite, dit Gonzalo en regardant sa montre.

Luis avait été précis: il reviendrait dans la pièce dans dix minutes, et si d'ici là aucune détonation n'avait retenti, si aucun d'eux n'était mort, gisant sur le sol, il les tuerait tous les deux.

— Nous aurions pu économiser la balle, ainsi nous aurions pu nous défendre quand il serait entré par cette porte.

C'était Siaka qui avait tiré. L'orifice de la balle était visible à quelques centimètres de Gonzalo, incrusté dans le mur.

— J'ai cru que tu allais tirer sur moi, murmura Gonzalo.

— Je le voulais, mais j'ai raté ma cible, dit Siaka.

Gonzalo ne put discerner si ce ratage était volontaire. Quelques instants plus tôt, ils étaient encore hypnotisés par ce pistolet, refusant de prononcer un mot ou de se regarder, de peur de deviner. Quand finalement Siaka empoigna l'arme et porta sur Gonzalo ce regard vide, l'avocat pensa qu'il avait eu tort de ne pas céder au chantage de Luis. Il se dit que les convictions ne servaient qu'à mourir un peu plus entouré.

Intentionnellement ou pas, Siaka avait bel et bien raté sa cible, et ils étaient tous deux en vie.

— Et maintenant?

Siaka colla son oreille contre la porte. Gonzalo le vit tendre ses muscles et se préparer à se battre. Siaka était un soldat, un homme accoutumé à la douleur, à la causer ou à l'endurer. La bagarre, la violence, c'était son milieu. Pendant des jours, il avait supporté les tortures, les coups et les violences de Luis, et il était tellement brisé physiquement qu'il n'avait aucune chance contre lui, mais son regard était féroce et déterminé. Au contraire, Gonzalo n'aurait pas supporté le dixième des tortures que le jeune homme avait subies, et la peur le paralysait, comme s'il avait les pieds punaisés au sol.

— Je ne peux pas. Je ne peux pas m'attaquer à lui.

Siaka lui lança un regard furibond.

— On peut tout faire ; je l'ai vu, il suffit de se laisser emporter par le désespoir, et la peur devient rage, je t'assure. Pense à tes enfants, ou à cette rouquine dont tu m'as parlé. Pense à un truc qui te raccroche à la vie et bats-toi pour lui, avec hargne. Bats-toi, Gonzalo.

Les pas dans l'escalier devinrent plus nets et quelques secondes plus tard la poignée tourna. Le battant de la double porte s'ouvrit, laissant entrer la lumière du couloir.

La première chose que vit Alcázar, ce fut l'image pathétique de Gonzalo planté au milieu de la pièce. Il y avait un pistolet à ses pieds. Le glissement des yeux de l'avocat sur la droite prévint l'inspecteur juste à temps pour percevoir une silhouette qui se jetait sur lui, armé d'un pied de table. Il esquiva le coup facilement et d'un bon coup de poing enfonça les côtes de l'individu. Sans lui laisser le temps de réagir, Alcázar lui envoya un coup de pied qui le plia en deux.

— Ça suffit ! cria Gonzalo.

Alcázar se retourna vers l'avocat.

— Tu comptes l'utiliser, Gonzalo ?

Gonzalo avait ramassé l'arme et la braquait sur Alcázar, espérant que celui-ci ne soupçonnerait pas qu'elle n'était pas chargée.

— Écarte-toi de lui !

Alcázar regarda avec indifférence Siaka qui rampait hors de sa portée comme un lombric mal en point.

— Je n'ai pas l'intention de te faire du mal, Gonzalo. Je suis venu t'aider. Baisse ton arme.

— Je t'ai dit de t'écarter de lui !

Alcázar commençait à s'énerver. Il poussa un soupir contrarié et se gratta la tempe avec le canon de son Glock.

— Sinon quoi ? Tu me craches dessus ? Je sais que ce pistolet n'avait qu'une seule balle, et on dirait que vous l'avez gaspillée tous les deux. Moi, il m'en reste six, et je vais les utiliser si tu me casses les couilles. Je commence à en avoir marre de vous tous.

Gonzalo s'avoua vaincu. Alcázar lui prit l'arme des mains, vérifia qu'elle était vide et la glissa dans sa ceinture. Puis il s'assit sur une chaise et observa Siaka qui essayait de se lever avec l'aide de l'avocat.

— C'est eux qui t'envoient pour nous liquider ?

Ce pluriel l'amusa.

— *Eux* n'existent pas et n'ont jamais existé. Il n'y en a qu'une : *elle*. Cette charmante vieille dame, Anna Akhmatova. Ce n'est pas une belle-mère très recommandable. La mère de Tania est la Matriochka, Gonzalo. Oui, en effet, elle m'a envoyé ici pour vous liquider tous : toi, lui – il indiqua Siaka de la pointe de son pistolet – et ton ex-beau-frère, ce dingue, qui perd son sang au rez-de-chaussée.

— Rien ne t'y oblige, Alcázar. Luis a l'ordinateur.

— Je le sais. J'ai revu la vidéo du jour où tu as été agressé, après avoir croisé Luis dans ton bureau. Et j'ai entendu le message de Siaka sur ton répondeur. Tu aurais dû me prévenir au lieu de jouer les héros. – Alcázar observa l'avocat avec une certaine sympathie et claqua la langue. – Tu as toujours voulu être comme ton père et comme ta sœur, n'est-ce pas ? Vous l'avez dans le sang, être des mites-suicide qui se lancent sur les ampoules incandescentes parce qu'elles ne supportent pas l'obscurité. Vous préférez mourir plutôt qu'accepter la réalité de la nuit.

Pas des mites, mais des papillons incandescents. C'est à cela que ressemblaient Gonzalo et Laura quand ils étaient petits et se poursuivaient en jouant aux aviateurs sous le soleil couchant de la maison du lac, qui enflammait leurs rires et leurs cheveux d'enfants. Des êtres vaillants qui repoussaient tout ce qui était hors d'eux et de leurs jeux.

— N'y va pas, on plane encore un peu, lui demandait Gonzalo quand à la porte apparaissait Elías, l'œil furibond, qui appelait sa sœur.

Avait-il oublié ces moments ? Non, il ne les avait pas oubliés, ils étaient toujours au fond de son esprit, comme l'empreinte pétrifiée d'une autre vie que de nombreuses couches de terre n'avaient pu enterrer complètement. Comme le regard courageux de Laura lui caressant la joue.

— Va au puits, qu'il ne t'attrape pas.

— Non, pas au puits. Pas dans le noir.

Il voulait encore jouer, planer avec sa sœur, poursuivre la queue de cheval de ses cheveux blonds, rouler par terre avec elle dans le blouson d'aviateur républicain de sa mère, frotter coudes et genoux contre les aiguilles de pin pour qu'elle vienne le soigner. Il voulait courir dans ses bras après ce cauchemar où il ne se rappelait pas le mot, la phrase qu'il devait dire pour la sauver, mais toujours trop tard. Et sentir le soulagement de la trouver dans son lit, dormant et lui ouvrant les bras pour l'accueillir dans son propre sommeil. Ensemble, fondus dans le même rêve. Lucioles incandescentes qui l'avaient été jusqu'à la fin de leurs jours. Il avait toujours pensé qu'il voulait être un loup maigre comme Elías Gil, comme son père, une âme rebelle en quête d'il ne savait quelle idée de liberté. Mais maintenant, il comprenait qu'elle avait toujours été une de ces lucioles, c'est pourquoi il avait été fasciné dès le premier instant par Tania, aux ailes brûlantes de Phénix, renaissant d'elle-même, s'inventant pour être tout ce qu'elle avait envie d'être. Laura était ainsi.

Alors, devant le pistolet d'Alcázar, il revit cette nuit, sans voiles, son esprit repoussa le mensonge et laissa le mur s'effondrer, pierre par pierre : la grange, la vision de Laura par terre, la jupe relevée au-dessus des hanches, en pleurs. Et lui à la porte de la grange.

— Je t'avais dit de rester dans le puits.

Mais il avait peur, peur du noir. Et il vit son père, penché sur sa machine à écrire. Comment était ce vers ? Comment était-il ? Et Gonzalo murmura, presque pour lui-même : la première goutte qui tombe est celle qui commence à briser la pierre. L'œil d'Elías Gil se retourna, le cherchant dans l'obscurité. Jusqu'à ce qu'il le découvre, dans un coin.

— Tu étais là, au commissariat. Tu parlais avec ma mère, tu lui disais ce qui s'était passé. Elle a essayé de te griffer au visage, mais tu lui as attrapé les poignets. Ensuite tu l'as menacée. Tu lui as dit que si elle osait lever la main sur Laura elle aurait affaire à toi, et que tu te chargerais de dire à tout le monde le genre de héros qu'était Elías Gil.

Alcázar avala de travers. Ses pupilles brillaient, minuscules sous ses épais sourcils, comme les noyaux durs et lointains d'un univers en expansion, le centre d'une tristesse profonde. Il se rappela ces bonbons amers et périmés qu'il offrait à Laura, les rires partagés et les heures où il se laissait presque gagner par son enthousiasme et sa foi contre la Matriochka. Elle croyait à la bonté des gens, elle croyait qu'on pouvait vaincre le mal, et elle faillit même l'amener à militer dans ses rangs. Après la mort de Cecilia, Laura était la seule chose qui avait eu un peu de décence dans sa vie. Et il l'avait trahie.

— Trop tard pour ouvrir cette porte, maître.

Il s'approcha de Siaka et posa le canon de son arme contre sa tempe.

Gonzalo voulut l'en empêcher.

— Laisse-le partir. Il ne dira rien, et moi non plus. Je te jure.

Siaka remonta la tête et les épaules contre le mur, et affronta le regard d'Alcázar.

Il en avait trop vu dans son genre. Des lâches qui ne sont courageux qu'une arme à la main. Des faibles que la peur des autres rend forts. Depuis son enfance, il les avait supportés dans sa chair. Il était fatigué. Laura avait raison, elle avait toujours eu raison : on pouvait vaincre, il n'était pas nécessaire de leur infliger une défaite, il suffisait de les affronter de face. Sans arrêt, l'un après l'autre, et les mettre entièrement à nu, les laisser seuls face à leurs faiblesses d'êtres malades et incomplets. Il suffisait de commencer, d'être le premier. Les autres suivraient. Et elle l'avait fait. C'était son tour à lui.

— N'écoutez pas l'avocat, inspecteur. Si vous n'appuyez pas sur cette détente, si vous ne me faites pas sauter la cervelle tout de suite, je vous promets que je me traînerai jusqu'au bureau de ce procureur et que je lui raconterai tout, absolument tout sur la Matriochka. Et la première personne que je dénoncerai, ce sera vous. Alors il vaut mieux en finir, tout de suite.

Alcázar écouta le jeune homme sans manifester la moindre émotion ou perplexité.

— Tu as raison, mon petit. On ne peut changer les choses.

Le coup de feu retentit dans la pièce et se propagea dans toute la maison, en même temps que le cri désespéré de Gonzalo, tandis que le visage de Siaka glissait vers le sol sans cesser de le regarder, les yeux écarquillés.

29

Le lac.
Nuit de la Saint-Jean, 1967

Elías ne savait pas depuis combien de temps il s'était tapi comme une créature des steppes avant de s'approcher de la maison en piétinant les coquelicots qui poussaient le long du sentier. En dépit de la douceur de cette nuit calme, il transpirait par tous les pores de sa peau et son cœur battait si fort qu'il craignait qu'on l'entende.

Par la fenêtre ouverte, il reconnut les murmures enjoués de l'*Ouverture 1812* de Tchaïkovski sur le tourne-disque. À la lueur de quelques chandelles, Anna dansait et virevoltait dans le salon, les mains de sa fille dans les siennes. La petite riait aux éclats, tournoyant avec sa mère. Et ce rire traînait avant d'atteindre Elías. Pendant le bref instant où il put observer Anna et sa fille à leur insu, il se demanda, abasourdi, si le sang qui souillait sa chemise et ses mains était réel, ou s'il avait simplement rêvé qu'il venait d'assassiner, devant une douzaine de témoins, Igor Stern et ses gardes du corps.

Il regarda ses doigts tremblants. La police devait déjà le rechercher, avec le fils de Ramón à la tête de la meute. Et cette fois son ami ne pourrait pas l'aider comme en d'autres occasions.

La musique s'était arrêtée et en regardant de nouveau par la fenêtre, Elías trouva le visage empourpré d'Anna qui le regardait fixement. Elle se pencha, dit quelque chose à sa fille, qui s'éclipsa à l'étage. Un instant, Anna resta indécise, et finalement poussa la porte de la maison et se planta devant Elías, les bras croisés, l'empêchant de passer. Elías remarqua sa drôle d'expression quand elle vit la chemise et les mains tachées de sang, mais il anticipa brutalement la réponse à la question qu'Anna lui posait silencieusement.

— Je l'ai tué, dit-il sans trace de fierté ni de culpabilité.

Anna le regarda avec une sorte de nausée, s'effleura le ventre, reprit aussitôt ses esprits et le transperça du regard.

— Et qu'attends-tu de moi ?

À ce moment-là retentirent au loin les premiers pétards. C'était la nuit de la Saint-Jean, la nuit des sorcières, de la magie, la nuit où le feu et la lune purifiaient tout. Ensemble ils levèrent la tête vers un ciel constellé d'étoiles et virent une explosion de couleurs illuminer la surface paisible du lac. Quand tout s'éteignit, ils se regardèrent à nouveau. La lumière de la maison dessinait la silhouette d'Anna sur le seuil et cachait son visage. Celui d'Elías était en partie éclairé par la lune. Tous deux semblaient des êtres d'illusion. Pourtant, ils étaient réels. Elías avança le bras vers le visage d'Anna, mais celle-ci s'écarta dans un geste de répulsion.

— N'essaie pas de me toucher.

Déconcerté, Elías s'essuya le front.

— Maintenant, tu es libre.

Anna le regarda, les yeux écarquillés, comme s'il était fou. Elle éclata d'un rire profond, qui semblait peiner à atteindre la surface. Elle secoua la tête, réellement étonnée.

— Tu parles sérieusement ? Tu veux me faire croire que tu l'as tué pour moi ?

— Pour toi, pour Irina, pour Claude, pour Michael, pour Martin, pour moi.

Le rire d'Anna devint nerveux et rageur. Elle haïssait cet homme, Dieu comme elle le haïssait ! Presque autant qu'elle avait haï Igor Stern.

— Tu espères que je vais me jeter dans tes bras, Elías ? Tu espères que je vais te révérer, t'embrasser les pieds comme mon sauveur ? Tu arrives trop tard, trente-quatre ans trop tard, grogna-t-elle sans pouvoir retenir des larmes douloureuses, qu'elle voulut ravaler en se passant violemment le revers des mains sur ses yeux.

Les gens qui se prétendent honnêtes se contentent de ne prendre aucun risque et, s'ils le peuvent, ils s'abstiennent d'agir. Ils se laissent mener par l'inertie, assument leurs petits vices honteusement et décuplent leurs vertus en gonflant outrageusement la poitrine. Ils osent juger, à l'abri dans leur char ailé, drapé de décence et d'honnêteté. Mais dans le pays des barbares créé par Igor Stern, les règles civilisées ne servaient à rien, et Anna avait traversé le Rubicon depuis belle lurette. Oui, Igor lui avait fait le douteux cadeau de son empire, et avec lui le pire de lui-même. Ah, si elle avait pu ne pas mordre la pomme de la connaissance, résister, ne pas se plier à sa volonté ! Mais il était trop tard : elle connaissait le pouvoir, la domination, et l'immense fragilité de la ligne qui sépare ce qu'on appelle ingénument le bien et le mal.

— Où étais-tu quand j'avais trois, cinq, huit, dix, douze ans ? Où, quand je criais de peur la nuit, chaque fois qu'Igor me livrait à ses hommes pour me violer, pour m'infliger toute sorte d'humiliations ? Où étais-tu quand je me cachais sous le lit, tremblant de froid, pour qu'il ne me trouve pas quand il rentrait soûl ? Tu ne m'es pas venu en aide quand j'ai essayé de m'enfuir, tu ne m'as pas protégée du monde. J'ai appris toute seule, j'ai appris vite, et enfin je l'ai compris. J'étais une de ses créatures, et je ne cesserais de souffrir que si j'acceptais ma nature.

Et quand elle le comprit, elle cessa de résister aux mains qui modelaient son âme, elle ferma les yeux et se laissa tomber, plus rien n'avait d'importance et elle découvrit que dans l'obscurité on ne se sentait pas si mal. Elle devint une jeune fille souple et complaisante, elle avait des talents pour l'astuce et la manipulation des hommes, de la patience pour apprendre, écouter et se taire.

— Ce que j'ai appris ? Plus que je ne le souhaitais, et beaucoup plus qu'il n'en fallait sur la nature humaine.

À mesure que passèrent les années, elle s'isola de plus en plus de ce qui se passait en dehors des murs du monde d'Igor Stern, de ses lupanars, de ses affaires louches, trafics de drogues et d'armes. Elle grandit sous ces normes rigides, les adopta et gagna le respect d'Igor et de ses hommes. Parvint-il à se comporter comme un père, à l'aimer au moins, même de sa façon sauvage et maladive ? Jamais, même si parfois il savait créer la fiction d'un conte de fées où les princesses l'asseyaient à côté d'elles dans leur loge à l'opéra, où Paris était une carte postale vue d'une limousine longeant la Seine au petit matin, où les mers s'apaisaient au chant d'un gondolier à Venise.

Anna en vint à admirer la peur et le respect qu'il inspirait, les deux étant toujours inséparables, non loin de l'admiration que lui vouaient même ses ennemis. Igor devint un dandy qui ne haussait jamais le ton et ne discutait jamais le détail de ses opérations. Mais quand il prenait une décision, celle-ci devait être exécutée à la lettre et sans délai, et tout le monde le savait. Rien ni personne n'était capable de l'émouvoir. D'ailleurs, n'était-ce pas la vertu des dieux ?

— Je n'ai jamais été cette fillette dont tu crois te souvenir ; et si je l'ai été, j'ai cessé de l'être très tôt.

Sa voix était sèche, mais elle se radoucissait avec une nuance d'anxiété. "Regarde-moi, disaient ses yeux rouges de larmes, parce que tu ne reverras jamais, ni toi ni personne, une marque de faiblesse en moi." La nuit de la Saint-Jean s'étalait devant eux, dans le village brûlaient déjà les flambées et ces feux follets n'atteignaient la maison que sous la forme de faibles éclats. C'était sûrement une belle nuit où les fiancés s'exaltaient et où le ciel et la terre semblaient plus proches que jamais. Les familles se réunissaient sur le lieu de la fête de la plage, vêtues de leurs plus beaux atours, les vieux sortaient les chaises et les guitares, on entendait les tambours et les *grallas*, ces hautbois catalans, on riait, on buvait, on oubliait. Mais cette allégresse était infectée d'un esprit malin, à mesure que les échos de la musique s'introduisaient dans la vallée, montaient jusqu'au lac et enveloppaient Elías et Anna.

Après un moment de silence, Anna tendit le cou et redressa les épaules. Elle avait repris le contrôle d'elle-même.

— Tu crois peut-être que la mort d'Igor solde toutes les dettes? Bien sûr que non. Stern et toi, vous avez les mêmes racines : le pouvoir, l'orgueil et la vanité. Toi, tu travestis tout cela en vertu. Lui, en cela au moins, il était plus honnête ; dominer les autres était son obsession, son exercice le plus fascinant, il se vantait de connaître tous les recoins de l'âme. Mais tu ne cessais de lui résister. Comme cette absurde histoire du manteau pour lequel tu as perdu un œil ; il ne cessait de la répéter, de la raconter, avec admiration, comme si c'était un exploit digne de lui, d'un fils, d'un frère. Tel est le paradoxe : il te haïssait autant qu'il t'admirait ; il devenait d'autant plus détestable qu'il croyait davantage à ta légende de héros, car il voulait être comme toi, avoir la reconnaissance de ses égaux. Pourtant, vous êtes tous les deux le résultat de la même symbiose. Tu feins de tenir aux principes, mais tu n'hésites pas à les bafouer si cela te convient : tu l'as fait avec ma mère, tu l'as laissée se noyer pour te sauver. Tu m'as donnée à Igor pour sauver ta vie, et tu n'as pas hésité à vendre tes camarades à la police espagnole pour accomplir ta vengeance contre Igor… Il ne te l'a jamais reproché, car à ta place il aurait agi exactement comme toi.

Ce qui l'offensait, c'était ta lâcheté, le refus d'accepter ta véritable nature. Tu en appelais à l'éthique pour torturer et tuer, lui, il appelait cela simplement du pragmatisme. Il était convaincu de l'inévitable nature corrompue de l'être humain et toi tu cachais tout cela sous la répugnante théorie de l'idéalisme.

Non, Elías. Tu n'es pas meilleur que lui, tu es peut-être même pire. Tu te présentes chez moi, tu me montres tes vêtements maculés du sang d'Igor et tu penses que je vais t'absoudre, que je vais protéger ton intégrité.

Anna Akhmatova était maintenant sereine et détendue :

— C'est une idée tentante, n'est-ce pas ? Nous embrasser, feindre d'être ce que nous sommes, nous pardonner au nom d'un passé qui n'est pas le même pour nous deux. Mais ne te fais pas d'illusions : tu es un lâche. Tu as tué Igor devant tous ces témoins, en plein jour, parce que tu préfères laisser le souvenir de l'assassin d'un mafieux soviétique plutôt que du traître et de l'homme aux pieds d'argile. Tu pensais que j'allais te dénoncer, que serait publié le rapport de Velichko, ta contribution aux assassinats de Beria et aux opérations louches d'Igor pendant la guerre ; mais ce qui te terrifiait le plus était que soit publiée ta collaboration avec Ramón Alcázar, ton vieil ami commissaire de la brigade politico-sociale. Les noms de tous les camarades morts, en fuite ou emprisonnés par ta faute. Et ça, c'est une chose que la vanité d'un grand homme ne peut accepter. Tu veux ta place dans l'Histoire et dans la mémoire de ton fils. Tu espères qu'on t'admirera après ta mort. Au fond, ce n'est que du narcissisme à l'état pur.

Elle soupesa soigneusement ce qu'elle allait dire ensuite, jetant ses mots avec un poids calculé pour écraser Elías.

— Igor Stern est mort… Mais je suis toujours en vie, et je sais tout ce qu'il savait.

Elías respirait bruyamment. De nouveau il sentait l'élancement dans l'œil vide, les vers dévorant cette obscurité, pénétrant jusqu'au cerveau pour le rendre fou. Il se prit les tempes entre les mains, comme si sa tête allait éclater.

— Ne me menace pas, Anna. Je ne le mérite pas, ce n'est pas juste. Tu ne peux te rappeler ce que c'était.

Anna Akhmatova se permit un geste insolite. Du bout des doigts, elle caressa le bandeau d'Elías.

— J'y suis retournée souvent, après ce qui s'est passé. C'est curieux, mais l'herbe a tout recouvert, les gens ne se rappellent rien, comme s'il ne s'était jamais rien passé. Non, je ne peux pas me le rappeler, tu as raison… Mais tout ce qui s'est passé après, si.

Instinctivement, Elías saisit le poignet d'Anna et écarta ses doigts. Il s'était battu toute sa vie contre Igor Stern, mais il n'avait jamais pu le vaincre. Il croyait qu'en le tuant il pourrait lui arracher Anna, sa plus belle création, mais même après sa mort, Igor se moquait de lui. Anna lui échappait, lui était étrangère, et il sentait la haine se consumer au bout de ses doigts.

— Qu'est-ce que tu veux ? Qu'est-ce que tu attends de moi ?

C'était une question terriblement naïve, car il espérait qu'elle émettrait une hypothèse. Anna remua les doigts comme les filaments d'une méduse prisonnière du poing d'Elías.

— Tu me déçois beaucoup… Qu'est-ce que tu attends ? Pour quelle raison crois-tu que je suis venue ici après tant d'années ? Par nostalgie, par curiosité ? Ne sois pas idiot !

— Tu vas me dénoncer.

Anna lui lança un regard perçant.

— J'attends peut-être que ton fils aîné grandisse pour lui raconter la vérité. Je deviendrai peut-être une ombre sur la vie de ta fille aînée, attendant le moment de fondre sur elle… Ou bien je poursuivrai mon chemin et oublierai les Gil, si tu fais quelque chose pour moi.

Le visage d'Anna ressemblait un peu au lac. Calme, sans creux, sans risques.

— Que veux-tu?

— Deux choses qui m'appartiennent de droit.

— Ah, merde, arrête de tourner autour du pot!

— Je veux que tu me rendes le médaillon de ma mère. Il ne t'a jamais appartenu, comme elle non plus.

Elías était perplexe. Il sentit une rafale de froid en provenance de Sibérie, la Sibérie qui vivait en lui et qui se penchait sur le monde par le balcon de son œil vide.

— Et l'autre?

Anna fit un pas en direction du cône de lumière de la porte de la maison. Au-delà, on voyait le reflet de la lune à la surface du lac.

— Ta vie, celle que tu aurais dû laisser au fond du fleuve. Je veux que tu te suicides dans ce lac où tu vas pêcher avec ton fils.

Elías la regarda avec une douleur étonnée.

— Je t'ai sauvé la vie dans ce fleuve, Anna.

— Pour l'abandonner un peu plus loin, répondit-elle, inflexible.

Une fatigue infinie s'abattit sur Elías. Il ferma les yeux et resta immobile pendant que la frustration le transperçait.

— Non!

Ainsi s'exprimait son refus net et massif. Anna sourit. Elle s'y attendait.

— Tu sais ce que cela signifie pour toi et pour les tiens tant que je serai en vie?

Elías serra les poings, et entrevit le sombre profil d'une autre possibilité.

— Tant que tu seras en vie…

Il se précipita sur elle, la souleva du sol en lui serrant le cou d'une main et la renversa violemment par terre, essayant de l'immobiliser avec les genoux et son autre main. Anna n'était pas soumise, elle se débattit et le mordit avec férocité. Il dut la frapper fort pour qu'elle cesse de résister; alors, il serra sa trachée à deux mains. Il était furieux, hors de lui, et toute la rage d'une vie se déversait par vagues désespérées dans les mains et lui criait : Tue-la ! Mets-toi à l'abri !

— Maman ?

La voix de la fillette sauta par-dessus ses épaules. Elías tourna la tête et la vit dans la lumière, sur le seuil, les cheveux roux flottant sur ses maigres épaules couvertes de taches de rousseur. Ses yeux étaient comme du cuivre, dilatés de peur. Et Elías se vit en eux, devenu ce qu'il haïssait le plus ; il se vit couché entre les rails d'une voie de chemin de fer, moribond et vaincu, regardant s'éteindre l'œil de cuir d'un élan majestueux abattu à quelques mètres de là, le sang coulant de sa gueule et formant une rivière dans la neige. Il vit la main d'Irina tendre ses doigts vers lui et dire : "Lève-toi."

La mémoire se tordait, affolée, résistait comme Anna. Étonné par lui-même, Elías relâcha la pression de ses doigts et contempla ces appendices qui semblaient appartenir à un autre. Et comme un grand arbre coupé qui n'attend plus qu'une poussée pour tomber, il suffit qu'Anna l'écarte d'un coup de genou pour qu'Elías roule sur le sol et qu'un sanglot convulsif lui secoue le corps. À grand-peine, Anna parvint à se relever, à prendre Tania dans ses bras et à rentrer dans la maison, fermant portes et fenêtres.

Elías était toujours à terre, étendu sur le dos. Le firmament l'épiait, derrière son effusion d'étoiles et de lumières confuses. Et dans ces fulgurances, Elías vit toutes ses occasions perdues.

— Lâche, marmonna-t-il. Salaud de lâche !

S'il espérait une réponse de ce million d'étoiles scintillantes à sa propre brûlure, il ne l'obtint pas.

Le petit Gonzalo dissimulait sa peur des pétards derrière un sourire crispé. À chaque explosion, il se collait davantage contre sa sœur, et Laura, voyant sa panique, comprit que ce n'était pas le moment de se moquer de lui. Elle passa le bras autour de ses épaules et suggéra de rentrer. Cette proposition permit à Gonzalo d'opérer une retraite honorable, tandis que les autres gamins de la vallée continueraient une bonne partie de la nuit à sauter par-dessus les flammes, à lancer des pétards et à courir entre les tables où les grands resteraient jusqu'à l'aube au milieu des rires, des commérages et de la musique.

Avant de descendre la colline, on avait une vue complète sur la vallée et les maisons des bords du lac. Il n'y en avait pas beaucoup, trois ou quatre dans un rayon de deux ou trois kilomètres. Laura demanda à Gonzalo s'il reconnaissait la sienne et l'enfant désigna celle qui était le plus au sud, un peu à l'écart du lac. Les fenêtres étaient allumées et d'en haut on aurait dit une lampe à gaz flottant dans l'obscurité. Laura approuva, mais elle venait de remarquer, sur le chemin qui longeait le lac, les phares d'une voiture et un ronronnement mécanique lointain qui filaient en ligne droite vers sa maison. Laura reconnut le bruit de la vieille Renault de son père, remonta le chemin et vit qu'elle revenait de la maison de vacances qu'avait louée cette femme avec sa fille, dont tout le monde parlait dans le village.

Elle n'avait pas encore eu l'occasion de la voir autrement que de loin ; elle paraissait très belle, ou en tout cas très différente des femmes que Laura avait l'habitude de croiser. En outre, elle sortait avec sa fille dans le village et les enfants la suivaient à distance respectueuse, comme si la gamine était une attraction de foire. Tout le monde avait remarqué le roux si vif de ses cheveux et l'éclat si gris de ses yeux. Quelques jours plus tôt, Laura avait surpris mère et fille près de l'embarcadère, observant son père et Gonzalo en train de pêcher. Elle se demanda pourquoi elles étaient là, et elle eut l'impression que l'attitude de cette femme, à demi cachée derrière les pins noirs, dénotait quelque chose de répréhensible.

Laura avait fait du bruit pour signaler sa présence et la femme s'était retournée. Elle sourit timidement, prit sa fille par la main et s'éloigna dans le sentier. En s'approchant de l'endroit où cette femme avait épié son père et son frère, Laura vit que la petite avait dessiné par terre et écarté les aiguilles de pin. Elle regarda entre les branches les silhouettes tranquilles, assises, de son père et de son frère, qui ne s'étaient pas aperçus de sa présence, et sans savoir pourquoi elle décida de garder cette scène secrète. Laura avait déjà remarqué que, depuis l'arrivée de cette femme et de sa fille dans la vallée, l'attitude de son père était devenue nerveuse et imprévisible, comme aux pires époques. La nouveauté, c'était qu'Esperanza, sa mère, n'était pas moins perturbée quand on parlait d'elles.

Que son père revienne de la maison que cette femme avait louée n'annonçait rien de bon. Indécise, Laura referma son gilet en laine décolorée. Elle n'avait pas d'autre choix que de suivre la pente, plus abrupte dans les derniers mètres, et de croiser les doigts pour qu'il ne l'attende pas.

Elle prit Gonzalo par le bras et entreprit la descente, enfonçant les talons et sautillant pour ne pas tomber. Gonzalo l'imitait, avec le talent d'une chèvre sauvage, en riant, mais Laura lui ordonna de se taire, un doigt sur ses lèvres. Déconcerté par le changement d'humeur soudain de sa sœur, l'enfant obéit.

Avant de soulever la barre de la clôture, Laura vérifia la tenue de son frère, s'assura que rien ne pouvait provoquer la fureur de son père. Bien sûr, ce dernier n'en avait pas besoin pour exploser, mais Laura essayait toujours de réduire les raisons de le mettre en colère. Elle rajusta ses chaussettes, la ceinture de sa jupe et astiqua ses chaussures et celles de Gonzalo avec sa manche.

— Écoute bien ce que je vais te dire ; si je te regarde et t'indique d'aller au puits, tu y vas sans rouspéter. Compris ?

Gonzalo refusa tout net. Le puits le terrorisait, et encore plus par cette nuit de pétards qui lui secouaient les nerfs. Mais Laura ne lui laissa pas le loisir de protester. Elle le prit par les épaules :

— Sans rouspéter, Gonzalo !

Laura pressa si fort qu'il poussa un cri de douleur. Elle était si effrayée qu'elle ne se rendait pas compte qu'elle ne serrait pas son frère pour le protéger mais pour se raccrocher à quelque chose, pour se sentir moins seule, pendant qu'ils se dirigeaient lentement vers la porte entrouverte de la maison. Au moins, la lumière de la grange était éteinte, se dit Laura, rassurée par le moindre détail qui contredisait son intuition. À droite de la maison, elle vit l'ombre de sa mère au milieu du linge tendu. Elle l'appela, mais ce n'est pas sa mère qui apparut : titubant, empêtré dans un drap, son père se redressa, ridiculement drapé comme un fantôme, et proféra une injure. Une scène du plus haut comique, s'il n'y avait pas eu la bouteille qu'il tenait dans la main droite et sa chemise souillée de sang séché. La lune dans son dos lui donnait l'éclat d'un liquide scintillant.

— Une luciole géante, dit Gonzalo.

Laura lui mit la main sur la bouche. Mais son père les avait vus et se dirigeait vers eux en titubant.

— Va au puits, murmura Laura.

— Je ne veux pas.

Laura dut lui planter ses ongles dans la chair pour l'obliger à obéir. Elle fut un peu soulagée de le voir disparaître derrière la maison. En se retournant vers les cordes à linge, elle eut à peine le temps de voir la grosse main de son père l'attraper par les cheveux.

— Chuuut, ne crie pas. Nous ne voulons pas réveiller ta mère, hein ?

Laura secoua la tête machinalement.

— Ce soir, j'ai envie d'écrire pendant que je t'entends réciter Maïakovski. Nous allons revoir ensemble ce que tu as appris.

L'haleine d'Elías était en feu et sa langue trébuchait sur les mots qu'il ne finissait pas.

Laura savait que si elle laissait ses larmes monter ce serait pire. Son père ne supportait pas la faiblesse, ses supplications le mettaient en fureur. Le mieux était se rester calme, de se faire toute petite et d'attendre que l'orage passe. Cela donnait presque toujours de bons résultats, il se contentait de crier, de boire et d'écrire, parfois il se cognait au mur ou l'insultait. Mais d'autres fois, se faire toute petite ne suffisait pas. Et dans le regard vert de son père elle vit que cette nuit-là rien ni personne ne pourrait empêcher qu'arrive ce qui devait arriver.

Elle ne se rappelait pas la première fois. Parfois elle se disait qu'il était né avec ces stigmates, et pendant des années elle avait cru qu'il était normal que son père lui fasse du mal, jusqu'au moment où elle identifia la culpabilité muette dans le regard fuyant de sa mère, et les remords alambiqués du lendemain chez son père, qui était cruel et distant avec toutes les deux. Une fois, la seule où elle avoua à sa mère ce qui se passait dans la grange, celle-ci, hors d'elle, la frappa jusqu'au sang. Elle l'insulta, la traita de pute, la traîna par les cheveux. Laura crut qu'elle allait succomber. Mais sa mère se calma, et contempla tranquillement la poignée de cheveux qu'elle venait de lui arracher, redressa les épaules et serra les dents.

— Tu mens. Et si je t'entends répéter ce mensonge devant qui que ce soit, je te chasserai de cette maison.

Laura avait onze ans, et elle crut que tout cela était sa faute, puisque son père et sa mère disaient la même chose. Elle était si terrifiée à l'idée qu'on pouvait ne plus l'aimer et que sa mère mette sa menace à exécution, qu'elle ne parla plus jamais de ce qui se passait dans la grange.

Mais ce qui se passait dans la grange se renouvelait, pas systématiquement, pas de la même façon, car le cauchemar ne disparaissait jamais complètement : les mois, les années passaient, et le monstre qui s'emparait de son père revenait toujours la chercher.

Gonzalo savait que sa sœur serait furieuse si elle découvrait qu'il avait désobéi. Mais ce soir-là, il était si effrayé, si nerveux, qu'il n'eut pas le courage d'affronter seul l'attente dans l'obscurité humide du puits. Au lieu de cela, il entra dans la maison en essayant de ne pas faire de bruit. Sa mère avait souvent des migraines et il fallait être discret, comme les fantômes dans un monastère abandonné, dans le noir.

— Tu t'es essuyé les pieds ?

La voix de sa mère paralysa Gonzalo au milieu du couloir. Il se retourna et la vit, assise devant la cheminée éteinte, contemplant cette ouverture noircie et l'empilement de bois sec. Elle caressait son beau blouson d'aviateur républicain et tenait un médaillon entre les doigts. Elle avait sans doute pleuré. Le nez rougi et les yeux irrités la trahissaient. Une mèche évadée de la pince pendait comme une cascade grise.

— Oui, mère, dit Gonzalo en montrant ses chaussures qu'il tenait à la main, comme deux trophées de chasse.

Esperanza sourit d'un air absent et tendit le bras vers lui. L'enfant avança sans crainte et elle caressa ses cheveux ras et ses oreilles décollées. Il aimait sa mère, mais moins que Laura, bien sûr.

— Où est ta sœur ?

— Dans la grange, avec père.

Le regard d'Esperanza était comme une crevasse qui s'ouvre sous le poids d'un pied sur la glace, juste avant de se briser. Sans que Gonzalo en comprenne la raison, elle l'étreignit, lui passa un bras dans une manche du blouson, puis l'autre, remonta la fermeture et sourit.

— *В первом раскрывающемся списке, падает, начинает вырваться из камня.*

Gonzalo ne comprit pas tous les mots. Sa mère ne lui parlait pas souvent en russe.

— *Что означает?*

— Ça veut dire qu'après la première goutte, la cataracte surgit de la pierre. C'est tiré d'un vieux poème que ton père et moi nous récitions ensemble.

Gonzalo ne comprit pas ce que sa mère voulait lui dire, et celle-ci, soudain consciente que son fils n'était qu'un enfant, caressa l'écusson du blouson et l'embrassa.

— Il est tard. Monte dans ta chambre.

— Je peux dormir avec le blouson?

Esperanza donna son accord.

Cette nuit-là, les moucherons se précipitaient avec une démence suicidaire sur la petite lumière qui éclairait la grange. De la fenêtre de sa chambre, Gonzalo croyait entendre leurs ailes prendre feu. Il n'avait pas sommeil, et même si le poids et la doublure du blouson de sa mère le faisaient transpirer, il ne voulait pas l'enlever. Il s'accouda au rebord de la fenêtre et contempla le médaillon, l'image floue de cette femme et de la fillette qu'elle tenait dans ses bras. Sa mère l'avait oublié dans la poche intérieure. Gonzalo se dit qu'il devait être important pour elle, aussi le remit-il à sa place.

Et en regardant les dernières lumières de la fête, il se répéta ce long vers que sa mère lui avait appris. Il avait du mal à mémoriser la langue difficile dans laquelle son père et elle se parlaient parfois, surtout quand ils se disputaient. Laura apprenait vite, mais Gonzalo espérait pouvoir lui faire une surprise. Hélas, au bout de quelques minutes il avait oublié presque tous les mots.

Il avait peur de la réaction de Laura, quand elle sortirait de la grange et découvrirait qu'il n'était pas dans le puits. Il n'aimait pas être seul dans la maison quand son père s'enfermait avec Laura. Il l'entendait crier et jeter des objets contre les murs; dans la maison, au contraire, tout était très calme, comme si sa mère et les meubles cherchaient à être invisibles ou à se dérober, se coller au mur pour qu'il ne les retrouve pas.

Mais Gonzalo avait maintenant le blouson de sa mère,

et il était sûr que sa sœur oublierait sa colère quand elle le verrait sur lui. Son père aussi oublierait sa mauvaise humeur si lui, Gonzalo, parvenait à réciter ce vers en russe avant de l'avoir complètement oublié. Son cœur d'enfant éprouva le besoin impérieux de sortir par la fenêtre, de descendre le long du grand sapin et de courir à la grange. Qu'importe si sa mère lui avait formellement interdit d'y aller quand son père y était enfermé. Il sentait que sa sœur avait besoin de lui.

Sa main glissa sur la dernière branche et il se fit une bonne balafre. Mais il ne voulait surtout pas abîmer le blouson. Quel soulagement : il était intact. Gonzalo s'avança, pieds nus, sans sentir les aiguilles de pin sous la plante des pieds. Il pouvait marcher les yeux fermés dans la propriété, la maison, le grenier, la grange, au-delà du puits, le ruisseau et le pont en bois qui franchissait le ravin vers la pinède ; il s'approcha de la fenêtre de la grange et se jucha sur la pointe des pieds pour voir à l'intérieur. Au-dessus de sa tête, les moucherons en folie tournoyaient sans pouvoir décider quelle direction prendre.

À l'intérieur, son père était penché sur la machine à écrire. Gonzalo entendait le cliquetis des touches et la rotation du rouleau. Laura était à quelques pas derrière lui, figée, les mains crispées. La lumière d'une ampoule de faible voltage éclairait partiellement son visage. Gonzalo eut une peur bleue, recula et faillit tomber. Laura avait le visage tuméfié, couvert de sang.

La porte de la grange était entrebâillée. Gonzalo voyait le cône de lumière projeter l'ombre agrandie de son père et il entendait sa voix pâteuse parler à Laura en russe. Il posait une question, et Laura répondait, mais sa voix était méconnaissable, tant elle parlait bas. Gonzalo se mit à quatre pattes, entra dans la grange et resta hors de portée de l'éclairage de l'ampoule. Il vit alors son père lancer si violemment la machine à écrire contre le mur que la nacre qui protégeait les touches éclata en morceaux. Un éclat de *ñ* se ficha dans la cheville du garçon. Puis son père se précipita sur Laura, se planta à deux doigts de son visage en hurlant, déchira sa chemise en arrachant tous les boutons et mit ses petits seins à l'air. Puis il la souleva à bout de bras et la jeta violemment par terre.

— Et alors, la suite du poème? Je te l'ai appris mille fois!

Elle ne s'en souvenait pas. Laura tentait désespérément de s'en souvenir, mais en vain. Son père la secouait et la peur annihilait sa mémoire. Elle sentit une brûlure sur son visage et vit son sang s'éloigner d'elle et dessiner un petit méandre sur le sol. Elle essayait de ne pas écouter son père, de ne pas penser à ce qui allait se passer, quand il l'obligerait à monter à califourchon sur lui, jambes écartées. En écoutant son sang couler sur la pierre, elle entrevit la forme du corps de Gonzalo. Et ce fut comme si le sang qu'elle n'avait pas encore répandu tournait en glace.

L'enfant la regardait, pris de panique, sans comprendre ce qui se passait. Laura voulut tendre la main vers lui pour le rassurer, mais son père la tira par les pieds, l'éloignant de lui et l'obligeant à se retourner.

— La première goutte qui tombe...

Elías regarda l'obscurité d'où surgissait cette voix. Son œil hystérique et fou s'aiguisa et découvrit l'ombre tremblante de son jeune fils. Il lâcha Laura et s'approcha de l'angle.

— Laisse-le; lui, laisse-le! implora Laura.

Mais Elías ne l'écouta même pas. Il saisit Gonzalo par le poignet et l'attira vers la lumière.

L'enfant fondit en larmes, regardant alternativement son père et sa sœur sans les reconnaître. Il voulait se dégager de la main de son père, qui l'agrippait de plus en plus fort.

— Qu'as-tu dit? Répète-le!

Mais l'enfant terrifié ne pouvait articuler un seul mot, et plus il pleurait, plus les aiguilles d'une douleur aiguë éclataient dans la tête d'Elías et faisaient bouillonner le ciel comme sur un fourneau.

— Où as-tu appris cela ? Ce vers… !

Il fallait qu'il se calme. Mais son œil vide palpitait comme le cœur d'une plante carnivore, ivre de colère, gorgé de rage.

— Arrête de pleurer, merde ! Je ne supporte pas les larmes.

Mais le petit n'arrêtait pas. Il n'arrêtait pas, et son père allait lui exploser la tête. Il n'avait pas à être là, son fils n'avait pas à s'imposer de cette façon. Ni son fils ni sa fille. Il se tourna vers Laura, qui s'était relevée et le frappait de toutes ses forces pour lui arracher Gonzalo des mains. Pourquoi ? C'était son fils, il n'allait pas lui faire de mal… Il n'allait pas…

Pendant une minute, il regarda son fils, comme si c'était le dernier éclat de lumière avant que son œil verdâtre se ferme à jamais. Sa main voulut se tâter le dos et ses doigts rencontrèrent le manche en bois d'un couteau. Merde, un couteau dans le dos, enfoncé jusqu'à la garde. Il se retourna lentement et vit le visage figé de Laura, son regard chargé d'une haine soudain aussi froide et sèche que celle d'Anna Akhmatova. Elles se ressemblaient tellement, toutes les deux, sans se connaître, et ressemblaient tant à Irina. Elles auraient pu être les filles d'Irina et d'Elías.

Il respirait difficilement. Il n'était pas mort, pas encore. Le couteau n'avait pas une grande lame. Mais s'il n'était pas hospitalisé, il perdrait tout son sang.

— Ne le touche pas. Non, pas lui.

Elías cligna des yeux, eut un râle et tomba à genoux entre le frère et la sœur. Laura le contourna, terrorisée, comme si elle redoutait un coup de griffe de cet ours blessé mais pas vaincu, et elle serra fort Gonzalo dans ses bras pour le rassurer.

Comment un homme cessait-il d'en être un pour devenir une aberration ? À quel moment avait-il perdu sa propre boussole pour se perdre irrémédiablement ? À Nazino, dans ce train qui le menait de Moscou à Tomsk, ou en Espagne pendant la guerre civile, ou dans les batailles contre les Allemands ? Le monstre avait peut-être toujours palpité en lui, attendant patiemment son heure pour dévorer la carapace qui le dissimulait au regard des autres. Car seule une aberration, un monstre, peut blesser avec tant de rage ce qu'il aime le plus.

Dommage qu'il n'ait pas eu un livre de bord qui le mène à bon port et le protège des caprices d'un destin qui l'avait dévoré jusqu'à le défigurer. Hélas, sa raison s'éteignait au cœur de l'aveuglement et de la culpabilité. Il avait oublié le visage et la voix de ses amis, il ne rêvait presque plus des nuits d'amour avec Irina, de sa voix et du contact de sa peau. Il avait presque oublié cet homme amer et fou qui le regardait année après année, de l'autre côté du miroir. Allons, ce n'était pas plus mal de finir ainsi. S'effacer dans la mémoire de son fils, pour qu'il se rappelle ce qu'il avait voulu être, au lieu de ce qu'il était maintenant.

Elías sourit, la tête oscillant d'avant en arrière. Il dit quelques mots en russe et resta ainsi, à genoux, la tête penchée en avant, le dos des mains repliées sur le sol. Il n'allait pas mourir. Il n'allait pas mourir, se dit-il, tant que la douleur ne se serait pas éloignée, comme une vague qui l'avait déjà immergé. Un océan calme dans lequel enfin se détendre, et flotter. Et on n'y était pas si mal, pas si mal.

Après que Laura eut planté le couteau dans le dos de son père, Gonzalo courut chercher sa mère et lui expliqua de façon confuse ce qui était arrivé. Quand il revint avec elle dans la grange, Laura était assise, adossée au mur, jambes allongées. Elías gisait de côté, à ses pieds. Il respirait encore, mais son visage avait pris la teinte des olives en septembre.

— Aide-moi à le lever, ordonna Esperanza à Laura.

Mais celle-ci ne bougea pas ; elle était comme aliénée, grattant le sol avec un ongle cassé et se cognant la tête contre le mur. Esperanza lui flanqua une bonne gifle et la secoua par les épaules.

— Aide-moi à le déplacer !

Laura battit des paupières, effrayée, comme si on l'avait brusquement arrachée à un mauvais rêve. Elle vit le corps gisant de son père, le sang répandu, elle regarda sa mère et son frère sans articuler un mot, et elle obéit.

Elías pesait plus lourd qu'un sac de pierres et il ne fut pas facile pour la femme et la fille de le transporter à l'arrière de la vieille Renault. Esperanza se mit au volant et démarra.

— Rentre à la maison et mets Gonzalo au lit ; je reviens. Si quelqu'un vient voir ton père, pas un mot, compris ?

Elle dut répéter sa recommandation avec insistance pour arracher un vague assentiment de Laura.

Gonzalo vit les feux arrière de la voiture s'éloigner dans le chemin et se perdre dans le virage, en direction du lac. La lune se glissa entre les arbres et lui renvoya l'image pétrifiée de Laura sous le porche de l'entrée. Maintenant qu'avait disparu le corps de son père et que le son du moteur de la voiture se fondait dans le silence, il reconnaissait de nouveau sa sœur. Il suffisait de ne pas la regarder dans les yeux pour y croire.

— Il ne s'est rien passé, Gonzalo. Tu entends ?

Gonzalo acquiesça ; à ce moment-là, à l'âge de cinq ans, alors que son esprit commençait à peine à engranger les souvenirs, il décida que cette nuit-là, en effet, n'avait jamais existé.

30

Barcelone, novembre 2002

De la terrasse de la maison en construction, on voyait l'épaisse frondaison qui s'arrêtait à quelques pas de la mer. Alcázar supposa que Siaka avait déjà dû atteindre la route, de l'autre côté. Il essaya de ne pas y penser pour ne pas regretter sa décision. En le laissant partir, l'ex-inspecteur perdait toute chance que cette histoire se finisse bien pour lui. Il fouilla dans sa veste, prit son paquet de cigarettes et en offrit une à l'avocat. Gonzalo faillit refuser, sous le coup de l'habitude, mais un sourire ironique se dessina au fond de lui. On s'invente de drôles de résistances pour se convaincre qu'on continue de se battre contre soi-même. Il accepta la cigarette et aspira une profonde bouffée.

— J'ai cru que tu allais tuer Siaka, dit-il en regardant dans la même direction.

La mer était calme, et on entendait le grondement de la marée montante sur les rochers. Le ciel prenait le ton crépusculaire quotidien, baignant leur visage de couleurs violentes, orangé, rouge, jaune et violet.

Alcázar fumait, savourant sa cigarette comme l'aurait fait un condamné à mort.

— Moi aussi, je l'ai cru, reconnut-il. Mais je t'ai déjà dit une fois que je ne suis pas un assassin ; de ma vie je n'ai jamais tué personne, je ne vais pas commencer aujourd'hui.

Quoi qu'il en soit, il ne dit pas à Gonzalo que lorsqu'il avait tiré sur Siaka, au dernier dixième de seconde il avait détourné l'arme pour frôler sa joue et projeter tout le plâtre du mur sur son visage. Au dernier instant, son instinct lui avait soufflé qu'il y avait eu assez de morts absurdes.

— J'espère qu'il a pigé le message : "Cours et ne te retourne pas."

Gonzalo se retourna vers la maison. Luis était toujours menotté, près de la cheminée du rez-de-chaussée ; ses plaintes n'étaient plus qu'un faible gémissement, comme s'il rêvait. La jambe du pantalon avait pris le ton marron du sang séché et de l'urine.

— Que vas-tu faire de Luis ?

Alcázar haussa les épaules. Gonzalo pouvait l'emmener à l'hôpital et le laisser devant les urgences. Ce qu'il pouvait dire ou faire n'aurait plus d'importance dans deux heures.

— C'est tout ce dont j'ai besoin, dit-il en passant le pouce sur la surface unie de l'ordinateur portable de Laura.

Son hostilité était devenue une résignation triste qui troubla Gonzalo. Alcázar connaissait ce sentiment qui s'emparait de soi quand on est sur le point d'abandonner la lutte. Il l'avait vu des centaines de fois chez des soldats qui avaient décidé de déserter ou de changer de camp, ou chez ceux qui avaient pris la décision de se lancer à découvert contre le feu ennemi lors de la contre-attaque suivante, parce qu'ils n'avaient plus la force de continuer de se battre.

— Que va-t-il arriver maintenant, Alcázar ?

L'ex-inspecteur acheva sa cigarette et regarda la braise s'éteindre doucement. Son visage reflétait un calme étrange.

— Ce qui doit arriver. N'en a-t-il pas été ainsi depuis le début ? Nous croyions que chacun de nos pas nous appartenait, qu'il était le fruit de notre volonté, alors qu'il était chorégraphié par Anna.

Alcázar eut un sourire ironique en se rappelant qu'il avait parlé d'Igor à Anna comme si celui-ci existait encore et était le souverain pontife de la Matriochka. Il pensa qu'il connaissait Anna depuis de très nombreuses années, il pensa à ses attentions, à ses conversations intransigeantes, empreintes de courtoisie, qui ne laissaient aucune place au compromis ni au doute, à sa volonté inflexible exprimée par son regard gris. Elle avait toujours été là, derrière chaque décision, derrière chaque mort.

Il regarda Gonzalo avec une sorte d'estime. Mais cet homme était trop austère pour lui vouer une véritable affection. Une des choses qu'il avait toujours admirées chez Laura, c'était sa gaieté, dans les premiers temps, quand ils s'étaient retrouvés au bout de tant d'années, après cette nuit au bord du lac. Son sourire qui rendait tout possible, qui vous rendait meilleur. Cecilia était semblable.

— Les gens bien, si on y pense, rient plus que les autres. Je ne sais pas pourquoi, mais chacun finit par se souvenir de leurs rires et de leur gaieté. Tu es comme ton père, Gonzalo. Tu ne ris jamais, tu es trop conscient de tout.

Alcázar regarda sa montre.

— Donne-moi deux heures. C'est suffisant pour rendre visite au procureur que connaissait Laura. Ensuite, emmène ton ex-beau-frère à l'hôpital et va voir ton beau-père. Raconte-lui ce qui s'est passé et assure-toi qu'il a bien compris que tu n'as rien à voir avec la fuite de Siaka ni avec le fait que j'ai récupéré l'ordinateur de Laura. Mens, dis-lui que je t'ai menacé, ce que tu voudras.

— Sans Siaka, les preuves de cet ordinateur ne valent rien.

Alcázar poussa un profond soupir. La nuit tombe très vite en novembre, songea-t-il. Cecilia préférait l'été, les crépuscules qui n'en finissaient jamais, qu'elle regardait à sa fenêtre. Et, debout derrière elle, il aimait s'appuyer contre sa tête, lui caresser distraitement la nuque, jusqu'à ce qu'elle penche le cou, emprisonnant sa main entre les plis de sa peau ; alors, elle fermait les yeux et disait que c'était beau de vivre. Oui, ça l'était. Autrefois.

— Il n'aura pas besoin de témoigner. Je crois que le procureur préférera mon témoignage.

Gonzalo cilla.

— Tu iras en prison, ou même pire.

— Ou même pire... Le bon côté de la peur, Gonzalo, c'est que lorsque tu t'en débarrasses c'est comme si tu n'avais jamais marché le dos courbé. J'en ai marre, et je suis vieux, et j'en ai marre qu'on m'utilise et qu'on me manipule. Quoi qu'il en soit, mon destin est tracé. Toi, tu n'as qu'une seule chose à faire et c'est là-dessus que tu dois te concentrer. Occupe-toi de la sécurité de ta famille. Prends soin de ton fils et de ta fille, et ne laisse pas la Matriochka s'en prendre à eux.

Gonzalo le vit s'éloigner : la grosse moustache grise, la tête rase rentrée dans les épaules, les mains dans les poches de son pantalon.

— Tu aurais osé ?

Alcázar se retourna et le regarda en haussant les sourcils.

— J'aurais osé quoi ?

— Sur le brise-lame, le soir où tu m'as menacé d'enlever ma fille si je me mettais en travers de ton chemin et de celui de mon beau-père... Tu aurais porté la main sur elle ?

Le regard d'Alcázar était si froid qu'il faisait mal.

Deux heures plus tard, Luis avait presque perdu connaissance. Gonzalo examina son genou blessé. Il n'avait pas bon aspect : Luis pouvait oublier l'escalade, le ski, l'hippisme et la moto. Son corps parfait de patricien romain devrait s'appuyer toute sa vie sur une béquille. Il utilisa les clés des menottes qu'Alcázar lui avait données pour le libérer, le prit sous les aisselles pour l'aider à se lever. Luis grommela un gros mot entre ses dents.

— Il me faut les clés de ta voiture.

— Tu vas me livrer à la police?

Gonzalo n'y avait pas réfléchi.

— Je vais commencer par t'emmener à l'hôpital… Mais je devrais te laisser perdre tout ton sang ici. Tu n'es qu'un fils de pute, un malade et un sale type.

Luis écarta une mèche du front, une tentative absurde de montrer qu'il avait fière allure. Il regarda Gonzalo avec une pointe de colère.

— Tu n'aurais pas dû laisser échapper ce Nègre. Et tu n'aurais pas dû laisser cet inspecteur s'en aller comme si de rien n'était. Ils l'ont tous trahie.

Gonzalo se crispa sur les menottes comme pour en faire un poing américain, maîtrisant son envie de les écraser sur le joli minois de son ex-beau-frère pour défigurer ses traits si parfaits.

— Et toi? Tu ne l'as pas trahie? N'est-ce pas toi qui l'as poussée au suicide?

Il attrapa Luis par le revers et le frappa sur son genou blessé. L'ex-beau-frère poussa un hurlement de douleur et s'effondra comme un arbre pourri. Gonzalo le regarda se tordre sans une once de compassion. Ses lèvres tremblaient, son corps aussi, secoué d'une rage qui sortait à gros bouillons, vieille et desséchée, et qui ressuscitait au contact de l'air.

— Quand Roberto est mort, qu'as-tu fait? Tu l'as accusée, elle, tu l'as détruite de l'intérieur parce que tu savais comment t'y prendre, car au fond tu es un charognard qui ne se nourrit que de la chair faible. Et ensuite? Tu as filé à Londres, tu as divorcé et tu l'as laissée couler dans une spirale de destruction, et tu jouissais à distance de ce châtiment, car tu estimais qu'elle le méritait. Mais enfin, tu te prends pour qui, pour Dieu? Tu es une merde, un cloporte! Ne me parle pas de justice, parce qu'en t'écoutant, la seule justice qui me vient à l'esprit, c'est de t'écraser la tête à coups de barre de fer. Alors ferme ta putain de gueule si tu ne veux pas que je revienne sur ma décision.

Luis se recroquevilla comme un ver coupé en deux et se tut. Il savait que Gonzalo, avec une fureur dans les yeux qu'il n'avait jamais vue jusqu'alors, exécuterait sa menace sans sourciller.

Ils descendirent très prudemment les derniers mètres jusqu'à la voiture de Luis. Ce dernier était beaucoup trop lourd pour Gonzalo, qui soufflait comme un bœuf. Après des arrêts interminables, il installa enfin son ex-beau-frère sur le siège du passager, et actionna la clé de contact, ce qui mit en route le lecteur. Un nocturne de Chopin.

"Ça tombe bien", se dit Gonzalo en démarrant.

En un quart d'heure, il rejoignit le périphérique de Dalt et arriva peu après à l'hôpital Valle de Hebrón. Il se gara à l'emplacement réservé aux ambulances des urgences et quand un agent de sécurité vint le lui reprocher, il lui dit qu'il amenait un homme blessé par une arme à feu. L'agent alerta immédiatement la police par radio et demanda à Gonzalo de ne pas s'éloigner jusqu'à nouvel ordre.

Celui-ci n'avait l'intention d'aller nulle part. Il dirait toute la vérité, si rocambolesque et invraisemblable soit-elle. À cette même heure, Alcázar signait peut-être des aveux devant le procureur qui connaissait Laura, et devant le juge d'instruction, en leur racontant la même version des faits. Alcázar lui avait donné un bon conseil : prendre soin de sa famille, de ses enfants, et c'était bien son intention. Pas question qu'Anna Akhmatova les manipule à sa guise.

Les brancardiers et le médecin de garde arrivèrent, et ils s'occupèrent de Luis.

— Elle m'a raconté un jour ce que votre père lui faisait quand elle était petite, lui dit Luis en prenant Gonzalo par le poignet.

Ce dernier l'entendit à peine au milieu des cris des brancardiers et de ses gémissements de douleur… Ou bien il préféra ne pas l'entendre.

Il avait le soleil dans les yeux quand il sortit du commissariat. Les rues encore désertes sentaient l'humidité. Il venait de pleuvoir et le froid du matin flottait dans l'air. Gonzalo regretta de ne pas avoir de cigarette. Il avait les paupières lourdes : il déposait depuis des heures. Dans la poche de sa veste froissée, il avait la citation à comparaître devant le juge dans les jours à venir, en principe comme témoin. Une patrouille montait la garde dans la chambre d'hôpital où Luis récupérait après l'opération. Les policiers attendaient qu'il se réveille de l'anesthésie pour lui signifier officiellement son arrestation, il était accusé d'assassinat, de torture, d'enlèvement et de tentative d'homicide. Gonzalo était-il satisfait ? Pas du tout. Apprendre que sa sœur était innocente pour découvrir que l'assassin était son mari n'était pas ce qu'il avait prévu.

Rien n'était comme il l'avait prévu.

Des yeux l'attendaient de l'autre côté de la rue, derrière la fenêtre d'une voiture dont le moteur tournait au ralenti. Gonzalo ne cacha pas qu'il était heureux de voir Tania. Après tout ce qu'Alcázar et lui-même avaient déclenché, la fille d'Anna Akhmatova était à coup sûr la compagnie souhaitée à la sortie d'un commissariat, mais il était épuisé et avait besoin de se reposer, ne serait-ce que quelques minutes, dans le sourire de cette rouquine dont il était, cela ne faisait aucun doute, en train de tomber amoureux.

Tania ne put dissimuler son inquiétude quand il monta dans sa voiture. Elle caressa son menton flasque, blafard, pas rasé.

— Comment sais-tu que j'étais là ?

Tania embrassa ses lèvres desséchées, elle aurait aimé s'y attarder, les apaiser, mais Gonzalo referma doucement cette porte, provisoirement. C'était inévitable, se dit Tania un peu amère, que la méfiance s'insinue entre eux, comme une ombre. Il dépendait d'elle que cette ombre ne devienne pas un mur. Et la meilleure solution était de ne plus rien cacher.

— Alcázar a appelé ma mère pour lui raconter les derniers événements et lui dire ses intentions. Sauf erreur, à cette heure il a déjà fait sa déposition et la police judiciaire perquisitionne le bureau de ton beau-père sur ordre du juge… Et le tien aussi, peut-être.

Gonzalo envisagea d'appeler Luisa. Mais c'était inutile, si Tania disait juste, son assistante devait déjà être au courant, et c'est elle qui le préviendrait.

— Et ta mère, où en est-elle ?

Tania prit ses lunettes et entreprit de les nettoyer. Gonzalo ne s'était pas rendu compte à quel point elles étaient sales. Pendant une minute, le visage de Tania devint flou, mais sa voix restait nette.

— Ils n'ont rien contre elle. Ma mère ne se laisserait jamais coincer par un papier ou une signature qui puisse la compromettre. Stern l'avait trop bien dressée. Officiellement, elle n'est qu'une vieille dame qui gère une librairie de quartier. Naturellement, il y aura des conséquences ; les entreprises concernées du consortium d'Acasa que ton beau-père représentait jusqu'à présent vont se retirer du projet du lac.

— Cela signifie que…

— … Que les travaux seront stoppés. Toute cette mobilisation écologiste, avec les charges de la police et les protestations des habitants, a déjà fait trop de bruit. L'inculpation d'Agustín González sera le coup de grâce. Les associés de ma mère n'aiment pas le bruit. Ils retourneront dans leur tanière et attendront une autre occasion. Dans ce pays, il n'en manque jamais.

Ce n'était pas vraiment son souci majeur. Certes, l'idée que l'arrogance de son beau-père soit mise à mal ne lui déplaisait pas, mais il était surtout préoccupé par la situation dans laquelle se retrouveraient Lola et les enfants. Lola était peut-être déjà au courant, en tout cas elle le serait dans la matinée, et il faudrait que Gonzalo soit à ses côtés pour la rassurer. Et il était choyé par Tania, rêvant d'aller dans son appartement et de faire l'amour avec elle jusqu'à épuisement avant de s'endormir dans ses bras, le nez dans le parfum de ses cheveux.

Pourtant, ses réflexions étaient d'une tout autre nature. Il pensait à Laura, à sa mère, à cette tombe vide où fleurissaient les buissons et s'enracinaient les mauvaises herbes. Si le lac n'était pas asséché, il ne saurait sans doute jamais ce qu'était devenu le corps de son père cette nuit-là, s'il y avait été jeté comme le prétendait sa mère ou s'il avait été emporté ailleurs comme l'avait toujours affirmé Alcázar. C'était peut-être préférable, se dit-il. Laisser tranquille ces eaux et les secrets qu'elles dissimulaient. Il valait peut-être mieux quitter cette voiture, dire adieu à Tania, oublier ce beau papillon qui battait des ailes sur sa nuque comme une invitation et retourner auprès de Lola et des enfants, leur promettre qu'il s'occuperait de tout, assumer le rôle qu'ils attendaient de lui, prendre les rênes du cabinet d'Agustín et affronter Anna Akhmatova sans trêve et la démasquer comme le projetait Laura.

Oublier des offenses pour en affronter d'autres, choisir un camp et lui rester fidèle.

Il reprit ses lunettes des mains de Tania et les mit pour redonner tout son relief au visage de cette femme. Il la dévisagea avec une anxiété mal dissimulée et secoua la tête.

— Je ne sais si je peux te faire confiance, Tania. Je ne sais ce qu'il y a de vrai en toi. Tu es sa fille.

Tania se contenta de répondre :

— Et toi, tu es le fils d'Elías Gil et d'Esperanza. Mais nous sommes ici, et nous devons vivre notre propre histoire.

Pendant vingt minutes, Tania lui raconta tout ce qu'elle savait sur la Matriochka, tout ce qu'elle pressentait et soupçonnait. Elle essaya aussi de le convaincre qu'Anna ne les haïssait pas, sa sœur et lui, qu'elle avait toujours essayé de les maintenir à l'écart de ses luttes et de ses rancœurs vis-à-vis d'Elías, et qu'elle n'avait rien à voir avec la mort de Roberto.

— Elle n'aurait jamais permis une chose pareille. Cet assassin a agi de son propre chef, il a pris peur, sous la pression de Laura, et il a perdu les pédales.

— Tu en es convaincue ?

— Pour Laura ou pour toi, pour Alcázar ou pour Agustín González, Anna Akhmatova est la Matriochka. Mais pour moi, c'est ma mère, je la connais mieux que personne. Elle n'aurait pas commis cette horreur.

— Une atrocité pas très différente de celles sur lesquelles Laura enquêtait. Les preuves qui s'accumulent dans cet ordinateur portable montrent que ta mère, cette vieille dame vénérable, est pleinement responsable : drogues, armes, prostitution enfantine, racket, pots-de-vin…

Le visage de Tania s'assombrit.

— Tu me juges à travers elle. Ou bien c'est elle que tu veux juger à travers moi. Ne pourrais-je dire que ton père était un assassin, un tortionnaire, un traître… et le violeur de sa propre fille ?

Gonzalo s'accorda le temps d'ordonner ses propres pensées. Jusqu'alors, personne ne l'avait formulé aussi crûment, même pas Alcázar dans la maison en construction, quand il avait libéré Siaka, Luis non plus, à l'hôpital.

Ces rêves où il voyait sa sœur dans la grange n'étaient pas des rêves. Pendant des années, il avait refusé d'admettre ce qu'il savait au fond de lui, le genre d'homme qu'était son père, ce qui s'était passé cette nuit-là et beaucoup d'autres avant celle-ci. Ce scénario de la police franquiste que lui avait servi sa mère, tout ce qu'il avait construit sur des souvenirs inventés ou empruntés, n'était qu'un château de sable qu'un simple mot, prononcé par Tania sans acrimonie mais sans dissimulation, venait de balayer radicalement. Cet homme issu de sa propre légende, forgé par la mythologie collective, avait sans doute une part de vérité, mais l'homme de cette nuit-là avait aussi existé, en dépit de l'acharnement à soutenir le contraire pendant toutes ces années. Il n'avait pas rêvé. Il l'avait vécu. Et Laura, sa sœur, ne l'avait jamais oublié.

Tant de douleur si longtemps incrustée dans son corps de fillette, cette fillette effrayée qui criait chaque fois que la femme qu'elle était devenue voyait d'autres enfants endurer la même douleur, l'implorant d'agir, d'empêcher que cela recommence. Et lui, sot, stupide, aveugle, n'avait jamais compris qu'elle avait porté ce poids toute seule pour le protéger ; elle avait tué son père cette nuit-là, parce qu'elle ne pouvait tolérer qu'Elías touche un seul cheveu de sa tête de petit garçon. Tant d'années d'amertume muette, uniquement pour qu'il vive hors de tout péché, de toute faute, acceptant qu'il la juge, la méprise pour cet article dans lequel, au moins partiellement, elle avait raconté la vérité.

Il fut assailli par l'évidence de cette iniquité et l'impossibilité de la réparer. Même si beaucoup de Matriochkas tombaient, si beaucoup d'Anna, beaucoup d'Alcázar et beaucoup d'Agustín González se retrouvaient en prison, personne ne réparerait jamais cet affront, cette terrible injustice d'amour. Il pensa à son fils Javier, qu'il avait failli perdre ; il pensa à Lola et à la façon que l'un et l'autre avaient eue de se voler leurs plus belles années, parce qu'ils ne savaient pas se pardonner. Il pensa à sa petite Patricia, toujours au bord de la piscine, comme à ces lucioles brillantes qui attendent la venue du matin. Et il pleura.

Il pleura comme cet enfant qu'il avait en lui depuis si longtemps, caché entre les jambes de sa sœur, se bouchant les oreilles pour ne pas entendre les cris de son père, les coups qui pleuvaient sur sa sœur, les pleurs de sa mère dans la chambre plongée dans le noir, lâchement cachée. Inconsolable, il pleura sur Laura, sur son enfant et sur tous les enfants devenus autant de Siaka, et sur tous ceux qui ne s'en sortiraient jamais, qui resteraient en chemin.

Il pleura parce qu'il ne pourrait plus jamais s'envoler avec le blouson d'Esperanza, dans le sillage lumineux des cheveux de Laura, plus jamais entendre son rire, ses plaisanteries, ses colères, ses chansons.

Tania l'accueillit sur ses genoux et caressa les cheveux grisonnants de cet homme qui avait grandi tant bien que mal, hors de toute faute. Et elle l'aima comme elle n'avait jamais aimé personne. Et elle se promit de faire le nécessaire pour le protéger. Tout le nécessaire.

Les arbres qui entouraient la résidence étaient nus, un tapis doré recouvrait les chemins, les bancs et la tonnelle de la place. Les orages avaient redoublé pendant le week-end, arrachant les dernières feuilles qui résistaient depuis le début de l'automne ; les jours étaient inhospitaliers, mais Esperanza tenait à sa promenade matinale jusqu'au banc de pierre du front de mer. Le vent soulevait ses cheveux gris et fouettait son visage. Blottie dans sa veste, petite dame immobile, elle se confondait avec la brume.

Parfois, elle pensait à des choses graves ou anecdotiques, qui arrivaient sans prévenir et repartaient de la même façon, au gré de leur fantaisie. D'autres fois, comme ce matin-là, elle ne pensait à rien, et elle était ravie d'avoir l'esprit vide. Elle pouvait ainsi rester une heure sans broncher, observant la grisaille qui de temps en temps s'entrouvrait pour laisser voir au loin le profil d'un bateau ou le rocher sur lequel pivotait inlassablement le phare de l'entrée du port. On entendait les mouettes invisibles et les vagues qui, à marée haute, venaient presque lui lécher les pieds. Elle sentait l'humidité et le froid à travers le tissu de sa veste, et sa peau glacée sous son gros pull en laine. Elle s'en moquait, et elle ne s'inquiétait plus du fourmillement aux mains et aux pieds qui annonçait une ankylose persistante.

Elle était vieille, et les vieux ont leurs misères, et l'une d'elles vous emportera. Tel était son raisonnement, et son désir secret : qu'un beau jour, alors qu'elle serait assise, loin des pensées ou des souvenirs, dans la solitude, son cœur dise "assez" et que sa vie longue, errante, bouleversée et trop coupable s'éteigne sans cérémonie. Tout était prêt ; ses affaires étaient en règle, ce qui n'était pas le cas de sa conscience, ses carnets en ordre, les lettres à Elías reléguées au fond d'un tiroir, que Gonzalo trouverait le moment venu. La veille au soir, pendant que l'orage fouettait la fenêtre de sa chambre et que le tonnerre crevait le silence, elle avait tenté de se raccommoder avec ce qu'on appelait Dieu. C'était étrange de s'adresser à quelque chose ou à quelqu'un qui n'avait jamais vraiment occupé ses pensées. Elle avait eu du mal à trouver ses mots, et avait eu un peu honte, imaginant le ricanement sarcastique d'Elías l'écoutant prononcer ce genre de choses, assise sur une chaise au pied du lit.

Elle l'avait vu comme dans un rêve, les jambes croisées, l'œil attentif et moqueur, le sourire en coin et la cigarette au coin des lèvres. Mais sans s'occuper de cette vision, elle chercha à communiquer avec ce prétendu créateur, chargé de donner un sens à tout ce qui existait dans cette vie et dans l'autre, si vraiment il existait. Elle lui parla de sa peur, de ce qu'on peut faire par amour, avant de comprendre que l'amour et l'esclavage n'ont rien à voir, même si parfois le ressenti est le même.

Devait-elle demander pardon d'avoir aimé Elías au-delà du concevable ? Ce sentiment pouvait-il justifier tous ses silences complices ? Laura l'avait-elle compris ? Gonzalo le comprendrait-il ? Ses enfants pourraient-ils lui pardonner un jour ?

Dieu n'avait pas de réponse à ces questions, et Esperanza

lui fut reconnaissante de garder un silence compréhensif. Elle essaya de se rappeler une prière qu'on lui avait apprise quand elle était petite, une vieille berceuse qui parlait d'un Enfant Jésus qui jouait avec les autres enfants et qui envoyait des anges potelés et gracieux protéger les quatre coins de leur sommeil. Ensuite, pendant des heures, jusqu'à l'aube, elle resta au lit, les yeux ouverts, regardant la vision d'Elías à son chevet ; à la première clarté, il se leva, s'approcha, l'embrassa sur les lèvres et lui dit avant de disparaître :

— Il n'y a ni ciel ni enfer, Esperanza. Il n'y a que l'océan.

Elle attendait le moment de se fondre dans cet océan. Et le moment était venu. Elle le savait, parce qu'elle en avait ainsi décidé. Aujourd'hui, elle pourrait regarder la mort en face. Un système parfaitement harmonieux.

Elle ne remarqua pas tout de suite la personne qui s'assit à côté d'elle, à l'autre extrémité du banc. C'est sa voix qui manifesta sa présence :

— Salut, Katerina. Il s'est écoulé beaucoup de temps.

Esperanza n'eut pas besoin de se retourner. Elle pinça les lèvres et secoua lentement la tête en signe de désapprobation.

— Tu as mis du temps à te montrer, dit-elle en russe.

Anna Akhmatova lui adressa un sourire de défi. Trente-quatre ans s'étaient écoulés depuis qu'Esperanza s'était présentée à sa porte, avec le corps mortellement blessé d'Elías dans la voiture, mais pour l'essentiel elle avait gardé la même arrogance. Même pour la faveur qu'elle lui avait demandée cette nuit-là, elle n'avait pas voulu la supplier. Esperanza l'avait haïe avant même de la connaître, dès l'instant où Elías lui avait montré le médaillon d'Irina. Et cette haine, telle une branche sèche, était toujours restée en travers de son chemin.

— Tu penses encore sans clarté, lui reprocha-t-elle sur le ton d'une sœur bienveillante.

Esperanza se raidit et fit un geste de la main, en signe de mise en garde.

— Épargne-moi tes sermons ; nous savons toutes les deux pourquoi tu es là, et si tu attends de moi plus que je ne peux te donner, c'est que tu n'as rien compris au long de toutes ces années.

Anna Akhmatova souriait, ravie de la perturber, balayant sa protestation. Les temps héroïques étaient révolus ; Esperanza n'était plus la femme qui cette nuit-là avait invoqué avec une rhétorique enflammée la nécessité de préserver la mémoire historique et politique d'Elías, décrivant le mal qui se répandrait sur des générations entières, passées et futures, si on apprenait ce qu'était devenu le héros en qui tant de gens avaient eu confiance. La politique se déclinait comme un jeu de pouvoir, et l'Histoire était impitoyable, elle ne connaissait que la succession des faits indiscutables.

Cette nuit-là, Anna avait décidé de l'aider, convaincue par ce discours enflammé, mais au fil du temps, en découvrant ce qu'Elías infligeait à Laura et ce qu'Esperanza cachait, elle comprit que l'épouse d'Elías n'avait pas voulu sauver la mémoire de son époux cette nuit-là, mais sa propre invention d'une vie parfaite. Tout ce qui n'était pas la foi totale, l'amour et l'admiration inconditionnels était irrecevable. Elle était rongée par l'idée que tout cela pouvait lui échapper.

— Tu l'as toujours su, ou du moins tu t'en doutais. Tu savais ce qui se passait dans cette grange quand il devenait fou et s'enivrait, mais tu as refusé de l'accepter, cela t'aurait obligée à agir. – Elle hésita avant de poursuivre : Cette nuit-là, quand tu as dit que c'était un terrible accident, qu'Elías n'avait pas l'intention de faire ce qu'il avait fait et que ta fille avait pris peur, que tu ne pouvais permettre qu'elle en endosse la faute, en réalité tu m'as menti. Tu te moquais bien du poids que Laura aurait à porter, et de ce qui s'était passé. La seule chose qui t'intéresse, c'est ton propre prestige : que diraient les gens s'ils savaient qu'une mère avait consenti pendant si longtemps que sa fille soit maltraitée et violée par son père ?

Il était plus simple, poursuivit Anna, de feindre un règlement de comptes avec la police ou avec les sbires de Stern. À l'heure qu'il était, tout le monde dans la vallée était au courant de la fusillade à l'hôtel, tout le monde savait que la police le recherchait. On ne tarderait pas à connaître les antécédents d'Igor, et la mémoire du grand homme, assassin d'un mafieux ou victime de la police franquiste, serait intacte et même renforcée. Et elle, Esperanza, serait la gardienne de son legs, la Russe revenue avec lui en Espagne par amour, la mère dévouée, la Pasionaria moderne qui se chargerait d'entretenir cette légende dans les décennies à venir. C'est ainsi que grandit Gonzalo, avec ces certitudes qu'elle sélectionnait soigneusement pour lui, et tout le monde y avait cru, sauf Laura.

Pendant un temps, sa fille avait accepté ce silence avec répugnance, sans doute paralysée par l'anathème qu'Esperanza avait lancé sur elle, meurtrière de son père. Complice du tissu de silences tacitement ourlé entre Esperanza et Anna, la jeune fille s'était sentie coincée, étouffée dans ce mensonge qui avec le temps avait pris la consistance de la seule vérité possible. Si elle osait en parler à sa mère ou à son frère, Esperanza la traitait de folle ou de lunatique. L'avait-elle seulement vu mort ? Savait-elle où était le cadavre ? Par contraste, elle soutenait ce que ses partisans voulaient entendre : le grand homme avait été tué par la police franquiste, qui s'était débarrassée du cadavre.

Et la seule clé de la vérité, c'était Laura.

— Dans le drame classique, la balance oscille entre la vengeance, l'oubli et l'exigence de réparation. Il est clair que tu as choisi l'oubli. C'est pourquoi tu n'as jamais pardonné à ta fille cet article sur Elías qui prouvait ses liens avec la police espagnole depuis 1947… En réalité, ce n'était pas ce que tu redoutais le plus, n'est-ce pas ?

— Ce n'est pas à toi de me juger.

— Vraiment ? Pourtant, je crois en avoir le droit. Avec cet article, Laura te donnait une dernière chance d'accepter la vérité ; elle voulait te pardonner, elle en avait besoin, et toi tu n'avais plus qu'à dire publiquement la vérité, la raconter au monde et surtout à Gonzalo. Mais tu t'es braquée, parce que tu es insensible et têtue. Tu as préféré la répudier. Tu t'es arrangée pour que toute sa haine, sa rage et sa douleur se focalisent sur les affaires que je gérais, l'héritage d'Igor. J'ai essayé de l'aider, tu peux me croire, j'ai voulu la protéger parce que je connaissais son histoire, l'origine de cette effervescence destructrice et messianique. Mais elle était allée trop loin, et quand Zinoviev s'est senti acculé, il a réagi comme ses chiens de combat et il l'a détruite…

Anna avait rougi. Comme si elle avait honte. Ses propres paroles l'avaient conduite à une conclusion qu'elle aurait préféré éviter. Elle était aussi coupable qu'Esperanza, à quoi bon le nier.

— Je veux réparer le mal que nous avons fait, dans la mesure du possible.

— C'est louable, dit sèchement Esperanza, mais un peu tardif.

Anna Akhmatova se leva et ramena ses cheveux derrière les oreilles. Elle regarda la mer grise sans broncher et lança un regard soucieux sur cette octogénaire dont la vie ne tenait plus qu'à un fil, mais qui s'obstinait à afficher une dignité absurde.

— Je vais laisser tranquilles Gonzalo et sa famille. Je me moque de ce qu'il peut déposer contre la Matriochka. On ne trouvera rien contre moi, je ne suis qu'une vieille libraire. Les loups réclameront vengeance, bien sûr : je vais leur livrer Alcázar et Agustín González. Je crois que c'est juste.

Esperanza lui lança un regard ironique.

— Depuis quand nous préoccupons-nous de ce qui est juste ?

Anna feignit de ne pas l'avoir entendue. Le froid engourdissait son corps, comme si la lente agonie d'Esperanza était contagieuse. Elle avait hâte de partir.

— Mais j'y mets une condition. Et c'est à toi de la remplir. Il dépend de toi que ton fils et sa famille puissent continuer leur vie.

Trois semaines s'étaient écoulées depuis qu'Alcázar avait témoigné contre la Matriochka et que le juge avait ordonné son incarcération immédiate. Agustín González aussi était impliqué, mais jusqu'alors il avait évité la prison en versant une caution exorbitante, et il brûlait ses dernières cartouches en faisant jouer ses relations et le donnant-donnant. Il était soudain très isolé, il le savait, et il n'allait pas tarder à tomber. Lola, consciente de la fragilité de la situation, s'était rendue avec Patricia dans la propriété d'Estrémadure où son père attendait la suite des événements.

Gonzalo était plus inquiet pour Alcázar. Il n'avait aucune sympathie pour lui, mais il reconnaissait que cet homme lui avait sauvé la vie. L'ex-inspecteur aurait pu tuer Siaka, se débarrasser de l'ordinateur et quitter le pays, aller dans un de ces Keys de Floride dont il parlait chaque fois que Gonzalo allait le voir en prison. Mais Alcázar avait décidé de se suicider, car en passant aux aveux il avait prononcé sa propre condamnation. Il le savait, et Gonzalo le trouvait de plus en plus défait, tendu et fatigué.

— Un beau jour un mec va débarquer dans la cour, je ne le verrai pas venir et il me tranchera la gorge. On ne va pas me laisser la bride sur le cou.

— Alors, pourquoi avoir fait tout ça ?

Alcázar ne répondit pas. Les raisons de faire d'un homme n'appartiennent qu'à lui.

La dernière fois que Gonzalo le vit à travers la vitre de la salle des visites, Alcázar avait maigri. À la grande surprise de Gonzalo, il avait rasé sa moustache et semblait différent, on aurait dit un homme inoffensif : il montrait un bec-de-lièvre qu'il avait dissimulé pendant toutes ces années. Au moment où Gonzalo allait partir, l'ex-inspecteur le rappela.

— En réponse à ta question, c'est non. Je n'aurais jamais fait de mal à ta fille, et n'aurais jamais laissé personne lui en faire. Je voulais que tu le saches.

Deux jours plus tard, un fonctionnaire de l'unité le trouva lardé de coups de poignard dans un coin de sa cellule, recroquevillé comme une souris entre le mur et la couchette.

Les jours suivants, la police accorda une escorte à Gonzalo. Toutefois, l'agent qui gardait la chambre de Javier n'était plus là pour le protéger.

— Je crois que j'aurai un cristal à la place du cœur jusqu'à la fin de mes jours. À chaque respiration, j'aurai peur qu'il se brise, lui dit Javier en guise de bonjour.

On venait de lui accorder la liberté conditionnelle. Gonzalo l'aida à s'habiller tranquillement et à boucler sa valise.

Javier regarda la jeune femme qui attendait dans le couloir. Il la voyait par la porte entrouverte.

— Elle est jolie, reconnut-il.

Gonzalo approuva.

— J'ai pensé qu'il était temps que vous fassiez connaissance. Tania est une femme extraordinaire sous beaucoup d'aspects. Je pense que vous allez bien vous entendre.

Javier fit la grimace en voyant le dos du policier à la porte.

— Dis-lui de passer me voir un dimanche au centre pour mineurs. Nous aurons neuf ans pour faire connaissance.

Le regard de Gonzalo enveloppa son fils d'un voile protecteur. On ne pouvait pas inverser dix-sept années en quelques semaines, et il savait que la distance qui les séparait était encore longue à franchir, mais il voulait lui montrer qu'il était différent et prêt à se comporter comme son père.

— Ce ne sera pas nécessaire. Ton grand-père et moi, nous avons tout arrangé. Maintiens la version des faits dont nous sommes convenus, d'accord ? Carlos a voulu te racketter, tu as résisté, il a sorti une arme, tu t'es défendu, tu as tiré accidentellement et avant de mourir il t'a tiré dessus. Les preuves qu'Alcázar a arrangées confirmeront cette version. Tu vas t'en sortir.

Javier lui renvoya un regard grave, dont Gonzalo ne devinait pas la portée. Il s'assit sur le lit et secoua la tête.

— Ce n'est pas si simple.

Gonzalo était tenté de lui répondre. En effet, ce n'était pas si simple. Lui-même avait dû sacrifier beaucoup de choses pour en arriver là, mais peu importait. Mais il perçut un changement chez Javier, il était différent, plus perspicace, plus posé, plus entier. L'épreuve qu'il venait de traverser avait brisé sa coquille. Gonzalo n'avait plus devant lui le garçon arrogant et tourmenté, mais un homme qui voulait affronter la vie de face et avec sérénité.

— Il faut en finir avec ça, dit Javier, rompre la chaîne. J'ai tué Carlos pour deux raisons : la haine et la jalousie. Haine et jalousie envers ma propre mère. Voilà ce qui s'est passé, et ce que je dirai à la police quand on aura franchi cette porte.

Gonzalo s'assit à côté de lui, baissa la voix et lui pressa le bras.

— Rien ne t'y oblige, Javier. Si tu crois nous punir de cette façon, ta mère et moi, d'accord, nous accepterons notre part de culpabilité. Mais tu n'y es pas obligé ; il y a sûrement un autre moyen.

Javier haussa les épaules et regarda son père dans les yeux. Il avait l'orgueil inné de sa mère et la méfiance de son grand-père, mais en résumé c'était son fils, peu importait le germe d'origine. Il avait toujours ce regard rêveur des Gil, cette croyance résolue qu'en se donnant du mal, on pouvait fléchir le destin.

— Il n'y a pas d'autre moyen, papa. Nous le savons tous les deux.

— Il t'a roulé ; ce foutu fils de pute a profité de toi, il t'a utilisé et a séduit ta mère pour te nuire. Tu ne lui dois rien, Javier. Rien.

— Nos propres mesquineries sont plus supportables que les vertus d'autrui. C'est bien ce que tu essaies de me dire ?

Gonzalo le regarda longuement et dit froidement :

— Tout est ma faute : j'aurais dû être plus attentif à tes appels à l'aide. Mais j'étais trop furieux contre ta mère, contre ton grand-père, contre moi-même. En réalité, j'étais aveuglé et je n'en avais pas conscience. Rien de tout cela n'aurait dû arriver si j'avais fait ma part ; maintenant, je peux tout arranger, mon fils. Je ne veux pas que tu ailles en prison ; je ne pourrais pas me le pardonner.

Javier regarda son père avec tristesse. On ne pouvait maintenir la marmite fermée en s'asseyant éternellement sur le couvercle. Le silence et les mensonges n'étaient supportables que jusqu'à un certain point. Javier n'était pas un surplus dans la vie des autres, et il ne voulait pas subir la même chose que ses parents, il n'avait pas l'intention de payer les servitudes de ce silence jusqu'à la fin de ses jours, attendant que quelqu'un vienne toucher les fruits de ce service.

— Je ne veux rien devoir au grand-père, ni à cet ex-inspecteur, ni à ma mère… Ni à toi, papa.

Gonzalo apprécia la franchise de son fils, mais il ne pouvait le féliciter de cette réaction insensée.

— Nous devons toujours quelque chose à quelqu'un, Javier. Nos vies sont enchaînées les unes aux autres. Nous prenons une décision en pensant à nous-mêmes, mais elle affecte beaucoup d'autres personnes, et nous en tenons compte rarement.

Javier secoua la tête avec emphase.

— Je ne veux pas être comme toi, ni comme maman. Je ne veux pas être pourri par mes silences. C'est ma décision, et tu dois l'accepter.

— Et que se passera-t-il quand on t'enfermera? Ta vie s'arrêtera, et ces années seront comme si tu n'avais pas existé. Quand tu sortiras, tu seras incomplet, tu sentiras un manque, et il correspondra à ce trou. Penses-y.

Javier ne voulait pas y penser. Il avait trop peur. Il vit Tania dans le couloir, qui le regardait. Ils se sourirent et elle lui adressa un signe timide de la main.

— Je repartirai à zéro quand je sortirai, loin de vous.

— Laisse-moi t'aider, mon fils. Je t'en conjure!

Javier sourit amèrement. Adieu à cette université d'élite où son grand-père espérait l'inscrire, adieu aux amis qui se mettraient à disséquer cette histoire avec leur langue acide. Sa mère et son père devraient aussi affronter la honte et les railleries d'un jugement public. Le monde découvrirait les coulisses fétides d'une famille parfaite et il les jugerait avec sévérité et hypocrisie. Avec un peu de chance, le temps passerait et le monde les oublierait. Alors, peut-être, il pourrait pardonner à ses parents, et ses parents pourraient lui pardonner.

Deux mois plus tard, compte tenu qu'il était mineur au moment des faits et en raison de circonstances atténuantes, Javier fut condamné pour homicide à huit ans de prison, à purger dans un centre pour mineurs.

À la lecture de la sentence, le découragement s'abattit sur Gonzalo. Il ne prêta même pas attention aux larmes de Lola, assise sur un banc, derrière lui. Agustín González avait préféré ne pas se montrer, pour ne pas donner à l'affaire une ampleur trop médiatique et ne pas nuire à son petit-fils. Gonzalo eut à peine le temps d'embrasser son fils et d'échanger quelques mots avant que la police l'emmène, menotté. Voir son fils menottes aux mains était au-dessus de ses forces.

— Nous savons tous les deux que cela aurait pu être pire, dit-il une heure plus tard à Lola pour la consoler, dans une cafétéria proche du palais de justice. Ils fumaient ouvertement, et si leurs doigts se mêlèrent un moment au-dessus de la table, ce fut sans emphase, comme deux montagnes de souvenirs qui s'entrechoquent sans chercher à se fondre et se séparent aussitôt.

— Qu'allons-nous faire maintenant ? demanda Lola.

Elle tripotait un sachet de sucre et à force celui-ci se déchira et se répandit sur la soucoupe. Elle avait vieilli et de profonds cernes entouraient ses jolis yeux. Les coins de la bouche retombaient, et une ride profonde barrait son front.

— Prendre soin de Patricia, t'occuper des affaires de ton père en prévision de ce qui peut lui arriver à son procès. Continuer à travailler à ton agence et aller voir ton fils tous les dimanches, faire bonne figure en dépit du mauvais temps et lui montrer qu'à l'extérieur tu te bats pour maintenir en l'état le monde qu'il retrouvera quand il sortira.

Lola repoussa sa tasse d'un revers de main et dessina une courbe dans le sucre en poudre.

— Je parle de nous, Gonzalo. Que va-t-il advenir de nous ?

Rien ; ce qui devait arriver était déjà arrivé, se dit-il. Ce qui restait était un triste et pénible épilogue de paperasses, d'accords et de signatures de divorce. Viendrait ensuite une tentative de cohabitation civilisée, marquée par la nécessité de rester en contact à travers Patricia.

Des disputes sans passion au sujet de son éducation, des problèmes pratiques qui les éloigneraient peu à peu, et définitivement.

Lola entrevit ce que Gonzalo prévoyait et un sentiment d'échec l'envahit.

— Aurions-nous une chance, si Tania n'était pas là?

Elles ne s'étaient vues qu'une seule fois, elles avaient échangé un salut tendu, mais aucune des deux n'avait oublié l'autre.

— Nous n'avons pas besoin de prétextes, Lola. Pas nous.

Gonzalo voulait en finir avec ce sujet et rentrer. Maintenant, son appartement de location ressemblait un peu plus à un foyer. Tania s'y était installée, bravant la volonté de sa mère. Son destin était de ne jamais avoir l'approbation maternelle sur ses compagnons, mais elle ne s'en inquiétait pas. Anna et Gonzalo avaient conclu un accord dont Tania ignorait tout.

Et quand il quitterait cette cafétéria avec Lola, il pourrait accomplir sa part de l'accord.

— J'ai un message de mon père, dit Lola quand elle vit que Gonzalo s'apprêtait à se lever.

— De quoi s'agit-il?

— Le chantier du lac est paralysé. Le projet ne sera pas réalisé. Les investisseurs d'Acasa se sont retirés.

Gonzalo ne connaissait pas l'histoire en détail, mais il n'était pas trop surpris.

— Ce qui signifie?

— Mon père est prêt à te revendre la propriété; il n'en a plus besoin. Il te la cède pour un prix symbolique à condition que ton témoignage au procès, si procès il y a – et elle mit beaucoup d'emphase dans ces derniers mots –, ne soit pas agressif.

Gonzalo éclata de rire.

— Jolie façon de l'exprimer. En réalité, maintenant que ma mère est morte, cette maison ne m'intéresse plus du tout.

Ce n'était vrai qu'en partie. Esperanza était décédée début décembre d'un infarctus.

Un décès par défaut, ainsi l'avait défini le médecin de la résidence. Sa mère avait tout simplement ordonné à son cœur de cesser de battre. Il n'y avait ni testament ni dernières volontés, mais un tas de paperasses hétérogènes qui remplissaient un carton, et que Gonzalo rangea au fond de l'armoire, avec ses livres et ses carnets. Il n'avait pas encore voulu y jeter un coup d'œil.

— Quant à ne pas être agressif, je me demande de quoi veut parler ton père. Je ne vois pas ce que je serais le seul à connaître, à l'insu du procureur, du juge et maintenant de toute la presse ? Sauf erreur de ma part, ton père s'en sortira. Il connaît les coulisses du système, c'est son domaine, et je parie qu'il se pourlèche à l'avance de cette dernière bataille. Il est à la hauteur, ce qu'il ne m'a jamais reconnu.

— Mais il y a cette femme, n'est-ce pas ? Cette vieille dame et l'organisation qu'elle dirige. Elle peut nous nuire, non seulement à mon père, mais à moi et à nos enfants.

Gonzalo ne se réjouissait pas de voir cette triste défaillance dans le regard de Lola. Il ne voulait pas la voir se traîner, supplier. Il consulta sa montre. Il était en retard et Tania, qui avait fixé le rendez-vous au Flight pour conclure cet accord, l'avait prévenu qu'Anna ne supportait pas qu'on la fasse attendre.

— Elle n'importunera aucun de vous, à l'exception de ton père. Tu as ma parole.

— Comment peux-tu en être aussi sûr ?

"Parce que maintenant, je suis l'un des leurs, que je le veuille ou non. Tania est enceinte et attend l'enfant que je lui ai donné. Et Anna est, en dépit de tout, une vieille dame traditionnelle qui rêve d'une maison pleine d'enfants qui lui souhaiteront bonne nuit avant d'aller dormir, de petits-enfants, d'arrière-petits-enfants qu'elle pourra mal élever, de grands repas de Noël et d'un gendre à qui céder un jour le trône. Et ce gendre, ne vous déplaise, ce sera moi."

Voilà ce qu'il faillit répondre, car c'était en gros la vérité. Mais une vérité qu'il n'était pas encore en condition d'admettre. Il glissa la main dans sa poche et sentit entre ses doigts le contact ferreux du médaillon d'Irina.

Il redressa la tête en direction du téléviseur posé sur une étagère. On était en janvier et les informations annonçaient une grosse tempête avec chute de température et neige à basse altitude. L'hiver arrivait dans toute sa rigueur.

— Parce que j'ai de quoi solder notre dette envers elle.

Gonzalo n'arriva jamais à ce rendez-vous qui devait clore le passé et ouvrir la porte à un avenir incertain mais possible.

À peine avait-il posé le pied sur le trottoir qu'il vit Tania devant la voiture. Elle fumait, ce qui le contraria, il pensait à son fils qui grandissait dans ce ventre encore plat et lisse. Il pressa le médaillon d'Irina dans sa main et traversa la rue, bien décidé à laisser toute cette histoire derrière lui.

— Hé, l'avocat, tu ne crois quand même pas que je t'ai oublié ?

Gonzalo frissonna. "Pas maintenant", pensa-t-il en reconnaissant la voix d'Atxaga.

Mais le présent est toujours plus têtu que l'avenir.

Pendant un dixième de seconde, Gonzalo crut que tout était connecté. La voix d'Atxaga, le son de sa propre salive qu'il ravalait de peur, le cri de Tania, le coup de feu, l'explosion de sa tempe, et le fondu au noir sur le temps.

Et par terre, s'éteignant, la confirmation que l'homme de la météo avait raison.

Il commençait à neiger.

ÉPILOGUE

Barcelone, février 2010 – janvier 2014

La femme qui m'avait donné rendez-vous par téléphone avait une voix agréable, ce qui n'empêchait pas que je sois nerveux. Ce matin-là, je me rasai consciencieusement, je choisis dans l'armoire une chemise décente et une cravate de mon époque du lycée. On pourrait dire que j'étais à peu près présentable, mais je ne pouvais m'empêcher de me sentir ridicule. Sous la pluie, devant le bar où nous devions nous retrouver, qui avait le rideau baissé, esquivant les baleines de parapluie assassines, je me demandais ce que je faisais là, à quoi je voulais jouer. Dans la dichotomie éternelle entre Hemingway et Fitzgerald, je suis de ceux qui préfèrent les luttes avec soi-même aux champs de bataille réels.

J'entrevoyais la retraite comme une victoire (après tout, j'avais tenu parole en venant à ce rendez-vous). C'est alors que je la vis. Je sus que c'était elle avant qu'elle rejette en arrière la capuche rouge de son imperméable et me regarde avec d'incroyables yeux gris que je n'ai jamais oubliés et que je ne pense pas revoir un jour.

— C'est toi, l'écrivain ? me demanda-t-elle avec sérieux, admettant la possibilité de s'être trompée.

Quand j'eus répondu par l'affirmative, elle ne put dissimuler une certaine déception, comme si elle doutait que je sois à la hauteur du défi.

Elle me toisa de la tête aux pieds, sans se gêner.

— Quel âge as-tu?

J'hésitai, ce qui me fit passer pour un menteur. Je me rappelle ses sourcils profilés au ciseau et une goutte de pluie qui dévalait son nez. Elle devait avoir près de cinquante ans, mais c'était le genre de femme sans âge dont on peut rêver toute sa vie.

— Au téléphone, tu semblais plus âgé, dit-elle comme un reproche, comme si j'avais forcé le ton grave de ma voix.

Elle prit une clé dans son sac et se pencha pour ouvrir le cadenas du rideau. Dans cette position, elle découvrit un tatouage, sous ses cheveux teints en noir. On aurait dit des ailes de papillon décolorées, mais je n'osai lui poser la question. Je l'aidai à monter le volet, qui grinça comme le pont-levis rouillé d'un château médiéval.

— C'était ça, le Flight?

Il y avait des odeurs d'excréments et de renfermé, très peu de mobilier, des tables couvertes de poussière et des chaises cassées. Le comptoir était détruit et le sol jonché de planches, de verre cassé et de cochonneries.

— Je vais vendre l'établissement, dit-elle en manière de justification. Depuis la mort de Vassili, personne n'a repris l'affaire, et je ne peux pas m'en occuper.

— Quand est mort Velichko?

Elle avait ouvert son imperméable qui s'égouttait sur la poussière du sol, formant de petites marques de boue. Sa silhouette fine dans ce vêtement rouge contrastait vivement avec la grisaille des lieux.

— En mars 2003. Quelques mois après la publication de son rapport en même temps que l'article de l'Institut d'études d'histoire de la Russie et du Mémorial pour Nazino. Pour lui, c'était un succès. Je crois qu'il restait en vie pour le voir publié, et c'est alors qu'il a décidé qu'il pouvait partir.

J'avais lu peu de temps auparavant ces rapports et ce qui s'était passé dans l'île de Nazino en 1933. Un ami libraire, Alfonso, m'avait confié cette documentation rassemblée depuis la Glasnost, grâce au rapport d'un commissaire politique appelé Vassili Velichko. Il m'avait semblé que c'était une histoire qui méritait d'être creusée, et qu'on pouvait peut-être tirer de ces événements un récit romancé. Mais j'y renonçai très vite, il y avait peu d'écrits et encore moins de témoignages. Je mis donc une annonce sur Internet pour demander des informations.

Deux semaines plus tard, elle m'appela.

Pendant un peu plus de deux heures, elle me raconta à peu près tout ce que j'ai écrit ici. En réalité, et je le comprends maintenant, ce n'est pas à moi qu'elle le racontait.

Pendant qu'on parcourait le Flight de haut en bas avec mélancolie, elle replaçait une tasse, ramassait une vieille photographie, dépoussiérait une maquette et parlait, parlait sans s'arrêter. Parfois, elle ne se rendait pas compte qu'elle s'exprimait en russe et moi, même si je ne la comprenais pas, je ne voulais pas interrompre ce flot de réflexions et d'histoires qui m'étourdissaient, convaincu d'entendre quelque chose d'exceptionnel, mais frustré parce que mon ignorance m'empêcherait de rapporter cela en toute justice.

Telle était mon humeur, pendant que je l'écoutais et l'observais. J'avais parfois l'impression qu'elle était irritée et furieuse, comme si toute cette histoire datait de quelques jours ou de quelques mois, et que c'était encore frais sur sa rétine. D'autres fois, je la voyais languir, s'émouvoir, au bord des larmes. Toujours au bord…

Les questions s'accumulaient dans ma tête. Je n'en posai qu'une seule, stupide par surcroît.

— Si Gonzalo connaissait le genre d'activités d'Anna, comment pouvait-il accepter de s'en occuper? C'était exactement contre cela que sa sœur s'était battue.

En définitive, cette question n'était peut-être pas si stupide. J'entrevis un éclair de complaisance dans son regard.

— Ça, nous ne le saurons jamais.

— Ce n'est pas une réponse très juste.

Elle me sourit, amusée de ma naïveté. Je crois que c'est à ce moment-là qu'elle décida de m'accorder toute sa confiance, même si mon talent laissait à désirer. Elle ouvrit son sac et me remit une enveloppe avec une lettre.

— Lis. Ensuite, à toi de décider si tu veux raconter cette histoire. Je n'y mettrai aucune objection, mais une condition. Si tu l'écris, cette lettre devra figurer, en entier.

Je n'aime pas qu'on m'impose des conditions, mais je crois que si elle m'avait demandé à ce moment-là de me précipiter sous le premier autobus, j'aurais obéi. Tant était grand son pouvoir de séduction. Je lui promis de l'étudier. Elle lança un dernier regard de nostalgie sur l'établissement de Vassili Velichko.

— Je t'ai amené ici, parce que je voulais que tu voies comment les personnages deviennent des histoires. – Et avant que je puisse réagir, elle avait sorti un petit appareil et m'avait pris en photo par surprise. – Pour ma galerie personnelle, dit-elle avec ce qui me semblait être une pointe de malice.

De retour chez moi, je lus cette lettre. Elle était accompagnée d'un article publié dans un magazine dont je ne dirai pas le nom, daté de 1988. Cet article était signé Laura G. M. et avait pour titre : "Toutes les vagues de l'océan." Je le lus attentivement et trouvai un plaidoyer plein de passion et de tristesse contre l'édification du mythe d'Elías Gil. Elle détaillait sa vie publique, et même si elle ne faisait à aucun moment référence à sa vie privée, il semblait évident que des ombres noircissaient le tableau. Il me semblait impossible de croire qu'une personne connaissant de près l'itinéraire d'Elías – Gonzalo et Esperanza – n'ait pas su lire entre les lignes. Enfin, Laura accusait Gil d'avoir été un agent double pendant plus de trois décennies. Voilà pourquoi elle avait été répudiée par ceux qui continuaient d'admirer Elías. Entre autres, Esperanza.

Cette lettre était d'Esperanza, écrite en 2002, peu avant sa mort, et adressée au fantôme d'Elías Gil. Quelques paragraphes d'une écriture menue que je mis des heures à déchiffrer :

Mon chéri,
Cher fantôme,
Ceci est ma dernière lettre. Toi et moi, nous le savons. Et je ne l'écris pas de mon plein gré, c'est Anna Akhmatova qui me l'a imposée : la condition pour qu'elle laisse notre fils tranquille.

J'ai toujours voulu te demander si tu m'aimais, si tu m'avais aimée une seule fois durant plus de trente années vécues avec toi ; je n'ai jamais obtenu de réponse précise, ta réponse était là, et je n'ai pas voulu l'entendre. La vérité est que celle qui aime sans être aimée se retrouve dans une position terriblement vulnérable, comme si elle devait se contenter de respirer, de vivre, de sentir à travers l'autre, redoutant à chaque seconde, à chaque pas, que l'être aimé décide par un acte d'autorité de s'éloigner et de réduire l'amante à un tas de cendres. C'est ainsi que je me suis sentie toute ma vie à tes côtés, un tas de cendres balayées par un vent capricieux. Mendiante indigente, avide d'une caresse de toi, d'un battement de cils, d'un simple mot qui bien souvent ne vint pas.

Je ne t'en veux pas, je ne t'en ai jamais voulu. J'ai choisi de m'éteindre pour que tu brilles, j'ai choisi mon destin d'ombre cousue à ta personne. À ma façon, presque sans ta permission, parfois j'ai été immensément heureuse à tes côtés, avec un mélange enivrant de désir et d'anxiété, sous le triomphe aigre-doux de la jalousie ; je n'ai jamais senti la paix, tu ne me l'as jamais donnée et je ne te l'ai jamais demandée. J'ai accepté de devoir lutter éternellement contre cet ennemi invisible qui dormait toutes les nuits entre nous, Irina. Et ensuite sa fille, Anna. Je pensais les vaincre, le temps jouait en ma faveur. J'ai souhaité si souvent te voir vieux et fatigué pour courir vers toi les bras ouverts et te protéger. Tu m'as fait autant de mal que de bien. Et tu n'as été conscient ni de l'un ni de l'autre.

L'amour est une décision personnelle. Douloureuse. Qu'y a-t-il de nouveau là-dedans ? Si j'avais accepté que tu ne sois complètement à moi que lorsque tu l'aurais décidé, si à la première ombre de doute j'avais tout laissé en plan, avec un adieu, tout aurait pu être différent. Qui sait, je ne serais peut-être jamais allée à Paris ? Un de ces pilotes républicains serait peut-être venu me chercher. Pourquoi n'ai-je jamais été capable de te tromper pendant les années qu'a duré la guerre et que nous avons été séparés ? Pourquoi ne me suis-je jamais permis un seul rêve loin de toi, si insignifiant soit-il ? Comme dit le proverbe, dans mon pays, je suppose que je devais enfoncer le clou jusqu'à la tête.

Mais la tête arriva trop tard : la première fois que je vis la porte de la grange entrouverte, notre fille avait à peine huit ans. Elle était par terre, dans un coin, le corps, le visage et les bras tuméfiés, et ce regard qui transperçait les murs dans un silence têtu que je ne pus briser. Comme si tu m'avais ouvert le dos et arraché le cœur, ce qui ne m'empêchait pas d'avancer, pendant que tu le regardais palpiter au creux de ta main. Je me rappelle que je me précipitai dehors et que je vomis avec de violentes nausées.

Pourquoi ne t'ai-je pas quitté à ce moment-là ? Pourquoi n'ai-je pas pris mes enfants pour fuir cette maison et cette vie ? Je me disais que Gonzalo était un bébé, que j'étais une étrangère dans un pays étranger, que je savais à peine m'exprimer, que je ne pouvais aller nulle part. Je cherchai mille excuses, mais à vrai dire je ne pouvais ni ne voulais croire que cela soit possible. Mon esprit se refusait obstinément à reconnaître l'évidence. Avais-je donné ma vie, ma loyauté, mon amour à un inconnu, à un monstre ? En aucune façon.

Je tombai alors dans la pire des perversions que peut

connaître une mère. Je pris ton parti, et j'avais beau essayer de protéger Laura, au fond de moi s'insinua une haine croissante envers elle, je l'accusais d'éveiller ça en toi, d'être la preuve vivante de mon échec.

J'ai détruit la vie de ma fille, parce que je n'étais pas prête à admettre que la mienne avait été une farce et une erreur terrible.

Cette nuit-là, quand je te mis dans la voiture pour t'emmener à l'hôpital, je priai Dieu que tu ne meures pas, que tu ne me laisses pas seule avec ce poids sur le cœur. J'étais désespérée et je me rappelle que je faillis quitter la route, parce que les larmes m'aveuglaient.

Alors toi, l'homme pour qui j'ai donné ma vie et vendu l'innocence de ma fille, tu as balbutié quelques mots. Ils me resteraient gravés dans le cœur pour toujours, Elías. Pour toujours.

Tu as dit : Ramène-moi auprès d'elle. Ramène-moi auprès d'Anna.

Nul ne sait la douleur que me causa ta demande. Tu étais mourant, tu perdais tout ton sang à côté de moi et je te tenais la main, et tu me demandais de te ramener à l'endroit que tu n'aurais jamais dû quitter. Ce fleuve, ces steppes, cette barge.

Je l'ai fait. J'ai garé la voiture sur le bas-côté. Je me rappelle que les derniers éclats des feux de la Saint-Jean s'éteignaient avec l'aube. Je t'ai regardé longtemps, et j'ai plaqué ma main sur ta bouche et sur ton nez. Et j'ai appuyé, appuyé jusqu'à ce que ton œil vert, intense et beau, s'éteigne sans offrir de résistance.

Je vais te ramener auprès d'elle, t'ai-je dit. Auprès d'Irina. Pour toujours.

Je ne sais où est le bien ni où est le mal, Elías. Je sais que les générations à venir nous jugeront et ne seront pas bienveillantes. Pourquoi le seraient-elles ? Sommes-nous les mercenaires de leur pardon, de leur pitié ? En avons-nous besoin ?

Oui, en tout cas moi. J'ai perdu ma fille, je l'ai répudiée pour toi, pour une mémoire inventée qui te maintienne à l'abri. Tu aurais pu être un homme bon, Elías. Et j'aurais pu être bonne aussi. Nous avons fait beaucoup d'efforts, n'est-ce pas ? Nous avons supporté plus que nos enfants ne pourront jamais le comprendre. Nous avons atteint les limites de la souffrance et nous avons résisté. Mais à un moment donné nous avons perdu la boussole, nous avons quitté la route et n'avons pas su la retrouver.

Le temps des humiliations, de la justice et de la rancœur est venu. Nous serons haïs par ton fils, que j'ai tellement essayé de protéger de toi, nous serons haïs par ta fille, nous serons haïs par nos camarades de lutte, nos victimes, nous serons haïs par le temps et par l'Histoire.

Mais qui sait, avec le temps nos noms seront recouverts de poussière, notre fils vieillira et parlera peut-être de nous à nos petits-enfants sans rancœur. Pour le monde, nous serons l'oubli. Une goutte au milieu d'un million de gouttes, nous nous fondrons dans cette immensité appelée humanité.

Car c'est cela, je le comprends maintenant, que nous avons toujours été. Pas des héros, pas des rampants. Juste des hommes et des femmes. Et nous avons vécu.

Dieu sait que nous avons vécu là où beaucoup d'autres ont péri.

Deux ans plus tard, en mars 2012, j'ai publié cette histoire. Elle est passée inaperçue et a rejoint les fonds de bibliothèques de quelques amis libraires. Elle a suscité quelques réactions tièdes, des protestations molles, et des éloges plus bienveillants que passionnés.

Je n'ai plus jamais eu de nouvelles de Tania Akhmatova, j'ignore donc son opinion sur ce que j'ai fait de ce qu'elle m'a raconté. J'ai essayé de la joindre, en vain. En revanche, j'ai retrouvé Luis, l'ex-beau-frère de Gonzalo. Il avait passé dix années dans un centre pénitentiaire, et bien qu'il ait déjà en partie purgé sa peine, il me fut impossible d'avoir une conversation cohérente avec lui. Il passait son temps à se frotter le genou endommagé par la balle d'Alcázar, lançait des phrases sans suite et des commentaires qui n'avaient rien à voir avec la raison de ma visite. La seule chose qui m'émut fut de voir au chevet de son lit une photographie très écornée de son fils Roberto.

D'après mes informations, Agustín González n'est jamais allé en prison. Il a pu reporter le procès en invoquant des vices de procédure et a fini par être lavé de tout soupçon dans les accusations de blanchiment de capitaux et de collaboration avec le crime organisé. Je crois qu'il est mort dans le lit d'une poule de luxe, quarante ans plus jeune que lui, à Bangkok, en 2008. Ni sa fille, Lola, ni ses enfants, Patricia et Javier, n'ont voulu me parler. Javier a purgé sa peine sans se rebiffer, puis il est parti aux États-Unis. Patricia est en première année de droit, comme l'aurait voulu son père, et elle envisage de faire ses stages dans le cabinet que Luisa, l'assistante de Gonzalo, a ouvert dans le même immeuble qu'autrefois. Lola s'est remariée avec un Australien, jeune et riche. Ils vivent dans la propriété que son père lui a laissée en héritage, en Estrémadure.

J'ai rencontré l'ex-femme d'Atxaga. Elle était maintenant une alcoolique dépressive qui se vendait pour quatre euros à tous les coins de rue. Elle était complètement défigurée et je n'ai pas osé la perturber avec un passé qui pour elle était présent chaque fois qu'elle se regardait dans la glace. Je l'ai invitée à déjeuner et lui ai donné cinquante euros. Et je suis reparti avec l'impression d'être un type méprisable. Floren Atxaga a été tué en prison, étrangement dans celle où est mort Alcázar, mais pas dans la même unité, et ils n'ont probablement jamais rien su l'un de l'autre. D'après le fonctionnaire que j'ai rencontré et qui se souvenait d'Atxaga, on l'avait retrouvé pendu aux barreaux de sa cellule. Personne n'a pleuré sa disparition.

Je suis allé voir les tombes de Gonzalo et de sa mère, et le columbarium où reposent les cendres de Roberto et de Laura. Mais il n'y a pas d'émotion dans les choses mortes. Que du silence.

J'ai rencontré le même silence dans les ruines de la maison du lac, irrémédiablement colonisée par les mauvaises herbes et les racines qui ont transpercé murs et plafonds. Le barrage que les gens continuent d'appeler "le lac" est toujours là, et je me demande si le corps d'Elías est encore au fond. S'il l'a jamais été. J'aurais aimé connaître Alcázar et son père ; ce sont sans doute les deux seuls à savoir ce qu'est réellement devenu son corps à la fin de cette nuit-là.

Je n'ai rien appris sur Anna Akhmatova. Je me suis rendu à l'endroit où devait être la librairie Karamazov, mais aujourd'hui c'est une droguerie et les patrons actuels n'ont jamais entendu parler d'elle. Curieusement, quand j'ai interrogé un ami de la police catalane sur une organisation du genre de la Matriochka, il m'a regardé comme s'il tombait des nues, et m'a dit qu'il connaissait des dizaines de mafias qui opéraient à Barcelone, mais aucune ne portait ce nom, et par ailleurs aucune n'était ou n'avait été dirigée par une femme.

J'ai cru que l'histoire finissait de cette façon, comme la plupart d'entre elles ; Esperanza avait raison dans sa lettre. Tout devient poussière et oubli, si on a la patience d'attendre.

Mais un jour, deux ans après, en 2014, quand cette histoire était devenue pour moi presque aussi nébuleuse que pour ses protagonistes, j'ai reçu un paquet par la poste. Il avait été posté quelque part dans la Russie asiatique.

Il contenait la photographie d'un beau garçon d'une douzaine d'années. Il était à côté de Tania, et ils posaient tous les deux devant une croix rouillée plantée au bord d'un pré. Sur le piédestal en ciment, on lisait :

Nazino, 1933-1934.
En mémoire des incrédules qui virent se réaliser
l'incompréhensible.

Avec la photographie, il y avait un médaillon en argent. Mon cœur s'est mis à battre plus fort. Au dos était gravé le nom d'Irina. Je l'ai touché, caressé du bout des doigts, comme si je sentais les doigts d'Elías, d'Esperanza, d'Anna, d'Irina même, et j'ai été pris d'une émotion étrange.

À l'intérieur du médaillon, il y avait une photographie de Gonzalo et de Laura, enfants : deux petits souriants, il avait les dents séparées, elle avait un appareil. Innocents, purs, avec tout un avenir d'amour.

Sur la face intérieure, Tania avait fait graver deux vers :

La première goutte qui tombe est celle qui commence
à briser la pierre.
La première goutte qui tombe est celle qui commence
à être océan.

REMERCIEMENTS

Une histoire comme celle-ci ne peut naître exclusivement de l'imagination de l'écrivain. Beaucoup de gens m'ont aidé à lui donner un sens, et ils ont tous ma reconnaissance. Merci à l'association Memoria, à Roger de Torcatis à Perpignan pour m'avoir mis en contact avec tant de personnes qui avaient vécu la débâcle ; merci à Gildas Girodeau pour m'avoir montré sous un autre regard les plages d'Argelès et pour notre voyage dans le passé au château de Collioure ; merci à Carlos Pujol d'avoir confronté quelques souvenirs de famille à mon récit, resituant avec exactitude quelques scènes de la Barcelone de l'époque ; toute ma gratitude à Alfons Cervera pour son discours lucide sur la valeur de la mémoire et pour nos conversations sur dignité et utopie ; merci à Alfonso, de la librairie Maite, pour m'avoir mis sur la piste de la tragédie de Nazino.

Et surtout, mon immense gratitude à toutes ces personnes anonymes qui d'une façon ou d'une autre ont vécu ce qui est raconté ici. Merci d'avoir rompu le silence pour le partager avec moi. La parole n'est pas toujours juste, mais cette petite victoire est adressée à eux tous, dans l'espoir de ne pas avoir trahi ni déçu leurs attentes.

Et au fond de l'intimité, merci, infiniment, à mon père.

Barcelone, février 2014.

TABLE

BABEL NOIR

Extrait du catalogue

OUVRAGE RÉALISÉ
PAR L'ATELIER GRAPHIQUE ACTES SUD
REPRODUIT ET ACHEVÉ D'IMPRIMER
EN JUIN 2018
PAR NORMANDIE ROTO IMPRESSION S.A.S.
À LONRAI
POUR LE COMPTE DES ÉDITIONS
ACTES SUD
LE MÉJAN
PLACE NINA-BERBEROVA
13200 ARLES

DÉPÔT LÉGAL
1re ÉDITION : JANVIER 2017
No d'impression : 1802753
(Imprimé en France)